O HOMEM SEM QUALIDADES À ESPERA DE GODOT

Molière, Musil, Beckett, Macunaíma e o devir vazio da modernidade

edição Jorge Sallum
coedição Felipe Musetti
assistência editorial Luca Jinkings e Paulo Henrique Pompermaier
capa Suzana Salama

ISBN 978-85-7715-614-6

Grafia atualizada segundo o Acordo Ortográfico da Língua Portuguesa de 1990, em vigor no Brasil desde 2009.

EDITORA HEDRA LTDA.
R. Fradique Coutinho, 1139 (subsolo)
05416–011 São Paulo SP Brasil
Telefone/Fax +55 11 3097 8304

editora@hedra.com.br
www.hedra.com.br

Foi feito o depósito legal.

O HOMEM SEM QUALIDADES À ESPERA DE GODOT

Molière, Musil, Beckett, Macunaíma e o devir vazio da modernidade

Robson J. F. de Oliveira

1ª edição

hedra

São Paulo_2020

Robson José Feitosa de Oliveira nasceu numa família camponesa numa pequena cidade serrana do Ceará, de onde saiu aos 16 anos para estudar em Fortaleza. É tradutor e professor da Casa de Cultura Francesa da Universidade Federal do Ceará. Tendo estudado Letras, mas também Psicologia Social, seus estudos buscam aprofundar uma crítica categorial da forma-social mercantil numa relação dialética com o processo de subjetivação na modernidade.

O homem sem qualidades à espera de Godot encerra em seu título uma tese em ciências humanas, fruto do caráter irrequieto de um autor que não vislumbra na marcha incessante da Modernidade o movimento rumo a uma pretensa perfectibilidade humana, mas muito mais um movimento secular de subsunção da vida social e subjetiva concretas respectivamente pela forma-mercadoria e a forma-sujeito burguesa: o tornar-se mercadoria do mundo representa o tornar-se vazio da própria subjetividade plasmada à segunda natureza, onde reina o *a priori* tácito das leis mercantis que dominam nossos atos mais banais.

Sumário

Prefácio, *por Anselm Jappe* 9
Introdução 21

MOLIÈRE E O BURGUÊS FIDALGO:
ENTRECRUZAMENTO ENTRE FIDALGUIA E BURGUESIA 37
O «renascimento» filosófico e científico intelectual na Idade Média 43
Mudança no sentido social e subjetivo do tempo 56
Sentido do tempo rumo à modernidade 70
O impulso para a marcha rumo à modernidade 74
O Burguês fidalgo, O avaro, Preciosas ridículas 90
O burguês fidalgo: *ridículo* 97
Preciosas ridículas: *ridículas* 113
Outros tensionamentos em *O avaro*: também *ridículo* 119

O HOMEM SEM QUALIDADES:
DO AMORFISMO HUMANO AO CARÁTER BLASÉ 127
Razão moderna e forma-sujeito moderna 139
O fetichismo da mercadoria como fundamento moderno 147
O *indivíduo* com a máscara de caráter do sujeito burguês 159
O *homem sem qualidades* e o *amorfismo humano* como ponto de fuga sem saída 184
O *homem sem qualidades* e o entrecruzamemento rumo ao futuro 209

FORMA-SUJEITO BURGUESA NO BRASIL:
ENTRE NATUREZA E CULTURA 239
A dinâmica da história brasileira e os germes mercantis 256
O caráter orgânico e inorgânico da vida social e subjetiva burguesas no Brasil 268

A economia interna: o lado obscuro da *Economia* 274
O simbólico-religioso brasileiro: uma tradição colonial 293
À luz, o tímido germe moderno 304
Fundamentos para o nascimento de um espírito burguês 318
Espírito nacional e antropofagia 323
Macunaíma e a brasilidade burguesa de limbo 337
Entre Ulisses e Leonardo ou a dialética da forma-sujeito burguesa malandra 358

O HOMEM SEM QUALIDADES À ESPERA DE GODOT 367
O fetichismo da mercadoria em Marx e seus desenvolvimentos 369
Forma-sujeito burguesa e segunda natureza 390
O valor-signo como usura do simbólico 401
O tempo tornado abstrato cobra sua conta? 406
Beckett e a estética da vida mercantil desenvolvida 417
No *fim de partida*, esperamos *Godot* em *dias felizes*? 430

Reflexões finais. 465
Posfácio, *por Marildo Menegat* 473
Bibliografia 483
Índice onomástico 497

A Célia Zanetti

Prefácio

ANSELM JAPPE

Não há novidade nenhuma em se afirmar que vivemos hoje uma situação de crise permanente e que a crise ecológica e a crise econômica — a devastação das bases naturais da vida e a pobreza crescente em sociedade — convivem numa atmosfera de catástrofe cada vez mais próxima. Enquanto as ameaças parecem se renovar de modo incessante e nós nos vemos diante de perigos de cuja existência nem tínhamos conhecimento até uma data recente — como as mudanças climáticas — e que imaginávamos completamente superados — como os movimentos políticos de tonalidade fascista — o pensamento que deveria fazer frente a tais ameaças não se renovou com a mesma velocidade e o mesmo vigor durante as últimas décadas (é o mínimo que se pode dizer). No mais das vezes, intentou-se compreender situações historicamente inéditas com as categorias herdadas do marxismo tradicional e do liberalismo, da teoria do desenvolvimento ou do subdesenvolvimento, da justiça social redistributiva e da democracia representativa.

Entre as raras tentativas de repensar globalmente o que está nos acontecendo, encontramos a "crítica do valor". Ela consiste numa crítica radical do valor mercantil e do dinheiro, do trabalho e da mercadoria, do Estado e do fetichismo da mercadoria que constituem as categorias centrais do capitalismo desde seus primórdios. A crítica do valor também analisa a crise irreversível na qual essas categorias se encontram hoje. Trata-se de uma abordagem inspirada em Marx, mas de modo algum "ortodoxa". Nascida na Alemanha nos anos 1980 (e de maneira similar, mas independente, nos Estados Unidos com a obra de Moishe Postone) em torno da revista *Krisis*, a crítica do valor teve uma repercussão particularmente importante no Brasil. Seu principal autor, Robert Kurz, sempre esteve presente na imprensa escrita e nas universidades brasileiras nos anos 1990 — antes que o *boom* dos anos Lula criasse a sensação de que estavam equivocados aqueles que falavam de uma crise fundamental e definitiva do capitalismo. Em seguida, a crise voltou, no Brasil mais forte ainda que em outros cantos — e agora resta saber se o pensamento crítico também vai despertar.

A crítica do valor, que é uma abordagem, um método, um paradigma, e não uma "escola de pensamento", já deu inúmeros frutos. Por um lado, dezenas de livros e centenas de artigos escritos por Robert Kurz (falecido em 2012) e outros autores. A maioria foi redigido em alemão, às vezes em francês e inglês; mas o português é — de longe — a língua na qual encontramos mais traduções. Por outro, a parte lusófona do mundo é também a região onde se pode encontrar o maior número de elaborações e continuações originais dessa abordagem. As revistas, as publicações, os blogs, os grupos de discussão e os cursos universitários são muitos. Não se trata somente de traduções e de divulgação, mas também de novos estudos, tanto sobre temas relacionados especificamente ao Brasil como também sobre outros temas. O fato de podermos notar amiúde uma tendência a combinar a crítica do valor com outras abordagens, com frequência oriundas do marxismo tradicional, deve ser considerado como o destino comum de teorias muito divulgadas.

Não se trata apenas de um aumento quantitativo das pesquisas baseadas na crítica de categorias aparentemente tão "naturais" como são a mercadoria e o valor, o dinheiro e principalmente o trabalho em sua dupla natureza (abstrato e concreto). O aumento é também qualitativo: novas esferas da vida, do que se costumou chamar por convenção de "ciência humanas", são submetidas a análises do tipo *wertkritisch.*

A crítica do valor nasceu historicamente como retomada da "crítica da economia política" de Marx: não se trata de teoria econômica, mas de uma crítica do totalitarismo econômico, da dominação total da economia mercantil sobre a vida, algo que caracteriza intrinsecamente o capitalismo. Não se tratava em absoluto de se limitar a "análises econômicas". Mas de todo modo a crítica do valor, e as contribuições de Robert Kurz em especial, privilegiaram durante um longo período a análise da vertente econômica da crise do capitalismo e suas consequências políticas, assim como um confronto com a obra de Marx e seus intérpretes. A introdução dos conceitos de "forma-sujeito" e "valor-dissociação" no arsenal da crítica do valor ampliaram em seguida os horizontes. Mas ainda faltava quase que completamente um aspecto essencial para toda e qualquer teoria com pretensões globais: pesquisas sobre a literatura, as artes, a música — em suma, sobre a chamada "cultura" em sentido estrito.

Tal tarefa era tão necessária quanto difícil. Difícil porque é preciso medir forças com o peso da tradição marxista nesse terreno. Marx e Engels voltaram-se muito pouco para as questões culturais, limitando-se muito mais a algumas amostras. Mas o caminho havia sido aberto:

era o materialismo histórico. As criações culturais, principalmente aquelas que caracterizam realmente uma época, seriam o "reflexo" dos conflitos de classe dessa dada época. É o esquema bem conhecido de "base" e "superestrutura", do "ser" *(Sein* em alemão) que determina a consciência (Bewußtsein). Entretanto, os próprios fundadores dessa abordagem tinham também indicado a possibilidade de uma relação não mecânica entre esses fatores e de uma "autonomia relativa" das superestruturas. A partir dos anos 1920, quando as ideias de Marx foram adotadas fora do movimento operário e começaram a encontrar as outras ciências humanas, inúmeros autores utilizaram, de maneira mais ou menos "ortodoxa", os métodos de Marx e de Engels, e às vezes também seus comentários no mínimo sucintos sobre algumas obras culturais, para elaborar uma teoria marxista da literatura. G. Lukács e J.-P. Sartre, H. Lefebvre e Lucien Goldmann, Theodor Adorno e Walter Benjamin, E. Bloch e H. Marcuse, L. Althusser e F. Jameson estão entre os representantes mais conhecidos desse debate (sem contar os estudos realizados nos países do Leste, que são muitas vezes as coisas menos desinteressantes que ali foram feitas, sem falar de M. Bakhtin e sua escola). Frente a frente, principalmente os defensores do "realismo", como Lukács, e os autores mais abertos às experiências da literatura moderna e experimental, como Adorno (que não se definia como "marxista" em sentido estrito). O debate não dizia respeito aliás somente à interpretação a ser dada a obras passadas e presentes, mas assumia também, principalmente entre os "ortodoxos", um forte valor normativo: tratava-se de determinar em que deve consistir uma literatura "revolucionária" ou "socialista", chegando-se ao ponto nos países "comunistas" de se proibirem obras literárias por não serem suficientemente comunistas. A história desses debates, que continuaram até os anos 1970 para se interromper bruscamente em seguida, é bastante rico. No Brasil, as discussões de teoria literária mais ou menos influenciadas por Marx jogaram um papel especialmente grande. Porém, o aporte de Marx nesses debates — quer fosse preponderante, como em Lukács, ou somente um elemento entre outros, como em Adorno — consistia inevitavelmente em assumir que a literatura traduz os conflitos sociais de uma época, as estratégias dos atores sociais, os esforços de emancipação. Para tudo que não entrava nesse esquema, os marxistas não-ortodoxos pediam o socorro de outras ciências, como a semiótica.

A crítica do valor revisitou de cabo a rabo a herança de Marx e introduziu a distinção capital entre o "Marx esotérico" (teórico do fetichismo da mercadoria, que se exprime principalmente no primeiro capítulo do *Capital* e cujas análises, que tocam no coração mesmo da sociedade mercantil, são mais atuais do que nunca) e o "Marx exotérico", que colocou no centro de suas análises a luta de classes tais como existiam em seu tempo. Mas que olhar devemos lançar para a esfera cultural? A questão durante muito tempo não mereceu muita atenção por parte das publicações inspiradas pela crítica do valor. Teria sido possível investigar as descrições literárias em relação à resistência popular ao trabalho, tema evidentemente negligenciado pelo marxismo tradicional que se fixa no papel positivo do trabalho. Na literatura brasileira, aliás, encontramos bons exemplos, aos quais também faz alusão o livro de Oliveira. Mas é fácil entender que uma tal perspectiva só alcançaria um campo limitado.

É aqui que o conceito de "forma-sujeito" mostra todo seu poder heurístico. A partir do começo dos anos 1990, a crítica do valor aprofundou progressivamente o fato que o "sujeito" não é um dado supra-histórico que se viu colonizado pelo capitalismo. O sujeito é ele próprio uma forma fetichista: a forma-sujeito constitui uma "forma a priori" como são o valor, o trabalho abstrato, o dinheiro. Uma forma historicamente determinada, mas inconsciente e que estrutura os comportamentos e os pensamentos das pessoas — dos "sujeitos" — à sua revelia. O sujeito não é o polo contrário da dominação capitalista, ele nasceu e se desenvolveu juntamente com ela. A forma-sujeito é aparentemente abstrata e vazia de conteúdo, assim como o valor criado pelo lado abstrato do trabalho. Ela considera o mundo somente pelo prisma da quantificação e da abstratificação de todo e qualquer conteúdo. Ao mesmo tempo, seu caráter abstrato esconde o fato de que a forma-sujeito está essencialmente ligada a uma figura histórica precisa: o homem branco, macho e ocidental que conquistou o mundo e submeteu a natureza a partir do século XV. O sujeito não é idêntico à "pessoa" ou ao "indivíduo". Ele é o indivíduo que vestiu a forma-sujeito como se veste uma camisa de força ou como se entra num leito de Procrusto. Mas esse sujeito, e sua forma, são vieram ao mundo já com todas as suas formas delineadas. Eles tiveram sua história, uma história que ainda continua.

É o grande mérito do livro de Robson de Oliveira, ter empreendido a primeira análise de diferentes episódios da história da literatura mundial relacionando-os com as etapas do desenvolvimento da forma-sujeito. Ele fala de uma verdadeira "dupla acumulação primitiva": objetiva — a subordinação da vida social à lógica do capital, de forma crescente e incessante durante a modernidade — e subjetiva: a importância crescente da abstratificação e da indiferença (o autor retira de Georg Simmel o conceito de "blasé") nas estruturas psíquicas dos portadores dessa modernidade. Isso diz respeito, deve-se sublinhar, a todas as classes sociais, embora nem sempre da mesma forma: o "sujeito burguês" é uma categoria mais ampla do que apenas a classe burguesa. De maneira bem convincente, Robson de Oliveira mostra que a forma-sujeito, que é uma pura abstração, se constitui pelo fim da Idade Média na Europa, paralelamente à emergência do dinheiro, e em relação estreita com uma nova maneira de conceber o tempo, em prelúdio à sua futura abstratificação e aceleração. Mas esse sujeito abstrato permanece durante séculos mesclado às formas concretas de socialização e não se liberta senão gradualmente de sua imbricação e de seus compromissos com as formas pré-burguesas e concretas (que aliás não são necessariamente melhores, como Oliveira chama a atenção).

Ao falar do teatro de Molière, o livro de Oliveira evoca a oposição entre a velha aristocracia e a nova burguesia, rica em dinheiro mas pobre em cultura e *savoir-vivre*. Essa oposição, mil vezes analisada em termos históricos e sociológicos, é apresentada por Robson de Oliveira como duas etapas de um conflito que vai ser o esteio da evolução do sujeito moderno: uma que remete a esse sujeito moderno em vias de formação (a burguesia) e outra que remete para uma mentalidade ainda estruturada pelas formas pré-modernas de socialização. Quase três séculos depois, *O homem sem qualidades* (1930–1942) de Robert Musil representa para Robson de Oliveira um estágio histórico em que o sujeito abstrato, o sujeito da mercadoria e do dinheiro, destinado à pura quantificação, chega a uma vitória quase completa e não se defronta senão com os últimos restos de uma mentalidade pré-capitalista. A ausência do sentido de limites, o desaparecimento da dimensão simbólica nos atos cotidianos e nas trocas, onde o dinheiro toma o lugar do dom (no sentido de Marcel Mauss), e o desaparecimento da experiência transmissível, que tanto preocupava Walter Benjamin, contam entre suas características fundamentais. Evidentemente, tanto nesse como em outros casos citados, não são as intenções explícitas dos autores que contam, mas o que se pode haurir de suas obras enquanto testemunhos ou sintomas.

O livro de Oliveira é também precioso por mostrar que o arcabouço dessa análise pode igualmente dar resultados importantes no que diz respeito ao Brasil e seus aspectos particulares, que não são de modo algum um simples prolongamento de situações europeias. Ele constata ali, como outros já o fizeram antes dele, a ausência de uma classe burguesa e de sua subjetividade. Mas em vez de lamentar e desejar uma "modernização" das consciências como pressuposto necessário do "progressos social", de Oliveira lembra — citando também suas experiência pessoais no sertão — as devastações produzidas por essa modernização — sem entretanto idealizar, nem nesse caso nem em qualquer outro em seu livro, as formas sociais pré-capitalistas. Nesse contexto, ele mostra também a importância da cooptação de formas inicialmente de contestação para a própria renovação do capitalismo. Criticando Antonio Candido, ele aponta as ambiguidades da "superação" da subjetividade burguesa: a malandragem não aparece finalmente senão como uma via alternativa à sociedade de concorrência. Essa via era menos "eficiente" na época do "primeiro espírito do capitalismo", weberiano, puritano e nórdico, mas agora vive sua revanche com o "terceiro espírito" (Luc Boltansky), pós-moderno, narcísico e globalizado. Essa excursão nas particularidades da forma-sujeito brasileira em relação às formas europeias pode aliás explicar — será que é preciso lembrar? — muitos elementos da história recente do país. E será interessante — embora não agradável — ver qual será a importância relativa do componente liberal-pós-moderno e do componente autoritário e conservador nas novas formas de dominação social que estão se configurando no Brasil e alhures.

É importante destacar que essas interpretações são muito originais; é difícil encontrar algo comparável na literatura crítica. Além do mais, a utilidade dessas pesquisas é dupla: o conceito de forma-valor permite jogar uma nova luz sobre a história da literatura e das formas de consciência em geral. Ao mesmo tempo, os fenômenos culturais constituem um ótimo prisma para melhor distinguir e compreender as etapas da evolução da forma-sujeito. É do mesmo modo digno de nota que tais análises podem contribuir a ir além da oposição, tão velha quanto inútil, entre "materialismo" e "idealismo", entre "ser" e "representações". O conceito de fetichismo se situa com efeito para além dessa dicotomia do qual o marxismo tradicional fez um de seus cavalos de batalha.

O último autor tratado neste livro é Samuel Beckett com *Esperando Godot* (1952), *Fim de Partida* (1957) e *Dias Felizes* (1961). Embora *Godot* esteja mais próximo, em anos, da obra de Musil do que de nossa época, temos a impressão de que Musil descreve um mundo findo, enquanto que o mundo de Beckett parece ser de uma desconcertante atualidade. Aqui, o sujeito vazio e sem conteúdo triunfou sobre tudo que pertence ao mundo concreto e reina soberano. Poderíamos ver aí uma realização integral da forma, uma realização definitiva do sujeito moderno: mas como muito bem mostra a obra de Beckett, o triunfo do sujeito mercantil coincide necessariamente com seu desabamento. Os homens mutilados de Beckett não constituem a negação do sujeito burguês, mas sua realização. Exatamente como a vitória da forma-valor na vida econômica e social coincide com sua ruína. Com efeito, a abstração só pode viver às expensas do concreto; se ela conseguir devorá-la completamente, perde sua própria base. O sujeito realizado destrói a si mesmo tanto quanto o capitalismo que aboliu quase todas as formas de vida pré-capitalista provoca sua própria crise: o valor se mostra desvairado perante todo e qualquer conteúdo e não pode senão devastar o mundo social e natural. Beckett pinta um quadro sem piedade do *waste land* do capitalismo conseguindo coincidir consigo mesmo. Como Oliveira sublinha, Beckett não evoca de modo algum uma situação existencial "absurda" atemporal que caracterizaria o ser humano enquanto tal, nem, ao contrário, descreve apenas a situação do pós-guerra na Europa, mas anuncia precisamente o estágio final do sujeito burguês — que se tornou a forma-sujeito de todos os membros das sociedades modernas, sem grandes diferenças entre os grupos sociais.

Aqui, o círculo se fecha. A crítica do valor, depois das análises literárias, retorna à análise do mundo contemporâneo, que era seu ponto de partida, e que não consiste de forma alguma numa consideração deslocada, mas num grito de alerta. A crise, o declínio e a autodissolução do sujeito com toda segurança não fazem parte de um processo pacífico que dará lugar automaticamente a formas melhores — do mesmo modo que o desabamento gradual do capitalismo não implica necessariamente a passagem para uma sociedade emancipada. Ele apenas abre a possibilidade. Compreender a evolução histórica da forma-sujeito e a catástrofe final à qual ela conduz não serve apenas para entender a literatura, mas também os desafios que estão à nossa espera.

Quer se trate da incapacidade geral de reagir contra a catástrofe climática — incapacidade que assume hoje dimensões suicidas — ou do aumento de crimes absolutamente irracionais como os massacres nas escolas ou outros lugares públicos (school shooting, amok), quer se trate do aumento contínuo do narcisismo e outros distúrbios psíquicos ou da propagação do ódio sob forma de racismo e feminicídio, de guerra contra os pobres e de nostalgia da tortura e da pena de morte: trata-se de fenômenos cotidianos que não podem ser explicados apenas pelas razões "materialistas", evocando os "interesses de classe" ou as estratégias dos dominantes. O capitalismo entrou há décadas numa fase de autodestruição. Essa autodestruição sempre existiu em germe em sua própria essência: a transformação, vazia de sentido, de trabalho em dinheiro, sem qualquer relação com o conteúdo. Os sujeitos são em grande medida (mas não completamente) afetados por essa lógica autodestrutiva. As populações votam espontaneamente no tipo de opressor que, há algumas décadas, só teriam como chegar ao poder pela força. A forma-valor e a forma-sujeito, dois lados da mesma forma de base, remetem uma para a outra, cada uma sendo tanto o pressuposto como a consequência da outra.

Todavia, nem tudo está perdido. Não estamos diante de uma condição imutável do ser humano, mas de forma históricas. Assim como essas formas vieram ao mundo, também podem desaparecer. Entendê-las é o primeiro passo para se libertar delas um dia. Este livro constitui uma importante contribuição a essa compreensão. A erudição de que dá mostras não constitui um fim em si, mas está a serviço da compreensão da atualidade mais palpitante — sobretudo com relação às particularidades da forma-sujeito no Brasil.

Como diz o autor, ainda não somos homens completamente sem qualidades, ainda não somos puro vazio — e ainda é possível evitar que nos tornemos.

Introdução

> Mas não é particularmente por instituições políticas que se manifestará a ruína universal, ou o progresso universal; pouco importa o nome. Será pelo aviltamento dos corações.
>
> BAUDELAIRE, *Fusées*

> Vai pássaro encantado,
> abre a porta
> e voa à minha amada,
> aninha-te em seu peito
> e conta a ela que sigo
> vivo, mas putrefeito.
>
> CLOV-BECKETT, *Fim de Partida*

O canto de Clov, no final da peça *Fim de Partida* de Beckett, apesar de aparecer como que deslocada do ambiente geral da peça, de onde não se esperaria tal lírica, exprime o espírito que sobressai também em *Dias Felizes* e *Esperando Godot*: viver putrefeito. Um viver putrefeito que vai ao encontro das palavras de Benjamin com relação a outro contexto por outras razões também dramático: "Ficamos pobres. Abandonamos uma depois da outra todas as peças do patrimônio humano, tivemos que empenhá-las muitas vezes a um centésimo do seu valor para recebermos em troca a moeda miúda do 'atual'"(BENJAMIN, 2010, p.

119). Ao analisarmos a marcha incessante em busca do "desenvolvimento", cada vez mais premente e apagando os rastros do passado, quer dizer, ao analisarmos os poucos séculos de desdobrar-se da guerra concorrencial capitalista mediada pela mão invisível do mercado, não podemos vislumbrar outra divisa. Mas com algumas ressalvas: ficamos pobres em termos do que se tem considerado minimamente humanidade, embora estejamos cada vez mais empanturrados de mercadorias e de suas imagens idealizadas. Será que no avançar da vida moderna, tida como o nível mais alto da sociabilidade humana, não estariam escondidos os escombros deixados pelo desdobrar do movimento incessante de multiplicação do dinheiro? Se a resposta for positiva, de qualquer modo, os escombros contemporâneos e do porvir também se anunciam como subjetivos, restos de pensamento reflexivo. Dito de outro modo, será que se poderia dizer que a realização da promessa capitalista de um contínuo progresso emaranhado no devir-mercadoria do mundo está ligada a um contínuo devir-mercadoria do homem, forma dessubstancializada? Ou ainda, será que a "nova barbárie", o começar do zero a que se referia otimistamente Benjamin ao ver certa positividade no apagamento da memória, poderia ser chamada de *positiva*? Ou a nova barbárie seria antes o estágio a que chega uma sociedade cujo desejo insaciável é submeter a realidade concreta ao movimento *ideal* do acúmulo de riqueza abstrata?

Abordo neste livro a temática desse devir-sujeito-dessubstancializado de fato como um devir, ou seja, nunca como um dado absoluto e acabado, mas como um processo que vem se desdobrando na história da modernidade. Esse desdobramento significa que o vazio já rondava desde o Renascimento ao capitalismo do século XIX o sujeito pensante, ele próprio apressadamente chamado sujeito burguês. Veremos que o sujeito burguês não é uma forma de subjetividade estática; que o chamado sujeito burguês do século XIX era em verdade um entrecruzamento de formas de subjetividade mais modernas e formas mais fincadas na tradição anterior à modernidade, e que, numa dialética de superações de formas de subjetividade menos adaptadas ao cálculo, à frieza, ao formalismo do pensamento, foi sendo superada por formas mais próximas desse caráter que foi se desdobrando. Seremos levados talvez a nos perguntar por que esse devir-esvaziamento da subjetividade se dá como processo paulatino na modernidade e não em outra época histórica. Nossa hipótese primeira é que, para responder a isso, temos que pensar no papel histórico bastante diverso que desempenhou nas várias formas sociais aquele que é o equivalente geral e esvaziador geral das especificidades das coisas e pessoas, aquele que é nosso velho conhecido, que parece ser tão trivial à primeira vista, embora em verdade seja muito cheio de manhas teológicas: o dinheiro, que corre nas veias da mercadoria. Do mesmo modo é preciso pensar sobre a cimentação simbólica das sociedades anteriores, uma cimentação que não permitia que o dinheiro tenha se tornado desde sempre o que ele em verdade *é*. Acho que não erraria em dizer que o dinheiro, de formas distintas, compõe o fio que tece o caminho reflexivo que perfazemos por obras teóricas e literárias.

Ora, seria possível perguntar: estará o sujeito moderno, autocentrado, reflexivo, o sujeito que saiu das trevas e dos grilhões da religião e do absolutismo para se entregar de braços abertos à democracia moderna, sendo destruído e dando vez a um sujeito vazio, narcísico, de desejos imperiosos? Ou será que, em vez de estar sendo destruído, ele está em seu processo de desdobramento, de realização de seus desígnios como um paroxismo da modernidade, ou do processo de modernização desencadeada pela Razão (instrumental-mercantil)?

O presente livro pretende constituir-se como uma reflexão sobre quatro tempos, quatro momentos distintos do desenvolvimento da forma-sujeito moderna coadunada com a forma-social mercantil. Além das obras teóricas, veremos como esse desenvolvimento da modernidade ecoa em obras de quatro autores da literatura: Molière, Musil, Beckett e Mário de Andrade. Este último apenas nos centraremos em seu *Macunaíma*. Um dos conceitos basilares neste estudo é o de *tensão* em termos de psicologia social, ou seja, em termos de tensão dialética entre subjetividade e sociedade. Essa tensão se constitui como fundamento das relações sociais, como elemento essencial da constituição subjetiva. Isso significa que sociedade e individualidade se entrecruzam. No entanto, essa relação é mais problemática especificamente na modernidade, pois nela intervém uma forma de subjetividade abstrata que chamamos de forma-sujeito burguesa, uma *fôrma* de subjetividade adaptada à vida moderna.

Significa dizer que os quatro tempos da forma-sujeito moderna sobre os quais tentaremos refletir se ligam a uma tendência histórica ao esvaziamento do mundo pelo fato de aquilo que paulatinamente foi ocupando o nexo social ser também uma forma sem conteúdo, pura mônada de trabalho abstrato, de valor mercantil, portanto de dinheiro: a mercadoria. Tentaremos desenvolver a ideia de que a forma-sujeito burguesa, que se desenvolveu embrionariamente na prática com os mercadores medievais, nunca pôde nem pode existir em estado puro, mas sempre no entrecruzamento com uma subjetividade passada, presente e futura.

Falar de tensão significa reexaminar a ideia do materialismo tradicional de base marxista. De fato, para entender o ser humano de uma determinada época, temos que apreender as relações sociais de dada época. Mas na modernidade, há uma especificidade, pois a dinâmica por ela introduzida não tem apenas um matiz de pura reprodução social como em outras sociedades, mas está sempre apontando para o "progresso", com fases que não se sucedem simplesmente, mas em que uma fase posterior demonstra *in destruens* o desdobrar-se da fase anterior — evidentemente com os percalços que a vida concreta impõe — sempre caminhando no mesmo sentido. É por isso que autores como Robert Kurz, seguindo a linha da Teoria Crítica, consideram a modernidade capitalista como uma metafísica real. No sentido de ela ser uma espécie de conceito cuja tendência histórica é se materializar na realidade concreta, que é encarada por dito conceito como puro suporte para sua realização. Dito de outro modo, a modernidade não pode ser entendida nem como simples relações materiais, nem como simples ideias que ficam no campo ideal. Há na modernidade — pela sua característica dinâmica inédita na história — uma constante tensão entre concreto e abstrato. Esse concreto é tanto a vida material, quanto a própria subjetividade. No entanto, na modernidade, tanto a vida material quanto a subjetividade estão constantemente acossadas por novas formas, novos desdobramentos, novas exigências. E essas exigências provêm do ideal abstrato de uma sociedade que precisa sempre "evoluir" para ficar de pé. O ideal inconcretizável — uma vez que a forma-social burguesa pura não é possível sem uma aniquilação da realidade — e invivível de sociedade mercantil seria um crescimento econômico incessante. O ideal de sujeito burguês inconcretizável — uma vez que uma forma-sujeito burguesa pura seria a aniquilação da subjetividade em proveito da realização da segunda natureza — e insuportável seria o sujeito que se reduz simplesmente a trabalhar e comprar incessantemente. Essa abstração tenta a todo custo se impregnar da realidade, fazer da realidade o seu campo. É assim que a subjetividade sofre a pressão para adaptar-se a uma forma abstrata — a forma-sujeito moderna —, uma verdadeira *máscara de caráter* (MARX). Essa forma-sujeito tenta se realizar nas subjetividades ou individualidades concretas. É nesse sentido que se pode falar do capitalismo, da vida social moderna, como uma metafísica real — ou em realização permanente — tanto do ponto de vista objetivo quanto do ponto de vista da subjetividade.

No entanto, essa abstração social e subjetiva não encontra sempre o terreno aberto para simplesmente se realizar. O concreto — em termos de relações sociais materiais e da subjetividade — impõe certos limites aos caprichos da abstração que quer simplesmente se efetivar. É o que chamamos aqui de tensões subjetivas, ou entrecruzamento subjetivo a cada passo do desenvolvimento capitalista, é um entrecruzamento que sempre guarda, além dos momentos capitalistas da vida, momentos não necessariamente capitalistas, que podem ser outras formas de ver o mundo, outros símbolos sociais. Historicamente o capitalismo se impôs junto com essa tensão que só existe com a memória que se mantém das várias experiências de vida ou daquelas transmitidas pelas gerações de que a vida não se resume a vender, comprar, a tirar vantagem e realizar imediatamente seus desejos mercantis. Ou seja, se as subjetividades interiorizam, reproduzem e/ou transformam, como diz o materialismo, elas também tensionam, ou se veem em meio a relações em que novas formas subjetivas e objetivas tensionam com suas "velhas" concepções. Dito de outro modo, é preciso nuançar a famosa afirmação de Marx de que "não é a consciência dos homens que determina o seu ser, mas, ao contrário, é o seu ser social que determina a sua consciência" (MARX, 1982, p. 25). Em abstrato essa afirmação não causa estranhamento, mostra-se correta. Mas quando analisamos a história concreta das relações sociais e das subjetividades, vemos que tanto o ser social determina a consciência quanto a consciência que se adquire determina esse próprio ser numa trama dialética que, como dissemos, é mais complexa na modernidade, quando um terceiro elemento entra nessa relação: um poder impessoal que tece o fio que entrelaça o ser social e sua consciência.

Para esse intento de fazer uma espécie de viagem ao coração dessas tensões subjetivas ocorridas no desdobrar-se da modernidade até a contemporaneidade, quando ela parece dar mostras de ter derrotado toda e qualquer oposição que não seja o melhoramento da suas próprias estruturas, teremos que refletir minimamente sobre a gestação das tensões rumo à modernidade.

Começaremos nossa viagem no século XI, com o impulso que tiveram os mercadores, sem pretender que já se tratava de capitalismo, ou que o dinheiro tinha o mesmo papel que terá no capitalismo, mas simplesmente porque o espírito desses mercadores medievais apontava para questões que extrapolavam o espírito medieval — não esquecendo que eles eram uma minoria desclassificada no começo, no seio de uma sociedade cheia de mediações sociais e ainda regida pelo universo simbólico-religioso. Alguém poderá objetar: e por que não começar com os mercadores na antiguidade, que também introduziram tensões na vida social, como em Atenas? Uma justificativa é que aqueles mercadores viviam mergulhados, como toda a sociedade, em tradições muito profundas para que pudessem tensionar como o fizeram os mercadores medievais, que começaram a influenciar uma reflexão sobre a liberdade de iniciativa e de ganho. Não havia uma dinâmica social incessante para minar essas tradições que somente um sistema produtor de mercadoria pode causar; tampouco houve algo tão decisivo quanto o chamado *big bang* da modernidade, que foi, nas palavras de Kurz, a invenção das armas de fogo. Tanto que havia meios políticos de se defender do dinheiro: "Esparta proibia aos particulares a posse do ouro; como meio de circulação os espartanos usavam barras de ferro" (JAPPE, 2006, p. 186). Era, portanto, difícil acumular. Outra justificativa é que de fato não foi dali que surgiu a modernidade. O fosso entre a Antiguidade e a Alta Idade Média já é várias vezes duradouro do que o próprio capitalismo.

Mesmo com o grande desabrochar dos mercados de troca, houve um processo muito lento de preparação à modernidade capitalista. Partindo desse impulso medieval, chegaremos ao Renascimento, visto como passagem fundamental, como preparação burguesa fundamental, embora o humanismo renascentista seja um grande amálgama de passado medieval e futuro moderno, não se podendo chamar o humanista simplesmente de sujeito burguês. Essa preparação inclui o que Marx chamou de *acumulação primitiva do capital*, mas também uma espécie de *acumulação primitiva* em termos subjetivos sempre contínua.

Minha pretensão é, portanto, refletir o quanto os aspectos modernos foram sendo "*mijotés*" na vida social e nas subjetividades e o quanto o peso da tradição e de aspectos simbólicos são empecilhos a uma sociedade que se pretende livre de qualquer amarra, inclusive da amarra do outro.

Os sujeitos que veremos com Molière estão nesse entrecruzamento entre pré-moderno e moderno, tendo ainda como ideal subjetivo o nobre, mas um nobre que já tem a influência da moral mercantil, que já sofre uma *corrosão de caráter* — e podemos notar a lentidão das mudanças sociais, apesar de tudo. Ao mesmo tempo que ama seu dinheiro, o mercador idealiza a subjetividade nobre, o *status* nobiliárquico, além dos privilégios. Ao mesmo tempo que não tem honra, nem moral, nem ética no mercado, e que é capaz de destruir os povos da colônia ou escravizar e vender os negros, lê os tratados de comportamento do Renascimento, participa do processo *civilizador* (ELIAS) e almeja ao estatuto de *Courtois*. Ou seja, no desenvolvimento da modernização, *civilização* e *barbárie* aparecem como dois lados de uma moeda moderna: "Nunca houve um monumento da cultura que não fosse também um monumento de barbárie" (BENJAMIN, 2010, p. 225). Mas, na contemporaneidade, no momento do capitalismo desenvolvido — que coincide com sua crise lógica — os monumentos de cultura ou civilização são já monumentos de barbárie. A barbárie não é mais, como antes, um efeito colateral, um preço que se deveria pagar — segundo a concepção dos defensores do progresso. A barbárie é a forma de organização da sociedade moderna desenvolvida (MENEGAT, 2013, p. 154)[1]. A barbárie não pode mais ser colocada como falta de civilização moderna, mas como

1. Muito interessante é a análise desse autor sobre alguns intérpretes do Brasil, que poderia ser estendida a outros da América Latina como o caso de Domingo Sarmiento ou até Euclides da Cunha: "A po-

excesso de civilização moderna. Não apenas barbárie em termos objetivos, no sentido de uma profunda disfunção na organização social que cria um quadro propício à violência — como o fato de não haver mais trabalho para todos — mas sobretudo em termos subjetivos, em termos de um vazio de pensamento comum a todas as classes sociais, que não significa seres humanos vazios como uma tábula rasa, mas o mover-se na pura imanência de uma segunda natureza — um reino em que o pensamento não consegue transcender o automatismo de uma vida que pretende imitar a vida natural, embora seja social. Eis a nova barbárie, que não é portadora de nada de positivo, nem de qualquer esperança. A esperança está do outro lado, só pode estar na recusa dessa nova barbárie, uma recusa que, por sua vez, poderá advir do processo árduo de aquisição da consciência necessária à transcendência a essa segunda natureza.

Com Musil, veremos a forma-sujeito moderna de forma mais delineada, um sujeito já mais despojado do passado, mais apto à Razão instrumental-mercantil, sem ao mesmo tempo deixar de haver tensão com as sobras de honra, as sobras de realeza, sobras do antigo regime. Sobras de outra temporalidade. Veremos aqui a vitória da modernidade sobre as outras formas de vida social, vitória

---

sição crítica dos intérpretes ficou no plano da crítica da ideologia, em que a participação no fundo comum da civilização (cf. Mauss) ainda é reivindicada em oposição à barbárie. O processo de modernização e a sociedade burguesa são criticados na forma que assumem na periferia, mas não em seus fundamentos que, afora alguns transtornos aqui e ali, decorrentes de alguma possibilidade de originalidade nacional, eram aceitos. Em outros termos, os intérpretes formularam uma crítica às formas de distribuição de riqueza da civilização ocidental burguesa, mas não de seu modo de produção (incluindo suas forças produtivas)" (MENEGAT, 2011, p. 36).

essa que vai se consolidar de vez no século XX. Veremos aqui o quanto o indivíduo ou a subjetividade é algo distinto do Indivíduo moderno ou da forma-sujeito moderna.

Na terceira parte deste estudo, refletiremos sobre o desenvolvimento da forma-sujeito burguesa no Brasil como sendo bem distinto do processo europeu. Veremos que, embora a colônia desde cedo tenha estabelecido trocas mercantis com a Europa, isso não foi suficiente para o deslanchar de um mínimo sistema mercantil internamente. Ou seja, a forma-social e a forma-sujeito burguesas somente no passar do século XIX para o XX puderam ter certo impulso interno. É nesse sentido que lemos o Modernismo paulista, em especial *Macunaíma* de Mário de Andrade, como uma tentativa vanguardista de apreensão e impulso de uma subjetividade *sui generis*, tipicamente brasileira, como síntese inconfessa *indigeno-burguesa*, numa prefiguração, essa sim vanguardista, do desdobramento do capitalismo como amálgama entre cultura e natureza. Como nas outras obras, não se trata de buscar interpretar o que o autor ou o movimento quis dizer naquele momento histórico, mas o que na contemporaneidade se pode interpretar dessas tentativas vanguardistas que nunca são somente estéticas.

Com o teatro de Beckett, analisaremos talvez o ponto culminante do desenvolvimento moderno sem freios. A *forma* do teatro de Beckett, bem como seu *conteúdo* — a falta de conteúdo — podem dar uma medida do que significa a vida social se fundamentar no movimento repetitivo de valorização do dinheiro. Nesse momento da reflexão, destacaremos o advento da sociedade de consumo, não como nova sociedade, mas como desdobrar-se necessário do movimento dinâmico da sociedade moderna. Em vez de confundir o fetichismo da mercadoria de Marx com o fetichismo do consumo, refletiremos o quanto são dois níveis de fetichismo distintos.

Do mesmo passo, de formas bem diversas, poderíamos afirmar que tanto Molière — embora seu teatro não pareça demonstrar de modo algum tensão quanto a isso, limitando-se a pintar o quadro social da época ridicularizando os *sem qualidades*, às vezes, devotando-lhes benevolência, em suma, mostrando em certa medida os valores que sua época cultivava, valores que já parecem paisagem distante na contemporaneidade — tanto Musil quanto Beckett tratam da questão da substância ou da falta dela em relação a qual se constrói a subjetividade, uma questão bastante cara à contemporaneidade vivida por nós, uma questão que diz respeito diretamente aos processos de subjetivação numa sociedade mercantil desenvolvida. Se os processos de subjetivação mantêm estreita relação dialética com o quadro objetivo da sociedade, significa que o avançar da sociedade poderá apontar novas questões a esses processos.

Além disso, reafirmando o aspecto dialético da relação entre sociedade e subjetividade, se a questão da falta de substância é colocada ao sujeito é porque ela se coloca também na base na própria sociedade, embora precise de um tempo de amadurecimento. E é interessante como na literatura desses autores ecoam esses momentos. Mas de formas distintas, por se tratar de momentos distintos de um mesmo processo e de autores de características e experiências distintas. Como diz Todorov: "Como a filosofia e as ciências humanas, a literatura é pensamento e conhecimento do mundo psíquico e social em que vivemos. A realidade que a literatura aspira compreender é simplesmente, [...] a experiência humana" (2009, p. 77).

Mesmo sem ser um documento psicológico, filosófico, teórico ou histórico em si, a literatura desses autores não pode ser considerada mera ficção, mera invenção sem relação com o momento histórico, social e subjetivo em que foram escritas ou lidas e interpretadas. As formas estéticas também são mediadas socialmente. É comum ver obras literárias, por mais absurdas que possam parecer, transbordarem uma tensão com a realidade concreta, quer seja ela passada, presente, ou até futura, como obras que só fazem sentido tempos depois, ou que ganham mais força tempos depois, como o caso das peças beckettianas escolhidas aqui. Ou seja, essa tentativa de reflexão tenta contribuir também para ressaltar a literatura como fonte de pesquisa qualitativa.

Mas é importante ficar claro que este estudo não é literário, mas psicossocial. Dizer que não se trata de estudo literário significa que as obras literárias não são o ponto de partida para uma análise imanente, como se desenvolve cada vez mais contemporaneamente, mas o ponto de aprofundamento. Significa dizer que não busco nas obras as teses defendidas aqui — o que seria com razão repreendido pelos estetas. Tampouco usamos as obras como ilustração do conteúdo. O que está em questão aqui é muito mais o que se poderia chamar de leitura da obra literária como sintoma, ou leitura dos ecos da vida social que repercutem na obra literária. Por isso, não deve se incomodar o leitor ao ver que as páginas dedicadas à análise das obras estão às vezes em menor número do que aquelas dedicadas à reflexão mais geral. É porque nosso método pressupõe uma introdução histórico-lógica antes de adentrar pela obra literária em si. Não para que a obra seja ilustração do que precedeu, mas simplesmente para deixar cristalino, já que a interpretação é uma atividade pessoal, de onde o autor desse estudo joga seu olhar para as obras literárias. Ou seja, ao deparar com a reflexão histórico-lógica, o leitor não deve ralhar e jogar às Gemônias o texto por fazer mal uso da literatura, mas deve abrir-se ao caminho que o autor percorre para construir o universo a partir do qual ele lê as obras literárias, sem pretender que seu desenvolvimento lógico-histórico esteja refletido nas obras literárias. A questão é mais complexa e dialética. Até porque, como diz Blanchot: "Não há arte literária que, direta ou indiretamente, não queira afirmar ou provar uma verdade" (1997, p. 187). Boa ou má. Conscientemente ou não. Uma verdade que não existe necessariamente apenas no tempo histórico em que a obra foi escrita, mas que pode ultrapassar o seu próprio tempo. E é perante essas obras que ultrapassam seu próprio tempo que não podemos ficar em silêncio, porque não são só obras interessantes, mas principalmente acrescentam muito sobre sua época e nossa época (SARTRE, 1999, p. 128), embora não tenham necessariamente tido o intuito de fazê-lo.

E nossa época, como um processo de desembocar da modernidade ou da modernização, Lipovetsky, por mais controversas que sejam suas análises, mais apologéticas do que críticas, resumiu como a *Era do vazio*: "A realização definitiva do indivíduo coincide com sua *dessubstancialização*, com a emergência de átomos flutuantes esvaziados pela circulação de modelos e, por isso mesmo, continuamente recicláveis" (2008, p. 154). De certo modo, esse trecho resume nosso desafio reflexivo.

Esse vazio do pensamento também Hannah Arendt problematiza ao denunciar a crise da cultura, como algo típico das sociedades de massa — embora se queira fazer crer hoje na individualização pelo consumo de mercadorias pretensamente individuais e pelo protagonismo proporcionado pelas redes sociais. Se cada nova geração deve descobrir laboriosamente a atividade de pensar e durante muito tempo, para desenvolver essa atividade fundamental para a sociedade, recorreu-se à tradição, para a autora, esta mesma tradição sofre uma usura na modernidade e os indivíduos precisam descobrir essa atividade por conta própria (ARENDT, 2006). Se como ela mesma afirma, o homem na modernidade deve descobrir por conta própria a atividade do pensamento, o desenvolvimento contínuo desse processo de pretensa "subjetividade nova", desse "homem novo" moderno despregado de uma retirada de sentido da tradição acaba pendendo para uma falta de essência exatamente porque não há quase referência que se constitua na construção de significados na relação social mesma a não ser aquelas lançadas de forma heterônoma e acima da própria sociedade – que as aceita. E a sociedade pretende – quanto mais se desenvolve – assegurar aos sujeitos a base sólida de não precisar se "prender" a qualquer "essência" – que seria encarada quase como uma prisão –, mas esse "não prender-se a nada de permanente" é o mais movediço e inseguro chão em que se vê o sujeito contemporâneo.

Tradição aqui precisa ser entendido em sentido mais amplo do que simples perpetuação do poder, em si criticável, mas como acúmulo de experiência construída socialmente, experiência que se constitui em referenciais de reflexão. Mas como descobrir essa atividade numa sociedade do *prêt-à-porter* e do *prêt-à-penser*, da novidade incessante, onde a ideia de experiência e transmissão de saberes passam por totalitários para sujeitos que se creem tudo saber desde a mais tenra idade, onde os esforços de raciocínios são penosos diante do mundo de pretensas facilidades, pretensas saciedades contínuas, um mundo sem renúncia como pretende se nos apresentar a sociedade contemporânea? Esse vazio de pensamento guarda relação com o conceito de memória de Benjamin que se poderia resumir como a capacidade de *retirar sentido* do que se vive e construir experiências de significado para nossa existência. Memória significaria, em suma, capacidade de manter sentido de história, de manter o sentido de passado, presente e futuro, capacidade de passar por um crivo crítico esse mesmo passado, mas também o presente, para melhor delinear o futuro, em vez se simplesmente aceitá-lo como simplesmente a obviedade do que vem depois.

Trata-se, assim, de uma capacidade de diferenciação, capacidade de não abstrair a especificidade de coisas, pessoas e formas de vida. E não teria sido esse o processo paulatino da modernidade?

O empreendimento da reflexão sobre as tendências subjetivas na contemporaneidade, nessa *era do vazio*, como uma subjetividade *dessubstancializada*, constitui-se em tarefa tanto difícil quanto necessária à própria socialização. Isto porque, a sustentar-se a tese de um ponto culminante do *vazio tautológico* na vida social contemporânea e no processo de subjetivação na contemporaneidade é o próprio homem que pode se tornar supérfluo (ARENDT). Este estudo pode vir a ser um pequeno contributo nesse sentido. O que proponho aqui ao leitor é decerto um texto teórico, mas que pretende tensionar com o tempo presente, com a vida que levamos nesta comunidade mercantil dentro da qual acordamos todos os dias.

Molière e *o burguês fidalgo*: Entrecruzamento entre fidalguia e burguesia

Numa sociedade marcada por uma dinâmica interna, a forma de subjetividade nunca se dá em estado puro, mas em constante desdobrar-se na história. Hoje, podemos ter a medida de que o desenrolar da modernidade trouxe consigo uma dialética constante entre formas de reprodução material imersas e submetidas à tradição mítico-religiosa no sentido lato — como a que dominou largamente na Idade Média e em grande parte subsistiu na modernidade — e formas baseadas no ganho financeiro materializadas primeiramente no desenvolvimento das trocas mercantis, em especial na Idade Média. Do mesmo modo, podemos ter a medida hoje de que a modernidade se desenvolveu tendo em seu seio também uma dialética da subjetividade. Significa dizer que a forma-sujeito moderna, burguesa ou mercantil, do Indivíduo abstrato, objetivante e objetivado, que anda no mundo a fazer cálculos, não se implantou de uma vez por todas nas individualidades concretas, mas num processo contínuo de tensões e superações.

Nesse estudo, situaremos o surgimento da *tensão* moderna no grande desenvolvimento urbano e comercial que a Europa conheceu nos séculos XI, XII e XIII, que fez ganhar importância a figura do mercador, o ancestral do burguês moderno. Não porque o capitalismo fosse inevitável a partir daquele desenvolvimento das trocas mercantis. Também na Antiguidade havia trocas entre objetos. A diferença é que as trocas na Baixa Idade Média, contrariamente a outros períodos históricos, vieram acompanhadas de um movimento lento, mas contínuo, de tensionamento com o universo simbólico que fundamentava a vida subjetiva e as relações entre os homens. Para citar um exemplo, como afirma Crosby (1999, p. 53): "No fim do século XI e durante o século XII, os tratados sobre cálculos elementares eram, em sua maioria, tratados sobre o uso da tábua de calcular, e havia surgido um novo verbo, *tabular*, que significa fazer contas."

Nesse sentido, não falamos de surgimento do capitalismo ou do sujeito moderno por essa época, mas do aparecimento ainda tímido de uma forma de subjetividade que desde seu aparecimento já causava estranhamento em relação às formas que reinavam soberanas. Essa forma de subjetividade é típica do mercador, aquele que tem como *habitat* a cidade. O que já é um estranhamento, visto que a vida se dava em sua grande maioria nos espaços rurais.

O entrecruzamento subjetivo e objetivo a que me refiro se mostra, por exemplo, no fato de que, apesar de "as diferenças de estatuto, de origens, de ordens e estados, enfim, de qualidades [introduzirem] clivagens que se superpunham às da fortuna, de qualquer maneira, o modelo social urbano é o burguês, e o critério de diferenciação essencial é o dinheiro" (ROSSIAUD, 1989, p. 169). Ou seja, as fraturas sociais introduzidas pela maior importância do papel do mercador e daquilo com o que ele lida, o dinheiro, puderam conviver com formas que condenavam essa conduta por terem base noutras relações durante muito tempo, e era exatamente por essas relações estarem fundamentadas numa trama diferente que criavam tensão com essa nova figura social, em vez de simplesmente despertar nas pessoas o desejo de construir também uma riqueza mercantil.

> Assim, a cidade, por sua economia, seu ambiente, sua ética é, para a massa, destruidora dos laços familiares; as epidemias atacam, os laços de solidariedade se afrouxam, os perigos morais espreitam, a autoridade do chefe de família é posta em perigo. O citadino, não raro, sem ancestrais nem bens, não pode contar com "seus amigos carnais"; essa fragilidade estrutural não é causada só pela quantidade de homens "sem nome nem família", mas pela natureza mesma da riqueza citadina. Essa riqueza repousa no dinheiro (1989, p. 168).

O mercador que vive na cidade, assim como o burguês que lhe sucedeu, era amplamente desprezado pela sociedade em geral, não porque não estivesse passando a ocupar um papel importante, sobretudo a partir do século XIII, mas porque a sociedade era largamente alicerçada na tradição simbólico-religiosa, uma tradição que fez com que os teóricos da sociedade feudal, segundo Le Goff (1999a, p. 79) e Gourevitcht (2009, p. 269), falassem apenas de três camadas principais na sociedade, com o monarca à frente: os que rezam (o clérigo), os que combatem pela comunidade (os cavaleiros) e os que cultivam a terra (os camponeses). Notemos de passagem que não há trabalhadores. "A desconfiança que nutriam os camponeses em relação aos mercadores e o desdém que lhe endereçavam os nobres" (1999a, p. 270) baseava-se na doutrina da igreja — quem fornecia as normas sólidas que fundamentavam o nexo social (SIMMEL, 2009, p. 287).

Mas esse desprezo explícito, essa condenação explícita da atividade do mercador vai começar a ganhar contornos mais ambíguos, e a relação da sociedade com o mercador, principalmente após o século XIII, torna-se contraditória: ela o menospreza, enquanto ele ganha importância social: "O rico suscita inveja e hostilidade, sua responsabilidade e sua honestidade são postas em dúvida. Em geral, o mercador permaneceu, seguindo as palavras do historiador contemporâneo, um 'paria' da sociedade medieval na fase inicial de seu desenvolvimento" (GOUREVITCH, 1989, p. 270).

Evidentemente, do século XIII ao XVII, quando Molière escreverá suas peças para a monarquia e a corte, o processo de afirmação do mercador, que vai amadurecer na figura mais delineada do burguês como tipo social, só vai se desenvolver. O mercador itinerante vai perder espaço para o mercador sedentário que cria uma rede mais complexa de associados e empregados. Com a amplificação dos negócios, ele vai precisar procurar capitais além de seus negócios. É o caráter desmedido do dinheiro, da riqueza que ele representa e da subjetividade que ele engendra, que fincava lentamente raízes. Gourevitch também atesta que é só no século XIV e XV que o mercador vai ter espaço na literatura não apenas como seres ridículos e desprezíveis. No Decameron de Boccaccio, o mercador "tem acesso ao rol de herói no lugar daquele que anteriormente era a encarnação do princípio heroico, o cavaleiro heroico" (p. 306).

Nas peças de Molière que problematizaremos adiante, os mercadores vão se tornar burgueses de fato, verdadeiros homens sem qualidades, mas com dinheiro para comprar algumas. Ele passa a dirigir as cidades. No entanto, a dinâmica social ainda não é comparável com o *boom* que ocorrerá após a Revolução Industrial e Francesa. A subjetividade ainda é marcada largamente pelo entrecruzamento entre uma forma-sujeito burguesa, tendente a moderna, ainda embaçada, que vai se desenvolver e se explicitar sempre mais, exigindo o apagamento dos rastros do passado, uma abertura ao novo, rumo a uma liberação das amarras pessoais e da tradição, e uma subjetividade medieval cujas bases sólidas simbólico-religiosas vão passo a passo sendo corroídas. Esse trecho de Gourevicht é muito significativo da tensão a que me refiro:

> Elemento notável, mas secundário, de uma sociedade fundamentalmente agrária no início da Idade Média, o mercador torna-se pouco a pouco uma figura de primeiro plano, o iniciador de comportamentos novos que minam os fundamentos tradicionais do feudalismo. [...] A mentalidade do mercador se distinguia radicalmente da dos cavaleiros, do clérigo ou dos camponeses. A representação do mundo que toma forma pouco a pouco na consciência dos mercadores, à medida que se desenvolvem, entra em contradição com a representação do mundo que nutrem as outras camadas e categorias da sociedade feudal. A profissão e o modo de vida dos homens de negócios favoreceram a elaboração de novos princípios éticos e de um modo de conduta diferente (1989, p. 267).

Aos poucos, vai ficando difícil simplesmente ignorá-los. A Igreja vai precisar deslocar seu centro gravitacional para as cidades no século XIII, de onde ela precisava extirpar as heresias que eclodiam. A relação da Igreja, portanto, com os mercadores é ambígua: ao mesmo tempo que o condena, vai reconhecendo sua importância para a sociedade (1989, p. 272). Simmel, em seu livro *Filosofia do Dinheiro*, defende a ideia de que, embora o dinheiro seja muito antigo — século VII a. C. — ele vai ganhar muita importância em sociedades em que a religião ascende ao grau absoluto de objetivo final da existência (p. 281). Segundo ele, há uma relação forte entre o dinheiro e a ideia de Deus: a essência profunda do pensamento divino, assim como a do princípio do dinheiro, é unir nele todas as diversidades e as contradições do mundo. Evidentemente, no caso do monoteísmo:

> Enquanto o dinheiro se torna cada vez mais a expressão absolutamente suficiente e equivalente de todos os valores, ele se eleva a uma altura abstrata que se põe acima de toda a vasta multiplicidade de objetos, ele se torna o centro onde as coisas mais opostas, as mais estranhas, as mais afastadas encontram seu ponto comum e entram em contato (p. 281).

O dinheiro — que é algo somente moderno, diferentemente da moeda que é muito antiga — só tem como adentrar pelo seio social, ou seja, só tem como realizar seu desígnio, corroendo as bases simbólicas do universo religioso como forma-social total, que era o quadro social até a Idade Média. Dito de outro modo, o dinheiro não aceita outro deus, porque ele é que passa a ser o fundamento da forma-social total nascente. O fato notável é que as religiões monoteístas, pela experiência de uma substância única como fundamento da vida, são o campo fértil para que ele se imiscua sem ser notado como deus único, como o simbólico que fundamenta as relações, enquanto desloca o deus anterior para a esfera da fé privada.

Além disso, importa ressaltar aqui que o processo de modernização é um processo de superação paulatina do universo simbólico-religioso pelo universo simbólico-mercantil. São duas formas de vida social distintas. As mediações necessárias para se aproximar de deus criavam certas qualidades, até por serem mediações, uma conduta que pretendia agradar a esse absoluto. Em suma, deus expressa um conteúdo social e permanece apenas na cabeça dos crentes. Já o dinheiro é um deus do vazio, um deus que não exige qualquer postura social para lhe agradar a não ser servindo-o no mercado como sujeito autônomo, frio, concorrente, como produtor de uma riqueza que tem forma sempre idêntica e que só quer aumentar — embora à consciência imediata possa aparecer como desenvolvimento. Além disso, a lógica do dinheiro se materializa no social, como se o deus descesse à terra, mas vivesse escondido, sussurrando desavenças nos ouvidos dos homens.

Esse idêntico, essa substância comum, que é mera forma sem conteúdo, essa anulação dos caracteres específicos dos objetos, que se tornam assim mercadorias, meros representantes de trabalho abstrato, foi o que Marx denominou como valor[1], mera quantidade abstrata de tempo abstrato de trabalho necessário para a produção das mercadorias.

O «RENASCIMENTO» FILOSÓFICO E CIENTÍFICO INTELECTUAL NA IDADE MÉDIA: TENSIONAMENTOS

Além do mercador, há outra figura que se destaca nas cidades medievais: o intelectual. É no desenvolvimento do comércio, sobretudo do artesanato, que "ele aparece com um dos homens de ofício que se instalam nas cidades onde se impõe a divisão do trabalho" (LE GOFF, 1984, p. 11). Notemos com Le Goff que a divisão tradicional entre os que rezam, os que guerreiam e os que laboram não significava uma verdadeira especialização dos homens. O servo cultiva a terra, mas também é artesão. O nobre, guerreiro, era proprietário, administrador, juiz. Os clérigos podiam, muitas vezes, ser isso ao mesmo tempo, sendo a atividade do espírito apenas uma das atividades. Poderíamos até

1. Esse conceito será problematizado na segunda parte desse estudo, quando analisaremos a Razão instrumental-mercantil.

dizer o mesmo do mercador, cuja atividade essencial é especificamente a do ganho, mas que tem outras acidentais. Mas um homem cuja profissão seja escrever e ensinar, o sábio, o intelectual, só aparece com as cidades. Não se fala aqui de cidade senão no sentido de um verdadeiro renascimento urbano denso, o que não se dá antes do século XII, segundo Le Goff. Mas estará esse "renascimento intelectual" ligado apenas ao desenvolvimento das cidades, ou ambos os fatores estão ligados também a fatores mais profundos?

Sabemos que o pensamento está sempre relacionado com a qualidade, a distinção, a diferenciação, embora em seu núcleo possa estar a abstração de determinações específicas para a consecução de regras gerais. De qualquer maneira, o saber e o pensamento surgem da relação tensa no seio de uma vida social e subjetiva. As sociedades historicamente sempre pareceram estar de tal modo fincadas no concreto, num mundo simbólico arraigado, que a abstração, apesar de sua força, não tomava conta da organização social e ficava somente nas cavernas do pensamento.

No artigo *Será que o dinheiro nos pensa*, quando analisa o pensamento do alemão Alfred Sohn-Rethel, companheiro de estrada de Adorno e Benjamin, Anselm Jappe reflete sobre a relação estabelecida pelo autor entre o surgimento do dinheiro no século VII antes de Cristo nas cidades jônicas e o surgimento da filosofia na Grécia. Ele explica, com base em Rethel, que o comércio florescente nos III e II milênios antes de nossa era deu nascimento à troca e, portanto, a uma primeira abstração. Para se trocar, é preciso fazer abstração das qualidades específicas que cada objeto possa ter e igualá-los a um terceiro elemento. Mas essa abstração permaneceu durante muito tempo apenas embrionária ou virtual, sem tendência para a totalidade social. Aos poucos, foram sendo introduzidos objetos para desempenhar o papel do terceiro elemento equivalente. Boi, sal, ferro, prata, ouro. Todos esses elementos são reais e tem um uso concreto, logo, não são adequados à abstração.

> Tudo isso mudou no momento em que se começou a cunhar a moeda: um equivalente sem utilidade material, que não servia senão para as trocas e cujo valor não era determinado por suas qualidades físicas reais (peso do metal), mas pela garantia dada com a cunhagem efetuada por uma autoridade. Este acontecimento, que segundo Sohn-Rethel perturbou a história humana, tem uma origem bem precisa: nas cidades gregas de Jônia onde apareceu a moeda, no século VII antes de nossa era, em um período de grandes transformações sociais (passagem da feudalidade fundiária à burguesia comerciante). Sabe-se que depois disso houve um grande impulso comercial que abalou toda a história greco-romana (2012, p. 182–183).

Como indica o autor, tratava-se ali de moeda e, por mais que esse aparecimento tenha causado transtornos sociais, a relação com ela estava submetida a um universo simbólico que a tornava relativa e não com tendência ao absoluto, como é o caso do dinheiro moderno. O autor destaca que foi nessas mesmas cidades que surgiram os primeiros filósofos uma ou duas gerações depois: Tales, Anaxímenes, Anaximandro. Do mesmo modo, marca-se o passo decisivo na passagem do pensamento mítico ao pensamento racional. Jappe cita Parmênides como o primeiro a elaborar "a noção ontológica de uma substância unitária, perfeita, inalterável, onipresente. Onde, pergunta Sohn-Rethel, poderia ele ter feito a experiência de uma tal substância, que não existe na natureza?" (2012, p. 185). A resposta: somente tendo a experiência do dinheiro.

Dessa forma, Sohn-Rethel estabelece um liame entre aquilo que é considerado pela tradição ocidental como o aspecto mais "nobre" do homem, a saber, sua pura atividade de pensamento, a causas bastante "baixas": ao dinheiro, à mercadoria, a todos os atos cotidianos — tão banais — de comprar e vender. O "milagre grego", que fez tanta tinta ser gasta, é aqui relacionado com o aparecimento da moeda, um fato considerado por muito tempo indigno da atenção dos filósofos (2012, p. 184).

Não é meu intento, como já preveni, entrar pelos caminhos da história até a Antiguidade, já que, concretamente, aquelas sociedades não tinham a mínima dinâmica interna que justifique o estabelecimento de um liame com as sociedades modernas. Mas posso justificar ao leitor essa rápida excursão por certa coincidência. Os séculos XI, XII e XIII foram considerados também séculos de desenvolvimento não só comercial, mas também técnico e intelectual. Haveria alguma coincidência? Seria apenas um quadro material mais favorável ao pensar? Ao que parece, na Antiguidade, a relação entre filosofia, pensamento abstrato e surgimento da moeda se dá num plano de fato abstrato. Já no caso dos séculos a que nos referimos, na Baixa Idade Média, essa experiência de pensamento relacionada com o desenvolvimento das trocas mercantis já se relacionava com o desenvolvimento paulatino de uma forma de pensar que tensionava mais concretamente com o próprio fundamento simbólico-religioso — embora não se chocasse com ele diretamente.

Jean Gimpel, em a *Revolução industrial na Idade Média* (1975) mostra o quanto esses três séculos foram de desenvolvimento racional, embora o domínio da religião fosse enorme, a ponto de não passar pela cabeça dos intelectuais que "um dia os europeus viveriam sem Deus" (p. 161). Para esse autor, homens como Giovanni di Dondi, relojoeiro e astrônomo, Villard de Honnecourt, arquiteto-engenheiro e Walter de Henley, agrônomo, sem saber, contribuíram para forjar um mundo novo. Esse impulso se deu entre os séculos XII e XIII quando houve um grande esforço de casar religião e razão. "Durante esses 150 anos excepcionais, antes que a Igreja impusesse realmente seus dogmas, os homens aprenderam a usar a razão e a disputá-la intelectualmente. Essa liberdade adquirida de forma nova é o ponto de partida do espírito científico moderno" (1975, p. 161). Evidentemente, aqui, ao falar da imposição dos dogmas, ele faz referência ao acontecimento de 1277, quando a Igreja execrou trabalhos de pesquisa em Paris, o que foi um golpe para o desenvolvimento intelectual. Não demorou muito para começar a caça às bruxas e aos hereges. Novamente, vemo-nos em contato com um poder concreto da tradição e da força — não positivos nesse caso — que conseguiam dar um freio nesse impulso.

Quanto a Aberlardo, ele é visto como o primeiro intelectual europeu, aquele que teria escrito o primeiro *discurso do método*, com sua dúvida sistemática. Não por acaso, estava entre os "rebeldes" goliardos, que veremos adiante. Corajosamente, foi ele quem citou 158 contradições encontradas nas Escrituras e nos padres da Igreja, todos relacionados a pontos da doutrina, no seu *Sic et Non*. Incrivelmente, para a época, ele propõe uma "crítica racional dos textos" (GIMPEL, 1975, p. 162–163). Sua postura intelectual é bastante avançada e por isso tensiona com o pensamento da época. Como duvidar dos textos sagrados? Como era possível apontar contradições neles? Essa nova forma de pensar de Abelardo deverá ser abafada por ordem da Igreja: "O Anti-intelectualismo de são Bernardo, para quem era escandaloso a aplicação do raciocínio lógico ao domínio espiritual, explica-se pelo desejo de proteger a fé e o misticismo cristãos ameaçados por essas obras traduzidas do grego e do árabe [...]" (1975, p. 165).

A atitude e a atividade de Abelardo ganham maior relevo quando lembramos que a teologia é a ciência suprema na Idade Média, e a autoridade suprema é a Escritura (LE GOFF, 2008, p. 299). E não se pode deixar de notar que essa secularização da Escritura é um impulso racional moderno.

Pode-se falar, então, de um "Renascimento filosófico e científico" no século XII, diferente daquele do século XV que será de matiz mais literário e artístico — sem deixar de ser também uma continuação daquele renascimento filosófico. Foi a época em que grandes textos científicos gregos foram traduzidos do árabe. "Equipes de eruditos cristãos, judeus e árabes traduziam em latim textos gregos e árabes acerca de medicina, astronomia, aritmética, álgebra e trigonometria." Para Gimpel, são essas traduções que vão preparar o salto da ciência moderna.

É por representarem aspectos intelectuais que se opõem, que tensionam com a forma social tradicional, que trazemos aqui esses aspectos. Por exemplo: qual o tamanho do choque para a visão tradicional da afirmação de Thierry de Chartres que tenta explicar racionalmente a criação, que diz ser impossível compreender a Gênese sem a ajuda da matemática, onde se encontraria a explicação racional do universo? Lembremos que essa é uma concepção do século XII. No mesmo sentido, Guillaume de Conches sustenta a onipotência da razão. Para ele, se Deus "criou a natureza, ele respeita suas leis" (GIMPEL, 1975, p. 169). Como Deus pode respeitar o que ele próprio criou? Isso já parece um corte do ponto de vista da racionalidade de grande envergadura. Textos como estes aceleram o processo de dessacralização da natureza que o próprio cristianismo começara, uma dessacralização que "é um dos fatores que explica a invenção tecnológica na Idade Média" (1975, p. 169).

Com toda evidência, a palavra tecnologia parece um tanto exagerada de ser aplicada na Idade Média quando invenções importantes tiveram lugar, mas sempre num quadro não totalizante na sociedade. Eram ainda técnicas sem um todo racional próprio, ainda submetidas ao quadro simbólico-religioso. No entanto, há que se reconhecer a mudança racional, intelectual que é necessária para se conceber e fazer uso dessas técnicas. Além disso, quando a natureza não é mais sagrada, ela não só pode ser explorada, como pode ser reinventada e sofrer intervenção humana. Mas destaquemos ainda uma vez a lentidão dos avanços científicos e da corrosão do universo simbólico tradicional religioso.

De todo modo, não há como a ciência avançar sem a dessacralização dos objetos de estudo, algo que pressupõe uma ruptura com o mundo simbólico anterior, portanto, uma dessacralização do que era sagrado no universo de sentido anterior. É o caso, por exemplo, da experimentação da dissecação levada a cabo por William Harvey, "que encontrou uma explicação fisiológica para os movimentos do coração e da circulação sanguínea" (NEF, 1954, p. 69). E para isso foi preciso esperar o período de 1570 e 1600, quase três séculos depois da primeira dissecação, um novo período de desenvolvimento científico, apesar da Contrarreforma.

Mesmo ainda estando num contexto completamente mergulhado na tradição religiosa, é essa tradição religiosa que vai mudando paulatinamente para adaptar-se ao espírito do tempo. Prova disso é que Thierry de Chartres, chanceler (reitor) da Escola de Chartres, mandou colocar, entre as esculturas do portal real da Catedral, estátuas personificando as artes liberais e seus atributos: gramática, dialética, retórica, aritmética, astronomia, geometria e música. Pressupõe-se que o ensino dessas matérias não deixaria intacta a doutrina religiosa, da tradição, e os questionamentos, é fato histórico, surgiram do seio da própria Igreja.

E esse processo de relacionamento entre razão e fé, que não tardará a dar origem a tensionamentos, tanto subjetivos quanto também objetivos, não se dá somente em Chartres, mas também em Paris e Oxford.

> Paris é, na realidade e simbolicamente, para uns a cidade-farol, a fonte de todo gozo intelectual, e, para os outros, o antro do diabo onde se misturam a perversidade dos espíritos conquistados pela depravação filosófica e as dissipações de uma vida entregue ao jogo, ao vinho, às mulheres. A grande cidade é o lugar da perdição, Paris é a Babilônia moderna (LE GOFF, 1984, p. 25).

O fato de se introduzir nessa metrópole do pensamento medieval as obras de Aristóteles e os comentários em árabe de Avicena e Averróis deixavam a jovem universidade de Paris perante um sistema de pensamento científico praticamente completo (GIMPEL, 1975, p. 172). É assim que a dialética de Aristóteles vem a ser considerada equivalente da ciência e da razão. O confronto com esses filósofos vai obrigar a universidade a um trabalho de síntese unificadora do aristotelismo e do cristianismo

> Numa soma que englobaria a totalidade das verdades humanas e divinas, a razão e a fé, a filosofia e a religião, a faculdade das artes e a faculdade de teologia. Os pensadores medievais mais eminentes, Alexandre de Hales, Albert Magno, Tomás de Aquino, Siger de Brabant tentarão essa síntese com sucessos

variados. Mas, temendo que essa síntese perturbe a fé, o papa e os teólogos incentivam o bispo de Paris, Étienne Tempier, a condenar em 7 de março de 1277 os 219 'erros execráveis que alguns estudantes da faculdade de artes têm a temeridade de estudar e discutir nas escolas'. Essa condenação vai frear o progresso das ciências e da razão em Paris no século XIII (1975, p. 172).

Apesar desse acontecimento não anódino — que diz muito dos tensionamentos criados pelo desenvolvimento de um pensamento que, sorrateiramente, sem que se tivesse ainda a exata medida, não poderia desembocar senão no questionamento do poder da Igreja, embora somente por gerações muito futuras, que dirigiriam sua fé para o progresso — em Oxford, a ciência, especialmente experimental, vai progredir. Roger Bacon e seu mestre, Grossetête, vão defender a ciência empírica para provar os raciocínios.

Mesmo com a diminuição do ritmo intelectual reiniciado no século XI, que sofreu com a execração dos estudos dos estudantes de Paris em 1277, que se fragilizou com a grande fome depois de 1315 e com a peste da metade do século XIV, as bases para o que se convencionou chamar de Renascimento estavam lançadas. Será mero acaso que ele tenha nascido numa região que contava com importantes cidades mercantis do mundo medieval: Florença, Veneza, Gênova, Siena?

De todo modo, salta aos olhos o ritmo lento apesar de tudo do desenvolvimento intelectual e técnico, o que só pode ser explicado pela grande impregnação da tradição religiosa nas ciências e nas cabeças comuns, pelo peso das relações sociais, e pelo pouco peso social dessas invenções. Sem esquecer que o intelectual é antes de tudo um religioso, imerso no universo simbólico religioso.

Além desses tensionamentos vindos do casamento não ameno entre razão e fé, havia aqueles que faziam parte do que Le Goff (1984, p. 28–29) descreve como *vagabundagem intelectual*, um estranho grupo de intelectuais para os quais Paris é o paraíso na terra, o bálsamo do universo.

São os chamados Goliardos, clérigos ou errantes que são tratados de vagabundos, charlatães e bobos, por vezes como jovens inconsequentes, por vezes como "perversores da ordem", gente perigosa: "Outros veem neles uma espécie de *intelligentsia urbana*, um meio revolucionário, aberto a todas as formas de oposição declarada ao feudalismo" (1984, p. 28). São de origem urbana, camponesa e até nobre, frutos do surto demográfico que faz das cidades também o ponto de encontro de audaciosos, marginais e infelizes. Os Goliardos apareceram no século XI, são essencialmente "estudantes pobres e clérigos que não puderam encontrar uma função ou uma prebenda, embora a eles também se juntem por vezes marginais" (WOLFF, 1995, p. 19). Eles vagam de cidade em cidade, seja para achar um generoso protetor ou até para seguir um mestre de quem tenham gostado, ou até mesmo para escapar de proibições ou excomunhões. São considerados gente perigosa pela Igreja, pois, sendo "clérigos ou se passando por tais", *clerici vagantes*, dão-lhe uma visão negativa (p. 20). O estranhamento que causavam na sociedade era porque viviam, perdoem-me o exagero, uma espécie de contracultura *avant la lettre*. Se a Alta Idade Média impunha a vinculação de cada um "ao lugar que lhe pertencia, à sua tarefa, à sua ordem, ao seu estado, os Goliardos são evadidos. Evadidos, sem recursos, vão formar nas escolas urbanas esses bandos de estudantes pobres que vivem de expedientes, se fazem criados dos condiscípulos endinheirados, vivem da mendicidade [...]" (1995, p. 29). Esses estudantes pobres, chamados *vagi scolaris*, vão atacar severamente os representantes da ordem estabelecida na época em seus poemas — chamados *Carmina Burana* — , como por exemplo em sua paródia chamada *Início do Evangelho segundo são Marco de prata*, em que expõem toda a corrupção da Igreja, a venda de indulgências e a importância do dinheiro em relação à fé verdadeira:

> Naquele tempo, o papa disse aos romanos: "Quando o Filho do homem vier a nosso trono de glória, dizei-lhe antes de tudo: 'Amigo, qual o objetivo de tua vinda?' Mas se ele persistir em bater à vossa porta sem nada vos dar, jogai-o às trevas do mundo exterior. [...] Em verdade, em verdade te digo [ao pobre]: Tu não entrarás na alegria de teu senhor enquanto não deres teu último centavo. [...] Se deres marcos [dinheiro] até encher os cofres papais, serás absorvido de todas as faltas [...] A cúria romana não quer ovelha sem lã" (CARMINA BURANA, 1995, p. 112–113).

Do mesmo modo, vão louvar a volúpia carnal, o jogo e o gozo terreno. Vejamos um trecho destacado por Le Goff (1984, p. 32):

> Mais ávido de volúpia que da salvação eterna
> Com a alma morta, só a carne me preocupa
> [...]
> Como é duro domar a natureza!
> E, em face das belas, permanecer puro de espírito.
> Os jovens não podem seguir uma tão dura lei
> Nem esquecer o corpo disponível.

Pôr a volúpia em lugar de maior destaque do que a salvação eterna não pode senão chocar os espíritos da época. Mas apesar desse choque, desse elogio do erotismo, dessa ode à transgressão, ao imoral, é possível dizer dizer que eles representam uma revolução no pensamento ou mais uma revolta, um tensionamento? Para Étienne Wolff, os Goliardos não constituem um meio social de oprimidos. São homens de vários meios sociais unidos pela idade e o estudo e que ainda não encontraram seu lugar na vida: "Criticam a ordem social, mas sonham em obter as vantagens que lhes são por enquanto recusadas ou que sua má conduta lhes fez perder: a proteção de um mecenas generoso, uma gorda prebenda, uma vida doce e tranquila" (1995, p. 21). Talvez se possa dizer que suas ações e pensamentos mais criem uma tensão com a tradição sem, no entanto, abalar a raiz da doutrina tradicional, mesmo porque são uma minoria negligenciável no quadro geral. Além disso, para Le Goff (1984, p. 32), falta a eles um sentido de progresso e um sentido de história, típico de um pensamento da revolução: "[...] a Roda da Fortuna que gira e preside a um eterno retorno, ou o acaso cego que confunde os êxitos, não são, na sua essência, temas revolucionários [...]". Era, nesse sentido, uma busca de romper esse enquadramento e buscar os prazeres terrenos, o que já tensionava com o quadro social existente. Mas, como lembra Étienne Wolff, "os goliardos atacam com virulência a Igreja, não a religião" (1995, p. 21). Tanto que os poemas de autores diversos não são apenas um tensionamento com o quadro social existente, mas se revestem muitas vezes de uma tonalidade moral em relação à Igreja por ela não cumprir corretamente os preceitos do Evangelho. Se há poemas eróticos e de elogio dos gozos terrenos, há também aqueles que destacam os sete pecados capitais, bem como a superação do próprio prazer carnal.

De qualquer maneira, se por um lado a crítica dos Goliardos se volta para os monges, vistos como sinônimos de luxúria, preguiça e gula, por outro, volta-se para alguns aspectos do cristianismo não de pouca importância. Aqueles que dizem respeito à solidão, ao ascetismo, à pobreza, à continência, à ignorância considerada como renúncia aos bens espirituais. Uma crítica não menos importante e avançada para o tempo é a que se dirige contra os nobres, como atestam os versos: "Nobre é aquele que a virtude enobreceu; Degenerado, aquele que nenhuma virtude embelezou" (CARMINA BURANA, 1995, p. 56). Eis um tipo de pensamento chocante para uma época em que o berço já designava todas as qualidades, a nobreza. Colocar a nobreza ou a vileza como acessíveis a qualquer mortal não deixa de ser um traço anunciador da liberdade moderna. Apesar de ser aqui a qualidade o aspecto distintivo, o chamado à transcendência àquele enquadramento, em proveito de uma relação ética independentemente do berço. O que não tem nada a ver com estar livre desse enquadramento religioso para buscar uma dignidade no mercado. Deve estar claro que minha insistência nesses tensionamentos germinados no seio social não implica que se trate de tensionamentos conscientes no sentido de romper com o quadro simbólico reinante. Antes se trata de algo que vai amadurecendo lentamente no subterrâneo social, sem que se trate ainda de movimentos conscientes.

Esses tensionamentos, que aqui só brevemente esboçamos, podem ser considerados como um impulso ao Renascimento que amadurecerá pouco depois. Um Renascimento que, apesar de tudo, permanece sobre uma base ainda religiosa, como tentativa de unir fé e razão.

As idas e vindas, o entrecuzamento subjetivo e objetivo na sociedade se comprova também pelo misticismo e o início da caça às bruxas e aos hereges que ganhou força após a execração de 1277. Esses entrecruzamentos reforçam ainda mais a dificuldade de se concordar sem qualquer nuança com a afirmação materialista da determinação da consciência pelo ser social, uma vez que esse próprio ser social não se mostra necessariamente de forma clara, mas sempre amalgamado, imerso em tensões que determinam a consciência e o próprio ser social. Ou seja, depois desse *élan* intelectual, pôde-se ter um intervalo de misticismo e diminuição da razão em prol da justificação de uma forma social pela fé, cujos desvios precisavam ser combatidos, extirpados, sob pena de a sociedade sucumbir perante peste, fome, guerra e até impotência: "Muitos homens que tinham se tornado impotentes, sem razões aparentes, acusavam suas amantes de tê-los enfeitiçado" (GIMPEL, 1975, p. 192). Astrólogos e bruxas estavam entre os prediletos na perseguição. Não esqueçamos que povoa as mentalidades e as sensibilidades um sentimento de insegurança (LE GOFF, 2008, p. 298). Uma insegurança que está inclusive na base da coesão social juntamente com a ideia de salvação. A ideia de sentir-se seguro jogará grande papel. E a Igreja trazia em grande parte essa segurança subjetiva, mesmo a consequência sendo o que Kant chama de menoridade intelectual, que é a consequência de todo fetichismo, inclusive o da mercadoria. Mas como nosso intuito maior é ressaltar os aspectos que tensionam com essa sociedade rumo à modernidade, passemos a um acontecimento de grande importância para o avançar objetivo e subjetivo rumo à modernidade: o transtorno do sentido de tempo.

MUDANÇA NO SENTIDO SOCIAL E SUBJETIVO DO TEMPO: UMA REVOLUÇÃO RUMO À MODERNIDADE

O tempo sempre foi objeto de reflexões filosóficas. É bem conhecida a diferença entre *Chronos* e *Kairos*. O que é comumente dito é que *chronos* é o tempo quantitativo, enquanto *Kairos*, o tempo qualitativo. Mas nem mesmo o *chronos* tem relação com o tempo moderno, não poderia ser visto como simplesmente quantitativo, uma vez que a base de sua medida, embora sequencial e linear, é a ciclicidade da natureza, que conhece distinções qualitativas. O tempo *chronos* não é um tempo coercitivo, que existe *a priori* como é a essência do tempo moderno. Ele mede a sequência de acontecimentos, não são os acontecimentos que são medidos por ele. Certo mesmo é que a ideia de considerar o tempo sob seu aspecto meramente quantitativo somente nasceu na soleira da modernidade. Embora seja fato histórico que os antigos teriam podido fazer sua clepsidra marcar intervalos quantitativamente iguais, aquele contexto social, aquelas subjetividades não viam qualquer sentido nessa medição que não se coadunava com as mediações sociais reinantes.

Muitas foram as invenções técnicas que impulsionaram as relações mercantis ainda na Idade Média, como o pisão de tecidos que dispensava 40 operários, a importância da energia hidráulica não só para o pisão como para a moedura de cereais — atividade da mais alta importância. Tanto que houve proibições no século XIII de moer grãos e bater tecidos em casa, para que os camponeses fossem obrigados a pagar a renda dos moinhos. Apesar disso, a maior parte da renda era paga em *natura* e só raramente em dinheiro (GIMPEL, 1975, p. 20) e ainda estamos numa sociedade largamente baseada numa reprodução social em que os privilegiados abocanham a maior parte do produto social — é por isso que se pode falar de uma dominação pessoal, embora mediada por uma forma de fetichismo.

Não se deve imaginar que se a Antiguidade não deu tanta importância a mecanizações ou à utilização da energia hidráulica, preferindo o trabalho escravo, foi devido simplesmente a uma desumanidade e que o uso na Idade Média, que dispensava em alguns poucos casos a mão-de-obra, era um exemplo maior de humanidade. Seria ingênuo. Se a Antiguidade mostrava preocupação com a coesão social, alguns indivíduos na Idade Média, sob a influência da visão que o comércio florescente trouxe à cena, tendiam a pensar na ampliação dos "lucros" (1975, p. 14). Do mesmo modo, seguindo Gimpel[2], é um traço marcante da técnica chinesa o fato de as grandes invenções, como a pólvora de canhão, a imprensa, a bússola, não terem jogado um papel na evolução do país. Um objeto tão indispensável hoje na indústria, o eixo de comando de válvulas, já tinha sido idealizado pelos chineses antes de Cristo (1975, p. 18). Todas essas invenções, no entanto, jogaram um papel fundamental na germinação da modernidade ocidental. O que prova mais uma vez que não é invenção técnica que determina por si os rumos de uma sociedade, mais a confluência histórica de fatores objetivos e subjetivos. E nessa confluência histórica há um aspecto fundamental: a mudança ocorrida na forma de encarar o tempo, algo que surgiu nas cidades de forte impulso comercial. Ora, o relógio tinha sido construído por Su Song na China do século XI sem que viesse ao conhecimento do Ocidente. Ao que tudo indica, na China antiga e medieval, o imperador tinha a prerrogativa de promulgar calendário, o que equivalia a cunhar moedas

---

2. É importante notar que esse autor não dá mostras de diferenciar o corte fundamental que significou a modernidade, apesar das preparações e antecedentes. Para ele, a modernidade é apenas a continuação do que vinha se dando na Idade Média. Nosso estudo, diferentemente, tentará mostrar que somente preparações intelectuais e técnicas não teriam como sozinhas desembocar na modernidade tal qual se configurou de modo mais cristalino com a Revolução Industrial e francesa.

no ocidente. Aceitar o calendário era aceitar a autoridade. Todo aquele que se mostrava interessado nas estrelas era objeto de desconfiança (1975, p. 143).

No Ocidente, foi Giovanni di Dondi quem realizou o relógio astronômico, ainda no século XIII. Mas foi somente no século seguinte que começou a se espalhar pelas fachadas de igrejas e torres municipais. Pádua, em 1344, onde está o pêndulo de Dondi, Gênova, em 1353, Florença, em 1355, Bolonha, em 1356, Ferrara, em 1362, Paris, em 1370, soam horas iguais. O rei Charles V obriga a autoridade eclesiástica a tocar o sino em intervalos regulares de 60 minutos, o que era um ataque aos hábitos religiosos com seus ritmos próprios (1975, p. 159). E essa nova temporalidade vai tensionar com o tempo predominante: o canônico.

A Idade Média estava assistindo, portanto, ao advento do tempo abstrato, do tempo que até os próprios mercadores tinham que aprender a considerar como seu.

TEMPO ABSTRATO E TEMPO CONCRETO

Se expus aqui questões relacionadas com o tempo, é porque a dinâmica temporal abstrata é um dos aspectos fundamentais de uma tautologia, de uma temporalidade pseudocíclica. A mudança de um tempo concreto para um tempo abstrato vai dizer muito sobre a tautologia do vazio na contemporaneidade. Esse tempo abstrato, que faz abstração das qualidades concretas da vida social, vai, aos poucos, corroendo as próprias qualidades sociais e dos indivíduos, que vão cada vez mais raciocinar em termos da abstração que o próprio tempo opera.

Moishe Postone, no Livro *Tempo, trabalho e dominação social, uma reinterpretação da teoria de Marx* (2009) faz uma incursão histórica interessante para fundamentar sua distinção entre tempo concreto e tempo abstrato e ao mesmo tempo localizar o aparecimento deste último como não sendo algo casual ou técnico, mas devido a uma nova forma social que se impunha no final da Idade Média: a forma social paulatinamente dominada pela mercadoria.

Para ele, o tempo concreto significa, em verdade, diversos tipos de tempo em função dos acontecimentos. É um tempo que se relaciona e deve ser compreendido a partir dos ciclos naturais e os períodos da vida humana. Assim, pode-se falar de um tempo de cozinhar um arroz ou de dizer um Pai-nosso, ou o tempo de colher, de plantar, de coser uma camisa. É um tempo que pode ser definido qualitativamente, posto que dependente dos acontecimentos, como tempo bom, ruim, de paz, de guerra, sagrado, laico, profano (2009, p. 298).

Os modos de contagem ligados ao tempo concreto não dependem de uma sucessão contínua de unidades temporais constantes, mas se fundam nos acontecimentos principalmente naturais repetitivos, tais como dias, ciclos lunares ou estações, ou seja, unidades temporais que variam. Para Postone, que fundamenta seu estudo em vários outros autores, esse tipo de tempo concreto predominou até o século XIV na Europa e já dominara no Egito Antigo, no Mundo Antigo, no Extremo Oriente e nos impérios Islâmicos. Seria exagero dizer que esse tempo teria deixado de ser predominante com o desenvolvimento do tempo abstrato no século XIV. Até porque, esse tempo abstrato foi uma experiência ainda bastante localizada a áreas em que a manufatura de tecido tinha importância. Portanto, essa experiência com o tempo abstrato, como os outros aspectos que tensionam rumo à modernidade, começaram de modo restrito e foram amadurecendo lentamente no seio social. A enorme maioria da população continuava vivendo os ritmos ditados pelas horas canônicas, portanto, pelo tempo concreto.

Essa forma de contagem do tempo concreto aparece ligada aos modos de vida social estreitamente dominados pelos ritmos de vida "naturais", agrários e pela atividade produtiva fundada no ciclo das estações, do dia e da noite (2009, p. 299). O fato de que a unidade de tempo não seja constante, mas antes variável, indica que esta forma de tempo é uma variável dependente, existindo em função dos acontecimentos ou das ações.

O tempo abstrato é caracterizado, ao contrário, como um tempo vazio, homogêneo, contínuo, uniforme, independente dos acontecimentos. Ele se constitui num quadro independente em cujo seio o movimento, os acontecimentos ou as ações acontecem. O tempo abstrato não depende dos acontecimentos, são os acontecimentos que acontecem num tempo que já é estabelecido de uma vez por todas e as ações são "julgadas" por esse tempo que é divisível em unidades não qualitativas, constantes, iguais.

> As horas não eram limitadas por nenhum evento natural, sendo antes durações arbitrárias e passíveis de definição arbitrária. Os dias, em contraste, tinham essas fronteiras na escuridão e na luz, e, além disso, os calendários eram artefatos de milênios de civilização, repletos de incrustações dos costumes e da religião (CROSBY, 1999, p. 82).

Segundo Postone, o tempo abstrato foi muito bem definido, tempos depois, no século XVIII por Isaac Newton, que também era teólogo, em seus *Principia Mathematica:* "o tempo absoluto, verdadeiro e matemático que passa de forma igual, sem nenhuma relação com o que quer que exista de exterior a ele" (2009, p. 300). Embora não se possa dizer que é esse tempo que começa a dominar, é o tempo que começar a criar um tensionamento contínuo com a temporalidade dominante entre o séculos XIV e XVI na Europa.

Este tempo abstrato, segundo Postone, que não existira até a Baixa Idade Média, deve ser relacionado a uma forma de prática social estruturada bem determinada que introduziu uma transformação da significação social do tempo em certas esferas da sociedade europeia do século XIV e que se tornaria hegemônica no século XVII: o desenvolvimento desse tempo está ligado ao processo de generalização das relações mercantis. E por quê?

Postone explicita que no século XIV o tempo concreto sofreu uma mudança tão grande que a literatura do século XV já tinha substituído as "horas" variáveis e as *horae canonicae*, bem como o ano segundo as estações e o zodíaco (2009, p. 301). Como diz Crosby: "Logo no início da Idade Média, havia apenas três dessas horas [canônicas], que depois passaram a ser cinco e, finalmente, sete, e que nunca se ancoraram solidamente no tempo dos relógios" (1999, p. 43).

Embora, para o autor, a passagem para o sistema de horas invariáveis, intercambiáveis e mensuráveis tenha estreita relação com o desenvolvimento do relógio mecânico no final do século XIII e início do século XIV, não se pode explicar o surgimento do tempo abstrato pelo surgimento de uma técnica, e já demos o exemplo da clepsidra. O indicador desses marcadores temporais variava mais ou menos de acordo com as estações. Pode-se então reforçar a ideia de que o surgimento do tempo abstrato é sócio-cultural e não técnico (POSTONE, 2009, p. 303).

A prova de que o significado social do tempo é o determinante pode se exemplificar no seguinte fato. Um missionário, um certo Matteo Ricci, introduz o relógio mecânico na China no final século XVI, sendo outras cópias importadas, mas esses relógios não encontram uma verdadeira utilidade e acabam sendo usados como brinquedos ou adornos. No Japão, as antigas horas variáveis foram mantidas mesmo após a introdução do relógio mecânico no século XVI. Nessa época, os japoneses adaptaram os ponteiros com números móveis. Assim, quando o Japão, no último terço do século XIX, introduziu a hora constante, não se pode encontrar a razão no relógio, mas em um programa de ajustamento ao capitalismo (2009, p. 306).

O duplo problema do surgimento do tempo abstrato e do desenvolvimento do relógio mecânico deve ser entendido segundo as circunstâncias nas quais as horas constantes tornam-se formas que de fato fazem sentido para a organização social: "[...] as horas tinham um importância central para os habitantes das cidades, já iniciados na onda da quantificação pela compra e a venda" (CROSBY, 1999, p. 82). Dois lugares na Europa marcados pela vida coletiva, segundo Postone e também Jappe (2006), interessaram-se pelo tempo e sua medida: os mosteiros e os centros urbanos.

Nos mosteiros, as rezas eram ordenadas temporalmente e ligadas às horas variáveis segundo a regra Beneditina do século VI. No entanto, a partir dos séculos XI, XII e XIII, o respeito à disciplina do tempo é reforçado. Como explica Jappe, o trabalho na vida monástica era um dever cristão a ser executado voluntariamente como expiação dos pecados e mortificação da carne. Ou seja, não era mais, "como na moral pré-cristã, um mal necessário para alcançar uma finalidade, algo que se delega noutros indivíduos, se possível. Pela primeira vez atribuía-se ao trabalho um significado moral" (2006, p. 188). Isto é particularmente verdade na ordem Cisterciana fundada no século XII. Essa ordem lançou vários projetos agrícolas, manufatureiros, mineiros, numa escala relativamente grande e insistia na organização temporal do trabalho, da reza, da comida e do sono — bem como no castigo aos desvios. Nos mosteiros, a disciplina do tempo ganha grande importância juntamente com o "trabalho" (POSTONE, 2009, p. 307). Os monges criaram uma organização econômica repousando numa excelente administração. "Eles faziam funcionar 'as fábricas' mais modernas da Europa". Além do mais, jogaram grande papel no "desenvolvimento, na Europa, da energia hidráulica, da metalurgia nascente e do tratamento do minério de ferro. No domínio da agricultura, vemos os mosteiros ingleses criarem uma economia dirigida para a exportação da lã" (GIMPEL, 1975, p. 66). Dos da França e da Alemanha, saía o vinho. Segundo Jappe, essa organização também fazia parte desse fenômeno mais vasto do desenvolvimento do tempo abstrato. O que poderia significar que o tempo abstrato não se opõe tanto ao tempo canônico. Mas em verdade, como veremos no decorrer deste estudo, não há como as horas abstratas se imporem sem deslocarem para um plano secundário as horas canônicas. Por mais que a vida nos mosteiros pudesse ser combinada de início com o ritmo do tempo abstrato nascente, o tempo abstrato pressupõe um universo mais vasto como fundamento da vida social, um universo que não permite o fetichismo religioso senão quando deslocado para a esfera privada, passando de fundamento apriorístico da existência a mera ideologia justificadora,sem mais determinar a vida social e subjetiva em profundidade.

Nesse sentido, mesmo com essa espécie de "nicho" representado pelos mosteiros cistercianos – que não têm nada de nicho mercantil, já que não há como a forma mercantil se materializar de forma restrita –, mesmo com esse quase laboratório de produção isolado numa sociedade largamente fundada em outras bases objetivas e subjetivas, Postone explica que é na cidade que o tempo abstrato se desenvolve. Os sinos passam a assinalar a abertura e o fechamento das feiras, o início e o fim do dia de trabalho, a hora depois da qual não se podia mais vender álcool, etc. Embora a Igreja fosse a favor de uma medida do tempo, ela tinha consciência de que a mudança do antigo sistema de "horas" variáveis (*horae canonicae*) abalaria o que representava seu domínio. Mas as cidades não tinham interesse em manter esse sistema (POSTONE, 2009, p. 308).

Apesar disso, Postone se opõe à ideia de que foi o ritmo de trabalho nas cidades que deslanchou o desenvolvimento do tempo abstrato enquanto o campo continuava seu ritmo colado à "natureza". Segundo ele, até o século XIV, a cidade pouco se diferenciava do campo em seu ritmo de "trabalho" que era guiado do nascer ao pôr-do-sol pela hora canônica. E Postone dá exemplo disso com a China, onde não só no campo, mas na cidade, era a atividade que constituía o tempo e a ideia de potencializar o tempo com a produtividade não existia. O que o autor pretende defender, e acompanho aqui sua opinião, é que a abstração do tempo não é causada apenas pela técnica. Há que haver um ambiente objetivo e subjetivo para a circulação mercantil, bem como uma produção mercantil, mesmo que incipiente, para que o tempo abstrato possa fazer sentido e passe a determinar paulatinamente a experiência concreta: e isso só cabia nas cidades de então. Não é a cidade que diferencia o tempo, mas o contrário. O fluxo comercial se dá nas cidades, a morada do mercador são as cidades. É nesse terreno que vão se criar primeiramente essas tensões rumo a uma concepção moderna de tempo. Para exemplificar essa concepção moderna de tempo, Postone cita o historiador Thompson que salienta o fato de que "nas sociedades pré-industriais o tempo é orientado pela tarefa". Neste caso, o tempo é medido pela atividade produtiva. No caso do capitalismo, que é o tipo de vida social onde o tempo abstrato faz sentido e se torna de fato cada vez mais totalizante, a atividade produtiva é medida pelo tempo, por isso que toda atividade produtiva se torna trabalho, uma atividade abstrata medida pelo tempo, não importando se o tempo dessa atividade abstrata se materializou em pão ou em canhão (2009, p. 320).

Jacques Le Goff denomina essa passagem como sendo a passagem do tempo da Igreja para o tempo dos mercadores ou a passagem do tempo medieval para o tempo moderno. Ele explica que os sinos de trabalho se difundem a partir do século XIV sobretudo nas cidades que fazem tecido. A indústria medieval existia de alguma forma, mas privilegiava o mercado local, sem ainda a ideia de expansão sem limites que caracteriza o capitalismo. Mas a indústria metalúrgica e agora a têxtil produziam para um mercado externo (POSTONE, 2009, p. 310).

Nas manufaturas têxteis, que não excluíam uma produção doméstica para venda, os artesãos estavam diante de uma relação de fato entre mercador e trabalhador, e não podiam mais vender diretamente aquilo que produziam. São as primeiras relações entre capital e trabalho assalariado numa escala reduzida da sociedade. E essa indústria contribuiu para a monetarização crescente de alguns setores da sociedade na Baixa Idade Média. É primeiro nela que a categoria da produtividade passa a ter uma importância fundamental, visto que os mercadores davam a lã e queriam que a diferença entre o salário que pagavam e a matéria prima fosse cada vez maior. A produtividade do trabalho dependia, portanto, do grau de disciplina e coordenação regular.

No final do século XIII uma forte crise atinge o setor têxtil — o que engendra conflitos entre empregadores e trabalhadores. Na retomada pós-crise, são os trabalhadores que exigem prolongar o tempo de trabalho para além do "natural" para recuperarem os salários perdidos com a crise. Neste contexto, o relógio municipal foi introduzido marcando o início e o fim da jornada de trabalho. As jornadas antes relacionadas à natureza se modificam. Essa exigência por parte dos operários marca justamente essa distância em relação aos laços com o tempo "natural" (2009, p. 312). Essa luta em relação à jornada de trabalho, explica Postone, não é somente "a expressão mais direta da luta de classes na economia capitalista" — embora o autor pareça exagerar ao denominar luta de classes moderna uma luta por salários num contexto em que a produção fabril ainda não é predominante —, ela tem a consequência expressa de contribuir igualmente para a constituição social do tempo como medida abstrata da atividade produtiva assim tornada trabalho.

O relógio começa a expressar uma relação social em que o rendimento da atividade é medido temporalmente. "Em outros termos, com a emergência das primeiras formas de relações sociais capitalistas nos agrupamentos urbanos produtores de tecido da Europa Ocidental, aparece uma forma de tempo que constitui uma medida e eventualmente uma norma coercitiva da atividade" (2009, p. 313). Para Postone, a emergência desse tempo abstrato como medida do trabalho está ligada ao desenvolvimento da forma-mercadoria nas relações sociais.

> O "progresso" que representa o tempo abstrato enquanto forma dominante de tempo está estreitamente ligado ao "progresso" que representa o capitalismo enquanto forma de vida. À medida que a forma-mercadoria se impôs como forma estruturante da vida social no decurso dos séculos que seguiram, o tempo abstrato se tornou cada vez mais corrente (2009, p. 315).

Esse trecho parece esclarecedor do processo dialético. O tempo abstrato vai se tornar a forma de temporalidade dominante conforme a vida social mercantil vai subvertendo a vida social fundada no universo simbólico-religioso. Do mesmo passo, a subjetividade vai se habituando à experiência dessa nova temporalidade. Apesar disso, durante séculos, essas relações com o tempo ficaram ainda amalgamadas. O tempo abstrato só se hegemoniza mais tarde. O campo continua seu ritmo e, nas cidades, só os mercadores e os restritos operários são regidos por esse tempo. Somente no século XVII com a invenção do relógio de pêndulo feita por Huyguens, o relógio mecânico se torna um instrumento de medida fiável e a ideia de um tempo matemático foi explicitamente formulado.

Para Postone, ainda que socialmente constituído, o tempo no capitalismo exerce uma forma de constrangimento (imposição) abstrato que transcende o controle dos indivíduos. Citando Aaron Gourevitch:

> A cidade se tornou dona de seu próprio tempo [...] no sentido de que esse tempo foi arrancado do controle da Igreja. Mas não é menos verdade que é na cidade que o homem deixou de ser senhor do tempo, porque o tempo, livre, desde então, para passar independente dos homens e dos acontecimentos,

estabeleceu sua tirania, à qual os homens devem se submeter (GOUREVITCH, Apud, POSTONE, 2009, p. 317).

Postone explica que, do mesmo modo que a atividade produtiva se transforma, de uma ação individual, em um princípio geral alienado da totalidade, ao qual os indivíduos estão submetidos, do mesmo modo o dispêndio de tempo se transforma, de consequência da atividade, em medida normativa para a atividade. Esta é uma inversão fundamental cuja compreensão é fundamental para se apreender por que trabalho e atividade produtiva são categorias distintas.

Fica claro, assim, que o capitalismo não teria se instalado sem uma revolução no sentido do tempo e na relação da humanidade com o tempo, uma vez que começava paulatinamente a se embrenhar na vida e a tensionar com outras formas de reprodução social a frase com a qual o americano Benjamin Franklin (1706–1790) resumiu o capitalismo: "tempo é dinheiro".

SENTIDO DO TEMPO RUMO À MODERNIDADE

> Um outro usurário muito rico, começando a lutar na agonia, pôs-se a se afligir, a sofrer, a implorar sua alma para não deixá-lo, já que lhe tinha dado tudo, e lhe prometia ouro e dinheiro e as delícias desse mundo se ela ficasse com ele. Mas que ela não lhe pedisse em seu favor nem um vintém nem a menor esmola para os pobres. Vendo enfim que não tinha como segurá-la, ficou encolerizado e, indignado, disse-lhe: "Eu te preparei uma boa morada com abundância de riquezas, mas tu te tornaste tão maluca e tão miserável que não queres encontrar repouso nessa boa casa. Dá no pé! Eu te devoto a todos os demônios que estão no inferno." Pouco depois, ele entregou seu espírito entre as mãos dos demônios e foi enterrado no inferno.
>
> Exemplum de usurário, citado por LE GOFF

Mesmo com o advento do tempo abstrato, o "tempo mensurável, mecanizado até, como é o vivenciado pelo mercador, não deixa de ser descontínuo, cortado com paradas, momentos mortos, afetado por acelerações e movimentos de lentidão" (LE GOFF, 1999a, p. 60).

Seria contraditório, pela tonalidade expressa neste estudo„ achar que o tempo abstrato se impôs de imediato como o único. Há ainda muito terreno do universo simbólico estabelecido a ser corroído. O próprio mercador, o mais próximo desse tempo abstrato, não vai viver todos os momentos da sua vida nesse tempo — ele próprio tem sua subjetividade imersa no seu tempo histórico ao mesmo tempo que inconscientemente com ele tensiona. "O tempo em que ele age profissionalmente não é o mesmo no qual ele vive religiosamente" (1999a, p. 60). Temos aqui apenas um primeiro protótipo de uma máscara de caráter, de um quase sujeito esquizoide. Na perspectiva da salvação, ele vai aceitar as diretivas da Igreja. Dos seus ganhos, uma parte vai para Deus, para a "benevolência". Dito de outro modo, ele é o ancestral próximo da ética protestante: para ele, são "diversamente legítimos os objetivos perseguidos em perspectivas diferentes: o ganho e a salvação" (1999a, p. 61). Mas como isso poderia se coadunar com o arcabouço ideológico da Igreja?

O tempo medieval tradicionalmente se fundava na Escritura santa. O tempo, portanto, começa com Deus e é dominado por Ele. Uma das razões fundamentais para a Igreja condenar a usura, de início, estava ligada ao tempo. Como poderia o mercador ou usurário querer cobrar juros daqueles que precisam de um tempo para honrar o pagamento se aquele tempo não lhe pertence? Era como se ele vendesse o tempo divino, o que coerentemente seria um sacrilégio. Mas, como pude observar de passagem, a relação da Igreja com os mercadores é ambígua, ou vai se tornando sempre mais: "Como poderia uma religião que opõe tradicionalmente Deus e o dinheiro justificar a riqueza, em todo caso a riqueza mal adquirida?" (LE GOFF, 1999a, p. 1266). Não seria desinteressante ressaltar a mudança na própria prática confessional da Igreja após o século XIII, que busca uma "verdadeira justificação para a atividade do mercador", ao mesmo tempo que tenta atrelá-lo a uma regulamentação "em que muito amiúde a religião se deteriora em moralismo casuístico [...]" (LE GOFF, 1999b, p. 63). Como historiciza Le Goff, esse século tem como grandes problemas a usura e a monetarização da vida cotidiana que ameaçam os valores cristãos. Nesse sentido, ele nota que será travada uma luta cotidiana encarniçada, "balizada por proibições repetidas, no entrecruzamento de valores e mentalidades". Isso para procurar distinguir o lucro lícito do ilícito e encontrar uma justificação.

Mas a mudança do ato confessional tem consequências que vão na direção de uma sutil valorização do indivíduo. Ora, até então, os pecados eram julgados conforme os atos e não os atores. Mas, conforme Le Goff, a visão da Igreja acerca do pecado e da penitência muda profundamente, ela se espiritualiza, se interioriza. Desde então, para saber a gravidade do pecado, a Igreja deve obter do pecador a *confissão* para saber ser ele agiu com boa ou má intenção. Assim, o penitente precisa se interrogar "sobre sua conduta e suas intenções, entregar-se a um exame de consciência. Um fronte pioneiro se abre: o da introspecção. Que vai transformar lentamente os hábitos mentais e os comportamentos. São os primórdios da modernidade psicológica" (LE GOFF, 1999a, p. 1267).

Trata-se de um movimento sutil operado pela Igreja para que o usurário ou mercador não precise mais fazer uma opção dolorosa entre a *bolsa* e a sua *vida* eterna. Com diz Le Goff, num mundo em que o dinheiro é Deus; "onde o 'dinheiro é vitorioso, o dinheiro é rei, o dinheiro é soberano'"; onde a *avaritia*, a avareza — "pecado burguês de quem a usura é mais ou menos a filha" — destrona a *superbia*, soberba — pecado feudal — "o usurário, especialista em empréstimos a juros, torna-se um homem necessário e detestado, poderoso e frágil" (1999a, p. 1265). Assim, a tradição rígida religiosa vai se tornando mais maleável. O novo poder que ronda a sociedade a obriga a essa ginástica do casuísmo que aparentemente não mina as bases da Igreja que, enquanto instituição, soube acomodar o poder da nova riqueza advinda do acúmulo mercantil — sem notar que a longo prazo significaria seu deslocamento enquanto fundamento da vida social. Até mesmo preceitos como jejum, abstinência, repouso dominical já não são considerados ao pé da letra, mas, diante das necessidades profissionais, passam a ser recomendações "segundo o espírito" (LE GOFF, 1999b, p. 64).

Eis então, como mais um elemento empurra o homem para a modernidade, para o desabrochar de uma subjetividade moderna, não sem antes passar pelas tensões preparatórias do humanismo renascentista, que a própria escolástica ajudara a impulsionar: "Liberto e tirano, o homem do Renascimento — aquele que ocupa uma suficiente posição econômica, política ou intelectual — pode, ao grado de sua Fortuna que ele utiliza segundo as capacidades de sua *virtù*, ir aonde quiser. Ele é mestre de seu tempo, como do resto" (1999b, p. 64). Pelo menos em aparência, ou em oposição à vida social pouco dinâmica reinante no medievo.

Esse amálgama subjetivo, portanto, sobreviverá ainda por muito tempo. Além do mais, seria exagerado achar que de fato o homem renascentista estaria liberto das amarras da tradição religiosa. Do mesmo modo, não se pode achar que o *petit peuple* aceitou tranquilamente a imposição do tempo abstrato como regulador da vida. Houve tensionamentos também nesse quesito. Pelo desrespeito dos operários nas cidades produtoras de tecido, sobretudo nos Flandres, foram feitas leis contra atrasos, com multas. E a mais pesada era exatamente contra aqueles que usassem o sino para chamar uma revolta (LE GOFF, 1999a, p. 71).

Talvez fosse preciso buscar na própria ciência, ou seja, na escolástica científica, o aparecimento de uma nova concepção do tempo, um tempo que não é mais uma essência, mas uma forma conceitual a serviço do espírito que dele faz uso segundo suas necessidades, que pode dividi-lo, medi-lo — um tempo descontínuo. [...] Perder seu tempo se torna um pecado grave, um escândalo espiritual (1999a, p. 77).

O tabu segundo o qual "o tempo é um dom de Deus e não pode ser vendido" é vencido na aurora do Renascimento. O tempo agora é propriedade do homem, é sinônimo de liberdade, de individualidade. Poderíamos apostar na positividade desse pensamento claramente antropocêntrico, humanista, em oposição com a moral congelada da Igreja. No entanto, essa descida do tempo dos céus à terra, ou sua dessacralização para ser pretensamente possuído pelo homem na terra, vai ser apenas um ato preparatório da dominação, em verdade, do homem pelo tempo, que, desenvolvendo um caráter abstrato, vai paulatinamente tornar a vida uma tautologia travestida de mudanças contínuas, uma série de momentos submetidos — queiramos ou não — à cadência do relógio que martela a cadência da vida embalada pela mercadoria.

O IMPULSO PARA A MARCHA RUMO À MODERNIDADE

Numa das aventuras de Asterix e Obelix, *Asterix e Companhia* (1976), um jovem romano ambicioso sugere a César um plano astucioso para minar a coesão social dos gauleses, a única possibilidade de vencê-los. Esse plano consiste simplesmente em comprar indefinidamente menires feitos por Obelix. Até então, os objetos de pedra eram feitos como uma atividade normal de Obelix, dentro de um conjunto de várias outras dentro da comunidade. Mas com a compra dos menires pelos romanos, Obelix se viu com poderes oriundos do dinheiro que ganhava com essa exportação, tendo que produzir sempre mais pela encomenda crescente. Não demorou muito para começar a empregar seus amigos que o questionavam por ele não ter mais tempo para nada. De repente, Obelix tinha esquecido seus ideais de guerreador pela sua comunidade, ele tinha quebrado seus laços com os outros por ter se tornado alguém poderoso, não mais por ser forte na proteção da comunidade contra os inimigos invasores, mas graças aos bens que tinha comprado com o dinheiro das exportações crescentes do objeto inútil aos romanos. Assim, Obelix passa a ser invejado na comunidade por seu poder oriundo do dinheiro, um poder exterior, objeto de uma projeção fetichista, que conferia um poder social que escapava aos membros da própria comunidade. Para resumir, Obelix acaba acordando do encanto provocado pelo dinheiro — que, na história, leva Roma à bancarrota por gastar tanto com um objeto que não teria qualquer utilidade.

O que salta aos olhos nessa história em quadrinhos aqui apenas resumida é o quanto a sede que o dinheiro provoca, tão logo deixa de ser simples moeda mediadora pré-moderna para se tornar fim em si, é perturbadora dos nexos sociais. E o quanto o ato consciente dos romanos contribuiu para que o dinheiro assumisse o poder dilacerador das relações naquela comunidade[3].

---

3. Há também um episódio dos Smurfs chamado *Os Smurfs e a árvore do dinheiro* em que acontece algo parecido. Às voltas com os Smurfs, Gargamel aceita a ideia da mãe de implantar o dinheiro no seio daquela comunidade como único meio de arruiná-los. Como se tratava de uma comunidade de partilha em que não havia dinheiro, o dinheiro cumpriria o papel de dilacerador dos laços. O mais interessante é que, diferentemente da história de Obelix com seus menires, o plano de Gargamel não conseguiu implantar no seio da comunidade o desejo da moeda feita de chocolate. Parece que a comunidade era

Algo parecido aconteceu na aurora da modernidade, guardadas as devidas proporções. E não foi devido ao advento da produção manufatureira de tecido tão florescente. Mas sim ao aparecimento de um poder social inaudito representado pelas armas de fogo. Como se sabe, a guerra fazia parte da paisagem da Idade Média. Mas o caráter da guerra tinha mudado pouco da Antiguidade até então. Como diz Kurz, "Só as armas de fogo, canhões e mosquetes trouxeram a nova qualidade de máquina destrutiva, que transcendia a capacidade de combate imediata do homem e que, a par com a guerra, haveria de revolucionar as bases sociais – processo que se arrastou ao longo de vários séculos" (KURZ, 2014, p. 102). Antes dessa mudança, qualquer um da comunidade podia fazer suas armas como artesão. Além do mais, a classe dos guerreadores era tão importante, como já vimos, como a dos rezadores e cultivadores de terra. Mesmo sendo muito mortífera, a guerra continha certos preceitos que se materializaram na moral cavaleiresca que se misturava com a moral da própria sociedade como um todo. Tanto que o próprio Concílio de Latrão, em 1129, proibira o uso de balestras, surgida em torno do século X, e considerada uma arma desleal, uma arma que mata à distância, que evita o enfrentamento e que prescinde de um valente guerreiro (NEF,1954a; GIMPEL, 1975; KURZ, 2002). Ou seja, qualquer um, com uma habilidade apenas técnica, podia derrubar um valente ca-

---

bastante arraigada em sua vida social coletiva para ser corroída pelo desejo individual do dinheiro. Em vez de o personagem guloso ser invejado e bajulado pela sua riqueza, é ele mesmo que acaba se isolando do restante da comunidade. Isso até ele conseguir resistir ao seu *lado mal* – que ficava lhe sussurrando ideias de acúmulo e egoísmo – quebrar o encanto e entender que a verdadeira riqueza que poderia acumular era a partilha da vida com os amigos da comunidade.

valeiro cuja vida era devotada à guerra. Se a proibição foi respeitada ou não no campo de combate, não é central aqui. Interessa mais ressaltar que se tratava de uma relação social simbólica de onde se gestavam tantas mediações que, mesmo em se tratando de disputa, era possível não aceitar qualquer invenção somente porque poderia trazer uma vantagem maior. Ainda havia possibilidade de limite. É nesse sentido que John Nef destaca que nem mesmo as cruzadas, quando eram necessários esforços de guerra consideráveis, significaram revolução das armas. Até mesmo a Igreja proibia o uso contra os muçulmanos de armas cujo uso estivesse proscrito entre católicos, como o uso da balestra (1954, p. 46).

Mas os passos que a Idade Média vinha paulatinamente dando para fora de si mesma criava o quadro social propício para a aceitação e implantação do canhão e de outras armas. Embora a pólvora tenha sido inventada pelos chineses no século IX, parece que a Europa somente vai conhecer tal invenção no século XIII, segundo Braudel (1979). O que é fato histórico é que o canhão vai surgir na Europa no século XIV, sobretudo nas cidades de grande desenvolvimento comercial e industrial, e que vai jogar, juntamente com outras armas de fogo[4], um grande papel no nascimento do Estado moderno, com o poder centralizado, diferentemente da enorme descentralização medieval. Como diz Crosby: "A Europa Ocidental era um viveiro de jurisdições — reinos, ducados, baronatos, bis-

---

4. Não podemos passar ao lado de um fato histórico interessante: no período histórico chamado Isolacionismo japonês, após a expulsão dos portugueses e a unificação do Japão, no século XVI, foram destruídas armas de fogo, herança dos portugueses, em proveito do sabre, considerado mais civilizado (BRAUDEL, 1979).

pados, comunas, guildas, universidades e muito mais –, uma mistura de controles e contrapesos" (1999, p. 61).

Já na metade do século XIV, descobriu-se que o procedimento de fundir os sinos podia ser usado para fazer canhões. Mas o que resultou foi uma arma pesada, de difícil manuseio, cara, que causava pouco estrago. Foi preciso ainda mais de um século para que se pudesse aperfeiçoar a invenção, uma demora que certamente não se deveu somente às condições técnicas, mas também ao meio social ainda não aberto de todo ao uso dessa arma de poder destrutivo sem precedentes, embora perante os primeiros canhões até mesmo as catapultas antigas fossem mais eficazes.

Mas em 1490 os franceses conseguiram fazer um canhão que significava uma inovação importante: "Artesãos e sineiros franceses [...] no início da década de 1490 [...] tinham desenvolvido um canhão que era reconhecivelmente a mesma criatura que iria decidir as batalhas e assédios pelos quase quatrocentos anos que estavam por vir" (DUFFY apud KEEGAN, 2006, p. 407).

Aparentemente, essa revolução foi posta em prática em 1494 (NEF, 1954a; PARKER, 1993; KEEGAN, 2006), quando a França parte pela Itália para conquista do reino de Nápoles com seus 40 canhões. Embora o rei Charles VIII tenha morrido logo depois de ser forçado a sair de Nápoles, "sua revolução de artilharia revelou-se duradoura. Os novos canhões obtiveram um efeito que os engenheiros de assédio tinham buscado durante milênios sem êxito" (KEEGAN, 2006, p. 409). Embora os canhões aperfeiçoados pelos franceses fossem mais leves, o terror que a artilharia implantava era ainda mais por causa do barulho que dispersava as tropas do que pelos estragos realmente diretos. Seu estouro era uma novidade tão grande que houve quem os condenasse como coisa do diabo no século XVI (NEF, 1954a, p. 67).

Nesse sentido, o uso da pólvora como força propulsora de uma arma exigia que a subjetividade dos indivíduos também avançasse, saísse das crendices, ou seja, era preciso superar a "desconfiança, a ansiedade e o puro medo" (KEEGAN, 2006, p. 407) perante um elemento cujo poder de destruição fugia ao controle do indivíduo. Um medo não infundado já que muitos tiros explodiam no próprio canhão, sendo os próprios campos de batalha um campo de experimentação. Apesar disso, na metade do século XV alguns soldados já experimentavam armas de fogo e, "por volta de 1550, elas já eram de uso comum" (2006, p. 417).

Mas qual a consequência moderna das armas de fogo além de seu poder destrutivo ainda não conhecido? Robert Kurz, em seu livro *Dinheiro sem valor* (2014), de certo modo, opõe a tese da revolução militar como *boom* da modernidade aos desenvolvimentos de Marx sobre a chamada *Acumulação primitiva*. Não é que a análise de Marx estivesse equivocada, antes o contrário. Mas é que a análise de Marx se baseara muito mais no caso original inglês, onde as transformações das condições feudais desde muito, antes do que em outras partes, deixaram uma massa de pessoas desenraizadas e forçadamente liberadas dos vínculos tradicionais. Mas esse desenraizamento não necessariamente teria forçado à criação de uma massa pronta para ser explorada nas fábricas. Assim, ele aposta muito mais na tese da revolução militar como um detonador moderno, pela mudança qualitativa de caráter mais geral a que ela conduz, diferentemente do caso das mudanças forçadas no campo inglês que têm um caráter mais localizado, num primeiro momento, para só depois servir de exemplo a outros países — além de não darem primordialmente o impulso à concorrência entre os Estados, como foi o caso da armas de fogo.

Dito de outro modo, as armas foram *a mercadoria* detonadora do processo moderno, elas tiveram uma característica que nenhum outro produto de manufatura conseguira adquirir, porque nenhuma teve o poder de despertar no Estado uma sede fiscal que desequilibraria a vida social e empurraria as subjetividades para um contato maior com o poder do dinheiro. Não se assistia com a revolução militar a uma simples ampliação da circulação do dinheiro, ou a um "regresso das relações monetárias da Antiguidade tardia", mas a uma "transformação qualitativa do próprio dinheiro" que, mesmo não sendo a forma universal da riqueza até então, tinha as características requeridas para pôr em aceleração o movimento rumo à modernidade. "Na sequência da revolução militar, os fluxos de recursos tinham que se movimentar sob a forma de fluxos monetários" (2014, p. 107).

Para Nef, a concentração industrial não tem necessariamente relação com a produção de armas, pois já havia grandes polos arsenais como o de Veneza que data de 1104 — que fabricava essencialmente navios de guerra e mercantes. Mas essa concepção de Nef — para quem o capitalismo é tão antigo quanto a existência do homem na terra[5] — não distingue a diferença entre arsenais cujo desafio é aperfeiçoar as técnicas de guerra que em essência continuavam as mesmas, como era o caso do arsenal

5. Esse respeitado autor, embora diga que a característica da sociedade industrial é a multiplicação, defende a tese — de espantar qualquer espírito preocupado com a dialética entre lógica e história — de que "os primeiros selvagens eram capitalistas quando construíam cabanas para morar e o capitalismo sempre existiu nas sociedade civilizadas" (NEF, 1954b, p. 29).

da Veneza capital dos mercadores, e a produção moderna desse invento que injeta uma dinâmica nova na vida social e subjetiva. Embora não se trate simplesmente do fato de as armas de fogo terem engendrado um polo industrial de novo tipo, esse é também um aspecto em meio a um conjunto de aspectos que formam o quadro tenso no seio social ao alvorecer da modernidade. O próprio Nef afirma que as armas de fogo fizeram multiplicar por cinco em poucos anos a produção de minério de ferro. É ele também quem afirma que guerra e o industrialismo moderno são também fundados na produção de prodigiosas quantidades de metal, sobretudo ferro e aço (1954a, p. 57). É ele mesmo quem diz que se os canhões iam se tornar o principal meio de ganhar batalhas, era preciso que fossem feitos em abundância: "A arte moderna da guerra não depende menos das condições que facilitam o crescimento da produção metalúrgica na véspera da Reforma do que da descoberta da pólvora e do canhão" (1954a, p. 59).

Além desse aspecto incentivador de um setor fabril de dinâmica nova, incomparável pela sua essência com qualquer manufatura de tecido, as armas engendraram uma monetarização tautológica no seio social, além de serem um elemento fundamental na concorrência no sentido moderno, uma concorrência que apressa a marcha para a modernidade capitalista. "A rivalidade entre a tecnologia dos canhões e as inovações na construção de fortificações conduziu a uma escalada que se pode descrever recorrendo a um conceito de concorrência, no plano da técnica militar" [...] (KURZ, 2014, p. 104). Os Estados mantinham uma constante rivalidade no sentido de uma corrida militar assim que uma nova técnica parecia trazer vantagem. A história nunca conhecera esse critério concorrencial. E o detalhe fundamental é que essa concorrência consumia improdutivamente uma quantidade enorme de recursos, montantes com os quais os Estados não estavam habituados[6]. Segundo Parker (1993), "a guerra tinha se tornado uma prova de força financeira tanto quando de força militar" (p. 161). Nenhum outro tipo de produção, nem a produção florescente de tecidos, nem mesmo de antigas armas de guerra, tinham tido o poder de gerar um desequilíbrio social devido à sede fiscal dos Estados. A revolução militar teria assim conduzido a uma economia das armas de fogo, que teria turbinado o sopro da marcha moderna, em termos objetivos e subjetivos, que se pudera sentir desde o florescimento do comércio no século XI. Os mercadores não tiveram dificuldade, pela sua subjetividade atinada com os novos tempos, em adentrar pela produção de armas. Muitos enriqueceram prestando serviços às monarquias.

> Os canhões deixavam de poder ser produzidos por ferreiros de aldeia ou por fabricantes artesanais urbanos, uma vez que esse fabrico exige grandes instalações. Devido à crescente procura de metais associada a este desenvolvimento, as indústrias mineira e siderúrgica foram objeto de um rápido crescimento forçado. Surgiu um complexo militar proto-industrial, até então desconhecido, que requeria uma logística de grande envergadura, igualmente inusitada (KURZ, 2014, p. 105).

E as armas de fogo foram talvez o primeiro exemplo de tecnologia, de invento tecnológico moderno fundamental para a "aceleração" da marcha rumo à modernidade. Já em 1512, 18 anos depois de ter aparecido eficazmente no

---

6. E o gasto militar só aumentaria. A França do início do século XVIII aloca 75% de suas receitas à guerra. A República inglesa nos anos 1650 chega a gastar 90% das receitas públicas com o exército e a marinha (PARKER, 1993, p. 161).

navio francês em Rapallo, os novos canhões já jogaram "papel predominante numa batalha naval entre os navios à vela ingleses[7] e franceses" (NEF, 1954a, p. 52). E a própria vitória violenta sobre os povos das colônias — bem como o aprisionamento de escravos negros — aconteceu de modo mais fácil pelo uso das armas de fogo — e não importa se elas somente assustavam ou se matavam. Nef cita o caso dos indígenas mexicanos que, embora sendo milhares, foram vencidos pela força das armas de fogo, entre 1519–21, por algumas centenas de homens (1954a, p. 50).

A vitória francesa em Nápoles, embora não duradoura, teve consequência para a estratégia militar e os investi-

---

7. Como discorre Hobsbawm: "Os navios e o comércio ultramarino eram, como todos sabiam, a seiva vital da Grã-Bretanha, e a Marinha, sua arma mais poderosa. Por volta de meados do século XVIII, o país possuía talvez 6.000 navios mercantes, perfazendo talvez meio milhão de toneladas, varias vezes mais que a frota mercantil francesa, sua maior rival. Essa frota formava possivelmente um décimo de todos os investimentos em capital fixo em 1700, enquanto seus 100.000 marujos representavam quase o maior grupo de trabalhadores não agrícolas" (2014, p. 13). Era impossível impor-se como potência moderna sem uma artilharia de guerra potente. Não é só por razões geográficas que a Inglaterra tinha supremacia nos mares, mas por questões econômicas que não carecem de detalhe aqui. A guerra, portanto, no sentido moderno ganha o peso de um investimento fundamental, um *faux frais* sem o qual a modernidade não tem como seguir em frente, já que pressupõe a concorrência. E é aqui que chegamos a um ponto fundamental da relação entre crescimento econômico, acumulação de capital, exportação de bens manufaturados e a indústria da guerra. A Inglaterra entre 1700 e 1750 aumentou sua produção voltada para o mercado interno em 7% e para o mercado externo em 76%; entre 1750 e 1770, foram 7% e 80% respectivamente. Como seria isso possível sem uma artilharia nova de guerra para garantir o domínio perante a concorrência e os países submissos? (1954a, p. 39). Além do mais, a guerra "contribuía também, e mais diretamente ainda, para a inovação tecnológica e para a industrialização" (1954a, p. 40).

mentos estatais, tanto em armamentos como sobretudo num primeiro momento em fortificações: "Os castelos constituíam uma primeira linha de defesa para muitos, principalmente para Estados da Europa renascentista, com sua construção e manutenção absorvendo uma grande parte das receitas estatais" (KEEGAN, p. 410).

Essa é a tese de Geoffrey Parker (1993) para o qual a principal contribuição das armas de fogo para a monetarização não é pelo fato de as fábricas de armas de fogo terem se espalhado por toda a Europa — com efeito, em princípio, a produção se concentra em canhões, porque ainda vai ser preciso esperar mais de um século para se ter armas portáteis eficazes[8]. Sendo assim, o aspecto central para o autor é que os castelos não serão mais imperscrutáveis com o aparecimento do canhão, o que vai exigir uma revolução em termos de engenharia de fortificação, o que significa um aumento considerável dos custos do Estado: "Por mais custoso que fosse lançar uma campanha militar, em geral ela não era tanto quanto a construção ou a defesa de fortificações modernas" (1993, p. 120). Mas não imaginemos uma revolução imediata, mas como algo que vai amadurecendo no processo de desenvolvimento dos Estados modernos pelos séculos XVI ao XIX. Se, na Idade média, o assédio de um castelo não significava derrubar suas muralhas, "no fim do século XV, as mais majestosas muralhas, tais como as de Carcassonne, uma das glórias da

---

8. Como diz Parker, em 1490, a república Veneza substitui suas arbaletas por armas de fogo, mas as performances das primeiras armas de fogo deixavam a desejar: "Um arqueiro bem treinado podia lançar dez flechas por minuto com uma precisão aceitável até o limite de 200 metros, enquanto a recarga de um arcabuz no início do século XVI levava vários minutos e sua precisão só era aceitável até em torno de 80 metros" (1993, p. 90).

arte medieval e o tipo mais perfeito talvez de construção defensiva pelos fins do século XIII, tornaram-se obsoletos" (NEF, 1954a, p. 79). A nova engenharia de fortificação ensinava que o meio eficaz de defesa era a construção de muralhas preparadas para receber canhões para o ataque, o que significa duplo custo. Conforme Parker (1993, p. 83), "a muralha de sete quilômetros de Anvers, com seus nove bastiões e cinco portas monumentais, custou um milhão de florins", um montante que equivalia a mais de 100 mil bois.

Já para o autor alemão Werner Sombart, citado tanto por John Nef (1954a) quanto por Robert Kurz (2014), a guerra teria um aspecto positivo de desenvolvimento econômico pela ascensão do capitalismo nos séculos XVI, XVII e XVIII, "pois o aumento do número de soldados armados e do dispêndio necessário para sua manutenção tornou necessário o acúmulo de grandes massas de capitais e conduziu ao desenvolvimento de empresas de grande envergadura na indústria, no comércio e na finança" (NEF, 1954, p. 99). Na França, a produção era dispersa, não só dos canhões, como da pólvora, até por questões de fronteira – uma dispersão que não impede em nada a monetarização, embora não necessariamente incentive polos industriais concentrados. Já na Inglaterra, "a fabricação de pólvora foi concentrada numa única empresa que possuía vários moinhos em diferentes pontos dos arredores de Londres" (NEF, 1954a, p. 103). No começo do século XVII, a única grande manufatura de armas era a da cidade de Thüringerwald. De lá se exportava para vários países da Europa incluindo França, Espanha, Rússia, Dinamarca (1954a, p. 104).

O que é importante reter aqui é que a introdução das armas de fogo, sobretudo do canhão, nas guerras, foi transformando num processo paulatino a forma de guerrear dos Estados — pois somente os mais ricos "são capazes de sustentar os custos fabulosos da guerra nova" (BRAUDEL, 1979, p. 443) — a vida econômica e, ao mesmo tempo, a ética cavaleiresca. A introdução das armas de fogo não só tornava as antigas armas ridículas, mas também significava uma mudança de ordem subjetiva pela gestação de uma nova "moral" da guerra que tornava a honra, a ética, as simbologias cavaleirescas ridículas, mediações ou floreados inúteis: "Depois do século XV, o cavaleiro foi relegado ao mundo misterioso da fantasia" (NEF, 1954a, p. 53).

Portanto, seguindo Robert Kurz, não foi uma força criadora, como pensam Sombart e Nef, mas uma força destrutiva que abriu o caminho para a humanidade passar a soleira dos tensionamentos medievais e acertar o passo rumo à modernidade.

Como nunca antes, uma parte enorme do produto social precisou ser usada na máquina da guerra: "os estados territoriais nascentes passaram a rivalizar entre si na aquisição de armas de fogo, sobretudo canhões, e também na construção de fortalezas cada vez mais sofisticadas" (JAPPE, 2006, p. 189). As armas, os mercenários e as grandes obras de fortificação de novo tipo precisavam ser pagos em dinheiro. Segundo Kurz, somente por obra da produção agrícola ou artesanal crescente não se teria chegado ao poder anônimo do dinheiro. Foi a sede incessante de dinheiro dos Estados[9] para manter a guerra constante — frente a qual as guerras medievais parecem

---

9. Como diz Quesnay lá no meio do século XVIII: "Um homem pobre que apenas tira da terra com seu trabalho gêneros de pouco valor, como batatas, trigo-preto, castanhas, etc., que se alimenta com eles, que não compra nada nem nada vende, apenas trabalha para

mais rixas — que elevou o dinheiro à categoria de poder anônimo, ao fazê-lo sair da sua condição de meio limitado de troca (moeda) submetido a todo um emaranhado de relações para se tornar um fim, agora com uma tendência a não mais ser um ente estranho ao conjunto da sociedade, mas um ente que se entranha cada vez mais no seio social com uma tendência em si de se ampliar sempre mais e consumir o vivido.

> Os caudilhos dos mercenários dos primórdios da Modernidade (condottieri), assim como os seus subordinados, os simples canhoneiros e mosqueteiros, foram os primeiros sujeitos completamente retirados do contexto da reprodução natural agrária e que, assim sendo, tinham perdido os seus vínculos sociais. Com isso, a sua forma de existência constituiu o protótipo da própria forma do sujeito que só na Modernidade deveria tornar-se o princípio geral da sociedade sob a forma da abstracção da actividade com relação às necessidades (KURZ, 2002, s. p.).

Esse processo significou uma enorme fissura no fundamento que cimenta o universo simbólico medieval. A subjetividade dos indivíduos passou a entrar em relação com uma monetarização aumentada da vida social, o que significava uma mudança subjetiva paulatina para poder lidar cotidianamente com o dinheiro e as exigências de produtividade, porque, mesmo ainda no quadro rural, "todas as relações hierárquicas de obrigação, contribuições, tributos, emolumento, 'dádivas' dos mais diversos tipos, são brutalmente 'monetarizados' e, em simultâneo, inflacionados" (KURZ, 2014, p. 107).

É assim que começa a ter fim a figura do cavaleiro e de sua moral cavaleiresca. Os cálculos com os lucros da

---

si próprio: vive na miséria; ele e a terra que cultiva nada rendem ao Estado (1758–1983, p. 334).

guerra não levavam em conta qualquer ideal de honra cavaleiresca ou de brio. Ao homem de *qualidade*, o cavaleiro, se seguia o *literal homem sem qualidades*, o mercenário, que luta pelo dinheiro, não pela sua comunidade.

> Como ideal de vida bela, a concepção cavaleiresca tem aspectos peculiares. É um ideal essencialmente estético, feito de fantasias coloridas e sentimentos elevados, que também almeja ser um ideal ético. [...] Nessa função ética, o ideal cavaleiresco fica sempre a dever, estorvado por sua origem pecaminosa. Pois o cerne do ideal é sempre o orgulho elevado à condição de beleza. [...] Do orgulho, estilizado e exaltado, nasce a honra, que é o centro da vida nobre (HUIZINGA, 2010, p. 99).

Não significa que o aparecimento das armas de fogo decretou o fim imediato das cavalarias. Como o que nos guia aqui nesta leitura são os tensionamentos rumo à modernidade, podemos dizer que foi um processo, mas um processo diferente em que se pode notar a sociedade, ou determinados Estados, caminhando para a modernidade num ritmo maior. O sinal disso é não só a superação paulatina da ética tradicional, ensejada pela mudança subjetiva em marcha, mas também a mudança no sentido do dinheiro, que vai ao encontro do seu conceito a partir da monetarização aumentada pela sede fiscal dos Estados dependentes das armas de fogo — o que não significa que essa sede fiscal não houvesse antes, mas havia alguns limites sociais ainda não rompidos. Já no novo contexto, rapidamente os impostos passaram a fugir de quaisquer limites e a guiar-se pela concorrência entre Estados no terreno da máquina de guerra.

Aspecto fundamental, como explica Jappe (2006), é que tanto o dízimo da igreja, quanto os impostos, que eram na sua esmagadora maioria pagos em *natura*, passaram a ser cobrados em dinheiro. O que obrigava os camponeses a trocar sua produção por dinheiro para poder pagar o devido e o além do devido. O limite a ser pago também se tornava independente do concreto, do limite natural da produção. Isso fez com que a vida social passasse a ser mais mediada pelo dinheiro do que antes, e a exigência do pagamento de impostos em dinheiro expunha os camponeses e produtores em geral a uma coerção que não dependia da natureza de sua colheita ou de sua atividade. No fim das contas, a natureza da colheita e da atividade sofriam uma abstração uma vez que se devia chegar a um determinado volume de dinheiro, independentemente da concretude da colheita e dos aspectos temporais concretos relacionados à cultura da terra.

O aparecimento das armas, portanto, foi um acontecimento de monta que acelerou a marcha rumo à modernidade. Tanto subjetivamente quanto objetivamente, foi um transtorno social. Mas a sociedade ainda tinha de tal modo suas raízes na profundidade da tradição que foram necessários ainda vários séculos de superações contínuas do universo simbólico passado para que esse processo se mostrasse vencedor. E não se deve imaginar que as subjetividades que viviam essa experiência imaginavam que estava selada a modernidade. Nós hoje podemos olhar retrospectivamente e ver o quanto o "desenvolvimento econômico" e intelectual dos séculos XI ao XV não necessariamente desembocaria — senão somente de forma muitíssimo mais lenta — na vida social moderna sem essa mudança qualitativa de grande envergadura que representaram as armas de fogo.

O BURGUÊS FIDALGO, O AVARO, PRECIOSAS RIDÍCULAS: TENSIONAMENTOS

A subjetividade amadurecida durante os vários séculos de renascimento filosófico e econômico, anterior ao Renascimento, vai ser um entrecruzamento mais acabado entre a tradição e o impulso para a modernidade. O dito burguês ou mercador, após o Renascimento, embora seu prestígio não seja o mais elevado, não será tão desprezado quanto era séculos anteriores. Até porque, o Renascimento foi um ponto de encontro fundamental entre sua forma de vida e a forma de vida nobre à qual ele aspira.[10]

O desenvolvimento subjetivo que se dá é o de um amálgama em que o ideal ainda é o nobre. Mas o que se erige aos poucos é uma subjetividade sincrética, ou, em termos dialéticos, fruto de sínteses anteriores. O sujeito burguês é um projeto — embora sem autor —, não nasceu de uma vez por todas. O que se chama burguês na Idade Média e até no Renascimento não é o que modernamente se entende pelo nome. Basta pensar em Pico della Mirandola, que escreveu o que se poderia chamar de manifesto renascentista, humanista, moderno. Seu *Discurso sobre a dignidade do homem* (1486) é uma ode à liberdade, ao mesmo tempo em que defende uma filosofia moral baseada na religião. É clara na sua *Oratio de hominis dignitate*

---

10. Alguém poderá objetar que não se dá aqui atenção ao camponês. Obviamente, estamos dando atenção àquele espaço onde a modernidade começou a engatinhar. Não foi da subjetividade camponesa que surgiu a subjetividade moderna. Ao que parece, tanto para a crítica tradicional do capitalismo de matriz marxista quanto a crítica burguesa colocam o camponês como um conservador, atrasado, arraigado em sua vida. Não é preciso citar o exemplo da Rússia, que repetira rapidamente o que o restante da Europa levara anos para transformar.

a tensão entre um impulso moderno e um finca-pé no mundo divino[11]. Seu esforço é sincretizar no homem um ser que se constrói no mundo pelo seu fazer, sem determinante *a priori*, um ser condenado a fazer escolhas no mundo por si e um ser ao mesmo tempo temente a Deus, que nutre uma fé inabalável no além. É um homem que pode degenerar-se às bestas ou regenerar-se aos anjos (MIRANDOLA, 2006, p. 53). Essa tensão, esse amálgama, atravessa o Renascimento, que não deve ser considerado o ponto alto do sujeito burguês, mas como o ponto alto da tensão entre a subjetividade burguesa em formação e a subjetividade de então, que acumulava várias camadas de sociabilidade anteriores. Porque no Renascimento, o poder que o dinheiro dava a seus detentores, chamados burgueses, ainda estava imerso numa rede de relações tradicionais, porque o próprio dinheiro ainda estava no seu processo histórico de devir-dinheiro-moderno. O decisivo é o quanto a liberdade do Renascimento, sem que a subjetividade da época disso tivesse consciência, já estava minada pelo desenvolvimento subterrâneo da liberdade moderna ligada aos atos de mercado. Portanto, não se trata também de pensar que o Renascimento foi um ponto alto da cultura humana — depois das trevas medievais — que retomava o esplendor da Antiguidade e que depois tudo se degenerou. Se o Renascimento pôde representar

---

11. É caso inclusive de Descartes que precisa fazer uma ginástica intelectual para justificar com base em deus que o corpo é só matéria e não forma um só com o espírito. E isso quase 2 séculos depois de Pico. O que representa um aspecto notável do quanto o mundo objetivo e subjetivo era perpassado pela tensão entre simbólico religioso e aspectos ditos modernos. A ponto de ainda Descartes — considerado pai da ciência moderna — não considerar seu proceder científico contrário à fé, conforme se pode sentir em seu *Discurso do método*.

ao mesmo tempo um altíssimo nível cultural ao lado de um grande desenvolvimento do que há de mais vil e vazio, é porque o fundamento simbólico moderno lutava silenciosamente contra o fundamento simbólico passado. Assim, o florescimento renascentista não deveria ser visto como burguês, mas como contendo tensionamentos burgueses, porque a vida social transcorria num universo simbólico que não se encaixava na vida social burguesa que a superaria.

Demonstra isso o fato de que mesmo as cidades em que floresceu o comércio na Idade Média, ou a arquitetura renascentista, ou mesmo aquela até certo ponto de desenvolvimento da modernidade, tinham marcas muito diferentes em relação ao que se começou a ver no século XX — o século do sujeito burguês, o século da vitória (não total!) da forma mercantil de organização da existência. Seria impensável ver cidades funcionais como as de hoje, onde reina o concreto imediato, liso, mesmo que curvado, como Brasília, mesmo onde reinava o comércio[12]. O que é um indício de que a forma-sujeito moderna ainda não estava desenvolvida, embora presente e tensionada com as formas existentes. Como nos diz Le Goff, mesmo o mecenato dos burgueses-mercadores não significava obras que representavam aspirações dessa "classe". Não se pode falar de fato de uma cultura burguesa no sentido profundo e lato senão no século XX — quando a vida social burguesa dá sinais de amadurecimento. O entrecruzamento era entre a ideologia da Igreja, os ideais nobres e a aspiração burguesa dos mercadores. E não é que os mercadores qui-

12. Poderia citar o exemplo da belíssima cidade de Ypres, nos Flandres, entre Bélgica e França, berço da produção e comércio de tecido no século XIII.

sessem simplesmente imitar os nobres ou eram hipócritas do ponto de vista da religião. Não há razão para que não acreditemos que os mercadores também fossem homens pios. Sua subjetividade desabrochava numa mistura que ia encontrando justificativa social e subjetiva.

> No início, quando a falta de educação artística obrigava os novos ricos a adotar o gosto das classes dominantes tradicionais, mais tarde, quando os mercadores, como vimos, tiveram um desejo cada vez maior de entrar na nobreza, apagar as distâncias entre a antiga aristocracia e a nova que eles queriam constituir, as tendências artísticas burguesas não se distinguiram das da nobreza e da Igreja. Para se tornar nobre, o melhor meio era, primeiramente, adotar o "tipo de vida" nobre (LE GOFF, 2011, p. 118).

Esse entrecruzamento estará muito ressaltado nas peças de Molière. Em especial, como se fossem personagens-máscara, em *O burguês fidalgo*, *Preciosas ridículas* e *O Avaro*.

O contexto das peças de Molière é o da nobreza de corte. Algo que nasce com o processo civilizador de que fala Elias, um processo que transforma os antigos guerreiros tornados inúteis pelas armas de fogo em cortesãos — a chamada curialização (1993, p. 215). A construção da corte se produziu, segundo Elias, paulatinamente do século XI e XII ao século XVII e XVIII no ocidente. O que importa aqui é que na corte vão se desenvolver comportamentos que tenderão a se constituir como o aspecto distintivo dessa camada chamada nobre. No mesmo movimento, é o Estado — que está em processo de delineamento de seus contornos modernos — que passa a ter maior presença na vida das pessoas. A corte, assim, é uma microssociedade, onde uma convivência exige determinados comportamentos, ou melhor, uma padronização de comportamentos, o autocontrole, um abrandamento das pulsões, e o controle da violência, que cada vez mais era monopolizada pelo Estado, cada vez mais regulador das relações sociais. É na corte onde chegarão os *Tratados de comportamento*, notadamente após o Renascimento, que jogarão grande papel no desenvolvimento da civilização europeia: "[...] na Itália, na França, na Espanha e na Inglaterra, aparecem numerosos tratados fornecendo modelos, valores, regras a seguir na vida em sociedade" (RICCI, 2009, p. 10).

Talvez valesse a pena atentar o quanto esses tratados refletem também as mudanças objetivas da própria sociedade. As tensões em termos subjetivos entre o ideal nobre e o ideal burguês tendem cada vez mais a produzir novas sínteses de subjetividade, e também de organização social. Por exemplo, como explica Teresa Ricci, o modelo do *cortesão* prescrito por Baldassar Castiglione no livro *O Cortesão* dirige-se ao nobre por nascimento, ao dito *homem de qualidades*, por isso diverge do homem *discreto* ou *universal* prescrito por Baltasar Gracián:

> Se o cortesão, nobre por nascimento, representa ainda um modelo para a nobreza, em Gracián, a perfeição não tem mais nada a ver com o sangue. Gracián não defende a causa da nobreza, ele dá preceitos para o indivíduo que queira ter êxito, fazendo abstração de toda distinção social. Ao cortesão nobre, ele opõe o homem prudente e desabusado, o homem que age e adquire reputação e honra pela arte, a inteligência e a cultura (p. 77).

Embora sem querer Gracián tenha dado um impulso a um momento da síntese da subjetividade moderna, importa ressaltar que as características que ele põe em cena como distintivas não têm nada a ver com a forma-sujeito burguesa. O ideal de Gracián serve, no máximo, a uma subjetividade sincrética que tensiona com os ideais nobres pelo fato de romper com a ideia de que o nascimento determina a posição social. Isso não significa, como explica Ricci, que Gracián tenha um sentimento democrático, ou que, mantendo-se afastado do povo, tenha um sentimento elitista simplesmente. "O que ele critica é principalmente a ignorância, porque o 'homem é grande o quanto sabe; e quando sabe, pode tudo. O homem que não sabe nada, vive no mundo tenebroso'"(2009, p. 77). Não podemos senão concordar com Gracián, embora saibamos, como discutiremos no segundo capítulo, o quanto essa saída das trevas também introduziu novas formas de ignorância – que nada têm a ver com o *indivíduo* que ele desejava, que é diferente do *Indivíduo* que tomou posse do mundo. O indivíduo de Gracían é aquele que deve cultivar as qualidades do espírito, é aquele que só se distingue de outro pelo espírito, não por qualquer coisa exterior, como ele mesmo diz: "Qualquer distância que pareçam criar entre dois homens o nascimento, a posição, os bens de fortuna, pois bem, esses dois homens só diferem pelo espírito: aí está o fundamento que os faz mais ou menos homens [...]" (GRACIÁN, 1994, p. 9). O indivíduo de Gracián não é ainda o *Indivíduo* moderno, embora vá precisar sê-lo, já que "apresenta em certo sentido os traços do homem resultante da desagregação das antigas formas de sociedade, as sociedades pré-capitalistas, onde cada um tinha a priori seu lugar no mundo, pois ele está sozinho no mundo hostil e luta contra todos para sua própria afirmação" (RICCI, 2009, p. 25).

De qualquer modo, esses modelos, antes somente dirigidos à elite da sociedade, vão aos poucos se democratizando, como atesta Norbert Elias:

Devido à forma peculiar de interdependência em que vivia, a aristocracia de corte não podia impedir — através de seus contatos com o estrato burguês rico, do qual ela necessitava por uma razão ou outra — a difusão das maneiras, costumes, gostos e linguagem por outras classes. Inicialmente no século XVII, essas maneiras foram adotadas por pequenos grupos dirigentes da burguesia [...] e, em seguida, no século XVIII por estratos burgueses mais amplos (1993, p. 215).

Nesse sentido, temos motivos para concordar com Menegat (2011, p. 4) para quem esse processo *civilizador* guarda relação com o processo de entrada na vida social do fetichismo da mercadoria, portanto com o desenvolvimento da forma burguesa de vida social e subjetiva. Não podemos deixar de pensar num certo lado obscuro dessa sociedade de corte, desse processo civilizador, onde reinariam a honra, as qualidades, a dignidade, a elevação. E esse lado obscuro está na luta pouco civilizada, pouco leal, pouco digna que é feita na violenta ocupação das colônias e no aprisionamento de escravos africanos, ocupações que não prescindiram do arsenal de guerra que foi sendo acumulado desde que a forma de fazer guerra tinha mudado com as armas de fogo. Talvez se justificasse pelo fato de tanto os povos das colônias quanto os negros escravizados serem por eles considerados bárbaros, não-humanos, ou baixos, incivilizados — frágil justificação, evidentemente[13]. Mesmo assim, sabe-se que nesse processo *civilizador* determinadas qualidades se mantiveram, não por obra do sujeito burguês, mas porque não se pode simplesmente destruir formas de subjetividade por decreto, embora se possa por um processo paulatino

13. Esse pensamento se racionaliza em Hegel, para quem os índios da América são inferiores aos europeus inclusive do ponto de vista da estatura.

e contínuo. Autores como Pico della Mirandola e Gracián estão a léguas de distância da forma-sujeito mercantil. O que não significa aqui elogiar a nobreza como portadora das virtudes ou incensar o conceito abstrato de *Indivíduo*.

O BURGUÊS FIDALGO: «RIDÍCULO»

Todo o desenvolvimento reflexivo que temos empreendido até aqui é uma espécie de moldura do processo de amadurecimento da marcha moderna do qual o teatro de Molière é também um quadro. Estamos no século XVII, portanto, já há mais de seis séculos depois que um certo *desabrochar produtivo* — seria errôneo usar a categoria moderna de desenvolvimento econômico — fez-se sentir na história. Um desabrochar que, mesmo impulsionado pelo *boom* das armas de fogo, faz com que se chegue a esse século sem que se tenha ainda uma subjetividade delineada pelo universo simbólico fundado no movimento mercantil. Por isso ainda se pode falar de um entecruzamento objetivo e subjetivo acentuado.

Portanto, as peças que leremos aqui estão dentro do quadro do amadurecimento que temos visto em termos sempre de tensionamentos que se desdobram, quase sempre no rumo moderno. Adianto que vislumbro nas peças de Molière a tensão entre uma subjetividade voltada para o passado — notadamente nobre — com seu emaranhado de relações simbólicas, e uma subjetividade impulsionada para o futuro, sempre entrecruzada de aspectos do passado. Do mesmo modo, na nossa visão, do ponto de vista da objetividade social, o contexto também é de tensionamento e entrecruzamento. Ou seja, assim como ainda não temos uma forma-sujeito burguesa bem delineada como forma de subjetividade dominante, também a forma-social moderna, capitalista, não está bem delineada, não é a forma dominante. Dito de outro modo, não se trata simplesmente de formas dadas, já com seus aspectos determinantes, que apenas estão num determinado grau de desenvolvimento que o desenrolar histórico permite. As formas social e subjetiva burguesas simplesmente não chegaram ao seu amadurecimento, um amadurecimento que significa vencer o entrecruzamento com formas anteriores de vida social e subjetiva.

Nesse sentido, o quadro do século XVII de Molière ainda é o quadro das manufaturas, distante ainda mais de um século de amadurecimento da revolução industrial. É o quadro da Paris com ruas enlameadas — nada comparável às ruas das passagens de Benjamin no século XIX. Portanto, o burguês de suas peças está mais próximo do mercador e do usurário medieval do que do burguês do século XIX. Vejamos como descrevem o começo do século XVII Geoges Duby e Robert Mandrou:

> A primeira parte do século XVII anuncia o século XVIII pela fecunda de transbordante atividade da burguesia que constrói, tanto quanto ou mais do que a nobreza em Paris, no entorno da praça Real e no bairro do Marais que não é mais aristocrático do que burguês: o estilo dessa criação arquitetural é o hotel particular, [...] mercadores e advogados julgam-se merecedores de vidas mais afortunadas e de carreiras exitosas, multiplicam os móveis, mesas, poltronas, e seu orgulho se espalha por esses retratos pintados de corpo inteiro [...]: belas imagens cheias de dignidade, a peruca bem cuidada [...] Tudo respira riqueza e satisfação pessoal. Mercadores, financistas e advogados, a quem a profissão proporciona lazeres e o gosto de ler, de aprender, de receber amigos que também gostam de leitura e discussão [...] (1958, p. 15).

Jules Michelet na sua *História da França* descreve a França no século de Molière como uma época de mutações sociais marcadas pelo aumento dos gastos, pela quintuplicação em um século do preço dos objetos fabricados, pela diminuição do preço do trigo e pela fome que ronda o produtor de três em três anos – embora o luxo ganhe destaque. Além disso, do ponto de vista subjetivo, a época de Molière é descrita pelo historiador como "um século intermediário, que vagueia entre duas almas, a alma antiga e a nova [...]" (1877, p. 127). Não seria exagero entender a *alma* de que fala Michelet como a subjetividade entrecruzada da época, uma subjetividade imersa em dois universos em luta tensa. Uma luta tensa que faz o historiador destacar o caráter corroído do universo simbólico-religioso num mundo em que a ideia religiosa vai se esmaecendo e só se mantém ao se adaptar, ao abdicar, segundo ele, de sua influência moral: "Ela só reina obedecendo aos vícios públicos" (1877, p. 127). A esse contexto de entrecruzamento subjetivo ele chama de *flutuação moral*.

Esse entrecruzamento objetivo e subjetivo da época se mostra por exemplo na própria distinção que existe entre Luís XIV – nobre de nascimento – e seu famoso secretário de finanças Colbert – um plebeu da finança. Como diz Michelet, por trás de um ministro que "organiza laboriosamente seu grande sistema comercial e industrial"– com uma subjetividade marcadamente voltada para o futuro na época –, há um rei que, embora não se oponha à ofensiva mercantil por ele empreendida – já que seus gastos precisam ser financiados –, tem seus caprichos e ideias grandiosas que estão "bem acima dessas baixas ideias mercantis". Conforme Michelet, Luís XIV escrevera que "se os ingleses se contentam em ser os mercadores da terra e deixam-no ser um conquistador, há meio de se negociar.

A França não teria problema em deixar ¾ do comércio mundial com os ingleses e ficar só com ¼" (1977, p. ix).

As próprias leis modernas de Colbert nem sempre vão ser implantadas sem qualquer resistência muda da vida concreta para a qual a vida mercantil ainda é estranha. Michelet sublinha que Colbert instituiu leis protecionistas que incentivaram a indústria francesa — deve-se entender manufatura de tecido, de seda, tapeçaria fina, não no sentido geral de indústrias (p. 121) — mas duvida do êxito dos planos de Colbert pelo quadro subjetivo da época. Diz Michelet (p. 126): "Ele cria o trabalho aqui e ali pelo incentivo que a exclusão dos produtos estrangeiros significa para tal indústria. Mas o gosto geral das gentes é pelo ócio e pela vida improdutiva. [...]. Colbert obtém, exige dos clérigos a supressão de algumas festas da Igreja, mas as pessoas não deixam de se fazer presentes."

Nesse quadro, o que mais nos parece digno de ressalte não é o fato de Molière trazer à cena os defeitos da sociedade por seus personagens, a hipocrisia, a vaidade, a propensão dos indivíduos a buscar a todo custo seus fins até por meio da manipulação. Não é a denúncia moral pela sátira que ele faz dos defeitos humanos de sua época através das personagens. Embora o autor tenha a arte de pôr em cena esses elementos, essas características são até mesmo atemporais.

O que mais se mostra atraente nessas peças de Molière, a meu ver, é a tensão entre as formas de subjetividade em cena. A crítica empreendida pelo autor ao desejo do Senhor Jourdain de ser quem ele não é, o que o torna ridículo, não pode obnubilar-nos a vista para o fato de que sua busca, embora farsesca, portanto com trejeitos exagerados, é pelo estatuto de *homem de qualidades*, é pela vaidade que rivaliza inclusive com a riqueza material que ele tanto ama. Terá de me desculpar o esteta por eu não adentrar por uma análise literária imanente; por eu não traçar, por exemplo, um paralelo entre o próprio Molière "filho de um 'Burguês fidalgo' que tem mais de um traço em comum com o Senhor Jourdain" (RAT, 1962, p. IX) e seus personagens; por não adentrar por uma análise dos aspectos da comédia, do riso em Molière; por eu não dar mostras de capacidade em debulhar a estrutura do teatro de Molière, seu lado mágico (GUICHARNAUD, 1963), a importância dos ornamentos de música nessa peça em particular que culmina com o *balé das nações*.

Ora, o que atrai minha atenção nas peças aqui, e na peça *Bourgeois Gentilhomme* (Burguês Fidalgo) em especial, encenada em 1670, é a representação da tentativa de "apoderamento" das maneiras nobres pela burguesia. É a idealização social da figura do nobre e não da figura do homem endinheirado. De antemão, é digno de destaque o contrassenso risível do título da peça: *burguês fidalgo*. Mas à época, esse contrassenso poderia se realizar de modo enviesado por meio do dinheiro. O Senhor Jourdain, o burguês ridicularizado, quer fazer o que estiver ao alcance de sua riqueza para tornar-se um *homem de qualidades*. Como explica Marie-Claude Canova (1999, p. 132) em sua análise da peça, não surpreende "que o estado nobiliário se tenha imposto como modelo ideal à sua imaginação (do burguês) em busca de norte", pois, "como atestam os contemporâneos, ele concentra tudo o que há de grande, de potente, de respeitável no mundo". Por esses comentários, sem ler a peça, alguém poderia até ver em Senhor Jourdain o indivíduo de Gracián que se faz por si mesmo independemente das amarras do sangue e do nascimento. Mas diferentemente do indivíduo de Gracián, ele não tem espírito que o eleve. Antes o contrário, até mesmo o espírito ele precisa arranjar com seus mestres, sua elevação não passando de mera aparência de se travestir de uma classe de prestígio.

Como relatam Duby e Mandrou (1958, p. 44), as crônicas da época abundam "em testemunhos sobre as rivalidades que opõem a nobreza de sangue e as classes emergentes, de toga e burguesia mercantil" que protagonizam brigas "que as encenações de Molière sobre o mesmo tema ficam parecendo coisa miúda".

A burguesia inveja *as qualidades nobres* e a nobreza inveja a riqueza vil da burguesia, algo que na peça se expressa bem no personagem Dorante, que se aproveita de sua posição de pretensamente nobre para — "feito um Don Juan pilantra" (MICHELET, 1877, p. 79) — arrancar empréstimos de Jourdain, para quem é um prazer emprestar dinheiro a um *homem de qualidades.* Roland Bruyelle destaca assim o contexto:

> Sob a regência de Ana da Áustria, e sob o reino de Luís XIV[14], as pessoas de finanças tinham criado fortunas consideráveis. Inspirados pelo exemplo e encantados pelos esplendores da Corte, eles também desejam conhecer os luxos e as honras. A frequentação de *gentilhommes* fê-los perder a cabeça: pegaram de modo desajeitado como modelo seus novos "amigos", de modo que nas ruas podiam-se encontrar muitos "senhor Jourdain" [...] É, portanto, um ridículo bem contemporâneo, e o burguês de Molière é uma caricatura dessas pessoas (1946, p. 108).

No início da peça, aparecem os preceptores de senhor Jourdain numa discussão que não é anódina. Eles discutem uma questão que já diz respeito à própria qualidade, uma questão de dignidade da atividade, e também uma

14. Que atravessou a segunda metade do século XVII até o primeiro quarto do XVIII.

questão ética. O mestre de música se mostra por demais satisfeito pelo dinheiro que ganha: "É verdade: encontramos aqui um homem como nos convém aos dois. Eis uma doce renda, esse senhor Jourdain com suas visões de nobreza e galanteio que pôs na cabeça; e vossa dança e minha música haveriam de desejar que todo mundo se lhe assemelhasse" (MOLIÈRE, 1893a, p. 5). Já o mestre de dança se sente enfastiado em ter que produzir para um tolo. Não é mero desdém pela pessoa que ele dá provas – embora aspire à glória –, mas pela situação de ter que fingir a possibilidade de o burguês conseguir alcançar as qualidades que deseja. "[...] Sim, a recompensa mais agradável que se pode receber das coisas que se faz é vê-las conhecidas, vê-las acariciadas pelos aplausos que tanto vos honram. Não há nada, a meus olhos, que nos pague melhor que isso por todas nossas fadigas; e são doçuras requintadas, louvores esclarecidos" (1893a, p. 7). Pode parecer mera vaidade, transparece o desprezo pelo burguês, mas parece também esse sentimento uma mediação importante, comparado ao simples olhar instrumental sobre a atividade que se executa, que só conta pela quantia recebida em troca, que parece ser a opinião do mestre de música.

Prossegue o mestre de música:

> Estou de acordo, sinto o como vós. [...] É um homem, em verdade, de pouco brilho, que fala pelos cotovelos sobre tudo, que atravessa até quando aplaude; mas seu dinheiro eleva os juízos de seu espírito; ele tem discernimento em sua bolsa, seus elogios são de ouro: e esse burguês ignorante nos vale mais, como vê, do que o grande senhor esclarecido que nos introduziu em seu meio (1893a, p. 7, grifos nossos).

Eis o tom geral da peça. Mesmo estúpido, o Senhor Jourdain *vale* mais do que um senhor esclarecido. Segundo Defaux (1999), "A tensão essencial da peça não é entre graça e inépcia, mas entre real e imaginário" (p. 105). Mas essas seriam tensões evidentes que não empurram essa comédia para além de si mesma, para além de um retrato de época, para além de uma mera comédia de costumes. A tensão fundamental, a meu ver, é entre mundo burguês tal qual se desenhava na época, estereotipicamente colocado como ignorante e o mundo nobre onde pretensamente reinaria o saber, a qualidade e a distinção. O que sabemos não ser bem o caso. Tanto o burguês da época não era somente um amante do dinheiro[15], quanto o nobre não era necessariamente a fonte da virtude. Defaux, GérardGérard Defaux parece ver Jourdain apenas como um personagem sonhador, não vendo nele a tensão entre dois mundos reais, duas formas de vida social em tensão, duas formas de subjetivação tensionadas, quase

15. A reflexão de Hannah Arendt sobre a cultura ajuda a fundamentar nossa ideia de entrecruzamento subjetivo tenso entre mundo tradicional e mundo burguês, ou seja, a ideia de que a subjetividade burguesa apenas vem se realizando em processo amalgamado com outras formas mais cheias de mediação social. Mediação esta que a própria vida burguesa tende a achatar rumo à imediatidade. Para Arendt, as classes médias europeias socialmente inferiorizadas, assim que "adquiriram riqueza e lazer suficientes", viram-se numa "luta acirrada contra aristocracia e o desprezo desta pela vulgaridade do mero afã de ganhar dinheiro. Nessa luta por posição social, a cultura começou a desempenhar enorme papel como uma das armas, se não a mais apropriada, para progredir socialmente e 'educar-se', [...]" (2009, p. 254). Embora aqui já haja uma perda de *qualidade* da cultura, como ela diz: os objetos culturais serviram de passe de entrada numa posição mais elevada na sociedade e "nesse processo os valores culturais eram tratados como outros valores quaisquer, eram aquilo que os valores sempre foram, valores de troca, e, ao passar de mão em mão, se desgastaram como moedas velhas" (2009, p. 256).

que um personagem vivendo entre *duas almas*, para usar a expressão de Michelet.

Mas na peça, o ridículo da situação não deixa de transmitir certa indulgência do autor em relação ao burguês, senhor Jourdain, que quer a todo *custo* tornar-se um homem de qualidades, contratando, além dos mestres de dança e música, um de esgrima e filosofia, além de um alfaiate para vesti-lo como homem de qualidades: "Meu alfaiate me disse que as pessoas de qualidade vestiam-se assim de manhã" (MOLIÈRE, 1893a, p. 9). Portanto, apesar do ridículo do personagem — ainda mais realçado pelo modo caricatural como seu quadro é pintado como alguém sem talento para quaisquer artes —, a impressão que se tem é que a simpatia expressa na peça é maior pelo burguês idiota, porém honesto, do que por homens como Dorante que, embora da corte, é desonesto e o que se poderia chamar de aproveitador barato.

A crítica que transparece implicitamente à postura de Dorante está relacionada com uma crítica moral que tanto a corte apreciava, por apresentar de certo modo o que não se deve esperar de um cortesão, que deve manter sua distinção. Mas não como distinção externa ao ser simplesmente, o tipo de riqueza prezado pela modernidade, mas como algo que o ser já traz "consigo", "de berço" e que era preciso cultivar — embora as aparências fossem algo também fundamental, mas não bastava. Obviamente, essas distinções congeladas não são algo necessariamente louvável, pois também justificavam uma perpetuação do poder fetichista de considerar como vis aqueles que não vinham de tal berço. Mas o que quero destacar é mais a ideia de uma distinção que não se dê por aspectos meramente exteriores, o que acaba por construir certas qualidades nas relações sociais.

Esse peso moralizante que transparece na peça, ao colocar o personagem que tenta enganar o burguês numa posição de reprovação pública, é índice do quanto a época abundava em nobres que viviam de expedientes. Seguindo a explicação de Bruyelle:

> Mas ao mesmo tempo que a burguesia se tornava opulenta, a nobreza empobrecia. [...] Então, espetáculo estranho, viam-se esses aristocratas cheios de orgulho adulando *pavenus*[16], desposando filhas de gente do campo e indo buscar nas lojas o dote para retocar o dourado de seu brasão. Se os Jourdains não são raros, os Dorantes pululam e pilham os Jourdains (1946, p. 108).

Molière não parece demonstrar qualquer simpatia pela atitude vil do nobre, embora ele jogue papel importante na trama para ridicularizar o burguês. O que parece demonstrar, ao mesmo tempo, que o burguês não podia ser nobre de fato, mas também que há nobres cujo procedimento é dos mais vis. E essa ridicularização do burguês acaba sendo ao mesmo tempo uma ridicularização do nobre que não é nobre. Mas, em essência, o nobre deve sempre ter gestos nobres. Se a realidade não condiz com essa máxima, é porque há um problema na nobreza. E não parece forçado ver nas entrelinhas dos diálogos que, ao burguês não estúpido, é possível adquirir algumas *qualidades* quando não se age de forma vil como alguns nobres. Não precisamos lançar mão da informação de que o próprio Molière era de família burguesa, embora bem instalada na corte, para fundamentar a intuição de que sua crítica moral tinha também a intenção de chamar a atenção para

---

16. O *parvenu* seria grosseiramente o que se chama hoje novo rico. Aquele que eleva rapidamente sua condição, sem ter as maneiras condizentes com o ambiente a que chegou.

os burgueses de *qualidade* como pessoas mais elevadas que nobres *sem qualidades.*

Mas Jourdain é o protótipo caricato do tolo, e está enfeitiçado pela palavra *qualidade.* Quando o mestre de música oferece-lhe aulas, ele pergunta "os homens de qualidade também aprendem música?" (MOLIÈRE, 1893a, p. 14). E os mestres de música e dança o conduzem a uma argumentação que somente os palermas conseguem acompanhar. Argumentam, por exemplo, que não há Estado sem música, nada é mais necessário aos homens que a dança, todas as desordens e guerras que se veem no mundo se devem ao não aprendizado de música, todos os revezes políticos, todos os infortúnios se devem ao fato de não se saber dançar. Se todos os homens soubessem música, poderiam viver afinados, se os homens soubessem dançar, não dariam passos errados em suas condutas. Ou seriam essas argumentações verossímeis? Não cabe aqui julgar, mas até o mestre de dança, que tinha demonstrado preocupações de outro nível agora se entrega ao jogo de interesse com o burguês.

A busca de qualidades é incessante e obsessiva. Canova usa o conceito de *simulacro do eu* para explicar Jourdain: "Senhor Jourdain renega sua ascendência e seu passado burguês, reescrevendo a história e reconstruindo a realidade presente de modo a confirmar sua ideia quimérica de eu [...]" (1999, p. 132). Envolvido nesse seu *eu quimérico*, Jourdain não pode ouvir a palavra *qualidade* que logo se vê introduzido nesse mundo quimérico. E os mestres de música afirmam que um homem magnífico como senhor Jourdain, "que tem inclinação para as belas coisas, precisa ter um concerto de música em casa todas as quartas e quintas" (MOLIÈRE, 1893a, p. 23). Jourdain aceita toda proposta, desde que seja algo também feito pelas *pessoas de qualidade*. Quando o alfaiate lhe propõe uma roupa, resiste, somente cedendo quando sabe que é a mesma das *pessoas de qualidade*. Mas ele é ignorante, não sabe o que é latim, não sabe o que é prosa ou verso. Vê-se cercado por mestres, preceptores que querem o seu dinheiro. Não sabe o que é lógica, não sabe o que é a moral, tampouco a física. Mas quer "ter espírito, saber raciocinar coisas entre as pessoas de bem" (1893a, p. 71), diz ele. Acaba escolhendo aprender a ortografia, com o mestre de filosofia. A cena em que o mestre de filosofia ensina-lhe os sons, a fonética, mais parece alguém ensinando a uma criança adulta como produzir os sons da língua, ou, para ser mais imaginativo, um homem saindo da condição animal e aprendendo a produzir sons humanos. O que torna o burguês ainda mais ridículo, como se nem mesmo emitir os sons da fala soubesse, ou somente grunhidos. Essa forma grotesca de apresentação do burguês ignorante nos lembra de passagem a tendência dos sujeitos contemporâneos a compilarem um saber exterior, que se acumula sem que tensione com sua própria existência – ou que apenas impulsiona sua própria existência a seguir seu curso. É o que acontece com o burguês Jourdain, em vez de importar-se com as disciplinas que poderiam elevar-lhe o espírito, as quais desconhece, escolhe a ortografia, mais especificamente a parte da produção dos sons.

Sua obsessão em ser um homem de qualidade leva-o ao ridículo de sentir-se como tal apenas por estar vestido pretensamente como tal. Não estaria aqui, mesmo um tanto estereotipado, o modelo em germe do sujeito burguês na contemporaneidade, que é capaz de depositar seu Eu em pura aparência? Jourdain crê nos elogios que recebe do aprendiz de alfaiate e paga por eles:

Aprendiz alfaiate: Meu *gentilhomme*, por favor, dê uma gorjeta aos rapazes.
[...] Sr. Jourdain: Meu *gentilhomme*! Eis o que é postar-se como pessoa de qualidade. Vá ficar sempre vestido como burguês, nunca que lhe dirão: meu *gentilhomme*. Pegue, aqui está pelo "Meu *gentilhomme*" (1893a, p. 59).

Gradativamente, aumentam os títulos: monsenhor, Sua grandeza. Até que o próprio Jourdain se dá conta de que até chegar a alteza ele terá ficado sem sua bolsa. E seu passeio pela cidade, com seus lacaios, causa risos até em sua empregada. Enquanto isso, sua mulher, que encarna a típica burguesa da época, quer casar sua filha, preocupa-se com o piso da casa que pode ser quebrado pelo mestre de armas.

Senhora Jourdain: Estais louco, meu marido, com todas essas fantasias; e isso sucedeu depois que passastes a rondar a nobreza.
Senhor Jourdain: Quando rondo a nobreza, faço meu juízo parecer tal; e isso é mais belo do que rondar vossa burguesia (1893a, p. 76).

Senhor Jourdain acha que de fato está conseguindo ser alguém de qualidades, tanto que considera sua empregada e sua mulher duas ignorantes e passa a lhes explicar a diferença entre prosa e verso, a forma como se pronunciam as letras. Além de explicar como se faz esgrima. Nesse caso, seus conhecimentos mostram-se tão exteriores que acha que somente com as regras conseguirá não ser tocado num combate. O que se mostra falso já na sua tentativa com a empregada, Nicole, bem mais astuta.

A busca pelas qualidades só pode ser titanesca, visto que o nobre canalha, personificado em Dorante, aproveita-se da situação para enganar Jourdain numa pequena trama amorosa que lhe possibilita extorquir o burguês. Este, por sua vez, crê ser um gesto de altíssima importância emprestar dinheiro para um fidalgo que, por sua fé de fidalgo, não deixará de honrar seus compromissos. Dorante, o "don Juan picareta", fingindo ajudar o burguês fidalgo a conquistar o amor de uma dama *de qualidades*, dá todos os presentes que o Senhor Jourdain envia à marquesa como se fossem seus. A obsessão em querer *possuir* inclusive uma mulher de qualidades não permite a senhor Jourdain, sendo por essência sem qualidades, distinguir o quão sem qualidades também é o nobre Dorante. "Uma mulher de qualidades tem para mim charmes encantadores; e é uma honra que eu compraria ao preço de todas as coisas" (1893a, p. 93).

Do mesmo modo, senhor Jourdain não quer casar sua filha com um homem sem qualidades. Cléonte, pretendente de Lucila, não é fidalgo, *gentilhomme*, por isso não é aceito por Jourdain. Mas Cléonte explica que tem outras características que se aproximariam do ideal do *honnête homme*, o homem de bem francês do século XVII:

> Senhor, a maioria das pessoas, sobre essa questão, não hesitam muito; pronuncia-se essa palavra claramente [*gentilhomme*]. Esse nome não causa escrúpulos em quem o usa, e o costume hoje parece autorizar seu roubo. Para mim, confesso-vos, tenho sentimentos, sobre esses modos, um pouco mais delicados. Acho que toda impostura é indigna de um homem de bem, e que há covardia em disfarçar o que o céu nos deu como nascimento, em querer ornar-se no mundo com um título despojado de outrem, em querer parecer o que não se é. Nasci de pais que sem dúvida tiveram cargos honrosos; [...] mas com tudo isso, não quero ornar-me de um nome onde outros, em meu lugar, acreditariam poder pretender; e vos direi francamente que não sou fidalgo (1893a, p. 117).

Parece que Cléonte dirige essas palavras ao próprio Jourdain, pois a reprovação se encaixaria perfeitamente à sua conduta. Cléonte é fruto já de uma nova síntese de ideal subjetivo após a do cortesão. Para Teresa Ricci, o *honnête homme*, o homem de bem:

continua o "processo de civilização" bem representado pelo cortesão, que tinha por sua vez substituído o cavaleiro, ligado a outros valores que não eram mais válidos na sociedade de corte. O ideal de honestidade não diz respeito necessariamente a uma classe social como a nobreza, mas a uma elite que se distingue por suas qualidades intelectuais e morais. O homem honesto é o homem de honra, o homem que se comporta de maneira honesta. A honestidade aqui é ligada a uma noção fortemente ligada à moral (RICCI, 2009, p. 365).

Mas senhor Jourdain, nem mesmo um *honnête homme* quer ser. O que aumenta a impossibilidade. Ele quer ser um perfeito cortesão, que para ele é o homem de qualidades.

Apesar da estupidez de Jourdain, é digno de nota o quanto o dinheiro podia ser de certo modo relativizado em relação às ditas qualidades — estamos de fato no entrecruzamento de subjetividades, de formas de viver no mundo que convivem em tensão. Jourdain está disposto a despender seu dinheiro pelas qualidades, já Harpagão, de *O avaro*, não seria capaz de tal gesto. Ele é capaz de fazer *cantigas de amor* a seu dinheiro, e não à amada. Ele prefere seu dinheiro à mulher que ele diz amar e sintetiza o ideal do mercador e da forma-sujeito burguesa que anda no mundo apenas a fazer cálculos. Harpagão é aquele que não aceita outra divisa na vida senão a do mercador florentino do século XIV: "Tua ajuda, tua defesa, tua honra, teu lucro é o dinheiro". Harpagão é o protótipo do *homem sem qualidades* no sentido literal, sem tensão com o mundo. É o protótipo do indivíduo que já deixou que a máscara de caráter da vida mercantil, portanto, que a subjetividade mercantil, se lhe aferrasse ao rosto sem resistência.

Além de estar presente na diferença entre Jourdain e Harpagão, *O avaro*, o entrecruzamento subjetivo é visível também nas diferenças entre Jourdain e sua esposa. Jourdain pode ficar esfuziante ao crer na mentira de Covielle de que seu pai era fidalgo em vez de mercador: ele apenas, por sua estirpe, conhecia bem tecidos, ia escolhê-los em toda parte "e os dava a seus amigos por dinheiro" (MOLIÈRE, 1893a, p. 141). Já sua esposa não tem qualquer problema em aceitar sua linhagem de burguesa sem qualidades, alguém que sabe lidar com seu dinheiro, alguém de uma subjetividade já mais voltada para o futuro, uma subjetividade objetivada em valores novos, que cria uma resistência dura contra qualquer desejo de imitação de sentimentos ditos nobres: "Estou me lixando para suas qualidades" (1893a, p. 139).

O ápice da comédia, em *O Burguês Fidalgo*, só pode ser o momento da mascarada com a qual querem turcamente transformar Jourdain em *mamamouche*[17] e Cléonte no filho do Grande turco que quer ser seu genro. Temos aqui outro oxímoro. As características do paladino, que seria o *mamamouchi*, estão ligadas a um homem de qualidades, alguém honrado, cavalheiresco e intrépido, com caráter irrepreensível, sempre disposto a proteger os fracos e lutar por causas justas, tudo o que ele não pode fazer, visto que

17. Segundo o dicionário francês de Émile Littré (1957, p. 1927), trata-se de um termo inventado por Molière para dar um título honorífico turco e burlesco a esse personagem. Equivaleria a paladino, embora o termo não queira dizer nada em árabe.

ele só luta por seu bolso e pelas qualidades exteriores acidentais.

Como já vimos, esse desejo ardente de Jourdain, embora Molière o pinte de forma grotesca, não se pode crer algo isolado para a época. Antes, era esse o desejo acalentado pela burguesia em geral que comprava seu nobilitamento, ou casava-se com nobres em falência (GOUREVICHT, 1989). Mas isso não podia deixar de causar remorso numa nobreza que via seu mundo de hierarquias fixas ruir. Canova resume bem o contexto: "Jourdain é apenas o que o monarca [Luís XIV] quer que ele seja, isto é, mais um 'desses inúmeros usurpadores sem nenhum título ou com título adquirido à custa de dinheiro sem qualquer apanágio, dos quais convém purgar a nobreza" (1999, p. 139).

PRECIOSAS RIDÍCULAS: «RIDÍCULAS»

Tanto em *O Burguês Fidalgo* como em *Preciosas Ridículas* vemos, em cena, a busca do ideal nobre por parte de não nobres. Também aqui, o autor expõe ao ridículo os anseios da burguesia de entrar no mundo nobre. O diferencial nessa peça é que as duas *preciosas ridículas* são provincianas, sem que deixem de ter em mente os ideais nobres desenvolvidos e prezados nas cortes. O próprio adjetivo *preciosa* tem um significado próprio nesse século XVII. A *preciosité* é praticamente um movimento, em consonância com a corte, de busca de distinção nas maneiras e na linguagem. Como define o *Dicionário alfabético e analógico da língua francesa*, é um termo usado no século XVII para "mulheres distintas, refinadas, que adotaram uma atitude nova diante do amor (recusa do amor vulgar, concepção do perfeito amor e da amizade amorosa, direitos da mulher) uma maneira de falar original (recusa de uma linguagem comum, emprego de metáforas) e afirmam a superioridade do gosto sobre as regras e o saber dos pedantes" (ROBERT, 1962, p. 541). Essa *vida preciosa* "é um aspecto da vida urbana, quase uma moda", e sobretudo "um fenômeno parisiense" (DUBY & LANDROU, 1958, p. 17).

Assim como Molière talvez não quisesse criticar os burgueses com pretensões nobres — que era até o caso de sua família — também não necessariamente queria atacar as mulheres que assumiam a postura *preciosa*, mas a pura imitação grotesca desses modos *preciosos*. Como ele diz:

> Eu queria mostrar que [...] as mais excelentes coisas estão sujeitas a serem copiadas por desagradáveis macaqueadores, que merecem ser caçoados; que essas maliciosas imitações do que há de mais perfeito foram em qualquer tempo matéria para a comédia; e que, por essa razão [...] também as verdadeiras preciosas cairiam em equívoco em se chatear quando se encenam a ridículas que as imitam mal (MOLIÈRE, 1962, p. 220).

Nesse sentido, também nessa peça há um oxímoro cômico no título, já que a preciosidade não casaria com o ridículo, pelo menos na época. Mas o desejo da *preciosidade* tem na peça a força do desejo dos ideais nobres idealizados. Portanto, as *Preciosas* estão na mesma fileira de Jourdain: nos dois casos, está em marcha um verdadeiro processo impossível de negação de *si* em prol da tentativa de assumir um *outro* — que se transforma em máscara mal colocada, já que remete para uma forma de subjetividade voltada para um passado em processo de superação. Para Bruyelle, "[...] as *Preciosas* são a primeira expressão forte da paixão de Molière pela verdade, pelo natural e o bom-senso: a peça abre a luta que ele empreendeu e perseguiu toda a vida contra a mentira e a afetação nas maneiras, na linguagem, no pensamento, no estilo [...]"

(1946, p. 20). Por esse trecho, podemos ver que não estava em absoluto em questão no teatro de Molière essas tensões que agora se pode observar. O autor evidentemente não se dá conta de que o entrecruzamento subjetivo que ele põe em cena são um momento no caminho moderno de superação da forma subjetiva calcada no fetichismo anterior ao capitalismo. Até mesmo porque é o passado que ainda cimenta a marcha para o futuro. Mesmo sendo um tema historicamente determinado, é digno de nota a forma como esse eu postiço, um eu de ilusão, ou *simulacro de eu* — tema chegado ao paroxismo na contemporaneidade — faz-se presente nas duas peças e como foi refletido no século XVII pelo moralista Pierre Nicole, citado por Marie-Claude Canova: "[...] por meio dessa ilusão, o homem fica ausente de si mesmo e presente para si mesmo; ele se olha continuamente e não se vê nunca realmente, porque ele vê apenas, em lugar de si mesmo, o vão fantasma que formou de si" (p. 132).

Ora, aspecto que salta aos olhos é que as donzelas parecem conhecer esse mundo por meio de romances de cavalaria, de modo, portanto, idealizado. E é por esse viés ideal que elas verão o amor. Cathos diz achar o casamento chocante: "Como se pode sofrer com o pensamento de deitar com um homem realmente nu?" (MOLIÈRE, 1893b, p. 264).

As duas donzelas dispensam de seus amores uma dupla de amigos por não serem de qualidade. No entanto, elas mesmas são filha e sobrinha de burguês. A trama da peça é exatamente a ação dos amigos burgueses que, pela injúria sofrida, resolvem vingar-se das duas com uma encenação na qual o valete de La Grange, "um extravagante que pôs na cabeça querer ser um homem de condição" (MOLIÈRE, 1893b, p. 253), vai se passar por alguém de elevado espírito, "porque nada mais barato do que um belo espírito agora" (1893b, p. 253). Aparece irônica e sutilmente, nessa passagem da peça, a ideia de que os ideais da nobreza nesse momento já podem estar ao alcance também dos não nobres, que não necessariamente estariam à altura do belo espírito. Além disso, os dois farsantes desempenham bem seu papel, o que ridiculariza as falsas preciosas, mas também sutilmente os ideais nobres, já que poderiam ser apreendidos por qualquer um, ao menos enquanto *maneiras*.

Gorgibus, pai e tio das *preciosas*, como burguês típico, já não suporta sustentar as moças, preocupa-se em casá-las, por não aguentar mais gastar em pomadas para os lábios. As preciosas tentam lhe explicar porque não deram atenção aos rapazes aos quais estavam prometidas com um raciocínio interessante sobre o galanteio — algo que não conheciam os dois homens, segundo elas. Como explica Madelon, a filha, a ideia do casamento só poderia vir de seu pai, o modelo burguês. Para ela, o casamento não é um arranjo de interesse, mas o resultado de galanteios e conquistas. Diz ela:

> o casamento não deve acontecer antes de outras aventuras. É preciso que um amante, para ser agradável, saiba dispensar seus belos sentimentos [...] Primeiramente, ele deve ver no templo ou no passeio, ou em alguma cerimônia pública, a pessoa por quem se apaixona: ou senão, ser conduzido fatalmente à sua casa por um amigo ou parente e sair de lá melancólico e povoado de sonhos. Ele esconde por um tempo sua paixão pelo objeto amado, mas faz-lhe muitas visitas [...] O dia da declaração chega, e deve acontecer de ordinário numa ala de algum jardim [...] Depois disso, vêm as aventuras, os rivais que se jogam no caminho de uma inclinação estabelecida, as perseguições dos

pais, os ciúmes concebidos sobre falsas aparências, as queixas, os desesperos [...] (1893b, p. 259).

Essas venturosas imaginações de Madelon são mediações que certamente passariam por *ridículas* no mundo contemporâneo. Madelon considera que fazer amor somente depois de fazer o contrato de casamento não é mais do que um procedimento mercantil. Elas vivem um mundo idealizado, de romance de cavalaria, e a imposição do pai faz com que o vejam com desprezo, tal como se poderia supor o desprezo que um nobre teria por um burguês: "É-me penoso aceitar que sou vossa filha, e creio que alguma aventura um dia me virá desenvolver um nascimento mais ilustre" (1893b, p. 265). É a expressividade da palavra nascimento que aqui ganha sutilmente novo significado, algo a ser ressaltado. A preciosa pretende que durante a vida possa desenvolver um *nascimento* mais digno. Se a obsessão de Jourdain é ser como um homem de qualidades, a obsessão das donzelas aqui é também negar sua origem para se revestir de outra, a de uma *dama de qualidades*. É lamentar seu berço desafortunado. As formas afetadas com que querem imitar a nobreza é disso um indício. E não é acaso que elas sejam facilmente enganadas pela encenação do marquês falso, que acham ter vindo ao seu encontro após ter delas ouvido falar na corte.

Do mesmo modo que o burguês Jourdain aspirante à fidalguia se deixa obnubilar por palavras que remetem a homens de qualidade, as duas preciosas se derretem ao ver o marquês falso falar empoladamente de todas as suas relações na corte. Embora elas demonstrem ter certo conhecimento do mundo nobre, o que é ressaltado na peça é o fato de esse conhecimento não ser mais do que exterior, tanto que elas se veem enlevadas por qualquer coisa que diga o pretenso marquês, como se o fato de ser nobre já trouxesse um selo apriorístico de qualidade, sem necessariamente passar por uma prova de realidade. Isso é patente quando elas elogiam o anódino *Oh! Oh!* do improviso musical do marquês como o ponto alto: "preferiria ter feito esse Oh! Oh! a um poema épico" (1893b, p. 279). Quando Cathos pergunta ao marquês falso, Mascarilho, se ele estudou música: "As pessoas de qualidade sabem tudo sem nunca terem estudado" (1893b, p. 281). Essa frase evidentemente não as choca, o mundo nobre é o da *naturalidade.* Ética, saber, elegância, intrepidez são tão pretensamente naturais quanto o dom musical. As preciosas estão de tal modo enlevadas que não percebem que Mascarilho desafina ao cantar seu improviso e que tem modos um tanto estranhos, apesar de encenar bem o marquês. Quando chega o visconde, Jodelet, que faz parte da encenação, elas de nada desconfiam: "[...] começamos a ser conhecidas; eis o belo mundo que se encaminha até nós" (MOLIÈRE, 1893b, p. 290).

Ao final, para desolação das preciosas, elas caem no ridículo de terem acreditado em homens de qualidades que não o eram senão em aparência. Não há como não perceber novamente certa crítica velada dos anseios burgueses. Mas aqui, as provincianas são tratadas sem qualquer condescendência. As vestes e a fala alambicada é para elas o suficiente para ser um homem de qualidade. Tendo certa riqueza, mas ainda não uma posição na sociedade, os que somente têm na vida os estribos do dinheiro precisam se acomodar numa sociedade onde o dinheiro é deus apenas de forma velada, disputando com uma série de símbolos sociais. Nessa acomodação, a chamada burguesia toma os ares nobres, mas sempre corroendo as mediações que seu amadurecimento como forma-sujeito vai fazendo ver como atravanco à vida mercantil. A sua imitação fetichista de uma *essência* voltada para o passado, que ela mesma precisa superar, já prefigura o desamparo essencial da forma-sujeito burguesa em seu mundo repleto de mercadorias, por isso sempre precisou se apoiar em outros universos simbólicos como bengala existencial. Esse desamparo vai se tornar mais visível quanto mais a vida mercantil transforma o mundo em seu mundo, não deixando ao próprio sujeito mercantil escoras fora de seu gélido e vacuífero mundo. A crítica a esse procedimento vem na fala cômica e séria de Mascarilho no final: "[...] vejo bem que aqui não se aprecia nada além da vã aparência, e que não se considera a virtude quando desnudada" (1893b, p. 307).

OUTROS TENSIONAMENTOS EM «O AVARO»: TAMBÉM «RIDÍCULO»

Em *O avaro*, interessa menos o fato de ser uma peça, quanto tantas outras de Molière, escrita sob o modelo da comédia italiana (RAT, 1962, p. 968), e mais o tensionamento entre mundo nobre e mundo burguês que se resolve avançando rumo ao ideal burguês puro e simples. Se nas outras duas peças, o dinheiro era relativizado em provcito de qualidades mais elevadas imitadas comicamente, burlescamente, satiricamente, aqui, a pura riqueza mercantil é que é admirada comicamente, posta em alto relevo, e é a ideia de qualquer outra *qualidade* que é posta de lado. Em *O avaro*, chega-se clara e caricaturalmente ao cúmulo do amor do dinheiro, um dinheiro que começa a ganhar feições modernas, embora ainda não se tenha constituído uma vida social mercantil, onde o dinheiro se investe "produtivamente" na produção de mercadorias num ciclo sem fim. Dito de outro modo, o *avaro*, "Em uma palavra, ama dinheiro mais do que reputação, honra, mais do que virtude; e só em ver alguém que venha lhe pedir algo já sente convulsões" (MOLIÈRE, 1893c, p. 62), diz Valério. Ele sente convulsões só em ver de longe alguém que poderá lhe pedir algo que não seja empréstimo com garantia. Na peça, não há relação entre pai, filho e filha, tudo está dilacerado[18]. Harpagão, o avaro, que enterra dinheiro no jardim com medo dos próprios filhos, vê tudo pelo viés do ganho, fazendo abstração de tudo e qualquer coisa. Ele materializa o sentido primitivo de um *a priori* mercantil do pensamento. Toda e qualquer pessoa que esteja em sua casa é vista como alguém que espreita sua riqueza. "Não quero ter diante de mim sem cessar um espião de meus negócios, um traidor cujos olhos malditos pretendem sitiar todas as minhas ações, devorar o que possuo e curiar de todos os lados se não há nada a roubar" (1893c, p. 17). Sua preocupação é sua riqueza material, pois que de outra ele não dá provas. Revista quem sai de sua casa e crê que todos tramam furtar-lhe o dinheiro. Ele reprova o filho por suas vestimentas, porque deveria aplicar o dinheiro e ganhar juros. Faz, inclusive, no mesmo instante as contas

---

18. Eckermann relata conversa com Goethe em 12 de maio de 1825: "Molière, disse Goethe, é tão grande que sentimos sempre uma surpresa nova toda vez que o lemos. É um gênio franco e sem par; suas peças, por mais jocosas que sejam, alcançam os confins da tragédia. Seu *Avaro*, onde o vício destrói todo sentimento de respeito entre pai e filho é particularmente grande e trágico, no sentido elevado do termo. [...] Todos os anos, leio algumas peças de Molière, assim como contemplo de vez em quando gravuras de quadros de grandes mestres italianos. Porque nós, seres pequenos, não somos capazes de guardar em nós o sentimento de grandeza que produzem tais obras e somos obrigados a voltar sempre a elas vez por outra para refrescar nossas impressões" (ECKERMANN, 1863, p. 216–217).

dos juros para 12 meses se o dinheiro da roupa que o filho esbanjador usa fosse aplicado na usura (1893c, p. 28–29).

Mas por que, mesmo com essa caracterização delineada de um sujeito que vive para fazer seu dinheiro multiplicar, ainda falamos em tensionamentos? Ora, mesmo tendendo claramente a resolver o tensionamento assumindo uma subjetividade burguesa de modo tão explícito que se torna caricatural, uma verdadeira máscara do *avaro*, mesmo tendo trocado seu coração no mercado por uma pedra tosca, é interessante ver que Harpagão pertence à burguesia do século XVII, e "o rico burguês de então não é em geral avaro: ele tem diante de si o exemplo de uma nobreza que gasta sem contar. [...] A moda tem tal peso que Harpagão não consegue cortar todos os gastos da casa" (BRUYERE, 1946, p. 73), ele tem valete, tem empregados variados — que acumulam funções é verdade — mas nem ele mesmo consegue se desvencilhar do peso da tradição de sua época. Mas, nunca é demais repetir, ele está à frente de seu tempo. Harpagão é parente muito mais próximo na linha dialética do burguês industrial delineadamente capitalista que o Senhor Jourdain. *O burguês fidalgo* e *As preciosas ridículas* querem resolver a tensão rumo ao passado, sem se preocupar em rumar ao futuro. Harpagão resolve a tensão rumo ao futuro e arrasta consigo apenas resquícios que vão ficando com o tempo apenas poeira que, entre uma sacudida e outra, fica pelo caminho.

Ele quer dar a filha em casamento a Anselmo, não porque seja um fidalgo, ou um homem de bem, mas porque tem riquezas, não tem mais filhos com quem gastar e, principalmente, porque abrirá mão do dote para casar-se com sua filha. Todas as argumentações tentadas por Valério — que quer secretamente casar com a filha de Harpagão, e que é o único a saber conversar com ele por sempre evitar contradizê-lo — quanto à diferença de idade, de humor e de sentimento, quanto à precaução que se deva ter, quanto ao fato de que poderia haver pais que prefeririam talvez poupar a insatisfação da filha a poupar o dinheiro não gasto no dote, é respondida com uma frase: "sem dote!", várias vezes repetida. Já ele próprio, embora pretensamente apaixonado, não aceita casar sem ganhar alguma coisa. Vejamos o que diz Valério a Elise. Eles querem se casar. Valério é astuto e, em vez de opor-se ao desejo de Harpagão de fazer o casamento de Elise com Anselmo, vai apoiá-lo:

> Sim, o dinheiro é mais precioso que todas as coisas do mundo, e deveis render graças ao céu pelo homem de bem [honnête homme] que vos deu como pai. Ele bem sabe o que é viver. Quando alguém se abre à ideia de desposar uma filha *sem dote*, não é preciso seguir adiante. Tudo está contido nisso; e esse *sem dote* substitui muito bem beleza, juventude, nascimento, honra, sabedoria e probidade (1893c, p. 45).

A essas palavras de Valério, ditas apenas para ganhar a confiança, Harpagão responde: "Bravo rapaz! Eis quem fala como um oráculo" (1893c, p. 45). Vê-se já o que Harpagão, o avaro, aquele que usa sem quaisquer tensões a máscara de caráter abstrata da sociedade mercantil de sua época, entende por homem de bem. Ele inverte as virtudes do que se entendia por *honnête homme* em função dos simples aspectos exteriores e compráveis. Se esses aspectos, esses ideais de uma certa elite não eram necessariamente praticados, como já esboçamos, o que salta aos olhos é que esses ideais ao menos apontavam para características humanas que não se perdiam simplesmente na exterioridade que o dinheiro traz como riqueza.

O personagem Flecha, valete de Cléante, filho de Harpagão, faz neste trecho um resumo do caráter do avaro: "O senhor Harpagão é, de todos os humanos, o menos humano, o mortal mais duro e encerrado em si de todos os mortais. [...] A secura e a aridez de suas boas graças e carícias não encontram paralelo no mundo; e *dar* é uma palavra pela qual sente tanta aversão que nunca diz: *Quero vos dar*, mas *Quero vos emprestar um bom dia*" (1893c, p. 61).

O caráter do avaro é descrito durante toda a peça como sendo também ridículo. Se em *O Burguês Fidalgo* o ridículo se dá pela busca tresloucada de qualidades, estando o dinheiro em certo sentido relativizado, em *O avaro* o ridículo reside exatamente em viver uma vida cuja baliza é o dinheiro. A ideia desse entrecruzamento salta aos olhos. Ou seja, por mais que a sociedade empurre os indivíduos para posturas mercantis, uma vida completamente mercantil seria invivível, como mostra, ao extremo, Harpagão, que se vê desnorteado quando lhe roubam a riqueza enterrada no jardim:

> Meu espírito está conturbado, e ignoro onde estou, quem sou e o que faço da vida. Que pena! Meu pobre dinheiro! Meu pobre dinheiro! Meu querido amigo! Privaram-me da tua companhia; posto que tu foste de mim tirado, perdi meu suporte, minha consolação, minha alegria: tudo acabou para mim, e não tenho mais o que fazer no mundo. Sem ti, é-me impossível viver. Pronto; não aguento mais; eu me morro; estou morto; estou enterrado. Haveria alguém que gostaria de me ressuscitar devolvendo-me meu querido dinheiro, ou informando-me que mo pegou? [...] Quero enforcar todo mundo; e se não achar meu dinheiro, enforco-me a mim (1893c, p. 139–140).

O *Meu mundo caiu*, de Maysa, perde em dramaticidade e tragicidade para essa expressão da nova paixão humana que vai aos poucos se instalando. Essa espécie de *cantiga mercantil* nada tem a ver com as cantigas medievais que tinham motes mais elevados. Todo esse vocabulário trágico caberia na boca da Fedra de Racine, contemporâneo de Molière, cujo mundo desaba ao ter que encarar o esposo Teseu e seu filho Hipólito de quem está apaixonada. Também não seria um vocabulário estranho ao próprio Teseu, cheio de remorsos ao saber da morte desse filho (RACINE, 1969, p. 777–798).

Mas poderíamos perguntar: apesar de estar aqui por demais explícito — por isso causa uma repulsa imediata —, não estaria esse investimento psíquico no dinheiro também presente nos cotidianos mercantis de forma menos explícita? A modernidade não teria sido o paulatino processo de fundamentação da vida na mercadoria e no dinheiro, sem os quais a vida também parece perder sentido, do mesmo modo que com eles também acaba rodando em falso por falta de relações que transcendam o mundo simbólico que eles criam? Quantos de nós, guardadas as proporções da caricatura na peça exposta, também "perdem seu suporte, sua consolação, sua alegria" quando o mundo simbólico mercantil sofre alguma ranhura? Com toda evidência, esse sujeito não é o que reina na época de Molière, por isso pode ser motivo de riso nessa tragicomédia. Mas não se pode também afirmar que ele seja uma mera invenção, ou que essa forma de subjetivação de que dá mostras Harpagão não tenha tensionado com formas de subjetivação baseadas em outras riquezas. O próprio fato de a sociedade capitalista precisar que o dinheiro se valorize a qualquer custo, e a todo momento, não traria as marcas, no subterrâneo social, dessa paixão pelo dinheiro em movimento perpétuo que parecem tão absurdo nesse personagem? Como acrescenta Bruyelle:

O avaro, privado de seu tesouro, é um apaixonado privado bruscamente do objeto de sua paixão. O dinheiro lhe é mais caro que a própria vida. Não pode viver sem ele sem desejar morrer. Para pintá-lo, Molière encontrou palavras, expressões, que Racine empresta a seus amantes que sofreram desilusão amorosa ou foram traídos. Molière se movimenta nas margens da tragédia, mas quis ficar em seu gênero e logrou êxito em tal empreitada (1946, p. 62).

O que se sobressai nessa peça não é o desejo de ser um homem de qualidades, a obsessão é pela posse, de modo também caricatural — isso *O avaro* tem de comum com *O Burguês Fidalgo*. Mas esse modo caricatural não significa que seja falso. Ele expressa um tensionamento subjetivo da época que foi amadurecendo no seio social.

Mas poderíamos perguntar: como esse entrecruzamento de subjetividades pré-moderna e moderna vai caminhando para uma vitória da subjetividade enformada na forma-sujeito moderna? Por que tantos séculos foram necessários para esse esvaziamento sinalizar sua força? Por que a burguesia quis imitar as qualidades nobres e não se impor de uma vez por todas como a classe do dinheiro sem qualquer outra mediação possível? Esse entrecruzamento subjetivo — que foi sofrendo sínteses contínuas rumo à modernidade — talvez possa abrir caminho a uma resposta:

Para alguns mercadores, a aquisição de vastas propriedades de terra e casamentos mistos aos quais se resignavam cavaleiros em ruína financeira, desejosos de restabelecer sua vida material casando com a filha de um rico negociante, abriam a via da ascensão "rumo ao topo". Alguns ricos citadinos conseguiam adquirir a dignidade dos cavaleiros. A aspiração de viver o luxo caracteriza os mercadores patrícios. Para ganharem prestígio, e impressionarem a sociedade, constroem casas e palácios coroados de torres. A aristocracia poderia ter sentido inveja das moradas pós-góticas do patriciado da Alemanha do Sul e dos palácios-Renascença dos mercadores italianos (GOUREVICHT, 1989, p. 288–289, [tradução nossa]).

Esse entrecruzamento subjetivo — o peso da vida social e subjetiva arraigada num fundamento simbólico diverso — talvez tenha sido o que evitou por muito tempo que o capitalismo mostrasse toda a sua face destrutiva em todos os campos, da arquitetura à poesia, da música à reflexão. Esse entrecruzamento de subjetividades ainda vai estar presente em *O homem sem qualidades*, mas não é mais a subjetividade calcada na solidez tradicional que é a mais predominante. Ela vai se tornando pálida paisagem e ficando para trás da novidade que constantemente se apresenta no alvorecer do século XX que sacramentará de uma vez por todas o reinado sem partilha da mercadoria e do abolidor de todas as diferenças: o dinheiro.

O homem sem qualidades: Do amorfismo humano ao caráter *blasé*

> Essa crença no desastre em meio a um mundo satisfeito com seus progressos era a mais forte de suas qualidades.
>
> MUSIL, *O homem sem qualidades*

Mais do que delimitar o momento exato do nascimento da vida social moderna, meu intento é contribuir para traçar um caminho histórico-lógico de realização na vida social concreta de uma forma-social e de uma forma-sujeito abstratas. Dito de outro modo, é perscrutar como um *conceito* de sociedade e um *conceito* de subjetividade se hipostasiam subsumindo a sociedade e a subjetividade concretas.

Já que usamos conceitos como *tensionamentos*, *entrecruzamento objetivo e subjetivo*, nem caberia procurar na origem da dinâmica moderna um único elemento. A partir do momento em que as trocas mercantis ganham espaço na vida social, como vimos, vão corroendo as formas reinantes de vida social e de subjetividade. Mas essa corrosão se dá num ritmo tão lento que não se poderia adivinhar que somente a ampliação das trocas mercantis teria desembocado no capitalismo sem que a mudança de qualidade trazida para o seio social com a invenção e uso das armas de fogo viesse a impulsionar com uma qualidade nova a concorrência. Ou seja, não enriquece a reflexão questionar se foram somente fatores geográficos, demográficos, naturais, ou se foi o amadurecimento científico, ou a Reforma Protestante que fizeram a sociedade mercantil nascer. Em verdade, ao que parece, esses elementos não podem ser vistos como isolados das tensões mercantis que nascem numa determinada época no seio social. Muitas vezes, nosso olhar retrospectivo tende a olhar as mudanças como se tivessem lugar de forma abrupta, quase como algo conscientemente decidido por um sujeito muito disposto a implantar a modernidade mercantil. O que não é o caso. Mesmo os sujeitos da classe burguesa que lutaram desde sempre por seus interesses não tinham uma forma de subjetividade amadurecidamente moderna, e sua luta era mais por garantir seus privilégios financeiros do que para se constituir como uma forma de subjetividade que pretende levar adiante a forma social com a qual se identifica — foi preciso um amadurecimento histórico para que a forma social moderna e a forma-sujeito fossem se desdobrando com mais clareza. Assim, se analisarmos a própria revolução científica nos séculos XVI e XVII e a Reforma Protestante, veremos que são fruto de séculos também de amadurecimento no seio social e não uma decisão consciente de implantação da forma de vida social moderna.

Nesse sentido, parece mais condizente com o espírito deste estudo ver o conjunto de elementos como fazendo parte de um grande caldeirão cheio de ingredientes em tensão, que maturam no seio social já eivado da dinâmica da objetividade e da forma-sujeito modernas. Essa maturação vai se dando pela própria dinâmica interna, que foge ao controle do indivíduo concreto. É de certo modo o que Hobsbawm chama de "acumulação de material explosivo". Mesmo sendo notável que em todo seu livro sobre a eclosão da Revolução industrial Hobsbawm não faça qualquer menção a mudanças de ordem subjetiva que efervesceram paulatinamente no seio social, esse "material explosivo" certamente é um componente da própria dialética contínua da subjetividade, dialética expressa no tensionamento entre elementos que remetem ao passado e os que remetem para o futuro, como veremos adiante. Como ele diz, não haveria como esse processo de "acumulação de material explosivo" antes da Revolução industrial não produzir uma "combustão expontânea" (2014, p. 30) mais cedo ou mais tarde.

E esse material explosivo demora para se acumular no seio social. Porque a vida social e a subjetividade concreta são de fato mais lentas que a dinâmica mercantil e sua forma-sujeito. Os tensionamentos, os entrecruzamentos objetivos e subjetivos, que criam resistências concretas e mudas ao avançar da marcha moderna estão na base da resposta à pergunta do por que tanto tempo foi preciso para se desembocar na Revolução industrial depois do desabrochar mercantil da Baixa Idade Média. E mesmo à pergunta do porquê, após a difusão do *domestic system* no século XVI[1] e das manufaturas, ainda tanto tempo de ama-

1. Ainda no último quarto do século XVIII, com o consumo de algodão bruto duplicando na Inglaterra, e a importação das colônias e a exportação do tecido manufaturado demonstrando seu potencial lucrativo, ainda reinava o *domestic system*. "No caso da tecelagem, os atrativos são grandes: um exército extensivo de artesãos e de camponeses, possuidores ou não de seus teares, podem fornecer produtos de qualidade a preços interessantes e fáceis de serem comercializados" (RIOUX, 1971, p. 62). Evidentemente, esse sistema doméstico de fabrico já foi um transtorno nas relações sociais anteriores e faziam parte desse caminho até o trabalho industrial. Com as primeiras máquinas nesse fim de século XVIII, fazendo a produtividade aumentar

durecimento foi preciso para se chegar a uma revolução sem precedentes nas formas de produzir.

Da mesma forma que a descoberta das armas de fogo significaram um impulso de qualidade nova às trocas mercantis e à monetarização da vida social, também a revolução industrial significou uma espécie de nova revolução na vida social e subjetiva — embora autores como John Nef não vejam nenhuma ruptura, mas somente *aceleração* de um movimento plurissecular de progresso técnico (NEF, 1954b). O que há de comum em ambas as revoluções é o caráter do impulso. Por mais que a diferença de tempo entre os dois acontecimentos seja de mais de três séculos, tanto no caso das armas de fogo quanto no caso da maquinaria, trata-se de uma nova força que ganha lugar, uma força que não mais depende do homem como principal motor, mas ao contrário, foge ao controle dos homens, impondo-lhe o ritmo. Como vimos, uma arma de fogo, além de não depender de qualquer mediação simbólica, apenas depende de um mero preparo técnico instrumental para ser usada, e seu poder de destruição escapa aos homens, eles nada contra ele podem fazer a não ser contar com o mesmo poder de fogo. Do mesmo modo, a maquinaria, entendida como processo de razão técnica, contêm em si o impulso de se tornar paulatinamente uma força independente do homem, não no sentido de que não precise dele, mas no sentido de que o submete ao seu ritmo numa proporção que as antigas e seculares rodas de fiar — por mais

---

até de 120 vezes, sem outra força que não seja o braço do operário, as rodas de fiar vão sendo deslocadas nas oficinas familiares. Produzir mais significa um aumento do ganho monetário, e assim: "o artesão-camponês abandona sua atividade rural e serve exclusivamente à máquina. O trabalhador pregado à sua máquina faz nascer o proletário doméstico" (1971, p. 63).

que impusessem um certo ritmo – não teriam tido como fazer, pois sua energia era puramente humana, portanto, com limitações dentro da esfera humana. Em contrapartida, tanto as armas de fogo quanto as máquinas oriundas da Revolução industrial – que não são meros instrumentos de aperfeiçoamento de uma ferramenta já existente – expandem os limites para além do terreno humano.

E para se chegar a esse impulso que significou a Revolução industrial foram necessários séculos de amadurecimento objetivo e subjetivo. Mesmo com o chamado desenvolvimento mercantil ligado ao comércio de tecidos, foram necessários séculos para que as rodas de fiar fossem superadas pela *spinning jenny* (1765), pela *water-frame* e finalmente pela *mule-jenny* (1779) de Samuel Crompton, que só podia ser movida a água ou vapor (RIOUX, 1971). Se as duas primeiras ainda mantinham um caráter manual, de dependência do artesão, sendo apenas um aumento da possibilidade produtiva, a *mule-jenny* trazia consigo o potencial de ser uma força produtiva independente. Isso não faz senão corroborar a reflexão segundo a qual toda revolução bem sucedida, no sentido da subversão de uma vida social, primeiro precisa passar por um sussurro coletivo no subterrâneo social que a prepara. Ela nunca é uma mera eclosão de momento. Ela precisa ser preparada, no caso da forma social capitalista, a preparação foi em larga escala inconsciente. Até hoje, somente o capitalismo foi capaz de fazer esse gênero de revolução, inclusive sobre si mesmo, porque conseguiu se imiscuir como *apriori* da própria dialética, de modo a sempre aparecer como dominante nas sínteses oriundas do processo de tensão. E foi das tensões sociais, fruto de uma mentalidade não necessariamente já amadurecida para acompanhar as exigências que o amadurecimento da objetividade social exige, que se gestaram resistências concretas que fizeram o tear mecânico penar para se impor devido à revolta dos tecelões que temiam desemprego. Mesmo com seu potencial produtivo, o tear mecânico se impôs lentamente, porque sofria a concorrência do tear braçal. Ainda em 1815, são 200.000 teares manuais disseminados nas zonas industriais inglesas e 2.500 mecânicos (RIOUX, 1971, p. 64).

Se às vezes caímos na tentação de imaginar um estouro do capitalismo na Revolução industrial, é bom lembrarmos que ela aconteceu basicamente no setor têxtil que era modernamente o mais demandado, e que produzia um bem útil de uso muito antigo. Como diz Rioux, ¾ dos trabalhadores industriais estavam nesse setor em 1860 (1971, p. 92). O que demonstra que mesmo a época da Revolução industrial não pode ser confundida com um capitalismo que se aproxima de seu conceito, mas como um momento qualitativamente novo em que se chegava a um amadurecimento do quadro social e subjetivo que permitia essa mudança de grandes proporções. Mas esse amadurecimento, como se deve intuir, não se deu do mesmo modo nos vários países, mesmo europeus, e não cabe nesse estudo adentrar pelas peculiaridades de cada rincão, não porque não nos interessem, ao contrário, essas peculiaridades muitas vezes dizem muito da resistência muda, ou seja, da inadaptabilidade da subjetividade à dinâmica moderna, mas porque seria longa e árdua tarefa.

Somente entre França e Inglaterra, as diferenças em termos de mentalidade burguesa e moderna já são notáveis. A burguesia francesa parece mais atrelada à renda, notadamente aquela oriunda da terra. Não à toa os fisiocratas parecem de ascendência mais francesa. O modelo francês é o Pai Grandet[2], que nutre um carinho especial pelo investimento garantido, a renda do Estado, os bons pedaços de terra, e negligencia a indústria.

Os ingleses ao contrário, já desde cedo se colocam num movimento que hoje podemos ver como moderno e de vanguarda, um movimento de preparação mais decidido que em outras partes para o automovimento do capital. Como diz a historiadora Ellen Wood:

> A unificação do reino inglês começara bem cedo, no século XI, quando os conquistadores normandos se estabeleceram, através de uma grande coesão militar e política, como classe dominante na ilha. E no século XVI, a Inglaterra já percorrera um longo caminho no sentido de eliminar a fragmentação feudal do Estado e a soberania "dividida" herdada do feudalismo. Os poderes autônomos detidos pelos nobres, corpos municipais e outras entidades corporativas existentes nos outros Estados europeus estavam na Inglaterra cada vez mais concentrados no Estado central (WOOD, 2000, p. 16).

Enquanto a França ainda era um país de camponeses proprietários, o camponês inglês sumia (HABAKKUK, 1965), para se transformar em proletário do campo, porque a terra se concentrava em muito menos mãos e o número de sem-terras só crescia. A agricultura da França não co-

---

2. Vemos no personagem Grandet, pai de Eugênia Grandet, de Balzac também um protótipo interessante do sujeito burguês. Não o sujeito burguês *accompli*, mas um momento do processo de amadurecimento do sujeito burguês. Sua subjetividade ainda é a do puro rentista de província, de mercador, uma mistura de moderno e arcaico, uma mistura entre homem de negócios moderno e ao mesmo tempo um acumulador inveterado cujos pensamentos se centram apenas no desejo da multiplicação de sua riqueza por meio de rendas e terras, não por meio da aplicação produtiva. Grandet estaria muito próximo do caráter do *Avaro* de Molière, não sentindo qualquer desejo de nobreza.

nhecera a ideologia da *lucratização* da terra, enquanto "os fazendeiros ingleses estavam respondendo aos imperativos da competição e dos melhoramentos" (WOOD, 2000, p. 26). Esse aspecto tem consequências importantes do ponto de vista da modernidade francesa, em que o peso da tradição atrelada ao campo vai significar uma subjetividade menos apta à penetração das relações mercantis, o que torna o capitalismo algo mais difícil e lento do que no caso inglês (RIOUX, 1971, p. 194).

Até mesmo do ponto de vista da ideologia econômica há desnível entre os dois países: quando os fisiocratas quiseram dar um impulso moderno à França — para reagir ao modelo mercantilista de Colbert — sob o modelo inglês, já estavam atrasados. A revolução agrária dos fisiocratas se baseava na crença de que a riqueza vinha da terra, dos "bens de raiz", de que somente o cultivo da terra gera a verdadeira riqueza (QUESNAY, 1983, p. 333), enquanto os ingleses já estavam à frente do ponto de vista da subjetividade moderna ao anunciarem pela pena de Smith que *a riqueza das nações* em verdade é fruto do trabalho humano (abstrato), que ele transforma em constante antropológica: "o valor real de cada coisa, para a pessoa que a adquiriu e deseja vendê-la ou trocá-la por qualquer outra coisa, é o trabalho [...]. Não foi por ouro ou por prata, mas pelo trabalho, que foi originalmente comprada toda a riqueza do mundo; [...]" (1983, p. 63).

Foi também da Inglaterra que veio enorme impulso para uma subjetividade com traços modernos, uma individualidade abstrata mediada pela mão invisível, marcante na abolição da servidão já no século XVI, dois séculos antes da França. "Na Grã-Bretanha, o parlamentarismo se afirmou, consagrando desde o fim do século XVII a potência política dos proprietários de terra e da burguesia, ativos em face do poder real. O *Habeas Corpus* proclama a liberdade jurídica do indivíduo em face das velhas opressões" (RIOUX, 1971, p. 54). Já a França demora um pouco para dar sua contribuição ao impulso moderno. É na França revolucionária e imperial que uma burguesia nova, "enriquecida pela compra de bens nacionais e o abastecimento dos exércitos" se cria. Com ela, seguindo o espírito do tempo, embora com grande atraso em relação ao *Habeas Corpus* inglês, vêm a declaração dos "Direitos humanos e o Código civil, que libertam o indivíduo e sua propriedade, liberam a atividade econômica dos velhos cabrestos reais, enquanto a lei Le Capelier de 1791 proíbe toda e qualquer reação operária coletiva [...]". Esses códigos são difundidos em toda a Europa, em todas as zonas em que "uma burguesia os espera, aquela mesma que levará a cabo a revolução industrial" (RIOUX, 1971, p. 55).

Entre França e Inglaterra pesa ainda a diferença perante a Reforma. Claro que a França muito católica também terá uma indústria moderna, "mas é evidente que as igrejas reformadas, com seu senso do indivíduo, do esforço solitário rumo à perfeição, do calor do trabalho e do êxito sob as bênçãos de Deus, aduba entre os fieis o gosto pela iniciativa e pela novidade econômica e social" (1971, p. 51).

Diante desse quadro, como estaria a Áustria de Musil, ou do *Homem sem qualidades*? Ela se tornara dupla monarquia austro-húngara em 1867 e, embora paralisada com os problemas de nacionalidade que arruinam sua coesão, tenta se juntar apressadamente às grandes potências industriais. A indústria têxtil tradicional parece poder ter um crescimento de tipo inglês na segunda metade do século XIX. Mas é a região tcheca que ganha a frente no movimento de modernização, estando mais em contado com a Alemanha – lá está mais de 1/3 das indústrias do reino. É notável uma febre de investimento entre 1850–1873, o que acelera o processo: tecidos de algodão, linho, siderurgia. As estradas de ferro são desenvolvidas num momento em que a Áustria-Hungria se torna cruzamento importante entre a Europa, o Oriente e o Mediterrâneo, e isso deveria cimentar um vasto mercado.

Mas a industrialização arrasta consigo largas áreas atrasadas. A Áustria, com sua burguesia alemã ou tcheca com espírito dinâmico, tendente a moderno, arrasta atrás de si uma Hungria de grandes latifúndios, sem uma unificação do mercado interior (RIOUX, p. 117). O império é uma zona de acolhida para capitais europeus.

> Por volta de 1880, pode-se dizer que a revolução industrial está feita na região de Viena e em alguns países tchecos. Mas se reduz à órbita germânica, sem se expandir para o conjunto do império. Por todo lado, sustentada na administração e no exército, a nobreza fundiária se recusou sistematicamente seja a investir capitais oriundos de seus domínios na indústria, seja a se aglomerar com a frágil burguesia capitalista das cidades. As velhas estruturas sociais resistem, freando a industrialização da Europa danubiana. Portanto, nada de revolução industrial completa, lá ou em qualquer outro canto, sem revolução agrícola e transformação social (p. 117–118).

Em função dos argumentos avançados até aqui, ou seja, a ideia de que a forma social moderna e a forma-sujeito que ela exige vão se desdobrando historicamente numa dialética com o concreto social e objetivo, por ser historicamente essa forma social moderna a única a conter uma dinâmica interna, deveremos entender, chegado esse momento, o conceito de modernidade sempre como *modernização*, e o conceito de subjetividade moderna como *subjetivação moderna rumo à forma-sujeito burguesa*. Tanto modernização como subjetivação moderna expressam uma maior ideia de dinâmica, de algo em movimento. Nesse caso, o movimento de modernização, como veremos, é o do domínio sempre maior da racionalidade instrumental-mercantil sobre a realidade concreta, assim como o domínio sempre maior da forma de subjetivação moderna, que chamamos de forma-sujeito moderna, burguesa ou mercantil, sobre a subjetividade concreta, ou a individualidade concreta.

O lapso grande de tempo entre a revolução comercial que expusemos e a Revolução Industrial e Francesa no século XVIII — com a revolução de pensamento correspondente — demonstra o quanto a dinâmica social maior iniciada no final da Idade Média ainda estava longe da dinâmica tipicamente moderna, e não por acaso falamos de tensionamentos que poderiam ter sido também abafados se não tivesse havido outros fatores. Não havia ainda um sentido da história inexorável como há na modernidade, um *telos*. Havia muitas idas e vindas, muita tradição e agressividade da natureza. A própria invenção da arma de fogo, o *boom* em termos de aceleração do processo de colocação do dinheiro como fim em si, demorou alguns séculos para chegar a um fenômeno massivo de fato, que começou a se dar quando se inventaram armas portáteis sem pavios, mais ágeis, no século XVII. De qualquer maneira, já na época de Molière, na época do *processo de civilização* e do requinte das cortes invejadas por muitos burgueses, a França tinha mais de 5000 canhões e a Inglaterra mais de 8000 (BRAUDEL, 1979a, p. 445).

E tanto a Revolução Industrial quanto a Francesa não ocorreram evidentemente porque a classe burguesa acordou, um belo dia, não mais querendo a miscelânea de pré-modernidade e processo de modernização, mas porque esses séculos foram de amadurecimento consciente e inconsciente, no seio social, das transformações que a relação com o dinheiro tinha trazido. Do mesmo modo, esses séculos foram o terreno de amadurecimento da forma-sujeito moderna burguesa, uma forma de subjetividade que tende a pôr de lado a onidimensionalidade[3] da subjetividade (da individualidade) em proveito da unidimensionalidade (MARCUSE, 1973) de uma subjetividade afinada com o movimento de valorização do dinheiro, que pressupõe uma produtividade incessante — que exige um consumo incessante.

Nesse sentido, caberia falar em *dialética da subjetividade* intrinsecamente moderna. Ou seja, de uma tensão permanente entre formas de reprodução social e formas de subjetividade que foi levando à superação das formas atrasadas pelas formas tidas por avançadas e progressistas. Dito de modo simples, a forma de subjetividade calcada na frieza e no cálculo, na ascensão social, por meio do trabalho e do dinheiro, no investimento econômico amadureceu no seio social como *antítese* à *tese* representada pela forma subjetiva baseada na tradição, no fundamento fetichista simbólico-religioso. Mas dessa tensão se poderia dizer que uma nova forma de subjetividade foi paulatinamente germinando. As novas sínteses não aniquilavam

3. É importante esclarecer o fato de que, ao se falar de onidimensionalidade, não estamos querendo fazer o elogio da forma de vida pré-moderna em detrimento da forma moderna. Mas não se pode deixar de reconhecer que, apesar da rigidez da dureza da vida social pré-moderna, a dominação pessoal e não-disfarçada não necessariamente se apoderava dos recantos mais íntimos da subjetividade. Na modernidade, a adequação exigida do sujeito é completa, pois a dominação é impessoal e disfarçada de liberdade de livre-iniciativa.

as formas anteriores por completo, mas sempre traziam consigo aspectos da tese e da antítese que voltavam a tensionar no momento da nova elevação dialética, mas sem algumas características já deixadas para trás. De modo que a nova subjetividade oriunda desse tensionamento contínuo, embora não totalmente calcada já nos preceitos modernos, mostrava-se menos enraizada na tradição pré-moderna. Por isso que um mercador, como chama a atenção Le Goff (2011, p. 12), da Idade Média, podia ter "horizontes mais largos do que muitos eruditos modernos que o estudaram". Mas esse processo dialético deu-se paulatinamente, continuamente e a cada nova síntese subjetiva, era a forma-sujeito moderna que ganhava terreno não só sobre a forma de subjetividade do passado que ia empalidecendo, mas sobre a própria individualidade.

RAZÃO MODERNA E FORMA-SUJEITO MODERNA

Será que a forma-sujeito burguesa teria sua base como protótipo no herói Ulisses da Odisseia? Primeiramente, devo dizer que para este estudo não. A objetivação da subjetividade de que dá mostras Ulisses, na forma como desenvolveram Adorno e Horkheimer (1986), não são suficientes para a constituição desse sujeito. O paralelo feito por esses dois autores, portanto, seria difícil de ser aprofundado de modo fértil neste estudo. Da obra *Dialética do Esclarecimento*, proponho problematizar aquilo que diga mais respeito à modernidade de fato. Afinal, apesar de nessa obra os autores refletirem sobre a dominação da natureza em termos muito antigos, a obra tem pés mais fincados no período moderno, quando a dominação não mais precisa de justificação na tradição, no mundo transcendente, ou em qualquer outra forma de poder exterior, mas ganha o sentido de segunda natureza, em que tudo se dá de tal modo autojustificado que a forma social na qual estamos aparece como se funcionasse tal como na natureza.

A Dialética do Esclarecimento foi escrita tendo como pano de fundo a barbárie da Segunda Guerra, mas sem opor a democracia ocidental ou a Razão como uma redenção. Os autores, antes do mais, expuseram que se aquele tipo de barbárie aconteceu é porque havia problemas ainda não refletidos na própria racionalidade. Como chama a atenção Menegat, é fundamental para a reflexão crítica a apreensão do "ilógico por dentro da própria apoteose do *logos* do princípio de troca" (2003, p. 63).

Mas nesse momento, a pergunta que se poderia fazer é: o que há de subterrâneo, de problemático, no pensamento racional na modernidade?

No seu célebre texto *Resposta à pergunta: "Que é Esclarecimento"*, Immanuel Kant expõe o seguinte: "Se for feita então a pergunta: 'vivemos agora em uma época esclarecida [*aufgeklärten*]'?, a resposta será: 'não, vivemos em uma época de esclarecimento [Aufklärung]'"(2005, p. 69). À época, havia um grande entusiasmo com o progresso da Razão, caminho para se chegar ao espírito esclarecido, livre. Mas a essa resposta de Kant, que aponta para um *devir*-Esclarecimento, Adorno opõe — com dois séculos de vantagem — uma objeção, não pessimista, mas crítica em seu texto Educação e Emancipação que encerra o livro homônimo:

> Se atualmente ainda podemos afirmar que vivemos uma época de esclarecimento, isto tornou-se muito questionável em face da pressão inimaginável exercida sobre as pessoas, seja simplesmente pela própria organização do mundo, seja num sentido

mais amplo, pelo controle planificado até mesmo de toda realidade interior pela indústria cultural. Se não quisermos aplicar o termo "emancipação" num sentido meramente retórico, [...] vazio como o discurso dos compromissos [...] é preciso começar a ver efetivamente as enormes dificuldades que se opõem à emancipação nesta organização do mundo [...]. O motivo é a contradição social; é que a organização social em que vivemos continua sendo heterônoma (ADORNO, 1995, p. 181).

Não pode senão chocar ao espírito crente no progresso a afirmação de que continuamos vivendo numa organização social heterônoma. Afinal, essa modernidade esclarecida olhava com ares de superioridade para os pejorativamente denominados primitivos, povos *incivilizados* — que faziam cerimônias mágico-miméticas para aplacar seus medos diante da natureza, numa vida de *imediatez*, ou de condição natural do homem — bem como para a tradição religiosa que não permitia ao homem sair de sua menoridade.

Mas a desumanização, a barbárie, para os autores da *Dialética do Esclarecimento*, encontra sua explicação no fato de a Razão formal, instrumental, na realidade, não poder se opor à dinâmica da violência, destrutividade e desumanidade, uma vez que tais elementos, enquanto resultado, enquanto sentido, são-lhe indiferentes, posto que a Razão não acolhe em seu seio a crítica, a sensibilidade, a diferenciação:

Se o esclarecimento não acolhe dentro de si a reflexão sobre esse elemento regressivo (que segundo os autores está em germe no pensamento esclarecido), ele está selando seu próprio destino. Abandonando a seus inimigos a reflexão sobre o caráter destrutivo do progresso, o pensamento cegamente pragmatizado perde seu caráter superador e por isso também sua relação com a verdade (ADORNO & HORKHEIMER, 1986, p. 13, grifos nossos).

Esse pragmatismo cego que irrompe com uma força interna revestida de progresso não reconhece qualquer qualidade. Essa indiferenciação universalizante dos conceitos, Adorno e Horkheimer localizaram já nos escritos de Platão e Aristóteles que "refletiam com a mesma pureza das leis da física a igualdade dos cidadãos plenos e a inferioridade das mulheres, das crianças e dos escravos" (1986, p. 35). Embora esses autores tenham vivido numa época histórica cujo fundamento nada tenha a ver com o moderno, não parece acaso que esse pensamento de abstração tenha sido retomado no renascimento filosófico e econômico a partir do século XII. E esta mesma indiferenciação os autores localizam na Razão kantiana:

> Mas, segundo Kant, as forças éticas, perante a razão científica, são de fato impulsos e comportamentos não menos neutros do que as forças aéticas, nas quais se convertem, tão logo deixem de se orientar para aquela possibilidade oculta, buscando a reconciliação com o poder. O esclarecimento expulsa da teoria a diferença (1986, p. 85).

Essa abstração entranhada na Razão é um dos aspectos mais candentes, que tem relação intrínseca com a própria vida social sobre a qual plana uma abstração apriorística representada concretamente pelo dinheiro, que não conhece qualquer diferença. Essa abstração está relacionada também com um dos conceitos que os autores utilizam em sua empreitada crítica: a *dominação da natureza.* Um tipo de dominação que na sociedade se transforma em dominação *sobre os homens.* Ora, ao rebaixar a natureza a *uma mera objetividade* e o objeto a um mero exemplar de uma espécie sem mais outra especificidade, (portanto, a uma abstração!), o próprio sujeito torna-se *mero possuir*, mera identidade abstrata que anda no mundo a fazer cálculos para dominá-lo e submetê-lo (KURZ, 1997, s. p.). Essa dominação da natureza, na era anterior ao capitalismo, não tem parâmetro de comparação com o que se dá na modernidade, quando as ciências se consolidaram sob esse prisma, em que o procedimento é o que vale, não aquela satisfação "que para os homens se chama 'verdade', mas a *operation*, o procedimento eficaz" (ADORNO & HORKHEIMER, 1986, p. 20), indiferente à qualidade do resultado visto apenas como consequência de um bom método:

> O saber que é poder não conhece nenhuma barreira, nem na escravização da criatura, nem na complacência em face dos senhores do mundo. [...] A técnica é a essência desse saber, que não visa conceitos ou imagens, nem o prazer do discernimento, mas o método, a utilização do trabalho de outros, o capital (1986, p. 20).

A conclusão a que chegam os autores é a de que os homens, em verdade, nada querem senão conhecer a natureza e empregá-la a fim de dominá-la e, assim, dominar os outros. E no percurso rumo à ciência moderna, "os homens renunciaram ao sentido" (1986, p. 21). Toda essa concepção racional abstrata faz parte de um processo de subjetivação que, conscientemente, ou não, casa muito bem com o desenvolvimento de uma racionalidade instrumental-mercantil. Isso porque a ciência moderna se desenvolveu a partir de um processo de domínio objetivo da natureza levado a um nível que a história humana ainda não conhecera. Nesse processo — um verdadeiro "programa de desencantamento do mundo" (1986, p. 19) —, as qualidades do mundo são destruídas, juntamente com os deuses, pois o pensamento ordenador decompõe tudo o que é próprio e o que nos homens e nas coisas não se resolve na investida objetivante. Consequentemente, "o que não se submete ao critério da calculabilidade e da utilidade torna-se suspeito para o Esclarecimento" (1986, p. 21) que, por princípio, é totalitário, na medida em que despe a sociedade de qualidades sensíveis para poder submetê-la ao mero cálculo. Não é acaso que a lógica formal passa a ser identificada como "a grande escola de uniformização", pois na medida em que faz abstração dos conteúdos sensíveis, ela torna o número o "cânon do Esclarecimento" (1986, p. 22).

Na lógica formal, o pensamento é indiferente a seus objetos, quer eles sejam mentais ou físicos, "pertençam à sociedade ou à natureza, tornam-se sujeitos às mesmas leis gerais de organização, cálculo e conclusão — mas o fazem [...] em abstração de sua 'substância' particular" (MARCUSE, 1973, p. 136). Essa lógica formal é a mesma que domina no reino das coisas de cuja utilidade se faz abstração perante o princípio meramente formal da forma-valor.

É possível, portanto, afirmar que, embora algumas características desse formalismo possam ser localizadas desde o mito — como objetivação —, algo defendido por Adorno e Horkheimer, somente se desdobrariam e se tornariam universais na modernidade produtora de mercadorias. Ora, no universo simbólico-mítico-religioso essas abstrações ficavam no terreno transcendente. Já no universo simbólico-mercantil, o formalismo encontra terreno fértil na própria vida social, em cujo fundamento mesmo, que é a mercadoria, o uso, portanto, o aspecto concreto, sensível e qualitativo, apenas importa porque é portador do que é mais importante para a sociedade: o valor, mera forma que faz abstração de todo conteúdo sensível da riqueza (MARX, 1985), de toda e qualquer substância particular. Como explicita Menegat:

As relações da sociedade moderna são sustentadas por um processo social de abstração que funciona como uma espécie de formalização imposta às formas materiais necessárias à existência coletiva. Esta formalização faz girar o eixo constitutivo deste processo em torno da dinâmica autônoma adquirida pela mercadoria e o valor (2011, p. 3).

Eis um aspecto fundamental neste estudo que trata, pode-se dizer, desse embaçamento das qualidades concretas desse processo de esvaziamento da realidade objetiva e subjetiva. Poderíamos, nesse contexto, retomar a ideia de que não foi simplesmente a técnica que deu à luz a modernidade capitalista. Conforme expõe Anselm Jappe nas suas *Aventuras da mercadoria* (2006), vários acontecimentos decisivos para o advento da modernidade capitalista já tinham acontecido em outras épocas, como a invenção de técnicas capazes de aumentar a produtividade. Mas não havia um quadro geral objetivo e subjetivo no qual o pensamento dito científico da sociedade se fundamentasse numa racionalidade abstrata e tecnológica, porque, como escreve Marcuse (1973), a lógica formal é:

o primeiro passo na longa viagem para o pensamento científico — apenas o primeiro passo, porque ainda é necessário um grau muito mais elevado de abstração e matematização para ajustar o modo de pensar à racionalidade tecnológica. [...] Muito antes de o homem tecnológico e a natureza tecnológica terem surgido como objetos de controle e cálculo racionais, a mente foi tornada susceptível de generalização abstrata (p. 137).

A ideia de Marcuse dessa *longa viagem para o pensamento científico* parece encontrar a reflexão exposta aqui de que o quadro social e subjetivo favorável a esse pensamento só pôde se constituir num longo processo de tensionamentos, mas que passou a ter uma dinâmica e um desenvolvimento numa dada direção tão logo entrou em cena a forma de produção em larga escala, que só pode ser feita num quadro de generalização abstrata do que é produzido, bem como dos efeitos nocivos na vida das técnicas produzidas. Como explicita Anselm Jappe:

> A gênese da ciência moderna e da concepção quantitativa da natureza no século XVII esteve estreitamente ligada ao irromper do valor abstrato nas trocas materiais e do tempo abstrato na vida social [...] A mesma quantidade sem qualidade que se impunha no dinheiro informava também a concepção galileica da natureza: tal como a lógica do valor reduz tudo e qualquer objeto a uma quantidade de valor, também a partir de Galileu todos os corpos se encontram reduzidos a sua mera extensão no espaço. Com a física de Newton, passa a acreditar-se que uma única força, a gravitação, rege todo o universo, tal como nessa mesma época o mundo começava a unificar-se sob a governação de uma única força, o dinheiro (2006, p. 191).

Diante disso, caberia a seguinte objeção: será que o extremo domínio da natureza encarada como mero objeto manipulável pelo sujeito do conhecimento "teria apenas o objetivo de livrar os homens do medo e investi-los na posição de senhores"? (ADORNO & HORKHEIMER, 1986, p. 19). Ou haveria algo como uma lógica tácita interna ao próprio desenvolvimento da sociedade, uma "célula germinal" (MARX, 1985), específica da modernidade, que permaneceria por refletir no âmbito das próprias ciências, posto que é considerada como um *a priori*?

Na modernidade produtora de mercadorias, a natureza é objeto, assim como os seres humanos, para além de uma diferenciação de classe, de um movimento dinâmico de valorização do dinheiro que encara tudo quanto existe exatamente como o Esclarecimento: objeto quantificável que deve se adaptar à calculabilidade. É nesse ponto que intervém um conceito fundamental para nossa empreitada crítica, o conceito de *fetichismo da mercadoria* desenvolvido por Marx. Partir desse conceito nos possibilita exatamente buscar a dominação, a heteronomia, num nível mais profundo de abordagem.

O FETICHISMO DA MERCADORIA COMO FUNDAMENTO MODERNO

Mas por que, depois da empreitada do esclarecimento moderno, depois de se julgar ter chegado ao nível mais elevado de civilização humana, ainda se pode afirmar que vivemos ainda sob reinado de uma heteronomia? Se vivemos sob uma dominação depois de a Razão moderna ter espalhado seu feixes de luz por quase todos os recantos do planeta é porque essas luzes não chegaram aos recônditos sagrados do fetichismo da mercadoria (MARX, 1985), o único encantamento não atingido pela empreitada de desencantamento do mundo.

Tomar a crítica do fetichismo da mercadoria de Marx como ponto de partida significa opor-se à afirmação política do próprio Marx de que "a história de toda a sociedade até aqui é a história da luta de classes". Tomamos o caminho aqui que reflete a história em verdade como uma história de relações fetichistas (KURZ, 2010, 2014; JAPPE, 2006), ou seja, de inconsciência social — por isso a denominação segunda natureza. Mas reconheçamos que o fetichismo da mercadoria é especial, ele não é simplesmente o mesmo de outras tantas sociedades que historicamente já tiveram lugar, que também não dispunham conscientemente de seus meios e que projetavam seu poder social em algo extrassocial que passava a dominar. Com diz

Kurz (2014), o fetiche moderno, usando um termo de Kant, seria agora transcendental, e não mais transcendente.

> O pressuposto mudo e objetivado, aparentemente evidente, do conhecimento, do pensamento e da ação no mundo é arrancado de seu ancoradouro no além e posto como "intramundano", sem no entanto ser uma parte ou um momento integrante desse mundo (natural e social), ou não seria um "princípio" inconscientemente pressuposto a todas as coisas e situações no mundo (p. 68).

Em termos da forma de fetiche anterior à modernidade, os seres supremos ou o ser supremo ficava no universo transcendente, ou seja, em termos sensíveis, não era tangível em lugar nenhum. Nesse contexto, "as correspondentes abstrações não assumem forma visível, com aparente atividade autônoma ou em processo, permanecendo antes fenômenos confinados ao espírito humano". Claro que o fetichismo moderno também não pode ser apreendido como tal, e por isso também "contém em si um momento transcendente". A diferença é que ele é uma abstração real, que não fica só no espírito humano, mas surge de modo "físico-empírico na forma do dinheiro" (2014, p. 69), que não é mero meio de troca, mas o representante fantasmagórico da riqueza social do conjunto da sociedade.

Nesse sentido, o fetichismo da mercadoria é especial porque o objeto-fetiche dos sujeitos modernos esclarecidos é especial e muito mais poderoso do que qualquer totem anterior à modernidade esclarecida ou poder divino, uma vez que ele possui uma autodeterminação e uma característica únicas na história: uma dinâmica incessante, incontrolável e aprioristicamente justificável de valorização de sua substância que é o valor. Embora a modernidade venda a ideia de que nunca houve sociedade mais livre e consciente.

Nesse contexto crítico, a especificidade do fetiche na modernidade esclarecida, sua dinâmica interna, leva-nos a pensar que a intuição desenvolvida por Benjamin (2006, p. 41) – com base na frase de Michelet segundo a qual "cada época sonha a seguinte" – é somente aplicável à modernidade. Ora, a ideia de Benjamin de que "À forma de um novo meio de produção, que no início ainda é dominada por aquela do antigo (Marx), correspondem na consciência coletiva imagens nas quais se interpenetram o novo e o antigo", com essas imagens sendo imagens do desejo em que o coletivo busca superar e "transfigurar as deficiências e imperfeições do produto social, bem como as deficiências da ordem social de produção", não só deve ser relacionada apenas à dinâmica moderna como pode ser aplicada do mesmo modo à dinâmica da subjetivação na modernidade, quando formas sempre novas e adaptadas à vida social mercantil são exigidas das individualidades concretas. Dito de outro modo, desviando Benjamin e Michelet: cada forma subjetiva na modernidade sonha a seguinte.

Não precisamos ir para a Europa para vermos um exemplo concreto de transformação das condições materiais e subjetivas da existência exigida pela forma social capitalista e para sentirmos na prática os efeitos do fetichismo da mercadoria. Na minha pequena cidade do interior do Ceará, uma cidade serrana que servia de refúgio para o gado no período de seca no sertão, uma cidade então totalmente agrária, aconteceu em poucos anos o que levou décadas ou séculos na Europa anterior à modernidade. Nessa cidade, até o fim da década de 1980, a produção agrária era basicamente para o consumo local e venda de excedentes. Obviamente, havia alguns grandes produtores, mas os pequenos produtores tinham uma produção para si e para o mercado, quando sobrava. Quem tinha o menor pedaço de terra, podia colher e torrar o próprio café ou cultivar outras coisas — quem não tinha, podia ainda arrendar uma pequena terra com pagamento *in natura.* Havia a cana, da qual vinha a rapadura. Havia a mandioca, da qual vinha a farinha e a goma de tapioca. Em segundo lugar, vinham o feijão, o milho e as hortaliças. Sem esquecer a criação de animais, notadamente a galinha que dava ovos cotidianamente. Chamava a atenção o fato de que tudo que era produzido servia primeiro ao produtor e à sua família, para depois servir ao mercado. Se pudéssemos isolar essa cidade da produção global, poderíamos dizer que a forma-mercadoria ainda não é a forma de que se reveste essa produção, mas apenas a circulação — o que significaria a inexistência de forma-mercadoria. Do mesmo modo, poderia se dizer que a subjetividade das gentes dessa cidade se mostrava menos próxima de uma subjetividade moderna. Ainda há nas mentalidades o reconhecimento de um aspecto de utilidade que se sobrepõe em larga escala. Não porque as pessoas eram mais inteligentes, mas porque a vida era assim, com a sociedade seguindo um ritmo quase natural. Com a difusão da televisão e dos produtos industrializados, que chegaram aos lugares mais afastados, com o uso da tecnologia na produção, com os altos índices de produtividade que passaram a ser necessários para qualquer produção que passava a visar ao mercado em primeiro lugar, houve a decadência do que se costumava chamar de *agricultura* em proveito do *agronegócio* (uma explícita perda de qualidades concretas), quer seja de grande porte, ou familiar. Antes que o crítico se levante para dizer que minha pequena cidade não é significativa do ponto de vista do capital global e que esse exemplo pode descambar para um individualismo metodológico funesto, esclareço que esse relato aqui só tem um objetivo: pintar um pouco o quadro de um caso concreto para notar as mudanças rápidas, e não erigir como exemplo de funcionamento da sociedade.

O que mudou? Em primeiro lugar, aquela gama variada de produtos deu lugar a alguns produtos prediletos do mercado que têm grande produtividade. O café agora cai de maduro no chão e ninguém mais o colhe com a justificativa de não ser lucrativo em pequena escala e de ser muito mais barato comprar o café no supermercado. Cana não se planta mais com a mesma justificativa. Mandioca também não. Plantam-se agora mercadorias que têm rentabilidade. Significa que a utilidade prática do bem cultivado apagou-se quase por completo frente à lógica mercantil. Café, cana, mandioca, hortaliças, sendo agora mercadorias desde seu nascedouro, só podem ser cultivados para a venda. Aqueles que têm pequenas terras já não plantam porque não "vale a pena". Mas a terra continua lá, os produtos da terra ainda nascem. O problema é que pelo critério de ser para o próprio sustento, ou até para a partilha, não vale a pena, valeria apenas se fosse para o mercado. Em vez de plantar, é mais barato e mais simples comprar. Dito de modo mais cínico: plantar alimento não vale à pena, mas mercadorias, sim. Evidentemente, não se pode abstrair a dureza que é a lida no campo, que era a vida de quem passava o dia em tal lida e ao voltar à casa tinha que pilar, torrar e pisar o café para poder tomá-lo, ou o arroz. Não se pode negar que está bastante presente no imaginário dessas pessoas o sentimento da dura lida com a natureza, que se vê aparentemente superada por um supermercado repleto de mercadorias alimentares cuja origem não se conhece e às quais se pode ter acesso "facilitado" com dinheiro.

Mas além dessa mudança de mentalidade, que apagou a utilidade prática do que se produzia, há um segundo aspecto: o ciclo social não mais se fecha, os filhos e netos desses produtores já não são absorvidos pela agricultura que, ou acabou, ou utiliza muita maquinaria — sem contar que ser agricultor é algo que se tornou ainda mais desonroso, coisa para pessoas menores. O que acontece? Uma massa de jovens desempregados se acumula pelos lugarejos a viver da aposentadoria dos pais ou avós. Muitos são os que estão no terreno das drogas pesadas que assolam cidades grandes e pequenas. Mas muitos também estão no terreno das drogas suavizadas e legalizadas, embora pesadas, que são os alucinógenos televisivos e internéticos. Não são poucos os casos dos jovens desempregados, mas que seguem a última moda e andam motorizados (a moto — e o carro já começa a substituí-la — substituiu o jegue, o burro e o cavalo no interior) sobretudo graças ao empréstimo consignado de um aposentado. Mas há também o caso dos muitos agricultores e filhos de agricultores de outrora que agora trabalham na construção civil e se veem obrigados a lutar para que os órgãos ambientais liberem as licenças e o capital imobiliário construa mais e mais condomínios fechados na serra, para que possam ter o seu emprego. Frente à destruição que isso acarreta, a ideia keynesiana de cavar buracos para depois tapá-los só para mover a economia parece muito mais racional. Uma prova de que os sujeitos numa forma social em crise, por esbarrar em limites quando precisa seguir irremediavelmente adiante, podem tanto entregar-se à violência pura e simples quanto defender com unhas e dentes a destruição criadora.

Há quem defenda que estamos indo bem. Que a vida agora é melhor. Que a vida nessa agricultura era pesada e de sujeição pessoal. Mas será que devemos sempre aceitar a escolha apenas entre Caríbdis e Cila? Não se trata de defender a dureza e a sujeição anteriores, nem tampouco a pretensa suavidade contemporânea – que é falsa.

Diante disso, podemos dizer que o que aconteceu foi um processo sempre maior de interiorização dos elementos da vida social mercantil que se embrenharam por lugares onde há pouco tempo representavam medonha paisagem vista de longe. A televisão – num primeiro momento, e agora a internet – cumpriram um papel fundamental de levar a cada lar o contato diário com a mercadoria e os modelos de êxito e gozo. Assim como deus antes ditava o sucesso ou não daquelas plantações, agora outro deus menos vistoso e mais presente dita que produção deve ser feita. É impossível, assim, defender o desenvolvimento na modernidade sem defender o valor-mercantil. Pois foi em nome do valor que esse processo se deu.

Nesse sentido, a aparente superação da dominação pessoal que se operou na modernidade, e que foi sentida nesse interior do Brasil tardiamente, não significou a superação da objetivação da natureza externa e interna dos sujeitos, segundo Kurz (1997), mas sim, por meio do mercado, a "dominação pessoal foi substituída por uma 'dominação da reificação', ou seja, não se superou a 'injustiça social', que foi apenas objetivada pela mediação universal da concorrência a um grau de abstração mais elevado do que antes". E no exemplo dado, a guerra concorrencial deixou marcas bem profundas. Ora, a sociedade moderna viu surgir um poder muito maior do que qualquer absolutismo: o poder objetivo das coisas (MARCUSE, 1978, p.

34–35). É a isso que Marx chama de "Fetichismo da mercadoria", ou seja, uma dominação especial em que:

> a forma mercadoria e a relação de valor dos produtos de trabalho no qual ele [valor] se representa não tem que ver absolutamente nada com sua natureza física e com as relações materiais que daí se originam. Não é nada mais do que determinada relação social entre os próprios homens que para eles aqui assume a forma fantasmagórica de uma relação entre coisas. Por isso, para encontrar uma analogia temos de nos deslocar à região nebulosa do mundo da religião. Aqui, os produtos do cérebro humano parecem dotados de vida própria, figuras autônomas, que mantém relações entre si e com os homens. Assim, no mundo das mercadorias, acontece com os produtos da mão humana [...] (MARX, 1985, p. 71).

O fato de os produtos humanos serem dotados de vida própria, o fato de as relações entre os homens assumirem a forma da relação entre coisas não é simples estilismo literário, jogo de palavras, mas se dá na realidade concreta. Do mesmo modo, o que Marx expõe em seu conceito de *fetiche da mercadoria* vai muito mais além de uma ilusão, de uma mistificação, de uma falsa consciência, de um feitiço criado após a produção que impediria àquele que compra a mercadoria ver que há escondido ali relações de produção em que o proletariado tem sua força de trabalho explorada, uma exploração que se expressa numa mais-valia não paga — como interpreta o marxismo tradicional. A questão principal no fetichismo moderno não é se as horas são pagas ou não, ou se esse não pagamento se vê enevoado. Marx também dá margem para essa compreensão. Mas para nós, em realidade, o mais fundamental é sua crítica ao fato de que o objeto-mercadoria em si é problemático por conter uma substância, uma essência, se preferirmos, que sempre tende à desmedida, uma essência que submete a vida social concreta — tanto daquele que rouba as horas, como daqueles que querem receber mais por suas horas de trabalho sem questionar a forma de riqueza produzida. Ou seja, tanto a burguesia quanto o proletariado, embora em posições bem diferentes perante a riqueza mercantil, estão submetidos ao mesmo processo irrefletido do sujeito automático que lhes impõe uma *máscara de caráter* (MARX). E essa essência é, para dizê-lo sem rodeios, a dinâmica desmedida de valorização do dinheiro. No seio de cada mercadoria, agita-se invisivelmente essa dinâmica.

Em suma, se antes da modernidade a troca de equivalentes era um fenômeno limitado dentro da vida social e submetida a uma rede de relações oriundas do universo simbólico reinante não-mercantil — o que fazia com que essa equivalência não espelhasse suas luzes na própria sociedade —, na modernidade, o dinheiro encontra seu conceito ao se transformar em início, meio e fim de um processo que se pretende justificado por si mesmo, um processo cujo objetivo não é mais do que fazer com que o dinheiro se multiplique, estando o resultado, o sentido, como secundário, ou senão como consequência óbvia. Essa multiplicação compulsiva e obrigatória introduz uma dinâmica que Adorno bem apreendeu (2008, p. 122): "[...] a constituição específica da sociedade em que vivemos [...] é governada por um princípio dinâmico. Ou seja, simplesmente que, vista nos termos de um protótipo, a sociedade capitalista [...] só se conserva na medida em que se expande".

Apesar desse trecho fundamental, a concepção de fetichismo de Adorno e Benjamin não é a mesma de Marx. Este via o fetichismo na própria produção, aqueles viam o fetichismo mais em termos da circulação, uma espécie de aura que ganham as mercadorias no mercado que obnubila a consciência. Essa obnubilação em termos de Marx se dá já na produção primeiramente, quando a sociedade nem mesmo tem poder de decidir sobre o que é produzido. Armas ou brinquedos, pão ou agrotóxicos passam pelo mesmo critério da pura rentabilidade, porque a vida social encara como normal o fato de que "um pão não é um pão e um par de calças não é um par de calças" e de que "as duas coisas 'valem' apenas como representação de 'trabalho abstrato' passado e, assim, da 'riqueza abstrata' na forma do dinheiro" (KURZ, 2014, p. 80). Em termos de Marx, portanto — numa interpretação distinta daquela corrente dentro do marxismo tradicional —, o fetichismo não é menor num quilo de batata do que numa calça de marca, num quilo de tomate ou num *iphone*. De modo que, no universo simbólico fundado na mercadoria, os indivíduos vivem um mundo em que "seu próprio movimento social possui para eles a forma de um movimento de coisas, sob cujo controle se encontram, em vez de controlá-las" (MARX, 1985, p. 73).

E esse movimento social reificado contém uma dinâmica que, ao desdobrar-se e para desdobrar-se, vai pondo a mercadoria cada vez mais como centro da vida social objetiva e subjetiva, algo que se aproxima da ideia benjaminiana relativa à *entronização da mercadoria* (1997, p. 36). Assim, a mercadoria como riqueza social passa a ser o hieroglifo social, algo *fisicamente metafísico*, de modo que uma mesa como mercadoria "desenvolve de sua cabeça de madeira *cismas* muito mais *estranhas* do que se ela começasse a dançar por sua própria iniciativa" (MARX, 1985, p. 70). Quiproquó, cisma, mistério, místico, enigmático, sensível suprassensível, fisicamente metafísico, sutilezas metafísicas, manhas teológicas, são algumas caracterizações que Marx faz da mercadoria e do complexo fetiche que ela introduz na vida social[4].

As palavras abstratas para algo tido por simplesmente material, concreto, trivial à primeira vista e o paradoxo dos conceitos por Marx empregados só podem indicar que a mercadoria tem um quê de mistério, de secreto, que precisaria ser desvelado por aqueles que pretendem colocar em questão a sociedade capitalista. Do mesmo modo como a forma de riqueza capitalista precisaria ser alvo de crítica e não alvo de luta para ser distribuída, visto ser uma forma de riqueza que pressupõe a forma dinâmica da expansão pelo processo especificamente moderno de reacoplamento do dinheiro em si mesmo, um processo dentro do qual está emaranhado o conceito de progresso moderno.

Poderíamos, assim, caracterizar o capitalismo como uma sociedade críptica e crítica. O aspecto críptico diz respeito ao enigma que ronda o fetichismo da mercadoria, a substância abstrata e dinâmica da mercadoria muitas vezes tida por obviedade axiomática. Ou seja, no fim das contas, ao adorarmos a mercadoria no culto cotidiano da compra, quer seja de feijão ou de objetos supérfluos, estamos adorando mesmo sem querer a valorização do dinheiro — contida na mercadoria — a que a vida social está submetida, uma vez que o fetichismo apaga as carac-

---

4. A introdução à tradução francesa de *O Capital* feita por Althusser, na qual ele aconselha não começar a leitura dessa obra pelo primeiro capítulo, porque impediria a compreensão do mais importante, a mais-valia, foi incluída na nova edição do primeiro volume de *O Capital* lançado agora pela Boitempo. Para nós, a riqueza da crítica ao capitalismo feita por Marx se inicia de fato no primeiro capítulo. Ali, há de modo profundo aspectos distintivos do capitalismo em relação a outras formas sociais.

terísticas específicas do objeto transformando-o em mera mônada de trabalho que se realizará em dinheiro. Obviamente, a consciência individual cotidiana não apreende dessa forma, e entende o ato da compra como o ato mais singelo de satisfação de suas necessidades.

O aspecto crítico diz respeito ao fato, que será desenvolvido no quarto capítulo, de que o capitalismo tem uma dinâmica interna que não lhe permite encontrar um equilíbrio, o que significa que a forma-social mercantil vive em crise permanente por precisar sempre romper seus próprios limites. Ela só existe na medida em que se desenvolve e desenvolver-se significa desdobrar a lógica vazia da indistinção, da falta de qualidades que lhe é inerente e que ela impõe quanto mais a mercadoria é entronizada na vida social e subjetiva. Passemos à análise da máscara de caráter que essa forma social exige.

O «INDIVÍDUO» COM A MÁSCARA DE CARÁTER DO SUJEITO BURGUÊS – O «INDIVÍDUO»

> Os avarentos não creem numa vida futura, o presente é tudo para eles. Essa reflexão lança uma luz horrível sobre a época atual, onde, mais que em qualquer outro tempo, o dinheiro domina as leis, a política e os costumes. Instituições, livros, homens e doutrinas, tudo conspira para minar a crença numa vida futura, sobre a qual se apoia o edifício social há 1.800 anos. Hoje em dia, o esquife é uma transição pouco temida. O futuro, que nos esperava para além do réquiem, transportou-se para o presente. Chegar per fas et nefas [pelo lícito e pelo ilícito] ao paraíso terrestre do luxo e dos prazeres vãos, petrificar o coração e macerar o corpo em busca de posses passageiras, como outrora se sofria o martírio da vida em busca de bens eternos, eis a ideia geral! Ideia aliás inscrita por toda parte, até nas leis, que perguntam ao legislador: "Que pagas?", ao invés de "Que pensas?". *Quando essa doutrina tiver passado da burguesia ao povo, que será do país?* grifos nossos
>
> BALZAC, *Eugênia Grandet*

Não seria possível levar a cabo a objetivação da natureza sem a objetivação da própria subjetividade, é o que defendem os autores da *Dialética do esclarecimento.* No excurso I sobre Ulisses, Adorno e Horkheimer localizam nesse ser mítico o arquétipo do sujeito burguês, abstrato e objetivante, "que transforma o sacrifício em subjetividade", "que desfere golpes contra si mesmo para se conservar" (ADORNO & HORKHEIMER, 1986, p. 61), um herói que tem que reprimir e dominar seus próprios instintos a fim de ser o sujeito da dominação. Logo, um sujeito que não sucumbe face à natureza, representada, por exemplo, pela sereia de canto envolvente ao qual não se pode resistir ao ouvi-lo. Os servos têm os ouvidos tapados com cera. Já o dominante permite-se ouvir o canto, estando antes atado ao mastro da nau para não sucumbir.

Os frankfurteanos falam, então, que temos aí o "arquétipo do sujeito burguês". Mas será que se poderia fazer uma projeção histórica para colocar em paralelo o sujeito burguês moderno e o "sujeito" do início da objetivação levada a cabo pelo Esclarecimento desde os primórdios? Parece haver enorme diferença entre aquele indivíduo da antiguidade e o sujeito moderno da concorrência, cuja subjetividade é objetificada na racionalidade científica e no processo dinâmico de valorização do dinheiro. Embora no conjunto da *Dialética do Esclarecimento* haja certa ambivalência no que respeita à historicidade de alguns conceitos (TRENKLE, 2002) — como a troca que, às vezes, temos a impressão de ser tida como trans-histórica, como sempre tendo feito parte da socialização, e não como histórica —, o sentido de arquétipo deve ser entendido muito mais num sentido metafórico do que conceitual. Porque não se pode chamar de burguesa toda forma de objetivação da subjetividade. O que caracteriza a subjetividade burguesa é muito mais o caráter formal dessa objetivação, o que faz dela uma forma-sujeito que tende a se tornar generalizante e igualar as individualidades. Já a objetivação no caso de Ulisses visa justamente a distinção. No caso de Ulisses, a objetivação da subjetividade visa a distinção social pelo que é próprio dessa subjetividade, pelo que ela expressa de indivíduo dominante. No caso do burguês, a objetivação visa a equalização da subjetividade e a distinção apenas no plano da posição perante a riqueza que essa objetivação permite acumular. E essa equalização se dá sempre numa dinâmica interna a essa mesma forma-sujeito moderna, o que faz com que a ilusão que se pudesse nutrir com um mundo burguês liberal, democrático e cheio de cultura típico do século XIX seja mera miragem de um certo momento passageiro do desdobrar-se da forma-sujeito ainda entrecruzada com a subjetividade do passado[5].

Além disso, como tentarei desenvolver adiante, a objetivação da subjetividade moderna é bem diferente da que se processou no início do percurso do Esclarecimento até desembocar na modernidade. A constituição da subjetivação moderna é um verdadeiro movimento de apagamento da *individualidade* em proveito de uma *Individualidade* abstrata, identificado pelo nome de individualismo moderno ou burguês. Isso é decisivo distinguir. O problema não é só a objetivação da subjetividade, mas o fundamento dessa objetivação que ganha força com a modernidade, depois de passar pelos tensionamentos que vimos surgir desde o desenvolvimento das cidades medievais onde o mercador e seu caráter se opunham de certo modo ao caráter daquela sociedade — não que esse caráter fosse necessariamente bom. O fato é que a forma como aqueles mercadores eram vistos, como amantes do dinheiro e

5. Nesse sentido, seguindo o raciocínio desenvolvido aqui, caberia muito mais falar em desdobramento e realização plena da sociedade burguesa do que de sua decadência, como faz, por exemplo, Hobsbawm: "Mas, à medida que crescia a maré do fascismo com a Grande Depressão, tornava-se cada vez mais claro que na Era da Catástrofe não apenas a paz, a estabilidade social e a economia, como também as instituições políticas e os valores intelectuais da sociedade liberal burguesa do século XIX entram em decadência ou colapso" (1995, p. 112). Segue esse mesmo raciocínio autores como Dany-Robert Dufour em seu *A arte de reduzir as cabeças* (2005). E até mesmo Adorno em alguns pontos da *Mimima Moralia* (1992).

despregados de laço comunitário, é um dos aspectos da forma-sujeito, do Indivíduo moderno, do que chamamos com Marx de *máscara de caráter*.

Na aurora do século XX, que é o quadro social de *O homem sem qualidades*, a tensão entre mundo nobre e mundo burguês pende para o lado burguês. Mas não como o burguês acabado, mas o burguês que ainda carrega consigo marcas de certas *qualidades* concretas que o tempo passado lhe deixou — aquele burguês do século XIX. Esse sujeito burguês em si só vai se desdobrando aos poucos, em sínteses contínuas advindas das tensões entre formas mais "atrasadas" e formas mais "avançadas". Esse sujeito burguês é idealmente o caracterizado pela escritora alemã Roswitha Scholz (1996) como o Macho-Branco-Ocidental. Dito de outro modo, a forma-sujeito moderna-burguesa é uma abstração, é uma máscara que os indivíduos concretos precisam vestir, bem ou mal. Ser macho e branco não significa que mulheres, negros ou homossexuais não devam vestir tal máscara, pois ela é um conjunto de posturas que são exigidas do indivíduo concreto e sensível para que a sociedade mediada pelo dinheiro siga adiante.

Essa máscara que a forma-social mercantil pretende aferrar em nosso rosto, por ser uma abstração de sujeito, não é implantada automaticamente, nem tampouco sem resistências conscientes e inconscientes dos indivíduos. Assim como a ideia abstrata de produção linear e incessante de "riqueza" encontra limites concretos na realidade, como vemos de modo cristalino na contemporaneidade, a ideia de um sujeito afinado com a lógica dessa produção e consumo lineares e perpétuos encontra limites na subjetividade real dos indivíduos, que não necessariamente vivem toda sua vida dentro das demandas mercantis. Por mais esforço de uniformização, os indivíduos ainda se constituem mantendo recônditos — cada vez menores, é verdade — não necessariamente colonizados na sua totalidade pela vida mercantil. E é essa concretude, esse não-idêntico e sua mínima diversificação que historicamente vem criando certas resistências a que a forma-sujeito simplesmente se imponha de uma vez por todas. Apesar dessas resistências, a experiência vem mostrando que a máscara de caráter vem ganhando terreno sobre os rostos dos indivíduos concretos, enrijecendo-lhes o *eu*.

Entendemos por forma-sujeito, portanto, uma forma de subjetividade abstrata, ideal, que pretende se hispostasiar nas individualidades concretas. Dito simplesmente, é a máscara de caráter que impõe aos indivíduos agirem e modelarem seu cotidiano em nome da vida mercantil. O que significa agir para a valorização do dinheiro e pelo gozo mercantil. Trata-se, portanto, de uma forma de subjetivação que rompe o princípio básico da não-identidade entre indivíduo e sociedade. Assim, a forma-sujeito pretende colonizar a individualidade, o que significa um pretenso apaziguamento social. Não no sentido de que não haja enfrentamentos sociais violentos. Mas no sentido de que eles se deem cada vez mais dentro do invólucro mesmo da forma-sujeito, sem arranhar a forma social da forma-sujeito, logo, trata-se de tensionamentos imanentes aos limites da própria segunda natureza. Em suma, estamos falando de uma forma de subjetivação que encara a vida social mediada pelas leis mercantis como naturais e defensáveis, de um sujeito cuja vida está fundada na dinâmica social moderna. Seus atos cotidianos se pautam pela busca de espaço nesse mundo, encarado como o mundo que, embora defectível, pode ser melhorado. Evidentemente, a realização plena dessa forma-sujeito é a utopia capitalista, ainda não realizada. O que não significa que não haja individualidades concretas com rostos mais corroídos do que outros por essa máscara de caráter social. Nos termos de Menegat, "os átomos isolados da segunda natureza são também governados desde a sua interioridade. A sua composição orgânica comporta a presença crescente de um momento da estrutura que é impulsionado pela intencionalidade do todo" (2003, p. 65).

Nesse sentido, argumentar sobre a existência de uma forma-sujeito significa dizer que as classes sociais não são ponto de partida para se refletir sobre a subjetividade na modernidade. Ora, nossa concepção da forma-sujeito burguesa vai muito além do conceito de classe burguesa. Trata-se de um fenômeno que subsume tendencialmente as características específicas das próprias classes sociais. Em outros termos, quanto mais a forma social mercantil se desdobra, quanto mais a forma-sujeito se desdobra, as diferenças subjetivas entre as classes sociais tendem a uma unificação, independentemente de sua posição perante a riqueza mercantil. Esse aspecto já notara Goldmann nos anos 60. E é a mercadoria cada vez mais entronizada na vida social quem opera essa sutil equivalência. Distinguir classe burguesa e classe proletária, ou mesmo classe dos despossuídos, pobres, já não fornece elementos profundos para a compreensão de uma subjetividade moderna. Se essa distinção ainda pode servir para estudos sociológicos, do ponto de vista de uma psicologia social crítica, ela fica encabulada com o desdobrar-se da forma-social mercantil e sua forma-sujeito de *eu* enrijecido.

Esse enrijecimento do *eu* em termos modernos, após séculos de maturação nos mercadores e usurários, encontrou sua primeira feição inacabada no ascetismo protestante, que delimitou as características da máscara de caráter da forma-sujeito no advento da sociedade moderna.

Não que autores renascentistas não tenham contribuído para isso, mas a fundamentação da ética protestante o faz de forma mais explícita. Weber, embora não pretenda delimitar um conceito exclusivo do que chama de *espírito do capitalismo*, captou esse espírito num determinado momento de seu desenvolvimento. Como ele não problematiza a dinâmica interna a esse espírito, crendo-o já maduro em sua época, não parece suspeitar que ele pode evoluir em outras direções sem perder sua essência central.

O espírito do capitalismo representado pelo protestantismo em sentido lato, e Weber não se apoia apenas em Calvino e Lutero, está ligado à "ideia do dever que tem o indivíduo de se interessar pelo aumento de suas posses como um fim em si mesmo" (WEBER, 1905–2013, p. 45).

Analisemos mais algumas características desse sujeito da ética protestante e do espírito do capitalismo encarnado nessa forma-sujeito.

Se, para uma visão religiosa tradicional, a busca do acúmulo, da riqueza, pode constituir um perigo grave, algo insensato, apesar de uma tentação incessante, para o protestantismo notadamente calvinista, a riqueza não constituía qualquer obstáculo à eficácia dos pastores da igreja, antes de tudo poderia permitir um cuidado maior para fazer frutificar sua fortuna, "com a única condição de evitarem o escândalo" (WEBER, 1905–2013, p. 143).

O espírito do capitalismo se materializa, portanto, na ética que prega:

> ganhar dinheiro, e sempre mais dinheiro, no mais rigoroso resguardo de todo gozo imediato do dinheiro ganho, algo tão completamente despido de todos os pontos de vista eudemonistas ou mesmo hedonistas e pensado tão exclusivamente como fim em si mesmo, que, em comparação com a "felicidade" do indivíduo ou sua "utilidade", aparece em todo caso como inteira-

mente transcendente e simplesmente irracional. O ser humano em função do ganho como finalidade da vida, não mais o ganho em função do ser humano como meio destinado a satisfazer suas necessidades materiais. Essa inversão da ordem, por assim dizer, "natural" das coisas, totalmente sem sentido para a sensibilidade ingênua, é tão manifestamente e sem reservas um *Leitmotiv* do capitalismo, quanto é estranha a quem não foi tocado por seu bafo (1905–2013, p. 46–47).

Notemos que a objetivação da natureza interna aqui já não tem apenas o objetivo de livrar os homens do medo da natureza, ela tem um objetivo que vai além disso: moldar um caráter adaptado a essa forma social em que o dinheiro tornou-se o princípio e o fim de um processo irrefletido. Do mesmo modo, essa ética só pode causar estranheza para quem não tenha sido "tocado por seu bafo". Uma estranheza que vai precisar ser superada no seio social para que esse espírito subjetivo ideal se entranhe nas individualidades concretas.

Para essa ética, ou para esse espírito, a importância dada à profissão sob o nome de vocação é algo que se relaciona com a glorificação do trabalho moderno, cuja característica principal é medida pelo tempo. Vejamos o trecho em que Weber analisa o puritano inglês Richard Baxter: "A *perda de tempo* é, assim o primeiro e, em princípio, o mais grave de todos os pecados. [...] Perder tempo com sociabilidade, com 'conversa mole', com luxo, mesmo com o sono além do necessário à saúde — seis no máximo oito horas — é absolutamente condenável em termos morais" (1905–2013, p. 143).

Com Weber, determinamos, em certa medida, qual espírito devia encarnar o sujeito moderno, ou seja, qual máscara de caráter social ele devia vestir, mas somente naquela época histórica. Porque devemos ver naquele sujeito do protestantismo ainda um amálgama subjetivo em que o ascetismo — fundamental para fundar a modernidade — parece um resquício subjetivo da vida social passada usado mais como instrumento para o acúmulo moderno[6] — sendo uma das faces de uma certa *acumulação primitiva da subjetividade moderna.*

Para Rodrigo Duarte, o domínio da natureza interna é algo bastante antigo na história: "Platão e Aristóteles [...] compreendem o domínio da natureza antes de tudo, como domínio da natureza interna do humano, já que aos gregos faltam os pressupostos teóricos de uma concepção de domínio do mundo físico" (DUARTE, 1993, p. 19). Apesar de essa ideia de dominação da natureza interna ser algo que remonta ao início da objetivação da natureza externa, o que interessa é a especificidade moderna inclusive no tocante à objetivação da subjetividade, pois, também aí, parece haver uma especificidade que já chamamos de *máscara de caráter* (MARX, 1985) do sujeito moderno. Isto é, não se trata apenas do fato de que é condição da civilização "um processo violento de negação dos impulsos, isto é, a abdicação pelos sujeitos da sua vitalidade mais originária" (GAGNEBIN, 1993, p. 71). Essa preocupação com a negação dos impulsos não é nova historicamente. É preciso determinar que na modernidade esse enrijecimento do *eu* se deu para que se erigisse uma forma-sujeito com determinados comportamentos adequados à guerra concorrencial no mercado que parece ser algo típico de uma forma social específica na história. Esse enrijecimento não se dá simplesmente como um *mal-estar na civilização*, com uma repressão das pulsões em prol da socialização.

---

6. Como veremos em capítulo posterior, esse ascetismo não pode combinar com uma sociedade que sempre precisa ir além de si mesma.

Não estamos discutindo qualquer forma social na história, mas uma forma de vida social cujo palco fundamental da vida é aquele em que se desenrola a concorrência onde está em jogo a própria vida.

Por isso que interessa discutir o domínio da natureza interna numa socialização onde reina a liberdade de concorrência entre os sujeitos livres, entre os quais tende apenas a haver laços abstratos mediados por uma *mão invisível*, portanto, interessa a dominação da natureza interna como *máscara de caráter* de uma forma-sujeito. E podemos afirmar que essa forma-sujeito é característica da modernidade, uma vez que ela não é uma simples exigência moral aos indivíduos, não é como a negação explícita da individualidade como acontecia no quadro medieval em proveito de um ser transcendente. O indivíduo no mundo medieval está imerso num conjunto de relações que fazem com que sua individualidade seja socialmente negada. Claramente, sob o fetichismo religioso, o homem medieval pertence à comunidade, não existe enquanto um ser individual – o que não significa que não tenha individualidade concreta em relação ao social, ela apenas não é digna de nota, não é algo a ser reivindicado, refletido, como na modernidade, quando é objeto de estudo teórico. Não à toa, o orgulho, a vaidade, a *superbia*, é colocada como o primeiro dos sete pecados capitais por Tomás de Aquino na questão 84 de sua *Summa Theologica* – como anterior à própria avareza, *avaritia*. Portanto, pretender ser um indivíduo era confundido com a soberba, que traz consigo, segundo Tomás de Aquino, um "certo desprezo de Deus" (1855, p. 7)[7]. Le Goff ressalta que du-

7. Como destaca Tomás de Aquino: "A apostasia relativa a Deus forma o começo do orgulho, em razão do fato de que o homem se

rante "muito tempo o indivíduo medieval não existe na sua singularidade física. Nem na literatura nem na arte os personagens são descritos ou pintados com suas particularidades. Cada um se reduz ao tipo físico de seu rol, à sua categoria social" (2008, p. 258).

Sendo assim, "O homem medieval não tem nenhum senso de liberdade segundo a concepção moderna" e sua liberdade é um estatuto garantido segundo sua inserção na sociedade, ou seja, "Não existe liberdade sem comunidade". E essa liberdade só pode consistir na dependência, em que o superior garante "ao subordinado o respeito de seus direitos. O homem livre é aquele que tem um protetor poderoso" (2008, p. 259).

Apesar disso, a individualidade mais concreta e cotidiana se mantinha nos atos sociais sem que necessariamente fosse vista como tal. O fato de o universo religioso exigir a menoridade do indivíduo não significa a criação de uma subjetividade formal, como uma máscara de caráter que esses indivíduos precisam vestir, como no caso moderno. A própria diferença em termos de classe social significava uma individualidade, o que fazia com que um camponês fosse tão diferente de um cavaleiro. Nesse sentido, "apenas se pode falar em máscara de caráter quando as relações humanas são determinadas por um princípio autonomizado" (KURZ, 2014, p. 72), um princípio que exige

---

distancia de seu autor. Tão logo o homem deixa de querer se submeter a Deus, ele busca de forma desregrada sua própria proeminência nas coisas temporais; o orgulho, portanto, [...] não é um pecado especial, mas a condição geral de todo pecado, ou seja, é o distanciamento de todo bem imutável. [...] Ou se pode dizer que a apostasia é o começo do orgulho, porque ela é a primeira espécie de orgulho. É próprio do orgulho não querer submeter-se ao jugo do superior, principalmente não querer submeter-se ao jugo a Deus" (1855, p. 9).

das individualidades concretas uma forma de agir unitária, em consonância com o movimento da própria sociedade, dito de outro modo, uma identificação entre indivíduo e sociedade. Isso é apenas moderno.

A hipótese a ser discutida agora é: a forma-sujeito tende a consumir o indivíduo. E parece ir nessa direção a reflexão de Arendt quando afirma existir uma diferença considerável entre os primeiros estágios da sociedade — a dita "boa sociedade"do século XVIII e XIX originada no processo de curialização — e a sociedade de massas no que diz respeito à situação do indivíduo. Mas que diferença é essa? Diz respeito ao fato de que algo foi corroendo as tramas de autonomia (relativa, posto que socialmente mediada) do indivíduo em proveito de uma pretensa identidade entre o particular e o universal, entre o indivíduo e o social. Este, por mais que medeie a constituição daquele, não pode pretender que ele lhe seja idêntico, sob pena de a própria sociedade transformar-se puramente numa natureza — ou seja, em não-sociedade. Para Arendt:

> Enquanto a sociedade propriamente dita se restringia a determinadas classes da população, as probabilidades de que o indivíduo subsistisse às suas pressões eram bem grandes; elas se baseavam na presença simultânea, dentro da população, de outros estratos além da sociedade para os quais o indivíduo poderia escapar, e um dos motivos pelos quais tais indivíduos tão amiúde aderiram a partidos revolucionários era que descobriam, nos que não eram admitidos à sociedade, certos traços de humanidade que se haviam extinguido na sociedade (2006, p. 252).

E se era possível encontrar esses traços de humanidade nos inadmitidos da sociedade, era porque a diferença entre o indivíduo e o Indivíduo era mais sensível. E essa distinção é fundamental: para nós o *indivíduo* se diferencia do *Indivíduo*, a forma-sujeito moderno[8]. Este é, no dizer do antropólogo Louis Dumont, "o ser moral, independente, autônomo e assim (essencialmente) não social, tal como se encontra, antes de tudo, na nossa ideologia moderna do homem e da sociedade" (DUMONT, 2000, p. 20), que se distingue daquele, que é "o sujeito empírico da palavra, do pensamento, da vontade, mostra representativa da espécie humana, tal como é encontrado em todas as sociedades" (2000, p. 20). Seguindo Dumont, portanto, o individualismo como ideologia diz respeito ao *Indivíduo* e não ao *indivíduo.* Este normalmente se constitui muito mais diversamente.

Para Robert Kurz (2010b), o Esclarecimento moderno denuncia com espanto as sociedades de fetiche pré-modernas como ainda inclinadas à natureza, como uma sociedade com estrutura de rebanho onde não teria surgido qualquer individualidade. Para esse autor, a quem devo boa parte do que vem exposto aqui, essa caricatura pretende desviar-se do fato de que a modernidade também tem uma estrutura fetichista que impõe aos indivíduos "uma forma unitária: o 'uniforme' do sujeito do trabalho, do dinheiro e da concorrência" (2010b, p. 85) e acrescentaríamos, o "uniforme" do sujeito do consumo.

---

8. Arendt afirma que a submissão do indivíduo a uma sociedade de massas aparece-lhe como desesperadora exatamente pelo fato de as antigas vias de escape já terem sido incorporadas, ou seja, não há mais estrato da população que represente tal escape, que represente uma vida pretensamente mais rica e promissora de liberdades que possa representar um ponto de fuga. Além disso, o desespero só pode ser notado se ainda houver tensão entre indivíduo e sociedade. E é justamente essa tensão que a sociedade moderna desenvolvida pretende amainar.

Segundo esse autor, corroborando Dumont, todas as sociedades históricas contaram com uma individualidade, uma vez que com a primeira objetivação da natureza estabelece-se uma relação do ser humano particular com a forma social, uma relação que coincide com o próprio tornar-se humano. Portanto, havia uma individualidade, por mais que ela se manifestasse de forma distinta dependendo das formações sociais. Mas sempre havia uma margem de manobra para esse indivíduo e sua tensão com a sociedade aparecia.

> O próprio conceito de indivíduo origina-se com efeito na Antiguidade [...] do mesmo modo, nas civilizações agrárias da assim chamada Idade Média, o conceito de criatura humana individual (*individuitas*) mostra-se de maneira variegada. [...] O que a ideologia do Esclarecimento faz valer como conceito único de indivíduo [...] é sem dúvida o "eu" abstrato, isto é, a forma especificamente moderna da individualidade abstrata. [...] Neste sentido, "indivíduo" significa, já de si, a forma na qual os seres humanos particulares são pensados como imediatamente idênticos à relação social coercitiva (2010b, p. 86).

A forma-sujeito seria a forma de subjetividade que a moderna sociedade mercantil impõe aos indivíduos. Já a individualidade advém da tensão entre seres humanos reais, individuais e sensíveis e a forma social, portanto, a individualidade estaria ligada à "'lacuna' penosamente vivida, à retenção das necessidades e sensações no interior de tal invólucro coercitivo" (2010b, p. 89).

Desse modo, o estatuto de transhistórico não caberia ao sujeito, mas ao conceito de indivíduo. Não como uma essência que permanece imutável, essência ontológica, mas sempre na dialética com o social, uma vez que a individualidade nunca existe para si, mas sempre em relação a uma forma social. Fica claro, assim, que sustentar a existência de um processo de *dessubstancialização do indivíduo* não significa defender uma essência ontológica do indivíduo que estaria se perdendo. A dessubstancialização do indivíduo se dá por um processo: quanto mais a forma-sujeito consome os espaços de não-identidade que o indivíduo mantém em relação ao social, mais esse indivíduo se identifica com essa máscara de caráter. E a realização dessa forma-sujeito significa a concretização do vazio no próprio social, uma vez que essa forma-sujeito é a forma subjetiva correspondente da forma-mercadoria. A realização plena da forma-mercadoria na vida social coincide com sua dessubstancialização, porque essa realização é ao mesmo tempo sua crise intrínseca que expressa também o aniquilamento da própria vida social concreta em sentido lato. Do mesmo modo, a realização do *Indivíduo* ou da forma-sujeito coincide com sua dessubstancialização, porque essa realização só é possível pelo aniquilamento dos recantos de individualidade, dos recantos de não-identidade.

Essa argumentação no sentido de distinguir a forma-sujeito, o *Indivíduo* moderno, e a individualidade concreta não deve nos levar a imaginar uma fronteira clara que os separe. Assim como o operário não desenvolve o trabalho concreto de manhã e o abstrato à tarde, nem produz numa hora o valor de uso e noutra o valor de troca, ou seja, assim como o bem útil não tem outra materialidade distinta da mercadoria, não se pode superficialmente delimitar no indivíduo os momentos em que ele é um indivíduo concreto com posturas não-coadunadas com a vida social mercantil, e os momentos em que ele veste a máscara de caráter da forma-sujeito. Não há como haver uma separação clara na subjetividade. São formas que sempre se entrecruzam no mesmo indivíduo e que avançam de modo dialético dentro desse mesmo indivíduo. Seríamos tentados a quase ver na tensão entre indivíduo concreto e forma-sujeito burguesa uma forma esquizofrênica. Evidentemente, não no sentido como veem Deleuze e Guattari a relação entre *capitalismo e esquizofrenia.* Eles colocam a esquizofrenia, não no sentido comumente entendido como patológico, como um limite ao capitalismo. Segundo esses autores, "o capitalismo não tem e, ao mesmo tempo, tem um limite exterior: a esquizofrenia", que é entendida como "a descodificação absoluta dos fluxos", que o capitalismo precisa "repelir e esconjurar para poder funcionar" (DELEUZE & GUATTARI, 2004, p. 261). E esses fluxos descodificados "precipitam-se numa produção desejante" (2004, p. 143) em que o esquizofrênico "mistura todos os códigos, e traz em si os fluxos descodificados do desejo" (2004, p. 39). Os autores pretendem superar a dicotomia entre as classes no capitalismo, mas não no sentido de analisar criticamente a tendência da dinâmica moderna à subsunção das classes pela forma-sujeito mercantil. Pelo contrário, para eles a verdadeira oposição teórica não é entre as classes, mas entre:

> os fluxos descodificados, tal como entram numa axiomática de classe sobre o corpo pleno do capital, e os fluxos descodificados que se libertam não só desta axiomática como também do significante despótico, que atravessam o muro *e* o muro do muro, e se põem a correr sobre o corpo pleno sem órgãos; a oposição está entre a classe e os fora-da-classe, entre os servos da máquina e os que a fazem saltar ou estoiram com as suas peças, entre o regime da máquina social e o das máquinas desejantes, entre os limites interiores relativos e o limite exterior absoluto. Ou se quiser, entre os capitalistas e os esquizos, na

sua intimidade fundamental ao nível da descodificação e *na sua hostilidade fundamental ao nível da axiomática* (donde a semelhança que existe entre o proletariado, tal como é retratado pelos socialistas do século XIX, e um perfeito esquizo) (2004, p. 266, grifos nossos).

Mesmo argumentando que "a esquizofrenia não é a identidade do capitalismo mas, pelo contrário, a sua diferença, o seu desvio e a sua morte" (2004, p. 256), ou seja, embora coloquem a esquizofrenia como o não-idêntico, uma vez que fugiria à triangulação freudiana, os autores reconhecem estranhamente que não há "nenhuma cadeia molecular que não intercepte e reproduza blocos inteiros de código ou de axiomática molares, nem blocos desses que não contenham ou não encerrem fragmentos da cadeia molecular" (2004, p. 356).

Para nós, não há como apontar uma forma subjetiva positiva oriunda da vida social capitalista — gestada pelo próprio capitalismo e escapando ao seu controle. As *máquinas desejantes* e o *corpo sem órgãos*, com seus fluxos múltiplos, qualificados, descodificados, como veremos à frente, parecem muito mais com a forma-sujeito burguesa em seu estágio contemporâneo de desdobramento, ou seja, muito mais próxima de uma subjetividade mercantil do que de uma alternativa a ela. Todo consumidor juvenil hoje se considera uma máquina desejante. E toda publicidade joga com a ideia de desejo e transgressão de limites — sem esquecer de vender a mercadoria no final, no começo ou subrepticiamente, às vezes sem nem mesmo citá-la diretamente.

A análise de Adorno em *Minima Moralia* parece ir mais na direção do que estamos chamando aqui de certa esquizofrenia na relação entre indivíduo concreto e forma-sujeito burguesa. Adorno fala de uma "composição orgânica do ser humano", em comparação com a composição orgânica do capital. Adorno aqui ainda está preso a uma concepção da subjetividade como ainda atravessada principalmente pela produção, mas o que interessa é o termo sugestivo: "Aquilo através do qual os sujeitos são neles mesmos determinados como meios de produção e não como finalidades vivas cresce como a proporção das máquinas em relação ao capital variável" (1992, p. 201). E ele sublinha o caráter esquizofrênico gestado por esse processo em que o indivíduo, na conservação de si, perde seu si; em que suas qualidades "sobrevivem apenas como envoltórios ligeiros, rígidos e vazios dos impulsos [...] sem qualquer traço pessoal" (1992, p. 202). Nessa "patogênese social da esquizofrenia", há um processo de separação entre as características do indivíduo e sua base pulsional, e depois entre estas "e a ipseidade que as comanda lá onde antes apenas as mantinha juntas", o que leva o homem a uma crescente desintegração interna.

Mas se é possível falar em certa esquizofrenia na relação entre indivíduo concreto e forma-sujeito é somente de modo parcial. E ainda não no sentido comumente entendido como patológico, embora não deixe de ser uma dissociação das funções psíquicas, em que o indivíduo concreto precisa acompanhar a todo custo a dinâmica da forma-sujeito, e não deixe de causar transtornos no indivíduo concreto no qual essa dissociação psíquica se dá. Mas se usamos o termo esquizofrenia para falar dessa relação tensa é sobretudo no sentido de haver uma espécie realmente de dissociação, de clivagem do espírito (LAPLANCHE & PONTALIS, p. 158, 2010). Todavia, essa própria forma esquizofrênica só se mantém enquanto as paralelas representadas pela individualidade concreta e as exigências do social, entendidas como a forma-sujeito, não se aproximam ou se entrecruzam na mesma direção. Dito de outro modo, o processo de desdobrar-se da forma-sujeito é a superação paulatina também dessa dissociação do espírito ou, pelo menos, a sua suavização, no sentido de um amainar das tensões, das distinções possíveis.

Diante disso, a oposição que a modernidade esclarecida costuma fazer entre o sujeito objetivante e o objeto ainda não abarcaria a especificidade moderna. Isto porque o sujeito se colocaria em oposição ao objeto apenas enquanto representa a forma de atividade imposta pela objetividade, a um só tempo consciente e inconsciente, do processo moderno de objetivação do mundo representado pela lógica mercantil. Significa dizer que o sujeito não é sujeito de fato, porque há uma lacuna de inconsciência social entre ele e o objeto. Há uma espécie de aura que age entre ele e o objeto e que torna o objeto autodeterminado. Isso também explica por que as máximas materialistas precisariam ser revisitadas.

Ou seja, a Razão mercantil embutida na Razão Instrumental instala-se como um *a priori* tácito (KURZ, 2008) nas relações sociais. Ora, as mercadorias não vão sozinhas ao mercado, nem tampouco saem sozinhas das prateleiras e vitrines. Tampouco a obsessão pelo crescimento econômico age por si só. Há sujeitos que agem. Por mais que as relações sejam dadas de antemão, é preciso um agente para levar adiante a sociedade, e quem leva adiante a lógica mercantil cotidianamente é a forma-sujeito de que nos revestimos para fazer parte da comunidade dominada pelo deus-dinheiro enfurecido. Ao mesmo tempo que leva adiante essa lógica, sua subjetivação adaptada ao caráter exigido pelo social tensiona com momentos não-mercantis da vida, que são cada vez menores em função da aceleração da marcha dos momentos mercantis sobre os terrenos até então tidos por não-mercantis. Mas não se pode esperar outra coisa de uma sociedade sem limites, uma sociedade que pretende passar cada momento da vida pelo buraco da agulha da vida mercantil.

Para dizê-lo de modo diferente, a relação entre sujeito e objeto deveria ser colocada numa relação em que o sujeito é ao mesmo tempo sujeito-objeto. Ou seja, o sujeito é "um ser que já se encontra cegamente numa forma determinada e que, enquanto tal, não é refletivo [...] e, por outro lado, é um portador consciente de ações no interior dessa mesma forma e que se vê obrigado a executar suas 'leis'"(KURZ, 2010b, p. 91–92). Assim, o sujeito age dentro de uma forma social em que ele é forjado pelo objeto, mas um objeto especial, como já vimos. Em certa medida, Marx já tinha chamado a atenção para essa questão ao afirmar que "a produção não produz apenas um objeto para o sujeito, mas um sujeito para o objeto" (MARX, 1972, p. 157). Esse sujeito produzido para o objeto é a forma-sujeito moderna que tensiona com os indivíduos concretos. E Adorno se dava conta desse processo:

> A ordem econômica e, seguindo seu modelo, em grande parte também a organização econômica, continua obrigando a maioria das pessoas a depender de situações dadas em relação às quais são impotentes, bem como a se manter numa situação de não-emancipação. Se as pessoas querem viver, nada lhes resta senão se adaptar à situação existente, se conformar (ADORNO, 1995, p. 43).

Esse con-*fôrmar*-se deve ser entendido ao pé da letra. Não como realizado, mas como um processo em que paulatinamente a forma social pretende pôr a individualidade concreta em *fôrmas* abstratas. Podemos entender a partir dessa análise que entre a forma-sujeito e a sociedade não há tensão, mas tendência à identidade, à mímese, portanto, à pretensa identificação entre primeira e segunda natureza: fim da história.

> A dissolução das mediações, que acontecem no terreno da história, representa também o abandono da memória e dos laços com o passado. Elas tornam o que veio a ser e o que foi reprimido, assim como o que ambos eram antes, *num doloroso processo de abandono das potencialidades de ser outro* — o "ainda não" —, ao fim do qual o que se forma ganha a marca de um ser racional, sem a medida de outra razão do que esta que se afirmou como a navalha que deixou para trás tudo o que não lhe era adequado. É neste endurecimento do ser que a razão dialética desaparece [...] (MENEGAT, 2003, p. 67, grifos nossos).

As potencialidades de ser outro só podem advir da tensão com a sociedade, algo que diria respeito ao indivíduo, que se constrói numa trama mais ampla do que o sujeito, pois o indivíduo sentiria exatamente o mal-estar nascido da tensão entre o que *é* bem ou mal multifacetado e o que a forma social dele exige enquanto máscara de caráter abstrata e universal que serve ao andamento irrefletido do todo. Somente o indivíduo pode sentir o corte dessa navalha — bem ou mal. A forma-sujeito moderna é o que vai tomando corpo após o corte. É o indivíduo que pode viver o dinamismo da recusa do existente expressa numa dialética negativa, cujos momentos são a contradição e a resistência. Essa dialética negativa defendida por Adorno pressupõe uma lógica da não-identidade, ou seja, uma inadequação entre realidade e conceito (MAAR, 1994, p. 63). Essa inadequação entre realidade e conceito está relacionada com o entrecruzamento subjetivo e as tensões sobre as quais estamos refletindo. Uma inadequação que vai diminuindo tendencialmente pela força do *conceito* que vai se desdobrando na *realidade.* Uma realidade que vai, aos poucos, eliminando o não-idêntico, e fazendo com que os indivíduos concretos, cada vez mais, reduzam sua existência à autoconservação dentro do invólucro da segunda natureza: "A redução da vida social ao movimento incessante da autoconservação revela o caráter pré-histórico desta forma de sociabilidade [...]" (MENEGAT, 2003, p.66). O não-idêntico, a contradição, está naquilo que não é considerado pela troca, pelo valor, pelo gozo mercantil, e que foge, assim, à forma-sujeito. O conceito de massa, tão caro ao século XX, tanto à direita como à esquerda, vai ao encontro dessa homogeneidade que joga para o canto o momento da contradição.

Ademais, para Adorno, o que precisa se conservar na personalidade é "a força do indivíduo, o potencial para não confiar-se ao que cegamente se lhe impõe, para não identificar-se cegamente com isso" (ADORNO, 1995, p. 68). Essa reflexão é fundamental para não cairmos numa conceituação transhistórica de indivíduo e sociedade, como faz Norbert Elias na obra *A sociedade dos indivíduos* (1994). Ele resolve a querela entre subjetivistas e objetivistas com uma formulação interessante, na qual coloca indivíduo e sociedade como relacionados, imbricados, mas deixando de ver a especificidade dessa relação como vimos refletindo acima:

> Considerados num nível mais profundo, tanto os indivíduos quanto a sociedade conjuntamente formada por eles são igualmente desprovidos de objetivo. Nenhum dos dois existe sem o outro. Antes de mais nada, na verdade, eles simplesmente existem — o indivíduo na companhia de outros, a sociedade como uma sociedade de indivíduos — de um modo tão desprovido

de objetivo quanto as estrelas que, juntas, formam um sistema solar, ou os sistemas solares que formam a Via-Láctea (p. 18).

Elias pretende com isso responder se "a sociedade é o objetivo final e o indivíduo o meio" ou o contrário, se a sociedade é o meio para a felicidade do indivíduo. Não deixa de ser interessante a quebra da dicotomia estanque que ele opera, mas a forma não-finalista como ele coloca a relação entre indivíduo e sociedade deixa transparecer a não problematização da especificidade de tal relação na modernidade, quando de fato há uma finalidade, um *telos*, envolvido nessa relação. De modo que a questão de Elias de saber como é possível que a existência das pessoas em sua vida comum crie "algo que nenhum dos indivíduos, considerado isoladamente, tencionou ou promoveu" (p. 19) precisaria ser problematizada de modo peculiar na sociedade moderna. Pois nesta forma social, além do indivíduo e da sociedade – com suas especificidades – há ainda uma forma-social e uma forma-sujeito que envolvem essa relação, que tensionam com essa relação que já é tensa. Elias, nessa obra, não parece problematizar o que ele chama de "leis sociais" ou "regularidades sociais", as "leis autônomas das relações entre as pessoas individualmente consideradas" (p. 23). Talvez porque considera indivíduo e sociedade como entidades abstratas, simplesmente existentes no decurso da história, e não como realmente existentes numa dada sociedade.

É certo que sua refutação da ideia de um indivíduo como mônada fechada em si, e da sociedade como uma concha que se deposita no indivíduo é fundamental para uma visão dialética da vida social. Ele se opõe corretamente, portanto, à ideia de uma individualidade singular, extra-social, numa sociedade vista como externa e alheia.

Para ele, "o que é moldado pela sociedade também molda" (p. 52). Portanto, a própria individualidade é mediada socialmente: "a pessoa que cresce fora do convívio humano não atinge essa 'individualidade', como acontece com os animais" (p. 55). Não está, porém, em Elias, essa problematização da forma-sujeito moderna, que não é idêntica ao indivíduo concreto que ele problematiza. Ou, simplesmente, o *indivíduo* que ele problematiza não é o *Indivíduo* como se configurou na modernidade. Esse indivíduo, mesmo socialmente constituído, não se constitui, a todo momento, sob a base dos ditames da forma-sujeito que o acossa cotidianamente.

Diante dessa reflexão, parece claro que não podemos simplesmente idealizar as individualidades para se opor à forma-sujeito. As individualidades não são simplesmente um núcleo de humanidade que ficou intacto pela racionalidade do cálculo e da frieza. Um recanto onde moraria a parte boa do ser humano que bastaria despertar de seu sono forçado para se alcançar a emancipação. Essas individualidades são também um construto social e, como temos argumentado, formam um só corpo com a forma-sujeito. Não é por se formarem numa trama mais multifacetada do que a forma-sujeito exigida pela vida capitalista que não trazem consigo as riquezas e as baixezas de que o ser humano pode dar provas em qualquer sociedade. Inclusive, as individualidades podem simplesmente ser usadas como um lado humanizado, um lado obscuro, que contrabalança a frieza da forma-sujeito, ou seja, as qualidades humanas podem ser usadas simplesmente como "lubrificante para o andamento macio da maquinaria" (ADORNO, 2003, p. 57). O que importa ressaltar é o fato de que é nessa individualidade — até pela sua imprevisibilidade, plasticidade, portanto, pelas possibilidades que encerra

— que pode nascer um núcleo de fato impulsionador da saída do ser humano da segunda natureza, a caminho de outra humanização.

Por conseguinte, a forma-sujeito não constitui o agente de emancipação exatamente porque ela é a forma de consciência que pretende agrilhoar o indivíduo. Entender a si mesmo como sujeito significa vestir a máscara subjetiva do agente da marcha mercantil. Assim, o núcleo impulsionador da resistência, no dizer de Adorno (1995), é a condição de sobrevivência do indivíduo (p. 154). O que não significa que superar a forma-sujeito seja aniquilar o corpo subjetivo que o carrega. Assim como a superação do trabalho não é a eliminação das atividades concretas e múltiplas dos indivíduos, assim como a superação da forma-mercadoria não é o aniquilamento de todo objeto útil no qual ela se materialize, também a superação da forma-sujeito mercantil não é o aniquilamento das pessoas.

É preciso apostar na força do indivíduo que pode opor-se à identificação numa sociedade que impõe, por via de uma *mão invisível*, a concorrência, onde a derrota dos mais frágeis não significa o fracasso como num jogo depois do qual pode haver uma revanche. A derrota na corrida social típica do sujeito concorrencial pode significar a derrota na conservação da própria vida.

Essa reflexão sobre a especificidade do sujeito na modernidade capitalista nos ajuda a não entrever um rompimento entre o sujeito do início do sistema produtor de mercadorias e o sujeito contemporâneo que aparentemente teria se afastado desse sujeito de eu enrijecido para se constituir como eu multifacetado, flexível, *descolado* e avesso a um comportamento ascético. Como refletiremos mais adiante, o sujeito contemporâneo é o desdobrar das tensões entre formas diversas de individualidade arraigadas em outras bases subjetivas e a forma-sujeito moderna que vai aos poucos vencendo a batalha. O pretenso eu multifacetado e hedonista é a forma mais contemporânea do desdobramento da forma-sujeito moderna. Se ele é menos reflexivo do que o sujeito burguês clássico do século XIX ou começo do XX não é porque ele é um novo sujeito, mas porque aquele que era tido por sujeito burguês clássico ainda era um sujeito que tinha muitas camadas de subjetivação não-coadunada com a dinâmica sem limites da forma moderna.

E na obra *O homem sem qualidades*, Musil pinta um amplo painel desses tensionamentos. Desde personagens em sintonia com o tempo que passa a dominar, como personagens apegados a um passado em trapos, como também personagens de subjetividade à deriva.

O «HOMEM SEM QUALIDADES» E O «AMORFISMO HUMANO» COMO PONTO DE FUGA SEM SAÍDA

> Acabei de me encontrar um belíssimo nome: senhor dissecador [...] Senhor dissecador: sou eu! Minha vida: as aventuras e a odisseia de um dissecador da alma no início do século XX!
>
> MUSIL, Folhetos do noturnal do *monsieur vivisecteur*

Musil não parece ele próprio um autor com qualidades definidas. Sua obra *O homem sem qualidades* parece mais um canteiro de obras de caracteres vastos. Suas ideias ao longo de seus cadernos de diários, ensaios e romances vão nesse sentido exploratório das possibilidades, não são uma doutrina filosófica. Como diz Bouveresse (2001, P. 14), Musil não tem uma filosofia, o que significaria o encerramento de uma multiplicidade de possibilidades num sistema acabado. E a postura de Musil é a de ver aquele momento histórico como possibilidade: "desde minha mais tenra idade, sempre pensei a estética como uma ética". (1981b, p. 291). Ou o terreno da estética como palco de experimentações no terreno da ética. Para Cometti (2001), esse é o verdadeiro nervo central da obra de Musil, de modo que esclarece a dimensão filosófica de seus escritos (p. 79). É um conjunto reflexivo nem sempre fácil de abordar: "*O homem sem qualidades* é construído sobre uma experiência de pensamento" (2001, p. 64). Ou, como diz David Dawlianidse (1981, p. 202), no romance, a ação romanesca é absorvida por uma multidão de reflexões. A própria reflexão dos personagens é a ação romanesca — já que aquilo que serve em aparência de impulso narrativo, a saber, a Ação Paralela, roda em falso. E, nessa experiência, um dos aspectos mais interessantes, complexos, e ambíguos nos escritos de Robert Musil, e que ecoa fortemente em sua obra principal, é sua *teoria do amorfismo humano*, que está mais formulada num ensaio intitulado *O alemão como sintoma*, mas que perpassa muito da sua obra. Por essa teoria, o ser humano não teria caracteres próprios, ontológicos, mas seria fruto do social:

> Se tentamos abstrair de nós mesmos o que não é senão convenção inerente à época, resta algo de realmente amorfo; porque mesmo o que temos de mais pessoal se liga, sob forma de desvio, ao sistema do mundo que nos rodeia. *O homem só existe nas formas que lhe são fornecidas pelo exterior.* [...]É a organização social que dá ao indivíduo sua forma de expressão, e não é senão através dessa expressão que nos tornamos homem. [...] Pode-se assim medir a gravidade do erro desses bons espíritos que creem mais urgente hoje mudar o homem do que suas formas de organização (1984, p. 349, grifos nossos).

Mas Musil alerta, apesar de toda a clareza do trecho, que não se deve interpretar essa ideia como "uma teoria exclusiva do meio". (1984, p. 352). Porque no fundo se trata uma combinação alternativa "absolutamente inextrincável de ações e reações entre o homem e seu redor, o essencial e o contingente, o impulso e a amarra, o eu e sua expressão, que produziram diferentes fisionomias características de cada época" (1984, p. 353). Dessa observação que reconhece uma forte dialética na construção da individualidade, Musil volta novamente na frase seguinte a falar da informidade da natureza do homem "que o obriga a se agarrar com formas, a adotar caracteres, costumes, uma moral, um estilo de vida e todo um aparelho de organização". E novamente, na mesma página, volta a expor uma relação dialética entre subjetividade e sociedade: "A extrema crueza de nossa forma de organização econômica e política, sentida pelo indivíduo como uma verdadeira agressão, não é inelutável senão porque esse indivíduo não teria, sem ela, nem consistência, nem possibilidade de expressão." Ora, esse imbricamento entre indivíduo e sociedade, essa relação dialética já pressupõe que não são idênticos, que, portanto, o ser humano não é mero depositário amorfo das formas de organização social, embora possa em maior ou menor medida, dependendo do nível de individualidade que desenvolver na dialética com o social, sofrer dos reflexos da forma social — como parece ser o caso moderno, em que a forma-sujeito burguesa tende a consumir a margem de individualidade para se desenvolver como reflexo do social. E é essa forma-sujeito que não entra na reflexão de Musil, o que dá à sua análise um quê de subjetivismo.

Musil defende nessa *teoria do amorfismo humano* a ideia de que o homem é uma substância moralmente coloidal, cuja forma se constitui pelo mundo exterior. Por essa ideia questionável e ambígua de Musil que coloca o homem como ser moldado pelas circunstâncias sociais, o homem seria "moralmente capaz de tudo dependendo das circunstâncias nas quais ele se encontre" (COMETTI, 2001, p. 82). Essa reflexão acerca da substância moralmente coloidal que possuiria o homem – que se encontra num texto de seus cadernos de *Diários* – é esclarecedora. Musil desenvolve também aí o que seria sua filosofia da relação, pode-se dizer, entre indivíduo e sociedade. Ele critica a crença num "auto-desabrochar do espírito". Para ele, talvez os homens sejam, no que diz respeito a todas as questões morais, "uma massa extraordinariamente indolente" (1981b, p. 23). A ética na Europa ocidental, segundo ele, não seria diferente daquela dos mares do sul, apenas estaria submetida a um contexto mais racionalizado. E não é mais rica que a da Antiguidade, pela simples razão das "monstruosas perversões da guerra". O homem seria, para ele, um ser moralmente sem forma, "uma substância coloidal capaz de pensar, mas não de criar, formas. [...] o homem não tira de si sua forma de vida. Existem dois processos paralelos de tempo diferente, e defasado. O encadeamento causal da evolução humana e o da forma de vida são diferentes" (p. 24). Musil, portanto, oscila entre uma visão mais perpassada pela dialética e outra mais assertiva quanto ao peso do social.

Notemos que essa reflexão de Musil tem relação com a experiência da Primeira Guerra da qual ele mesmo participou. Em ensaio intitulado *A Europa desamparada*, Musil escreve que depois de 1914 o homem se mostrou como uma massa modelável, "surpreendentemente mais maleável do que se admitia geralmente" (1984, p. 140). O que iria de encontro "à importância acordada em nossos sistemas morais ao 'caráter', ou seja, à exigência de poder tratar o homem como uma constante, quando uma matemática moral mais complexa é não somente possível, mas provavelmente necessária" (1984, p. 140). Para ele, a guerra teria confirmado por meio de uma experiência de massa que o homem pode oscilar sem maiores problemas entre os extremos sem mudar sua substância — mas ele não diz qual é essa substância primeira imutável. "A criatura humana é capaz tanto de praticar a antropofagia quanto de escrever a *Crítica da Razão pura*" (1984, p. 141), o determinante seria o meio social. Musil, tentando medir o peso das circunstâncias na modificação dos dados, no caso, os dados da subjetividade, "viu na Primeira Guerra mundial uma ilustração tão cruel quanto inaudita do caráter moralmente coloidal da substância humana. A absorção do eu e da vontade na massa, essa perda da posse do eu [...]" (COMMETTI, 2001, p. 107). Sendo assim, o que constitui o ser humano estaria ligado às "relações que ele estabelece com o que faz parte de sua exterioridade e das fontes de que dispõe para encarar essa exterioridade" (2001, p. 83).

Se, como diz Hanke (2004), há na obra maior de Musil uma espécie de *falta de qualidades de cunho psicanalítico*, "que identifica 'por baixo' das qualidades e disposições de uma pessoa um ser pulsional de difícil domínio, que priva as qualidades de sua substancialidade" (p. 138), o que se materializa no interesse de Ulrich e outros personagens pela figura do criminoso sexual Moosbrugger, essa falta de qualidades, essa falta de um caráter definido, a presença desse terreno movediço das pulsões, em verdade estaria em contradição com a própria *teoria do amorfismo humano* de Musil. Ou seja, o ser humano não seria tão amorfo assim ao entrar em contato com o social. Se assim o fosse, não haveria uma tensão histórica entre indivíduo e sociedade. E obviamente Musil esteve em contato com a psicanálise, quando os cafés de Viena recebiam a nata da intelectualidade vienense, e justamente o personagem Moosbrugger é tão metafórico quanto representativo dessa ideia das pulsões que deixam o *eu* em terreno movediço.

O homem sem qualidades de Musil, portanto, não é uma denominação necessariamente negativa da subjetividade moderna, como é a nossa interpretação da obra quase cem anos depois de sua escrita, numa leitura a contrapelo. Em verdade, parece ser a pretensão de Musil explorar, num emaranhado que nem sempre é discernível claramente, esse terreno das possibilidades da individualidade em oposição a uma fixação do caráter em moldes congelados. Nesse sentido, a falta de caráter definido representado no romance por Ulrich seria um vasto terreno de experimentações da subjetividade, em termos de Musil. Vai nesse sentido uma reflexão de Musil em seus *Diários*, na qual ele exprime como alternativa "a falta de linha diretivas claras, de valores estáveis, seguros". E acrescenta, embora esteja entre aspas no diário: "Viver sem valores ou criar seus próprios valores e suas hierarquias, talvez o homem ainda não seja capaz." E numa frase sem coesão com as demais ele exprime o que talvez fosse o problema de seu tempo na sua visão: a "incapacidade de encarar nossa época de transição e trabalhar pelo futuro." Uma ideia em sintonia com o que ele pensava da linguagem literária: ela "não descreve uma realidade, ela cria uma idealidade; seu objetivo está no além (1984, p. 331).

É assim que para Marie-Louise Roth, Ulrich de fato se apresenta como um personagem crítico, uma resposta a uma sociedade "de qualidades", a personagens "de qualidades" que têm seu *eu* sufocado pelos atributos, as qualidades, "que lhes colam na pele e que lhe são impostas por uma educação, uma rotina, uma tradição, desejadas por regimes políticos e sociais" (1981, p. 22). Mas a utopia de Musil era fugir às "qualidades" da tradição não para criar um átomo flutuante livre de qualquer amarra como tende a ser o sujeito contemporâneo. Nesse sentido, dois níveis de leitura se abrem com duas interpretações distintas: uma em relação ao tempo da obra, e outra em relação ao tempo presente, numa leitura cem anos depois. Para Musil, o homem não pode viver sem um princípio intelectual fundamental e sem uma ética. Mas como resposta ao "homem de qualidades", à "sociedade de qualidades", ele opõe uma espécie de moral dinâmica, que ganha contornos no contato com o social, que tanto a forma quanto é formada por ela, uma moral dinâmica que permitiria experiências novas, o "enriquecimento contínuo do psiquismo e o desenvolvimento da inteligência, mas graças ao contato com o vivo que é o tecido das realidades enredadas, complexas e inacabadas" (1981, p. 22).

Essa moral dinâmica evidentemente não leva em conta a relação dinâmica existente entre forma-sujeito e indivíduos concretos e acaba apostando numa atitude individual perante a realidade para modificá-la — o que era o espírito do tempo de Musil. Ora, o ideal do *homem sem qualidades* estaria bastante próximo das vanguardas artísticas do início do século XX no que elas têm de questionamento da tradição, com seus aspectos impositivos, rijos, enquanto pretensão de ser fundo substancial para a constituição subjetiva. Mas é preciso levar em conta que esse tipo de questionamento só encontra terreno enquanto a tradição ainda tem alicerce, enquanto o substancialismo tradicional ainda tem terreno social e subjetivo, enquanto ainda não é corroído pelo substancialismo dinâmico da vida social capitalista.

Seguindo essa interpretação, Ulrich simbolizaria o "espírito lúcido e moderno" na obra. Para Marie-Louise Roth, Ulrich seria "o indivíduo potencial motivado que tenta compreender a novidade de sua época, livre de toda e qualquer moral rígida e esclerosada, aberto, acessível sobretudo à regeneração ética[...]" (1981, p. 23). Assim, o "outro estado" buscado por Ulrich seria uma espécie de terreno da experimentação psíquica, onde o amorfismo humano inventaria formas novas. Seria um mundo próprio que foge ao imediatamente social. Não seria exagero comparar esse "outro estado" com o procedimento surrealista da exploração do terreno do inconsciente. É possível dizer que Musil empreende uma exploração vanguardista de um terreno não levado em conta pela sociedade tradicional, de *qualidades* da época. Como todas as vanguardas artísticas, embora o contexto austríaco tenha sua peculiaridade, Musil estava perante uma sociedade que negava o sonho, o desejo, o desabrochar das possibilidades do indivíduo, numa mistura de tradição pré-moderna e impulso rumo ao moderno. Tratava-se, pode-se dizer, de um capitalismo ainda neurótico.

Pela teoria do *amorfismo humano* de Musil, é possível fazer uma aproximação com o existencialismo. Não se trata de colocar Musil como existencialista, isso não é o importante. O que importa é que Musil parece se aproximar da ideia de que a existência se sobrepõe à essência, ou seja, não há uma essência a priori. O problema é que a crítica ao essencialismo, ao substancialismo, deixa passar ilesa a substância moderna que é supraindividual, abstrata e subreptícia — por ser transcendental. Não há uma substância a priori que constitui o sujeito individualmente de modo automático, como depositário de sua essência, mas há uma substância social, universal, apriorística que pretende determinar tanto a marcha do mundo quanto a relação do indivíduo com o mundo. De modo que somente em termos de um individualismo metodológico incompatível com uma psicologia social de cunho mais radical poderíamos ver a existência como em si e para si, como livre ontologicamente. Com toda evidência, é na dialética entre indivíduo e sociedade — se é dialética é porque o indivíduo traz consigo aspectos que não são meramente reflexos do social — que se constitui a subjetividade. Mas isso não é tudo, a menos que nos fiemos na aparência. É preciso entender como esse mundo não é um simples amontoado de particularidades, de individualidades que formam o todo, mas um todo que pretende jogar seu manto na constituição subjetiva dos indivíduos como forma-sujeito. É esse terceiro elemento na relação dialética entre indivíduo e sociedade que precisa ser levado em conta.

Assim, somente se poderia falar em existencialismo em Musil nesse aspecto da perspectiva de não haver uma essência primordial. Porque em Musil não há um dualismo entre consciência e ser[9].

Nesse sentido, a possibilidade de um *homem sem qualidades* assumiria o estatuto de crítica da metafísica como crítica do essencialismo da ontologia substancialista (HANKE, p. 131). Haveria portanto uma crítica do sujeito moderno, ou do chamado *eu*, enquanto um portador firme de qualidades essenciais, aspecto central da ontologia clássica. A ideia central do romance de Musil seria a de que "a crítica do conhecimento de Mach e sua

9. Walter Sokel (1981, p. 191) desenvolve uma argumentação na qual estabelece uma relação entre Musil e Sartre, entre Musil e o existencialismo francês.

doutrina elementar, junto com a dissolução da ontologia substancialista, representam uma dissolução do conceito tradicional do Eu, cuja realidade é garantida através da sua substancialidade" (RENTSCH *apud* HANKE, 1990, p. 53).

Segundo Cometti (2001), a construção de *O homem sem qualidades* está ligada ao momento de questionamento do *eu* na tradição empirista. Para ele, Ernst Mach jogou papel importante nesse sentido, porque Musil teria lhe tomado de empréstimo "a ideia central segundo a qual o eu não passa de uma ficção econômica, um 'complexo de sensações', como sugeria a *Análise das sensações*" (p. 72). Vai nesse mesmo sentido a análise de Bouveresse, para o qual o conceito musiliano de *Eigenschaftslosigkeit* pode ser relacionado:

> com a crítica nietzscheana e machiana do pensamento substancialista, que vai desembocar no fenomenismo como teoria do conhecimento e no perspectivismo como atitude ética e estética. Recusando a dissimetria que existe, do ponto de vista da lógica da inerência tradicional, entre o substrato e suas propriedades, o fenomenismo de Mach reduz ao estado de simples ficção cômoda a ideia de um Eu detentor de qualidades (2001, p. 109).

A teoria do *amorfismo humano* deve ser entendida como uma resposta ao substancialismo clássico, à ontologia clássica. Cabia naquele momento histórico, mas agora podemos ter a medida de que há outro substancialismo, uma ontologia moderna, negativa – representada pelas categorias basais da vida social capitalista, que se revestem de um fundo apriorístico pretensamente não-substancial. Mas não é por serem abstratas que não são substanciais. O substancialismo moderno se embrenha ardilosamente na realidade social e subjetiva sem se deixar ver como tal. É isso que é preciso apreender em termos modernos e contemporâneos.

Segundo Jean-Pierre Cometti (2001), Musil se divertiria em sua obra, tanto quanto seu "herói" Ulrich, "com os terrores — exagerados ou não — que a ciência e o mundo moderno inspiraram a um grande número de seus contemporâneos". Veríamos na obra um quadro "normalmente engraçado dos comportamentos que os avanços da ciência, o recuo das tradições, a 'racionalização' do mundo, para falar como Max Weber, geralmente deram origem" (p. 76). Mas para Cometti, a atitude de Musil não é a dos extremos. Nem é uma atitude de recusa, que engendra uma "sátira negativa", cujo exemplo flagrante é Karl Kraus. Nem é uma atitude dos defensores incondicionais da modernidade, dos herdeiros das Luzes ou dos herdeiros do positivismo. Sua atitude consiste em pensar "que algumas experiências precisam ser aprofundadas, o que constitui o único meio de vislumbrar um horizonte de possibilidades que não se imaginava inicialmente, mas que oferece uma alternativa aos impasses perante os quais uma época se encontra" (p. 76).

Evidentemente, seguindo Cometti, a conclusão é que Musil não parece um crítico incondicional da racionalidade instrumental na forma como se desenvolverá mais tarde na Teoria Crítica, mas também não é um defensor incondicional. O entusiasmo de certo modo que sentia Musil pela ciência e pelo positivismo também é fruto de uma época em que as pessoas pensavam poder fazer grandes coisas, em que não se sentiam dominadas pelas realizações do passado, apesar de conhecê-las, em que o futuro apesar de tudo podia se apresentar como radiante. Esse parece um terreno de experimentação de Musil, que seria "muito mais respeitoso e até muito mais amante da ciência do que se imagina alguém do meio literário e filosófico, e muito mais racionalista do que se pode entender ou aceitar da parte de um poeta" (BOUVERESSE, 2001, p. 14).

Mesmo assim, como veremos, a obra é também uma grande reflexão crítica sobre a racionalidade moderna – sobretudo por meio do narrador –, embora Musil não pareça pretender uma superação dessa racionalidade, mas muito mais uma síntese com esferas da vida não determinadas por essa racionalidade. É nesse sentido que ele separa dois mundos, dois terrenos, que estariam separados por níveis. A literatura, para ele, faz parte desse terreno que ele denomina com um neologismo de *não-racioide* em oposição ao mundo *racioide*. Este seria o mundo de "tudo que pode entrar num sistema científico, tudo que pode ser resumido em leis e regras, portanto, antes de tudo: a natureza física [...] Esse terreno é caracterizado por uma certa monotonia dos fatos, a predominância da repetição, uma relativa independência dos fatos uns em relação aos outros" (MUSIL, 1984, p. 81). Seria o terreno da solidez, da certeza lógica, das leis da física. Para Musil, o grande problema de seu tempo era que a chamada moral – para ele, a moral burguesa – estava submetida a essa solidez, a um processo de cofragem de concreto armado, em que se empurram na sua profundeza indeterminada "vigas de conceitos em torno das quais se estabelece toda uma rede de leis, de regras e de fórmulas. O caráter, o direito, a norma, o bem, o imperativo, o sólido em todos os sentidos" pretendem ser um lastro para todas as "pequenas decisões morais exigidas por cada dia de vida" (1984, p. 82). Mas Musil via o homem numa "estufa de mil movimento secretos" (1984, p. 82) que não cabem nessa fôrma de concreto armado da moral, ou da subjetividade, se quisermos. É nesse sentido que sua reflexão não é necessariamente clara. Se a sociedade é assim de tal modo uma fôrma, como é que o ser humano poderia trazer consigo esses "mil movimentos secretos? Ao mesmo tempo que parece colocar a própria sociedade como uma espécie de ontologia negativa em relação ao indivíduo, que se via penetrado por essa sociedade, também reconhece os recantos dos "movimentos secretos". Evidentemente, seria um tanto forçado ver no autor uma sutil intuição da forma-sujeito burguesa. Mas talvez seja exatamente a não identificação desse elemento que escapa à relação entre indivíduo e sociedade que coloca em maus lençóis a ideia do ser humano como determinado pela sociedade e ao mesmo tempo rico de possibilidades.

Se o domínio *racioide* é mundo "da regra com exceções", Musil parece exatamente querer explorar este terreno *não-racioide* onde "as exceções vencem as regras" (1984, p. 82), um terreno que exige uma "mudança completa da posição do sujeito do conhecimento", porque nesse terreno:

> os fatos não são dóceis, as leis são alvos, os acontecimentos não se repetem, são infinitamente variáveis e individuais. Não teria como caracterizar melhor senão precisando que é o terreno das reações do indivíduo em relação ao mundo e ao outro, o terreno dos valores e avaliações, das relações éticas e estéticas, do domínio da ideia. [...] Os fatos, nesse terreno, e consequentemente suas relações, são infinitas e incalculáveis (1984, p. 83).

Mas como seria possível surgir esse terreno se subsistisse de fato o caráter amórfico do ser humano? Porque não pareceria plausível que até mesmo esses recantos de individualidade fossem mero reflexo do social. E é esse terreno, para Musil, a pátria do escritor, onde sua razão — *não-racioide* — seria suserana. Nesse terreno, a tarefa é sempre encontrar novas soluções, novas variáveis, é criar "imagens sedutoras das possibilidades de ser um homem, de *inventar* o homem interior" (1984, p. 83). A sua aventura é de explorar esse mundo interior, essa subjetividade que não deveria se submeter ao terreno que ele chama de *racioide*. E ele chama a atenção que não se trata de interpretação psicológica, porque para ele, ainda encarando a psicologia como psicologia experimental, a psicologia não sabe o que fazer com os *temas* da alma, que são de uma diversidade incalculável, e extravasariam a limitação da psicologia (1984, p. 83).

Visto por outra perspectiva, esse raciocínio musiliano não deixa de ser ambíguo, já que o próprio Musil escreve em outro ensaio que "o pensamento artístico e o pensamento científico, entre nós alemães, ainda não entraram em contato. Os problemas da zona intermediária ainda esperam uma solução" (1984, p. 73). Ele parece querer erigir essa zona intermediária, uma espécie de síntese entre os dois terrenos. Ele parece querer explorar as possibilidades interiores do homem inclusive usando o universo da técnica. Segundo Cometti (2001), Musil considerava, como muitos outros, que a particularidade de sua época era o "desabrochar de possibilidades de expressão favoráveis à individualidade" (p. 105). E a racionalidade moderna poderia contribuir para isso, embora contraditoriamente fosse ao mesmo tempo a causa da perda do *principium individuationis*.

Musil distingue os dois mundos, mas não os opõe. Embora diga que é preciso uma mudança de posição do sujeito do conhecimento em cada terreno, diz que a diferença entre ambos é de nível. Torna-se mais clara talvez a síntese que ele pretende com o trecho de um ensaio, *Confissão política de um jovem*:

E num período, o nosso, em que cada sentimento espreita em duas direções, em que tudo vagueia, em que nada mais tem sustentação, em que nada mais é associável a nada, deveríamos conseguir testar e reinventar todas as nossas possibilidades interiores, transferir enfim dos laboratórios de física à moral as vantagens de uma técnica de experimentação sem preconceitos. Que isso nos ajude a sair da lenta evolução que conduziu, por meio de muitos fracassos, do homem das cavernas ao do presente, para entrar numa nova era, continuo a crer nisso hoje (MUSIL, 1984, p. 63).

Embora, como diz Cometti (2001), Musil não acreditasse "na ciência no sentido de que teria reconhecido nela a capacidade de responder a todas as questões que nós nos colocamos ou a todas as nossas preocupações" (p. 75), transparece um movimento meio aporético em que a racionalidade das sociedades modernas criaria uma estrutura coloidal do homem "segundo formas padronizadas que não deixam mais lugar para a individualidade" (2001, p. 106), ao mesmo tempo que abriria inúmeras possibilidades. Para Cometti, em Musil a racionalização das sociedades modernas — as relações objetivas, o *racioide*, a civilização — é a realidade que dá a espinha dorsal do homem, ao mesmo tempo que ataca sua individualidade. Mas Musil parece convencido de que "se a vida humana é sempre uma resposta ao 'amorfismo humano', e se uma tendência natural consiste para ela em se alojar em formas de organização que tendem a se tornar exclusivas e a se perenizar, o amorfismo se abre sempre para outras possibilidades, sempre disponíveis e possíveis" (p. 83).

Em Musil, parece que esse amorfismo é o caminho que permite pensar as saídas, porque o homem sendo "mais maleável do que se pensa", as possibilidades se tornam infinitas. É nesse sentido que ele explora o universo que ele chama de "outro estado" como contraponto ao mundo racioide. Num tópico intitulado *Os adversários dos fatos*, que faz parte do ensaio *O alemão como sintoma* (1984), Musil condena o antirracionalismo[10] como resposta ao mundo racioide. Ele avança como resposta ao positivismo o que ele denomina de *outro estado*. Um terreno meio místico, cuja definição pelo próprio Musil é complexa e não desprovida de ambiguidades. Para ele, "existe um estado humano que possui uma diferença fundamental que se opõe ao estado do conhecimento, do cálculo, da perseguição de objetivos, da avaliação, da coação, da ambição e dos vis temores. Ele é difícil de ser caracterizado" (1984, p. 374). Bondade, amor, irracionalismo, religiosidade seria apenas parte desse *estado outro*.

O essencial que sobressai na argumentação musiliana acerca desse *outro estado* é um certo subjetivismo, subjetivismo que ele próprio rechaça. Mas é ele próprio quem diz existir "uma tensão e uma coloração que mudam no mundo exterior segundo as disposições interiores do observador" (1984, p. 374). Nesse *outro estado*, não haveria uma distinção rígida, marcada, entre *eu* e *não-eu*, mas um certo transtorno nessa relação. Se no estado ordinário, racioide, o eu se apossa do mundo, "no outro estado, o mundo aflui para o eu ou se confunde com ele ou o carrega consigo. [...] Nesse estado, o ato de compreensão não é impessoal (objetivo), mas se manifesta de modo pessoal como um acordo perfeito entre sujeito e objeto" (1984, p. 375). É assim que ele destaca um papel maior da sub-

10. O que Musil entende por antirracionalismo é o ataque puro e simples à razão. Nele, não há a distinção fundamental entre a razão como capacidade de elaboração intelectual, tipicamente humana, e a forma de razão específicamente moderna que é representada pela Razão instrumental e mercantil.

jetividade em que o *eu* em si mesmo é algo que "se vive de modo indefinível e muito cambiante". Um *eu* que, nas relações objetivas, seria eliminado.

Assim, Musil pretende com esse estado superar certas dicotomias. O homem bom nesse sentido outro, o homem que ama, não é bom por oposição ao egoísta. Em seu mundo o egoísmo não existe: "Trata-se de uma outra forma de avaliar. A oposição altruísta-egoísta perde seu sentido; bem como aquela entre bom e mau" (1984, p. 376). Em vez de distinção, uma avaliação em termos de aumento ou diminuição. Nesse outro estado, estado dito *contemplativo*, também não haveria desprazer, ou só haveria no afastar-se desse estado. Cólera, raiva, inveja, vergonha também não teriam morada: daí "a estreita proximidade histórica da contemplação e da beatitude" (1984, p. 379). Mas, ao mesmo tempo, diz Musil, não se pode confundir esse outro estado como sendo "exclusivamente um estado de prazer". Trata-se de um estado de beatitude, de bem-aventurança, de felicidade plena, em que teríamos tanto o amor beato, a cólera beata, a vergonha beata, como a angústia beata. Como ele próprio reconhece ser impossível sentimentos como inveja, raiva, avareza beata ou contemplativas, ele lança mão do par moral "sentimentos grandes e mesquinhos" que diriam respeito à oposição *estado contemplativo* e *estado normal*, ordinário.

É nesse outro estado, nesse estado contemplativo, que se mostra um Musil com uma teoria da subjetividade um tanto mística, em que esse comportamento contemplativo se mostra "amalgamado com a hipótese da existência de Deus", embora seja independente deste. "Mesmo o estado terrestre, o estado erótico de amor pode levar inúmeras pessoas, que não creem de modo algum no além, muito longe nesse reino contemplativo" (1984, p. 381). Esse outro estado seria um desvio do mundo, uma elevação acima dele, uma transcendência, uma renúncia ao combate para metaforicamente unir-se ao mundo divino. Mas Musil deixa entender que esse mundo contemplativo em verdade é um mundo inacessível, irreal quando pergunta se esse outro estado não seria "um impulso, uma necessidade, uma metade do homem que, reprimida, nunca parou de tentar vir a lume?" (1984, p. 381).

A busca de Ulrich pelo "outro estado", pela abolição do real estaria nesse terreno da experimentação fora das *qualidades definidas*. Esse "outro estado" seria uma resposta não-racioide ao mundo. Não seria uma superação transcendente ao racioide, mas uma forma de ser uma alternativa de contrapeso. Para Musil, o amor seria exatamente a forma eclodida do *outro estado* (1981, p. 130). Não à toa, a relação entre Ulrich e sua irmã Ágata é vista como um ápice desse *outro estado*. Assim, a relação incestuosa com a irmã, em vez de ser vista como uma impossibilidade de distinção de um homem sem atributos, de um homem contaminado pelo espírito matemático e abstrato, seria interpretado como mais um elemento da busca sem limites de novas possibilidades na existência utópica assumida por Ulrich, seria o apogeu da busca pelo *outro estado*. O mundo à parte que cria com a irmã seria "a fuga de um mundo criado por outros", a busca de "uma aventura impossível", e a irmã representaria "o que ainda há de inacabado nele e que pode crescer indefinidamente" (ROTH, 1981, p. 23).

Em contrapartida, ao mesmo tempo, segundo Cometti (2001), não só o interesse de Musil "é a experiência de um enfraquecimento das faculdades cognitivas e a ruptura do *principium individuationis*." (p. 82), como a ausência de caracteres próprios está relacionada com a crise da identidade que no romance não atinge apenas Ulrich. É quase um impasse, e a obra vai refletir também esse tensionamento.

Seria Ulrich um personagem positivo naquele entremeado de personagens? O único que *viveria por hipótese* essa busca fora dos caracteres definidos, seria quem foge da cimentação da moral tradicional? Seria o indivíduo que pode experimentar, ser "observador e criador da própria vida, propondo uma nova estética e uma nova ética" (LESSA, 2006, p. 21)? Sendo assim, a falta de caracteres próprios, o *Eingenschaftslosigkeit*, o homem sem qualidades, ganharia um sentido positivo, de descoberta, de exploração de terrenos inexplorados que poderiam dar nova forma ao *amorfismo humano*, e Ulrich seria uma resposta, seria o homem que flutua em meio a subjetividades atreladas a uma ontologia. Dito de outro modo, o *homem sem qualidades* seria uma crítica ao *homem de qualidades* das sociedades anteriores à modernidade. Poderíamos até cair na tentação de ver em Ulrich o homem de Gracián, que não haure suas qualidades em nenhum princípio externo, mas a partir de sua ação no mundo. Mas Ulrich parece em verdade ser um homem bem moderno, não está ligado a nada, não é em relação a posição, a família, a riqueza que sua subjetividade se constrói, mas isso não significa que ele seja um sujeito que se oponha à sociedade, mas antes um átomo flutuante que acompanha a sociedade em seu tempo vindoura. Ele é um personagem, assim, de vanguarda. Se faz por si mesmo tentando haurir sua subjetividade da experimentação ilimitada da *sociedade sem qualidades* que estava corroendo a anterior.

Nesse sentido, o romance de Musil aparece como uma reflexão crítica acerca de uma crise num determinado momento do desenvolvimento da modernidade, ao mesmo tempo que aparece como uma tentativa de superação pela via do questionamento do que seria uma tradição ontológica que cimenta as possibilidades do homem — uma espécie de amarra que era um dos elementos daquela crise. Ele quer implodir a cimentação dessa subjetividade, dessa moral como ele chama, abrindo o horizonte para infinitas possibilidades. Assim, a falta de qualidades definidas, de caracteres definidos, pretende ser em Musil uma resposta à cofragem, à *fôrmação* da subjetividade advinda de um substancialismo ontológico. No entanto, esse mundo de infinitas possibilidades explorado por Musil como resposta ao *racioide* acaba por desembocar, com o desenvolver-se da vida social moderna, em nivelamento e cruzamento entre *racioide* e *não-racioide*. Dito de outro modo, sua tentativa de pôr em contato os campos *racioide* e *não-racioide* pode ser posta em paralelo com a tentativa habermasiana de pôr em *comunicação* mundo da vida e mundo sistêmico. Nos dois casos, escapa o caráter totalitário do mundo racioide ou do mundo sistêmico. Assim, como no caso de Habermas, a síntese só é possível sob a condição de que o mundo essencial por excelência, o mundo sistêmico, seja menos determinado do que determina o mundo não-racioide ou o mundo da vida. Portanto, parece hoje uma postura conformada apostar positivamente nessa síntese não superadora, mais parecida com uma dialética sempre positiva.

Enquanto Ulrich se veria aberto a todas as possibilidades trazidas pela perda da totalidade tradicional, outros personagens da narrativa sofrem exatamente por levarem uma vida desprovida de centro. A chamada "anarquia dos átomos" analisada por Nietzsche como símbolo de uma decadência do estilo ganha em Musil um contorno criador, positivamente crítico. Esses átomos transtornariam a hierarquia da vida e a hierarquia do discurso que deveria organizar a vida lhe dando ordem e sentido. É o que Claudio Magris expõe como "desordem libertadora, no que ela desarticula o rigor dominador de uma vontade que tende a impor uma hierarquia unitária e unificante em cada detalhe rebelde" (1981, p. 139).

Essa anarquia dos átomos restabeleceria a liberdade do indivíduo, a vibração e a exuberância da vida nua e selvagem. Por isso Magris se entusiasma na sua interpretação do romance onde encontramos, segundo ele, uma multiplicidade "de sujeitos livres, sem laços e sem eixo [...] encontramos essa proliferação centrífuga das singularidades que afirmam em cada domínio — literatura, ideologia, política — sua selvagem autonomia" (1981, p. 145).

E é assim que o *homem sem qualidades* seria um *homo potencialis* e não a forma-sujeito burguesa num determinado momento de seu desenvolvimento na história da dinâmica mercantil. Seria o personagem do incomensurável, criado pelo romancista como "resistência obstinada às forças que querem transformar os homens em seres unidimensionais", e seria o primeiro passo na luta "contra a iniquidade social" (DAWLIANIDSE, 1981, p. 205).

Mas como temos tentado refletir, Musil pode ser ambíguo. Sua exploração das múltiplas possibilidades não significava ter clareza de todos os elementos. E Bouveresse nos traz essa importante ambiguidade quanto à ideia de um mundo de unidade e totalidade. Segundo Dieter Hornig, há uma contradição profunda em Musil que se apresenta "na avaliação ambivalente que sua crítica da civilização faz da 'dissolução', da desintegração: uma vez é vista como perda da unidade e dos laços, um sintoma de decadência, que deve ser estancado por um 'sentido' novo, por um significado último, para desembocar num novo universalismo; outra vez ela aparece como uma chance, como um ganho de liberdade e de novas possibilidades de dar forma à história" (HORNIG apud BOUVERESSE, 2001, p. 30).

Mas essa ambivalência em Musil é rapidamente jogada para baixo do tapete por uma leitura de feição pós-moderna que tenta colocar Musil como dinamitador da totalidade pura e simplesmente. Para autores como David Dawlianidse, Musil

> foi um dos raros escritores burgueses a sentir que a realidade totalmente nova que tinha sido engendrada pelos transtornos sócio-políticos e pelo desenvolvimento fulminante das ciências e da técnica, constituía um desafio que a literatura devia encarar. Ou a literatura devia renunciar a pretender representar a totalidade do mundo, e sobretudo exercer toda a influência ativa sobre a realidade ou devia tentar encontrar uma linguagem nova adaptada à época moderna (1981, p. 203).

O problema é que Musil não tenta buscar uma simples linguagem, no sentido formal, para entender a época moderna. É exatamente a ação romanesca transformada em reflexão que tenta apreender essa totalidade do mundo, não mais no sentido tradicional de uma ordem una estabelecida por uma tradição fixa, mas uma totalidade dinâmica e em fragmentos. Musil apreende exatamente essa efusão de mudanças relacionadas à modernidade, à técnica, à ciência, ao império do racioide.

O que salta aos olhos é que a própria marcha moderna foi corroendo "as qualidades", o substancialismo tradicional. De modo que a aposta na superação das qualidades, dos atributos, estaria mais em consonância com a vida social mercantil no seu estágio contemporâneo do que com uma postura crítica e transcendente em relação a esse mundo. Ironicamente, cinicamente, o próprio capitalismo realizou a utopia do *homem sem qualidades*, do mesmo modo que muitas das ideias das vanguardas artísticas foram acomodadas pela sociedade mercantil no seu desdobramento, um desdobramento que demonstrou o quanto aqueles questionamentos vanguardistas a ajudaram involuntariamente a realizar seu conceito na realidade.

Claro que a ideia de Musil de levar em conta o imponderável e o complexo que é o vivo como fonte de possibilidade e desenvolvimentos infinitos é algo que se mantém atual: mas somente se estiver relacionado a um conteúdo crítico determinado. Do contrário, recai num existencialismo por demais indeterminado, tanto que até mesmo a propaganda pode utilizar.

De todo modo, é o próprio Musil quem dá a chave para se entender o seu tempo e o quanto sua teoria do *amorfismo humano* e sua busca do *outro estado* só podem ser relacionados ao seu tempo histórico. Não que não seja urgente a busca de um *outro estado* nos tempos atuais. Ao contrário, urge a construção de um estágio transcendente à vida social regida pelo racioide-mercantil, não para amainá-lo, torná-lo menos totalitário, mas para que organização da vida social se submeta à consciência crítica dos indivíduos concretos e não se lhes apresente como movimento socialmente natural. O próprio Musil era consciente dos perigos inerentes à tentativa de realização de um pensamento *ideal*. Como ele mesmo lucidamente diz:

> Os ideais têm também, com efeito, essa propriedade estranha de desembocar, quando plenamente realizados, num contrassenso. [...]o que chamamos no sentido próprio de ideais, as grandes representações motoras da vida individual e social, comportam também uma desmedida na exigência que conduziria fatalmente

à ruína se não houvesse de antemão a recusa de considerá-las ao pé da letra (1984, p. 383).

Significaria quase dizer que pôr abstrações no plano da realidade é como destruir a realidade. E o avançar da marcha moderna e da Razão instrumental, que ele quer explorar no terreno vasto chamado de moral, vai demonstrar que a falta de qualidades próprias vai se tornar cinicamente um terreno dos mais férteis para que a forma-sujeito burguesa *ideal* se realize, sempre implodindo qualquer cimentação do que pode caracterizar um *caráter definido*. O *amorfismo humano*, de terreno de oposição ao caráter fixo, congelado e tradicional que fundamenta as esferas de poder na sociedade, tornou-se um terreno de exploração de múltiplas possibilidades para o próprio capitalismo quanto mais se aproxima do seu conceito — que é em verdade uma tendência ao amorfismo social.

Se na época de Musil o *homem sem qualidades* é precisamente o homem da ação não qualificada, que não é nem catalogada nem sancionada [...], como diz Bouveresse (2001, p. 100) e sua antítese pode ser vista como o "homem de ação de tipo realista, cujas relações com o mundo se fazem por meio da clareza e da eficácia", cem anos depois, tal postura já não causa danos à organização social estabelecida. O mundo de possibilidades de Ulrich, um mundo que transbordava aquele seu tempo, hoje já cabe com margens de sobra no universo simbólico mercantil da vida pretensamente descolada e multifacetada, rica de possibilidades compráveis.

E aqui notamos toda a diferença entre o Ulrich da época de Musil e o Ulrich lido na contemporaneidade, uma diferença que os estudiosos de Musil não parecem querer ver. O próprio Bouveresse parece intuir, mas sem explorar essa rica diferença: "A diferença entre Ulrich e a maioria de seus contemporâneos é que ele apreende como um fenômeno de imaturidade cheio de promessas o que outros interpretam como uma tendência à degenerescência e ao caos" (2001, p. 113). Ora, diferentemente do tempo de Musil, na época atual, a vida social não apresenta imaturidade, ao contrário, sua dinâmica a levou para além da maturidade. Os desígnios mercantis já estão quase realizados na terra, não se trata de julgamento moral quanto a uma decadência. No caso contemporâneo, os que veem degenerescência e caos no ocaso da vida social mercantil é que podem gestar novas promessas, porque o entusiasmo positivista da época de Musil já não cabe nos tempos atuais. E essa é uma mudança que precisa ser levada em conta, sob pena de lermos Musil com os olhos de 100 anos atrás, o que impediria a reflexão sobre o significado de um século de desdobrar-se de uma vida social e subjetiva sem qualidades.

O «HOMEM SEM QUALIDADES» E O ENTRECRUZAMEMENTO RUMO AO FUTURO

> Eu sou em realidade, e isso depois que empreendi o H.s.q., tão pobre, e por natureza tão inapto a ganhar dinheiro, que vivo somente das rendas de meus livros, mais exatamente dos adiantamentos que meu editor me consente com a esperança de que essa renda acabe talvez por aumentar. Chegou a me acontecer inúmeras vezes, enquanto trabalhava no primeiro volume, de ficar do dia para a noite tão privado de qualquer recurso que não via mais como dar conta de minha subsistência durante os quinze dias seguintes, e não ser salvo senão pela intervenção de alguém, geralmente no 14° dia. Consequentemente, se meus livros são de difícil abordagem e não disputam os favores dos leitores, não se deve ver nisso arrogância da parte de quem passa muito bem sem lê-los. Trata-se mais, aparentemente, de um elemento fatal, de uma fatalidade que me é própria; e essa injustiça da vida que devo evocar hoje deve ser relacionada estritamente ao trabalho que resolvi fazer.
>
> MUSIL, Testamento II, 1932

É o que se pode chamar de obra de uma vida. Seu autor nunca gozou de condições estáveis para levar a cabo seu longo empreendimento estético, crítico. Exilado após a anexação da Áustria por Hitler, acabou morrendo sem concluir suas experimentações de "dissecador da alma no início do século XX". O autor vivia o ambiente de uma Viena submetida a rápidas mudanças, uma espécie de rápido remodelamento da vida social e subjetiva. O clima da obra é o que Edmonde Roux chama de "romance de uma ordem ameaçada" (1981, p. 179).

As mudanças na cidade, que chamavam a atenção do observador sensível, tinham o sentido de "um grande pulsar rítmico e do eterno desencontro e dissonância de todos os ritmos, como uma bolha fervente pousada num recipiente feito da substância duradoura das casas, leis, ordens e tradições históricas" (MUSIL, 2006, p. 28). E essa "substância duradoura" não tinha como resistir ao inexorável fervilhar dessas bolhas ferventes da marcha moderna. Como diz Kraus no seu escrito intitulado *A literatura demolida*, "Viena está sendo demolida numa metrópole moderna. Com suas velhas casas, desabam os pilares de nossas lembranças e em breve uma picareta sem respeito algum terá feito tábua rasa do honorável café Griensteidl. [...] Nossa literatura não terá mais teto, e os fios da produção poética serão cruelmente cortados" (1993, p. 43).

O homem sem qualidades é uma obra no cruzamento de dois séculos, que representam duas mentalidades, duas formas de sociedade e de subjetividade em tensão. No caso da Áustria, ainda pendia mais para o passado. Musil, num ensaio intitulado *A política na Áustria* reflete sobre o caráter do sentido das forças em tensão naquela mudança de época. E nesse sentido ele identifica grande diferença entre a Alemanha e a Áustria em termos modernos.

> A ferramenta da social-democracia ainda não está bem afiada, e não dispomos dos contrastes violentos como o que existe na Alemanha entre o impulso intelectual de alguns estraga-festas, vivendo como magníficos parasitas sobre os destroços do Estado mercantil, e a legitimidade — dois pés na Bíblia e dois pés na gleba — dos proprietários fundiários. A estrutura social apresenta, até um altíssimo nível, uma mistura coerente de burguês e fidalgo (1984, p. 44).

E Musil relata que a grande antítese conceitual entre burguesia e aristocracia não existe na Áustria. O que dá ao país uma especificidade nessa marcha moderna, com os pés ainda fincados no passado, mas tendo que correr para o futuro inexoravelmente. E segue sua reflexão relacionando o desenvolvimento de uma burguesia nacional e o desenvolvimento da cultura, algo que ele vê como um fenômeno novo e paradoxal. Em Estados com um mercado desenvolvido, que seriam um "terreno tormentoso", embora estranho ao espírito, a cultura prospera melhor do que nos terrenos calmos, "nas superfícies lisas que lhe convinham melhor outrora" (1984, p. 68). E segue sua reflexão:

> O que, culturalmente, distingue nossa época das precedentes é a dissolução efetuada pelo grande número, a solidão e o anonimato do indivíduo no seio de uma massa que cresce sem parar, impondo ao espírito uma atitude nova de consequências ainda imprevisíveis. O pouco de obras de arte dignas desse nome que temos hoje são o exemplo mais claro: o fato de elas não poderem ser ao mesmo tempo boas e acessíveis ao grande público constitui realmente um fato novo e provavelmente, para muito além das querelas estéticas, o aparecimento de uma nova função da arte (1984, p. 44–45).

Para Musil, essa mudança qualitativa na essência mesma da arte, ou seja, o que uma cultura nesses padrões pressupõe é a existência da burguesia — no sentido entendido por ele de classe. Mas ele capta a dinâmica interna à lógica burguesa, algo que escapa ao conceito sociológico de classe social, ao refletir que é próprio da burguesia "não poder produzir famílias que não se desvencilhem rapidamente de tradição, ideal hereditário, moral estável, que são coisas úteis para quem aprende a andar, mas que pesam para quem corre" (1984, p. 45). Assim, diz ele, os negócios da burguesia fazem com que ela não possa ela mesma se ocupar da cultura, por isso que a financia. Mas ele mesmo diz que essa burguesia na Áustria não existe. O que cria um impasse. Ao mesmo tempo que seria essa lógica burguesa em movimento a operar a mudança na arte, ela mesma não existe na Áustria, mas ao mesmo tempo o país não deixa de sentir os ares da mudança, assim como o artista sente a tensão entre os dois mundos. Dito de outro modo, essa tensão entre tradição e marcha moderna existe na Áustria, apenas ainda num nível de amadurecimento menor — e o exemplo dos outros países também cria uma pressão. Ulrich, o *homem sem qualidades*, é tão fruto desse entrecruzamento quanto os personagens de *qualidades*. Jean Gyory fala do *homo austriacus* do qual "*O homem sem qualidades* é na verdade o catálogo completo, a análise mais precisa desse ser estranho [...] é a descrição de sua história, a análise de seu desenvolvimento e a tragédia de seu desaparecimento" (1981, p. 188).

A obra, pode-se dizer, é uma larga reflexão não só sobre a racionalização do mundo, causada pela Razão instrumental-mercantil, como também sobre uma tensão entre um *mundo de qualidades* e um *mundo sem qualidades*, que é par da tensão entre *seres de qualidades* e *seres sem qualidades*. Mas seria erro pensar que o autor coloca o *mundo sem qualidades* como mundo de decadência. Como vimos, ele é muito mais ambíguo quanto à questão da marcha da Razão moderna, que ele não distingue da própria capacidade intelectual. Mas entre o *homem sem qualidades* e os *homens de qualidades*, há o narrador. É ele quem muitas vezes aponta uma reflexão para além dessa dicotomia. É ele quem primeiro bem expressa o que seria a modernidade de fato, uma era em que a ciência e a técnica dominam não para simplesmente livrar os homens do medo, mas para levar a humanidade ao progresso inexorável:

> Ganhou-se em realidade, perdeu-se em sonho. Não nos deitamos mais sob a árvore, espiando o céu entre o dedo grande do pé e o dedo médio, mas trabalhamos; também não devemos passar fome nem sonhar demais, se quisermos ser eficientes, mas comer bifes e fazer exercício. *É exatamente como se a velha humanidade ineficiente tivesse adormecido sobre um formigueiro; quando despertou a humanidade nova, as formigas tinham entrado em seu sangue, e desde então ela precisa fazer movimentos incessantes, sem conseguir se livrar desse chatíssimo ímpeto de fanatismo pelo trabalho.* Realmente não é preciso falar muito a respeito; a maioria das pessoas sabe perfeitamente, hoje, que a matemática entrou em todos os campos de nossa vida, como um demônio. Talvez nem todas as pessoas acreditem na história do Diabo a quem se pode vender a alma; mas todas as pessoas que entendem alguma coisa de alma, por serem sacerdotes, historiadores e artistas, e tirarem boas vantagens disso, testemunham que foi a matemática que arruinou a alma, que a matemática é fonte de uma inteligência perversa que faz do homem senhor da terra, mas escravo da máquina (MUSIL, 2006, p. 58, grifos nossos).

Esse trecho da obra é também ambíguo. Pode-se ver tanto uma crítica mordaz e poética da marcha moderna pela voz do narrador, como talvez também de modo irônico um otimismo com essa humanidade nova, desperta de um sono ineficiente, uma humanidade que tem algo que lhe formiga no espírito e a obriga a movimentos incessantes. Mas a crítica do narrador à obsessão moderna pelo trabalho não é menos digna de nota — como já apontei, ele é uma voz muitas vezes mais crítica, que está para além da tensão entre dois mundos que é pano de fundo na obra. O fato mesmo de o narrador expressar com essa bela imagem do formigueiro fervilhando no corpo moderno a especificidade da dinâmica moderna já salta aos olhos. Se àquela época essa imagem poderia se confundir com a superação de formas de sociedade atrasadas, "ineficientes", hoje, quando podemos ter a medida do que representa esse movimento incessante, de superações contínuas de formas de vida sempre vistas como atrasadas, não podemos mais ver nesse movimento de formigas formigando por nosso corpo e nos forçando a movimentos inexoráveis senão como alusão de uma segunda natureza. O homem pretendia assumir o lugar de senhor do mundo, mas acabou servo de outro domínio: o da Razão instrumental-mercantil. Não é à toa que das três tentativas de se tornar alguém importante — "Ulrich parecia ter nascido com esse desejo" (p. 53), "O fatal era apenas que ele não sabia como a gente se torna importante, nem o que é um homem importante" (p. 54) — a mais importante foi a empreitada matemática. A primeira foi a cavalaria, a segunda, a técnica, que já prenunciava a terceira e mais importante. E o narrador observa que a mudança não foi anódina: "[...] ao passar da cavalaria para a técnica, Ulrich apenas trocou de cavalo; o novo tinha membros de aço, e corria dez vezes mais depressa" (p. 55).

O narrador nos expõe a mudança subjetiva, a adaptação dos sujeitos ao novo que cada vez menos traz marcas do passado, um novo que é uma síntese de tensões com formas anteriores de subjetividade, mas que carrega mais marcas do novo do que do passado, considerado um entrave ao desenvolvimento: "No mundo de Goethe, o ruído dos teares ainda perturbava, mas no tempo de Ulrich, começava-se a descobrir a canção das salas de máquinas, martelos de arrebite e sirenes de fábrica" (p. 55).

> No momento em que iniciou no estudo da mecânica, Ulrich sentiu um entusiasmo febril. Para que se precisa do *Apolo del Belvedere*, se temos diante dos olhos novas formas de um turbo-dínamo ou jogo de pistões de uma máquina a vapor? Quem se encantaria com a milenar conversa sobre o bem e o mal depois de constatar que não são "constantes", mas "valores funcionais", de forma que o valor das obras depende das circunstâncias históricas, e o valor das pessoas depende da habilidade psicotécnica com que avaliamos suas qualidades? (p. 55-56).

Eis expresso nesse trecho um rompimento de mentalidade de importância digna de nota. A técnica relativiza e põe em seu nível de equivalência — portanto, destrói suas especificidades, suas qualidades — dois campos que eram tidos até a modernidade como diferenciadores das sociedades: a arte e a reflexão. Algo imponderável tinha se perdido, diz o narrador, como "quando fios de novelo se desmancham", ou como quando "uma orquestra começa a desafinar". Não era algo ruim, apenas "havia ruindade demais misturada ao que era bom, engano demais na verdade, flexibilidade demais nos significados" (p. 77). Se o mundo é dinâmico, as noções de bem e mal, que fundamentam a ética do mundo *de qualidades* a ser destronado, também não têm um sentido sólido, mas se modificam e se relativizam, vão paulatinamente se esvaziando — já que não podem se enquadrar nas constantes como leis da física. O viés da técnica tende a ser medida para tudo. O que funciona é bom. Característica inerente da Razão instrumental moderna criticada pioneiramente por Adorno e Horkheimer (1986).

> E assim, já no tempo em que Ulrich se tornou matemático, havia pessoas que profetizavam a derrocada da cultura europeia, porque nenhuma crença, nenhum amor, nenhuma candura restavam do ser humano; e significativamente todos foram maus

matemáticos na juventude e nos anos escolares. Isso provou para eles, mais tarde, que a matemática, mãe da ciência natural exata, avó da técnica, também é mãe ancestral daquele espírito do qual finalmente brotaram os gazes venosos e os pilotos de guerra. Só os próprios matemáticos e seus discípulos, os cientistas naturais, que sentiam em suas almas tão pouco disso tudo quanto os corredores de bicicleta, que pisam no pedal e nada veem do mundo senão a roda traseira do concorrente diante deles, viviam na ignorância desses perigos. Ulrich, porém, com certeza amava a matemática, por causa das pessoas que não a suportavam. Era menos um cientista do que alguém humanamente apaixonado pela ciência (MUSIL, 2006, p. 59).

A crítica empreendida pelo narrador nos deixaria entrever um paralelo com a crítica à razão formal elaborada pela Teoria Crítica. O trecho, como o narrador do romance, é denso. Mas Musil parece mais irônico e ambíguo, parecendo até escarnecer de quem vê relação entre o formalismo matemático e a barbárie. Ele deixa entender que as pessoas de sua época que veem na matemática "a mãe ancestral daquele espírito do qual finalmente brotaram os gases venenosos e os pilotos de guerra" (p. 59), em verdade devem ter sido maus matemáticos. Como vimos, a intenção estética e ética de Musil é exatamente explorar essa marcha num sentido transcendente. Tanto Adorno e Horkheimer, ao identificar na própria Razão moderna a barbárie moderna, quanto Musil, com seu narrador, veem o desenvolvimento da razão técnica como processo de indiferenciação, de abstração das consequências concretas. A diferença é que Musil e Ulrich veem possibilidades positivas de exploração nesse terreno, desde que haja uma síntese com um terreno de contraponto: o terreno que ele chama de não-racioide.

Mas seria preciso apreender o problema contido no seio da Razão moderna, de cujo espírito podem brotar tanto técnicas consideradas "construtivas" quanto as mais destrutivas e desumanas. E na modernidade capitalista, construtivo e destrutivo são muito relativizados e se distinguem muito dificilmente, assim como para Ulrich bom e mau são relativos. A comparação do cientista com o corredor de bicicleta expressa bem a unidimensionalidade do desenvolvimento científico, do progresso que cada vez mais se torna um *seguir adiante sem que se permita perguntar "para quê?"*. Karl Kraus parece mais crítico nesse sentido: "eu vi o progresso em ação na pessoa no engenheiro. Graças a ele, estamos indo mais rápido. Mas para onde vamos? No que me diz respeito, minha necessidade mais iminente é me encontrar comigo mesmo" (1993, p. 142). Kraus não era otimista com essa velocidade trazida pela técnica como um seguir adiante inexorável. Essa velocidade era vista de tal modo como criadora de um afastamento social – ao mesmo tempo que em aparência tudo aproxima – que "para a alma moderna, que atravessa brincando oceanos e continentes, nada é tão impossível quanto encontrar a ligação com as almas que moram na outra esquina" (MUSIL, 2006, p. 246), diz o narrador elogiando os sentimentos da empregada de Diotima, Raquel, pelo assassino sexual Moosbrugger, do qual a sociedade da Kakânia não quer ouvir falar.

Ulrich é um personagem, como diz Musil em seus *Diários* que quer se tornar um grande homem. O método é não ter qualidades, não se pregar a nada que diga respeito àquela sociedade tradicional, substituir os "conceitos antiquados de gênio e grandeza humana" pelo esporte e a objetividade (2006, p. 64). Talvez pudéssemos crer simplesmente que seu modo de pensar, ou sua vida à deriva se justificaria no "forte componente autista" de seu espírito, como o próprio Musil (1981b, p. 90) o caracteriza numa anotação esparsa, quando ele ainda chamava seu personagem principal de Anders. Segundo Bouveresse (2001), poderíamos ver em Ulrich um homem superior que, não descobrindo nenhuma forma de engajamento digno de suas capacidades, "escolhe o repouso da alma ou a inação, ficando numa espécie de preparação indefinida a uma ação hipotética" (p. 100).

Musil parece pensar Ulrich como alguém que se levanta contra a sociedade de qualidades fixas, aos moldes de um pré-moldado ao qual as pessoas precisam se encaixar ao entrar no social, uma espécie de fôrma que se impõe às pessoas. Mas não pensemos que ele está falando da forma-sujeito burguesa. Embora esses modeladores da alma também digam respeito, para ele, a uma moral burguesa, ele via essa coerção que pretende fixar as subjetividades em caracteres fixos como fruto da sociedade passada. O mundo de infinitas possibilidades como era o moderno poderia romper com essa "cofragem":

> No fundo, poucos sabem, no meio da sua vida, como se tornaram aquilo que são, com seus prazeres; sua visão de mundo, sua esposa, seu caráter, profissão e realizações, mas têm a sensação de que já não se poderá mudar lá muita coisa. Até se poderia afirmar que foram traídas, pois não se encontra em lugar algum uma razão suficientemente forte para tudo ter sido como é; poderia ter sido diferente; os acontecimentos raramente dependeram delas [...] Assim, na juventude ainda jazia à frente delas algo como uma manhã inesgotável, cheia de possibilidades e de vazio por todos os lados; mas já ao meio-dia aparece de repente algo que pode pretender ser a vida delas (MUSIL, 2006, p. 153).

Portanto, o *homem sem qualidades* pretende ser um personagem para explorar essa "manhã inesgotável, cheia de possibilidades e vazio por todos os lados". Mas, cem anos depois, a questão que se poderia levantar a Ulrich é se essa bela manhã cheia possibilidades não foi aprisionada pela lógica mercantil. Nesse caso, as múltiplas possibilidades de Ulrich acabariam por deixá-lo como uma forma de subjetividade *blasé*, que ganha terreno quanto mais a lógica da mercadoria é entronizada na vida social. Assim, em vez de ser a alternativa, um ponto de fuga, vira normalidade social burguesa, a ponto de seu pai, cheio de *qualidades* de um tempo passado, ganhar razão quase cem anos depois com uma frase que àquela época era coisa de um mundo tradicional decadente: "aquele a quem permitem fazer tudo o que deseja em breve não sabe mais o que desejar" (2006, p. 39).

Ulrich não é o burguês típico de sua época, não tem o espírito de iniciativa, de investimento, o caráter de cálculo e ao mesmo tempo meio temperado de nobreza como Arnheim — que tampouco é o sujeito burguês desenvolvido. O próprio Arnheim ainda traz caracteres que demonstram uma subjetividade também amalgamada, cheia de *qualidades*. Embora burguês, ele não tem uma subjetividade totalmente *enfôrmada* pela vida mercantil. Parece mais aquele burguês típico do século XIX com o qual há quem se iluda como o ápice do sujeito burguês. Em verdade, ele também está no meio do caminho entre dois mundos, mas dá mostras de estar decidido a seguir o que a síntese nova de sua subjetividade lhe mostra, ou seja, ele está preparado para seguir adiante. Arnheim podia deixar seus poemas de juventude para segundo plano depois de descobrir "que a vida de trabalho e organização é um poema maior que aqueles que os poetas inventaram em suas bibliotecas" (2006, p. 418). E dedica-se a construir esse poema da vida dos novos tempos, sem esquecer, no entanto, as belas emoções da arte, partilhando com a classe média espiritualizada o gosto pelo consumo de arte. As obras que escreve parecem mostrar a tentativa de conjugar os mundos mais distintos numa síntese equalizadora, pois em seus textos "falava-se de séries algébricas e anéis de benzol, da concepção materialista de história e da universalista, de suportes de pontes, da evolução da música, do espírito do automóvel" (2006, p. 418).

Já Ulrich não pretende ficar preso entre dois mundos, o tradicional e o moderno, entrecruzamento que é em verdade o tecido social do romance. Ele quer explorar esse entrecruzamento no sentido de uma vida que fuja daquele padrão tradicional de existência das pessoas que "adotam o homem que apareceu nelas" e suas "experiências agora lhes parecem a expressão das próprias qualidades, e seu destino parece ser seu próprio por mérito ou desgraça" (2006, p. 153). Embora pretenda ser uma alternativa ao mundo dito calcificado, sua consonância com a nova marcha do mundo se dá inclusive em seu espírito ordenador, mas que ainda tateia num mundo que lhe aparece como despersonalizado, sem nexos firmes. Com diz Bouveresse, mesmo sendo *sem qualidades* definidas, Ulrich vive em busca de "uma identificação ou de uma individuação *interiores*, obtidas pela reapropriação *moral* de suas qualidades. A ausência de qualidades traduz a liberdade profunda do homem em relação a suas determinações e a recusa de se deixar constituir desde fora pelo que existe" (2001, p. 110). Mas essa escolha de viver por hipótese, de libertar-se das determinações externas pode também desembocar numa postura estética perante a vida que beira à indeterminação da própria subjetividade, o que significa um indivíduo feito átomo flutuante num emaranhado de forças sociais abstratas que ele não capta e com as quais não tensiona: "'A gente pode fazer o que quiser', disse o homem sem qualidades para si mesmo, dando de ombros, 'que isso não tem a menor importância nesse emaranhado de forças!'"(2001, p. 31).

A citação acima, do homem sem qualidades, poderia até ter sido dita por qualquer personagem das peças de Beckett. Dito de modo contemporâneo, com Beckett, teríamos: "Nada a fazer", que é como começa *Esperando Godot*. A diferença é que o momento histórico de Ulrich — em que a forma social mercantil ainda estava para chegar a seu estado maduro — dava margem para ver possibilidades onde seus contemporâneos *de qualidades* viam decadência, o que significa que a vida social permitia seu terreno de experimentações. Já as personagens beckettianas têm o claro sentimento de estar caminhando inexoravelmente para o ocaso, e caminham porque é preciso, porque é assim, porque uma força que lhes é estranha os coloca na posição do "nada a fazer". E esse sentido linear da história, como se cada etapa justificasse a seguinte, independentemente do conteúdo dela, é tipicamente moderno. Mas em Beckett as marcas da destruição são mais patentes, sobretudo subjetivamente.

Seria errôneo dizer que Ulrich é vazio, que não reflete e não pensa. *O homem sem qualidades*, descreve Walter, amigo de infância:

> É talentoso, cheio de vontade, despreconceituoso, corajoso, resistente, destemido, prudente. Não quero examinar isso em detalhes, acho que ele tem todas essas qualidades. Mas também não as tem! Elas fizeram dele aquilo que ele é, e determinaram seu caminho, mas não lhe pertencem. [...] Qualquer má ação lhe parecerá boa em algum aspecto. É um possível contexto

que vai determinar o que ele pensa de um assunto. Para ele, nada é sólido (2006, p. 84).

Apesar do despeito de Walter, a descrição casa bem com Ulrich de modo caricatural, casa com essa subjetividade à deriva, aberto às experimentações que o mundo moderno lhe parecia proporcionar. O problema da subjetividade moderna que se expressa em Ulrich está também nas grelhas de compreensão e reflexão, na falta de distinção de conteúdos, no fato de ele se entregar apaixonadamente à destruição de todas as qualidades do passado, na adesão otimista à marcha de seu tempo:

> Estou convencido de que estamos galopando! Ainda estamos longe dos objetivos, não nos aproximamos, nem os vemos, vamos nos perder ainda muitas vezes nessa cavalgada e ter de trocar de cavalos; mas um dia — depois de amanhã ou em dois mil anos — o horizonte vai começar a disparar ao nosso encontro, com um grande bramido! (2006, p. 242).

A essa teleologia positiva e irrefletida da história, exposta por Ulrich, Walter opõe a pergunta se ele quer que renunciemos a qualquer objetivo de vida. Mas "Ulrich perguntou-lhe para que precisava de sentido. Assim também se podia viver, na sua opinião" (2006, p. 242). A adesão à marcha moderna coloca a experimentação e o formalismo do *homem sem qualidades* em sintonia com uma espécie de realização do Espírito hegeliano, que não procura senão realizar-se na história, na forma de uma teleologia positiva segundo a qual existe no homem "uma atitude para a mudança, e mais precisamente, uma atitude para tornar-se melhor, mais perfeito: um impulso na direção da perfectibilidade" (HEGEL, 2007, p. 177)[11].

---

11. É essa mesma visão teleológica positiva que Kant expressará na sua *Resposta à pergunta "O que é Esclarecimento?"*.

Na discussão entre Ulrich e Walter, vem à tona a ideia da perda de sentido da vida depois que tudo estiver racionalizado. Diz Walter a Ulrich:

> Você tem razão ao dizer que hoje não há mais nada de sério, racional ou pelo menos compreensível. Mas por que não quer entender que essa crescente racionalidade que invade todas as coisas é culpada disso? Em todos os cérebros instalou-se o desejo de ser cada vez mais racional, de racionalizar a vida mais do que nunca, torná-la mais especializada; e, ao mesmo tempo, a incapacidade de imaginar o que será de nós quando tivermos tudo entendido, analisado, classificado, transformado em máquinas e normas. As coisas não podem continuar desse jeito (MUSIL, 2006, p. 245).

Como entender a contraposição entre "não há mais nada de sério, *racional*" e "essa crescente *racionalidade* é culpada disso"? Como a racionalidade pode acabar com o racional? Isso só é possível se distinguirmos a Razão moderna da razão como capacidade de reflexão, para ver que a Razão moderna é uma forma específica que ganhou na história a capacidade de raciocínio do ser humano. Se não entendermos assim, cairemos numa aporia que nos remete novamente à problemática que diz respeito ao lado obscuro da Razão: seu lado mercantil, que corrói paulatinamente a capacidade do pensamento transcendente. A observação interessante de Walter no trecho acima faz dele, no painel de Musil, mais uma subjetividade tensa, mas aqui a tensão se dá em forma crítica, talvez conservadora e cheia de *qualidades*, portanto contrária à experimentação de uma vida sem qualidades. De todo modo, Walter coloca na discussão a própria questão do sentido que parece não considerada por essa racionalização que pretende resolver todos os problemas humanos, inclusive de ordem relacional. Alguém poderia objetar que não caminhamos para essa racionalização da vida, mesmo com uma abertura subjetiva cada vez maior para acolher as quinquilharias que a razão técnica nos proporciona. Mas quase que ouvimos Walter perguntar "de que adiantaria a tecnologia descobrir formas inauditas de prolongamento da vida se a própria vida vem se tornando um peso sem sentido para muitas pessoas?".

Musil poderia ter escolhido para centro de seu romance o par Diotima e Arnheim, o que não teria trazido talvez nada de inovador em termos de romance, apesar de seus conflitos belamente descritos. Poderia ainda ter centrado sua trama mais no casal de empregados, os que mais sofrem com amarras concretas de uma dominação pessoal. Esse casal que tem uma bela relação no romance, o casal que passa ao largo de todas as empreitadas patrióticas e racionalizações dos "grandes homens", e que, mesmo temendo a repreensão de seus senhores, entregam-se um ao outro, mesmo com os esforços de resistirem em função do medo: "[...] ela acabou se descontrolando, e Solimão se esqueceu de sentir vergonha por ser desajeitado, e a louca tempestade do amor varreu a escuridão" (2006, p. 642). Mas não. Não é o conflito de amor de Diotima, nem sua ilusão com uma grandeza finda; não é o desejo de Bonadeia de transpor os limites de uma vida regrada, enquadrada e de aparência; não é o enquadramento rígido de Fischel ou Clementina; não é a estupidez caricatural do general; não é o conflito entre Walter e Clarissa. Não é o jovem representante do movimento antissemita. Poderíamos dizer que essas são temáticas de certo modo não estranhas à literatura, quando tratadas isoladamente. Nem mesmo pode-se dizer que a experimentação do *outro estado* que atinge o ápice no amor incestual ente Ulrich e Ágatha — experimentação que no fundo pode ser vista também como um sintoma do apagamento das distinções quando a sociedade mercantil se mostra ela mesma *sociedade sem qualidades* — seria uma temática que teria o mesmo peso sem todo o conjunto da obra que narra a rachadura do mundo tradicional.

Musil conseguiu algo de mais elevado. Conseguiu apreender, agarrar, no dizer de Jorge Coelho, "um desses momentos especiais [o alvorecer do século XX] onde tudo parecia perigosamente possível, tempo de transição, no início, somente percebido por poucos. [...] Uma atmosfera completamente nova, prenhe de possibilidades, irreversivelmente tão sedutora quanto assustadora [...]" (2013, p. 19). Se pudermos compará-lo a um grande pintor, arriscaremos dizer que ele criou um políptico crítico — realçando crise e crítica especificamente no seu tempo. Mas um políptico cuja unidade não é a narrativa em si, em termos de acontecimentos, mas a narrativa da crise de uma forma de sociedade e de uma forma de subjetividade tradicional que sofre rachaduras em contato com o movimento dinâmico moderno — que é o que fica em relevo. Nesse sentido, já a experimentação do *outro estado* e da *vida por hipótese* de Ulrich ganha sentido apenas no emaranhado desse políptico, ou seja, no próprio meio social em que passado e futuro se entrecruzam num presente que consome as subjetividades tradicionais para seguir adiante sobre novas bases.

A marcha moderna vai consumindo as subjetividades mais fincadas na tradição cheia de *qualidades*, também aquelas dispostas a se despojar de suas *qualidades* para seguir a marcha, e até mesmo aquela que representa a tentativa de criar, inventar, alcançar uma transcendência em relação a formas sociais que sufocam naquele tempo o desabrochar das múltiplas possibilidades do indivíduo – que é a tentativa malfadada de Ulrich. E essa crise, ironicamente o narrador relaciona com um desgaste "da coesão que apoiava o contentamento artificial das almas" (MUSIL, 2006, p. 562), e esse contentamento artificial ele diz ser uma espécie de "capital de giro do espírito". Seria mero acaso a comparação com o mundo da finança?

A *KaKânia* (a cidade ao mesmo tempo *Kaiserlich* e *Königlich*, ou seja, imperial e real) estaria em situação crítica porque já não tinha esse *capital de giro de vida*, tinha perdido "o prazer de viver, a crença em si mesmo e a capacidade de todos os estados civilizados de divulgarem a útil ilusão de que têm uma tarefa a cumprir" (2006, p. 563). Era um país inteligente, com pessoas cultas que faziam as atividades banais e, como as outras pessoas:

> liam e ouviam diariamente algumas dúzias de notícias que as deixavam de cabelo em pé e estavam dispostas a se irritar com elas, até interferir, mas não chegavam a fazê-lo, porque alguns minutos depois aquela excitação fora substituída por outras mais recentes. Como todas as demais, essas pessoas se sentiam envolvidas por assassinatos, homicídios, paixões, sacrifícios, grandeza, que corriam dentro de um novelo que se formara ao seu redor, mas não chegavam a participar dessas aventuras, porque estavam prisioneiras de algum escritório ou qualquer profissão; e quando se viam livres, à noite, aquela tensão com a qual não sabiam o que fazer explodia em diversões que não as divertiam em nada (2006, p, 563).

Talvez não estranhássemos se esse trecho que expressa o ambiente da crise da Kakânia estivesse nas reflexões de Adorno sobre a *Indústria Cultural* ou nas reflexões de Debord sobre o *espetáculo*. A crise que invade a Kakânia – que, mesmo tendo relação com um momento da história da Áustria, é uma cidade-alegoria, uma cidade-metáfora das tensões da vida moderna – deve-se ao ambiente criado pela encruzilhada em que se encontra. Ela não é o modelo de cidade superamericana, "onde todo mundo corre ou para com um cronômetro na mão". Onde "céu e terra formam um formigueiro varado pelos diversos andares de ruas sobrepostas". Onde "salta-se de um meio locomotor a outro nos pontos de junção, sem pensar, sugado e arrebatado pelo ritmo dos veículos [...]" (2006, p. 49). Kakânia ainda não é uma cidade em que "perguntas e respostas articulam-se como peças de máquina", onde cada pessoa "tem apenas tarefas determinadas, as profissões estão agrupadas em lugares certos, [onde] come-se em pleno movimento [...]" (2006, p. 49). O ritmo da Kakânia não é esse descrito pelo narrador em relação à ideia de uma cidade superamericana. Ela está num estágio menos avançado da marcha moderna, tem ainda pretensões mais lentas, apreciando o luxo sem necessariamente ser como Paris, não tendo ambições de ser potência econômica mundial, gastando muito com o exército, mas apenas para "continuar sendo a penúltima das grandes potências (2006, p. 51). Apesar de a Kakânia não seguir aquele modelo, pressente ter que, senão segui-lo à risca, tomá-lo como horizonte a ser seguido.

A modernidade vienense não é um modernismo triunfante e seguro de si mesmo. Conserva sempre presente o sentimento extremamente forte de uma perda, de uma decadência contra a qual se devia tentar reagir, de um mundo que desmorona e um futuro ainda vago. Os modernos vienenses se embrenham na via da modernidade com a consciência de uma *necessidade que sentem quase como uma fatalidade.* Raramente pensam em reduzir este mal-estar a um problema político e consideram a modernidade primeiramente em termos estéticos, éticos, psicológicos, filosóficos e sempre individualistas (LE RIDER, 1993, p. 41, grifos nossos).

O *homem sem qualidades* está imerso nesse meio do caminho em que uma pedra precisa ser inexoravelmente tirada para que o movimento do progresso possa passar, embora essa pedra signifique para ele os restos de sentido da vida tradicional que precisam ser superados. Para o *homem sem qualidades*, o problema de seu mundo não é tanto a racionalidade, mas as amarras do mundo tradicional — nesse sentido, sua preocupação é muito moderna. Claro que ele não deixa de ter razão ao escarnecer da risonha vontade dos sujeitos de se agarrar ao passado. Como diz Edmonde Roux: "A obra constrói um meticuloso inventário dos particularismos cacanianos, coisas engraçadas do meio militar, singularidades da administração", os modos e gestos velhos de um peso desmesurado do passado. "O próprio Ulrich é nomeado como Secretário de honra e colaborador voluntário de Sua Alteza o conde Leinsdorf, o que é engraçadíssimo" (1981, p. 182). Mas Ulrich quer responder aos impasses daquela Kakânia lançando-se de braços abertos na marcha moderna para explorar todas as possibilidades que o passado pretendia encerrar. Como já vimos, não deixa de ser uma postura de vanguarda na época.

Conforme explica Jacques Le Rider, o *homem sem qualidades* da Kakânia está imerso numa modernidade vienense. Embora atrasada em relação a outras potências, no tempo histórico de *O homem sem qualidades*, a Áustria estava passando por uma modernização tão rápida a partir dos anos 1870 que "teria finalmente atingido o mesmo nível que os outros grandes países da Europa em 1913" (LE RIDER, 1993, p. 31). Coincidentemente, é um dia do mesmo ano de 1913 que é descrito no começo do romance com sua descrição das condições meteorológicas e uma "mancha escura de transeuntes [que] formavam fios nevoentos" (MUSIL, 2006, p. 27): as massas modernas. Mas se a Áustria conseguiu esse desenvolvimento condensado, não foi por graças de uma "elite protestante portadora da modernização alemã", mas por ação de um "capitalismo de Estado" que "usufrui de incontestável popularidade", como explica Le Rider (1993, p. 33).

É a essa marcha que a chamada ação patriótica, de matiz conservadora, pretende se opor. Nesse sentido, é uma ação tão quixotesca, tão *ridícula* – para retomar a situação dos personagens de Molière – quanto ineficaz frente à força da modernidade, do processo modernizador para o qual a estrutura pesadamente passada da Kakânia era um entrave. E ela é ridícula não pela oposição em si, mas pela denegação total do quadro geral da sociedade que tem em seu subterrâneo a chegada de um novo tempo, um novo espírito, algo que a "corte" deslocada no tempo a discutir a *ação patriótica* não consegue ou não quer enxergar: "O mundo estava sendo abalado por uma série de acontecimentos, e quem, pelo fim do ano de 1913, estivesse bem informado, teria a imagem de um vulcão em ebulição, embora a pacífica atividade por toda parte sugerisse que não haveria novas erupções" (MUSIL, 2006, p. 412). Segundo Le Rider,

> A maior parte dos "modernos" vienenses compartilha do sentimento melancólico de Hofmannsthal, que declara em 1906: "A característica de nossa época é a ambiguidade e a indeterminação. Não pode apoiar-se senão em bases que afundam, sem perder a consciência de que tudo afunda ali onde as gerações anteriores acreditavam possuir embasamentos sólidos" (1993, p. 41).

Musil coloca Ulrich como oposição a esse espírito que vê decadência na rachadura desses embasamentos sólidos, nessas qualidades. O atributo *homem sem atributos* de Ulrich deve ser entendido no sentido lato. Ele pretende não estar pregado a nada. Pretende estar livre para aposta no futuro, por ver nos críticos da marcha moderna os partidários da tradição *enfôrmadora*. E muitos seguiram esse caminho da aposta no futuro, vendo na sociedade que atacavam como símbolo do arcaico, do passado. Lendo as aventuras do *homem sem qualidades* cem anos depois, podemos ver que cada geração que o sucedeu na vida capitalista foi tendo esse sentimento de estar apoiada em bases movediças, as mesmas bases que outrora forneciam possibilidades sólidas de subjetivação. A diferença é que a melancolia criadora que poderia surgir é em verdade diluída numa *euforia perpétua* (BRUCKNER, 2002), num pretenso dever de felicidade e gozo da vida, como veremos no último capítulo.

De qualquer modo, o *homem sem qualidades* do contexto histórico de Ulrich não teve como atravessar cem anos de dinâmica capitalista e de racionalidade sem desembocar numa indeterminação. Nesse sentido, o *sem qualidades* já não tem o potencial transcendente daquele momento. Pode tanto designar sem atributos nenhuns, como sem atributos construídos numa troca rica com o social, que já não possibilita essa troca senão em esferas cada vez mais marginais. A aposta de Musil com seu personagem Ulrich não se realizou. A experimentação no terreno do *outro estado* não tornou a vida mais rica de verdadeiras possibilidades. A tentativa de Ulrich de viver por hipótese, de abrir-se a várias possibilidades de enriquecimento só era possível porque ele mesmo carregava em sua subjetividade camadas da *sociedade de qualidades* que ele pretendia superar, da qual pretendia se despojar. Como diz Marthe Robert, "Ulrich ainda é abundantemente qualificável, ainda que seja sem qualidades. Tem um nome, uma família, um país, uma posição, relações, uma papel pessoal a desempenhar" (1981, p. 195). Dito de outro modo, tinha um mundo *de qualidades* a rachar. Quando é a própria sociedade mercantil que corrói paulatinamente todas as qualidades, o *homem sem qualidades* perde sua base de atrito com a realidade, base de seu tensionamento com o social. Sem um mundo *de qualidades* a atacar, ele vira átomo flutuante e se desintegra, pois contra que *qualidades* fixas do mundo ele vai reagir? Assim, cem anos depois, sua subjetividade flutua num terreno movediço, que o faz tatear em todo lugar em busca de algo que lhe dê uma substância, uma qualidade essencial. E é o universo mercantil, o mundo encantado das mercadorias que se abre como mundo de exploração das possibilidades. Um mundo em que o Ulrich contemporâneo pode se realizar plenamente como *homem sem qualidades*, sem atributos, porque aqueles que a mercadoria lhe promete são acidentais e intercambiáveis, indefiníveis — que dependem de indivíduos com uma estrutura subjetiva "coloidal". Ulrich, em certo sentido, parece ser o adulto em que se transformou *O Jovem Törless*, personagem do primeiro romance de Musil, que apresenta jovens vivendo confusamente seus sentimentos e seu estar no mundo num internato. Törless se sentia dilacerado entre dois mundos, o burguês, sólido, "no qual tudo acontecia de modo sensato e regrado, como estava habituado em casa", e um outro "aventuroso, sombrio, misterioso, sanguíneo" (MUSIL, 2003, p. 45).

Ao mesmo tempo, o contexto de *o homem sem qualidades* é herdeiro da *entronização* da mercadoria operada no século XIX e visível nas passagens parisienses e nas exposições universais, segundo Benjamin. É o tempo em que a mercadoria desenvolve um *sex-appeal* como se fosse orgânica, viva. A mercadoria deseja ser adorada (BENJAMIN, 2006, p. 45)[12]. Assim, esse contexto de crise da aurora do século XX na Kakânia advém também do desenvolvimento dessa entronização na vida social. A Razão instrumental e mercantil — ao mesmo tempo que criava ilusórias esperanças de progresso humano — causava tal transtorno na base social e subjetiva que "ninguém sabia exatamente o que acontecia; ninguém podia dizer se seria uma nova arte, um novo homem, uma nova moral, ou talvez uma alteração das camadas sociais". É esse o contexto que o narrador descreve como *revolução no espírito* que se expressa também no fato de que: "[...] por toda parte pessoas erguiam-se para combater as coisas antigas" (MUSIL, 2006, p. 76).

Por fim, a figura do narrador de Musil é central no romance. Ele é também a porta reflexiva, ele critica sutilmente a denegação da realidade de que dão mostras os personagens iludidos com grandes empreitadas embaçadas, num contexto de avançar da modernidade com seu aspecto destruidor e às vésperas de um acontecimento que é o primeiro de dois atos destrutivos que vão fundar a modernidade do século XX: a Primeira Guerra. Eis outro aspecto que torna a *ação patriótica* ridícula. Já não era mais possível afirmar uma identidade em trapos — o próprio antissemitismo que vemos sendo adubado no ro-

---

12. Evidentemente, essa visão de Benjamin sobre o fetichismo se distingue da que desenvolvemos com base em Marx — que via o fetichismo na própria produção. Benjamin aqui desenvolve as *manhas teológicas* da mercadoria como algo no nível da circulação, mas sabemos que esse inorgânico já defende seus direitos de cadáver na própria produção.

mance era reflexo da corrosão do passado pela marcha moderna, cujas consequências sociais, fruto de uma forma abstrata de organização da vida, não são normalmente vistas pelos indivíduos como consequência dessa abstração danosa e real, só podendo ser apreendidas pela projeção em determinados grupos sociais.

Assim, é preciso ver *O homem sem qualidades* como um romance também construído sob o esteio de um momento catastrófico,

> vivido na inconsciência e na irresponsabilidade, um ano antes da entrada da Áustria na guerra, e portanto, do fim de uma época, a começar pela do Império: 1913–1914. E é também a situação política, social, intelectual da Áustria, sua aparente capacidade para superar as diferenças e disparidades, sua consciência de si mesma e do que a separa da Alemanha, sua alma[...] (COMETTI, 2001, p. 74).

Em suma, no romance, vemos "inconsequências de uma época em relação à qual a Áustria não passava de um sintoma" (2001, p. 74). Nesse contexto de "inconsciência e irresponsabilidade", a chamada "Ação paralela", a invenção do romancista, não passa de uma tentativa "risível e patética" para substituir, por meio de uma ação narrativa de improviso, a improbabilidade "de toda e qualquer ação real, com a convicção ou pelo menos a esperança de que as ideias – a 'grande ideia' – darão à história, chegado o momento, o impulso que lhe falta, ao mesmo tempo que condena os indivíduos, tanto quanto os Estados ou as nações, a uma impotência sem remédio" (COMETTI, 2001, p. 67). No romance, a chamada ação heróica ou Paralela é sintoma de uma ausência de objetivo que preside a narrativa e serve de pano de fundo para os esforços de manter o mínimo de "experiência vivida sem a qual a noção mesma de indivíduo perderia seu sentido (2001, p. 103).

No antepenúltimo capítulo, é pelo personagem Lindner que o narrador traz à tona a temática do progresso. Em meio a dados acerca dos progressos materiais que o século XIX trouxera, o narrador põe em cena o caráter "pessimista" de Lindner frente às promessas de que o progresso material, industrial e comercial trariam um alargamento do espírito:

> O estudante Lindner, pálido e nada abundante, que chegava mesmo a sofrer fisicamente com o próprio crescimento, possuía uma repulsa instintiva por aquela confiança cega, aquela mania de prosperidade, aquele liberalismo fatidicamente alegre. [...] mas tanto maior a lucidez com que contemplava o outro lado da evolução, o apodrecimento de uma ideologia que, em nome da liberdade espiritual, colocara o livre-comércio à frente das atividades humanas, para abandonar então o livre espírito ao comércio livre; *e Lindner farejava a catástrofe espiritual que, de fato veio a acontecer. Essa crença no desastre em meio a um mundo satisfeito com seus progressos era a mais forte de suas qualidades* (p. 1250, grifos nossos).

O trecho em destaque é quase a divisa empunhada pela Teoria Crítica. Como não ver nesse trecho a explícita crítica da usura do pensamento crítico? O que significaria colocar o livre-comércio à frente das atividades humanas e deixar o livre espírito entregue ao comércio livre? Poderíamos também refazer a pergunta no mesmo tom: o que significa colocar de modo paulatino, mas contínuo, um ente vazio — o dinheiro em movimento, a mercadoria — como mediador das relações sociais senão abrir caminho para que as próprias relações sociais se tornem paulatinamente leves ou líquidas e sofram os efeitos da indistinção, desse vazio mediador? Parece que é essa qualidade de ver o *desastre* exatamente no momento em que o mundo se vê satisfeito com seus progressos que precisa ser reabilitado. Ou seja, a profundidade crítica não pode ficar esmaecida perante a aparência de uma marcha triunfal da modernidade capitalista e sua abundância de mercadorias — abundância de vazio.

Na obra, as reflexões do narrador merecem sempre atento olhar: crítico, irônico, mordaz, com tonalidades satíricas, ele expõe mais um espírito do tempo nos vários personagens do que um personagem-tipo simplesmente. O narrador parece muitas vezes um crítico entre o entusiasmo racional do *homem sem qualidades* e o pessimismo dos sujeitos voltados para as qualidades do passado. Mas nem Ulrich tem sucesso em sua empreitada de viver a vida por hipótese, nem as subjetividades calcadas nas *qualidades* fixas do passado conseguem resistir à força da marcha moderna. Nesse insucesso, Ulrich acaba se tornando *blasé* tão logo a própria marcha moderna corrói as qualidades que ele mesmo pretendia superar.

Esse sentido de *blasé*, o *blasement*, como já dissemos, não tem relação com o sentido corriqueiro de apatia ou inação. O sujeito *blasé* pode ser muito ativo. É um estado de espírito ligado ao dilaceramento da capacidade distintiva, seja em relação ao gosto, seja em relação à vida. O *blasement* está sempre ligado ao excesso de excitações — por exemplo, muitos temperos aleatórios em uma comida não permitem distinguir mais nenhum —, ao abuso de excitações que vão construindo uma subjetividade indiferente às emoções vivas, indiferente ao gosto. Tem relação com o sentido latino de *lanx satura*, prato excessivamente cheio de frutos que satura. Mas não satura a ponto de deixar o sujeito sem ação ou reação física. A sua inação se dá no terreno do pensamento mais exigente. Em suma, esse *blasement* é parente próximo da letargia.

Obviamente não caberia aqui relacionar esse estado subjetivo que encontramos em Ulrich diretamente com um caráter *blasé*. Parece ter ficado claro que lendo *O homem sem qualidades* em relação com sua época, trata-se de uma experimentação de ruptura com o mundo tradicional identificado com qualidades, caracteres coercitivos. Mas lendo *O homem sem qualidades* hoje, com Ulrich cem anos mais velho, é possível colocar sua postura sem atributos essenciais como em sintonia com o mundo daquele frente ao qual nada pode manter suas características próprias: o dinheiro. Evidentemente, a experimentação de Ulrich não tinha qualquer relação com o mundo mercantil, e também não estávamos ainda numa sociedade em que o consumo se revestia de aspectos de gozo e obturação subjetiva. Mas hoje, essa experimentação de um *mundo sem qualidades* leva a uma subjetividade *blasé*. Segundo Simmel, aquele que considera possível obter todos os bens bastante diferentes entre si por meio de uma quantia que os igualha, deve se tornar *blasé* — embora precise ser proativo para angariar riqueza vencendo os concorrentes à espreita. Isso pode ser dito também de qualquer conteúdo que pretenda operar uma abstração totalizante, como a ciência de que tanto gostava Ulrich. Vejamos o que diz Simmel (2009) do *blasé*:

> Enquanto o cínico [...] ainda tem capacidade de reação, embora com a perversidade de encontrar no movimento descendente dos valores um certo atrativo à vida, o *blasé*, conforme a esse conceito — que certamente nunca está realizado — é de fato incapaz de sentir diferenças de valores, para ele, todas as coisas estão banhadas de uma tonalidade uniformemente morna e acinzentada; [...] O que é decisivo nessa atitude, *não é a desva-*

lorização das coisas em geral, mas a indiferenciação frente a suas variações específicas, uma vez que é delas que rebenta precisamente toda a vivacidade do sentir e do querer, que é recusada ao *blasé* (p. 308, grifos nossos).

Poderíamos talvez dizer que o homem *blasé* é um outro nome para o homem sem qualidades tipicamente moderno, parente mais próximo do restolho de individualidade que algumas peças de Beckett trazem à cena. Mas quem é o homem sem qualidades do século XXI? Como se poderia escrever um *homem sem qualidades* na contemporaneidade? Com as tensões próprias à contemporaneidade? A subjetividade contemporânea estaria mais próxima da forma-sujeito burguesa ideal? São perguntas que tentaremos enfrentar mais à frente, junto de Beckett, porque a exploração das possibilidades na forma da escrita do romance de Musil, como grande canteiro de obras, parece vinculada a um momento histórico que, embora na catástrofe da guerra, ainda imagina uma aurora com novas possibilidades. Talvez Musil vivo, cem anos depois, desse contornos bem distintos ao *outro estado* e à *vida por hipótese* de Ulrich. Sendo os tensionamentos do *homem sem qualidades* do século XXI de outra ordem, não seria impossível imaginar o "dissecador da alma humana" escrevendo um romance em que a decadência não se dá mais pelo apego a um passado em ruína, mas pelo apego obsessivo em seguir em frente rumo a um futuro que já se apresenta como ruína. A decadência talvez fosse vista por ele como excesso de modernidade que já consome o futuro para manter a vida social mercantil presente. Quem sabe ele veria que a marcha moderna da vida social mercantil, ao se desdobrar, expressa na realidade uma crise do potencial crítico que a Razão instrumental-mercantil só aprofunda. Quem sabe também veria em ato a experiência do perecimento da cultura: "Mas uma cultura não pode perecer devido ao esgotamento de seu teor de espírito?" (1981a, p. 492). E assim, daria possivelmente razão a Kraus e sua sátira mordaz: "O progresso pode empreender de tudo, mas acho que não se revelará muito mais eficaz, quando tiverem lugar catástrofes do espírito, do que um geólogo num terremoto" (1993, p. 145). Se a razão não se despregar da Razão instrumental e mercantil, não se poderá acusar de apocalíptico quem vir se desenhar no horizonte uma mistura de catástrofes ambientais, sociais e do espírito.

Veremos à frente que a forma da exploração das possibilidades de Musil se distingue da forma do encerramento das possibilidades que é a forma estética da tautologia de Beckett. Mas antes tentemos refletir como a forma-sujeito burguesa aportou por nossas terras.

Forma-sujeito burguesa no Brasil: Entre *natureza* e *cultura*

> Contudo, do ponto de vista de sua estrutura econômica, o Brasil da metade do século XIX não diferia muito do que fora nos três séculos anteriores.
>
> CELSO FURTADO, *A formação econômica do Brasil*

> Quem percorre o Brasil de hoje fica muitas vezes surpreendido com aspectos que se imagina existirem nos nossos dias unicamente em livros de história; e se atentar um pouco para eles, verá que traduzem fatos profundos e não apenas reminiscências anacrônicas.
>
> CAIO PRADO JÚNIOR, *Formação do Brasil contemporâneo*

Como desenvolver um estudo em que se dá tamanho peso às vicissitudes da vida social concreta sem fazer algumas considerações sobre o solo concreto em se vive? Se tais vicissitudes se constituem muitas vezes em oposição muda ao desenvolvimento de uma vida social e subjetiva moderna? Não creio desinteressante ao propósito deste estudo fazer uma reflexão sobre como a forma-sujeito burguesa aterrou por essas plagas, sobretudo porque por aqui tais vicissitudes se mostram tanto mais emaranhadas num complexo de relações quanto mais inibidoras do florescer da vida social e subjetiva moderna. Adentrar por uma reflexão desse nível poderia nos levar a caminhos tortuosos e até nos desviar do leito escolhido para nossa empreitada, porque fazer considerações sobre a forma-sujeito burguesa em solo brasileiro implica também adentrar pelo terreno complexo da própria forma-social moderna por esses lados tropicais.

Começo, então, com a reminiscência de uma viagem ao sertão que talvez espante espíritos acostumados há tempos com a ideia de uma marcha moderna no Brasil.

Partiríamos à meia noite para aquelas terras que só através dos ralos relatos, principalmente de meu acabrunhado pai, desenhavam-se em minhas lembranças. Era ele quem me falava das viagens que fizera em criança com meu avô entre a serra e o sertão para negócios que muitas vezes não envolviam somas monetárias, embora fossem trocas de equivalentes. Saía com frutas, rapadura, farinha, e voltava com carneiro, vaca, queijo, dizia ele.

Ali no pau-de-arara, iríamos sentar ou deitar entre bananas e verduras serranas levadas para o sertão que parecia ainda mais distante naquele meio de transporte moderno e ao mesmo tempo de colorido tão arcaico, que faria as menos de 30 léguas que nos separavam parecerem mais esticadas. Mas o importante é que chegamos por volta das sete horas da manhã daquele julho em que o verde da estação chuvosa do início do ano já se pintava de tons acinzentados. A paisagem era triste, rude e só foi encontrar paralelo quando tempos depois me embrenhei pelos *Sertões* de Euclides da Cunha descrito como "meio ingrato", onde o sol "é o inimigo que é forçoso evitar, iludir ou combater" (CUNHA, 2009, p. 117). Do mesmo modo, os parentes tios mais velhos que conhecia ali não pareciam se afastar daquela descrição feita por Euclides de um sertanejo que esconde sua força e sua resistência numa "postura normalmente abatida", fazendo dele um "Hércules-Quasímodo" (2009, p. 207).

A chegada de cerca de 40 pessoas a um local de grandes extensões de terras e de poucas casas era um acontecimento. As pessoas acorriam de vários lados para ver, para perguntar, só para olhar, para espreitar aquela gente da cidade – que nem éramos. Enquanto isso, as conversas dentro das duas humildes e avarandadas casas, onde a maioria ficou instalada em redes por dentro e por fora, corriam soltas. Os mais velhos relembravam histórias de travessias de gado do sertão à serra, que enchiam de certa curiosidade quem disso nunca tinha ouvido falar. Outros combinavam pescarias, banhos no açude. Depois de um dia de reencontros, alegrias e combinações, chegara a noite. E o que fazer naquele pedaço de mundo cortado de todo o resto pela falta de eletricidade? As conversas e anedotas por entre as redes já se enchiam de intervalos quando alguém fala de um forró na casa de uma velha prima de nossa avó. Fomos para lá. Eu tinha 13 anos. Lembro-me bem porque até então nunca havia estado tão endinheirado como naquele momento em que dispunha daquela cédula de dinheiro novo, valendo cinco reais, recebida em troca de minha atividade de aguador de hortas.

Fomos ao forró. Dentre aquelas paredes de taipa, nada mais que uma dezena de casais dançavam ao som de uma radiola a pilha, enquanto a galhofa ocupava outro tanto. Não demorou e as pilhas não aguentaram o peso da sanfona de Luiz Gonzaga e acabaram a festa. Mas só até que alguém se propusesse a passar o açude de canoa e comprar na bodega as raiovaques novinhas para a festa poder retomar. Para nós, adolescentes que morávamos em Fortaleza ou mesmo na pequena cidade da serra, aquilo já aparecia como uma bela lembrança, mas pitoresca. Não passava pela cabeça de ninguém viver aquela rude vida — que muitos de nós até ridicularizávamos. Mas antes que o enfado de algum leitor venha a lembrar que não se trata aqui de um ensaio literário, resumamos a história para que apareça nosso objetivo.

Vamos à segunda viagem cinco anos depois. Nossa chegada foi uma festa. Pescarias, banhos, passeios de açude eram uma festa. Mas algo tinha mudado. Em grande parte das casas em que andamos: uma televisão, um aparelho de DVD, e um monte de gente esparramada em frente a artistas de todos os gostos. Na época, aquilo aparecia, para nós que tínhamos talvez também o mesmo hábito, como descaso com os parentes e conhecidos vindos de longe, como falta de atenção. Mais cinco anos depois dessa segunda viagem, misturado àqueles que tinham ainda atividades ligadas ao campo, via-se um séquito de adolescentes e adultos — para quem as rudes atividades de agricultura já não consistiam uma verdadeira atividade — vivendo em casas onde a aposentadoria rural fazia verdadeiros milagres. Inclusive o de dotar aqueles jovens de aparelhos impensáveis há bem pouco tempo num ambiente pouco monetarizado. A primeira viagem foi em 1994. Não participei de mais viagens além dessas três. Escuto os relatos dos meus tios que vão todos os anos e dizem entusiasmados que moto e celular é o que não falta. O que não impede que ainda haja certa atividade agropecuária, e que a vida continue dura e até rude.

Esse relato não visa partir de uma forma de vida aparentemente particular como forma de compreender o geral que certamente se dá sobre outras bases; também não visa uma crítica moral do consumismo daqueles que têm pouco acesso à riqueza mercantil, muito menos uma crítica aos moldes daqueles que criticam programas governamentais de divisão da riqueza mercantil. Nosso objetivo é muito mais colocar a situação nesses termos: se o atraso pode se constituir em vergonha, o progresso pode se constituir em desgraça, para parafrasear Roberto Schwarz. E mais do que isso, o relato é motivado e foi ativado na lembrança pela reflexão de Caio Prado Júnior, numa nota da introdução da sua *Formação do Brasil Contemporâneo*, na qual ele afirma ser uma viagem pelo Brasil muitas vezes "uma incursão pela história de um século e mais para trás. Disse-me certa vez um professor estrangeiro que invejava os historiadores brasileiros que podiam assistir pessoalmente às cenas mais vivas de seu passado" (2011, p. 11). Do mesmo modo, como teremos a oportunidade de ver, o desenvolvimento tardio de uma vida social mercantil no Brasil, e ainda sempre partindo dos centros nacionais mais adiantados oriundos da estrutura colonial, possibilitou à pessoa que percorresse o Brasil até bem pouco tempo — antes da difusão dos meios de comunicação de massificação mercantil — uma surpresa comparável à que sentiu Caio Prado em seu tempo perante aspectos que se poderiam imaginar "existirem nos nossos dias unicamente em livros de história"; embora atentando melhor se pudesse ver que traduziam "fatos profundos e não apenas reminiscências anacrônicas" (2011, p. 10).

Quando da chegada dos colonizadores, não havia por aqui uma sociedade com a qual a mentalidade mercantil dos exploradores da colônia pudesse tensionar. Os indígenas não constituíam essa forma de organização social que pudesse ser uma antítese para fazer avançar o empreendimento mercantil. Pelo contrário, eram em essência a sua própria negação, objetiva e subjetivamente, não por um alto padrão de elaboração crítica, mas porque a própria vida prática no geral se erigia como oposta àquela que viria a ser implantada de chofre nessas terras. O que havia aqui era uma relação muito próxima com a natureza. Os indígenas dessas terras, se pudermos nos fiar nas pesquisas de Gilberto Freire, partilhavam uma vida social rudimentar. Inclusive se comparados com povos originários de outras paragens da América Latina, os indígenas dessas terras constituíam as "populações mais rasteiras do continente" (FREYRE, 2003, p. 157).

E o choque que houve foi entre uma forma exploratória acachapante que tudo devora — um aspecto da acumulação primitiva representante da *Cultura* europeia — e a forma de vida de forte ligação com a *Natureza* e seus ritmos da terra. Dito de outro modo, o fetiche do indígena ainda era outro se comparado com o fetiche que movia os colonizadores e mercadores aventureiros. Desde o início, portanto, a forma de vida social e subjetiva desses povos foi simplesmente vencida, seja pela ideologia ambígua dos Jesuítas, seja pela força bruta dos que por aqui vinham buscar riqueza rápida, seja ainda por aqueles que queriam fundar sua riqueza na venda de indígenas, como os bandeirantes. Os íncolas não tinham como fazer frente ao movimento violento aportado da Europa. Sendo assim, ou foram escravizados ou foram mortos, ou incorporados, mas sempre sem se constituir como uma força que pudesse ter contribuído para o amadurecer de uma dialética de tensionamentos tendencialmente modernos. Porque tal dialética, por ser positiva, só tem como se mostrar como tal, dinâmica, se tanto *tese* quanto *antítese* contiverem, além dos elementos opostos, algo em comum que se conserve no momento da *síntese*, no momento da elevação. E entre os povos que aqui existiam e os que chegaram de súbito, quase nada em termos de organização social ou de subjetividade tinha traços comuns.

Significa dizer que o que veio a se chamar Brasil não foi um amadurecimento das relações existentes anteriormente nessas terras, um amadurecimento oriundo de tensões internas. Ao contrário, o conceito de Brasil está intimamente relacionado desde o começo à vitória violenta sobre os chamados povos originários que aqui forjaram sua vida social atrelada à natureza. Ou seja, a ideia de Brasil é desde o começo o de uma sociedade desterrada, implantada desde fora. As formas de organização social — a objetividade moderna — e as formas de vida subjetiva sempre chegaram aqui como padrões desde fora, impostos pela marcha do mundo externo sempre em patamar elevado se comparado com o ritmo interno.

Se não se pode, e os argumentos têm alicerce conceitual sólido, pintar o quadro de uma sociedade com resquícios feudais a serem superados (JÚNIOR, 2014), tampouco se pode falar — sob pena de recair numa generalização imprópria à compreensão da dinâmica moderna, portanto, imprópria ao rumo dialético da tese discutida aqui — de um capitalismo no Brasil desde a colônia — entendido como vida social. O fato de considerar a não existência lógica do feudalismo no Brasil não nos obriga a encampar encarniçadamente a tese da existência do capitalismo desde o princípio. Nesse sentido, parece haver outros aspectos e entrecruzamentos, não os mesmos que analisamos em relação à Europa, mas específicos à realidade brasileira. Significa dizer que este momento reflexivo dedicado ao Brasil parte do mesmo pressuposto crítico que me norteia desde o princípio: a forma-social capitalista tem uma lógica que se desdobra na história rumo a sua realização. Ou seja, não se pode simplesmente dizer que cada momento histórico é o nível de desenvolvimento possível para o capitalismo, com suas possíveis imperfeições. É preciso entender que o capitalismo tende a se desenvolver numa certa direção e sempre desenvolvendo seus pressupostos lógicos. Se é possível que ele se desenvolva, como no caso do Brasil, com alguns desses pressupostos meios mancos, sem que isso impeça que o país participe do movimento geral, não significa simplesmente que o capitalismo já tenha desenvolvido esses pressupostos a seu modo dentro das possibilidades. É preciso entender que muitas dessas ditas imperfeições do capitalismo, muitas das *ideias fora do lugar*, se dão pelas vicissitudes da vida concreta que impõem certas resistências mudas. Que não necessariamente impedem a marcha do todo, mas que deixam uma certa ranhura.

Nesse sentido, há sempre um descompasso entre a forma-sujeito burguesa nos lugares onde a lógica da mercadoria se estabelece como tendência à constituição de relações sociais, ou seja, como tendência a englobar o conjunto da sociedade e a tensionar no sentido de novas mentalidades, e a forma-sujeito burguesa em lugares onde o que é chamado de mercadoria não são senão produtos valorizados no mercado internacional, cuja produção não engendra uma dinâmica da qual possa germinar uma forma social ou subjetiva mercantil — que é o caso do Brasil. Mesmo a classe dos dirigentes da Economia de exportação só epidermicamente poderia aparentar uma mentalidade burguesa. Embora se relacionassem com o mundo exterior, a base de sua vida social e subjetiva — que lhe possibilitava se relacionar com o mundo exterior — não tinha nada das características do mundo exterior ao qual servia com sua produção. Portanto, há um aspecto aparentemente anódino considerado por Sérgio Buarque de Holanda, mas que ilustra a ideia de uma certa peculiaridade da forma-sujeito burguesa no Brasil. Ao analisar o momento da vinda da Corte para o Brasil, ele afirma que grande parte das pessoas que assumiram postos no serviço público provinham do microcosmo dos engenhos, e traziam a mentalidade rural para a cidade. Ou seja, o que seria a chamada burguesia urbana tinha uma mentalidade de Casa-grande. Para dizer sem meias-palavras, trata-se de uma burguesia urbana de improviso, o que é rico em consequências: "Estereotipada por longos anos de vida rural, a mentalidade de Casa-grande invadiu assim as cidades e conquistou todas as profissões, sem exclusão dos mais humildes" (HOLANDA, 2014, p. 103). E cita o conhecido caso do oficial de carpintaria que se vestia feito fidalgo, com sapatos de fivela e se recusava a portar as ferramentas, que entregava a um negro. O que salta aos olhos é a adaptação que precisa sofrer o aspecto interno em função do movimento externo, não do amadurecimento de tensões internas. Assim, não só a vida social objetiva teve sempre que se recuperar aos saltos diante do avançar da marcha moderna, também do ponto de vista da subjetividade foi preciso sempre um movimento de recuperação do "atraso" aos saltos. O que não deixa de criar essas incongruências. Esses saltos de amadurecimento forçado e sempre epidérmicos também fazem parte dos ingredientes do caldo que faz a especificidade da forma-social e da forma-sujeito burguesas brasileiras num primeiro momento, antes do século XX e até depois.

Se o processo de desenvolvimento das relações sociais burguesas e da forma de subjetividade burguesa coincide normalmente na Europa com a primazia das cidades sobre o campo, já que, em tempos modernos, os produtores, mercadores, a burguesia mercantil, morava nas cidades, no Brasil era o campo que dominava sobre a cidade e o que ela traz de moderno, objetiva e subjetivamente. Mesmo quando a vida urbana ganha certa dinâmica, a vida na cidade comparada com a do campo parecia ainda frágil. Sérgio Buarque cita o caso do Rio de Janeiro que é descrito em 1767 como "só habitado de oficiais mecânicos, pescadores, marinheiros, mulatos, pretos, boçais e nus, e alguns homens de negócios" (2014, p. 108). Foram necessárias várias gerações até que se chegasse a uma espécie de burguesia mais moderna — algo vislumbrável apenas no século XX —, citadina, embora ainda não totalmente despojada de muitos hábitos da Casa-grande.

O que caracterizaria a formação brasileira seria, assim, a falta de bases estáveis para a constituição de uma vida social em termos mercantis. Ora, da implantação da empresa de exploração colonial ao seu fim, quatro séculos depois, não foi o amadurecimento tenso das relações internas que levou o país a se posicionar perante a marcha do mundo. Sempre as condições de mudança foram amadurecidas desde fora e implantadas aqui dentro. Essa espécie de desterramento que chamo de mercantil deitou raízes durante muito tempo e é ressaltado por Sérgio Buarque já na primeira frase de suas *Raízes do Brasil*:

> A tentantiva de implantação da cultura europeia em extenso território, dotado de condições naturais, senão adversas, largamente estranhas à sua tradição milenar, é, nas origens da sociedade brasileira, o fato dominante e mais rico em consequências. Trazendo de países distantes nossas formas de convívio, nossas instituições, nossas ideias, e timbrando em manter tudo isso em ambiente muitas vezes desfavorável e hostil, somos ainda hoje uns desterrados em nossa terra (2014, p. 35).

Não deverá transparecer na abordagem apresentada aqui qualquer lamento pela falta de dinâmica interna, como é próprio dos *intérpretes do Brasil* – fato já abordado por Marildo Menegat (2011). O que interessa não é fazer uma análise crítica dessa falta de dinâmica interna para fundamentar a possibilidade de resolução desse estado de coisas, para resolver as imperfeições do capitalismo brasileiro, como foi a *Teoria do subdesenvolvimento* representada no Brasil sobretudo por Celso Furtado. Antes de tudo, trata-se de perseguir a reflexão de que essa "atonia econômica" interna foi preponderante para o não surgimento de uma dinâmica realmente mercantil internamente – o que evidentemente trouxe consequência para a formação subjetiva moderna. Como esse não-surgimento não foi uma escolha de sujeitos conscientes muito desejosos de uma organização social superior, mas uma circunstância histórica inconsciente com consequências igualmente funestas, também não cabe regozijo.

A maior parte da população vivendo por essas terras, por mais de 4 séculos, sempre teve uma mentalidade destoante de qualquer conceito de forma-sujeito burguesa, uma forma de subjetividade de que nem mesmo os grandes produtores e investidores eram embebidos. Sérgio Buarque descreve de modo interessante essa subjetividade do explorador da Colônia, esse português de espírito marcado por um "gosto desordenado e imprevidente da pecúnia", mas em cuja mentalidade não se pode discernir qualquer germe do espírito capitalista. Isso porque, para o autor

> A simples ganância, o amor às riquezas acumuladas à custa de outrem, principalmente de estranhos, pertence, em verdade, a todas as épocas e não caracteriza a mentalidade capitalista se

desacompanhada de certas virtudes econômicas que tendam a contribuir decisivamente para a racionalização dos negócios (HOLANDA, 2014, p. 161).

Apesar de certo tom naturalizador do "amor às riquezas acumuladas à custa de outrem", o trecho vai direto ao ponto do que em verdade constituía a subjetividade dos colonos em geral vindos para o Brasil. O próprio Schwarz cita um trecho de obra de Fernando Henrique que vai de encontro à ideia de um germe de subjetividade burguesa entre a classe dos dirigentes da empresa mercantil colonial, os latifundiários. Ele diz que não há o cuidado tipicamente moderno de economizar tempo. Ao contrário, "é preciso espichá-lo, a fim de encher e disciplinar o dia do escravo". Como já dissemos em outra parte, o que caracteriza uma consciência burguesa ou um raciocínio de um sujeito burguês não é somente a ânsia pelo lucro que é algo bem antigo. É preciso que essa forma de subjetividade venha acompanhada de um contexto de corolários sociais que impulsionem, em vez de inibir, o desenvolvimento paulatino e contínuo de uma vida social mercantil. Os senhores da Economia brasileira, até o século XIX, pouco tinham de reflexo burguês além da sede de lucro. Ao que parece, o lucro era o que os movia, o que lhes dava poder e riqueza, explorando o máximo possível com vistas ao mercado externo, sem que seus raciocínios passassem além disso. Quanto à mentalidade, eram extremamente "tradicionais", nada neles apontava para uma dialética da subjetividade do tipo burguesa. Tratava-se de uma forma de subjetividade que encarava a terra como lugar de pilhagem de riqueza, uma forma de pensar que se manteve arraigada por muito tempo — não só entre as classes abocanhadoras da riqueza mercantil –, sem que ainda hoje se possa dizer superado.

E a formação do Brasil sempre foi permeada pela extração do que quer que fosse possível para vender e render dividendos à Coroa e ao colono, mas nunca construir o que pudesse dar certa estabilidade às relações, é a constatação frequente entre os historiadores. O sentimento sempre foi o de que ninguém está a salvo, de que é melhor apoiar-se em quem tem poder, em algum padrinho. E que, se tiver a chance de derrubar alguém, derrube-o antes que ele o faça. As relações aqui nascidas sempre foram a de desconfiança, portanto, em que os sujeitos estavam sempre à espreita, atentos ao que pudesse ser um bote fatal, fosse da estrutura de organização, fosse dos próprios habitantes. Essa instabilidade das relações – que é possível chamar de relações sociais à beira do abismo – fez com que essa terra sempre fosse tudo menos algo a ser construído, mas sempre uma terra a ser explorada. Um aspecto que certamente contribuiu para que as relações mercantis enquanto sistema não fincassem suas bases, mas também para que mais tarde esse aspecto revestisse as relações mercantis do Brasil moderno. O espírito do português, "do colono recém-vindo", conforme citação do Marquês de Lavradio feita por Caio Prado, "mesmo quando lavrador no reino", é de não pensar "em outra coisa senão em mercancia" (2011, p. 92). Evidentemente a mercancia que povoa o pensamento desse português em busca de riqueza fácil é um objeto de comércio e não se confunde com o aspecto conceitual moderno de mercadoria – pelo menos em termos de relações internas. Porque entre os aspectos que explicam a demora da superação das *manifestações capitalistas* na Colônia em proveito de uma forma-social capitalista ou moderna estão tanto a forma da colonização quanto o próprio nível de desenvolvimento da forma-social capitalista na Metrópole. Uma das razões portanto que ajudam a entender o desenvolvimento mercantil endógeno, no caso do Brasil, está em certa medida em Portugal mesma — onde tampouco tais relações eram bastante desenvolvidas. Sem desenvolver sua manufatura devido à sua relação com a Inglaterra, Portugal estava totalmente desarmada na Revolução Industrial, sem uma base que pudesse sofrer uma *revolução*, pois nem os rudimentos de uma indústria nacional existiam. Seguindo Furtado: "A inexistência desse núcleo manufatureiro, na etapa em que se transformam as técnicas de produção [...] é que valeu a Portugal a dependência agrícola da Inglaterra" (FURTADO, 2007, p. 129).

Ainda no século XIX, quando vários países europeus já vinham passando por séculos de tensionamento entre as formas de vida social moderna — fundadas no movimento do dinheiro — e as formas mais arcaicas ligadas à vida social e subjetiva fundadas no caráter simbólico-religioso, o Brasil vivia uma mescla muito mais profunda entre aspectos arcaicos e modernos. Porque aqui não havia contraposição. Enquanto o mundo virado para fora pôde sobreviver secularmente estabelecendo relações mercantis sobre a base de uma economia interna não-mercantil, não parecia haver incongruência. Mas quando o capitalismo mundial da segunda metade do século XIX alcança uma dinâmica sem precedentes e aumenta o ritmo de sua marcha sobre o mundo, após passar pela Revolução Industrial, a estrutura de seu fornecedor de produtos primários aparece como incompatível: tornara-se impossível manter a cisão entre os dois mundos econômicos que tinham se cindido na Colônia e inibido o surgimento de uma dinâmica interna das relações mercantis. Assim, embora a impropriedade do pensamento liberal no Brasil tenha se mostrado no 2º Reinado, como diz Schwarz (2012, p. 12), não era fruto, como ele afirma, de uma "dependência global" que nos obrigava "a pensar em categorias impróprias" (2012, p. 36), mas de uma secular história interna cindida da verdadeira Economia e à margem da marcha moderna em termos objetivos e subjetivos. Era o indício de que a estrutura social não poderia mais funcionar sobre a base de uma cisão entre uma *Economia* importante em termos mercantis, e uma *economia* subsidiária na qual não repercute economicamente aquela Economia no sentido de criar as bases de uma dinâmica interna. Somente amalgamando as duas esferas, num esforço de acabar com essa cisão, seria possível fazer germinar uma vida social minimamente moderna: e o fim da escravidão e o desenvolvimento de uma força de trabalho formalmente livre eram o ponto nodal, sem o qual não há como haver dinâmica mercantil dentro do país.

Mas as *ideias fora do lugar* não são apenas uma desfaçatez de uma classe no Brasil. Assim como os atrasos que Schwarz viu convivendo com o moderno no ensaio *A carroça, o bonde e o poeta modernista.* Trata-se de fato de sintomas de um país onde o entrecruzamento objetivo e subjetivo não tiveram lugar senão tardiamente e de modo forçado desde fora. O país sempre foi arrastando esses arcaísmos misturados com um timbre moderno. Porque a falta de um sistema, ou seja, o fato de sempre ter sido uma elite a viver a *Economia* – enquanto escravos ou homens livres viviam no entorno dessa economia – não era propício à germinação de uma dinâmica social moderna. Por isso, é por demais geral dizer que "tanto a eternidade das relações sociais de base quanto a lepidez ideológica das 'elites'"(SCHWARZ, 2012, p. 25) faziam parte do quadro do capitalismo. Como pude afirmar acima, não se pode resolver a questão apenas argumentando que o capitalismo é assim mesmo, tem essas disfunções, e a cada momento histórico aparece com a face possível. A questão é que ele não existia enquanto tal. É preciso adentrar pela forma como o conjunto da vida social interna se posicionava perante o capitalismo e não somente a *Economia* voltada para fora. A questão não era só de dependência, mas de descompasso em relação ao fundamento lógico da vida moderna, objetiva e subjetivamente. Dito com outras palavras, a questão é de descompasso em relação à forma-social e a forma-sujeito burguesas. Se há descompasso, é porque há um *ideal* para essas formas.

O momento das *ideias fora do lugar*, a segunda metade do século XIX, foi o momento em que o fundamento da *Economia* até ali, a produção de bens coloniais com trabalho escravo, precisava deixar de ser o fundamento, sob pena de uma vida social interna em termos mercantis não ganhar impulso. Assim, diferentemente do que pensam autores como Caio Prado e Celso Furtado, a chave para entender o Brasil contemporâneo não está no Brasil colônia — a não ser que se queira reduzir o quadro aos resquícios escravocratas e ao latifúndio. Porque, como veremos, ali não havia uma organicidade interna minimamente mercantil da qual pudesse amadurecer uma dinâmica mercantil que daria a chave para a compreensão de sua evolução séculos depois. Porque o processo de entrada do Brasil na marcha moderna, cujo aspecto marcante é o fim da escravidão e o advento de uma classe formalmente livre, não foi um mero desabrochar daquilo que estava nas estruturas dos séculos da colonização. Foi literalmente uma revolução imposta desde fora, pois o que era o fundamento do empreendimento colonial — notadamente o latifúndio, o poder senhorial a ele atrelado e a escravidão – passou a ser uma característica acessória e culturalmente importante, mas de outro fundamento: o mercantil, sem cuja dinâmica não era possível criar uma vida social capitalista enquanto sistema interno.

Mas essa troca de fundamentos não foi como uma troca de governos. Também foi paulatina e encontrou resistências nas subjetividades do tempo. Como relata Celso Furtado, o sistema escravista era caracterizado pela grande estabilidade estrutural, algo secular. Sua abolição era vista como uma hecatombe social, já que "o escravo era uma riqueza e que a abolição da escravatura acarretaria o empobrecimento do setor da população que era responsável pela criação da riqueza do país" (FURTADO, 2007, p. 199).

Ou seja, as *ideias fora do lugar* de certo modo não evitaram que o Brasil seguisse com seu espaço no mercado mundial e só lentamente amadurecesse relações sociais capitalistas. O que faz pensar que mesmo as observações de Schwarz sobre as *ideias fora do lugar* parecem se referir às zonas urbanas mais desenvolvidas do país. Ou seja, as impropriedades da forma de vida burguesa em solo brasileiro só apareciam numa parte minúscula se comparada com o restante do país onde tal incongruência nem mesmo se mostrava. Significa com isso dizer que a maioria da população na época vivia uma forma de vida social em que esse descompasso palpável não aparecia. Essa tensão só poderia aparecer nos locais onde as tensões modernas bem ou mal germinavam, e essas tensões só poderiam germinar em locais onde houve bem ou mal um desenvolvimento forte em termos econômicos, inclusive em termos de comércio, e de uma intelectualidade preocupada com a fundação nacional.

De todo modo, a situação artificial continuava: era como se o Brasil fosse um país moderno por vender "mercadorias", mas ao mesmo tempo um país de outro tempo por sua base produtiva calcada na escravidão e suas relações sociais baseadas na pessoalidade e no favor, "nossa mediação quase universal" (SCHWARZ, 2012, p. 18), e não na impessoalidade das relações modernas mediadas pela mão invisível. Nesse sentido, seguindo Schwarz, o Brasil com essas características se colocava fora do mundo dito *esclarecido* — embora ao mesmo tempo estivesse dentro.

A DINÂMICA DA HISTÓRIA BRASILEIRA E OS GERMES MERCANTIS

É muito comum ao se ler os autores que se dedicam à era do Brasil colonial a denúncia da forma econômica da colônia como exploratória e centrada somente no mercado exterior, assentada no trabalho escravo do negro e na escravização e dizimação dos índios. Caio Prado — mas também Celso Furtado e Sérgio Buarque — insiste no fato de que havia um objetivo explícito na colônia e não se podia fugir desse objetivo exploratório de enviar à Metrópole toda e qualquer riqueza produzida ou extraída. O próprio povoamento, a subsistência e a organização jurídico-política da colônia deviam se submeter ao objetivo maior. Ninguém dirá ser incorreta tal abordagem crítica. No entanto, salta aos olhos o fato de os três autores citados não abordarem minimamente como poderia ter sido a colonização senão com exemplos da colonização de povoação da América do Norte, como se fosse o exemplo correto de colonização. Dito de outro modo, os autores em suas abordagens não transmitem nem nas entrelinhas o tensionamento citado por Schwarz que era comum na literatura russa: "o progresso é uma desgraça e o atraso é uma vergonha" (2012, p. 28). Não. Sobressai-se muito mais nas principais obras dos três autores a ideia de que o atraso combinado com surtos de progresso são uma vergonha, mas que a civilização moderna é quem pode corrigir tal impropriedade. Evidentemente, tendo em vista a filiação desses autores com um certo marxismo de feições tradicionais e seu contexto histórico, é possível compreender. Mas isso não os imuniza da crítica. Não está implícito, sobretudo em Caio Prado e Celso Furtado, somente que a forma de colonização dos EUA ou em outras colônias de povoamento é a mais correta, mas também uma adesão à marcha moderna, criticada sobretudo no que ela tem de extorsiva e desigual, e não em seus próprios fundamentos. Nesse sentido, perguntará o leitor porque tais autores servem de base para um estudo que pretende seguir um caminho tão distinto de suas abordagens. A questão é que tais autores, nas suas pesquisas históricas, expõem elementos que possibilitam fazer uma reflexão para além da reflexão que eles mesmos fazem. Se, para eles, o atraso brasileiro é fruto da época colonial e algo a ser superado desenvolvendo aquilo em relação a qual o atraso se faz sentir, para nós, esse atraso é signo das vicissitudes típicas da colonização que dificultam o desenvolvimento das relações mercantis internamente, enquanto sistema, e não necessariamente algo a ser superado por meio do desenvolvimento das próprias relações mercantis, encaradas aprioristicamente como positivas se bem direcionadas no rumo do progresso.

Dito isso, não é preciso fazer longas incursões para discutir os *sentidos da colonização* fundada na grande propriedade, no trabalho escravo e na monocultura, temática que se encontra discutida longamente não só na *Formação do Brasil contemporâneo*, como na *Formação econômica do Brasil*. Basta termos em vista que:

> Se vamos à essência de nossa formação, veremos que na realidade nos constituímos para fornecer açúcar, tabaco, alguns outros gêneros; mais tarde ouro e diamantes; depois, algodão, e em seguida café, para o comércio europeu. Nada mais que isso. É com tal objetivo, objetivo exterior, voltado para fora do país e sem atenção a considerações que não fossem o interesse daquele comércio, que se organizarão a sociedade e a economia brasileiras... Virá o branco europeu para especular, realizar um negócio [...] (JÚNIOR, 2011, p. 29).

O que importa reter do trecho é o aspecto do "objetivo exterior" em detrimento de qualquer objetivo interno. Resumindo, portanto, nos termos de Caio Prado, o caráter da economia brasileira colonial é de "empresa mercantil exploradora dos trópicos e voltada inteiramente para o comércio internacional" (2011, p. 248). Caracterizar a empreitada colonizadora como "empresa mercantil exploradora dos trópicos" não autoriza a interpretar a forma de organização interna nem como sistema mercantil, nem como capitalismo, muito menos pintar os colonos para aqui vindos como protótipos de sujeitos burgueses.

Ora, o capitalismo deve ser apreendido como uma forma de vida social que tende à totalidade, não como trocas econômicas com o objetivo de lucro que, como já vimos, não é o parâmetro distintivo do capitalismo em relação a outras formas de sociedade. Somente o fato de considerá-lo como forma de vida social já exige uma abordagem que não encare a economia como um fenômeno à parte, com esfera separada da vida social. Ao contrário, a economia na modernidade não é uma esfera separada, mas a esfera que se imiscui nas outras criando um complexo de fenômenos sociais e subjetivos que ganham necessariamente viço no seio social tão logo encontrem o germe da dinâmica moderna. Ao entender o capitalismo como uma forma-social dinâmica, que parte de um *a priori* abstrato — ou seja, moldar a vida social e subjetiva à imagem e semelhança das relações mercantis para que estas transcorram como por *natureza* — que busca realizar-se na história, é preciso refletir como essa dinâmica se desdobra no terreno histórico, seus embates com a vida social concreta, que oferece resistências mudas, de circunstância, mais do que escolhidas conscientemente. Ou seja, é preciso levar em conta as especificidades dessa forma-social quando não se apresenta com suas categorias germinadas ou plenamente maduras, não para encampar um individualismo metodológico, não para tentar refletir sobre o geral a partir do particular, quando em termos modernos é o contrário mais fértil proceder. Mas porque, ao que parece, uma análise que parte do caráter geral, da linha mestra para entender o particular, que seria índice desse geral, precisa também abrir os olhos para ver em que medida esse caráter geral que está em marcha no mundo se manifesta nas entranhas do caso particular. Do contrário, podemos confiar demasiado na afirmação abstrata e generalizante de que o particular é sempre índice do geral na modernidade e esquecer a riqueza das particularidades no embate mudo com o geral. No caso do Brasil, especificamente até o século XIX, o geral entendido como marcha inexorável rumo ao moderno não parece dizer muito sobre o particular em termos das relações concretas e cotidianas. Não é que no Brasil não repercutem as consequências de um capitalismo mundial em desenvolvimento, já que a evidência óbvia é o próprio trabalho escravo dos negros, que se opõe conceitualmente ao capitalismo, mas que serviu bem à sua própria marcha num estágio de seu desenvolvimento. E a escravização de indígenas e negros — consequência direta da submissão da Colônia ao comércio ampliado de produtos no mercado mundial e à implantação da marcha do capital nos países de vanguarda — não é pouca coisa, ou algo a ser relativizado. Ou seja, há uma série de repercussões na vida sobretudo dos mais desamparados, como por exemplo a carestia e a fome que reinavam quando do aumento dos preços dos produtos de exportação que exigiam mais terras de cultivo. Houve até mesmo leis nos séculos XVII e XVIII para obrigar que parte da lavoura abrigasse roças de víveres, principalmente de mandioca. Inclusive os traficantes de negros deveriam ter plantações para dar mandioca a suas mercadorias. Nem sempre a lei era seguida, ainda mais quando os preços das exportações exigiam que se concentrasse na produção do que ia ser exportado.

O que deve nos ocupar agora é a questão de saber se essa grande *Economia* repercutiu internamente no sentido de fazer germinarem relações mercantis com dinâmica própria. Isso não pode ser confundido com uma discussão sobre o atraso em relação ao centro, uma obviedade já refletida pelo intérpretes do Brasil. Não se trata simplesmente de atraso, porque atraso pressupõe que haja uma partilha das mesmas bases e, no caso do Brasil colônia, parece inexistir o germe mesmo que pudesse apontar para uma dinâmica posterior em termos capitalistas. Ao que parece, a exploração da grande lavoura no Brasil, ou as outras empresas de exploração dos trópicos, não podem nem mesmo ser comparadas aos sistemas de exploração da mão-de-obra nas primeiras manufaturas de tecido nos Flandres no século XIII, citadas por Moishe Postone (2009) como fundamentais para a mudança de mentalidade na

Europa. Embora aqui como ali o investidor investisse uma soma de dinheiro num produto — aqui a cana-de-açúcar, ali o tecido — sobre o qual queria ganhar uma soma maior no fim — o colono sobre a terra e a força de trabalho do escravo, o mercador sobre a atividade manufatureira dos operários —, as consequências são distintas. Nem um dos dois processos estavam incluídos necessariamente dentro de um contexto capitalista generalizado. No caso europeu, embora o desenvolvimento das manufaturas de tecido naquela região tenha trazido mudanças significativas na temporalidade que passava de concreta e guiada pelas horas canônicas, para abstratas e guiadas pelo relógio da produção, na época a generalidade social não se guiava por tais relações, que acabavam ficando restritas a determinadas partes ou cidades. Mas há uma diferença fundamental em relação à nossa Colônia. Ali, tanto os mercadores que encomendavam seus tecidos tinham seus lucros, quanto os operários recebiam uma remuneração monetária. Aqui, o colono dirigente da produção para o mercado externo embolsará seus lucros, mas nenhuma parte monetária desse processo vai alimentar qualquer germe de uma dinâmica mercantil no interior da Colônia. Nem mesmo em pequenos nichos tal relação salarial se estabeleceu consideravelmente. Ou seja, embora nem uma das duas experiências façam parte de um sistema mercantil mundializado — lembremos que não menos que dois séculos separam as duas experiências em exemplo —, na região produtora de tecido, vai nascer o germe de uma dinâmica interna de onde vai germinar uma subjetividade burguesa, o germe de relações mercantis que tenderão a tensionar paulatinamente com as formas tidas por arcaicas.

O fundamental portanto aqui é perseguir a questão de saber em que medida esse quadro brasileiro em termos das relações sociais internas desenvolviam uma forma-social e subjetiva capitalista ou moderna, ou mesmo continham um embrião do qual pudesse surgir uma dinâmica moderna. Dito de outro modo, eis a pergunta que nos ocupa nesse momento de nossa reflexão: não haveria outras relações internas, distintas daquelas chamadas capitalistas que se creem muitas vezes ver aqui desenhadas desde o berço da colonização?

Caio Prado Júnior é intelectual avisado. Sua análise dos aspectos fundamentais que caracterizam a colonização brasileira – que vai ao encontro das análises de outros autores como Celso Furtado em sua *Formação econômica do Brasil* –, bem como a polêmica por ele aberta acerca da inexistência de feudalismo no Brasil parecem demonstrar profundidade e ao mesmo tempo lucidez para não se deixar ofuscar por categorias histórico-conceituais que podem se apresentar em determinados momentos históricos e em determinados locais, mas que não necessariamente se apresentam em outros. Mas essa profundidade e essa lucidez do grande intelectual brasileiro não o deixam imune a uma espécie de teleologia da história brasileira cujo começo ele encontra nos primeiros tempos da colonização e que prossegue seu curso pelo menos até o tempo que lhe foi contemporâneo. Uma tal teleologia, somente possível em sociedades que contêm internamente ao menos o germe de uma dinâmica interna, mostra em verdade um certo ofuscamento em relação às categorias capitalistas. O interessante é que ele traça tal teleologia sem necessariamente afirmar que na Colônia já havia um sistema econômico interno orgânico. O que não impede Caio Prado de ver na *formação do Brasil contemporâneo* do início do século XIX o momento "em que os elementos constitutivos de nossa nacionalidade — instituições fundamentais e energias —, organizados e acumulados desde o início da colonização, desabrocham e se completam" (JÚNIOR, 2011, p. 7–8). Ora, para que os elementos da nacionalidade "desabrochem" e se "completem", é necessário que já estejam em germe durante os séculos de colonização. Evidentemente, esses elementos da nacionalidade a que se refere o autor não dizem respeito a questões de ordem estritamente culturais, mas ao sentido mesmo de uma sociedade brasileira em sentido bastante amplo e à sua posição perante o mundo moderno. Poderíamos, portanto, entender pelas considerações de Caio Prado que o germe da forma como a sociedade brasileira se apresenta e se posiciona na marcha do mundo moderno já estava no início da colonização e de seus objetivos. O teor dessa afirmação não deixa de aparecer como no mínimo ambígua, o que pode levar a entender que: 1) o Brasil desde o início da colonização teve instituições arcaicas de organização e exploração sempre misturadas ao capitalismo e à forma-sujeito burguesa ou a seus germes e que essa mistura cimentou a formação do Brasil até os dias atuais; e que 2) somente o Brasil contemporâneo — entendido como o do século XIX — começou a desenvolver relações capitalistas, tendentes a modernas, uma forma-sujeito burguesa, mas sempre com fundamentos arcaicos coloniais que sustentavam esse impulso moderno. O autor assume grosso modo a primeira via, o que não o impede de, em alguns momentos e involuntariamente, parecer assumir a segunda posição, sobretudo com sua insistência na "atonia econômica" e na inorganicidade de uma economia interna, sem cuja superação qualquer outro problema do país não seria solucionado, segundo ele. De todo modo, ele busca a formação do Brasil na primeira via da ambiguidade, traçando uma linha evolutiva desde o Brasil Colônia até o seu tempo, como se o futuro do desenvolvimento do capitalismo no Brasil — porque é disso que se trata — já estivesse contido no primeiro impulso do que ele próprio chama de "simples empresas comerciais" (2011, p. 17).

Quando Caio Prado, no início da obra, numa discussão acerca dos aspectos metodológicos de sua rica pesquisa, considera que "todo povo tem na sua evolução, vista à distância, um certo 'sentido'"(2011, p. 15), pode-se notar um tom transhistoricista que se coaduna com o movimento geral de sua *Formação do Brasil contemporâneo*, onde não há uma análise acerca da especificidade do advento da modernidade, o que faz com que a afirmação acima deixe a entender que a evolução de todas as sociedades no fundo tem um sentido e que a sociedade colonial brasileira também tem um sentido em sua evolução, um sentido que "se percebe não nos pormenores de sua história, mas no conjunto dos fatos e acontecimentos essenciais que a constituem num largo período de tempo" (2011, p. 15). Mas e se, no caso de uma análise do desenvolvimento de relações mercantis e de uma forma de subjetividade burguesa dentro do Brasil, e não somente no caso de uma análise acerca da existência de uma *Economia* virada para o mundo exterior, "os pormenores da história" tiverem um sentido dissonante em relação ao "conjunto dos fatos e acontecimentos essenciais"? Ou: e se os "pormenores da história" e os "acontecimentos essenciais" formarem duas esferas tão imbricadas quanto cindidas? Imbricadas, já que a vida social interna era submetida ao ritmo da produção em larga escala para o mercado externo, e cindidas, quando se trata da vida social interna que parece muito mais guiada pelo ritmo de uma "atonia econômica" — que não deve ser entendida como simples atraso em relação ao centro capitalista, como pensa Prado Júnior, mas como falta de tônus mercantil enquanto um sistema de relações com uma dinâmica interna. Refiro-me à ideia aqui defendida da existência de uma "Economia verdadeira", voltada para fora, e que seria o dito "acontecimento essencial", mas que só superficialmente tem repercussões sobre os "pormenores da história" interna, sobre as relações sociais internas que não cavalgam no sentido da constituição de relações mercantis ou modernas — embora sirvam de lado obscuro de sustentação das relações mercantis estabelecidas com o exterior.

A afirmação de que a evolução de um povo, tirando os incidentes secundários, em conjunto se forma de "uma linha mestra e ininterrupta de acontecimentos que se sucedem em ordem rigorosa sempre numa determinada orientação" (2011, p. 15) acaba por se revelar uma projeção da dinâmica objetiva e subjetiva especificamente moderna ao conjunto da história senão mundial ao conjunto da história do Brasil, que tampouco parece comportar tamanha filosofia da história somente possível de se vislumbrar tão logo as categorias econômicas e sociais capitalistas alcancem um nível de maturação que lhe garanta a submissão da vida social e subjetiva a seu movimento — que pode ser avassalador ou paulatino.

Para dizê-lo de outro modo, para meu intuito, "os pormenores e incidentes mais ou menos complexos" que constituem a história de um povo, no caso brasileiro, mais do que "nublar o que verdadeiramente forma a linha mestra" (2011, p. 16) definidora dessa história, poderão abrir os céus para novas interpretações que, em vez de ser um embrenhar-se equivocado no específico para entender o geral, vai tentar ver nesse específico de incidentes o que no fundo é o geral das relações internamente, de forma cindida das relações estabelecidas para fora. Porque nesse caso específico, não é a nosso ver a "linha mestra" que sozinha pode possibilitar a compreensão ou a explicação da evolução da sociedade brasileira desde a colonização, já que os "incidentes" subsidiários à linha mestra ditaram o ritmo das relações internamente durante bem mais três séculos, enquanto a "linha mestra" dessa evolução, calcada nos objetivos da colonização, apresentava-se com uma feição para fora e outra para dentro. Ou seja, em vez de simples submissa e subsidiária da Economia que tinha importância, em vez de ser unicamente destinada "a amparar e tornar possível" (2011, p. 123) aquela *Economia* essencial, a *economia* interna ou de subsistência tinha importância considerável no ritmo da vida social interna. Porque, como diz Celso Furtado, "havendo abundância de terras, o sistema de subsistência tende naturalmente a crescer", o que implica "a redução na importância relativa da faixa monetária" (2007, p. 178). Ao mesmo tempo que sustentava a verdadeira Economia, servindo-lhe de lado obscuro fundamental, dava o caráter minimamente orgânico às relações dentro da colônia que não seguiam o ritmo daquela *Economia* que somente para fora se mostrava como tal. Enfim, foram esses "pormenores" e "incidentes" que ditaram o ritmo internamente durante um longo período, foi em relação a eles que se desenvolveu a subjetividade em termos gerais, sem que a "verdadeira linha mestra" desenvolvesse uma dinâmica interna em termos minimamente modernos, objetiva e subjetivamente, uma dinâmica que dissesse algo sobre a evolução brasileira fundada no embrenhar-se das relações sociais capitalistas — que parecem ser outro tipo de linha mestra perante a qual a linha mestra colonial passará a ser viga auxiliar.

Não é por se poder afirmar que todas as outras atividades da Colônia existiam para manter o sistema de exportação que se pode entrar pelo atalho da compreensão de que existiria aqui um sistema ou um germe de capitalismo. Tampouco é o aspecto essencial que nega a existência de feudalismo ou "restos feudais". A argumentação contra a existência de feudalismo no Brasil é bastante fundamentada no próprio conceito, que não cabe na formação brasileira de fato. No entanto, não significa que não tenham existido relações arcaicas até bem pouco tempo. Um arcaísmo de relações que, evidentemente, foi desaparecendo em função do que a partir sobretudo do século XX aparece como "acontecimento essencial", finalmente a "linha mestra": o desenvolvimento de relações mercantis dentro do próprio país com uma dinâmica própria. É por isso que esse lado obscuro da economia deve ser bastante refletido para entendermos os entraves para o desenvolvimento de relações sociais mercantis internamente.

A reflexão metodológica de Prado Júnior sobre a relação entre o caráter particular e geral da história, bem como sobre seu caráter pretensamente inexorável, com um fim determinado, não pode dizer respeito senão a sociedades modernas. E como o capitalismo não surgiu no Brasil, como não houve aqui um verdadeiro *boom* de modernidade, nem as trocas mercantis exteriores serviram para criar uma dinâmica interna, trata-se obviamente de um país que vive a reboque dos níveis de desenvolvimento dos países mais avançados em termos capitalistas — e esse viver a reboque não é anódino nem para a sociedade nem para a subjetividade.

O CARÁTER ORGÂNICO E INORGÂNICO DA VIDA SOCIAL E SUBJETIVA BURGUESAS NO BRASIL

> É assim que se formou e sempre funcionou a economia brasileira: a repetição no tempo e no espaço de pequenas e curtas empresas de maior ou menor sucesso. Algumas foram fulgurantes, mas pouco ou nada sobrou delas. No conjunto, a colônia não terá nunca uma organização econômica que mereça esse nome, e alcançará seu termo sem conseguir equilibrar estavelmente a sua vida.
>
> CAIO PRADO JÚNIOR, *Formação do Brasil contemporâneo*

O aspecto inorgânico das relações internas – pelo menos em termos mercantis –, o isolamento devido às grandes distâncias e às precárias vias de comunicação, são aspectos que saltam aos olhos no processo de formação do Brasil. Caio Prado cita as observações de um desembargador chamado Luís Tomás Navarro quando de sua viagem em 1808 do litoral baiano ao Rio para implantar uma linha de correios, nas quais se pode ler que os núcleos de povoamento nessa faixa litorânea vegetavam, que era gente de vida precária que se sustentava "com a produção de alguns gêneros que se exportam para a Bahia e Rio de Janeiro: farinha, peixe, algum café" (JÚNIOR, 2011, p. 48).

Para falar da falta de um caráter orgânico ou sistêmico das relações mercantis no Brasil Colônia até o século XIX, ou da falta de uma dinâmica interna, basta levarmos em conta aqui três aspectos: a organização da sociedade em termos político-jurídicos, o papel desempenhado pela chamada economia subsidiária, a implantação de uma forte tradição fundada no terreno simbólico-religioso. Três aspectos que criavam uma espécie de organicidade inorgânica, sendo a inversão dos termos também possível. Tratava-se de uma organicidade, porque a sociedade bem ou mal existiu e assim viveu por vários séculos, mas de uma organicidade sem o que na modernidade caracteriza uma vida social orgânica, um fundamento econômico do qual germina uma dinâmica interna que leva ao chamado desenvolvimento econômico.

Um primeiro aspecto que salta aos olhos no Brasil ainda no século XIX é a enorme mobilidade populacional, é a existência de uma larga parcela da população migrando, procurando se acomodar nas terras, como demonstra a expansão de Minas Gerais após a mineração, graças ao algodão, à agricultura e à pecuária. Na região do triângulo mineiro que pertencia a Goiás, por onde transitava o caminho de São Paulo à capital goiana, os únicos sinais de vida humana estavam nessas vias de comunicação, "salvo algumas tribos indígenas mestiçadas e semicivilizadas" (2011, p. 83). O indivíduo não se tinha ajustado bem ao meio, compreendendo-o e dominando-o, e assim, "Todo mundo imaginava sempre que havia um ponto qualquer em que se estaria melhor do que no presente" (2011, p. 75).

Uma das razões para tal instabilidade, para tal inorganicidade das relações internas, está nos próprios objetivos do povoamento da Colônia que não compreendem a constituição de "uma base econômica sólida e orgânica, isto é, a exploração racional e coerente dos recursos do território para a satisfação das necessidades materiais da população que nela habita" (2011, p. 75). Dito de outro modo, a falta de organicidade das relações nos termos de Caio Prado está ligada à ausência mesma de uma economia mercantil voltada para dentro da Colônia, com sua dinâmica inerente. Não esqueçamos que o autor só denomina *Economia* a produção e extração de bens coloniais para as relações de trocas com o exterior, o que não era capaz de gerar um "desenvolvimento de autopropulsão" (FURTADO, 2007, p. 90). A produção da subsistência, ele encara como mero apêndice da verdadeira *Economia*.

O próprio Caio Prado opõe dois tipos de sociedade existentes na Colônia: uma orgânica e outra inorgânica. A orgânica é aquela que dá o sentido da colônia, composta por senhores e escravos, os dirigentes da colonização e o braço de trabalho. A inorgânica, formada pelos lugares da Colônia onde não florescera uma *Economia* baseada em produtos de exportação. Ao que parece, esse caráter orgânico de que se revestem as regiões onde a economia de exportação finca pés se deve em larga medida à rigidez das posições sociais naquela estrutura que se manteve sem dinâmica interna. Esse caráter orgânico não tem que ver com uma dinâmica interna, mas muito mais com a falta dela. Assim, tanto a parte orgânica da Colônia em torno da chamada Economia, quanto aquela parte inorgânica chamada de "vegetativa" eram inibidoras do germinar de uma dinâmica mercantil em termos objetivos e subjetivos.

Além disso, na sociedade colonial dita orgânica, entre suas duas classes orgânicas garantidoras da manutenção secular da estrutura, há outra que vai aumentando a cada momento de declínio de uma empresa mercantil: a dos "desclassificados, dos inúteis e inadaptados", um elemento indefinido socialmente cujo número aumenta, porque as causas continuam. Trata-se da grande maioria da população livre:

são pretos e mulatos forros ou fugidos da escravidão. Índios destacados de seu habitat nativo, mas ainda mal ajustados na nova sociedade em que os englobaram; mestiços de todos os matizes e categorias que, não sendo escravos nem podendo ser senhores, se veem repelidos de qualquer situação estável, ou pelo preconceito ou pela falta de posições disponíveis. Até brancos, brancos puros [...] (JÚNIOR, 2011, p. 299).

Esses indivíduos que não cabem na *Economia* orgânica tomam normalmente dois caminhos: o da vadiagem e o do *favor* (SCHWARZ, 2012). Os que entram pela vadiagem, como sempre, tendem a uma certa margem social, são eles que implantarão o terror em algumas partes no campo e nas cidades, fazendo com que em certo momento o Rio de Janeiro se tornasse perigoso para quem andasse "só e desarmado em lugares ermos, até em pleno dia" (JÚNIOR, 2011, p. 302). Mas a maioria desses "elementos indefinidos socialmente" vai entrar na instituição do *favor*, da dependência pessoal. Se entre o latifundiário e o escravo a relação era clara, o "homem livre" tinha sua entrada na vida e seu acesso aos bens submetido ao favor, indireto ou direto de um grande: "O favor é o mecanismo através do qual se reproduz uma das grandes classes da sociedade" (SCHWARZ, 2012, p. 17). O favor como mediação universal, pelo menos em teoria contradiz a pretensão de uma dinâmica liberal. Embora ainda seja uma característica marcante da forma-sujeito burguesa no Brasil. Não para a ele sc opor, mas para que funcione melhor numa sociedade mais fluída.

Uma fluidez que pena para germinar até mesmo no século XIX. A própria noção de "vida frouxa" (JÚNIOR, 2011, p. 251) de que fala Caio Prado, a enorme precariedade das vias de comunicação terrestres ou aquáticas, faz pensar num desenvolvimento no mínimo moroso de relações tendentes a modernas, para o qual é fundamental uma comunicação otimizada entre os mercados existentes. O próprio ensaio de criação tendencial de um sistema de vias de comunicação internas, aspecto fundamental para uma organicidade, vai ser desbancado pela introdução da força a vapor — que leva o transporte de cargas para a água. Para Caio Prado, isso se constitui num verdadeiro golpe na obra de cimentação do interior. E ele lamenta que pequenas rodovias tenham sido deixadas vegetando "numa vida obscura", ao mesmo tempo que lamenta uma contradição do progresso no Brasil: "Não chegou ainda a hora de reatarmos uma tradição e uma tendência de tão grande alcance para a nacionalidade, e que o progresso veio tão paradoxalmente abafar" (2011, p. 281). A consideração é interessante, sobretudo pelo caráter paradoxal como a seus olhos aparece o progresso nessa época do Brasil. Mas numa terra onde sempre reinou a extração de riqueza sem qualquer outra preocupação, uma mentalidade arraigada e longe de ter sido superada, o progresso aparece sem aquela feição que lhe é comum em sociedades que atravessam séculos de tensionamentos, de desdobramentos de uma dinâmica mercantil interna. Em sociedades sempre levadas a reboque pela marcha do mundo — e a ânsia da obtenção de riquezas valiosas no mercado exterior nada mais é do que ser levado a reboque pelo mercado mundial —, onde não amadurecem a partir do próprio seio, a partir de tensões internas, as condições para o desenvolvimento de um sistema mercantil, de relações mercantis e de uma subjetividade mercantil entrecruzada com a subjetividade voltada para o passado, menos adaptada ao liberalismo mercantil, o progresso aparece sem disfarce: sempre como destruição criadora do novo revestido de progresso, sem os anos de amadurecimento que amainam por vezes o caráter destrutivo do avançar da sociedade moderna. A violência que significou a introdução da modernidade capitalista não se dá no desdobrar-se das tensões internas, mas como imperativo devido à marcha do mundo exterior mais avançado. Assim, acontece de forma mais condensada. Quando acontece, porque no caso brasileiro há um descompasso considerável em relação a essa marcha do mundo exterior patente inclusive na precariedade de suas vias terrestres, fluviais ou marítimas que dificulta qualquer organicidade tendente a moderna. E nem falemos nos ataques dos indígenas nas margens de estradas e rios — porque nem todos eram passivos.

Um outro aspecto que ressalta a inorganicidade das relações no Brasil em termos mercantis, até o período chamado de Brasil contemporâneo por Caio Prado, é o fato de não haver noções claras de funções e poderes do Estado (poderes executivo, legislativo, judiciário), nem níveis de atividades estatais locais, regionais, gerais, provinciais. Não à toa, o clã patriarcal, em torno do qual uma grande população se agrupa, ocupará também as funções de Estado. Se a autoridade pública é fraca, então, é o senhor de terras a lei. Nos velhos centros tradicionais do Nordeste, como Pernambuco e Bahia, há uma sedimentação forte e prolongada desse tipo de poder que em nada contribui para o germinar de relações sociais modernas.

Nesse mesmo sentido, apenas engatinhava a noção da separação tipicamente moderna no indivíduo entre um ser jurídico, o cidadão, e um ser moral-religioso. Essas noções se misturavam (2011, p. 317). O que demonstra o caráter da vida social na colônia, seu descompasso, em vez de atraso, em relação aos centros modernos, e ao mesmo tempo a presença de uma forte tradição com traços específicos de que falaremos adiante. O próprio direito é disperso, desconexo e cheio de casuísmos. Não há ou são poucas as normas gerais, trata-se no mais das vezes de determinações que vão se acumulando. Ao direito moderno, parece um cipoal confuso, de modo que não se pode procurar na administração colonial "a harmonia arquitetônica das instituições que observamos na administração moderna[...]" (2011, p. 320). O próprio personalismo que grassa nas relações já se mostra nos governadores das províncias que impingiam sua imagem pessoal à administração, pois não havia papeis administrativos delimitados. Como afirma Antonio Candido, a unidade política que o país vai conquistar depois, e que se preservará segundo ele "por circunstâncias quase miraculosas", quase esconde o fato de que foi a diversidade que presidiu "a formação e o desenvolvimento de nossa cultura". E que "a colonização se processou em núcleos separados, praticamente isolados entre si", tendo um desenvolvimento econômico e uma evolução social bastante heterogêneos dependendo da região (2000b, p. 267). Só no regime fiscal a administração procurava sair da rotina. As instituições são cópias das portuguesas em geral. De todo modo, somente com muito esforço se poderá ver internamente germes de relações realmente capitalistas. Nesse quesito, o cipoal parece ainda mais confuso.

A ECONOMIA INTERNA: O LADO OBSCURO DA «ECONOMIA»

Além desses aspectos relacionados à organicidade em termos da organização interna e até populacionais, há o aspecto ligado à economia interna, cujo ritmo fará a maior parte da população internamente seguir um ritmo de vida cíclico, em contraste com o arremedo de ritmo tautológico que a produção para a exportação pode deixar transparecer. O aspecto da vida mercantil aparece como epidérmica e não dita o ritmo da vida senão de modo exterior. A própria escravidão é o aspecto mais explícito disso. Enquanto força de trabalho, é fundamental para materializar o produto que simboliza um cordão umbilical com a marcha do sistema mercantil mundial. Enquanto componente da vida social interna, embora seja horrenda e desumana, joga um papel inibidor do desenvolvimento de uma dinâmica mercantil internamente — mesmo os escravos sendo talvez a "mercadoria" mais valiosa durante quase 4 séculos no Brasil.

Nesse contexto, cabe ainda ressaltar que a maioria da população vivia relações distintas daquelas que aos poucos se desenhavam nos grandes centros como tendência a um sistema mercantil, sobretudo no dobrar do século XIX. Sem contar a distinção entre as áreas de exploração da grande lavoura no Nordeste e as terras do Sul, incluindo o litoral sul da Bahia e Espírito Santo. Ali, o nível de desenvolvimento econômico é baixo e a população é considerada por Caio Prado como uma "subcategoria vegetativa e inorgânica" (JÚNIOR, 2011, p. 309). E não parece exagero afirmar que muitos vilarejos por essas terras brasileiras se constituíram e se mantiveram quase sem dinâmica interna por muito tempo e com esta feição: "Em torno da igreja paroquial e de um pequeno comércio, a venda e a loja" (2011, p. 310). E há ainda o caso da Amazônia, que ficou em geral naquilo que era no começo: na extração de gêneros espontâneos da floresta. E com os cerca de 100 mil ribeirinhos do Amazonas no início do século XIX dispersos numa ocupação linear e rala, ao longo de milhares de quilômetros de cursos de rios. (2011, p. 224).

A visão predominante é sempre a de se aproveitar o momento de extração de riqueza que se apresentava. Para isso, mobiliza-se momentaneamente o que é preciso, povoa-se certa área, com empresários e dirigentes brancos e, depois de tudo arruinado, por alguma queda de preços ou pela dizimação do solo ou fim do que se extraía, "o que fica são restos, farrapos de uma pequena parcela de humanidade em decomposição" (2011, p. 133). São sempre evoluções por arrancos, por ciclos, e a cada declínio, desfaz-se um pedaço de estrutura colonial, desagrega-se parte da sociedade em crise. Mais notável ainda se torna essa desagregação no começo do XIX, sobretudo nos distritos de mineração. Ali, encontram-se muitos indivíduos desamparados, sem a certeza do dia de amanhã, "sem ocupação normal fixa [...] ou desocupados inteiramente", indivíduos que alternam "o recurso à caridade com o crime. O vadio na sua expressão mais pura" (2011, p. 303). Como diz Furtado, não tendo sido criadas atividades econômicas ao lado da mineira, mas somente em função dela, era natural que com o declínio da produção, houvesse uma decadência generalizada: "E todo o sistema se ia assim atrofiando, perdendo vitalidade, para finalmente desagregar-se numa economia de subsistência" (2007, p. 132). O leitor poderá ser tentado a já aqui abandonar a leitura ralhando que o autor chove por demais no terreno já molhado da história do Brasil. É possível. Mas a esta altura cabe lembrar que toda a argumentação, inclusive sustentada em autores que no mais das vezes tomam caminho bem diverso, pretende chegar a um ponto: ao olharmos para a história colonial brasileira, não é possível afirmar que houve capitalismo no Brasil, embora ao mesmo tempo o país tenha servido ao capitalismo, mas somente enquanto um sistema estranho a sua vida social, não como tendência à totalidade. Também não é por termos relações escravistas, fundamentais ao capitalismo da época em termos mais globais, que se pode chamar de capitalismo o que havia na colônia.

A tese aqui defendida da falta de dinâmica ou de organicidade das relações e da subjetividade mercantis dentro no Brasil até o século XIX encontra fundamento também nas considerações de Caio Prado, embora ele não faça uma distinção clara entre a exploração capitalista de alguns produtos de exportação e o desenvolvimento de relações mercantis dentro do Brasil. Mas, em várias passagens de sua *Formação*, ele próprio considera que "a colônia não terá nunca uma organização econômica que mereça esse nome, e alcançará seu termo sem conseguir equilibrar estavelmente a sua vida" (JÚNIOR, 2011, p. 133).

Internamente, a pequena economia — aquela precária, subsidiária, mero "apêndice" que fazia a colônia viver internamente — não teria como amadurecer até uma dinâmica interna em termos modernos, porque nela não tinha o embrião da tautologia moderna. O ritmo interno era cindido daquele das trocas mercantis, era um ritmo muito mais cíclico, que sustentava a produção do produto de exportação. O aspecto mercantil era muito mais de acumulação arcaica de riqueza monetária voltada para fora do que de acúmulo tautológico em vistas de reinvestimento para novo acúmulo — o próprio aspecto secular do investimento o denuncia. Embora isso pudesse acontecer em casos concretos de subjetividades mais em harmonia com o espírito moderno, não era o que determinava as relações internas a ponto de criar uma revolução contínua das relações.

Outro aspecto fundamental que contradiz qualquer pretensão de que no Brasil até o século XIX tivéssemos vida social capitalista se esvai quando nosso senso crítico nos lembra que o que, antes de tudo o mais, "caracteriza a sociedade brasileira de princípios do século XIX é a escravidão" (2011, p. 285). Com essa afirmação, Caio Prado, contra sua própria intenção, já dá o tom do que caracteriza o Brasil do início do século XIX: tudo menos um país capitalista ou moderno. Como poderia um país capitalista ou em desenvolvimento capitalista basear-se na escravidão? E não se trata de meras *ideias fora do lugar* que atrasariam o país, uma impropriedade que não atrapalharia a marcha do sistema capitalista no país. Trata-se do nervo central de qualquer desenvolvimento moderno: uma mão-de-obra formalmente livre que impulsiona a monetarização da vida social. Em verdade, no máximo se poderia falar de um país que estabelece relações capitalistas com outros países, sem que as consequências inerentes ao processo de vida social capitalista pudesse se fazer sentir internamente. Já falamos dessa cisão. A análise de Schwarz sobre essas *ideias fora do lugar* expressam bem essa incongruência – embora para ele essa incongruência não deixasse o país menos capitalista – e ao mesmo tempo o quanto não havia uma relação social capitalista no Brasil ainda no século XIX, a não ser que queiramos entender a forma-social capitalista como uma forma de sociedade em que um grupo de pessoas faz produzir "mercadorias" que vendem a preços lucrativos no exterior. A não ser que também queiramos entender a forma-sujeito burguesa como sendo uma forma de subjetividade de grupos que se dedicam a obter lucros sobre produtos coloniais no exterior, sobre produtos produzidos com mão-de-obra que não pagam monetariamente e que se constituem como uma classe de privilegiados sociais e econômicos.

Sendo a escravidão o sangue que corre nas veias da organização social, o aspecto que dá a tonalidade da vida social e econômica, não há como essa terrível instituição não inibir o desenvolvimento de relações mercantis internamente e não participar do caráter dito "atrasado" do país. Porque a riqueza se mantém por demais concentrada, quase entesourada, sem uma classe assalariada — que é o mínimo de fundamental para qualquer desenvolvimento de relações mercantis.

Em certo sentido, concordando com Caio Prado, o comércio interno dá a chave para entender a dinâmica interna. Não em termos de produção de *valor*, mas em termos de monetarização da economia. O comércio do Brasil durante muito tempo se divide naquela parte de exportação e naquela que serve a essa produção — e nunca se trata de um sistema minimamente amplo de trocas comerciais, mas da venda de determinados produtos rentáveis. O comércio de escravos em primeiro lugar, depois o de bens para a subsistência da população das cidades — quando não era produzido na propriedade — e em último lugar o comércio de coisas que poderiam deixar a vida dos senhores menos pesada nos trópicos. Como diz Furtado: "Não existindo na colônia sequer uma classe comerciante de importância — o grande comércio era monopólio da metrópole — resultava que a única classe com expressão era a dos grandes senhores agrícolas (FURTADO, 2007, p. 144), dos quais dificilmente germinaria, como foi o caso, tensões para uma forma subjetiva burguesa. Mesmo um produto extremamente comerciado como o próprio charque surgiu para substituir o comércio de boi vivo, comerciado no litoral, pois o interior tinha sua própria carne em geral, ou não tinha e não podia pagar monetariamente. No mais, o comércio diz respeito ao abastecimento dos grandes centros urbanos — quando começam a ser grandes de fato — "pois as populações e estabelecimentos rurais são em regra, a este respeito, autônomos" (JÚNIOR, 2011, p. 247). As pessoas das aglomerações do campo procuram as cidades só em busca do pouco que não têm, produtos importados: sal, ferro, manufaturas. Caio Prado confirma por suas considerações que o comércio no interior não pode nem ser levado em consideração pelo seu tamanho, porque é só o comércio com as zonas urbanas de produtos de subsistência que aparece com "vulto ponderável". Ao mencionar comércio no interior, eu me refiro ao comércio entre as próprias pessoas, entre arraiais e freguesias, em locais onde "o atrofiamento da economia se acentua à medida que aumentam as distâncias do litoral" (FURTADO, 2007, p. 104). E não às aglomerações urbanas normalmente do litoral onde desde sempre houve certo fluxo de dinheiro, embora o fluxo considerável fosse em relação à Metrópole e sempre em poucas mãos.

De certo modo, a circulação monetária parece passar sempre nas mesmas mãos em quantidades dignas de consideração, e sempre naquelas mãos conservadoras cujo pensamento é se dar bem na colônia e enganar qualquer lei que possa vir a limitá-lo. Entre a maioria da população, para não falar nos escravos, a circulação monetária é algo raro. Grande parte das somas oriundas das exportações eram gastas em gêneros ditos de luxo, como azeite, vinho e manufaturados de ferro e até sal num primeiro momento. Sem contar o maior negócio de importação do reino: o escravo que, nos fins do século XVIII e começo do XIX, representava cerca de ¼ de toda a importação.

Além de todos esses elementos que vão ao encontro da inexistência de uma dinâmica interna em termos mercantis, faltava à Colônia, além do elemento mão-de-obra formalmente livre, qualquer arremedo de indústria, nem que fosse de ínfima importância. A vida econômica no conjunto nacional está em outras atividades ou semiatividades. Qualquer progresso em terrenos particulares anulou-se,

> sobretudo num momento em que o progresso industrial do mundo marcha a passos de gigante, e a ciência põe a serviço dela, cada dia, mais um invento, uma técnica, uma possibilidade. Se tomadas as devidas proporções, a nossa minúscula indústria colonial não representaria para sua época mais que esses simulacros de atividades manufatureiras que tivemos no século XIX (JÚNIOR, 2011, p. 240).

Essa chamada indústria, e houve leis para impedir seu desenvolvimento, significa mais a pequena indústria doméstica — fiação, tecelagem e costura — que tem seu papel, menos pelo aspecto comercial e mais pela complementação da autonomia dos grandes domínios rurais.

Podemos citar outro fator que alimenta a *inorganicidade da Economia* interna ou a *organicidade de uma economia interna desmonetarizada:* aquele que dirige todos os serviços da fazenda de gado é normalmente pago "com o próprio produto dela, uma quarta parte das crias" (2011, p. 202), embora os chamados fábricas que auxiliavam os vaqueiros e que faziam as roças recebessem pagamento monetário. Pode parecer de pouca monta, mas o sistema de pagamento dos quartos de crias contribuiu fortemente não só para o devassar-se dos sertões do Nordeste, para o estabelecimento de povoamentos longínquos mergulhados em tradições próprias, mas também para a perpetuação dessa economia bastante desmonetarizada, não totalmente voltada para a venda. Com suas rezes, o vaqueiro podia montar sua fazenda. Assim, até pessoas modestas podiam ter a sua, arrendada de uma sesmaria ou comprada. Mas, evidentemente, o que prevalece é o dono de várias fazendas que mora no litoral e só recebe seus rendimentos. Há uma concentração de terras enorme. Cita Caio Prado que o sertão da Bahia pertencia a duas famílias e que no Piauí um só proprietário tinha 40 fazendas.

A própria indústria mineradora contraditoriamente contribuiu para a inorganicidade das relações mercantis na Colônia, já que seu caráter continuou acompanhando o espírito geral e nunca deixou de ser uma aventura passageira — embora fundamental para a Metrópole e a Inglaterra. Com métodos arcaicos, quando cessava uma produção aqui, ia-se a outro canto, deixando sempre destruição. Evidentemente, deve ser levado em conta nesse caráter inorgânico das relações mercantis dentro da Colônia a incapacidade do reino no reinado de D. João v, que só se interessava em esbanjar com sua corte de parasitas, que só se preocupava com sua parte, o quinto (2011, p. 181). O que demonstra, por sua vez, o quanto a forma de subjetividade da chamada classe dirigente de uma sociedade conta para o impulso ou para o entrave ao desenvolvimento de relações sociais modernas. Porque uma forma de subjetividade em consonância com o espírito moderno — que não era ao que parece o caso português — teria encarado a riqueza do ouro de forma distinta.

E poderíamos citar uma série de outros aspectos que não fazem senão comprovar que o país não tinha os germes de uma forma social e subjetiva moderna ou mercantil ou até mesmo tendente a moderna até o século XIX. A falta até do mais rudimentar sistema de ensino; o arcaismo no beneficiamento de um bem de valor no mercado internacional, o algodão, num momento em que o mundo já usava técnicas mais avançadas; a própria subutilização de forças como a hidráulica em proveito de duas forças mais rudimentares, a animal e a humana, num momento em que nos locais para onde iam os valorizados produtos coloniais, na Europa, vivia-se plena revolução industrial, já uma revolução sobre modos de produção avançados na Europa, se comparados com os da colônia que nem manufatura tinha.

Salta aos olhos, quando lemos os estudos sobre Brasil Colônia, o aspecto pobre das casas das cidades: nos três primeiros séculos da colonização, simplicidade e pobreza é o que caracteriza as moradas que eram habitadas por pessoas de poucos recursos, "e visitada ocasionalmente por proprietários de sítios e fazendas que necessitavam apenas de um abrigo para estadias passageiras" (ALGRANTI, 1997, p. 90). Os próprios sobrados e vivendas erigidos pela elite econômica só surgirão mais tarde, "em consequência da diversificação da economia e do crescimento urbano". O que está em relação estreita com a germinação de um mínimo de sistema econômico interno, de uma organicidade social interna em termos mais amplos, o que não existia. O próprio fato de a chamada *Economia* ser voltada para o exterior deixava uma outra *economia*, essa muito ligada ao conceito antigo e etimológico da organização da casa, para um segundo plano, como desimportante. Mas era essa economia arcaica e subsidiária que fundamentava a vida colonial interna, e era ela que determinava em muitos sentidos a própria inexistência de um impulso comercial dinâmico interno do qual pudesse surgir uma forma de subjetividade mercantil voltada para o futuro. Era essa economia secundária que, para Celso Furtado, dificultava, pela sua dispersão, a própria constituição de uma mão-de-obra no Brasil que pudesse ser usada em atividades mais produtivas economicamente (2007, p. 177).

Ao visitarmos um pouco pelos historiadores a vida doméstica das famílias coloniais, vemos o peso que tinha essa economia secundária, que tem esse nome apenas porque o que importava em termos capitalistas era a primeira, a da grande lavoura — sem esquecer a mineração. Sem exagero, porém, pode-se dizer que era essa economia subsidiária a mais importante internamente na colônia, uma economia arcaica e desmonetarizada que se forjava em "quintais, jardins, pomares e hortas" (ALGRANTI, 1997, p. 91), áreas destinadas ao "convívio, ao cuidado dos animais e à indústria doméstica" de onde vinham os produtos para a subsistência. Se nos fiarmos em Leila Mezan Algranti, eram pomares e hortas — muito presentes "nos registros dos séculos XVI ao XIX" (1997, p. 95) — que forneciam muitos alimentos básicos aos colonos. Se era assim nas grandes propriedades, imaginemos quantas piruetas para a subsistência não precisavam dar aqueles que não se encaixaram nas duas principais classes: a de senhores e a de escravos, que estavam entre as duas. Ainda segundo a autora, era imprescindível a autossuficiência em sítios e fazendas, "tendo sofrido muito as zonas monocultoras quando esta não foi atingida" (1997, p. 143). E para Gilberto Freyre, a própria fartura dentro do país descrita por alguns cronistas precisa ser relativizada, porque o Brasil dos três primeiros séculos de colonização não teve nada de um "país de cocanha", sendo terra de alimentação incerta (2003, p. 100). Dito de outro modo, a economia de subsistência — relegada a subsidiária daquela que seguia o compasso do mundo exterior — era uma espécie de revés obscuro da dita verdadeira *Economia*, que não determinava as relações sociais em nível interno senão indiretamente, como já dissemos.

E é o próprio Caio Prado quem afirma ser a economia interna um mero apêndice, e a grande lavoura o nervo da economia colonial. Ele, porém, interpreta esse "apêndice" como atraso, não como impedimento ao germinar de relações sociais mercantis. E era esse apêndice que produzia os "gêneros destinados à manutenção da população do país, ao consumo interno" (JÚNIOR, 2011, p. 149), mantendo uma economia interna em larga escala desmonetarizada, algo constantemente lembrado e lamentado por Celso Furtado em sua *Formação*. Diz ele que ainda no século XIX, com o processo de independência, o governo precisava imprimir papel moeda para fechar o caixa, o que causava inflação e aumentava o preço dos importados. Mas quem sofria as consequências do fenômeno era a população urbana, já que no campo os senhores tinham tudo produzido pelos escravos, cuja força de trabalho extorquida amortecia os gastos monetários e fazia com que a autossuficiência imunizasse aquele microcosmo das emissões de papel-moeda (FURTADO, 2007, p. 148).

Com a produção de mandioca, milho, feijão sendo mero apêndice, não por acaso gozaram de preço baixo até serem transformados em verdadeiras mercadorias como todos os gêneros alimentícios. Os produtos que faziam sobreviver a colônia eram de tal modo desprezados por não terem um valor no mercado que era um desperdício plantá-los. É Caio Prado quem nos relata a indignação de um produtor com a lei que proibia a exportação de bens alimentares entre capitanias. Ele, querendo ocupar sua terra com mercadorias de fato, não queria desperdiçá-la com produtos que apenas serviam para comer: "Não planto um só pé de mandioca para não cair no absurdo de renunciar à melhor cultura do país pela pior que nele há" (JÚNIOR, 2011, p. 172).

Como nota Caio Prado, é exatamente a mandioca o maior legado dos índios e o principal produto de subsistência no Norte-Nordeste. A mandioca ocupou durante muito tempo no Nordeste o lugar que o trigo ocupou e ainda ocupa em muitas áreas. A mandioca talvez seja, pelo menos no Nordeste, o grande elo com uma economia subsidiária de outros tempos que se manteve até bem pouco tempo. Eu mesmo tive ocasiões até o início dos anos 1990 de participar da vida em torno do tripé cana-de-açúcar – cujo produto principal no Nordeste, fora dos grandes centros, ficou sendo a rapadura –, mandioca e café – sendo os dois primeiros não só os menos monetarizados, mas os mais carregados de aspectos simbólicos e sociais. A poesia de Patativa do Assaré (ASSARÉ, 2008) é cheia desse simbólico que permaneceu ainda no século XX. Ele, por exemplo, chama o motor que invadia as casas de farinha e engenhos de "estragêro enxerido" (p. 29), que acaba as festas animadas das farinhadas, que tira a poesia daquelas duras lidas, que tira o gosto da rapadura. Também tive a oportunidade de ver as casas de farinha sob ruínas desde então e as moendas dos engenhos sendo vendidas como conjunto de ferragens informes. E não deixa de chamar a atenção que, mesmo sendo uma economia subsidiária, a mandioca era o gênero essencial que dominava a subsistência da colônia, já que o milho chega só mais tardiamente ao Nordeste e ao Norte. Até mesmo na Bahia era raro o milho. Já dali rumo ao Sul até Santa Catarina, há bastante milho. Depois da mandioca e do milho, vem o feijão e o arroz. O arroz, embora exportado pelo Maranhão, é cultivado em toda a colônia para consumo interno.

Em princípio, a população rural ocupada nas grandes lavouras e nas fazendas de gado, "e que constitui a maior parte do total dela, provê suficientemente à sua subsistência com culturas alimentares a que se dedica subsidiariamente, sem necessidade de recorrer para fora" (JÚNIOR, 2011, p. 166). Já a situação nos centros urbanos é diferente, onde há a importação de muitos bens, embora haja muitas propriedades que cultivam sobretudo nos entornos dessas grandes cidades que se formavam por causa da grande lavoura, que não deixava espaços cultiváveis por perto para a agricultura de subsistência, chamada de "mesquinha plantação". Dessa forma, as culturas alimentares estão normalmente longe das cidades que são, entretanto, seu único "mercado". Somente as áreas que não serviam para a grande lavoura é que eram deixadas para as "mesquinhas plantações" da cultura alimentar. E é em torno desses cultivos que se formam lugarejos estreitamente ligados às necessidades alimentares dos grandes centros da colônia. Povoamentos, portanto, não guiados pela produção em larga escala para exportação, mas produtos de subsistência baratos. Mas a pecuária, incluindo a criação de animais de carga, significava também povoação guiada pelo ritmo interno. Em suma, os principais centros de povoação eram devidos à grande lavoura, mas outras formas de povoamento eram possíveis, sem esquecermos os aldeamentos que sobraram das reduções jesuíticas. Diz Caio Prado: "As boiadas também contribuem, embora em menor proporção, para o povoamento e uma certa atividade agrícola em zonas que de outra forma teriam sido desprezadas" (2011, p. 171).

O que no fundo interessa ressaltar é que a organização da subsistência — embora também haja grandes faixas de terra especializadas nos víveres internos — vai desde essa grande propriedade — a exceção — até as chácaras, sítios, roças onde não há assalariados ou escravos e o proprietário ou agregado é o agente da atividade produtiva. O agregado é aquele que recebe do proprietário, "em geral a título gratuito e em troca apenas de uma espécie de vassalagem e prestação de pequenos serviços, o direito de se estabelecer e explorar uma parte inaproveitada do domínio". (2011, p. 167). Certamente não se pode ver aí quaisquer restos feudais, porque não era esse aspecto o que determinava as relações da colônia. Trata-se de uma relação particular que se misturava a uma série de outras relações de matiz não moderno — incluindo a escravidão.

Assim mesmo, há evidências da existência de áreas de subsistência que não necessariamente dependiam diretamente do setor principal e que levavam uma vida isolada na subsistência, embora, evidentemente, a subsistência tenha se dado na maioria dos casos atrelada à atividade principal ou ligada a ela no próprio local da grande lavoura, e não em núcleos de povoados isolados na subsistência. Mas isso não impede que se possa ver nesse tipo de relação algo bastante corrente pelo interior, sobretudo em lugares onde a miséria e o declínio de um produto de exportação jogava essa faixa de terra na subsistência. Essa relação devia ser muito presente e deixou marcas na sociedade sobretudo nordestina, dos interiores do Brasil, e que incrivelmente até a difusão dos meios de comunicação de massa em larga escala a partir dos anos 1980 pareciam estar em outro tempo histórico em termos de relações sociais e de subjetividade. Não à toa, a mentalidade urbana parecia um universo quase que completamente distinto da mentalidade daqueles que viviam longe dos grandes centros da dinâmica mercantil.

E não se pode menosprezar o peso da chamada indústria caseira de subsistência na formação social brasileira e na inibição de um desenvolvimento de formas sociais ditas modernas e de uma subjetividade burguesa. Além da grande lavoura que se relacionava com o mundo exterior à Colônia, havia internamente uma série de atividades cotidianas ligadas à "alimentação, ao vestir, à construção e fabricação de utensílios de uso diário" (ALGRANTI, p. 143).

Sendo assim, não é sem importância para as relações internas à Colônia a preocupação primordial que recebia a alimentação por parte de qualquer família, rica ou pobre, que "exigia cuidado com os animais e com as roças de subsistência, uma série de atividades, como a preparação dos alimentos que seriam usados nas refeições diárias, fosse a preparação da farinha, do milho ou da carne, ou a própria fiação doméstica, artesanal. Todas atividades que davam vida à Colônia internamente, sem as quais a grande empresa de exploração de produtos coloniais para o mercado exterior não teria sido possível, mas que não tinham características de uma *Economia.*

Podemos também incluir nesse complexo de relações internas o exemplo também levado em consideração por Sérgio Buarque (2014, p. 70) de uma relação herdada dos indígenas, o mutirão, que também entra nesse caldo de relações ligadas a uma economia sem importância. Uma prática fundada no auxílio mútuo, na partilha das ceias e danças, algo que existiu no Brasil até pouco tempo e que, no caso particular, não seria impossível ainda encontrar.

Nesse mesmo sentido de uma economia interna sem dinâmica, há nas regiões de grande produção do açúcar esse verdadeiro microcosmo social ou, como diz Caio Prado, "um verdadeiro mundo em miniatura, em que se encontra e resume a vida toda de uma pequena parcela de humanidade" (JÚNIOR, 2011, p. 153), o engenho. Homens livres só em pequenos números: caixeiros – que faziam as caixas para o açúcar – mestres, feitores, purgadores. A cachaça é um produto secundário, mas importante para o mundo exterior, para a troca nas costas da África por escravos. A rapadura é feita no sertão do nordeste e substitui o açúcar. E esse mundo em miniatura, no qual impera a figura do senhor patriarcal dono de terras, em torno do qual se criam vínculos sociais cultivados pela "mística de fidelidade ao chefe como técnica de preservação do grupo social" (FURTADO, 2007, p. 179), não é um microcosmo feudal, mas também não é um microcosmo de relações capitalistas, longe disso.

O engenho era um organismo completo e autossuficiente. A alimentação procedia das plantações, das criações, da caça, da pesca. Até móveis vinham de serrarias ali instaladas. Como poderia surgir dinâmica interna em locais de tamanha autossuficiência? E isso durou, segundo Sérgio Buarque, até mesmo no decorrer do século XIX: "Sabemos que, durante a grande época do café na província do Rio de Janeiro, não faltou lavrador que se vangloriasse de só ter de comprar ferro, sal, pólvora e chumbo, pois o mais davam de sobra em suas terras" (HOLANDA, 2014, p. 95). Claro que esse quadro se prolongou por várias regiões dependendo do ritmo que o desenvolvimento da economia moderna tomou em cada caso. Mas o germinar de relações capitalistas nunca foi um mero desabrochar de germes já contidos nesse tipo de economia primária — ou uma mera superação do atraso colonial.

Os economistas que veem o Brasil colônia pelas trocas comerciais, que olham pelos números em libras das trocas comerciais do Brasil, deixam-se muitas vezes obnubilar pelas vultosas somas em detrimento do que se passa internamente, no cotidiano, nas entranhas sociais. Porque somente com muita imaginação se pode imaginar um capitalismo no Brasil desde o começo, a não ser que se pense num capitalismo *sui generis*, cujas repercussões sempre dinâmicas aqui não se faziam sentir. A própria passagem em repetição por "pequenas e curtas empresas de maior ou menor sucesso" de exploração do território, seja com a cana-de-açúcar, o extrativismo, o ouro, o algodão até chegar ao café, não consegue ser o aspecto propulsor e ativador de uma sistema econômico mercantil dentro do Brasil. O que no mínimo leva a consideração teleológica de Caio Prado de que as raízes do Brasil contemporâneo estão na estrutura econômica da Colônia a uma avaliação crítica mais apurada. Porque não parece plausível considerar que "essa evolução cíclica, por arrancos, em que se assiste sucessivamente ao progresso e ao aniquilamento de cada uma e de todas as áreas povoadas exploradas do país" (JÚNIOR, 2011, p. 133) possa constituir, fazer vicejar uma forma-social e uma forma de subjetividade modernas, porque as bases sobre as quais se assenta mesmo a dita *Economia* são "precaríssimas":

> Não constitui a infraestrutura própria de uma população que nela se apoia, e destinada a mantê-la; o *sistema organizado da produção e distribuição de recursos para a subsistência material dela*; mas um "mecanismo", de que aquela população não é senão o elemento propulsor, destinado a manter seu funcionamento em benefício de objetivos completamente estranhos. Subordina-se portanto inteiramente a tais objetivos e não conta com forças próprias e existência autônoma (2011, p. 133).

Sendo assim, o sucesso econômico de algum produto no mercado internacional impulsiona o funcionamento da *Economia* dando ilusão, no dizer de Caio Prado, de riqueza e prosperidade, quando na verdade o funcionamento interno não se assenta em quaisquer bases das quais pudesse germinar relações mercantis no sentido moderno. Evidentemente Caio Prado pensa que a bases estão germinadas, apenas sofrem de atraso pela estrutura da colônia.

Um sinal de que nossa tese da falta de organicidade das relações mercantis dentro do Brasil até o século XIX tem algum fundamento pode estar até mesmo neste trecho de Caio Prado, para quem o caráter "mais estável, permanente, orgânico, de uma sociedade própria e definida, só se revelará aos poucos", porque permanecerá "dominado e abafado" pelos fundamentos dos séculos anteriores, que continuarão "mantendo a primazia e ditando os traços essenciais da nossa evolução colonial". (2011, p. 29). Ora, somente no chamado Brasil contemporâneo vamos vislumbrar algum tensionamento ou entrecruzamento entre formas sociais, em que a forma colonial ecoa sobre as formas modernas que vão se delineando, grandemente imbuídas do colonial que já não se apresenta como empecilho, mas como a forma mesma de a sociedade evoluir dentro do enquadramento capitalista. Mas o fato de as formas coloniais ecoarem na forma social contemporânea, que tem a nosso ver um fundamento completamente distinto, não confirma a ideia de Caio Prado de um fim determinado desde a Colônia. O que era o fundamento da Colônia agora aparece como um resquício arcaico-cultural que em nada atrapalha ou inibe a dinâmica das relações mercantis — como era o caso na Colônia. É aí que há um salto de qualidade que é preciso levar em conta. Mas não parece haver corte para Caio Prado, porque para ele, a partir do começo do século XIX, começa o que chama de Brasil contemporâneo, quando se alcançam os elementos constitutivos de nossa nacionalidade acumulados desde o início da colonização. O Brasil contemporâneo seria para ele erigido sobre aquela base. É como se para o autor se tratasse de mero avançar ou desabrochar de formas já presentes desde o início, mas sem organicidade.

Caberia lamentar essa atrofia das relações mercantis desde os primórdios do Brasil, caberia lamentar a "atonia econômica" como fazem Caio Prado e Celso Furtado em proveito do chamado desenvolvimento econômico em bases sólidas e modernas? Para nós, não cabe escolher entre os dois caminhos, o nosso caminho é o da crítica das formas-sociais mercantis, sejam as baseadas em formas arcaicas, ou em formas avançadas e dinâmicas.

O SIMBÓLICO-RELIGIOSO BRASILEIRO: UMA TRADIÇÃO COLONIAL

A colonização, como empresa mercantil de exploração dos trópicos dentro de um quadro de objetivos amplo de modernização da Europa, ela mesma sacudida pelos questionamentos modernos do fundamento simbólico-religioso, não deixou de plantar uma tradição no Brasil. Se não tínhamos um fundamento feudal, nem tínhamos qualquer germe de relações sociais modernas, qual seria tal tradição? Bem específica. É uma tradição em que traços arcaicos cimentam a vida social internamente misturados com o aspecto do poder ligado à exploração da terra. O que não significa que nessa tradição bem nossa obrasse a condenação tenaz da exploração das novas terras. Em verdade, trata-se de uma tradição misturada ao interesse econômico, sem ter nada de ética protestante. Porque se trata de uma vida social em que os sujeitos concretos que estabeleciam relações com o exterior, ou até mesmo a Metrópole, não tinham a menor consciência de que estavam participando da marcha moderna nas suas relações principalmente com a Inglaterra. Essa tradição, portanto, vai poder se arraigar, porque dentro da Colônia não há uma dinâmica moderna que possa se lhe opor. Ao contrário, a exploração mercantil da Colônia não vai se chocar com nosso esteio simbólico-religioso. Essa tradição vai deitar raízes no espaço daquela cisão entre os dois mundos da colonização: o que é voltado para fora, que submete a vida social à produção para o comércio exterior, e o que segue o ritmo interno, despregado em termos das consequências econômicas da dinâmica daquele mundo voltado para fora.

E trata-se de uma tradição especificamente brasileira que vai fincar raízes profundas, mas ao mesmo tempo superficiais, maleáveis a interesses. Trata-se de uma tradição simbólico-religiosa entranhada numa sociedade baseada no poder econômico daqueles que produzem os produtos ditos econômicos envolvidos em transações mercantis. Uma tradição que vai fazer com que não seja somente esse poder econômico o que vai constituir o prestígio, o poder e o que vai determinar o padrão das relações. No clã patriarcal, há um importante emaranhado de relações pessoais, ligadas à figura do senhor de terras, que uma leitura meramente econômica das relações não teria como apreender. As relações extrapolam o caráter de exploração econômica. Criam-se relações de submissão pessoal e simbólica que serão instituídos pela religião: "o testemunho nas cerimônias religiosas do batismo e do casamento, que criarão títulos oficiais para elas: padrinho, afilhado, compadres" (JÚNIOR, 2011, p. 306). Outra faceta desse processo de cimentamento de uma tradição na Colônia — evidentemente herança trazida com os colonos e desenvolvida pela Igreja — é o fato de a dita aristocracia colonial revestir-se de uma capa realmente aristocrática, dando importância considerável a honra, orgulho, tradição, sangue, família. E não somente nos centros em que aflorou incrivelmente o poder patriarcal em torno dos engenhos se faz sentir tal tradição. O patriarcado é uma relação generalizada, embora em Minas, como observa Caio Prado, os proprietários de terra apareçam mais humildemente, com ares menos aristocráticos e mais rudes (2011, p. 306), inclusive trabalhando a terra com os filhos — impensável para os senhores instalados no Nordeste, para os quais a atividade física era uma desonra.

Já pudemos ver em outro lugar que a forma-social capitalista é uma forma de síntese social que tem um fundo religioso, não no sentido de cultos, adorações, mas no sentido de que ele tende a ser o fundamento simbólico, o elo de ligação e de sentido social total que era o simbólico-mítico-religioso em outras sociedades, o próprio fundamento da vida na Terra. No Brasil, um outro aspecto que entrava o desabrochar de uma vida social e subjetiva moderna dentro da Colônia desde os primórdios é o peso que tem na vida social o fator religioso, um peso que vai ao encontro da ideia de um descompasso ou de cisão entre as relações que a Colônia e sua Economia estabeleciam com o mundo exterior e as relações sociais internas.

A vida na colônia não é só mergulhada na produção de produtos valorizados no mercado externo, é mergulhada também na religiosidade e na atmosfera clerical. Há a onipresença de um conjunto de crenças e práticas que o indivíduo já encontra ao nascer e que o acompanharão até o fim da vida,

> mantendo-o dentro do raio de uma ação constante e poderosa. Ele participará dos atos da religião, das cerimônias de culto, com a mesma naturalidade e convicção que de quaisquer outros acontecimentos banais e diuturnos da sua existência terrena; e contra eles não pensaria um momento em reagir. Será batizado, confessará e comungará nas épocas próprias, casar-se-á perante um sacerdote, praticará os demais sacramentos e frequentará gestas e cerimônias religiosas com o mesmo espírito com que intervém nos fatos que chamaríamos hoje, em oposição, da sua vida civil. Uma coisa necessária e fatal, como vestir-se, comer a

certas horas, seguir um regime de vida geral para todo o mundo (2011, p. 349).

A incredulidade ficará em grupos pequenos e fechados. Os incréus, mais que criminosos, "*apareceriam como loucos temíveis*" (2011, p. 349). Pela pesquisa de Mott:

> a missa obrigatória aos domingos e dias santos de guarda — um total de 98 feriados! — a obrigação da desobriga pascal (atestado assinado pelo vigário que o freguês confessou-se e comungou ao menos uma vez por ocasião da Páscoa da Ressurreição), a indispensabilidade da frequência aos sacramentos, são algumas práticas religiosas amalgamadoras do corpo místico no Brasil de antanho, um contrapeso socializador significativo para compensar a dispersão espacial e o isolamento social dos colonos na imensidão da América portuguesa (1997, p. 159).

A Igreja como fundamento simbólico-religioso tinha um peso considerável. Basta citarmos o seu papel na constituição mesma da subjetividade do "cidadão" da Colônia, um indivíduo que não vivia a religião em termos modernos — como questão de fé privada —, mas como um fundamento da sua constituição como sujeito. Não há um plano na subjetividade das "relações externas e jurídicas" e um plano na subjetividade relacionado ao foro íntimo. A religião se apresenta como um complexo de práticas e normas em que se emaranham "o código moral e sacramental" (JÚNIOR, 2011, p. 316). A própria instituição da excomunhão tinha consequências funestas para a vida social da pessoa, isolando-a como leprosa do meio social (2011, p. 350–51). Na sua *Formação do Brasil Contemporâneo*, Caio Prado nos escreve interessantes páginas sobre alguns âmbitos nos quais se imiscuía o poder eclesiástico, da vida doméstica dos casais, passando pelo ensino, a catequização dos índios, a assistência social, até o terreno das chamadas diversões públicas pois "a maior parte das festividades e divertimentos populares se realizava sob seus auspícios ou direção" (2011, p. 351).

A Igreja forma uma esfera de importância. Emparelha-se tanto à administração civil que é certas vezes difícil ou impossível distinguir na prática uma da outra. Havia uma comunhão de propósitos. O que não significa uma relação social de tipo feudal, mas também parece significar outra coisa que não relações mercantis ou capitalistas. É como se fincassem raízes aqui uma tradição diferente. Uma mescla de poder senhorial, poder clerical, dominação pessoal com a sede de riquezas – que pelo menos em aparência seria digna de reprimenda religiosa.

É como se a Igreja aqui tivesse criado por séculos um ambiente separado dos questionamentos que vinha sofrendo na Europa, como se aqui pudesse gozar de terreno livre para se expandir, para retomar seu poder, ou para espalhá-lo, fora de um ambiente hostil como estava sendo o europeu. A terra virgem propiciava o nascimento dessa tradição que perdurou com força nas entranhas sociais e subjetivas por no mínimo quatro séculos. Uma tradição *sui generis* que gozava da situação colonial na qual as manifestações de espírito capitalista, por não constituírem uma organicidade objetiva e subjetiva, podiam conviver com o aspecto simbólico-religioso no plano mesmo das relações sociais, enquanto em países onde o capitalismo se expandia tal tradição já vinha sendo superada ou jogada para um plano secundário de fé privada. Não é por acaso que temos um país com raízes conservadoras em todos os âmbitos, o que só começa a mudar quando um mínimo de corpo interno começa a se formar tendo como modelo inalcançável as nações ditas civilizadas. Não que depois tenha mudado, longe disso. Assim como no fundamento econômico o desenvolvimento de um sistema mercantil internamente incorporou traços coloniais, do ponto de vista do fundamento subjetivo, o desenvolvimento da forma-sujeito burguesa no Brasil tampouco acertou contas com as raízes dessa tradição. De modo que a forma-sujeito burguesa no Brasil carrega nos seus recônditos todos os irracionalismos dessa tradição.

O mais fundamental é ver que a religião é um fundamento da vida colonial, sem qualquer relativização como acontecia na Europa. Se digo que não havia um sistema, não havia uma organicidade, evidentemente a referência é a forma de vida moderna, porque a própria religião e a subsistência eram uma forma de síntese social num plano distinto. Não é que o simbólico-religioso fosse um entrave à exploração mercantil aqui realizada, mas um entrave a que relações do tipo moderna germinassem internamente.

A própria expulsão pombalina dos jesuítas em 1759, que poderia soar como uma revolução anticlerical de cariz moderno, faz parte de um contexto mais amplo de interesses econômicos, não no sentido de desenvolver um capitalismo internamente, entendido como relações modernas e dinâmicas, mas de ampliar a submissão da Colônia à sustentação da Metrópole. Se a Igreja gozava de independência considerável antes disso, depois, fica entregue ao poder soberano da coroa, sendo "um simples braço do poder secular" (HOLANDA, 2014, p. 141), tornando-se "simples departamento da administração portuguesa, e o clero secular e regular, seu funcionalismo" (JÚNIOR, 2011, p. 353).

Dito de outro modo, o caráter piedoso da Colônia contrasta de certo modo com a marcha do mundo que punha o fundamento simbólico-religioso em questão. Há que se ressaltar também que Portugal não jogou um papel de vanguarda nesses questionamentos, ou seja, à parte uma mentalidade notadamente mercantil, Portugal tinha uma forma de subjetividade em geral fincada profundamente na tradição religiosa, e sua aprovação sem restrições das estipulações do Concílio de Trento, que se mantiveram em vigor no Brasil até a República, são indício importante dessa tradição que se amalgama aqui com a "tradição" da exploração mercantil da terra — que inclui a dos escravos.

É verdade também que tal caráter ou fundamento religioso da Colônia tinha um matiz bastante epidérmico e pouco profundo, no dizer de Sérgio Buarque (2014, p. 181). As próprias cerimônias religiosas públicas chamavam a atenção pela descompostura da parte dos próprios sacerdotes: "clérigos e leigos ávidos por aproveitar aqueles preciosos momentos de convívio intersexual a fim de fulminarem olhares indiscretos, trocarem bilhetes furtivos e, os mais ousados, tocarem maliciosamente o corpo das nem sempre circunspectas donzelas e matronas" (MOTT, 1997, p. 161–162), o que também foi sublinhado por Sérgio Buarque. Do mesmo modo, não era raro o assédio sexual da parte dos sacerdotes no próprio confessionário, "fazendo do tribunal da penitência alcova para pecaminosas imoralidades". Segundo o autor, muitos moradores passavam anos sem ver um sacerdote, sem participar de ritos religiosos, e isso levou a certa indiferença em relação a práticas religiosas comunitárias, e ao "incremento da vida religiosa privada", que também não era desprovida de "desvios de heterodoxias" (1997, p. 163).

Evidentemente, não devemos imaginar que tal indiferença em relação a práticas religiosas comunitárias tenha sido a tônica geral, pois, como já notamos acima, sempre tiveram importância considerável as festas religiosas em nossa terra, desde que se fixaram com mais estruturas os aglomerados rurais ou urbanos — de modo que até hoje, em certas localidades rurais no Brasil, ainda há uma população, geralmente de mais idade, que se mobiliza para tais festividades que parecem deslocadas no tempo para o observador acostumado com a dinâmica das cidades. Ao que parece, esse caráter epidérmico da tradição religiosa não diz respeito à falta de religiosidade, mas muito mais uma permissividade aumentada, à criação de uma subjetividade mais indulgente ainda em relação aos desvios. O que significa muitas vezes um ardor interior antagônico à falta de ardor nos atos.

Além desse aspecto, ao que parece, dos católicos praticantes autênticos aos pseudocatólicos — "boa parte dos cristãos-novos, animistas, libertinos e ateus", que só para evitar a repressão inquisitorial frequentavam rituais —, o que se cristalizava, "do papa-hóstias ao mais irreverente libertino-agnóstico", eram "diferentes tipos de vivência e práticas privadas" cujo centro era a religião (1997, p. 175). Não necessariamente católica, já que são correntes as denúncias contra aqueles que recorriam a feiticeiros e feiticeiras quando "os exorcismos da Igreja e os remédios da botica não surtiam efeito na cura de variegada gama de doenças" (1997, p. 192–193).

É, pois, nesse contexto social, onde "o medo dos castigos divinos era uma obsessão generalizada" (1997, p. 176) e a vida beata e piedosa o antídoto, onde a compra do céu e um polpudo testamento para a celebração de missas poderiam reduzir "a permanência no cálido purgatório" (1997, p. 177), onde as bênçãos proibidas eram castigadas, e patuás e bolsas de mandingas disputados (1997, p. 196), que se desenvolve a vida colonial, e a estrutura econômica que alguns veem como capitalista. Sem esquecer os desviantes, que tomavam não pequeno cuidado para não despertar a "repressão da justiça civil, episcopal ou inquisitorial" (1997, p. 201).

Podemos lançar mão de outro ângulo de visão para pensarmos o peso do simbólico-religioso na Colônia. Sabemos que muitas transgressões na Bahia do fim do século XVIII — que "contrastavam poderosamente com o formalismo dos letrados mineiros quanto aos ritos da vida pública" (JANCSÓ, 1997, p. 420) — atingiam as normas de comportamento da Igreja para ganhar sentido político. Talvez a maior transgressão fossem refeições de carne às sextas-feiras da Paixão, sobretudo em jantares de cunho político. Além disso, havia quem divulgasse blasfêmias, para o espírito pio, segundo as quais não haveria Juízo Final, Inferno ou Paraíso, que a alma era mortal, que as mulheres casadas não precisavam ser fieis, entre outras invectivas. Apesar disso, segundo Jancsó, seria "equivocado ver nas transgressões de feição anticlerical ausência de religiosidade" (1997, p. 418). Para defender tal ponto de vista, apoia-se o autor em descrições de bens sequestrados em devassas e manuscritos de autores das blasfêmias, que comprovam que esses hereges guardavam privadamente, em si ou em seus baús, fortes sentimentos religiosos.

Além disso, as horas canônicas eram aqui pelo menos em parte seguidas pelos moradores. Nos conventos, seguia-se esse ascético ritmo dos oito momentos canônicos. Na vida cotidiana, "quando menos as três principais horas litúrgicas" obrigavam os moradores mais pios a lembrar de rezar conforme as badalas especiais dos sinos das igrejas: às seis da manhã, "hora do *ângelus* — ao meio-dia — *a hora que o diabo está solto* — e às seis da tarde, hora das *ave-marias* (MOTT, 1997, p. 164). As cerimônias de benzimento de fundações de moradas pelos mais abastados ou a própria presença do quarto dos santos (1997, p. 166) também parecem ir ao encontro desse peso simbólico-religioso na vida social da colônia.

As igrejas da Bahia e de Ouro Preto não são exemplos menos expressivos de devoção. Como se sabe, ambos os lugares, em que se podiam ver duas das mais "capitalistas" da Colônia, cada uma em sua época, contam com monumentos religiosos de grande monta. O que não invalida o fato de tais regiões terem um peso econômico considerável, ao contrário, as construções demonstram exatamente o peso econômico, mas ao mesmo tempo o quanto esse desenvolvimento econômico não era necessariamente capitalista no sentido conceitual que aqui estamos dando: de forma-social ou sistema social capitalista. E nem precisamos citar que a mão-de-obra de tais construções era em geral escrava.

O espaço reservado para tal devoção, ou para o simples desejo de grandeza dos poderosos ao ajudarem na ereção de uma igreja ou em obras nesse sentido, ou ainda a importância dada ao local onde a elite se postava na igreja, dissociada da arraia-miúda, são elementos que não contribuem ao desenvolvimento de relações sociais modernas ou capitalistas no Brasil, mesmo nos centros mais avançados. O que não significa que o desenvolvimento de relações mercantis tenha acabado com esses arcaísmos, que se mantiveram como traço cultural importante. O fato de nas propriedades rurais mais abastadas haver uma igreja demonstrava um espaço — impossível numa sociedade realmente capitalista — para "status e cumprimento de obrigação religiosa" (1997, p. 168). Numa sociedade em que o capitalismo se apresenta como sistema, como forma-social — e não como momentos e manifestações devidos mais ao contexto externo, e que não engrenam uma dinâmica interna — não há espaço para esse tipo de veleidade senão em casos particulares. Numa sociedade em que a subjetividade burguesa fincou seus pés e vai superando paulatinamente formas de subjetividades agarradas em tradições, nem tempo nem dinheiro podem ser despendidos em empreitadas custosas e sem retorno financeiro, como era a ereção de uma capela. Nem mesmo se daria tamanha importância simbólica a que uma bula do Papa liberasse a celebração de missa em sua capela (1997, p. 169).

O próprio desenvolvimento do Barroco, sobretudo em Minas Gerais e em Salvador, não é também menos significativo. São índice de uma sociedade mergulhada em profundas mediações simbólicas. E a plasticidade barroca, cada filigrana da arquitetura, a suntuosidade, a imponência, as sinuosidades dos elementos, o culto dos santos e anjos, o desejo de provar que os sentidos enganam, em suma, a resposta barroca aos ventos modernos mais que demonstram o peso das mediações simbólico-religiosas por essas terras — onde o Barroco não aparece como resposta à Reforma, como na Europa, mas muito mais como auge do caráter piedoso que aqui reinava.

Sérgio Buarque também destaca o papel da religião nas relações sociais do Brasil Colônia. E uma sociedade com uma dinâmica capitalista não uniria "homens notáveis e o povo da vila" (HOLANDA, 2014, p. 69), como no caso da construção da matriz de Iguape, em fins do século XVIII, em que se carregavam pedras da praia até o local da construção. Ou no caso da matriz de Itu, "erigida em 1679 com auxílio dos moradores, que de longa distância levavam à cabeça, em romaria, a terra de pedregulhos com que foram pilados os muros"? (2014, p. 70).

Não se pretende dizer que a religião seja impedimento a que as relações capitalistas se desenvolvam, mesmo porque vê-se hoje que as relações mercantis convivem com a religião sem maiores problemas. Mas, para isso, é preciso relegá-la a uma questão de fé privada, já que o fundamento da vida social e subjetiva passa a ser o simbólico-mercantil. O que interessa é o quanto o aspecto simbólico-religioso, quando é o fundamento social, cria entraves ao desenvolvimento de uma vida social e subjetiva moderna, sobretudo quando esse fundamento simbólico não é tensionado com o fundamento moderno que lhe vai corroendo a tonicidade na vida social e subjetiva para finalmente lhe tomar o trono divino. Não se trata de entraves refletidos, trata-se mais de entraves devidos ao fincamento em raízes, que são sempre um empecilho à dinamização das relações fluidas, desimpedidas, numa palavra, liberalizantes. E essa era uma caraterística do Brasil, a tal de ponto de nos perguntarmos como seria possível falar em relações sociais capitalistas se o peculiar da vida brasileira nessa época, segundo Sérgio Buarque, era uma atrofia, em proveito do irracional e do passional, das "qualidades ordenadoras, disciplinadoras, racionalizadoras. Ou seja, o mínimo necessário para que o fundamento simbólico mercantil germine na vida social e subjetiva.

À LUZ, O TÍMIDO GERME MODERNO

As descrições normalmente feitas acerca do nível cultural da Colônia não fazem imaginar em geral um quadro dos mais dignos de admiração. Segundo Caio Prado, "O nível cultural da colônia era da mais baixa e crassa ignorância. Os poucos expoentes que se destacavam pairam num outro mundo, ignorados por um país que não os podia compreender" (2011, p. 146). Tal contexto vai ao encontro da tese de Antonio Candido da falta de um *sistema literário* dentro do Brasil até o que ele chama de *momentos decisivos* para a *Formação* de uma literatura brasileira, de um sistema literário. Tal sistema existiria, para o autor, quando há a formação de uma continuidade literária à qual se integra a atividade dos escritores de um dado período. Uma continuidade que é uma "espécie de transmissão da tocha entre corredores, que assegura no tempo o movimento do conjunto, definindo o delineamento de um todo" (CANDIDO, 2000, p. 24).

Assim como afirma Candido que não havia até o Arcadismo, metade do século XVIII, uma tradição, uma "transmissão de algo entre os homens", uma "continuidade ininterrupta de obras e autores, cientes quase sempre de integrarem um processo de formação literária" (2000, p. 24) numa dinâmica que forma padrões e vai se impondo ao pensamento, à subjetividade, também não havia tal *continuidade ininterrupta* em termos de uma dinâmica mercantil até o século XIX – é o que temos defendido até aqui. Portanto, assim como faltavam os elos para criar o sistema literário – leitor-obra-autor –, do ponto de vista do capitalismo no Brasil faltavam elementos que engendrassem um sistema, com uma dinâmica própria. E, nesse caso, o principal elemento ausente era a mão-de-obra livre. Sem esse elemento, não havia como ativar o que Sérgio Buarque chama de "revolução lenta", que se processa sem o alarde de "algumas convulsões de superfície" do período republicano e mesmo anterior, que ele chama de "revoluções palacianas" (HOLANDA, 2014, p. 203). Já essa revolução lenta que entra realmente em marcha em 1888 agiria nas entranhas mesmas do social. Embora não se possa fixar uma data para um acontecimento que se dá por tensões contínuas, foi talvez esse momento, segundo Sérgio Buarque, o mais decisivo, pois a partir dessa data tinham cessado de funcionar alguns dos freios tradicionais contra o advento de um novo estado de coisas, que só então se faz inevitável. Apenas nesse sentido é que a abolição representa, em realidade, o marco mais visível entre duas épocas. E efetivamente daí por diante estava melhor preparado o terreno para um novo sistema, com seu centro de gravidade não já nos domínios rurais, mas nos centros urbanos (2014, p. 204).

Pelo trecho, Sérgio Buarque parece também ambíguo — embora sua visão seja parecida com a dos intérpretes já citados de que a base do Brasil dito contemporâneo está na colônia. O que não o impede de falar de "duas épocas", um "novo sistema", como se fosse uma continuação, mas também um corte. Talvez a falta de uma crítica das categorias fundantes da vida social moderna em seu todo, talvez uma crítica muito fincada no atraso em relação ao desenvolvido — e não na falta em relação ao dito desenvolvido —, tenha impedido aprofundar que se tratava de um corte em profundidade com a colônia, embora os traços coloniais se mantivessem, agora emaranhados numa dinâmica tendente a mercantil internamente. Diferentemente de antes, quando não ecoava aqui, essa dinâmica germina, mas avança sempre entrecruzada com o passado colonial que, nem por isso, impedia que o país se colocasse na marcha mundial moderna a seu modo meio "fora do lugar", mas também dentro do seu lugar, naquele fim de século XIX.

Antes desse marco importante, assim como a falta de sistema literário não impede que obras de valor surjam — numa avaliação retrospectiva do olhar contemporâneo —, como é o caso de um Gregório de Matos ou de Antônio Vieira, a falta de um sistema em termos capitalistas também não impede que aqui tenha havido o que podemos chamar de *manifestações capitalistas* materializadas na chamada exploração mercantil nos trópicos. Mas o decisivo é que tais manifestações não chegavam a fazer germinar relações sociais capitalistas no conjunto da sociedade — o que é diferente de um ponto de vista do atraso em relação aos centros capitalistas, um ponto de vista que já pressupõe a partilha de uma base social comum, o que não era o caso internamente. O amálgama é o que domina e continua ainda a cisão entre os dois ritmos de que temos falado.

Esses *momentos decisivos* na formação da literatura brasileira coincidem em certo sentido com o germinar de uma espécie de espírito nacional, no seio sobretudo de uma classe mercantil que ganha a consciência de poder fundar sua própria *empresa mercantil exploradora dos trópicos*, livre do jugo exploratório da Metrópole. Trata-se de um germe de forma-sujeito burguesa, ainda bastante misturado a formas de subjetividade voltadas para o passado, mas que já vislumbram e já têm contato com o que é concebido como moderno. Tal consciência, não por acaso, em termos literários se iniciou com os árcades mineiros no meio do século XVIII e ganhou nitidez no começo do XIX.

Seguindo István Jancsó, em seu ensaio intitulado *A sedução da liberdade*, por essa época o matiz das contestações à coroa sentem uma modificação. Se antes as "irrupções colctivas de rebeldia" se esvaiam "no específico de sua motivação imediata", fossem questões de excessos fiscais ou questões de legislação, e a Coroa emergia sem maiores questionamentos após superados tais problemas, o que se viu na passagem do século XVIII para o XIX foi o questionamento da própria organização do poder e desejo de sua substituição. "Os ensaios sediciosos do final do século XVIII", para o autor, "anunciam a erosão de um modo de vida", a emergência de outra forma de vida social, o "despontar de novas formas de sociabilidade, permitindo penetrar no pulsar do cotidiano, tanto das elites quanto dos outros diversos segmentos da sociedade colonial" (JANCSÓ, 1997, p. 389), que entravam em contato com ideias liberais europeias que, com toda evidência, somente com jogo de cintura poderiam aqui ganhar corpo. Porque, como vimos acima, a forma-sujeito burguesa não foi fruto de um amadurecimento interno paulatino, porque as condições da vida social reinantes no Brasil até o século XIX não eram eivadas das tensões que pudessem fazê-la avançar. A ideia de burguesia no Brasil Colônia e até o século XIX ainda está atrelada simplesmente ao ganho mercantil, sem que se crie uma dinâmica social e subjetiva rumo a uma liberdade sem peias que é a tendência conceitual da lógica mercantil. Assim, a qualidade dos questionamentos surgidos a partir da segunda metade do século XVIII não "anunciam a hegemonia burguesa", como pensa Jancsó, embora sejam transformações que penetram, lenta mas persistentemente, "no fluir da vida social organizada" (1997, p. 393). Cabe ressaltar o aspecto paulatino e persistente da transformação, mas falar em hegemonia burguesa aparece como exagero perante a argumentação defendida neste estudo. O simples exemplo de um autor como Tomás António Gonzaga, que desempenhava um papel na agitação política, já é expressivo. Suas Cartas Chilenas criticam o governo de Vila Rica, mas mantêm no geral o teor tradicional na forma e no conteúdo, e não atingem a Corte.

O mais dialético e condizente com a história da formação da subjetividade burguesa é dizer que tínhamos o engatinhar de tensionamentos que iam florescer durante o século XIX para amadurecer no século XX. Até porque, mesmo com as modificações políticas ocorridas, a estrutura econômica continua colonial, até sofrer a modificação advinda da abolição. As mudanças que ocorrem no terreno econômico e político se relacionam muito mais a circunstâncias e tensionamentos exteriores do que ao amadurecimento de tensões internas. O que significa que as reivindicações de teor novo não diziam respeito a uma classe burguesa que se aproxima de seu conceito, mas a uma elite agrária que se vestia de burguesa na epiderme, e somente porque a marcha do mundo o exigia, e não porque as relações sociais dentro do país amadureciam em termos mercantis pelas suas próprias tensões internas[1].

Não por acaso, na ideia da constituição do espírito nacional no Arcadismo não está a preocupação em termos sociais ou estéticos com um mergulho na busca do que poderia ser o nacional. O que anima os escritores neoclássicos, como afirma Antonio Candido, "é o desejo de

1. Como temos defendido, a forma-sujeito burguesa não é para nós a forma de subjetividade moderna a cada momento de seu desenvolvimento, sendo sempre a cada momento já forma-sujeito burguesa sem mais. Existe um ideal de forma-sujeito e de forma-social burguesas, embora não deixem de participar da vida social capitalista a sociedade e a subjetividade que não alcancem tal ideal de modo perfeito. O passe de entrada é partilhar as categorias fundantes da vida social moderna. Aí também o peso do concreto, das vicissitudes de cada país jogam um papel na forma como esse ideal se realiza. No entanto, como encaramos a vida social e subjetiva capitalistas como um caso único na história, a única civilização com uma dinâmica interna e, portanto, com uma teleologia negativa, quanto mais caminha essa dinâmica interna, mais essas formas social e subjetiva se aproximam de seu fim último. Por isso, a vida social capitalista não foi a todo momento um vazio visível da subjetividade e do social. Mas o seguir adiante da vida social e subjetiva capitalista, seu amadurecer é uma tendência ao vazio, no sentido da realização de um mundo em que a mercadoria ocupa todos os recantos da vida. Quanto mais a vida social moderna avança, mais a lógica da mercadoria domina tudo que é vivido, e assim, mais nos aproximamos da vida social burguesa, que é quando a lógica da mercadoria se torna segunda natureza sem mais.

construir uma literatura como prova de que os brasileiros eram tão capazes quanto os europeus" (CANDIDO, 2000, p. 26), originando um espírito nacional que criava uma literatura empenhada que tolhia até o voo literário. Mas mesmo essa imaturidade "deu à literatura sentido histórico e excepcional poder comunicativo, tornando-a língua geral duma sociedade à busca de autoconhecimento" (2000, p. 27). Ora, essa busca de autoconhecimento era o próprio sintoma na literatura da necessidade da formação de uma nacionalidade em termos mais amplos.

Embora um movimento diferente já se pudesse notar, com movimentos reunidos em Sociedades Literárias sobretudo em Minas, Bahia e Rio de Janeiro, já no fim do século XVIII (JANCSÓ, 1997, p. 410), movimentos literários que tiveram influências em movimentos de revolta como a Inconfidência Mineira e a Conjuração Baiana — neste caso, com a especificidade de que a sociabilidade literária incluía "homens de baixa extração e, pelos critérios da época, de poucas luzes" (1997, p. 412) —, esse amadurecimento do espírito nacional sofreu grande impulso com o deslocamento da Corte para esse lado do Atlântico. Como diz Candido, a vinda da corte para o Brasil trouxe consequências importantes para o "desenvolvimento da cultura intelectual e artística, da literatura em particular" (CANDIDO, 2000, p. 215) e, evidentemente, para uma nova dinâmica da vida social como um todo — que continuava sobre as mesmas bases inibidoras de um sistema mercantil interno. De todo modo, foi nesse século triunfal, quando pela primeira vez configurou-se no Brasil "uma vida intelectual no sentido próprio" (2000, p. 222), que apareceu o primeiro público regular de arte e literatura.

É portanto essa aquisição de uma mentalidade, de uma reflexão acerca do nacional, que veio a criar os tensionamentos para a superação do estado colonial, para o germinar de formas sociais capitalistas e de uma forma de subjetividade burguesa — embora tais tensionamentos não tivessem sido suficientes sem um tensionamento vindo pelo espelho da própria marcha dos países avançados em termos capitalistas. A importância é tamanha da vinda da Corte para o Brasil que a historiadora Laura de Mello arrisca dizer que foi quando o "Brasil começou a se fazer Brasil" (MELLO, 1997, p. 440), quando tivemos hábitos e costumes modernos integrando um processo social complexo que entrava em tensão com a forma antimoderna em que vivia ainda a Colônia. Apesar disso, Antonio Candido lembra que no Rio de janeiro havia, entre 1807 e 1817, 4 livrarias mal abastecidas. Em 1821 eram 8, mas sempre misturadas com a função de papelaria. Em Recife, havia uma de livros religiosos em 1815. A maior parte do saber e dos livros estava concentrado na Igreja (CANDIDO, 2000, p. 219).

O chamado período joanino contribui, assim, para esse período de germinação de um espírito nacional, quando a sociedade vai adquirindo o que Antonio Candido chama de "consciência de si própria" (2000, p. 221), que no fundo é uma consciência que vai amadurecer nos tensionamentos objetivos e subjetivos no decorrer do século XIX, no seio de uma elite econômica e intelectual, logo, no seio de uma minoria esmagadora, que começava a revestir-se de uma consciência da modernidade a partir do contato com as ideias liberais europeias — embora já tenhamos dito que essa consciência da modernidade precisava de muito jogo cintura numa estrutura social que negava no geral os aspectos modernos, e que "impunha à consciência burguesa uma série de acrobacias" (SCHWARZ, 2000, p. 42).

A raridade da instrução dava um relevo maior aos intelectuais e só aumentava a distância entre uma dita massa e essa elite que se autovalorizava ainda mais e participava do desenvolvimento do espírito nacional, da vida pensante da sociedade. Como diz Candido, com a Independência, o intelectual passa de artista a "pensador e mentor da sociedade, voltado para a aplicação prática das ideias" (2000, p. 225). O intelectual nesse momento novo do século XIX assume um papel na modelação da sociedade de uma forma diferente. Agora em consonância com as mudanças na marcha do mundo. Se na tradição colonial a intelectualidade era formada por padres e bacharéis de formação clássica, "detentores de cargos e prebendas, identificados aos interesses da Coroa, sua patrona" (2000, p. 225), o quadro muda no momento da Independência, pois o número de brasileiros que vão estudar na Europa, não só em Coimbra, mas também na França, aumenta. Não só a quantidade aumenta, mas a qualidade dos estudos se diversifica, passando a figurar entre os estudos as ciências, notadamente a filosofia. Segundo Candido, isso representava uma libertação da mentalidade jesuítica e legista das gerações anteriores, dando à luz "uma mentalidade progressista", uma "concepção mais ousada do papel da inteligência na vida social e das relações entre Metrópole e Colônia" (2000, p. 225). Evidentemente, essa visão mais ousada não se dá no sentido dos questionamentos acerca da organização social da colônia, mas no sentido da libertação, da independência em relação à Metrópole sugadora do sangue colonial. O humanismo e o pensamento moderno agiam no sentido de conformar uma elite à nova marcha no mundo. E o progressismo se refere à libertação das amarras da economia nacional, portanto, à libertação da elite nacional das amarras da metrópole.

Dito com outras palavras, era o desejo de libertação do atraso, com base no idealizado centro civilizatório, notadamente europeu. Partia-se do pressuposto, portanto, de que o fundamento da civilização moderna e de sua democracia liberal, mediada pela forma-mercadoria, era o positivo a ser partilhado para que o negativo atrofiamento de relações modernas pudesse ser superado.

Mas, no geral, a sociedade não mudava substancialmente. Aquela cisão a que nos referimos acima, entre uma *Economia*, tida por verdadeira e essencial, de produtos coloniais voltados para fora, e uma *economia* interna, subsidiária, precária, revés obscuro daquela, na qual não repercutiam consideravelmente as trocas mercantis com o exterior, vai trazer consequências para a gestação desse espírito nacional. Porque tal espírito nacional está ligado à estrutura econômica, à verdadeira Economia, aquela que representava o Brasil, a economia de exportação — aquela ligada aos circuitos mundiais e na qual havia um fluxo monetário que o espírito nacional queria desviar de fora para dentro. Não à toa, desse espírito nacional participará aquela elite nacional que vivenciava a Economia virada para fora, enquanto grande parte de outras camadas não participará de decisões ou pressões para a Independência[2]. É assim que Antonio Candido descreve a situação de modo certeiro: "Em poucos momentos, quanto naquele, a inteligência se identificou tão estreitamente aos interesses materiais das camadas dominantes, (que de certa forma

2. O próprio Canudos, tido por antirrepublicano, e às vezes por conservador, não o era por questões conceituais ou críticas elaboradas, mas pelo fato de grande parte das populações não se sentirem concernidas senão negativamente pelas mudanças ditas de modernização do país.

eram os interesses reais do Brasil), dando-lhes roupagem ideológica e cooperação na luta" (2000, p. 225).

A independência do Brasil dizia, assim, muito mais respeito aos "interesses reais do Brasil" voltado para fora, do que os "interesses reais do Brasil" voltado para dentro, que era muito mais amplo, rico e diverso.

Um aspecto que vai ao encontro da ideia de que foi no transcurso do século XIX, a vinda da Corte e a própria Independência fazendo parte desse processo, que esse espírito nacional se consolida, é que o Arcadismo da segunda metade do século XVIII, que plantara o germe desse espírito nacional, acabou assimilado à Colônia, enquanto o Romantismo ficou assimilado à Independência. Embora não se possa ver o rico período de modo tão esquemático, já que o próprio espírito nacional amadurecido com o Romantismo tomava a Europa como modelo de vida social e subjetiva, em suma, de civilização. De todo modo, como diz Candido, "o Romantismo no Brasil foi o episódio do grande processo de tomada de consciência nacional, constituindo um aspecto do movimento da Independência" (2000, p. 281). Trata-se mesmo assim de um tempo de amadurecimento. Pois essa consciência nacional que se inspirava no que havia de mais moderno em termos ideológicos ainda vai conviver muito tempo com aquela que era tida como a mais arcaica das instituições: o trabalho não formalmente livre dos negros.

O dilema da formação de uma literatura nacional pode ser relacionado com o dilema da formação da vida social capitalista no Brasil. A literatura nacional só vingaria se desenvolvesse os aspectos nacionais. Do mesmo modo, para se desenvolver um sistema capitalista no Brasil era preciso ativar uma dinâmica interna ela mesma inibida pela Economia voltada para fora. Se a literatura durante muito tempo foi um ramo da portuguesa ou europeia, se a literatura pouco dizia respeito ao ambiente interno, não se pode negar relação com a própria inexistência de uma dinâmica social interna que pudesse, como ocorreu a partir do Arcadismo, mas principalmente com o Romantismo, fazer brotar a necessidade do voltar-se para si mesma — embora tenhamos visto que era mais fácil levantar as cores do moderno do ponto de vista ideológico do que do ponto de vista da estrutura social. Tanto o capitalismo brasileiro como a literatura brasileira na colônia careciam de tensionamentos, de um núcleo dinâmico, algo que lhes desse movimento, que lhes fizesse existir como sistema.

Como vimos acima, a subjetividade e a sociedade não vão amadurecer por tensionamentos advindos de suas entranhas, mas de uma mistura entre tensionamentos internos e o mundo exterior que sempre aparecia como modelo inexorável. É assim que, não estranho a esse descompasso, vai surgir a própria ideologia romântica do *Indianismo.* Nada mais próprio do que o índio para servir de símbolo nacional. Mas também nada mais impróprio pela artificialidade do símbolo que não tinha que ver com a redescoberta desse povo esmagado pela colonização, mas com a invenção de um ser pintado com as colorações míticas europeias — diferentemente de Macunaíma de Mário de Andrade que é uma paródia da mitologia europeia. Voltaremos a esse tema.

O índio, Antonio Candido cita o movimento em torno da revista Niterói, precursora do Romantismo brasileiro, era visto "como o elemento básico da sensibilidade patriótica" (2000b, p. 19). Diferentemente do indianisno identificado com 1922, que se insurgia contra "o índio vestido de senador do Império. [...] Ou figurando nas óperas de Alencar cheio de bons sentimentos portugueses" (ANDRADE,

1978, p. 16), o indianismo romântico pintou um índio com traços do conquistador, tentando equipará-lo a este "no cavalheirismo, na generosidade, na poesia" (CANDIDO, 2000b, p. 19). Como numa espécie de sonho romântico, que só poderia acontecer nessas terras, de passar diretamente do índio, do natural, do primitivo que nos caracterizaria, à civilização europeia, à segunda natureza, por mero processo mimético. A velocidade da marcha moderna não permitindo um amadurecimento lento, pelo fato de os modelos já estarem muito à frente, depois de a terra colonial ter perdido três séculos, passados sem tensionamento rumo à marcha moderna,a sociedade e a subjetividade tentam acompanhar sempre do jeito que dá. Como na paródia expressa por Macunaíma que entra num rio e sai tingido de branco e de olhos azuis. Não precisaria aqui citar os vários trechos de Iracema em que temos o índio com ares de fidalguia.

No afã de criar uma grandeza heróica tipicamente brasileira, o *indianismo* romântico criou uma tradição sobressalente que acabou servindo "não apenas como passado mítico e lendário [...] mas como passado histórico, à maneira da Idade Média" (2000b, p. 20). Como diz Candido, tanto na poesia de Gonçalves Dias como no romance de Alencar, lenda e história se fundiram no "no esforço de suscitar um mundo poético digno do europeu" (2000b, p. 20).

Nesse sentido, o corte vislumbrado por Antonio Candido entre um Arcadismo ainda apegado "aos dois séculos anteriores pelo culto da tradição greco-romana", e um Romantismo que "revoca tudo a novo juízo", que pretende "liquidar a convenção universalista dos herdeiros de Grécia e Roma, em benefício de um sentimento novo, embebido de inspirações locais" (2000b, p. 22), precisa ser nuançado no caso do *indianismo*. Porque a inspiração local nesse caso estava muito mais relacionada com um sujeito imaginado como tipicamente nacional — o índio, que não tinha nada a ver com isso — que pudesse ser o depositário de uma tradição heroica e lendária também de empréstimo, "a que os românticos desejavam, numa utopia retrospectiva, dar tanto quanto possível traços autóctones" (2000b, p. 101).

No caso de um espírito nacional às voltas com o específico de uma terra que se fizera cindida entre um ritmo para fora e outro para dentro, ritmos opostos e dependentes, nada melhor do que um amálgama entre o que havia de disponível, tipicamente da terra, o índio, e o que era invejado como civilização: o europeu ainda pintado como um sujeito burguês entrecruzado e idealizador da tradição nobre. Esse sujeito de empréstimo, por escritores que nada tinham daquele sujeito que queriam erigir como símbolo da nacionalidade, pode ser visto como um sintoma desse vácuo em termos de organização social e em termos de subjetividade moderna numa sociedade que ainda estava em construção depois de séculos passados sem precisar se preocupar com questões desse gênero, já que o sentido que fazia a terra ter importância perante a marcha moderna se dava via a Metrópole, e a vida interna não precisava construir-se por si, porque seu ritmo interno inibidor de uma dinâmica mercantil só contava enquanto sustentáculo, não como linha mestra. Constituir um espírito nacional significava criar uma forma de aproximar-se minimamente da marcha moderna, e esse sentimento ou desejo de aproximar-se da civilização moderna, dita capitalista, só pôde amadurecer quando germinou uma dinâmica social interna, uma dinâmica que só pôde existir ou se consolidar com a Independência e sobretudo com o fim da escravidão. De todo modo, difícil é cravar uma data ou evento a partir do qual tudo muda, uma vez que, germinada no seio social essa dinâmica interna, até pelo passivo objetivo e subjetivo herdado do tempo colonial, as mudanças vão marinando vagarosamente, e criando cada vez mais um descompasso entre o que acontecia de fato na vida social, o que a dita elite pensante alardeava e a própria marcha do mundo à qual a vida social brasileira se conformava à sua maneira. Por essas terras brasileiras, a vida social capitalista germina sem o adubo que há tempos fertilizava o solo objetivo e subjetivo nas terras onde a marcha do capitalismo se apresentava adiantada.

FUNDAMENTOS PARA O NASCIMENTO DE UM ESPÍRITO BURGUÊS

> O fato de maior relevância ocorrido na economia brasileira do último quartel do século XIX foi, sem lugar a dúvida, o aumento da importância relativa do setor assalariado. A expansão anterior se fizera seja através do crescimento do setor escravista, seja pela multiplicação dos núcleos de subsistência. Em um e outro casos o fluxo de renda, real ou virtual, circunscrevia-se a unidades relativamente pequenas, cujos contatos externos assumiam caráter internacional no primeiro caso e eram de limitadíssimo alcance no segundo.
>
> CELSO FURTADO, *A formação econômica do Brasil*

Se durante quase quatro séculos o Brasil, como temos visto, se manteve em contato com os circuitos comerciais internacionais, não foi senão na segunda metade do século XIX que o germe de relações mercantis enquanto um sistema interno pôde sentir um impulso. Mas qual a mudança fundamental que fez surgir o que poderia ter surgido no mínimo um século antes? Porque, se há mudança, é preciso primeiramente dizer que a leitura segundo a qual a chave do contemporâneo está na época colonial ganha um tom mais que ambíguo. É possível, pela via argumentativa aqui tomada, entender tanto que 1) o subdesenvolvimento do capitalismo brasileiro tem sua causa no subdesenvolvimento do capitalismo brasileiro da época colonial, quanto que 2) o subdesenvolvimento do capitalismo brasileiro se deve à dificuldade havida na colônia de se constituir uma forma social mercantil enquanto sistema internamente. São duas interpretações distintas. A primeira verá o desenvolvimento das relações capitalistas no Brasil como desabrochar do que já existia de modo atrasadíssimo desde a colônia sem, no entanto, desenvolver-se devido à exploração metropolitana. A segunda verá esse desenvolvimento mercantil como corte em relação ao fundamento dos séculos anteriores. Podemos nos apoiar no próprio Celso Furtado, que é muito mais adepto da primeira visão e não dá importância fundamental a qualquer corte, para avançar nessa direção:

> Observada em conjunto, a nova economia cafeeira baseada no trabalho assalariado apresenta certas similaridades com a antiga economia escravista: está constituída por uma multiplicidade de unidades produtoras que se ligam intimamente às correntes do comércio exterior. Todavia, se nos fixamos mais de perto no mecanismo dessas unidades, vemos que são profundas as diferenças. [...] Os assalariados transformam a totalidade ou quase totalidade de sua renda em gastos de consumo. [...] Os gastos de consumo – compra de alimentos, roupas, serviço etc. – vêm a constituir a renda dos pequenos produtores, comerciantes, etc. Estes últimos também transformam grande parte de usa própria renda em gastos de consumo (FURTADO, 2007, p. 219).

A descrição do movimento não é nada anódino, porque é por ele que aparece o fundamental: uma ampliação sem precedentes da mediação das relações pelo veio monetário. Essa monetarização é o impulso mínimo, inexistente na colônia, para que o desabrochar de um sistema mercantil interno ganhe organicidade e dinâmica. Trata-se de uma mudança significativa que vai finalmente se configurar como o elemento ativador de uma dinâmica mercantil no sentido da constituição de uma vida social fundada na mercadoria. E não é somente o fim da escravidão, mas também a absorção de grande parte da mão-de-obra do setor de subsistência, que vai significar uma elevação do "salário real médio, e ainda mais o salário monetário médio, pois nesse setor o fluxo monetário era relativamente muito menor" (2007, p. 221). Ainda se pode ressaltar o aspecto da mudança subjetiva ligada à mudança de níveis de exigência daqueles que saem da subsistência rumo ao assalariamento. Os assalariados se viam diante de somas de dinheiro maiores do que os indivíduos habituados à economia de subsistência, onde o dinheiro só entra ocasionalmente ou em pequenas quantidades. Desse modo, crescia, pelo mesmo movimento, a diferença entre os empregados do setor de exportação — monetizado — e os do setor de subsistência — pouquíssimo monetizado.

Apesar da grande absorção dos negros no assalariamento, não se pode imaginar uma conversão imediata. São interessantes as observações de Celso Furtado sobre como de início a abolição da escravatura não significou a liberação de uma grande quantidade de mão-de-obra e, portanto, uma inclusão imediata dessa parte da população no fluxo monetário dinamizador de relações mercantis. No âmbito do café, ele deplora que a libertação dos escravos não necessariamente trouxe um aumento de renda, porque os escravos tinham um "reduzido desenvolvimento mental" – entenda-se por essa frase de Celso Furtado, reduzido desenvolvimento de uma forma de subjetividade burguesa – que os segregará do desenvolvimento do país após a abolição. Não possuindo hábitos familiares, a ideia de acumulação de riqueza lhe é estranha. Assim, já que para o escravo o trabalho é "uma maldição e o ócio um bem inalcançável, a elevação de seu salário acima de suas necessidades – que estão definidas pelo nível de subsistência de um escravo – determina de imediato uma forte preferência pelo ócio" (2007, p. 204). Ora, podendo trabalhar somente 2 ou 3 dias para sua subsistência, o ex-escravo ia para o ócio quando já tinha o bastante para viver. Furtado vê essa característica como algo extremamente negativo para o desenvolvimento da vida social burguesa no país. A nosso ver, eis aí uma postura das mais interessantes, mas que vai se perder, como veremos adiante, juntamente com a mística do primitivismo dentro da lógica mercantil do gozo, tão logo o capitalismo se desenvolva como comunidade mercantil.

Nesse mesmo processo de desabrochar de relações mercantis de forma mais orgânica na segunda metade do século XIX, outros grupos pela primeira vez surgem para competir ou tensionar de forma organizada com o grupo agroexportador, único a não sofrer com a depreciação cambial em larga medida devida à expansão brusca da renda monetária. Fazem parte desses novos grupos de pressão, muito mais em sintonia com uma forma de subjetividade burguesa, "a classe média urbana – empregados do governo, civis e militares, e do comércio –, os assalariados urbanos e rurais, produtores agrícolas ligados ao mercado interno, as empresas estrangeiras que exploram serviços públicos", além dos nascentes grupos industriais preocupados com o preço dos equipamentos importados. (2007, p. 248).

É aqui que vemos o quanto essa diversificação é tardia no Brasil, devido ao próprio fluxo monetário interno que só vai se intensificar com a constituição do assalariado, que coincide com a ascensão do café como produto-chave e com a descentralização na República que permite a emissão de dinheiro pelos bancos regionais e a oferta de crédito. A crise daí advinda comprova, para dizê-lo com Furtado, o quanto "o sistema monetário de que dispunha o país demonstrava ser totalmente inadequado para uma economia baseada no trabalho assalariado" (2007, p. 245). Na época do regime escravo, o fluxo de renda monetária era reduzido, justamente a seiva fundamental para que o desenvolvimento de uma mentalidade mercantil realmente germine e se desenvolva.

Também não pensemos que o Brasil entrou no século XX já a todo vapor com a máscara de caráter do sujeito burguês. A própria forma como a política de valorização do café foi implementada provava que o país no fundo continuava dependente de um produto colonial para exportação — e esta parece ser um componente da "linha mestra" que Caio Prado vê desde a Colônia se manter no contemporâneo, embora ele não faça a diferença qualitativa da passagem, como já dissemos. Os sujeitos mercantis que emergiram do café e da sociedade baseada no assalariamento ainda carregam em sua subjetividade individual as marcas das formas anteriores, evidentemente, mas essas formas anteriores, agora sim, se veem perante tensionamentos, formas novas, que as impulsionam. O que já não faz mais delas simples "formas anteriores". A forma-sujeito burguesa ainda não se manifestava como um espírito abstrato que toma conta das subjetividades concretas. Esse processo estava em curso. Mas o que mais há são subjetividades individuais, no nível de cada produtor, que somente querem maximizar seus lucros, seja com escravo, seja com assalariados. Do ponto de vista geral, não havia uma forma de subjetividade que vislumbrasse o limite da monocultura e começasse a fomentar alternativas à aplicação "dos lucros obtidos no setor cafeeiro com uma rentabilidade comparável a este último" (2011, p. 257–258). Foi preciso uma série de crises para que o capital daí advindo fosse frutificar nas indústrias principalmente de São Paulo. Apesar disso, a monetarização da relações sociais — sem a qual uma forma-sujeito burguesa não vinga — continua se ampliando sobre bases mais sólidas, mesmo com as crises econômicas oriundas do café até a crise de 29: "o fato dinâmico principal, nos anos que se seguem à crise, passa a ser, sem nenhuma dúvida, o mercado interno" (2011, p. 278). E é isso que nos toca de perto aqui, a formação de uma vida social capitalista e de uma forma-sujeito burguesa, fundadas nos laços simbólico-mercantis. É disso que trataremos ao adentrarmos pelo século XX, cujo início será marcado pelo amálgama de ideologia de modernização do país e luta pela florescimento do espírito nacional de cariz mais delineadamente burguês — embora com o contrapeso nacional do primitivo. Mas, como veremos, não terá nada que ver com o *indianismo* romântico. Ao contrário, será uma tentativa de ridicularizá-lo e superá-lo.

ESPÍRITO NACIONAL E ANTROPOFAGIA: UMA SÍNTESE «INDÍGENO-BURGUESA»

Da teoria ambígua da *cordialidade* do povo brasileiro de Buarque de Holanda, passando pela *malandragem* como conceito positivo crítico-afirmativo do ser brasileiro (CANDIDO, 1970), pela alegoria da constituição do brasileiro ou da subjetividade brasileira em *Macunaíma*, até as teses antropófagas, pelas quais se encontraria o espírito nacional revolucionário, temos exemplos de tentativas de identificação de especificidades da constituição da sociedade brasileira. E essas ditas especificidades, e as citadas não são as únicas, podem apontar para entendimentos distintos: 1) o de que o entrecruzamento objetivo e subjetivo ou a não-simultaneidade histórica da forma-social e subjetiva burguesa gestou essas especificidades. Ou seja, as especificidades nasceram do descompasso entre dois mundos, o da forma de vida herdeira da "atonia" interna não-mercantil — sem contar a diversidade cultural — e o da forma de vida herdeira da Economia voltada para fora que pretendia acertar o passo na marcha do progresso em termos capitalistas; 2) e o de que essas especificidades servem de lastro para fundar uma nacionalidade com caracteres pretensamente distintos daqueles dos centros capitalistas, embora fique sem abordagem o fato de que a própria nacionalidade desejada deverá partilhar a seu modo os fundamentos burgueses. Dito de outro modo, a nacionalidade pressupõe a modernização, pressupõe a entrada pela vida social burguesa, ao mesmo que ideologicamente se pretendia negá-la.

Sendo assim, todas as reflexões sobre essas especificidades encontram sua justeza e partem de uma realidade. Mas o que caberia trazer como pergunta é até que ponto essas especificidades são aparências — transformadas ideologicamente em essência — que não se opõem necessariamente à essência do que se poderia chamar de marcha moderna. A trilha reflexiva neste momento se embrenha pela questão de pensar o quanto a busca pelo instinto de nacionalidade no começo do século XX, materializado no Modernismo paulista e mais especificamente ainda nos *Manifestos Pau-Brasil* (1924) e *Antropófago* (1928) e em *Macunaíma* (1928), são uma tentativa de síntese problemática da nacionalidade. E o aspecto problemático estaria em que tal síntese, também ligada a uma forma de subjetividade brasileira típica — num período efervescente que coincide com o ciclo do café e também com certa dinamização industrial —, pretende se constituir como forte questionamento do modelo europeu, num nível que nenhum movimento literário ou político ousara fazer, mas ao mesmo tempo parte da ideia de *deglutição* desses mesmos pressupostos europeus no plano estético, social e subjetivo como um conceito crítico da forma de vida dos países avançados em termos capitalistas: "Um misto de 'dorme nenê que o bicho vem pegá' e de equações" (ANDRADE, 1978, p. 9).

Evidentemente, no bojo dessa ideologia está a questão da modernização das estruturas arcaicas do país, intimamente ligada com a estética modernista da cidade de São Paulo. Mas o problema é que não havia modelos de modernização alternativos, o capitalismo sempre impôs padrões de desenvolvimento aos quais os países têm que alcançar para existirem no mapa. Sendo assim, o que o movimento modernista paulista no geral, enquanto ideologia de modernização, tentava passar como alternativa eram na verdade características tidas como bem próprias para dar mais colorido e malemolência ao sujeito burguês brasileiro e sua modernização — que nem por isso deixava de ser cinzenta e dura.

Mas um momento histórico, social, estético nunca vem a lume de chofre, sem fases de amadurecimento, de sussurros antes que o grito que normalmente se constitui como marco da história venha a sobrepor-se ao caminho por vezes longo percorrido pelos tensionamentos nas entranhas da sociedade. No caso da formação do espírito nacional representada pelo modernismo paulista, esse amadurecimento passou pelos chamados *antigos modernistas* (HARDMAN, 2009), aqueles que não entraram no cânone do modernismo paulista, mas que estavam tensionados com questões modernas bem antes da Semana Arte Moderna de São Paulo.

Hardman destaca a existência na passagem para o século XX de um processo de *continuum* mental "feito de múltiplas e contraditórias combinações", no qual se poderiam identificar afinidades entre "o discurso modernizador do Estado" (a engenharia de obras públicas ocupando, aí, lugar de 'vanguarda')", o "discurso evolucionista-progressista da imprensa operária emergente" e o "discurso estético-literário moderno de literatos, ensaístas e críticos de estilos aparentemente díspares" (p. 170).

Mesmo com esse *continuum* identificado pelo autor, nos chamados *antigos modernistas*, as questões de nacionalidade apareciam num turbilhão tal — numa dialética, se preferirmos — que impossibilitava uma resolução ou uma síntese como a de certo modo pretendida pelo modernismo paulista. A história brasileira impedia essa síntese. A leitura já citada de Roberto Schwarz das *ideias fora do lugar* acerca de algumas obras de Machado de Assis e mesmo de *Senhora* de José de Alencar demonstram essa impossibilidade de síntese. Uma impossibilidade que aparecia, por exemplo, de modo intencional em Machado de Assis, que desvela no nível formal a impropriedade da subjetividade e da forma social burguesas no Brasil e assim "fica em dia com a complexidade objetiva de sua matéria". Ou aparecia de modo involuntário, indesejado, "pelas frestas, como defeito", o que Schwarz (2012, p. 37–38) analisa com base no romance *Senhora* de Alencar. Assim, o desterramento da forma social e subjetiva burguesa em solo brasileiro cria um contexto para a intelectualidade do país bastante peculiar, e até artificial. Como explicita Arnoni (2010), a força da organização social imposta pelo domínio das chamadas elites, sempre dispostas a bloquear projetos de "reformas que pusessem em risco sua hegemonia", é tal que o escritor vivencia uma divergência, "que não chega ao antagonismo", mas que o "induz a conceber a atividade intelectual como um instrumento eficaz para aliar-se à modernização do país, sem romper com o sistema arcaico que paralisava as ideias" (p. 21).

Arnoni exemplifica com a agitação política no seio de algumas revistas cuja vinculação com as ditas elites criava uma espécie de mundo de *ideias fora do lugar* ou de incongruência ideológica: "o ato de propor a ruptura, desvinculando-a da realidade local, traz em si um compromisso ideológico evidente. O modelo do inconformismo é estranho a seu porta-voz, mas dá-lhe em contrapartida, a condição de equivalência com a fonte de origem", o modelo europeu (2010, p. 26).

Mas se nessa incongruência notada por Arnoni, ou pela chave de leitura de Schwarz, o que vem à tona é tensão e inadequação, é a incompatibilidade entre um mundo das ideias modernas idealizadas e o mundo real tudo menos moderno, no Modernismo paulista expressado em manifestos como o da *Poesia Pau-Brasil* e o *Antropófago*, essas tensões aparecem como menos tensas e mais bem resolvidas.

Dito de outro modo, o tema da nacionalidade, ou da brasilidade, aparecido desde sobretudo o século XIX, parece ganhar contornos mais amadurecidos em termos de uma dialética nacional de uma subjetividade burguesa com o debate modernista, que foi pautado nesses termos principalmente pela cidade de São Paulo. Não por acaso. Era a cidade, pode-se dizer, onde essa forma de subjetividade encontrava solo mais fértil para florescer. A questão de saber qual seria o lugar dessa jovem nação na marcha do mundo moderno movimentou a chamada intelectualidade da época. Caberia ao país ser uma mera transplantação dos modelos já avançados, caberia criar luz própria, e sobre que bases? Ou deveria o país ser um hibridismo, uma mistura? Colher o fruto dos séculos de miscigenação e proximidade com a natureza e temperar com as conquistas das civilizações mais avançadas?

Nesse sentido, vale lembrar a aproximação que Schwarz faz entre a literatura do Brasil e a da Rússia na virada do século XX, pelo menos em termos de Machado, que ele compara com Gógol, Dostoiévsky, Tchekhov, já que parece ser muito distinta a tensão que há na literatura russa e a que há na brasileira, sobretudo naquela que desemboca no modernismo paulista. Na Rússia, a modernização se perdia num imenso território e na inércia social, "entrava em choque com a instituição servil", que era experimentada como vergonha nacional. Mas essa vergonha não impedia a existência de um critério para também ter uma medida do "desvario do progressismo e do individualismo que o Ocidente impunha ao resto do mundo". O resumo de tal dilema, não encontrado no Brasil que forjava seu espírito nacional pelo lado da civilização europeia ou deglutindo-a, é uma escolha entre Caribda e Cila, ou uma aporia — só resolvida pela força da marcha moderna: "o progresso é uma desgraça e o atraso é uma vergonha" (2012, p. 28). Evidentemente, para os que tomam o lado da civilização mercantil sem pestanejar, esse dilema não passa de um falso dilema.

Tão falso que a estética antropofágica encontra uma resolução original pela recusa da importação dos modelos europeus, dos colonizadores, em proveito da deglutição desses mesmos modelos, tingidos de cor local — entenda-se mestiça, popular, espontânea, primitiva, instintual — para que a vida social burguesa pudesse ter no Brasil um espírito brasileiro e não um caráter meramente transplantado da Europa. Nasceria assim em solo nacional uma alternativa à rigidez neurótica europeia, num caldo cultural que junta "o necessário de química, de mecânica, de economia e de balística. Tudo digerido" (ANDRADE, 1978, p. 10). Como diz Antonio Candido e Aderaldo Castelo (1975), trata-se de uma "verdadeira filosofia embrionária da cultura": "Oswald propugnava uma atitude brasileira de devoração ritual dos valores europeus, a fim de superar a civilização patriarcal e capitalista, com suas normas rígidas no plano social e os seus recalques impostos, no plano psicológico" (p. 16). Gesta-se a crença ideológica de que o espírito nacional advindo dessa deglutição — dita "Absorção do inimigo sacro" (ANDRADE, 1978, p. 18) — seria em si quase anticapitalista, embora mantenha como fundo tácito o desenvolvimento das categorias capitalistas, sem as quais por outro lado não há modernização.

No seu ensaio *A crise da filosofia messiânica*, Oswald faz uma crítica de fato do patriarcado, identificando-o à civilização europeia, ao que ele chama de cultura messiânica, à qual ele opõe o matriarcado, que coincidiria com a cultura antropofágica — que se distingue do canibalismo, que não é ritualístico. Mais do que esse aspecto, que não deixa de ser interessante, salta aos olhos no texto a fundamentação filosófica da antropofagia dentro de uma dialética. Assim, a *tese* seria o homem natural, a *antítese*, o homem civilizado, e a *síntese*, o homem natural tecnizado (1978, p. 79). Para Oswald, sua época vivia o 2° termo, o estágio da negação. O seu objetivo é a chegada ao 3° termo, à síntese que seria a deglutição dos aspectos civilizacionais, técnicos, pelo homem natural, o brasileiro evidentemente.

> No mundo supertecnizado que se anuncia, quando caírem as barreiras finais do Patriarcado, o homem poderá cevar a sua preguiça inata, mãe da fantasia, da invenção e do amor. E restituir a si mesmo, no fim do seu longo estado de negatividade [o segundo termo da dialética], na síntese, enfim, da técnica que é civilização e da vida natural que é cultura, o seu instinto lúdico. Sobre o Faber, o Viator e o Sapiens, prevelecerá então o Homo ludens. À espera serena da devoração do planeta pelo imperativo do seu destino cósmico (1978, p. 83).

Portanto, as revoluções industriais estariam anunciando a volta do matriarcado e, mais que isso, a realização da síntese do homem natural tecnizado, um sujeito evoluído para cuja gestação o Brasil estaria em posição de vanguarda. Nem Marx, em seu *Fragmento sobre as máquinas* contido nos *Grundrisse*, conseguiu expressar tamanho otimismo acerca da evolução automática da humanidade. Nada nos permite negar que seja um pensamento bonito, no entanto, é uma forma de fundamentar uma estética que só demonstra o quanto falta ao poeta e ao ensaísta uma abordagem de fundo do processo moderno de produção de riquezas chamado capitalismo. Além disso, dizer que "o matriarcado se anuncia com suas formas de expressão e realidade social que são: o filho de direito materno, a propriedade comum do solo e o Estado sem classes, ou a ausência de Estado" (1978, p. 128) pode parecer bastante revolucionário, mas choca com os meios como ele pretende que a história humana esteja caminhando para isso: como uma espécie de consequência óbvia do progresso técnico e intelectual materializados pela Razão instrumental.

Evidentemente, nem todos os ícones do Modernismo paulista defendem abertamente a modernização do país como "acesso à racionalidade, ao pragmatismo, enfim, à ética capitalista", como o faz um Menotti del Picchia que, conforme Mônica Velloso (1993),

> defende esses valores e pleiteia a morte necessária do romantismo.: Em "O último romântico", o autor lamenta o caráter anacrônico de um suicídio amoroso, argumentando que os novos tempos exigem que o amor passe para o domínio de uma simples operação financeira, devendo essa mesma dinâmica ocorrer no nível da vida pessoal, social e política (p. 7).

Há também as reações, como a do Manifesto Regionalista de 1926. Nele, Gilberto Freyre faz críticas à homogeneização das cidades, ao estilo citadino de vida, à cultura urbana ocidentalizada, sem todavia fundamentar uma verdadeira crítica da modernidade senão em tom conservador, e mesmo assim reconhecendo os arroubos modernos, contanto que não arrasassem tudo e respeitassem certa tradição.

> Reconheçamos a necessidade das ruas largas numa cidade moderna, seja qual for sua situação geográfica ou o sol que a ilumine; mas não nos esqueçamos de que a uma cidade do trópico, por mais comercial ou industrial que se torne, convém certo número de ruas acolhedoramente estreitas [...] (FREYRE, 1996, s. p.).

Quem não gosta de ruas acolhedoramente estreitas, que nos protegem do sol e onde podem estar guardadas agradáveis surpresas? Mas defender sua existência ao lado das ruas largas que rasgam as cidades modernas não se constitui em crítica à marcha arrasadora do progresso, e se aproxima mais a um pedido para que essa marcha não abocanhe todos os cantos da vida.

À parte essas manifestações estéticas e políticas em outras partes do Brasil, vão se diferenciar dois tipos de modernismo no centro agitativo principal: um mais cosmopolita, identificado com a Semana de 22 e um mais regionalista, localista, identificado com a doutrina verde-amarela (VELLOSO, 1993, p. 9). Esse dito regionalismo tem como umbigo a cidade de São Paulo e não deve ser confundido com o regionalismo nordestino — que expressava em geral muito mais um outro Brasil em relação ao surto modernizador — de figuras como Rachel de Queiroz, Graciliano Ramos ou José Lins do Rego. Trata-se de um regionalismo paulista ligado à modernização de São Paulo, em que o Verde-amarelismo aparece como corrente ideológica mais nacionalista dentro do modernismo, defendendo um projeto de cultura nacional calcado num "retorno idílico às tradições do país" (1993, p. 10). Nesse localismo Verde-amarelo, a busca da nacionalidade passa pela afirmação do ser nacional ligado a leituras bastante discutíveis da época colonial como mundo apaziguado: "Para os verde-amarelos, foi São Paulo que deu início ao processo nacionalizador. Através da epopéia das Bandeiras, em pleno século XVI, o Estado partiu para a conquista do território. Cabe a São Paulo, portanto, coordenar todas as vozes regionais, assegurando a comunhão brasileira" (1993, p. 16). Mas concentremo-nos no que aparecia como vanguarda de fato, cuja nacionalidade defendida na melhor das boas intenções burguesas não tem nada que ver com o ufanismo com conotações de fascismo tupiniquim do grupo Anta verde-amarelo.

Haroldo de Campos, na sua introdução às *Poesias Reunidas* de Oswald de Andrade, destaca um depoimento do poeta que é dos mais significativos para uma compreensão da ligação entre a vanguarda modernista e o impulso de uma subjetividade burguesa no Brasil:

"Se procurarmos a explicação do por que o fenômeno modernista se processou em São Paulo e não em qualquer outra parte do Brasil, veremos que ele foi uma conseqüência da nossa mentalidade industrial. São Paulo era de há muito batido por todos os ventos da cultura. Não só a economia cafeeira promovia os recursos, mas a indústria com a sua ansiedade do novo, a sua estimulação do progresso, fazia com que a competição invadisse todos os campos de atividade". É o retrospecto de Oswald, em 1954 (1974, p. 11).

Como diz Alfredo Bosi, na sua interpretação de *Macunaíma*, foi em São Paulo, onde estava a burguesia mais aberta às influências internacionais, "o segmento cultural mais avançado do país", nessa cidade reeuropeizada pela moda do *art nouveau* e pela imigração, "e já entrada na era da máquina e das relações capitalistas, onde pôde gerar-se uma revisão drástica do tom e do teor neoparnasiano ainda vigente nas províncias e no Rio de Janeiro da Academia Brasileira de Letras" (1988, p. 174).

Pretende ainda Haroldo de Campos, sem corar, que a poesia de Oswald de Andrade é "Uma poesia de tipo industrial, diríamos, por oposição ao velho artesanato discursivo, institucionalizado em modelos retóricos pelo parnasianismo" (1974, p. 15). Ou seja, há um empenho modernizador que se reflete diretamente no terreno estético, inclusive na sequência de gravuras feitas por Tarsila para as *Poesias Reunidas*. Cada imagem, assim como os poemas, trazem o avançar da sociedade Brasileira. Do momento em que só havia os navios e pequenos barcos chegando às costas, até os *postes da Light*, que simbolizam o progresso, em que já se vê na gravura prédios e imagens de postes e indústrias e bondes. É a parte da obra em que a modernização de São Paulo aparece de forma expressiva. No poema *Atelier*, por exemplo, há um tom apologético da mistura de carros, klaxons que dão a cor da verdura, que já não existe. Uma verdura que agora é buzina, arranha-céus e o café, que está ficando para trás. Mas é uma modernidade, como lembra Schwarz ao analisar um dos poemas da seção, em que o " progresso é inegável, mas a sua limitação, que faz englobá-lo ironicamente com o atraso em relação ao qual ele é progresso, também" (1987, p. 15). De todo modo, o desenvolvimento ou a afirmação da nacionalidade tinha que passar pela modernização nos moldes inconfessadamente europeus — mas evidentemente com tonalidade malemolente, pretensamente primitivista, espontânea, com todas as cores nacionais que negariam a ideia de importação de civilização.

O primeiro poema da seção Loide Brasileiro é o *Canto de regresso à pátria*. O que o poeta chama de pátria não é mais o Brasil, como no caso de Gonçalves Dias, mas é São Paulo. Isso não teria nada a ser sublinhado se o poema não fosse ao encontro de um processo de entronamento da cidade como símbolo brasileiro, como verdadeira alegoria nacional, como a locomotiva. E a última estrofe do poema com seu "Não permita Deus que eu morra/ Sem que volte pra São Paulo/ Sem que veja a Rua 15/ E o progresso de São Paulo", (ANDRADE, 1974, p. 144) é bastante expressiva dessa ideologia que não pode ser vista apenas como tirada poética.

Nesse mesmo sentido, os manifestos do período modernista pretendiam colocar os artistas em pé de altura, para não dizer em nível mais elevado, em relação às vanguardas europeias. Diferentemente da retórica de uma busca da alma tupi e de uma formação nacional pacífica presente no *Manifesto Nhegaçu Verde Amarelo*, os *Manifestos Antropófago* e da *Poesia Pau-Brasil* têm como lastro a apologia da engenharia, da modernidade, da cidade, do concreto, do progresso, embora com a tonalidade local, irreverente e questionadora do passado colonial. A disputa é entre um Brasil que importa e copia, e um Brasil que inventa, "Poesia Pau-Brasil, de exportação" (ANDRADE, 1978, p. 7). Um Brasil que ganha um lugar de protagonista e não de copiador. Ou seja, o modernismo aparece nesses manifestos como uma forma de dar cor primitiva, indigenista, negra, mestiça, à vida social burguesa no Brasil — dito de outro modo, às categorias capitalistas no Brasil. E é aí que se encontra o aspecto ideológico do modernismo paulista, uma ideologia aparentemente aporética do progresso, que tenta sintetizar dois termos inconciliáveis, já que é impossível conciliar progresso e primitivismo, a menos que este seja incorporado como estética de superfície.

À diferença das vanguardas européias, cuja empreitada pretendia pôr em questão a sociedade burguesa — embora tal empreitada tenha significado um passo no caminho de um movimento culminado nas contestações contraculturais dos anos 1960 que, sem ter esta pretensão, acabaram por liberar o sujeito burguês das amarras tradicionais — o tipo de vanguarda expressa nos *Manifestos da Poesia Pau-Brasil* e *Antropófago* está mais para um acerto de contas com os modelos, um acerto de conta com o pai-Metrópole, do que para um questionamento da ordem burguesa. Assim, a afirmação de Haroldo de Campos de que a poesia de Oswald é uma poesia de *ready made* (1974, p. 28), uma poesia em consonância com as vanguardas europeias aparece como exagerada, senão na forma, no conteúdo. Se estas viam no mundo burguês a decadência do mundo, a prisão dos sentidos, a *Poesia Reunida* de Oswald vê a decadência no fato de ainda não termos um mundo burguês e uma subjetividade burguesa — embora pretenda também criticar o mundo burguês. A fórmula "ver com olhos livres" (ANDRADE, 1978, p. 9) tem na Europa um sentido, e no Brasil outro, embora a frase seja vanguardista lá e cá. Mas, num caso, o desejo é se livrar do mundo burguês, no outro, o desejo é a vinda desse mundo, preferível àquele dos doutos arcaicos identificados com o parnasianismo, o gabinetismo, o jurisconsulto, o domínio dos senhores rurais. Lá, a oposição era feita aos aos últimos laços arcaicos que a vida burguesa trazia — o regramento extremo da vida, a rigidez, o cálculo, a racionalidade, a negação do sonho em proveito da consciência da realidade —, ao que ela anda tinha de protestantismo e ascetismo. Aspectos que, enquanto entrecruzamento de uma subjetividade virada para o passado em tensão contínua com outra virada para o futuro — que compõe a dialética da subjetividade burguesa —, apenas se ramificavam na vida social brasileira.

Assim, a própria estética da antropofagia, como vanguarda, parece uma impropriedade. Inconfessadamente, o ato ritual antropofágico era feito com a forma-sujeito burguesa para tirar dela suas virtudes e criar algo tipicamente nacional. Em vez de um questionamento de vanguarda ao modo de vida burguês, o que nasce é o germe de um sujeito burguês *parodiado*, do qual Macunaíma seria um protótipo bastante contemporâneo. Uma paródia que, como veremos, não inibe o desenvolvimento da vida social burguesa.

E é por isso que a revolução Caraíba, maior que a Revolução francesa (1978, p. 14), pensada por Oswald de Andrade, não só aparece como utópica, mas como uma contradição em termos — o final melancólico de *Macunaíma*, de Mário de Andrade, que se torna a constelação Ursa Maior, parece apontar para essa impossibilidade da existência mesma dos povos originários, depois de os objetivos mercantis aportarem numa terra. Como o caraíba poderia fazer uma revolução para modernizar o Brasil? Como o caraíba iria fazer uma revolução com os ideais que fundamentaram a sociedade que os extinguiu no fim das contas? Um caraíba operário de fábrica, pintor de quadros ou fazedor de poemas não parece verossímil. A não ser como *carnavalização* do sujeito burguês, uma dessacralização para torná-lo malemolente, flexível aos ditames modernos.

«MACUNAÍMA» E A BRASILIDADE BURGUESA DE LIMBO

> O pecurrucho tinha cabeça chata e Macunaíma inda a achatava mais batendo nela todos os dias e falando pro guri: — Meu filho, cresce depressa pra você ir pra São Paulo ganhar muito dinheiro.
>
> MÁRIO DE ANDRADE, *Macunaíma*

Para Alfredo Bosi (1988), em *Macunaíma*, imbricado ao aspecto estético, há "o desejo não menos imperioso de pensar o povo brasileiro, *nossa gente*, percorrendo as trilhas cruzadas ou superpostas da sua existência selvagem, colonial e moderna, à procura de uma identidade que, de tão plural que é, beira a surpresa e indeterminação; daí ser o herói sem nenhum caráter" (p. 171). Ou seja, para Bosi, é preciso entender *Macunaíma* pelas duas motivações: a de narrar, lúdica e estética; e a de interpretar, histórica e ideológica.

Nossa tentativa de leitura de *Macunaíma* tenta enveredar mais pelo caminho da interpretação do Brasil – histórica e ideológica – que aparece na obra, sem necessariamente ser obra de vontade do autor. Assim, não nos interessa se *Macunaíma* tem inspiração da obra que o alemão Koch-Grümberg escreveu a partir de sua viagem ao norte do Brasil até a Venezuela. Não nos interessa provar que Macunaíma é um personagem-símbolo da terra chamada Brasil, ou genuinamente dessa terra, mas muito mais refletir sobre tal personagem como uma *alegoria* ou metáfora da subjetividade brasileira em confronto com a vida social burguesa amadurecida. Sendo assim, trata-se de uma reflexão para cuja validade somente a época contemporânea pode contribuir. Porque as questões que tentaremos levantar não se apresentavam de modo algum para o autor. De certo modo, trata-se de confrontar a obra com o desdobrar-se da forma-social burguesa no Brasil. É ao que nos dedicaremos agora.

Como diz Bosi, no momento do modernismo, a Civilização mais requintada se encanta com o pensamento selvagem, chamado de pensamento primitivo:

> Algo de comum ou, mais precisamente, de analógico, vai se articulando entre esse universo, colonizado e oprimido havia séculos, e as novas estéticas cujo horizonte de sentido era a denegação da mente racionalizadora imposta ao planeta inteiro desde que se consolidara o modo de viver e pensar capitalista. Nessa rede de afinidades, entende-se o veio neo-indianista e neo-folclórico do modernismo brasileiro (p. 174).

É aí que começa a se complicar o emparelhamento do modernismo paulista com as vanguardas europeias, pois aqui o que se pretendia denegar era muito mais a mentalidade patrimonialista, rural, personalista, atrasada do que a racionalidade capitalista que por aqui apenas andara dando algumas voltas até então. É nesse sentido que se pode dizer que o modernismo brasileiro é também um programa de modernização, um projeto de gestar a racionalidade capitalista no Brasil, embora com o nome menos assustador de desenvolvimento e saída do atraso, e com toques malemolentes, preguiçosos, malandros, primitivos, em vez de simplesmente copiá-la em sua forma já existente nos países mais à frente no desenvolvimento da forma de viver capitalista: "O modernista passa a aspirar ao brilho agudo do aço da civilização industrial em expansão, que os manifestos futuristas proclamam, ou então a uma forma selvagem de contracultura que vinha elegendo os seus emblemas entre os símbolos do inconsciente" (1988, p. 174). Notemos que no trecho anterior Bosi falava em "denegação da mente racionalizadora", enquanto agora fala em "brilho do aço da civilização industrial" como algo aspirado pelo modernista, como se civilização industrial e a racionalização do mundo não andassem de mãos dadas.

Se em Alencar os índios ganham caráter de nobreza europeia, em Mário de Andrade o índio Macunaíma deglute o caráter da burguesia europeia, e assim fica praticamente no mesmo pé a questão da identidade que o *indianismo* do modernismo paulista pretendia resolver. A diferença é que o *indianismo* de Mário de Andrade está em consonância com os tempos modernos, é revolucionário, virado para o futuro, é uma síntese mal-acabada indígeno-burguesa, enquanto a síntese mal-acabada e não menos problemática desenhada por Alencar, o indígeno-nobre, é virada para o passado, é reacionária.

Assim, o que se delineia em *Macunaíma* é uma tentativa a um só tempo bem-sucedida e malfadada de síntese da identidade brasileira. Bem-sucedida porque logrou a construção de uma ideologia de cultura própria fundada em raízes próprias; mas malfadada porque o que é tido por próprio não desemboca na alternativa à subjetividade e à sociedade burguesas prometida, mas é incorporado pela forma-sujeito burguesa. O que mostra a dificuldade da empreitada de construção de uma identidade nacional num mundo que tende a anular o que é próprio ou delegá-lo ao plano do enfeite secundário.

Mesmo assim, é forçoso concordar em parte com Bosi quando diz "que não há em Macunaíma a contemplação serena de uma síntese". Mas em parte, porque no decorrer da obra, embora o autor insista "no modo de ser incoerente e desencontrado desse 'caráter' que, de tão plural, resulta em ser 'nenhum'"(BOSI, 1988, p. 178), é esse caráter que parece não tensionar por onde passa. Macunaíma parece mover-se com desenvoltura tanto no mato quanto na cidade. Vemos sempre Macunaíma *se virando* de todo jeito, sempre se adaptando às situações com jogo de cintura, com ginga. Nesse sentido, sua alta capacidade de adaptar-se aos ambientes e se dar bem parece ser, com todas as incoerências e desencontros, sua forma brasileira de estar no mundo burguês. Nesse sentido, a síntese pode até não ser contemplada serenamente, já que Macunaíma sente certo enjoo de viver no mundo, mas não deixa de pretender ser uma síntese.

O fio condutor da obra é o que Gilda Mello chama de busca do Graal, "a busca do objeto miraculoso" (2003, p. 60), a busca de Macunaíma pela pedra-amuleto *muira-*

quitã que ganhara da rainha das Icamiabas, no momento de sua morte. A forma como domina a rainha da tribo é apresentada como uma espécie de paródia de um processo de colonização, misturando violência e "brincadeira" – sempre sinônimo de aventura sexual. Perdendo o talismã numa luta e sabendo que uma tartaruga pescada por um mariscador o havia encontrado e vendido a um rico fazendeiro residente em São Paulo, decide ir com os irmãos para lá.

Macunaína chega a São Paulo comicamente, numa postura paródica do conquistador, como se fizesse o caminho inverso dos bandeirantes para conquistar São Paulo: "Na frente [da embarcação] Macunaíma vinha de pé, carrancudo, procurando no longe a cidade" (ANDRADE, 1988, p. 36). Tendo só em aparência deixado sua identidade na foz do Rio Negro, ao entrar na cidade, toma um banho bastante metafórico:

> a água era encantada porque aquele buraco na lapa era marca do pezão do Sumé, do tempo em que andava pregando o evangelho de Jesus pra indiada brasileira. Quando o herói saiu do banho estava branco louro e de olhos azuizinhos, água lavara o pretume dele. E ninguém não seria capaz mais de indicar nele um filho da tribo retinta dos Tapanhumas (ANDRADE, 1988, p. 37).

É um trecho dos mais significativos, em que salta aos olhos – mais do que uma ironia em relação aos imitadores que querem se pintar das cores do mundo exterior – uma alegoria da forma-sujeito burguesa enquanto uma fôrma macho-branco-ocidental, como podemos ler num interessante estudo de Roswitha Scholz (1997). É desse protótipo que vai se revestir Macunaíma na água encantada, para poder entrar na cidade, no limiar entre sua subjetividade anterior e a posterior. O colorido de chofre, dá-lhe um tom meio de imperfeição à sua adaptação para entrar na cidade. Mas essa imperfeição não o impede de entrar e mover-se muito bem nela, numa bela demonstração de jogo de cintura. Para o autor, isso aparece como uma paródia, como uma crítica dessa vontade de se revestir do europeu, algo criticado em várias metáforas no decorrer da obra. E seus irmãos, achando bonito, querem seguir Macunaíma:

> Nem bem Jiguê percebeu o milagre, se atirou na marca do pezão do Sumé. Porém a água já estava muito suja da negrura do herói e por mais que Jiguê esfregasse feito maluco atirando água pra todos os lados só conseguiu ficar da cor do bronze novo. Macunaíma teve dó e consolou:
>
> — Olhe, mano Jiguê, branco você ficou não, porém pretume foi-se e antes fanhoso que sem nariz. Maanape então é que foi se lavar, mas Jiguê esborrifara toda a água encantada pra fora da cova (ANDRADE, 1988, p. 37).

O desejo, assim, vai além do herói e é alimentado pelos irmãos, que ficam decepcionados por não poderem se lavar das belas cores e ganhar pelo encanto/desencanto as cores necessárias para se dar bem na cidade-símbolo da vida burguesa. Não à toa, diferentemente de Macunaíma, os irmãos penarão bem mais para mover-se em solo citadino, e serão o antípoda do herói sem caráter. A água suja deixada por Macunaíma aos irmãos após seu banho pode ainda, sem forçar a leitura, ser uma metáfora da impossibilidade de todos se darem bem numa sociedade mundialmente guiada pela concorrência desenfreada. Nem todos cabem no centro da marcha moderna, há os que estão no pelotão da frente, e os que imperfeitamente enquadrados objetiva e subjetivamente ficam em pelotões intermediários. Mas mesmo os atrasados sempre procuram se identificar com os que estão na frente, embora normalmente seja de maneira paródica ou no mínimo desengonçada, típica de quem chega atrasado a um baile de máscaras — no caso moderno, o baile exige máscaras de caráter do sujeito burguês —, com a máscara meio torta, mas não menos aferrada ao rosto no essencial para partilhar o baile.

Esse desejo de identificação é parodiado criticamente por Mário de Andrade em Macunaíma, mas de modo algum como crítica aos fundamentos da vida social moderna importados, de modo algum como crítica da subjetividade burguesa, mas como crítica da importação acrítica desses fundamentos, que deveriam a seu ver submeter-se a uma coloração local, às especificidades locais.

Apesar de tudo, o alvejamento de Macunaíma não lhe garante uma subjetividade europeia como por mágica. Não. Ele se mantém como amálgama e é isso que o mantém atual numa interpretação da subjetividade burguesa brasileira. Tendo uma preguiça estrutural, Macunaíma quer voltar para casa ao saber que vai precisar trabalhar, já que sua moeda não voga na cidade. Mas o ato não é nada de revolucionário, pois não dispensa os prazeres que o dinheiro pode comprar. Acostumado à sua moeda natural, bagues de cacau, que brotam da natureza, não se habitua à mediação do trabalho e quer viver na cidade essa mesma relação imediata com a natureza. Assim, o que era inadequação da subjetividade à sociedade burguesa num estágio de sujeitos neuróticos e ascéticos, vira adequação extrema à sociedade burguesa de sujeitos narcísicos de desejos imperiosos.

Também nesse sentido, há uma metáfora do instinto nacional brasileiro bastante expressiva no segundo capítulo. Ao ser castigado pela mãe por uma malvadeza que fizera com os irmãos, Macunaíma se embrenha no mato e encontra seu "avô" Currupira, que também sofre com suas maldades. Chamado de Menino-home por Currupira, por fazer maldades de gente grande, Macunaíma chega a sua "avó" Cotia, que o castiga ao saber da ruindade que fizera com Currupira. Joga nele caldo de mandioca envenenado, do qual só consegue livrar a cabeça. O veneno faz com que seu corpo cresça e sua cabeça fique de criança, com cara enjoativa. Há que se ver aí uma dialética entre Corpo-Espírito, entre Brasil-Europa. O corpo desenvolvido expressa a dimensão, a força, o gigantismo, o crescimento, o amadurecimento do país enquanto forma, enquanto modernização das estruturas. A cabeça de criança expressa muito mais o lado primitivo, liberto, direto, livre das imposições morais, do represamento do eu típico das sociedades avançadas capitalisticamente que já passaram por essa modernização estruturante. Mas, ao mesmo tempo, a cabeça de criança, livre desses imperativos sociais, pode se sentir livre para agir livre de qualquer senso de comunidade, como um ser social, mas que traz interiorizados em sua subjetividade os automatismos da natureza, que age de acordo com os instintos, sem atentar para a vida de fato em sociedade, que é vista como o melhor meio para impor o seu eu, para fazer florescer suas potencialidades narcísicas.

Nesse sentido, cabe uma reflexão sobre essa aproximação em Macunaíma entre primitivo e moderno. Se atentarmos, por exemplo, para o vocabulário usado por Macunaíma para falar das coisas das cidades, veremos que não é de modo algum anódino. Expressa uma fusão desejada entre natureza — o nacional — e sociedade — a civilização europeia:

A inteligência do herói estava muito perturbada. Acordou com os berros da bicharia lá em baixo nas ruas, disparando entre as malocas temíveis. [...] De-manhãzinha ensinaram que todos aqueles piados berros cuquiadas sopros roncos esturros não eram nada disso não, eram mas cláxons campainhas apitos buzinas e tudo era máquina. As onças pardas não eram onças pardas, se chamavam fordes hupmobiles chevrolés dodges mármons e eram máquinas. Os tamanduás os boitatás as inajás de curuatás de fumo, em vez eram caminhões bondes autobondes anúncios-luminosos relógios faróis rádios motocicletas telefones gorjetas postes chaminés...Eram máquinas e tudo na cidade era só máquina! (1988, p. 40).

Trata-se aqui de uma forma de ver o mundo que no fundo lhe impregna de tons naturais, numa mistura entre primeira e segunda natureza. Macunaíma faz uma transmutação distendida entre os bichos da natureza e os "bichos" completamente distintos da cidade — um gênero de metáfora que também aparece numa poesia de Oswald de Andrade, em que ele chama os bondes de "Grandes cágados elétricos" no poema *O combate* (1974, p. 125). Chega-se ao cúmulo quando Macunaíma, após uma viagem fantástica que subverte completamente as regiões do país a ponto de perder-se, pede ao primo tuiuiú que o leve para casa: "Logo o tuiuiú se transformou na máquina aeroplano [...]" (ANDRADE, 1988, p. 109).

Assim, Macunaíma passa do primitivo ao civilizado com grande desenvoltura, operando mesmo uma síntese entre os dois mundos, algo que se mostra mais expressivo num momento em que a vida social capitalista amadurece e se desdobra como segunda natureza. Ele não tensiona com seu entorno, ao contrário, quer ser imperador dos filhos da mandioca. Seu raro momento de reflexão, em que chega à conclusão de que "os homens é que eram máquinas e as máquinas é que eram gente" (p. 41), serve apenas para fazê-lo cair na gargalhada com a descoberta, depois da qual ele "ligou pros cabarés encomendando lagosta e francesas" (p. 41).

Mesmo nessa viagem fantástica pelas regiões podendo representar um contraponto em relação ao modernismo que coloca São Paulo como centro, é São Paulo quem dá o tom moderno, quem fornece o espelho no qual, de certo modo, as outras regiões deveriam desejar se ver refletidas. É isso que Mônica Velloso parece perder de vista ao dizer que Macunaíma não "não segue a lógica dos roteiros possíveis, mas inventa uma espécie de 'utopia geográfica' que vem corrigir o grande isolamento em que vivem os brasileiros" (1993, p. 11). E é nesse sentido que a observação de Gilda Mello parece mais certeira, embora não necessariamente esteja na direção de nosso entendimento. Ela vê no sobrevoo de Macunaíma pelo Brasil no Tuiuiú-aeroplano, em que o personagem descortina o mapa do país, como "a projeção de um desejo profundo do autor: desejo de estabelecer a identidade entre o habitante rico do Sul e o pobre seringueiro do Norte" (2003, p. 33), entre as cidades prósperas e superpovoadas e o vasto interior, onde reinaria ainda a pobreza, a incultura e o deserto.

Nesse mesmo sentido de fusão natureza e cultura é que o herói narra a origem da máquina automóvel, que teria surgido da natureza. Ao fugir de um tigre, uma onça teria engolido um motor, posto uns vagalumes nos dentes, engolido gasolina e óleo de mamona para não feder. A onça é quase a metáfora da sociedade moderna, já que anda sempre fugindo e não pode parar para o tigre não pegá-la: "Anda sempre com roda nos pés, motor na barriga, purgante de óleo na garganta" (ANDRADE, 1988, p. 131).

Essa mistura pouco tensa entre natureza e sociedade, ou entre natureza e cultura, não é um aspecto secundário na obra. Após ser morto pelo gigante que detém seu amuleto e ressuscitar pela mistura de sangue sugado pela formiga e o resto de seus ossos, o herói vai armar-se. Vai ao encontro dos ingleses que vendiam garruchas que davam em pés de árvores, assim como as balas e o uísque. Esse mito da árvore do paraíso, trazida para o mundo das mercadorias, serve bem para naturalizar o mundo da cultura mercantil.

Estando sempre disposto a vender, a trocar, a adaptação à cidade é algo que impressiona em Macunaíma. Ele se aventura pelo mundo sem ancoradouro, e sua natureza, de onde ele vem, não parece chocar-se com a natureza da cidade. Ao contrário, ele parece até dar mais fulgor a essa natureza.

Mas é preciso também entender qual o movimento crítico do autor através da obra. Como já dissemos, Mário de Andrade não faz qualquer apologia aberta da modernidade ou da forma-sujeito burguesa, porque talvez pretenda fazer uma crítica, mas uma crítica que se perde na crítica da importação acrítica dos modelos. A carta que o rei Macunaíma manda para seus súditos, em vocabulário de empréstimo, em tom empolado que não cola com o personagem, num tom imitativo da linguagem do colonizador, é uma forma de paródia do vocabulário lusitano e dos intelectuais brasileiros que prezavam essa forma de expressão — identificada com o parnasianismo. Ao final da carta, pede dinheiro às súditas para poder brincar:

> Bem podereis conceber, pois, quanto hemos já gasto; e que já estamos carecido do vil metal, para brincar com tais difíceis donas. Bem quiséramos impormos à nossa ardida chama uma

abstinência, penosa embora, para vos pouparmos despesas; porém que ânimo forte não cedera ante os encantos e galanteios de tão agradáveis pastoras! (1988, p. 75).

Mesmo sua crítica à cidade de São Paulo, onde "insetos devoram as mesquinhas vidas da ralé e impedem o acúmulo de desocupados e operários" (p. 80), não impede Macunaíma de pretender fundar junto às Icamiabas uma civilização parecida. Por mais que seja uma cidade que ainda tem duas línguas, uma falada e uma escrita — que apaga as asperezas e espontaneidades da falada —, por mais que ainda peque pela falta de originalidade, está à frente das outras regiões, é uma cidade-luz.

Do mesmo modo, ao saber que o gigante de quem quer tomar de volta o amuleto fora para a Europa, decide ir em busca dele. O narrador pinta um quadro irônico de como Macunaíma deveria se apresentar na Europa. Fingir-se de pianista? Não, de pintor: "No outro dia pra esperar a nomeação matou o tempo fazendo pinturas" (1988, p. 112). A passagem abre pelos menos dois caminhos de interpretação: no primeiro, mais óbvio, o autor faria aqui uma mordaz crítica aos artistas brasileiros da época sempre a imitar os gostos europeus. No segundo, Macunaíma seria um retrato de um personagem sagaz que se vira de todo modo em toda e qualquer circunstância: se é preciso ser pianista, pintor, dá-se um jeito. Não tendo apoio do governo para ir à Europa, em busca do Piaimã que está com seu talismã, Macunaíma desiste dizendo: "Não vou à Europa não. Sou americano e meu lugar é na América. A civilização europeia decerto esculhamba a inteireza de nosso caráter" (1988, p. 114–115). A frase parece soar imprópria da boca de quem é chamado de *herói sem nenhum* caráter. Mas no fundo, é o contrário: a Europa é vista pela ideologia modernista como aquela que vai endurecer o caráter, que é o verdadeiro significado de "esculhambar o caráter", enquadrá-lo em categorias racionalizadoras. Assim, seria preferível ser um homem sem qualidades, atributos próprios, manter a falta de caráter, no sentido de rigidez, manter a fluidez, a malemolência, a ginga para se opor a essa esculhambação europeia. A crítica, portanto, representa certo movimento pendular, notado por Gilda Mello, que faz parte da oscilação presente na obra "entre o modelo europeu e a diferença brasileira" (MELLO, 2003, p. 62), entre a atração pela Europa e a fidelidade ao Brasil – como se a chamada fidelidade ao Brasil estivesse necessariamente em choque profundo com a Europa. Assim, Macunaíma aparece às vezes como personagem-crítica, ou como alvo da crítica pela sua entrega à civilização europeia. O tom paródico e crítico toca mais as posturas copiadoras brasileiras voltadas sempre para o exterior e que esquece sua pretensa essência, sem que seja uma crítica de profundidade, pelo menos para nossa leitura hoje, à luz de uma crítica da forma social moderna como civilização mercantil.

É o caso mais uma vez da visão tida por Macunaíma na fonte da praça Carlos Gomes. Na visão, Macunaíma vê um transatlântico cheio de "marujos foçudos, argentinos finíssimos, donas lindíssimas pra gente brincar até enjoar" (ANDRADE, 1988, p. 121). Macunaíma se sente atraído pelo navio e quer partir para a Europa "que é milhor". No entanto, antes de subir, todos os tripulantes soltam uma grande vaia para o herói e seguem sem levá-lo. Macunaíma, assim, é pintado como o personagem que não tem um caráter nacional bastante formado para resistir aos encantos das sereias europeias, para assumir sua brasilidade sem titubear. O problema é que, se em termos teóricos ou estéticos a questão pode se resolver em termos de escolhas e da busca pelo instinto de nacionalidade, em termos da vida social e subjetiva, o pobre Macunaíma entra num mundo com fundamentos estruturados, os quais precisa enfrentar com suas artimanhas, que só contam como lubrificantes para que a forma-sujeito burguesa funcione melhor, não para opor-se a ela.

Se esteticamente podia haver escolhas de posturas voltadas para o chamado instinto nacional, em vez de simplesmente copiar o estrangeiro, em termos do fundamento da vida social, desde que se instala a marcha moderna, não há grande margem de escolha. Temos visto que a forma social burguesa e sua forma-sujeito vão paulatinamente consumindo o que é vivido e aproveitando essas pretensas especificidades como enfeite superficial. Nesse sentido, a proposta modernista é uma alternativa sobre os pressupostos já dados. É o dilema de toda modernização, notadamente no caso brasileiro. Parte-se do pressuposto de que é preciso primeiro passar pelos fundamentos capitalistas para questioná-los. E ainda sim, não nos seus fundamentos mesmos, não no conjunto de aspectos destrutivos trazidos pela vida social moderna, mas na sua tendência ao imperialismo ou outras coisas mais. A crítica brasileira em geral não se dirige — e não somente na época do modernismo, ainda hoje parece ser assim majoritariamente — ao fato de a modernidade tender a apagar ou consumir ou mercantilizar e esvaziar o que há de específico culturalmente — de onde até poderia germinar uma crítica mais radical. A crítica é feita geralmente em proveito de uma estética e de uma economia nacional, não menos destrutiva, mas com cores nacionais. Assim, a vida social tornada comunidade mercantil não passa a ser problema senão quando regulada por interesses internacionais ou da elite, e a tentativa de criar esse instinto nacional acaba desembocando num "capitalismo cordial", num capitalismo malandro.

Finalmente, Macunaíma consegue matar o gigante Piaimã, metáfora do capitalista na obra, comedor de gente, que tira o sangue da gente para sobreviver, para comer. Recuperando a muiraquitã, vai voltar para sua mata, não sem antes fazer um feitiço para transformar um prédio em bicho preguiça de pedra. Mas, antes de ir embora:

> Depois de muito refletir, Macunaíma gastara o arame derradeiro comprando o que mais o entusiasmara na civilização paulista. Estavam ali com ele o revólver Smith-Wesson o relógio Pathek e o casal de galinha Legorne. Do revólver e do relógio Macunaíma fizera os brincos das orelhas e trazia na mão uma gaiola com o galo e a galinha. Não possuía mais nem um tostão do que ganhara no bicho porém lhe balangando no beiço furado pendia a muiraquitã (1988, p. 136).

Do revólver e do relógio, Macunaíma fizera brincos. Já a muiraquitã, levava nos lábios como lembrança amorosa, não como talismã. Ou seja, aquilo que foi o objetivo da viagem do herói não aparece senão como mera paródia do Graal, daquilo que o tornava um verdadeiro marupiara. Ao contrário, sua identificação com o progresso, embora de forma paródica, fez com que ele, adestro na proa, fazendo o caminho de volta, fosse tomando "nota das pontes que carecia construir ou consertar pra facilitar a vida do povo goiano" (1988, p. 136). O fato de trazer o revólver como brinco não necessariamente significa um desdém do herói em relação a essa invenção moderna. Ao contrário, mostra mais uma vez a naturalização de tais invenções nada ingênuas. Quando vai ao rancho de Oibê na mata, sente medo, "uma friagem por dentro", não esquece de lembrar "do Smith-Wesson" (1988, p. 140) e cria coragem para pedir pousada. De onde viria a coragem senão da possibilidade do uso real da arma?

O pêndulo crítico de que falamos acima torna a obra por vezes ambígua. Certa vez parece estar zombando do contexto estético e social da época, explícito na *Carta pras Icamiabas*. Outra vez, parece estar descrevendo apologeticamente o caráter sem caráter de um instinto nacional, marcado pela espontaneidade, o primitivismo, os instintos mais naturais – marcante na sede insaciável do herói pela brincadeira. Seria talvez possível fazer a objeção de que isso tudo só acontece porque Macunaíma deixara sua consciência na foz do Rio Negro antes de se tingir de branco em São Paulo. Todavia, mesmo antes, ele já dava provas da incapacidade de qualquer represamento dos desejos e da insatisfação com qualquer desapontamento. Nesse sentido, num contexto de capitalismo desenvolvido, de uma segunda natureza desenvolvida, a proximidade com a natureza torna as relações capitalistas ainda mais fortes e automáticas, como que brotando de fato da própria natureza. Diferentemente daquelas subjetividades que passaram por séculos de traumas de disciplinamento para fundar o ascetismo fundamental para forjar o sujeito burguês de um determinado momento do capitalismo – traumas que desembocam nas tensões entre indivíduo e sociedade –, aquelas formas tidas por espontâneas e próximas da natureza contemporaneamente parecem mais próximas de uma segunda natureza representada pelo capitalismo desenvolvido. Isso se torna ainda mais patente no fato de Macunaíma não se importar em não encontrar a consciência deixada na foz do rio. Sem lamentar, ele "pegou na consciência dum hispanoamericano, botou na cabeça e se deu bem da mesma forma" (1988, p. 148). Há nessa passagem quase um ápice da falta de caráter de Macunaíma que, sem atributos para chamar de seus, pode lançar mão do caráter que lhe estiver mais ao alcance da subjetividade líquida, flutuante feito o igareté no rio Negro, para postar-se na marcha do mundo burguês do jeito que der.

Mas não salta só aos olhos o fato de o herói ser sem caráter próprio, quase um *Homem sem qualidades* brasileiro, mas também o fato de ele não ter caráter mesmo, no sentido do senso de comunidade, de caracteres comuns partilhados por uma coletividade. Trai os irmãos repetidas vezes, é mentiroso, é dilapidador da natureza, não gosta de trabalhar – o que poderia ser libertário –, mas não deixa de gostar de dinheiro e de seus prazeres. É medroso, desleal, mentiroso, injusto, ganancioso. É o contrário do herói de cavalaria que ele parodiza, segundo Gilda Mello, não tem nobreza, coragem, lealdade, verdade, justiça e desprendimento. Mesmo sua saga, sua busca mítica pela muiraquitã se dá não pela comunidade das Icamiabas, mas por uma questão individual sua, por causa da "saudade da danada".

E não é senão no fim da obra que a síntese da subjetividade brasileira antropófaga se depara com a dificuldade de viver no mundo sem ser nem índio, nem branco, mas como mistura que beira à indefinição, pois Macunaíma não é mais um ser originário, é já fruto de algumas assimilações, de algumas *deglutições* do espírito europeu. Ele se encontra num limbo em termos subjetivos, mas isso não o impede de mover-se aparentemente bem na cidade, de vestir a seu modo a máscara de caráter do sujeito burguês, não o de sua época, mas o que veio a se desdobrar quase 100 anos depois de a lógica mercantil espalhar seu manto sobre o mundo.

Para Bosi, fica irresoluta a tensão fundadora da obra entre o ponto de vista *civilizado, moderno* e *racional* de um Mário que compõe uma figura que vale como sátira das idealizações românticas, mas também do ponto de vista *arcaico, primitivo, mitopoético* de outro Mário que critica o progresso da cidade. No entanto, parece que, diferentemente do que pensa Bosi, essa tensão chega a uma sutil síntese, embora capenga: um sujeito moderno-burguês, antropófago e pau-brasil, cheio de ginga, que vai se revelar, numa leitura contemporânea, mais adaptado perante a vida social capitalista do que o sujeito burguês tradicional, que não tem essa malemolência. Ele se aproxima mais da forma de vida mercantil moderna pela sua proximidade com os automatismos da natureza — que também são automatismos da vida de mercado, onde reina uma segunda natureza. *Macunaíma* vive na cidade com os mesmos automatismos das leis naturais com que vivia no mato e consegue lidar bem com as parafernálias modernas enquanto esteve por lá.

Perdido, por ter perdido seu talismã, seu Graal, como diria Gilda Mello (2003), e ao mesmo tempo se dando bem em solo citadino, no fundo parece "enjoado de viver", num limbo — nem mais índio, nem já agora branco: um ser entrecruzado. Nem seu expressivo ritual de braqueamento, quando de sua chegada a São Paulo, pode lhe dar um caráter, senão um de penduricalho. Segundo Bosi (1988),

> Para Macunaíma, nem a cidade representa uma saída para a selva, nem a selva representa uma saída para a cidade. *O sentido é de impasse; e dor pelo impasse.* Nem é feliz o mundo amazônico (metonímia de um vasto Brasil que vive fora da civilização moderna), porque nele os embates contra as intempéries, as pragas e as pestes, os monstros e os espíritos vingadores, podem levar à míngua e à morte; nem a vida urbana, mal europeizada e

já semi-americanizada, consegue dar à nossa gente um habitat acolhedor... E por todo lado o que se vê é a máquina hostil, a política rasteira e o dinheiro (p. 180).

Embora capte bem o impasse e a dor do impasse, o autor se mantém na mesma linhagem de crítica do modernismo, mesmo tendo algumas décadas a seu favor. Porque mesmo notando bem que Macunaíma parece infeliz na mata e na metrópole — o que aponta para um sujeito mal-ajustado, para uma tensão, embora não chegue a ser decisiva, já que o mais notável é um Macunaíma que anda com desenvoltura por onde quer que vá — os motivos apontados parecem frágeis: a dureza da natureza de um lado, e a vida urbana "mal europeizada e já semi-americanizada", do outro.

O decisivo parece ser que, mesmo capenga, por lhe terem comido uma perna as piranhas, Macunaíma segue adiante na sociedade que foi obrigado a abrigar, embora "enjoado de tanto viver", por não se achar. A metáfora da Ursa Maior em que se transforma no final é a expressão do enjoo de viver nesse limbo, um enjoo que já se manifestara no capítulo VIII da narrativa.

O epílogo ao final dá o tom conclusivo da aventura: derrota da saga de Macunaíma, derrota da própria ideologia antropófaga, embora saia daí uma subjetividade macunaímica para levar adiante a modernização capitalista nacional, em vez de seu questionamento. Mas do herói e sua história, resta a memória, a do intelectual, que recolhe a história de um papagaio, único sobrevivente. Como pode daí sobrar brasilidade que se possa opor à Europa? Desse desgarramento, desse mundo abismal, que é o mundo de Macunaíma?

À primeira vista, no personagem de Macunaíma, pode-se ver uma aporia de subjetividade, por ser penetrado por aspectos tão díspares e impossíveis de chegarem a uma síntese, e até mesmo por seu fim melancólico. Mas, atentando bem, Macunaíma, mesmo em seu limbo, não sendo branco, nem mais índio, representa essa síntese estranha de quem não é fruto de um desenvolvimento em séculos da modernidade, mas que é obrigado a degluti-la de supetão para poder virar-se bem na vida moderna, até o enfado invadir-lhe a existência.

Não tendo passado pelos séculos de amadurecimento das categorias fundantes do capitalismo, o país sempre foi visto como atrasado do ponto de vista dos centros capitalistas. Em pleno século XXI, não estamos mais atrasados. Não me refiro aqui à posição econômica, mas ao desenvolvimento no Brasil de uma subjetividade vanguardista em termos de segunda natureza, a mercantil. A forma-sujeito burguesa entranhada agora na subjetividade de todas as classes, com a difusão contínua da *sociedade do espetáculo* (1997) nas mãos de cada pessoa em suas televisões, tábletes e celulares, pode se desenvolver até mesmo onde a realidade concreta está mais para arcaica do que para burguesa. Assim, ironicamente, as *ideias entram no lugar*, o atraso da estrutura sócio-econômica não impede mais o florescimento de uma subjetividade burguesa, porque o *espetáculo* só precisa do *locus* abstrato da subjetividade para fazer morada. O primitivismo, a espontaneidade, a não adaptação aos enquadramentos sociais rígidos, a malandragem, a não repressão dos instintos, a flexibilidade do eu, agora já não se opõem à subjetividade da sociedade capitalista desenvolvida, antes são aspectos fundamentais de sua componente narcísica. Sendo uma sociedade também primitiva, a sociedade capitalista, ao se aproximar de seu conceito, engendra uma subjetividade com essas características. Uma sociedade anômica, de sujeitos valendo por si mesmos, que constituem uma comunidade mercantil com tendência a ser regida apenas pelos desejos dos narcisos que se relacionam socialmente por meio de seus eus inchados. Não se trata de narcisos cujo delírio de onipotência foi tolhido bem ou mal pelo social. São narcisos cujos eus pretendem ao máximo fazer um retorno impossível ao narcisismo primário, quando não havia diferença entre seu *Eu* e o *Mundo* (FREUD, 2010b). O capitalismo desenvolvido é uma comunidade em que os sujeitos não pretendem sair dessa menoridade. O desejo é realizar-se sobre os demais como acontece na vida natural, onde não há diferença entre o animal e seu mundo, ambos naturais. Não passando pelos séculos de amadurecimento as categorias mercantis, passamos em certa medida de uma natureza a outra, mais elevada que a primeira, mas não menos feroz, pois seus mecanismos destrutivos e automáticos são incontroláveis e racionais. Se Macunaíma era no Modernismo paulista e por tempos depois o símbolo da mentalidade antiburguesa, o desenvolvimento da sociedade burguesa levou exatamente à fusão natureza-cultura que são o mundo de Macunaíma, apesar do desejo do autor.

Na obra, a espontaneidade, o primitivismo, as relações pouco mediadas por fatores sociais, o elogio dos instintos naturais, a certa dificuldade de as relações passarem pela autoridade de uma instituição supraindividual poderia até ser positivo, se não fosse ao encontro de um estágio ainda mais primitivo de natureza, o momento da realização da forma social mercantil e da forma-sujeito burguesa. Por mais elevada que pretenda ser a sociedade moderna, com o desabrochar da inventividade jamais visto, ao se desenvolver e amadurecer, mostra em suas entranhas mesmas o quanto ela somente é a mais desenvolvida das sociedades primitivas que a pré-história humana já conheceu.

ENTRE ULISSES E LEONARDO OU A DIALÉTICA DA FORMA-SUJEITO BURGUESA MALANDRA

O capitalismo venceu a malandragem. Não na forma da repressão dos anos 1930, quando as músicas eram censuradas pela apologia do *dolce far niente*, mas na da assimilação — como é típico de uma forma de organização social que tende a se entranhar em todos os recônditos da vida social e subjetiva. Se agora o capitalismo se impõe muito mais pela sedução e pelo gozo nas mercadorias, e menos pela repressão pura e simples, tudo aquilo que outrora parecia ser um ataque direto à forma de vida burguesa acaba sendo incorporado como estilo de vida entre os muitos disponíveis na democracia moderna que representa o poder do povo numa comunidade mercantil.

A busca pelo instinto nacional, que se manifesta também numa certa ideologia da especificidade brasileira, ainda se mostra patente meio século depois do modernismo paulista na *Dialética da malandragem* (1970) de Antonio Candido — um texto extremamente rico. O ensaio de Antonio Candido é uma leitura do romance *Memórias de um sargento de milícias* (1854) de Manuel Antônio de Almeida que ele chama de *romance malandro*, especificamente nacional. O espaço histórico é o período joanino no Rio de Janeiro. Candido lê o romance como verdadeiro panorama das relações sociais e do mundo subjetivo do Brasil na época, um mundo em que reinam relações personalizadas, em que os expedientes estão na cabeça de todos os homens livres que precisam se virar para sobreviver, que precisam do favor — menos na dos negros que não aparecem no romance. Como já vimos, estavam na quase totalidade incrustados na estrutura fixa de submissão aos senhores.

Candido lê as *Memórias* entrevendo ali personagens sem caráter fixo, pendulares, sempre oscilando entre a ordem e a desordem, personagens para os quais os limites entre o bem e o mal, o lícito e o ilícito são tênues: "O remorso não existe, pois a avaliação das ações é feita segundo sua eficácia" e a repressão moral "só pode existir fora das consciências", como questão de polícia, como repressão externa, e "se concentra inteiramente no major Vidigal, cujo deslizamento cômico para as esferas da transgressão acaba, no fim do romance, por baralhar definitivamente a relação dos planos" (CANDIDO, 1970, p. 85). No romance, é descrita uma sociedade em que se conseguem as coisas mais facilmente pelo jeito, pela manha, do que pela lei.

Ainda pela leitura do autor, as *Memórias* "criam um universo que parece liberto do peso do erro e do pecado" (1970, p. 84), um mundo em que todos têm defeitos e ninguém merece qualquer censura. Porque é uma sociedade fluida e flexível que foge à escolha dos pares antitéticos impostos pelas sociedades rígidas entre o "lícito ou ilícito, verdadeiro ou falso, moral ou imoral, justo ou injusto, esquerda ou direita política e assim por diante" (1970, p. 84). Pela leitura de Candido, nas *Memórias*, bem e mal nunca aparecem em sua inteireza, há sempre um balanceio em que um compensa o outro. Nesse sentido, as *Memórias* contrastariam com a literatura de seu tempo, de personagens que vivenciam a repressão mutiladora da personalidade:

Uma sociedade jovem, que procura disciplinar a irregularidade da sua seiva para se equiparar às velhas sociedades que lhe servem de modelo, desenvolve normalmente certos mecanismos ideais de contenção, que aparecem em todos os setores. No campo jurídico, normas rígidas e impecavelmente formuladas, criando a aparência e a ilusão de uma ordem regular que não existe e que por isso mesmo constitui o alvo ideal. Em literatura, o gosto acentuado pelos símbolos repressivos, que parecem domar a eclosão dos impulsos. É o que vemos, por exemplo, no sentimento de conspurcação do amor, tão freqüente nos ultra-românticos (1970, p. 85–86).

Candido opõe nesse sentido a constituição dos Estados Unidos e do Brasil. Ali, desde o início, há uma presença coercitiva da lei. É uma sociedade de eleitos, que pertencem à mesma lei, um endurecimento do grupo que reforçaria a identidade e a resistência, mas desumanizaria a relação com os outros tidos como fora do grupo. Já no Brasil, os indivíduos nunca teriam estado em contato com tais formas, "nunca tiveram a obsessão da ordem senão como princípio abstrato, nem da liberdade senão como capricho". A sociabilidade aqui sempre ganhou formas espontâneas que atuaram como amortecimento "dos choques entre a norma e a conduta, tornando menos dramáticos os conflitos de consciência" (1970, p. 86).

Assim, as *Memórias* não se enquadrariam em "nenhuma das racionalizações ideológicas reinantes na literatura brasileira de então: indianismo, nacionalismo, grandeza do sofrimento, redenção pela dor, pompa do estilo etc". O romance seria uma vasta acomodação que desbasta os extremos, "tira o significado da lei e da ordem", mostra uma interpenetração de grupos, ideias e atitudes mais díspares, que criam "uma espécie de terra-de-ninguém moral, onde a transgressão é apenas um matiz na gama que vem da norma e vai ao crime". Numa frase, segundo Candido, o romance é um caso raro da literatura do século XIX que não "exprime uma visão de classe dominante" (1970, p. 87).

O que sobressairia das *Memórias* é uma irreverência popularesca que se articularia com uma "tolerância corrosiva" tipicamente brasileira e que se manifestaria na literatura "sob a forma da piada devastadora". Essa comicidade popular fugiria das esferas sancionadas pelas normas burguesas e iria ao encontro de certa irreverência e amoralidade presente em certas expressões populares e amainaria as quinas, dando "lugar a toda a sorte de acomodações (ou negações), que por vezes nos fazem parecer inferiores ante uma visão estupidamente nutrida de valores puritanos, como a das sociedades capitalistas; mas que facilitará a nossa inserção num mundo eventualmente aberto" (1970, p. 88).

É exatamente nesse ponto que a leitura de Candido parece perder sua liga — pelo menos aos olhos críticos que a leem mais de quarenta anos depois de sua escrita. Se à sua época poderia até parecer uma leitura avançada, até por ainda se viver uma ditadura no país, hoje, essa leitura parece bastante perecida. Toda a leitura de Candido das *Memórias* é bastante original e rica em argumentos, mas perde todo seu vigor quando sorrateiramente, saindo do universo do romance, do período joanino, pretende fazer uma generalização antropológica[3] que coloca a figura

---

3. O aspecto da generalização antropológica, já notara Roberto Schwarz em artigo de 1979 intitulado *Pressupostos, salvo engano, da "Dialética da malandragem"*, embora sem refletir em sua época, o quanto as formas de subjetividade aparentemente alternativas, por não darem mostras de uma rigidez típica da ética protestante, acabam se tornando por isso mesmo a característica fundamental da forma-

do personagem Leonardo como verdadeira alegoria positiva da subjetividade brasileira e a malandragem como componente de uma pretensa natureza humana brasileira. Assim como o modernismo paulista fundamentou uma pretensa alternativa à civilização europeia pela antropofagia, pela valorização do que seria bem próprio do Brasil, o primitivismo, a espontaneidade, a imunidade a qualquer repressão do eu, a força dos instintos, por essa leitura de Antonio Candido, a malandragem era alçada ao aspecto que nos diferenciaria e nos colocaria na frente perante um mundo aberto, perante uma possível revolução.

Sendo assim, a análise de Antonio Candido acerca das relações entre o malandro — tal qual formulou a partir das *Memórias de um sargento de milícias* — e o ambiente da formação da subjetividade brasileira nos tempos coloniais não parece equivocada. Não pareceria tampouco equivocado trazer certas dessas características para o contemporâneo. O que parece equívoco é a generalização com teor apologético de um traço que pretensamente resumiria o ser brasileiro e o colocaria em situação privilegiada num possível nível superior de sociabilidade, graças à fluidez das relações brasileiras que contrastaria com o rijo e cristalizado dos países avançados.

Nesse sentido, podemos quase imaginar que a *Dialética da malandragem* é uma espécie de contraponto malemolente e pretensamente superior, posto que nacional, à *Dialética do Esclarecimento* de Adorno e Horkheimer. Se nessa obra os autores refletem, a partir do personagem *Ulisses* da Odisseia de Homero, o domínio da natureza in-

---

sujeito burguesa em sua fase madura, quando o componente narcísico ganha considerável terreno em sua composição orgânica.

terior como aspecto fundante da subjetividade burguesa[4], Antonio Candido em sua *Dialética* avança uma alternativa a esse enrijecimento do eu a partir do personagem Leonardo: a de que a constituição subjetiva do brasileiro foge a esse domínio da natureza interior e que por isso estaria mais adiante na superação da vida burguesa. Mas, no fundo, o que se viu foi o desenvolvimento da forma-social burguesa gestar uma estranha fusão entre Ulisses e Leonardo, em que Leonardo, em vez de contraponto nacional, vai vencendo aos poucos Ulisses e sua dominação da natureza interna para se colocar como o protótipo mais próximo de uma forma-sujeito burguesa desenvolvida, livre de qualquer amarra para se realizar como sujeito mercantil e narcísico.

Se por um lado a visão de Antonio Candido é generalizante, a crítica de Akira Goto, que pretende ser demolidora em sua *Malandragem revisitada* (1988), peca pela restrição e o teor tradicional. Se Candido traça uma linha positivadora do caráter fluido, malemolente, tipicamente brasileiro que teria alcançado no "Modernismo as suas expressões máximas, com Macunaíma" (1970, p. 88), para Goto, tal generalização é criticável, mas somente porque o verdadeiro malandro não são todos os brasileiros, porque a "a malandragem lucrativa tem sido a malandragem da classe dominante" (GOTO, 1988, p. 97). Já aquele malandro "associado ao brasileiro pobre que vive de expedientes para assegurar sua precária liberdade diante da conscrição do mercado de trabalho", teria dado lugar ao "malandro oficial", "com gravata e capital que nunca se dá mal" (1988, p. 97).

4. Já vimos o quanto essa afirmação não procede histórico-conceitualmente.

Seguindo esse raciocínio, perdemos de vista a forma-sujeito burguesa num capitalismo desenvolvido contemporâneo e regredimos a uma visão que projeta todos os males do mundo numa classe e idealiza a outra perdendo de vista que o desenvolvimento da vida social burguesa impõe uma máscara de caráter abstrata que todas as classes precisam vestir, independentemente de sua posição perante a riqueza mercantil. Seguir uma crítica da forma-sujeito burguesa não deve significar fechar os olhos para o fato de que existe uma camada social cuja malandragem é mais rentável, que está mais bem posicionada perante a vida social mercantil, e cujas manobras prejudicam uma camada mais mal posicionada. Deve significar sobretudo uma crítica do fato de que as diferenças objetivas e subjetivas que se poderiam notar entre o mundo popular — como mundo de uma integração imperfeita à ordem, de uma internalização imperfeita das exigências burguesas — e o mundo dito burguês foram diminuindo, ao menos em termos da subjetividade. Eis as verdadeiras quinas que se foram amainando historicamente e dando lugar "a toda a sorte de acomodações (ou negações)", que agora, em vez de nos fazerem "parecer inferiores ante uma visão estupidamente nutrida de valores puritanos, como a das sociedades capitalistas", colocam-nos em posição até superior, facilitando nossa inserção, "num mundo aberto", que é o do capitalismo contemporâneo de um extremo desabrochar do Eu regressivo, narcísico.

De modo que o desejo do malandro de baixo é normalmente ser um malandro de cima, e não necessariamente criar um espírito coletivo que se oponha a uma vida cujas entranhas são cada vez mais invadidas pelas coerções mercantis. As coerções mercantis são vistas em geral como criticáveis quando impedem o acesso ao gozo mercantil, não porque são uma forma racionalmente irracional de produção tautológica de riquezas.

E neste ponto há que se concordar com Akira Goto: é necessário fazer uma diferença histórica entre o malandro ou pícaro do século XVI ao XIX, e o malandro do século XX, sobretudo no século XXI. Mas somente se for para apreender, o que Goto não enfrenta, o quanto o elogio da plasticidade do caráter brasileiro parece casar muito mais com a sociedade capitalista posterior aos anos 1960, da flexibilidade e da liberdade ilimitada e imediata — dentro dos limites e da mediação da mercadoria. Assim, o malandro no seu sentido mais puro já não se choca com a vida social contemporânea em que o gozo mercantil tende a substituir o esforço mercantil. Agora que o capitalismo se aproxima cada vez mais da realização de sua utopia de sociedade — uma sociedade livre de toda e qualquer amarra no plano subjetivo, já que os laços em uma comunidade mercantil são frouxos e aparentes, em que cada sujeito precisa muito mais do outro para escorar o seu eu — o malandro aparece como o sujeito perfeito para uma inserção cheia de ginga nesse mundo "aberto", mas que vive ao mesmo tempo uma crise profunda cujo enfrentamento cotidiano só pode ser feito com jogo de cintura, num virar-se perpétuo de eus em disputa.

O que temos visto é que a forma-sujeito burguesa que se desdobra com a forma social burguesa, capitalista, quanto mais se aproxima de seu conceito, vai se despregando de todos aqueles enrijecimentos que tinham sido necessários para sua fundação, num momento em que a subjetividade burguesa ainda significava um entrecruzamento entre as formas de subjetividade passadas e o tensionamento rumo ao progresso, ao desvencilhamento de tudo que pudesse servir de amarras ao pleno desabrochar da vida social burguesa e da forma-sujeito burguesa. Se a irreverência, o popular, a fluidez, a flexibilidade localizados por Candido no malandro podiam ser vistos como um ato de oposição ao mundo burguês quando a subjetividade burguesa arrastava o peso do enrijecimento secular necessário para fundar o sujeito que vale por si mesmo na comunidade mercantil, com o desdobrar-se da forma social mercantil, em que reina o imperativo do *Eu*, do gozar a qualquer preço, da realização do *Eu* nas mercadorias também elas portadoras de subjetividade, essa forma de oposição já não o é. Porque faz parte da realização do conceito de capitalismo a realização contínua da sociedade mais livre que já existiu, com a condição de que a liberdade total fique aprisionada dentro dos imperativos das leis mercantis.

O homem sem qualidades à espera de Godot

Ad maiorem gloriam mercibus.

Talvez pudéssemos dizer que Beckett apreendeu, sem necessariamente ter sido seu desejo estético, ainda no século XX, num contexto muito diverso do de Musil, o que vivemos contemporaneamente, e que, na época em que escreveu, ainda aparecia como entrecruzamento de subjetividades. Meu propósito neste capítulo é discorrer sobre o século XX pós o *homem sem qualidades* Ulrich. Ou seja, após a barbárie cientificamente levada a cabo na Segunda Guerra. De que modo a mercadoria passou a dominar no século XX para que possamos dizer que no século XXI estamos mais próximos da realização da forma-sujeito moderna, a forma do vazio da subjetividade? Não seria equivocado, portanto, dizer que a tentativa é refletir sobre a afirmação de Lipovestky de que a realização plena do indivíduo coincide com sua dessubstancialização. Embora saibamos que esse autor tem tonalidades mais apologéticas que críticas, parece-me uma sentença que aponta para dois sentidos, ambos buscados aqui. Primeiro, o que aponta para o desdobramento de uma forma-sujeito na história moderna, a forma do Indivíduo moderno que vai ganhando sempre mais terreno sobre as individualidades concretas. Segundo, o que aponta para a ideia de que esse desdobramento paulatino vai coincidindo com seu esvaziamento, que é sua realização, seu fim, ao mesmo tempo que sua crise. Em suma, a realização plena da forma-sujeito burguesa coincide com sua dessubstancialização, com sua crise. Essa ideia está concatenada com aquilo que estamos desenvolvendo como devir-sujeito-dessubstanciado desde o começo como de fato um devir, nunca um dado absoluto. Nem mesmo agora esse vazio está realizado. Estamos refletindo sobre o desenvolvimento moderno como um processo paulatino de uma marcha histórica rumo a esse vazio. Portanto, neste momento da reflexão, trata-se primeiramente da passagem da moral ascética para a moral pretensamente hedonista de um mundo liberal — que, por vezes, confunde-se com libertário. Dito de outro modo, trata-se da passagem da sociedade da repressão aberta para a repressão pela sedução, pela aceitação concordante, embora a sociedade não abra mão da violência aberta.

Para chegar a esse esvaziamento que expressam as peças de Beckett sobre a qual refletiremos, retomarei brevemente o fetichismo da mercadoria sobre bases também contemporâneas, ou seja, entendendo a mercadoria como portadora também de subjetividade, o que significa uma espécie de *mais-fetichismo*, ou *duplo fetichismo* (SEVERIANO, 2007). É imprescindível também, visto que me refiro ao desdobramento de uma forma-sujeito, falar do desdobramento da lógica mercantil moderna. Nesse sentido, não é só a forma-sujeito burguesa que se realiza coincidindo com sua crise. Também a forma-social burguesa se realiza coincidindo com sua crise, não como crise cíclica, mas como uma crise intrínseca à lógica mercantil. Ou seja, quanto mais o capitalismo se realiza, mais encontra sua lógica de exaurimento de si mesmo, da vida social que ele instituiu e da própria subjetividade. Esse rodar em falso, esse vazio, essa crise, esse empanturramento que limita os movimentos de todo gênero, em suma, esse impasse é o que está em Beckett. Não é mais a ruína da guerra aberta de trincheiras, é a ruína da vida social. Mas são ruínas que se mostram como uma barbárie em fogo baixo, não necessariamente acompanhadas de grandes catástrofes, mas necessariamente de um aviltamento cotidiano dos corações cujas batidas já martelam a cadência da vida mercantil com sua frieza e racionalidade congelante. Paralelamente, no mesmo ragu de barbárie, convivemos com o aprimoramento da violência como método de gestão de crise por parte dos gestores de todos os matizes políticos, e com uma por vezes incompreensível adaptação de nós sujeitos aos sacrifícios exigidos no altar do deus dinheiro. "É isso que eu acho maravilhoso. Como o homem se adapta. Às condições que mudam" (BECKETT, 2010b, p. 46), diz a personagem Winnie em *Dias Felizes*. Meu intento é, portanto, localizar a tautologia do vazio que preenche a *espera de Godot*, os *dias felizes* e o *fim de partida* como algo de nossa época e não como um problema existencial transhistórico. Enfim, por que o homem contemporâneo espera Godot, nos destroços do *Fim de Partida*, embora pense viver *Dias Felizes*? Por que ele é um homem sem qualidades?

O FETICHISMO DA MERCADORIA EM MARX E SEUS DESENVOLVIMENTOS

Podemos dizer que o desenvolvimento de meu raciocínio teve como fio condutor o entendimento do conceito de fetichismo da mercadoria em termos de Marx. Tentei, assim, deixar claro que o fetichismo da mercadoria em

Marx não é o fetichismo da coisa, de um objeto qualquer. O fato de entender as mercadorias com as quais nos relacionamos, a todo momento, na vida social capitalista não como meras coisas é fundamental para que se possa mostrar fundamentado nosso intento de sustentar uma ideia de desdobramento da forma de subjetivação moderna — ao modo de uma máscara de caráter, uma forma-sujeito moderna — juntamente com o desdobramento da própria objetividade capitalista. Significa que o capitalismo é aqui pintado como a única sociedade a conter de fato uma verdadeira teleologia da história, sem que seja positiva. Do mesmo passo, o capitalismo é visto como uma sociedade que tem uma dinâmica interna, como um organismo *vivo* — embora seu núcleo seja sem vida —, que não segue adiante somente porque seus sujeitos o conduzem, mas porque ele impõe ser levado adiante pelos sujeitos, sob pena de toda a vida social desabar — de tão fincada que se mostra no movimento do dinheiro.

Embora já tenha explicitado qual minha compreensão do conceito de fetichismo da mercadoria de Marx, acho importante retomar seus aspectos principais para relacioná-lo com o desdobramento na contemporaneidade. Pelo que expus, notamos a diferença em relação à compreensão tradicional desse conceito, ao qual nunca foi dada muita atenção por ser julgado "muito filosófico" e sem consequência para o proletariado que deveria compreender o mais importante, a mais valia, a parte de seu trabalho não pago. Embora ambíguo, Marx fala do fetichismo como dominação sobre "os homens" (1985, p. 76), e não sobre uma determinada classe.

Já ficou claro, portanto, que, diferentemente dos fetiches primitivos ou anteriores à modernidade, que eram estáticos, o fetiche moderno é dinâmico, nunca pode parar no mesmo ponto, sempre precisa encontrar um novo ponto de expansão, numa lógica sem limites, que sempre tende a romper barreiras, tanto do ponto de vista da objetividade, quanto do ponto de vista da própria subjetividade. E tal qual o Esclarecimento analisado por Adorno e Horkheimer (1986), ele é a vitória da forma sobre o conteúdo, do abstrato sobre o concreto sensível. Seguindo Menegat, o concreto na sociedade moderna "é o resultado da imposição da forma valor em sua necessidade de materialização, e não a produção de um valor de uso sequestrado pelo capital ou desviado da realização de uma essência humana" (2011, p. 5).

Desse modo, existe uma forte relação entre o movimento do fetichismo da mercadoria e o que Debord conceituou como espetáculo, momento em que a mercadoria se desenvolve e passa a dominar tudo o que é vivido:

> Por esse movimento essencial do espetáculo que consiste em retomar nele tudo o que existia na atividade humana em estado fluido para possuí-lo em estado coagulado, como coisas que se tornaram o valor exclusivo em virtude da formulação pelo avesso do valor vivido, é que reconhecemos nossa velha inimiga, a qual sabe tão bem, à primeira vista, mostrar-se como algo trivial e fácil de compreender, mesmo sendo tão complexa e cheia de sutilezas metafísicas, a mercadoria (DEBORD, 1997, p. 27).

Assim, poderíamos afirmar que a sociedade do espetáculo é o momento em que o fetichismo da mercadoria chega a um alto grau de desenvolvimento, em que a mercadoria adquire um ponto tal de autodeterminação que consegue construir um mundo à parte por meio de imagens idealizadas. Citando Kehl, "na sociedade do espetáculo, as imagens, em sua forma mercadoria, é que organizam prioritariamente as condições do laço social" (2009, p. 93).

Ainda uma vez é preciso sublinhar que o problema no conceito de fetichismo da mercadoria em Marx não consiste no fato de a mercadoria encantar e ser venerada em termos das vitrines, no fato de ela contemporaneamente portar aspectos subjetivos; esse "encanto", esse *sex-appeal do inorgânico*, como veremos, é um outro estágio de fetichismo mais ligado à aparência das mercadorias no mercado. O que "fascina" na mercadoria, no nível de Marx, é aquilo que está escondido nela, que é tido por evidência axiomática, embora seja uma projeção social nossa: quantidade de trabalho abstrato transformável em dinheiro. É essa substância abstrata, bem moderna, de onde o mundo moderno haure sua base de existência primordial.

E nós já sabemos o que a modernização causou aos vínculos sociais baseados em tradições locais (MARX, 1985; CROSBY, 1999; DUFOUR, 2005; JAPPE, 2006; KURZ, 2010), no universo simbólico religioso, que foram corroídos em proveito de vínculos mediados pela mão invisível típica do universo simbólico mercantil. Uma mudança de universo que não aconteceu sem criar um transtorno psíquico nos indivíduos, sobretudo naqueles que tinham todo o seu mundo transtornado pela marcha mercantil. O transtorno traumático não significava apenas a expropriação direta e indireta das formas de sobreviver, mas também a entrada na marcha moderna, sem poder mais se reportar a qualquer transcendência como fundadora, pois o céu, de certo modo, precisava ser esvaziado, para que o sujeito moderno nascesse e desse a impressão aos indivíduos concretos de que vestir sua máscara equivalia a ser "livre" — de amarras pessoais e religiosas, principalmente — para encarar os outros como mercadoria concorrente (JAPPE,

2006; KURZ, 2010). E a única coisa que pretende mediar essa concorrência é a mão invisível do mercado.

Se a lógica descrita acima teve um início avassalador, tão totalitária quanto a Razão Instrumental (ADORNO & HORKHEIMER), submetendo as matérias diversas à calculabilidade, transformando tudo que já existia em mercadoria, ela não tardou a mostrar que não se satisfazia facilmente: o abstrato tende sempre ao infinito e a esgarçar o concreto à sua mercê.

Depois de avançar sobre a vida social e a subjetividade anteriores feito fogo que avança numa floresta, a marcha moderna adentra pelo século XX encarando-o como um arco do triunfo. Se a primeira grande guerra demonstrava o ar de irracionalismo que pairava por trás da Razão moderna, a crise de 29 representou de certo modo a primeira vez em que o sistema produtor de mercadorias esbarrou contraditoriamente em sua própria força: uma enorme e crescente produtividade linear não ia ao encontro de pessoas "aptas" para consumir também crescentemente: "A produção maciça de mercadorias em abundância sempre crescente requeria, agora, um mercado também maciço para absorvê-las, sob o risco de um colapso geral[!] do sistema" (SEVERIANO, 2007, p. 69).

Ora, a subjetividade daquela geração que viveu a primeira metade do século XX, em geral ainda mantinha relação forte com o uso dos objetos, resquício não corroído da própria tradição anterior à vida social mercantil, ou seja, era uma subjetividade entrecruzada de aspectos "atrasados" e aspectos "progressistas", o próprio sujeito protestante, embora em sintonia com o desenvolvimento das relações capitalistas, não era a forma-sujeito em estado puro, ainda continha muitas das amarras da tradição que ele tentava conjugar com o desdobrar-se de uma vida mercantil sem peias. Além do mais, mesmo os objetos já sendo mercadorias e o contexto sendo capitalista, as pessoas geralmente consumiam aquilo de que precisavam. Até essa época, como explicita Robert Kurz (2002), havia uma não-simultaneidade interna e externa do capitalismo. O capitalismo ainda era largamente misturado objetiva e subjetivamente a resquícios pré-modernos. Quer dizer, tanto o sistema não estava desenvolvido por igual dentro dos próprios países, quanto a discrepância em relação ao desenvolvimento entre os países era considerável. O que significa ainda muito espaço por onde a marcha moderna poderia avançar.

Desse modo, para a lógica mercantil moderna seguir adiante, era preciso agir tanto objetivamente quanto subjetivamente[1]. Ou seja, objetivamente era necessário fazer com que a mercadoria chegasse a toda parte; subjetivamente, era imperativo não um novo sujeito, mas desenvolver a forma-sujeito burguesa de fato, fazer com que ela se despregasse das amarras de passado atrasadas e "reacionárias", e de seus restos de pensamento, ou de "melindre" de tradição. Não se trata necessariamente de uma ação orquestrada pelos capitalistas do mundo, mas muito mais das consequências de se colocar a mercadoria com sua dinâmica no centro da vida social. Desde que nos vestimos da máscara de caráter do sujeito burguês, passamos a querer subitamente resolver os problemas que a mercadoria se coloca com sua lógica sem limites. De modo

1. Essa afirmação em verdade não passa de uma lapalissada, uma vez que encarar o capitalismo não mais como sistema econômico, mas como vida social já significa entendê-lo como sendo uma forma de organização social cuja dinâmica pressupõe a formação de uma subjetividade. Dito de outro modo, o capitalismo entendido como vida social mercantil é uma forma social total.

que o amadurecimento da forma-social e da forma-sujeito burguesas foi levado a cabo pelos indivíduos reais, na sua dialética cotidiana sob exigência impessoal de um imperativo de desenvolvimento da forma mercantil, dentro da qual parece estar contido o desenvolvimento em termos humanos.

Se a forma-social e a forma-sujeito puderam amadurecer ou desdobrar-se é porque ainda havia largo terreno na vida social e subjetiva a ser conquistado pela mercadoria, que ainda não tinha mostrado tudo que pode fazer com uma cidade ou com a subjetividade[2]. Assim, não foi uma escolha dos conspiradores capitalistas, mas a própria lógica mercantil que criou uma nova estrutura de consumo, agora "massivo". Nesse novo momento do desenvolvimento da vida social mercantil, a forma-sujeito burguesa começa a não exigir apenas que os indivíduos se unidimensionalizem no trabalho, mas que eles desenvolvam e descubram um mundo de novas potencialidades por meio das mercadorias. Esse amadurecimento da marcha moderna abre margem para uma nova etapa da lógica mercantil em que são integrados amplos setores da população antes marginalizados do consumo de mercadorias. "Essa sociedade desponta nas décadas de 20 e 30 nos Estados Unidos, mas somente alcança difusão generalizada nos países desenvolvidos, a partir da segunda metade do século XX, após a Segunda Guerra mundial" (SEVERIANO, 2007, p. 71). É o início do chamado Estado do bem-estar

2. Diz Guy Debord, em relação à Paris de antes das mudanças urbanas da segunda metade do século XX, em seu filme *In girum imus nocte et consumimur igni*: "A mercadoria moderna ainda não tinha vindo nos mostrar tudo o que se pode fazer de uma rua". E ainda: Paris era "uma cidade que era então tão linda que muita gente preferiu nela morar sendo pobre a viver rico alhures".

social, com pleno desenvolvimento da economia e grandes conquistas sociais e salariais por parte dos trabalhadores que se integravam cada vez mais na sociedade que eram pretensamente predestinados a abolir — pela teleologia marxista. Dito de outro modo, esse é um momento em que a forma-sujeito burguesa começa a mostrar-se em seu conteúdo, ou seja, como uma forma de subjetividade abstrata perante a qual pode até haver diferenças materiais entre os indivíduos, mas não diferença em termos subjetivos. O que significa dizer um embaçamento daquilo que fazia a diferença entre as classes sociais, que pareciam viver esferas distintas, universos distintos e culturas distintas. Era como se a classe dos despossuídos guardassem na memória o trauma de várias gerações que foram forçadas a entrar na marcha moderna, onde não possuíam nada mais para sobreviver senão uma quantidade abstrata de cérebros, nervos, músculos e sentidos que poderiam se materializar em qualquer mercadoria nas indústrias. A era burguesa do consumo é também a era do esquecimento desse trauma primordial, em que todas as classes se igualam perante a riqueza mercantil. O trauma passa a ser não participar da divisão da riqueza mercantil e não mais o fato de que sua produção causa um transtorno na vida social. Mas foram necessárias várias gerações para que esse movimento de esquecimento do trauma se processasse.

A crescente entronização da mercadoria (não de simples objetos) na vida social, que ganhou o belo nome de *Estado do bem-estar social* — denominação que mostra sem rodeios o atrelamento entre "desenvolvimento" e lógica mercantil — trouxe consequências subjetivas de importância digna de nota: o sujeito analisado por Weber (1964–2010), norteado pela ética protestante, ascético, dedicado ao trabalho árduo e sistemático, um sujeito de um grande domínio de si, um sujeito que recusa a desmedida, o luxo e o gozo dos bens — que devem ser acumulados — começava a ser destronado. Ou seja, aquele estágio de desdobramento da forma-sujeito burguesa ainda se mostrava em larga medida misturado com o peso do mundo passado, com a ideia da avareza cuja filosofia parecer:

> ser o ideal do homem de honra que tem não só seu crédito reconhecido, mas também a ideia de que o dever de todos é aumentar seu capital, isso sendo concebido como um fim em si. Com efeito, não é simplesmente uma forma de traçar seu caminho no mundo que se prega aqui, mas uma ética particular. Violar as regras não somente é insensato, mas deve ser tratado como uma espécie de esquecimento do dever (p. 47).

Como vimos, esse *ethos*, essa forma de estar no mundo dominou grande parte do desenvolvimento do capitalismo, quando o acúmulo de capital não era possível sem sacrifício e violência. Mas a crise de 29 tinha mostrado que essa moral poderia ir de encontro ao desenvolvimento do próprio capitalismo ao qual pretendia servir em princípio. Dito de outro modo, o destronamento do sujeito ascético de Weber aponta para esse devir da subjetividade na modernidade. Não se pode falar de um corte na estrutura básica da forma-sujeito, pois essa mudança deve ser entendida muito mais como momento lógico de desenvolvimento da forma-sujeito, um momento de sua dinâmica. Nesse sentido, não existe morte do sujeito, mas realização paulatina do sujeito. A forma-sujeito é a forma universal de subjetividade para agir no invólucro da identidade com a forma-social burguesa. Como vimos, em princípio, os indivíduos concretos, particulares, não são idênticos a essa forma. Eles sempre têm uma margem de manobra maior ou menor, o que é índice também dessa individualidade. Mas essa parte não idêntica à forma-sujeito se torna cada vez mais uma espécie da lado obscuro que ajuda a forma-sujeito em seu reinado, em vez de ser uma resistência a essa forma subjetiva impositiva.

É nesse sentido que se observa, sob a capa de uma pretensa ruptura com a moral burguesa, a exigência do gozo tensionar com as exigências ascéticas, de sacrifício, de adiamento das satisfações. Não se pode evidentemente falar que o sistema capitalista simplesmente adaptou a subjetividade à base de um automatismo, que felizmente não existe. Mais uma vez, o destronamento do aspecto ascéstico da forma-sujeito se deu por tensionamentos, num processo paulatino, mas constante. Naquele momento pós-29, essa economia psíquica fundada no sacrifício começava a ver surgir (LEBRUN, 2004; MELMAN, 2009), e a ela se opor, uma outra, mais adequada à falta de limites da lógica da mercadoria, mas que apenas ganharia muita força nas últimas décadas do século XX.

Se antes a moral recomendava ao sujeito o comedimento, o acúmulo do excedente, uma nova impõe o consumo do agora e até do futuro, com a difusão do crédito, que nada mais é do que o consumo do futuro no presente. Essa mudança subjetiva já tinha, há algum tempo, marginalmente aparecido nos primórdios da modernidade sem que conseguisse ainda terreno fértil, porque o tensionamento da época apontava mais para um arraigamento na tradição do que uma desprendimento rumo ao futuro. Quero dizer que já no século XVIII começou a aparecer essa ideia de que os apetites insaciáveis do ser humano, antes condenados como pecado, infortúnio pessoal e fonte de instabilidade social, eram o combustível da máquina econômica. Significa dizer que:

As atitudes, os caracteres e os comportamentos considerados repreensíveis em nível individual (tais como a cobiça, o gosto pelo luxo, um ritmo de vida dispendioso, a libertinagem...) estão para a coletividade na origem da prosperidade geral e favorecem o desenvolvimento das artes e das ciências (DUFOUR, 2008, p. 261).

O inglês Bernard de Mandeville parece um dos menos sutis em apresentar ainda no século XVIII bem mais do que uma ideologia liberal: ele apresenta uma verdadeira moral do desejo que somente 2 séculos depois teria terreno subjetivo para se realizar. Evidentemente, ele defendia a liberação do vícios humanos porque sabia que isso não ia de encontro à vida mercantil. O que aparece em *Uma investigação sobre a origem da virtude moral* é a ideia de que se o homem é "um conjunto de paixões, as quais o governam", paixões estas que, se provocadas, "vêm à tona" (2013, p. 87), que se explore esse terreno para o bem da economia. Essa visão está expressa de forma explícita na Fábula das abelhas de Bernard de Mandeville, cuja moral já está expressa no título: os vícios privados fazem a felicidade pública.

Mas as moral de Bernard de Mandeville precisou esperar dois séculos para encontrar terreno fértil, para casar com um momento em que era preciso desenvolver – para dar conta da dinâmica da lógica da mercadoria – uma subjetividade que não julgasse os excessos – ligados principalmente ao ato de mercado – algo condenável, mas antes como conduta normal, signo de virtude, e naturalmente humana. Christopher Lasch (2006) explica que, para os moralistas do século XVIII – guardadas as devidas diferenças de desfaçatez mercantil entre Bernard Mandeville, David Hume e Adam Smith –, era exatamente o caráter auto-reprodutivo, portanto, ilimitado das novas expectativas, das novas necessidades e gostos que:

> Favorecia a emergência de uma sociedade capaz de manter uma expansão infinita [...] A inveja, o orgulho e a ambição empurravam os seres humanos a querer mais do que aquilo de que tinham necessidade, no entanto, esses "vícios pessoais", ao estimularem a indústria e a inventividade se tornavam "virtudes públicas". A ideia de poupar e o esquecimento de si, contrariamente, significavam a estagnação econômica (p. 62-63).

É Lasch que também ressalta a lucidez de Hume quanto ao perigo dessa filosofia da superabundância de mercadorias — quando se estava longe do que vivenciamos hoje. Ele já refletia que poderia significar um golpe na tendência geral que era a de um adiamento da satisfação (p. 69). Não poderíamos dizer que essas características prefiguradas por esses *amoralistas* econômicos se coaduna com a máscara de caráter da forma-sujeito moderna? Não com o burguês "clássico", ainda não desenvolvido, mas com o burguês que, mais do que uma classe, é um modo de estar no mundo, uma forma de subjetivação que tensiona com qualquer individuação concreta que não esteja tencionada a aderir ao *homo homini lupus est.*

Com essa nova moral, a forma-sujeito dava um salto importante em seu desdobrar-se, pois acrescentava, além da máscara de trabalhador disciplinado, uma nova exigência aos indivíduos aos quais ela pretendia aferrar sua máscara de caráter: a exigência do consumo, do gozo nas mercadorias, a liberação das paixões, uma segunda forma de entronização da mercadoria que também se torna ingrediente da constituição subjetiva.

Sempre é preciso lembrar que isso não se deu de modo automático, como por um anúncio de chamada para *re-*

call de subjetividades. Com toda evidência, o sistema não chamou sua forma-sujeito para um *recall.* Abstratamente, o sistema gostaria de proceder assim, seria mais simples. Mas como as relações sociais e a própria subjetividade ainda têm um quê de concreto, foi preciso um processo paulatino, mas sempre contínuo de corrosão dos rastros pesados do passado. E não foi pela escolha consciente dos capitalistas. Eles puseram em prática cotidianamente uma lógica que simplesmente é tida por óbvia. Do mesmo modo, os ditos "não-capitalistas" nem sempre foram um polo negativo e de fricção, e também agiram na direção de entronizar as exigência capitalistas. O desenvolvimento de uma grande área da criatividade de publicidade para a chamada "captura da subjetividade" não deve ser vista como uma conspiração capitalista. Trata-se da forma-sujeito burguesa resolvendo os problemas da mercadoria no terreno da concorrência, característica fundamental do capitalismo que se aguça com sua crise. Além disso, mais uma vez, quando a vida social mediada pela mercadoria é tida por óbvia pelos indivíduos, nada mais normal que trabalhem consciente e inconscientemente por ela como a coisa mais prosaica do mundo.

Nesse processo, jogou papel fundamental toda a indústria cultural, todo o aparelho de informação que foi também se desenvolvendo. A crítica dos frankfurtianos à Indústria Cultural trouxe à tona, com efeito, muito do que ainda estava em germe, ou muito do que ainda não se mostrava enquanto fenômeno totalizante no mundo. Para essa crítica, na sociedade capitalista contemporânea, todas as produções do espírito nas artes, na literatura, no teatro, no cinema, etc., tornaram-se integralmente mercadorias voltadas inteiramente para produzir lucro (SOARES, 2007). Adorno e Horkheimer, ao escreverem a *Dialética do Esclarecimento*, evitaram usar o termo cultura de massa em proveito do termo Indústria Cultural por eles cunhado. A opção por esse oxímoro – cultura e indústria eram termos que não casavam na época – deve-se ao fato de o termo cultura de massa pressupor que a cultura provém das massas, exatamente o contrário do que querem sublinhar: a cultura passara a fazer parte de todo um sistema cujo fim último é "o poder absoluto do capital" (ADORNO & HORKHEIMER, 1986, p. 113), restando pouco ou nenhum espaço para a "produção independente". Como diz Hannah Arendt no que ela chama de *crise da cultura:*

> Talvez a principal diferença entre a sociedade e a sociedade de massas esteja em que a sociedade sentia necessidade de cultura, valorizava e desvalorizava objetos culturais ao transformá-los em mercadorias e usava e abusava deles em proveito de seus fins mesquinhos, porém não os consumia. [...] A sociedade de massas ao contrário, não precisa de cultura, mas de diversão, e os produtos oferecidos pela indústria de diversões são, com efeito, consumidos pela sociedade exatamente como quaisquer outros bens de consumo (2009, p. 257).

Fica claro que Arendt chama de sociedade o período anterior ao século XX. Para ela, a crise da cultura tem direta relação com uma sociedade cujos objetos produzidos "são tratados como meras funções para o processo vital da sociedade, como se aí estivessem somente para satisfazer a alguma necessidade. [...] (p. 261). Como alertam Adorno e Horkheimer, com a indústria cultural, nada mais tem direito de existir sem aparecer na publicidade: "a publicidade é, hoje em dia, um princípio negativo, um dispositivo de bloqueio, tudo aquilo que não traga seu sinete é economicamente suspeito" (p. 152). Segundo Debord (1997, p. 17), na sociedade do espetáculo, "o que é bom aparece e o que aparece é bom". E *aparecer*, para *parecer*, jogando a questão do *ser* para as calendas, tornou-se tão fundamental que as programações da indústria cultural como um todo apenas servem para deixar o cérebro do espectador disponível: "Isto é, diverti-lo, relaxá-lo, para prepará-lo entre dois anúncios. O que vendemos à Coca-cola é tempo de cérebro humano disponível. Nada é mais difícil de obter do que essa disponibilidade" (FONNET, 2003 apud DUFOUR, 2008, p. 33).

E essa disponibilização dos cérebros não é só uma façanha da televisão. As tecnologias de comunicação, notadamente aquelas possibilitadas pela internet, cumprem cada vez mais esse papel de disponibilização, ao mesmo tempo que dão a impressão de que qualquer indivíduo pode ser protagonista desse mundo — que é ao mesmo tempo uma tentativa de negação de qualquer real protagonismo. A internet somente criou um universo novo para a indústria cultural, um universo onde os átomos flutuantes podem ter seu terreno de pretensa individuação. Onde todos podem ser heróis, artistas, críticos do mundo, enfim, onde finalmente a sociedade de massas dá lugar a uma sociedade de indivíduos pretensamente ricos de possibilidades que eles só precisam explorar. A pretensa interatividade e protagonismo contemporâneos demonstram o quanto a sociedade mercatnil crê em seu próprio enraizamento social. Assim como em outros terrenos, o espectador não pode ter a necessidade, nem a ele pode ser deixado o tempo, de um pensamento próprio, pois a mercadoria já prescreve toda a reação possível: "Toda ligação lógica que pressuponha um esforço intelectual é escrupulosamente evitada" (ADORNO & HORKHEIMER, 1986, p. 128).

É importante sublinhar que o sentido psíquico de que é investido o objeto-fetiche-mercadoria pelo sujeito é mediado pelo social. Há uma relação forte entre esse sentido psíquico e aquilo em relação a que o sujeito moderno — *subjectum* — se constitui. Não se pode dizer que a indústria cultural impõe simplesmente sua manipulação aos espíritos em tudo contrários a ela, já que ela vai ao encontro de um terreno de fato existente na estrutura psíquica que é o da tendência sempre à espreita de um regresso ao *eu* onipotente típico do narcisismo primário. No entanto, tampouco se pode simplesmente dizer que ela apenas capta o que já é próprio da estrutura mental; essa argumentação também é por demais reduzida. Se assim o fosse, não haveria tanta publicidade dirigida às crianças, principalmente nos intervalos de desenhos animados e nos canais de televisão ditos "infantis". Essas publicidades aparentemente inocentes vão moldando o sentido psíquico que esses objetos ganham na vida dos sujeitos desde cedo. A formação do sujeito burguês começa desde a mais tenra infância, e em todos os lares onde desde cedo se abre a porta para a mercadoria fazer sua pregação.

Não é preciso se surpreender se, conforme Russell Jacoby (2007), as brincadeiras vêm se tornando cada vez mais privadas, se o principal local de lazer vem mudando dos espaços públicos para o quarto. Sem contar o fato de haver uma enorme quantidade de jogos que permitem às crianças brincarem sozinhas, ou pelo menos em um quadro já determinado, o que deixa, segundo Jacoby, pouco espaço para a imaginação:

> Será possível que o tempo de brincadeiras desestruturadas que dão espaço à imaginação tenha diminuído? O tédio não parece ter desaparecido, entretanto, o "tédio", entendido como uma fantasiosa tarde de domingo com nada a fazer, pode ser abreviado por uma troca de canais de televisão ou por jogos de computadores. "O tédio é o pássaro dos sonhos que faz eclodir

o ovo da experiência", escreveu Walter Benjamin em 1936. [...] A expressão "estou entendiado", quando dita por uma criança, não é mais um fato, mas uma acusação que significa: "entretenha-me" (JACOBY, 2007, p. 58–59).

Para este autor, o "estar sem fazer nada" passou a tornar-se inaceitável principalmente quando a diminuição das famílias e a ida ao mercado das mães deixaram um vazio que foi preenchido pelos produtos manufaturados como gibis, filmes, televisão, jogos eletrônicos, computador, que são responsáveis por deixar a criança em excitação o máximo de tempo, fazendo algo o tempo todo, sem que haja um espaço de "tédio" tenso que torne possível imaginar o diferente daquilo que já lhe foi dado pronto, como um mundo à parte — sem de fato sê-lo — que ela precisa viver.

Poderíamos dizer que esses produtos manufaturados compõem também as agências extrafamiliares de que fala Marcuse (1955–2009, p. 96–97), com as quais a família — e mesmo a escola — não teriam mais condições de competir.

> Agora as crianças "têm pronta a maior parte de seus sonhos". Ou como coloca Gary Cross em sua *História dos Brinquedos* [...] "Novos objetos de brincar incorporaram o sonho de crescer rapidamente em um fantástico mundo do consumo ou em uma esfera heróica do poder e do controle" (JACOBY, 2007, p. 61).

E a quantidade de publicidade dirigida ao público infantil, adolescente ou adulto não é pequena. E há uma unidade. Elas são responsáveis por criar um mundo em que não há limites para se alcançar tudo que se queira, mesmo em detrimento do que quer que seja. Segundo Anselm Jappe (2013), o capitalismo pós-moderno representa a única sociedade na história que foi capaz de promover uma *infantilização* massiva de seus membros e uma *des-*

simbolização em larga escala. Segundo ele, agora tudo contribui para manter o ser humano em uma condição infantil: da revista em quadrinho à televisão, da publicidade aos *vídeo-games*[3], dos programas escolares ao esporte de massa:

> Tudo contribui para a criação de um consumidor dócil e narcísico que vê no mundo inteiro uma extensão de si mesmo, que vê o mundo como algo governável com um clique de seu *mouse*. A pressão contínua dos *mass média* e a eliminação contemporânea tanto da realidade quanto da imaginação em proveito de uma chata reprodução do existente, a "flexibilidade" imposta em permanência aos indivíduos e o desaparecimento das perspectivas tradicionais de sentido, a desvalorização simultânea do que constituía outrora a maturidade das pessoas e daquilo que fazia o encanto da infância, substituídas por uma adolescência eterna e degradada: tudo isso produziu uma verdadeira regressão humana em larga escala e que poderia muito bem ser chamada uma barbárie quotidiana (p. 222).

Além disso, ele argumenta que a indústria da diversão — da televisão ao rock, do turismo à imprensa de celebridades — joga um papel importante de pacificação social e de criação de consenso. Ele nos dá a saber um conceito bastante contemporâneo, mas nem tão discutido: o "tittytainment". Mas o que é isso?

Em 1995, segue ele, reuniu-se em São Francisco o primeiro "State of the World Forum" do qual participaram por volta de 500 pessoas dentre as mais poderosas do mundo (entre outros participaram Gorbatchev, Bush Júnior, Thatcher, Bill Gates...) para discutir sobre a seguinte questão: o que fazer no futuro com os 80% da popula-

3. É preciso notar que muitos desses jogos também contribuem para uma adultização dessimbolizada, em todas as faixas etárias, no que diz respeito à banalização de imagens de violência.

ção mundial que não serão mais necessárias à produção de mercadorias? Um ex-conselheiro do presidente americano Jimmy Carter teria então proposto como solução o que ele cunhou como "tittytainment":

> Às populações "supérfluas", e potencialmente perigosas por causa de sua frustração, será destinada uma mistura de comida suficiente e diversão, uma mistura de *entertainment* embrutecedor, para obter um estado de letargia feliz semelhante à que sente um recém-nascido que mama no seio materno (*tits* no jargão americano) (p. 218).

Dito de outro modo, a estratégia, sem que se possa falar simplesmente em complô, é instigar a regressão ao período de fusão do bebê com a mãe na primeira infância, período caracterizado exatamente pela negação de qualquer falta: "O bebê lactante ainda não separa seu Eu de um mundo exterior, como fonte de sensações que lhe sobrevêm" (FREUD, 1930–2010, p. 18). Se aos poucos essa diferenciação se dá com a intervenção da cultura, paradoxalmente, é essa mesma cultura que incita, em nosso tempo, à sensação — já que a volta é de fato impossível — de novamente poder ter o seio materno e, portanto, poder gozar daquela situação de completude. Comprar e divertir-se já se confundem com entreter-se, ou manter-se em estado de letargia — o que não significa inação, apatia física, mas apenas mental. O que Maria Rita Kehl disse das drogas poderia muito bem ser dito do papel das mercadorias de todo gênero na contemporaneidade:

> A lógica da droga é a lógica das sensações alucinantes. Dos prazeres estonteantes. A ética da droga é a ética do *no limits*. Do quanto mais, melhor. Tudo ao mesmo tempo agora. A gente adora ficar muito louco. De cerveja, de refrigerante, de música

acima dos decibéis suportáveis, de sol, de tesão, de adrenalina (2011, p. 112).

A indústria cultural, portanto, jogou um papel fundamental na entronização da mercadoria na vida social e subjetiva, sempre ultrapassando limites. Ela está sempre encontrando novas formas de dizer que a mercadoria é o *nec plus ultra* da vida. Foi assim que ela construiu uma indústria paralela que Marcondes Filho denominou "Indústria do desejo abstrato", ou seja:

> Uma unidade da produção preocupada em mexer com elementos guardados no psiquismo dos indivíduos, acomodados desde a remota infância cheia de recordações afetivamente carregadas para, a partir disso, desencadear nas pessoas, "desejos inconscientes" e imperiosos por rádios, televisores, automóveis, roupas, bebidas, principalmente os bens supérfluos que estavam sendo relegados a um segundo plano nas opções de compra dos consumidores desempregados, endividados e empobrecidos (FILHO, 1988, p. 144).

Evidentemente, menos importa de que mercadorias específicas se trata. O mais importante é o processo regressivo em marcha. Porque ao explorar as possibilidades do terreno do desejo, ao explorar o terreno das paixões ou das pulsões, que são inerentes ao homem em sociedade, segundo Mandeville, abre-se caminho para um processo de regressão ao estágio associal do homem. Ou seja, a vida social já não age como mediador entre a satisfação e o adiamento da satisfação, mas como terreno onde o indivíduo com a máscara de caráter do sujeito burguês pode pretensamente se realizar. Catucar nos espíritos o que ele tem de mais íntimo, para regredir ao estágio de um pretenso Eu-grandioso, onipotente, um Eu que precisa ter seus desejos sempre saciados, pois ele encara seus desejos como imperiosos, é em verdade regredir ao estágio infantil do homem. Ou, para dizer de outro modo, é uma forma de realização de uma segunda natureza, o que significa uma tendência ao encerramento das possibilidades de transcendência ao universo estabelecido da palavra e da ação (MARCUSE, 1978). A pretensa realização de todas as faltas, de todos os espaços não preenchidos da existência por meio das mercadorias, tende a uma distensão entre indivíduo e sociedade. Entre o indivíduo com a máscara de caráter do sujeito burguês em seu desdobramento e a sociedade tende a já não haver mais tensão — que só germina porque os indivíduos veem na sociedade uma castradora do desabrochar de suas possibilidades. Quanto mais o indivíduo sente tal máscara de caráter ajustada ao seu rosto, sua tensão vai dando lugar ao sofrimento psíquico de um filho mimado que se revolta porque sua mãe lhe prometeu um objeto de satisfação e não cumpriu. A tensão dá lugar ao sofrimento psíquico, ao átomo flutuante, porque o filho mimado não se constituiu num processo de atrito com a vida social, mas num processo de exigência que ela o incluísse em suas benesses. A imaginação de outro mundo dá lugar à realização de melhoras no interior deste mundo já corroído.

Além disso, a saciedade contínua que essa sociedade promete, nem que seja pelas imagens, é realizada num objeto que não tem qualquer substância a oferecer a esse Eu que pretende nele buscar algum sentido. Substância, filosoficamente, é o que permanece, logo, é o que fundamenta. Mas, na mercadoria, substância é o abstrato que se materializa em dinheiro. As mercadorias têm a característica da fungibilidade, do momentâneo, pois sua dinâmica interna não permite arraigamento.

FORMA-SUJEITO BURGUESA E SEGUNDA NATUREZA

Se a sociedade moderna pretende se apresentar como um afastamento cada vez maior em relação à natureza a partir de sua dominação, há uma maneira de pensar para a qual a possibilidade de superação do quadro negativo da vida social moderna, notadamente a destruição (ou consumo) da natureza, passa por uma reaproximação do homem em relação à natureza. Para essa forma de pensar, o grande problema do capitalismo entendido como organização social moderna seria seu completo afastamento da natureza no afã de dominá-la, posto que saber é dominação, como vimos na *Dialética do Esclarecimento*, uma dominação que passa pelo domínio da natureza interna para poder alcançar o da natureza externa. Então, para se opor a tamanho e prejudicial afastamento da natureza, seria preciso criar uma espécie de sociedade *avatar* na qual o homem viveria em harmonia com a natureza, a tal ponto de poder com ela se conectar, numa espécie de retorno da *mimesis* com a natureza.

Uma tal visão das coisas parece não permitir uma reflexão de maior impulso que encare a forma social moderna como ela também uma forma de natureza, embora social. Portanto, como uma organização social das mais desenvolvidas, mas cujo desenvolvimento e progresso se dão num processo automático e inconsciente, como se brotassem dos próprios instintos — e o darwinismo social seria apenas um sintoma dessa forma naturalizante de organizar a sociedade.

É nesse sentido que cabe dizer que o sujeito moderno, a forma-sujeito burguesa, tem também uma constituição natural. Como diz Robert Kurz, o pensar enquanto concepção, planejamento, construção intelectual deveria preceder ao agir, e seria isso que distinguiria justamente o ser humano das abelhas, segundo Marx. O problema é que, na forma social moderna, devido ao seu movimento automático e autoevidente de multiplicação do dinheiro, dá-se exatamente o contrário: somente em aparência as pessoas se constituiriam como mestres-de-obras no seu metabolismo com a natureza. Em termos profundos, elas se aproximariam, em sua organização social, mais das relações que estabelecem entre si as abelhas. Esse caráter apiário da organização social significa uma estrutura social:

> na qual já não há unidade entre "concepção" e "execução" na acção (nem mesmo "experimental"), pois esta última é pressuposta *a priori* de acordo com sua forma, tal como no caso das abelhas. Sob essas condições, a reflexão (teórica) surge forçosamente como esfera *subordinada* à "práxis prática" e consequentemente dela *separada*. Por esse motivo, também se registra que as pessoas, embora ainda capazes de reflectir, desesperam-se com as consequências ecologicamente destruidoras das suas próprias acções compulsivas e apenas *a posteriori* susceptíveis de ser reflectidas e "trabalhadas" (KURZ, 2008, s.p).

Significa dizer que os padrões de ação já são estabelecidos *a priori* sem que uma atividade intelectual reflexiva anterior e consciente possa julgar esses padrões de ação que "são quase *ontologicamente pressupostos* à reflexão" (2008, s. p.). O que se argumenta aqui não tem nada a ver com o elemento pulsional do homem, como terreno de seu psiquismo que ele não dominaria. Trata-se em verdade do elemento pulsional, do terreno inconsciente da própria sociedade, cuja organização não passa pelo filtro da reflexão coletiva sobre seus meios e fins. Tudo é autojustificado e pressuposto à reflexão.

O que não tem nada a ver com uma discussão sobre se o ser humano carrega consigo instintos parecidos com o dos animais ou se são "instintos" socialmente mediados. A discussão aqui se refere ao fato de o sujeito moderno, por mais evoluído que seja, por mais distante que pareça em relação à natureza que tão fortemente em aparência ele domina e modela, ainda é um ser sócionatural. Ele é natural no sentido de que age — na sociedade que ele crê e pretende dominar nos mínimos detalhes — como o ser mais forte, que vence a natureza externa e o outro, como o vencedor na "evolução" darwinista aplicada feito lei natural à vida social. Assim, ao que parece, numa análise mais atenta, o sujeito moderno só domina a natureza no sentido de vencê-la no mesmo terreno dela, como ser também natural, numa disputa de quem consegue ser o ser mais evoluído e mais poderoso — mas no terreno da evolução natural. É por vencermos a natureza por um pretenso instinto de sobrevivência, que está completamente emaranhado com a forma-mercadoria, que acabamos constituindo uma sociedade natural, ou uma natureza social.

Por esse pensamento que adianto aqui, o ser humano com a máscara de caráter do sujeito burguês — mas também em outras formas sociais na história — ainda é um animal — não no sentido corrente de racional — mesmo com sua racionalidade dita culminante. Nesse sentido, não é possível qualquer oposição à sociedade moderna racional sem uma ruptura com esse aspecto natural, com essa natureza social, ou com essa sociedade natural. Em vez de uma *mimesis* com a natureza, em vez de uma tentativa de igualar-se à natureza para salvá-la, talvez seja preciso problematizar uma real separação entre *homem* e *natureza*, ou seja, uma nova transcendência em relação à natureza, o que poderia ser chamado de nova humanização como superação da segunda natureza, social e inconsciente até agora reinante.

O ser humano que desenvolve um aspecto regressivo de ser natural — que vive em sociedade como se fosse na natureza — deve tornar-se perverso e viver no esteio de seu aspecto natural instintivo. A primeira consequência é o não reconhecimento da realidade exterior como diferente de si, é o embaçamento entre o *Eu* e o mundo. É nesse sentido que a realização da segunda natureza enquanto desdobramento da forma-social mercantil e da forma-sujeito mercantil encontra um terreno inconsciente, no sentido social. Nesse mesmo movimento, vai ironicamente ao encontro da realização do Espírito hegeliano na história, já que "é no teatro da história universal que o Espírito atinge sua realidade mais concreta" (HEGEL, 2007, p. 74). Mas que relação se poderia fazer entre esse Espírito autodeterminado que é para si mesmo seu objeto, que não conhece limites e o inconsciente social?

Ora, esse Espírito de Hegel não se materializa num indivíduo humano singular — obviamente Hegel fala que essa materialização na história se dá num povo. Mas não me parece extrapolação de pensamento ver esse Espírito como a forma-social e a forma-sujeito burguesa, únicas formas na história com pretensões universais a pretender fazer da história e da subjetividade o teatro de sua realização. Esse Espírito só tem por objetivo "manifestar-se no mundo sensível tal como ele é realmente para si", ou seja, ele busca "produzir um mundo espiritual que seja adequado a seu conceito, ele busca cumprir e realizar sua verdade" (2007, p. 83). Claro que Hegel fala de uma materialização do Espírito numa religião, num Estado. Mas sua especulação abstrata de que o "o mundo físico não tem qualquer verdade" perante o mundo do espírito é em verdade a descrição do desenvolvimento moderno – embora o próprio Hegel pretenda abordar toda a história. Essa visão de mundo segundo a qual a "história é apenas o processo pelo qual o Espírito realiza o seu Si, o seu conceito (2007, p. 94), só pode significar uma visão totalitária do mundo segundo a qual a realidade concreta deve se moldar imediatamente aos conceitos. O que equivale a apagar a diferença entre mundo do pensamento e mundo vivido. Podemos lançar mão também de Freud e seu conceito de inconsciente, embora ele se centre no aspecto individual. O mundo do insconsciente tal como descrito por Freud é esse universo onde também não há diferença entre os mundos reais e possíveis, entre abstrato e concreto, é um mundo onde "a realidade do pensamento é equiparada à realidade externa, o desejo à sua realização, ao acontecimento, tal como sucede sob o domínio do velho princípio do prazer" (FREUD, 2010a, p. 119).

Essa argumentação, que pode parecer abstrata, vai na direção de entender essa tendência à realização da segunda natureza como coincidindo com a própria crise da forma-social e da forma-sujeito burguesa. Pode-se dizer que toda forma de sociedade se constitui como corte na pretendida onipotência do indivíduo. Nesse sentido, o que se descreve como sujeito neurótico, que quer ganhar dinheiro e poupar, acumular, é apenas uma das sínteses num determinado momento de desenvolvimento da forma-sujeito burguesa. Do mesmo modo, um capitalismo que ainda deixa vários recantos da vida sem colonizar é apenas um momento de imaturidade que seu desenvolvimento lógico trata de resolver. Em verdade, a forma-sujeito burguesa mais próxima de sua realização conceitual é caracterizada pela falta de limites, pelo narcisismo, pela quebra de qualquer mediação social que emperre a realização do seu *Eu*. Nas sínteses mais contemporâneas da forma-sujeito burguesa, não há mais idealização da sociedade do trabalho, que significava um sacrifício típico de segunda natureza. A tendência agora é a uma ancoragem no gozo, na facilidade, na imediatez, numa passagem direta à satisfação dos impulsos mais imediatos — o trabalho não passando de um mal necessário, para aqueles que ainda se apegam ao conceito moral de honestidade. Se o *ideal* impossível da sociedade mercantil, que corresponde à segunda natureza realizada, é passar de uma quantia de dinheiro a uma maior sem passar pela mediação do trabalho, é esse o sentido do capital fictício, essa quebra da mediação concreta é também característica da forma-sujeito. Mas, nos dois casos, esse *ideal* faz parte de um processo de realização dentro de um quadro geral também de crise. Como formas do Espírito, tanto a forma-sujeito burguesa quer realizar seu *Eu* nas individualidades concretas, como a forma-social burguesa quer realizar seu *Eu* na vida social concreta. Isso significa um automovimento do vazio na esfera da reprodução social e na esfera subjetiva. Dito de outro modo, uma vida social aos moldes dos automatismos da natureza.

Nesse sentido, o caminho talvez seja o de uma verdadeira diferenciação com a natureza, em que o ser humano realmente veja a natureza como *outro que não ele*, para não subjugá-la enquanto mero ente natural que briga pela sobrevivência numa selva, que nesse caso é realmente de pedra.

Refletir sobre essa segunda natureza, a social, especialmente a moderna, significa trazer à mesa a capacidade reflexiva do ser humano como o aspecto distintivo. Evidentemente, o próprio fato de chamar de segunda natureza a forma de organização humana historicamente constituída até aqui já significa que *social* e *natural* são dois níveis muitos distintos. O social se faz como transcendência em relação à natureza, como diferenciação do reino animal onde reinam os automatismos animais, os instintos mais simplórios ou primários. Mas isso não significa que essa distinção esteja resolvida tão logo tenhamos passado por essa transcendência. A regressão aos automatismos é sempre algo que espreita o social, pois o inconsciente social e individual herdam aqueles caracteres instintuais *mais simplórios e primários* da primeira natureza, embora transmutados pelo social em segunda natureza, como inconsciente, não mais como instinto puro e simples. Em outras palavras, a justificação de acontecimentos sociais por meio de argumentos fundados no automatismo instintivo da natureza sempre ronda a organização social. Do mesmo modo, não seria exagero afirmar que o estado de letargia do animal em sua vida natural, movida por esforços primários, é algo que também espreita a subjetividade humana. Assim, essa distinção do homem em relação à natureza não está dada de uma vez por todas. Embora a regressão a automatismos naturais não signifique uma volta à primeira natureza, ela significa uma segunda natureza cada vez mais próxima da primeira natureza, não no que ela tem de pouco elaborado materialmente, mas no que ela tem de autodeterminado naturalmente num nível de elaboração e produção material nunca visto. Ou seja, não sendo dada de uma vez por todas, a diferenciação homem-natureza, no sentido de seguir rumo à transcendência da segunda natureza, faz-se como amadurecimento de uma capacidade reflexiva e autocrítica que passa por estágios lentos e paulatinos.

Quero dizer que o homem nunca é um ser reflexivo *em si*, ele precisa tornar-se pela mediação da sociedade em que vive. Não deve transparecer nessa reflexão qualquer defesa da ideologia da mente como tábua rasa ou da ideia do *amorfismo humano* de Robert Musil. Pelo contrário, trata-se de problematizar uma tendência que sempre puxa o ser humano — e contra a qual ele deve lutar constantemente — a uma diferenciação mínima, porque os automatismos da natureza são menos exigentes que os estágios de reflexão formadores de uma cultura — nesse caso uma cultura no sentido largo, crítica, que assume nas mãos a organização da sociedade de forma coletiva. O estágio do narcisismo primário descrito por Freud talvez seja, num quadro social, o estágio mais próximo da natureza a que o ser humano chega, no sentido de seu movimento de refestelar-se em qualquer coisa que não lhe tire o sossego letárgico. Como se sabe, desse narcisismo ele só sairá rumo ao narcisismo mediado socialmente por meio de choques contínuos com a realidade que desbastam seu delírio de onipotência. Significa dizer que parece haver uma tendência no ser humano a ficar mais perto dos reflexos naturais, uma tendência contra a qual é preciso resistir. Se tal tendência não for combatida — e historicamente as formas sociais com suas instituições de enquadramento significavam um freio a essa tendência — a subjetividade que aflora desses sujeitos naturais só pode engendrar uma sociedade funesta. A tendência da sociedade mercantil contemporânea é exatamente manter os sujeitos num patamar ao menos parecido com esse estágio primário, em que cada desejo mercantil é transformado em gozo, em refestelar-se na letargia.

Diante dessa argumentação, uma pergunta poderia ser posta. Seria o capitalismo a primeira sociedade a realizar a natureza humana? Por vezes há muita pressa em responder a essa pergunta para afastá-la feito uma pestilenta que incomoda. Em verdade, essa é uma ideia liberal para justificar a sociedade mercantil, dizem alguns. Mas se pensarmos com um pouco mais de vagar, e sem ver nisso a positividade liberal, com efeito a forma-social burguesa vai ao encontro da natureza humana, mas apenas no sentido de que as esferas natural e humana se misturam nessa forma de vida social. Dito de modo distinto, apenas se entendermos o capitalismo desenvolvido como uma forma de sociedade que promove uma regressão social e subjetiva a uma vida psíquica rebaixada, mais próxima dos reflexos naturais, dos "vícios instintuais" em detrimento do que até hoje se constituiu como sendo considerado virtude. Ou seja, o capitalismo desenvolvido tende a corroer as formas de mediação social que são uma vitória sobre os impulsos mais próximos do reino da natureza[4]. A forma-sujeito burguesa não tem como se aproximar de sua realização, de seu ideal de subjetividade, sem um pretenso regresso do indivíduo a um estágio similar ao natural, não no sentido de se tornar animal, mas no sentido

4. Permito-me lembrar aqui uma expressão bem cearense: "rebolar no mato". A expressão não tem nada a ver com uma dança no mato, significa simplesmente jogar no lixo. Mas se cavarmos um pouco mais fundo, ela em verdade tem relação com a passagem de uma relação social mediada pelo campo, em contato maior com a natureza, para uma relação social mediada diretamente e de chofre pela mercadoria. Se antes falava-se "rebolar no mato" para uma casca de banana, embalagens de papel, ou outro lixo orgânico com que as pessoas tinham contato, hoje utiliza-se essa mesma expressão para dizer jogar no lixo os mais diversos tipos de dejetos, sobretudo plásticos, como se fossem ser devorados pelo "mato" da mesma forma que o lixo de outrora. É como se se passasse de uma natureza a outra sem que qualquer conflito daí brotasse.

de viver uma vida animalmente social. É somente nesse sentido que se pode dizer que a realização da forma-sujeito é a realização da natureza humana, cujo habitat é a forma-social burguesa, a vida econômica naturalizada[5].

Para romper a segunda natureza social moderna, mais do que nunca, é preciso um movimento contínuo de superação da tendência ao sócionatural. Nesse sentido, não se pode negar que a reflexão filosófica moderna — no que tem de questionamento da autoridade da Igreja, do poder despótico, do fetiche da dominação pessoal mediada pela terra e pelo fetiche do sangue — levou o ser humano a um patamar de pensamento mais elevado; por mais que tais questionamentos em proveito do mais alto nível de liberdade humana tenham tido como lastro o tensionamento criado pela forma de vida mercantil — uma forma de vida que tende à liberdade irrestrita. Mesmo assim, o que interessa dizer aqui é que são no fundo esses choques de pensamento, de mentalidade, de subjetividades, que questionam radicalmente as bases de uma sociedade, que elevam a capacidade reflexiva e criam a possibilidade de superação da segunda natureza. O esforço de enfrentamento feito pelos indivíduos contra as formas de dominação da sociedade fetichista anterior ao capitalismo pode ser considerado, enquanto movimento de choque com o estabelecido, algo fundamental a uma transcendência.

---

5. Não seria sintoma dessa regressão uma tendência na música dita de massa contemporânea a ritmos bastante primários, com a predominância de batidas sobre qualquer melodia? Sem contar a apologia que se vê em tais músicas de relações sexuais cada vez mais dessimbolizadas e imediatas, descritas com minúcias como pura descarga de energia instintual sobre o outro usado como material de depósito.

Entretanto, esses questionamentos apenas criam a possibilidade. Como sabemos, os questionamentos modernos foram ao encontro da organização social moderna com sua tendência intrínseca à liberdade mediada apenas pela mão invisível da lógica mercantil. Ou seja, o complexo desse conjunto de questionamentos é que o salto que chegou a impulsionar desembocou ainda numa forma de menoridade, relativa a aspectos mais sutis, mas não menos imperativos. Assim, a transcendência não ocorreu, ou ocorreu apenas de um nível de fetichismo para outro, mais elaborado, mas não para uma forma de sociedade organizada diretamente pelos indivíduos.

Para uma transcendência da forma social moderna naturalizada, seriam necessários saltos nessa capacidade reflexiva, para se vislumbrarem possibilidades para além da realidade dada, como tensionamento permanente com a vida social naturalizada. Mas há quanto tempo não se veem esses saltos? Não se assistem a grandes rupturas impulsionadas e impulsionadoras desses saltos desde que a modernidade pôs a economia como centro fundante da vida, como forma natural de organização social. Enquanto as discussões girarem em torno da gestão do existente, com nuanças que conservam a essência do imperativo categórico moderno, será rude aventura causar rachaduras nessa selva de pedra, nessa natureza colonizada pelo social, ou melhor, nesse social dominado pelas leis da natureza.

O *fim da história* humana portanto é muito diferente do *fim da pré-história* humana. A ideologia do fim da história é a da aceitação cínica do aprisionamento na segunda natureza social plasmada pelas categorias capitalistas. É a aceitação do jugo da subjetividade e da vida social ao movimento naturalizado, automático e autojustificado da multiplicação do dinheiro. Em suma, é o fim de qualquer verdadeira transcendência ao universo estabelecido, ou seja, é o fim dos verdadeiros tensionamentos na vida social. Já o fim da pré-história como vislumbrada por Marx diz respeito exatamente à superação de uma história humana em que são as coisas que governam e os seres humanos que agem dentro de um invólucro coercitivo que lhes escapa. O fim da pré-história seria o momento em que a coletividade humana assume o controle da própria organização social, um momento no qual a história se materializa numa forma de práxis coletiva, não mais subjugada aos determinismos da natureza, da escassez e da mediação do movimento de multiplicação do dinheiro que faz os indivíduos concorrerem como se estivessem brigando pela sobrevivência na selva. Seria assim o romper-se da matriz apriorística do fetichismo da mercadoria, portanto, o fim desse dito caráter apiário da reprodução social.

O VALOR-SIGNO COMO USURA DO SIMBÓLICO

Já dissemos que uma mercadoria não é uma coisa qualquer, qualquer objeto. Mas sim um objeto que precisa realizar em dinheiro o tempo de trabalho abstrato que contém. Por isso, quanto mais ela é entronizada na sociedade, passa a ficar cada vez menos importante seu lado útil concreto — que não é seu objetivo. Além disso, ela não tem qualquer pretensão simbólica que as coisas como coisas poderiam ter.

Ora, o aspecto simbólico diz respeito a um construto social que tem certa solidez, está fundado em certa tradição, não prescindindo das trocas sociais que a sustentem, pois o objeto simbólico tem seu sentido construído apenas no social, daí seu caráter perene. Um objeto simbólico pode passar de geração em geração. Pode significar uma ligação forte com determinados objetos que não têm nada a ver com fetichismo mercantil, mas sim com o peso simbólico que adquirem determinados objetos por criarem laços de sentido entre vidas e experiências. Podemos pensar em roupas presenteadas, roupas feitas por um parente, um móvel herdado, um livro que nos tocou, até o simples respeito aos mais velhos pelo aspecto simbólico da sua experiência.

O avançar da forma-social burguesa sobre a vida social concreta também implica a corrosão paulatina desse processo simbólico em proveito de relações sígnicas e dessimbolizadas, imediatas. Isso não só na relação com as mercadorias, mas na relação de alteridade. Michéa, autor pouco conhecido no Brasil, contribui com uma reflexão importante em seu livro *O ensino da ignorância*:

> A magia do dinheiro — como equivalente geral — reside na possibilidade que ele oferece ao sujeito de se livrar de qualquer dívida em relação a um doador a partir do momento em que o serviço prestado foi pago na hora. [...] Ficando quite no ato mesmo daquilo que eu devo, o que compro igualmente *é o tempo implicado pela obrigação tradicional de esperar para retribuir* e, portanto, pelo mesmo ato, compro *o direito de não ter história* com aqueles que me prestaram algum serviço (2006, p. 88).

O autor aqui desenvolve a temática da *dívida simbólica* que é uma mediação social, um tempo transcorrido dentro do qual sentidos são construídos, laços são amarrados. Evidentemente, ele fala aqui de uma trama social chamada de *dom, dádiva*, no sentido de Marcel Mauss, cujo enlaçamento simbólico ou *dívida simbólica* se dá pelo *dar, receber, retribuir.* Para Michéa, a modernidade criou toda uma série de *obrigações sem reciprocidade* (2006, p. 91) sob o nome de civismo, disposição ética, que são uma dessimbolização que contribui para a máquina andar mais macia.

Ou seja, trata-se de relações mais adaptadas à dinâmica cada vez mais frenética que exige que não nos apeguemos "a tralhas", que nos desapeguemos em prol de algo cheirando a novo, sempre novo. Essas relações sígnicas, sobretudo com o objeto, nada têm a ver com um processo de construção, porque pretendem prescindir — o que não é possível — da relação com o outro com quem estabeleço o laço simbólico. O simbólico pressupõe que o indivíduo respeite o laço, portanto, o simbólico é um freio no narcisismo que é afagado nas relações com objetos sígnicos, pois são objetos que se pretendem personificados — não com um valor simbólico, mas um valor sígnico (BAUDRILLARD, 2008). O valor-signo é, diferentemente do símbolo, algo que não permanece, mas algo que se adapta à rapidez da dinâmica mercantil. Sua fugacidade, sua imediaticidade, deve-se fundamentalmente à sua arbitrariedade. O signo está aberto a todas as significações imagináveis, é flexível — como os tempos contemporâneos. Já o símbolo tem a característica de se fixar nas relações sociais e dificulta as transações sempre móveis. O simbólico se transforma num peso, porque é uma mediação social.

Poderíamos adentrar por reflexões sobre o quanto a mediação simbólica, por mais fetichista que tenha sido, construiu coisas belas na história. Arendt reflete sobre isso defendendo que uma sociedade não pode deixar-se prender no mundo da utilidade, que é passageira, não permanece:

As catedrais foram construídas *ad maiorem gloriam Dei*; embora, como construções, sirvam decerto às necessidades da comunidade, sua elaborada beleza jamais pode ser explicada por tais necessidades que poderiam ter sido servidas igualmente por um outro edifício qualquer. Sua beleza transcendia todas as necessidades e as fez durar através dos séculos (2009, p. 261).

Não sendo a necessidade, o que estaria por trás de belas construções arquitetônicas do passado? Não seriam o simbólico, as mediações sociais – por mais que fossem justificadoras de dominação pessoal mediada pelo fetichismo religioso? Em cada detalhe elaborado numa obra, em cada curva burilada no mínimo detalhe, em cada filigrana não estaria uma negação da imediatidade, do reto, do linear, tipicamente modernos? Como já dissemos, as obras até o Renascimento, e bem depois, para não falar do Barroco brasileiro, tendiam a agradar um ser transcendente, um deus, um ser mitológico. Como vimo, a história anterior ao capitalismo se deu no teatro do simbólico-mítico-religioso. A sociedade projetava seu poder social para o terreno transcendente. No entanto, a ação social era feita pelos próprios homens, e o simples fato de terem que se reportar respeitosamente a essa esfera superior criava no seio social uma série de mediações criadoras de cultura. Desejava-se oferecer o melhor àquele ser que tinha um peso simbólico forte nas relações humanas.

A modernidade deve ser, por outro lado, entendida como também fundada num universo simbólico, mas mercantil. Como a transcendência moderna vive diretamente na terra, mediando as relações diretamente na terra, e os indivíduos se creem livres, o deus a quem se pretende agradar para acalmar sua possível fúria é o deus mercantil, para cuja glória não é preciso qualquer mediação. Além disso, o deus moderno não exige nenhuma postura moral de seus fieis. Ele é o próprio vazio em movimento. As catedrais que ele exige em sua honra são mais do estilo de *shoppings centers*, e a postura que ele exige dos fieis é a do prostrar-se cotidiano diante do movimento dinâmico da mercadoria e a do desprendimento em relação a qualquer mediação social inútil. Como esse deus moderno simboliza um vazio, o que já significa um oxímoro chamar seu universo de simbólico, as obras grandiosas em seu nome são a expressão desse vazio, reto, funcional, imediato. Mesmo porque, as obras contemporâneas pretendem vir de sujeitos que se acham livres de toda ligação simbólica. As obras parecem vir de sujeitos plenos de significado em si mesmos. A dívida simbólica agora, se é que se pode chamar simbólica, é do sujeito consigo mesmo, com o narcísico, ou então dele com o mercado, onde estão suas dívidas "simbólicas".

E não se trata de nostalgia ou de apologia do passado. No universo simbólico mercantil, em sua fase mais madura, a mercadoria desenvolve também um valor-signo. Ou seja, significados são atribuídos às mercadorias como se deles emanassem, como se de fato tivessem passado por uma mediação social — constituindo-se, assim, como pseudosimbólicos. Esse sentido não é um construto social estruturado pelas relações sociais, mas é imposto às relações e, portanto, ao sujeito que apenas aceita porque já não tem em si tão forte espaço que se contraponha a essa arbitrariedade. "A grande peculiaridade do objeto-signo é que seu sentido não está mais referido a nenhuma relação humana, mas sim, 'en la relación diferencial respecto a otros signos'"(SEVERIANO, 2007, p. 51). Assim, o objeto-signo pretende diferenciar e dar estatuto num processo ilimitado, posto que arbitrário: o objeto-signo se torna depósito para as projeções idealizadas de onipotência humana (2007, p. 51).

É fundamental ressaltar que, mesmo percorrendo esse caminho, a mercadoria não perdeu aquilo que faz dela mercadoria: sua essência-valor. Antes do mais, é essa essência que, para se desenvolver, precisa adaptar a realidade objetiva e subjetiva a seus desígnios. Contrariamente ao que deixa pensar Baudrillard, o valor-signo não se sobrepõe ao valor mercantil como numa evolução.

A fase do valor-signo — que se liga com um fetichismo no nível do desejo (SEVERIANO, 2007) — é a fase do espetáculo, este sendo compreendido como o "capital em tal grau de acumulação que se torna imagem" (DEBORD, 1997, p. 25).

O TEMPO TORNADO ABSTRATO COBRA SUA CONTA?

Em outra parte deste livro, já tivemos a oportunidade de refletir sobre a revolução no sentido do tempo na aurora da modernidade. E vimos também que somente com um processo de tensionamentos rumo à modernidade o tempo abstrato passou a dominar. E, de fato, o capitalismo não teria podido se instalar sem essa revolução, pois o capitalismo é uma sociedade baseada no trabalho medido pelo tempo — sem levar em conta no que esse tempo é gasto —, que é a essência abstrata do valor, que, por sua vez, é a essência da mercadoria. Portanto, o dinheiro é a materialização do tempo abstrato contido em toda mercadoria.

A questão do tempo adquire uma importância fundamental também, porque se trata de mais um elemento que perdeu substância, que perdeu suas qualidades na modernidade. Assim como as coisas perderam sua dignidade ao serem transformadas em mercadoria, assim como as atividades produtivas perderam sua dignidade ao serem transformadas em trabalho, assim como os indivíduos perdem, pouco a pouco, sua dignidade ao vestirem a máscara de caráter da forma-sujeito, o tempo perdeu sua dignidade ao deixar de ser uma variante dependente, concreta, para se tornar uma variante abstrata independente e coercitiva das atividades. Ora, o transtorno da experiência com o tempo é marca da modernidade. Quando o tempo se torna a mônada abstrata que se realiza em dinheiro, desgarrando-se das relações concretas das quais dependia, não pode mais deixar de ser transformado em dinheiro, em vazio, em vazio tautológico, como se fosse uma verdadeira maldição da qual não se pode escapar. Mas, ao mesmo tempo, é o tempo que consome a própria sociedade que o quis aprisionar. Não é incorreto dizer que é o próprio tempo abstrato que está corroendo a vida capitalista e, ao mesmo tempo, inundando a vida de mercadorias que exigem ser compradas[6]. E o tempo abstrato é o tempo do presente encerrado numa temporalidade unidimensional — essa é a temporalidade nas peças de Beckett. Vejamos o caminho percorrido por essa abstração no social.

---

6. Arendt achava que por não "haver suficientes bens de consumo para satisfazer aos apetites crescentes de um processo cuja força vital [...] precisa ser gasta no consumo", seria como se a vida se esgotasse, "valendo-se de coisas que jamais foram a ela destinadas" (2009, p. 264). Ela achava que pelo tempo menor dispendido no trabalho, não haveria como dar conta do aumento do consumo. A meu ver, pretensiosamente, o esgotamento da vida se dá exatamente pelo fato de a sociedade ter feito e fazer tudo para que os ditos bens de consumo — a riqueza — chegassem e cheguem a todos os recantos.

No seio de cada mercadoria mora sua substância que é o trabalho. Mas não qualquer trabalho, um trabalho medido pelo tempo. Cada mercadoria tem seu valor retirado do tempo socialmente necessário para produzi-la (MARX). Mas o que acontece quando a produtividade aumenta em função da maquinaria e o tempo de trabalho contido em cada mercadoria — que é a verdadeira riqueza no sentido capitalista — diminui? Para exemplificar de forma simples: se a média social de produção de 30 camisas é de uma hora, para o capitalismo, em média global, cada camisa vai conter 2 minutos de valor. Portanto, 2 minutos de *riqueza social.* Com a introdução de uma nova tecnologia que possibilite a produção de 60 camisas em uma hora, o valor de cada camisa cairá para 1 minuto[7]. Essa mudança de produtividade não é anódina. Ela vai criar dois problemas para o capitalismo. O primeiro: a *riqueza social* estagnará, pois ela é medida não pela quantidade de coisas — que tende a aumentar —, mas pela quantidade de tempo de trabalho contido nas mercadorias, pelo valor que elas contêm — um valor que tende a diminuir independentemente do amontoado concreto. Para fugir dessa estagnação trágica para o capitalismo, é preciso uma compensação dessa diminuição inundando ainda mais a vida social de mercadorias. Cada vez mais mercadorias serão produzidas num intervalo menor de tempo, ou seja, o tempo será cada vez mais recortado em intervalos abstratos menores e iguais no qual se materializará uma mercadoria.

Que o valor de cada mercadoria tende a diminuir a um mínimo (MARX, 2011, p. 588), essa foi uma das grandes

---

7. O exemplo pretende apenas ser didático, porque nunca vai ser possível determinar o valor de uma mercadoria individual, uma vez que o processo capitalista se dá em termos globais.

reflexões de Marx. Ou seja, Marx problematizou uma contradição interna ao capitalismo — embora ao lado dessa reflexão radical ele alimentasse também a ideia de que o proletariado daria cabo ao sistema antes que essa contradição se desenvolvesse. Significa dizer que, embora a *riqueza material* medida pela quantidade de objetos aumente, a *riqueza social* diminui se não houver uma ampliação constante e imperativa. Essa não é uma contradição das menores no interior do sistema, que historicamente sempre precisou lutar para compensar essa perda de riqueza.

O outro problema, decorrente do primeiro: para manter-se de pé, o capitalismo tem que fazer comprar não mais 30, mas no mínimo 60 camisas para manter o mesmo nível de riqueza de antes da introdução da nova invenção tecnológica (POSTONE, 2009) — no caso de nosso exemplo particular. Além de inundar a vida social de mercadorias que imploram para serem compradas, há uma crescente exigência feita aos sujeitos no cotidiano, como se algo nunca fosse o bastante, como se cada pedaço de tempo precisasse ser materializado em mais coisas, mais atividades, como se as próprias atividades que desempenhamos precisassem compensar parte da riqueza que perdeu. Dito de outro modo, é como se nossas atividades, nossos trabalhos, ficassem cada vez mais pobres, desvalorizados, e clamassem por uma dedicação maior de nossa parte como sujeitos burgueses.

Esse é um processo que se dá continuamente desde o início do capitalismo, mas é um processo que nunca volta ao mesmo ponto, pois sempre são estabelecidos novos padrões de produtividade, ou seja, sempre novos limites precisam ser quebrados. Ora, se pelo exemplo o sistema terá que fazer comprar o dobro apenas para manter a mesma riqueza social, para poder se expandir obssessivamente, vai ter que ir além da duplicação da construção de um quadro favorável ao consumo ilimitado. Dito em termos simples, a vida social capitalista só se mantém pela inundação cada vez maior da vida cotidiana com mercadorias. Sem contar que, para compensar essa perda, cada vez mais recursos naturais são necessários para manter o progresso capitalista.

Podemos, assim, sustentar a ideia de que o capitalismo precisa, a todo custo, fazer comprar não apenas para aumentar seus lucros — que é a percepção da consciência cotidiana —, mas para fugir antecipadamente de uma crise interna que lhe é intrínseca. Um sistema que é dinâmico por essência não pode encontrar um ponto de equilíbrio. Consequentemente, toco aqui num ponto nodal referente a uma verdadeira crise lógica prevista por Marx, uma crise que o capitalismo precisa cotidianamente combater em seu próprio âmago e que a contemporaneidade vivencia sempre mais fortemente. A aceleração do tempo, não somente nas fábricas, mas na vida social, tem uma relação estreita com a sua abstratificação, com o fato de que não são os acontecimentos da vida que indicam o tempo ou que são simplesmente marcados por ele, e que fazem dele algo qualitativo, mas o tempo é que determina os acontecimentos, o tempo é que determina as atividades — as que *valem* são chamadas trabalho.

Como o capitalismo não consegue ir adiante sem inundar a vida social de mercadorias, é preciso que essas mercadorias sejam consumidas, ou melhor, é preciso que os sujeitos se relacionem de modo cada vez mais íntimo com as mercadorias. Para isso, ela precisa ser transformada num objeto animado, com alma, não só na produção, mas na circulação. Ela passa a defender seus direitos de cadáver frente aos vivos que consomem as subjetividades atreladas às mercadorias. E esse processo acaba concorrendo para a confusão entre desejo e objeto de consumo (SEVERIANO, 2007), portanto, acaba contribuindo para o esvaziamento do pensamento que só surge nesse espaço de tensão. Não havendo espaço — ou melhor, não havendo tempo de espera — entre o desejo e o objeto do desejo, não há espaço nem tempo para que os indivíduos se erijam como seres reflexivos. Pensar pode virar um fardo, já que é preciso gozar a vida. E o mundo inundado de mercadorias pretende poupar-nos da reflexão, pretende poupar-nos do choque de realidade que nos constrói como seres minimamente tensos com a realidade, e minimamente fortes para enfrentá-la. O apelo ao inconsciente, ao mundo onírico onde tudo é possível aponta para essa suspensão do pensamento em proveito do mundo vazio da mercadoria e do encerramento no universo da segunda natureza, como vimos. É como se a forma-social burguesa, para se realizar, precisasse desenvolver um *princípio de prazer mercantil* sem o qual ficaria difícil fazer comprar tanta mercadoria.

Esse apelo ao onírico, que poderia chocar à forma de subjetivação ascética, muito presa no senso de realidade, de responsabilidades neuróticas, foi muito bem incorporado à venda de mercadorias, no sentido de desenvolver um fetichismo pós-produção. Esse lado onírico, prezado como inovação estética pelo Surrealismo e normalmente presente nas vanguardas, parece ir ao encontro ironicamente da fase atual do desenvolvimento capitalista. Como explicita Tiedemann:

> Os primeiros surrealistas tinham, pelo sonho, despojado a realidade empírica em geral de seu poder; tratavam sua organização teleológica como uma simples matéria onírica cuja linguagem

> só pode ser decifrada indiretamente. Dirigindo a ótica do sonho para o mundo despertado, dever-se-ia trazer a lume as ideias latentes, escondidas, que dormiriam em seu seio. Benjamin queria aplicar um procedimento semelhante à apresentação da história: tratar o mundo das coisas do século XIX como se se tratasse de um mundo de coisas sonhadas. Quando é regida pelas relações de produção capitalistas, a história é, em todo caso, comparável à ação inconsciente do indivíduo que sonha: ela é certamente feita pelos homens, mas sem plano nem consciência, como num sonho (TIEDEMANN, 1997, p. 15).

Mas quando o sonho é invadido pelo desejo mercantil, o terreno inconsciente já não pode ser um terreno de aposta para se opor ao próprio universo mercantil. Se a exploração do sonho para os surrealistas era a descoberta de novos terrenos criativos, que se opunham a uma sociedade moralmente coercitiva, quando restam poucos terrenos não colonizados, é preciso buscar noutro campo a oposição ao universo simbólico mercantil[8]. Mas esses novos terrenos criativos, a sociedade capitalista tomou para si ironicamente, do mesmo modo que os desejos de liberdade dos movimentos dos anos 60. Hoje podemos ter a medida de que a repressão de uma vida regrada contra a qual lutavam os movimentos daquela época eram apenas resquícios de um entrecruzamento objetivo e subjetivo de fases anteriores do capitalismo. No desdobramento da vida social moderna, cada geração foi ficando mais parecida com seu tempo do que com seus pais, como disse Debord e foi, uma após outra, num processo tenso, mas sempre tendendo para frente, convivendo menos estranhamente com a ligação embaçada entre sonho, desejo, li-

---

8. Minha argumentação, portanto, distingue-se daquelas que pretendem ainda nos tempos atuais que o inconsciente é o terreno libertário, o não-idêntico não suportado pela forma-social mercantil.

berdade e mundo mercantil. Aproximamo-nos hoje, cada vez mais, de uma geração de desejos imperiosos, que pretende equiparar seus desejos (no invólucro mercantil) à realidade sem qualquer mediação com o mundo exterior. Todas as mediações necessárias ao estabelecimento da reflexão são, nesse processo, achatadas pelo imediatismo que impõe esse princípio. No princípio de prazer não há pensamento, apenas prazer imediato, ensina Freud. Apenas repetição do mesmo tempo de realização dos desejos encerrada numa temporalidade única.

É ao que Adorno (1986b, p. 123) se refere em seu artigo "Sobre música popular" ao afirmar que tudo aquilo que se reveste de individualidade, no fim de tudo foi previamente escolhido e imposto por outrem. Por isso justifica-se o que ele chama de pseudoindividuação. Se ele se referia à *standardização musical*, pode-se estender essa reflexão à individuação em tempos atuais, que não se constitui sem a mediação da forma-sujeito burguesa.

Desse modo, aqueles que se creem no chamado desabrochar da individualidade no mundo contemporâneo ignoram que são individualidades de prótese, pois, em verdade, cada vez mais são as mercadorias que são individuais e que pretendem ter uma individualidade e transmiti-las a quem comprá-las.

Por essa argumentação, seria possível defender que o desdobramento da forma-sujeito burguesa é uma tendência à vacuidade. Uma vacuidade que não se dá necessariamente por um vazio absoluto, ausência de reflexão total, mas pelo enraizamento da forma-social burguesa como segunda natureza. Essa vacuidade tem estreita relação com o processo de superação de um estágio de desenvolvimento da forma-sujeito burguesa no qual o ideal era a negação da desmedida, do gozo, do luxo, vistos até como diabólicos, enquanto o acúmulo e a ascendência social eram vistos como signos de eleição divina. Este estágio descrito por Weber, como vimos, começou a desaparecer nas sociedades de massas e, desde há algum tempo, começou a tensionar com ele e a ganhar terreno, inaugurando um novo *ethos*, uma forma de subjetivação que coloca exatamente o gozo, a desmedida, o luxo e o rompimento de todos os limites como ideais. Essa ideologia da falta de limites, ao invés de ser uma subversão do capitalismo, serviu-lhe de terreno fértil para subverter seus próprios limites — o próprio capitalismo é uma forma-social que não pretende reconhecer qualquer limite. Portanto, o que o capitalismo exigia do sujeito quando de sua implantação, não se mostra mais adequado quando um nível de desenvolvimento precisa sempre ser suplantado por outro mais adiantado. Nesse contexto, essas características protestantes, "reacionárias", apenas obstam a realização do espírito do capitalismo — espírito "revolucionário".

> Um novo estádio do individualismo vem a assentar-se: o narcisismo designa o surgimento de um perfil inédito do indivíduo em suas relações consigo mesmo e com seu corpo, com outrem, com o mundo, com o tempo, no momento em que o "capitalismo autoritário" cede seu lugar a um capitalismo hedonista e permissivo. A idade de ouro do individualismo, concorrencial no nível econômico, sentimental no nível doméstico, revolucionário no nível político e artístico, chega ao fim. Um individualismo puro se desenvolve, desvencilhado dos últimos valores sociais e morais que coexistiam ainda com o reino glorioso do *homo oeconomicus*, da família, da revolução e da arte; (...) Se a modernidade se identifica com o espírito empreendedor, com a esperança futurista, está claro que o narcisismo inaugura, por sua indiferença histórica, a pós-modernidade, a última fase do *Homo Aequalis* (LIPOVETSKY, 2008, p. 71–72).

Para Lipovetsky, essa mudança subjetiva inaugura a pós-modernidade. Para nós, trata-se de um desdobramento da modernidade, da forma-sujeito burguesa, cuja lógica é um desvencilhamento contínuo dos valores sociais e morais que coexistiam na subjetividade concreta atravessada pelo passado e pelas exigências do futuro. Hoje, a tendência é que até esses resquícios de ética se esmaeçam — sem que se possa chamar de um avanço humano. É de Maria Rita Kehl (2005) que vem uma explicação que muito nos interessa aqui. Ora, se o imperativo do gozo nas mercadorias vem substituindo o adiamento — típico do sujeito ascético —, ao mesmo tempo ele pretende poupar as pessoas do esforço de individuação. E a mercadoria aqui precisa ser vista como comprada materialmente ou comprada por via das imagens:

> Ocorre que o tipo de produção de sentido que é próprio das imagens induz o sujeito a um modo de funcionamento psíquico que prescinde do pensamento. Brevemente eu diria que isso ocorre porque o imaginário funciona segundo a lógica da realização dos desejos. Cada imagem apresentada proporciona ao espectador um microfragmento de gozo — e a cada fragmento de gozo o pensamento cessa. Por que o pensamento não acompanha o gozo? O pensamento é um longo rodeio que o ser humano é obrigado a fazer em busca de um objeto de satisfação que se perdeu (2004, p. 89–90).

Mas a vida não se torna um amontoado, um vazio, uma superfluidade sem esse rodeio fundante? Não é esse rodeio uma mediação que também caracteriza o simbólico? Mas é exatamente essa espécie de suspensão do pensamento cada vez mais constante na vida que é um dos aspectos característicos da forma-sujeito moderna na contemporaneidade.

A tensão típica desse rodeio só pode se manter quando de fato o Eu mantém seu caminho de afastamento do seu Eu infantil. Portanto, a tensão leva à sublimação, ao pensamento, à reflexão: "cultura é sublimação" (MARCUSE, 1980, p. 15). O estado a-conflitivo sempre prometido pela mercadoria atualmente leva à regressão psíquica e social visto exigir o reino da imediatez, o reino que poupa o ser da individuação. No reino da imediatez não há reflexão. O reino da imediatez não permite nada faltar, não permite o rodeio que caracteriza o pensamento que deseja refletir sobre essa falta, que deseja o desejo — que é em si também uma mediação com o social. E o pensamento apenas pode surgir se houver espaço de tensão, espaço de não-imediatez, e é exatamente isso que vem caracterizando a existência humana historicamente. Nessa existência, é como se algo tivesse ficado vago e precisasse ser preenchido, um espaço vazio que surge a cada momento de encontro com a realidade externa e o outro que sempre nos lembram uma realidade fundante, qual seja, a de que mundo psíquico e mundo real não podem coincidir, sob pena de a própria realidade ser corroída.

Mas a relação social de suposta saciedade sempre contínua e possível — nem que seja por meio de imagens —, embora o dinheiro continue a condição *sine qua non*, desemboca no que Marcuse chama de *dessublimação repressiva*. Marcuse argumenta que a experiência da renúncia e da sublimação eram experiências muito pessoais, um estágio importante na individualização, algo que deixa "cicatrizes dolorosas". O que Marcuse ressalta é que "a formação do superego maduro parece agora saltar por cima do estágio da individualização: o átomo genérico torna-se imediatamente um átomo social" (MARCUSE, 1955–2009, p. 97). Quer dizer, os sujeitos não mais guardariam a *cons-*

ciência infeliz por terem sido obrigados a desviar a sua satisfação pulsional em proveito da socialização — ou da civilização, como defende Freud. Uma *consciência infeliz* decorrente do *Mal-estar* (FREUD, 1930–2010), ele mesmo decorrente do fato de o *Eu* ter sido forçado pela realidade externa e pelo outro a desbastar sua onipotência. Antes, haveria o desenvolvimento de uma *consciência feliz* em razão das liberdades satisfatórias, inclusive de ordem sexual erógena, concedidas pela sociedade que utiliza a própria liberdade como dominação. Evidentemente, essa consciência dita feliz é sempre frágil, e o sofrimento psíquico fica sempre à espreita.

BECKETT E A ESTÉTICA DA VIDA MERCANTIL DESENVOLVIDA

Para Fredric Jameson (1997), o chamado pós-modernismo, pode "ser pensado como o momento no qual a antiga subjetividade (agora plenamente coletivizada) desaparece inteiramente". O pós-modernismo representaria o momento em que se esvai a tensão "que constituía o minimalismo de Beckett tanto quanto o momento expressionista de Schoenberg — o grito silente de dor". Assim, ficaria a "produtividade e a tecnologia coletiva avançada livres para 'expressar' apenas a si mesmas: um processo cujo produto final não é mais obra de arte, mas mercadoria" (p. 258–9). Talvez se pudesse objetar ao crítico que a chamada pós-modernidade — que não passa de um capitalismo amadurecido — realça em verdade com maior força não só o minimalismo de Beckett, mas sobretudo sua forma teatral da tautologia. Ou seja, o teatro de Beckett parece ganhar um novo significado exatamente porque o mundo da "produtividade e da tecnologia coletiva" já expressam apenas a si mesmas. Nesse sentido, cabe diferenciar uma obra de arte que é mercadoria e uma obra de arte que expressa como uma espécie de sintoma o mundo da mercadoria. O teatro de Beckett estaria nesse segundo rol. Porque toda arte na modernidade tende a ser uma mercadoria, mas somente na contemporaneidade elas tendem a expressar com maior clareza em seu conteúdo de verdade o movimento da mercadoria: pura tautologia do vazio. É nesse sentido que o teatro de Beckett ganha novo ar de vanguarda em pleno século XXI.

Segundo Jameson, nas últimas peças de Beckett, o choque está

> em descobrir, no coração desses espetáculos eternamente recorrentes, uma situação empírica — um casamento infeliz, intoleráveis lembranças da juventude, uma estrutura familiar banal, com nomes e personagens impossíveis de deduzir, o burguês chocando a ninhada em determinado período, os acontecimentos biográficos pontuais que se enfrentam, inabalavelmente, o fracasso de uma obscura e lamentável vida — que poderia ter fornecido a matéria para um romance soturno e realista e, em lugar disso, persiste como fatos brutos e indigestos, aos quais a forma reverte, várias vezes seguidas, na sua vã tentativa para dissolvê-los (2005, p. 242).

Não é bem isso que se vê nas peças de Beckett que lemos aqui, pois o choque está no fato mesmo do escritor colocar em cena a tautologia da existência na própria forma de expressão — uma tautologia especificamente moderna. Não é o conteúdo, é a forma mesma que expressa todo o conteúdo do absurdo de uma vida encerrada numa dimensão única, que roda em falso. Nesse sentido, as três peças de Beckett aqui referidas são encenadas num teatro em ruínas — esse teatro é o mundo contemporâneo.

Por essa via interpretativa, caberia talvez perguntar em que medida realmente o romance é a forma estética da vida burguesa. Lukács (2009) coloca o romance como a forma estética burguesa, que expressa o afastamento com o fundamento simbólico-religioso que atravessava as formas estéticas anteriores: "pois a forma do romance, como nenhuma outra, é uma expressão do desabrigo transcendental" (p. 38). Porque o fundamento simbólico-religioso que a modernidade foi corroendo era o abrigo transcendental da vida social em seu todo, que se manifestava também nas expressões estéticas. Por isso somente na modernidade se diz que a obra de arte alcança uma autonomia, somente na modernidade ela se livraria do fardo de expressar diretamente o fundamento transcendente da sociedade. Mas, é possível sustentar, essa autonomia é apenas aparente e não é total, pois a arte vai se libertar de prestar contas com um universo simbólico transcendente, mas não de prestar contas inconscientemente com o universo transcendental da vida social burguesa. A arte continua entranhada na sociedade, mas numa sociedade que se pretende livre e da máxima expressão do indivíduo, cuja liberdade expressiva é aparente.

Se a epopeia é o ápice da congruência entre interior e exterior, entre eu e mundo, entre alma e ação, enquanto a tragédia e a filosofia já são sintomas da cisão entre esses pares, a Igreja teria dado origem a uma espécie de "nova *polis*", no sentido de pretender ser esse elo de unificação, de fundamento social total. De modo que em:

> Giotto e Dante, em Wolfram de Eschenbach e Pisano, em São Tomás e São Francisco o mundo voltou a ser uma circunferência perfeita, abarcável com a vista, uma totalidade: o abismo perdeu o perigo das profundezas efetivas, mas todas as suas trevas, sem

nada a perder da luz sombria, tornaram-se pura superfície e assim se inseriram à vontade numa unidade integrada de cores (2009, p. 35).

Embora a unidade inicial do mundo helênico não pudesse mais ser encontrada, o mundo simbólico-mítico-religioso que se constituiu posteriormente até a modernidade não deixam de ser formas fundamentais e totalizantes a dar sentido ao mundo.

Para Lukács, o romance é exatamente essa "epopeia de uma era para a qual a totalidade extensiva da vida não é mais dada de modo evidente, para a qual a imanência do sentido à vida tornou-se problemática, mas que ainda assim tem por intenção a totalidade" (2009, p. 55). O indivíduo épico — o que já é um contrassenso, já que "o herói da epopeia nunca é, a rigor, um indivíduo" (2009, p. 67) — o herói do romance, nasceria de um alheamento em relação ao mundo. Num mundo intrinsecamente homogêneo, como o da Antiguidade Clássica, os homens não diferem qualitativamente entre si: "claro que há heróis e vilões, justos e criminosos, mas o maior dos heróis ergue-se somente um palmo acima da multidão de seus pares, e as palavras solenes dos mais sábios são ouvidas até mesmo pelos mais tolos" (2009, p. 66–67). A vida própria da interioridade, o desabrochar da importância social de uma individualidade só é possível e necessária, "quando a disparidade entre os homens tornou-se um abismo intransponível". (2009, p. 67). Ou seja, é aí que se funda a chamada Individualidade, o desgaramento do sentido comunitário contido no simbólico-mítico-religioso. O traço essencial da epopeia, ressalta Lukács, é o fato de seu objeto não ser o destino pessoal, mas o de uma comunidade.

E com razão, pois a perfeição e completude do sistema de valores que determina o cosmos épico cria um todo demasiado orgânico para que uma de suas partes possa tornar-se tão isolada em si mesma, tão fortemente voltada a si mesma, a ponto de descobrir-se como interioridade, a ponto de tornar-se individualidade (2009, p. 67).

Lukács viu em Dante "uma transição histórico-filosófica da pura epopeia para o romance (2009, p. 69), porque nele "seus personagens já são indivíduos que resistem conscientemente e energicamente a uma realidade que a eles se fecha", tornando-se "verdadeiras personalidades" (2009, p. 69). O romance, como diz Lukács, "é a forma da aventura do valor próprio da interioridade; seu conteúdo é a história da alma que sai a campo para conhecer a si mesma, que busca aventuras para por elas ser provada e, pondo-se à prova, encontrar a sua própria essência" (2009, p. 91). Trata-se assim de uma busca de valores autênticos num mundo degradado.

Lucien Goldmann, no esteio de Lukács e René Girard, levanta a hipótese de uma sociologia do romance segundo a qual a forma romanesca parece ser "a transposição para o plano literário da vida cotidiana na sociedade individualista nascida da produção para o mercado". Ou seja, existe uma relação intrínseca entre a forma literária do romance e a "relação cotidiana dos homens com os bens em geral e, por extensão, dos homens com os outros homens, numa sociedade produtora para o mercado" (1986, p. 36).

A análise materialista de Goldmann – que tem o mérito de relacionar sua sociologia do romance com o conceito de fetichismo da mercadoria de Marx e de notar a tendência existente na forma-social capitalista a "uma diminuição progressiva da ação da consciência sobre a vida econômica" (1986, p. 45) — relaciona, portanto, forma literária e forma social, que ele entende como de mercado, em que os bens passam pelo mercado. Nesse sentido, a forma-social a qual ele pretende relacionar a forma estética nos aparece hoje como a sociedade mercantil numa fase de seu desenvolvimento, em que a degradação das relações qualitativas se dão pela preponderância dos valores de troca. Para Goldmann,

> no plano consciente e manifesto, a *vida econômica* se compõe de pessoas orientadas exclusivamente para os valores de troca, valores degradados, aos quais se juntam na produção alguns indivíduos — os criadores em todos os campos — que permanecem orientados essencialmente para os valores de uso e que por isso mesmo se situam à margem da sociedade e se tornam *indivíduos problemáticos* (1986, p. 38).

Quem são os indivíduos problemáticos? Para Goldmann, são aqueles cujo "pensamento e comportamento permanecem dominados pelos valores qualitativos" (1986, p. 47). O indivíduo problemático também tem como característica a vivência da contradição entre o "individualismo como valor universal engendrado pela sociedade burguesa e as limitações importantes e penosas que essa sociedade impunha na realidade às possibilidades de desenvolvimento dos indivíduos" (1986, p. 49).

A questão que se pode colocar é se esse *indivíduo problemático*, típico do romance, não é fruto da tensão entre o indivíduo e a própria sociedade no caso específico dos transtornos da modernidade num determinado nível de seu desenvolvimento. Um indivíduo que ainda vive, como diz Goldmann, um mundo "de conformismo e convenção" e empreende uma "busca por valores autênticos" (1986, p. 24), ao mesmo tempo que pretende romper as amarras de uma sociedade que represa seu pleno desenvolvimento. Ora, o mundo convencional dito burguês é cada dia dinamitado, e a busca pelo qualitativo na contemporaneidade já não é uma tensão presente no social para se expressar na arte. Dito de outro modo, o *indivíduo problemático* do romance está resolvendo seus problemas com a sociedade burguesa. Suas desavenças com a civilização moderna são de outra ordem.

Nesse sentido, a tese de que se deve analisar a forma literária ou estética em estreita relação com a forma-social permanece válida como ideia geral, mas o problema é o entendimento da forma-social que deve ser enriquecido, porque a forma-social desenvolveu, amadureceu novos elementos na sua tendência totalizante que na época de Lukács e Goldmann ainda não tinham se mostrado com a força da contemporaneidade.

É assim que arrisco afirmar: se o romance "é a epopeia do mundo abandonado por deus" (LUKÁCS, 2009, p. 89), o teatro de Beckett se revela a epopeia do mundo em que a mercadoria se torna o simbólico que medeia as relações sociais e o fundamento da subjetividade entregue à segunda natureza. O teatro de Beckett é a epopeia de uma comunidade atrelada ao movimento cotidiano do vazio, uma comunidade empanturrada com seus progressos destrutivos, uma comunidade em que os indivíduos são consumidos pela forma-sujeito e já não se mostram como seres *problemáticos*.

Se no universo do romance o mundo abandonado por deus ainda gestava a subjetividade em busca do sentido perdido, em busca de substância, no teatro de Beckett o sentido não se apresenta mais como sentido a ser buscado, porque, como diz Adorno, é o próprio sentido que é posto em questão. A busca de sentido do romance só encontrava solo fértil porque a própria vida social burguesa ainda era entrecruzada com camadas das formas anteriores que ela precisava corroer para seguir em frente. A busca de sentido que se vê em cena no romance tem muito dessa tensão de uma forma-social e de uma forma-sujeito em movimento, corroendo a realidade exterior não-idêntica. A busca do sentido do romance se dá no espaço de não-identidade entre conceito e realidade, um espaço que o avançar da vida social moderna foi tornando exíguo. Com uma proximidade maior com o verdadeiro *sentido* burguês na contemporaneidade, com a realização tendencial da forma-sujeito burguesa, com a diminuição do espaço entre conceito e realidade, o *sentido* moderno, a Individualidade e a liberdade modernas podem desnudar-se como de fato se apresentam em seu conceito: como vazio tautológico que se entranha na vida social cotidiana a girar em falso.

Nesse sentido, a consideração de Lukács de que o romance é a forma de expressão do mundo burguês, desse sujeito alheado do mundo, parece se relacionar com a época de desenvolvimento da forma social e subjetiva burguesa enquanto ainda são formas entrecruzadas com formas anteriores — talvez fosse nesse entrecruzamento que aflorava o chamado indivíduo problemático. A impressão de que todos são livres de qualquer transcendente, de qualquer conteúdo supraindividual, de que todos estão livres de quaisquer laços para concorrer no mercado é apenas um lado aparente da questão da defesa moderna da Individualidade. Como vimos, a Individualidade é essa forma moderna de subjetividade que veste a máscara de caráter do sujeito burguês. No fundo essa liberdade moderna é mediada subrepticiamente pelo *a priori* tácito da lógica mercantil que vai se desdobrando no seio social. A liberdade moderna é mediada portanto por esse fantasma que medeia as relações mas que não se apresenta como constrangimento de uma vida de comunidade. No fundo, o capitalismo não rompeu com todas as formas de comunidade, ele fundou a sua forma de comunidade, ele criou uma tendência à perfeição e à completude de seu sistema social. Só que a comunidade é mediada por deuses e mitos que não são tidos como tais. Todos os sujeitos agem por si mesmos como se agissem pela sua autodeterminação. O *a priori* tácito da forma-mercadoria não é visto como aprisionamento explícito. Do mesmo modo, a sociedade burguesa não parece ter criado "a primeira forma de consciência radicalmente anestética" (GOLDMANN, 1986, p. 55), porque a forma-social burguesa tem ela própria a sua estética, a estética da mercadoria, que não deve ser confundida com uma estética de obras vendáveis no mercado. Uma estética da mercadoria significa muito mais a materialização do espírito da forma-sujeito nas próprias obras, mesmo naquelas que se pretendem questionadoras, mesmo naquelas que não se pretendem vendáveis.

No teatro clássico, Sófocles, por exemplo, põe conscientemente em cena a ação dos deuses e dos homens elevados. O inconsciente em termos artísticos joga um papel quase nulo, porque o autor tem consciência dos constrangimentos sociais transcendentes aos quais está submetido e aos quais seu teatro deve prestar contas. Na arte moderna, por outro lado, o artista é livre, não tem necessariamente consciência dos constrangimentos sociais que vê muitas vezes somente nas relações de opressão de classe. A autonomia da arte moderna significa que ela não tem de prestar contas com qualquer transcendente supraindividual — como era o fundamento simbólico-mítico-religioso — ao contrário, quanto mais a sociedade burguesa amadurece, mais o artista pode dar asas a seu interior pretensamente rico, à sua subjetividade pretensamente livre de prestar contas com o social. Nos termos dessa liberdade, o inconsciente joga um papel mais destacado — por isso alguns significados artísticos escapam dos próprios artistas. Por essa liberdade — que é apenas relativa e superficial — o artista não tem obrigação de expressar diretamente os constrangimentos de uma coletividade social. Ele não tem consciência de que os constrangimentos sociais que eram transcendentes agora são transcendentais, ubíquos, terrenos, que dormem entre os homens sussurrando-lhes desavenças.

Diante disso, poderíamos dizer que não é mais o romance a forma estética da sociedade burguesa, ele o foi num período de seu desenvolvimento — que somente hoje podemos ver como ainda imaturo. A forma estética da forma-social burguesa desenvolvida, quanto mais se aproxima de seu conceito, é um novo tipo de epopeia, que não tem nada a ver com a clássica. É aquela que coloca novamente em cena, não o destino pessoal, mas o de uma comunidade. Mas uma comunidade de átomos flutuantes envolta numa dinâmica social fundada na tautologia do vazio da mercadoria. A forma do teatro de Beckett expressa a forma-sujeito burguesa não mais em desenvolvimento, não mais entrecruzada e carregando o peso de formas de subjetividade anteriores. Ele é uma alegoria da realização plena da vida social burguesa e seu sujeito no auge, um auge que culmina com sua crise de dessubstancialização. Portanto, o teatro de Beckett não é apenas um teatro da crise do sujeito moderno, mas um teatro em que crise e realização se confundem. Porque no teatro de Beckett a crise não é devida a um defeito, a uma impropriedade, a um desajuste superável, mas ao fato mesmo de uma irracionalidade ter alcançado seu mais alto nível de perfeição.

Assim, a verdadeira forma estética burguesa é essa forma que coloca o sentido em questão, que coloca em cena a própria tautologia abocanhando a vida social em suas entranhas. É isso que o teatro de Beckett encena. O fato de as peças se relacionarem com um mundo pós-catástrofe da guerra não impede em nada que se possa lê-las — ao contrário — com referência ao mundo catastrófico da realização da lógica mercantil. A forma da repetição, do nada de novo a dizer, a prisão na segunda natureza, na pura imanência, a perda de qualquer outra dimensão que não seja a da realidade imediata, do silêncio que atordoa e não gesta reflexão, que não abre brecha para o entendimento do absurdo da vida, o silencio que atordoa pela sua vacuidade, simplesmente por ser uma continuidade do silêncio da própria existência, em suma: o ruir da vida como narrativa exprimível. O silêncio atordoa pelo vazio que transmite, não pela expressividade contida. É o grau zero do silêncio, quase o inorgânico.

Comparativamente ao teatro de Beckett, a forma teatral de Brecht faz parte ainda de um tempo em que a forma-social e a forma-sujeito burguesas se apresentavam imaturas. Porque agora, já não cabe somente uma tomada de partido pelos oprimidos que só dispõem de seu trabalho e que são praticamente coagidos a vendê-la — e em geral, em Brecht, esse é o nível da apreensão do constrangimento social. A forma teatral que põe em cena os mais frágeis economicamente fazia parte de um momento em que as classes se distinguiam não só materialmente. O teatro de Brecht pressupõe como ação interna a luta de classes, portanto, uma vida social capitalista com horizontes. À medida que o capitalismo se desenvolve nos termos de seu conceito, de sua lógica interna, à medida que realiza seu ser como *a priori* da vida, como espírito que tende ao universal, como fundamento sagrado da vida, as diferenças entre as classes passam a ser cada vez mais a posição perante a riqueza mercantil que não é vista mais como estranhada. As diferenças subjetivas se amainam, e é a mercadoria que se torna medida da existência[9]. O teatro de Brecht perde um pouco de seu encanto nesse momento. Por outro lado, o teatro de Beckett ganha em esplendor na sua forma quanto mais se desenvolve a forma social mercantil que deixa o rastro de vazio e tautologia na vida social. Não se trata simplesmente de jogar o teatro de Brecht na lata da história, mas de vislumbrar o teatro de Beckett como portador de uma expressividade que ganha realce de estética da vida social mercantil amadurecida, sem que o próprio autor o tivesse desejado.

É importante esclarecer que não há como defender o teatro de Beckett como estilo positivo, porque seu teatro é o desabar do estilo, é a forma do desabar da estética encenada como estética da tautologia. É a libertação da forma perante o conteúdo. Ou a vitória da forma sobre o conteúdo que se expressa diretamente na forma da tautologia. Talvez em Beckett tenhamos um exemplo grandioso da relação mais intrínseca entre forma-social e forma estética, quando se pode perceber, cavando em meio às ruínas da forma estética, as entranhas da vida social. Decerto não se pode afirmar que Beckett tenha desejado deliberadamente fazer uma alegoria da vida social burguesa desenvolvida. Mas talvez tais sinais se manifestaram nas brechas do in-

9. É digno de nota que Goldmann tenha evidenciado a impossibilidade de nascimento de uma cultura autêntica da parte do proletariado, já que ele já estava integrado na sociedade mercantil (GOLDMANN, 1986, p. 44).

consciente artístico, pois a construção da destruição na forma teatral é por demais chocante. Ele não põe em cena um cenário destruído pela guerra com pessoas buscando sua dignidade, sua sobrevivência sobre escombros, uma nova reconstrução, uma busca de sentido em meio à catástrofe. Não é a dignidade humana perante a guerra ou a catástrofe. Mas do que o pós-guerra, seu teatro pode ganhar maior riqueza se lido como alegoria da forma social burguesa desenvolvida, amadurecida. É o sujeito que está em ruínas e que leva a vida sobre ruínas. Seguindo a alegoria no sentido de Benjamin, o teatro de Beckett faz com que o espectador ou o leitor tenham "diante de si a *facies hippocratica* da história como paisagem primordial petrificada". Assim, no teatro de Beckett, "a história, com tudo aquilo que desde o início tem em si de extemporâneo, de sofrimento e de malogro, ganha expressão na imagem de um rosto — melhor, de uma caveira" (BENJAMIN, 2013, p. 176).

Como Beckett conseguiu tal proeza? Onde ele vivenciou a experiência da tautologia, que é a marca das suas peças, de suas epopeias, de seus dramas? Onde ele foi buscar a ideia de um sujeito em trapos? Na guerra? Ou na sociedade que lhe apontava elementos que ele apenas sentia?

NO «FIM DE PARTIDA», ESPERAMOS «GODOT» EM «DIAS FELIZES»?

Ad maiorem gloriam vacui.

Aqui, o objetivo é desenvolver uma reflexão em que as três peças de Beckett, *Esperando Godot, Fim de Partida* e *Dias Felizes*, aparecem num novo contexto: o da devastação do mundo contemporâneo colonizado pelo movimento tautológico da mercadoria. Não seria exagero afirmar que as três peças se movem por um vazio tautológico, em que a falta de conteúdo gira em torno de si mesma e tenta significar, embora sem conseguir substância. É a encenação do esvaziamento do tempo, ou o encerramento do tempo no presente contínuo que já corroeu as referências que apontam para além do universo estabelecido da palavra e da ação. Em vez de ver nisso um destino humano, parece-me mais rico estabelecer uma relação crítica entre esse esvaziamento do mundo vivido e a forma-social contemporânea entendida como *the waste land*[10]. Evidentemente, devastação é aqui apreendido não somente no sentido de natureza, mas no sentido de infertilidade das relações sociais, de potencial humano para a construção de relações que tendam a transcender tal devastação, para o enriquecimento dessas relações, em suma, devastação também do terreno subjetivo.

10. "Abril é o mais cruel dos meses, germina/ Lilases da terra morta, mistura/ Memória e desejo, aviva/ Agônicas raízes com a chuva da primavera. [...]" (ELIOT, 1922–1981, p. 89).

Essas peças de Beckett são costumeira e corretamente relacionadas ao contexto do pós-guerra. Mas o que me toca aqui é relacioná-las com o contexto do século XXI, como se elas amadurecessem juntamente com a vida social moderna. Afinal, nada nos obriga a lê-las apenas relacionadas com o momento histórico de meados do século XX, pois elas não são uma obra histórica, embora possam remeter para a história. São obras que remetem alegoricamente para momentos extremos e, guardadas as devidas proporções, encaramos o capitalismo desenvolvido tal como se apresenta contemporaneamente como um momento extremo. Ou seja, quero relacionar essas peças de Beckett com a terra arrasada que está sendo deixada pela entronização da mercadoria na vida social, uma mercadoria que guerreia contra qualquer forma de qualidade concreta, seja qualidade de coisas concretas, seja do tempo concreto, seja de subjetividades concretas.

Já Karl Kraus, ao esclarecer sua peça *Os últimos dias da humanidade* (1927–2003, p. 15), cuja temática é a destruição deixada pela guerra, deixa claro que o que está em jogo é mais o estado de declínio geral da humanidade quando ela aceita a guerra do que a guerra em si. A barbárie é menos o ato violento materializado, e mais a disposição subjetiva para que tal ato tenha lugar e encontre justificativa: "Por que não descreveria o destino trágico da humanidade conduzida para a morte por sua falta de imaginação? — esse problema está no centro de meu drama" (p. 16). Não quero defender a tese de que Beckett quis pôr em cena o estado de ruínas a que tende uma vida social e subjetiva cada vez mais em contato íntimo com a mercadoria e seus nulos atributos, embora seu contexto do pós-guerra seja de crescimento econômico grande. Não quero propor uma interpretação correta em detrimento de outras, mas abrir as possibilidades de entendimento desses textos. Não me interessa tanto o que o autor quis, mas o que ele conseguiu, muitas vezes *malgré lui*. O que não significa simplesmente projetar minhas interpretações no texto, mas refletir se a terra arrasada representada nas peças de Beckett, se a tautologia que resumem essas peças podem ser relacionadas com a tautologia do vazio produzido pela mercadoria na vida social. Não se trata de buscar nas peças uma teoria ou uma tese que lhes sejam exteriores, mas de buscar, cavando nas entranhas dessas peças, o que se apresenta apenas de modo latente, de modo sintomático, que permite brechas interpretativas relacionadas com o todo social moderno.

Portanto, leremos Beckett encarando o tempo presente como tempo de extremos, tempos de crise, não uma crise de escassez, mas de excesso de mercadoria, de excitação e de vazio ao mesmo tempo: *blasément*. É de outra destruição que estamos falando, portanto. Essa tentativa encontra a ideia de Sartre expressa na apresentação da Revista *Temps Modernes* segundo a qual "tudo o que é escrito possui um sentido, mesmo se esse sentido é bastante diverso daquele que o autor sonhara" (SARTRE, 1999, p. 118). Seguindo Todorov, o escritor não impõe uma tese ao dar forma a um objeto "mas incita o leitor a formulá-la: em vez de impor, ele propõe, deixando, portanto, seu leitor livre ao mesmo tempo em que o incita a se tornar mais ativo" (TODOROV, 2009). E Beckett aqui nos incitou a essa "ação". O exercício é tentar vislumbrar, no que talvez esse autor sonhara de forma distinta, por ser outro contexto, aquilo que se realiza hoje, mas somente porque os contextos mantêm ligação. O que liga a época de Beckett e a nossa é a mercadoria como fundamento social. Mas em sua época, embora a crítica social dos situacionistas em torno de Guy Debord já denunciasse a usura do pensamento e o quanto a miséria da vida está no fato de vivermos de uma maneira que nos escapa, ainda não se vivia a *era do vazio*. A realidade ainda tinha bastante força perante o conceito, e muitos espaços de não-identidade ainda existiam na própria sociedade mercantil. Ou essa era do vazio não estava de modo tão desdobrada quanto hoje. Mesmo hoje estando mais desdobrada, não significa dizer realizada — seria o fim de tudo. Mas podemos certamente afirmar que, de lá para cá, fomos perdendo substância, conteúdos, experiências, saberes, cuidados, dignidades, éticas. Dito de outro modo, a forma-sujeito avançou com sua forma de subjetividade unidimensional sobre os indivíduos concretos.

Poderíamos fazer uma pergunta com base no que Simmel analisou como decadência da cultura em meio a tantos objetos: por que tamanha riqueza de objetos sem um desabrochar das almas no processo de contato com esses objetos? Como explicar esse fenômeno, "se toda cultura das coisas, como vimos, é uma cultura dos homens, de tal modo que formando as coisas nós mesmos nos formamos" (SIMMEL, 2009, p. 574)? É possível arriscar uma resposta dizendo que não há mais quase coisas no mundo que possam, sendo coisas, ter uma dignidade,[11] mas sobretudo mercadorias — o que já vimos ser fundamental distinguir. Significa dizer que esses objetos modernos não poderiam simplesmente ser comparados com aquelas coisas produzidas pela atividade humana na *vita activa*, coisas que

11. "No reino dos fins tudo tem um preço ou uma dignidade. Quando uma coisa tem um preço, pode-se por em vez dela qualquer outra como equivalente; mas quando uma coisa está acima de todo o preço, e, portanto, não permite equivalente, então ela tem dignidade" (KANT, 1785–2005, p. 65).

condicionam a existência historicamente. Como afirma Arendt, "por ser uma existência condicionada, a existência humana seria impossível sem as coisas, e estas seriam um amontoado de artigos incoerentes, um não-mundo, se esses artigos não fossem condicionantes da existência humana" (ARENDT, 1993, p. 17). As coisas modernas conseguem exatamente transformar o mundo em seu mundo, ou seja, em não-mundo, em mero amontoado abstrato de sentido vago e fugaz, pois a relação que se constrói com elas não se dá pela sua especificidade, mas pelo seu caráter geral de ser portador de uma abstração — valor. Alguém poderá objetar que não existe só o valor e o tempo de trabalho abstrato na mercadoria e sua materialidade em dinheiro, há também sua utilidade, e que pessoas, de fato, fazem um uso concreto delas. É possível, e é realmente assim que a consciência cotidiana apreende, mas esse lado concreto é considerado pelo social como mero portador daquelas abstrações, o que realmente importa.

Ao mesmo tempo, não significa que a condição humana não se dá mais nessa relação com as coisas. Antes o contrário, o problema é exatamente que a condição humana está condicionada por essas coisas, muitíssimas coisas que, na modernidade, deixaram de ser simples coisas para serem pura forma sem conteúdo.

E a compreensão de que há uma abstração na raiz da sociedade é fundamental para compreender que a falta de substância do sujeito é um vazio formado a partir do fato de que, se tudo se equivale, se tudo tem uma substância igual, então tudo se nega ao mesmo tempo. Não é que sejamos vazios pura e simplesmente, mas sim que a experiência cotidiana fundamentada no movimento da mercadoria vai nos fazendo perder a capacidade de fazer distinções significativas. Isso é algo típico do caráter *blasé*, como vimos com nosso *homem sem qualidades*.

Diria, então, que as mercadorias ganharam uma guerra histórica contra as coisas. Uma mercadoria não pode ter uma dignidade, porque em essência ela é uma forma sem conteúdo, uma mercadoria é um puro dispêndio de nervo, músculo e cérebro (MARX, 1985). Uma mercadoria é um objeto totalmente indiferente ao uso. Não importa se esse dispêndio é feito em bomba, relógio, pão, remédios, estádios fantasmas, o importante é que o fim último que é a valorização do dinheiro se realize. Como pensar em coisas que tenham dignidade se elas não têm conteúdo? Se a única relação que estabelecem entre si e com o mundo é a da troca, ou a de pretender transmitir aos sujeitos pretensas subjetividades? Se a cultura das coisas é uma cultura dos homens, se ao fazer e se relacionar com as coisas formamo-nos nós mesmos, o que somos nós se a coisa é essa forma sem conteúdo?[12]

É essa a questão que podemos nos colocar perante as peças de Beckett. A tautologia presente em suas peças é própria do girar em falso da sociedade baseada ela mesma numa tautologia: o processo contínuo de valorização do dinheiro que acaba contaminando todas as esferas sociais — embora haja quem defenda que o consumo desmedido é mera saciedade das necessidades intrínsecas ao ser humano que estavam represadas.

---

12. Alguém poderia evidentemente objetar que há um exagero nessa afirmação. Poderia ser no caso específico. Mas o sistema é um todo e só leva em conta o todo. O capitalismo é a primeira forma de sociedade para a qual o caráter concreto do objeto, seu uso, só conta como mal necessário, porque é portador do que de fato interessa, o valor que se realiza em dinheiro — esse é o *ser em si* da coisa moderna.

Essa tautologia acelerou sua dinâmica no século XX, que representou um sempre maior ganho de importância da mercadoria, uma entronização da mercadoria na vida social e não das coisas — as passagens descritas por Benjamin como ruas lascivas, onde se adorava o luxo no século XIX, agora parecem mero conto lúdico de um país distante.

Nesse sentido, não acho que a contemporaneidade seja uma corrupção do espírito reflexivo de que o sujeito burguês ainda dava provas nos séculos XIX e início do XX. Portanto, é importante nuançar a afirmação de Fábio de Andrade segundo a qual a ficção de Beckett expressaria na linguagem "a falência do sujeito burguês, a dissolução dos indivíduos como sedes de reflexão, perdidos num mundo coisificado" (2001, p. 30). As peças de Beckett estudadas aqui não expressam a falência do sujeito burguês, porque seríamos levados a encará-lo como uma positividade que faliu. Antes do mais, as peças de Beckett expressam em negativo a vitória da forma-sujeito burguesa quando desdobrada, uma vitória que coincide com sua falência, é verdade. Aquela reflexão, de que podia dar provas o sujeito burguês, não lhe pertencia, provinha do entrecruzamento subjetivo de que temos tentado tratar. O sujeito burguês, de fato, ainda não existiu em estado puro porque se trata de uma abstração generalizante de subjetividade. Aquela reflexão era um amálgama de uma subjetivação passada, construída dentro de outras mediações, e a forma de subjetivação que tensiona para frente, que tenciona encontrar-se com o ideal forma-sujeito burguesa. Porque a forma-sujeito burguesa, se permitirmos que ela exista em estado puro, sem tensão com uma individualidade formada numa trama mais variegada — o que cada dia é mais difícil — só pode ser uma forma de subjetividade coadunada com a forma mercantil. E o que seria uma subjetividade puramente coadunada com a forma mercantil senão a forma de subjetivação do próprio vazio?

Seguindo a ideia de entrecruzamento da subjetividade podemos dizer que, nesses tempos subjetivos que estamos expondo, esteve presente em germe, rondando o indivíduo concreto, essa forma-sujeito. Foi essa forma-sujeito que veio se desenvolvendo juntamente com a sociedade calcada em outras relações que — por mais crítica que devamos fazer, pela dominação que justificava —, bem ou mal, davam à pessoa um quadro de mediações que possibilitavam o desenvolvimento de certas qualidades (não necessariamente boas).

Na sociedade de consumo do capitalismo desenvolvido, a cada vez maior efusão de mercadorias, que se transformam e nos transformam a todo tempo, apenas dão a impressão de que se está mudando ou "progredindo". Mas, no fim das contas, a sensação generalizada, mesmo que inconfessa, é de que se patina, de que se está empanturrado de objetos (e de seus modelos de subjetividade), de que o tempo e a vida estão mais velozes que nós, de que a vida social tem um sentido que escorre por nossas mãos.

É o que sentimos na leitura das peças de Beckett, especificamente *Fim de Partida* (2010a), *Esperando Godot* (2005) e *Dias Felizes* (2010b). O quc está em jogo nessas peças é a falta de sentido num momento específico da história humana — e não uma falta de sentido atemporal —, é a falta de distinção, a falta de substância para além da igualdade abstrata — é assim que deve ser entendido o sentido de *qualidade.* Os personagens de Beckett patinam no vazio tanto quanto Ulrich. Mas Ulrich ainda tinha otimismo com o futuro que tinha pela frente, ainda queria fazer suas experimentações e esperava viver o desabrochar de sua individualidade na modernidade. Já os personagens dessas três peças já experimentaram a modernidade sem que sua individualidade se tornasse mais rica de possibilidades humanas, e agora a vivem como ruína sem qualquer otimismo ou fé no futuro. Os personagens dessas peças são aquilo no que se tornou Ulrich: sem qualidades literalmente.

Tanto Ulrich quanto os personagens de Beckett, mesmo que de forma diferente, por viverem épocas diferentes, vivem à deriva, uma deriva contínua sem se saber bem por quê. Ulrich continua agarrado ao seu otimismo com a razão científica, já os personagens dessas peças de Beckett simplesmente não têm ao que se agarrar — a não ser em seus restolhos de linguagem, de criação repetitiva que lhes ajuda apenas a passar o tempo, que não passa, por ser sempre igual. Os próprios cenários em que seus restos de ação se desenvolvem são terra arrasada. Em *Fim de Partida* (2010a), a humanidade está tão destruída que nem mais há marés, nem mesmo ratos. Diz Adorno (2003, p. 274): "A fase de completa reificação do mundo, na qual já não resta mais nada que não tenha sido feito por homens, é indistinguível de um sucesso catastrófico suplementariamente provocado exclusivamente por homens, no qual a natureza foi anulada e depois do qual nada mais cresce". Nem mesmo as sementes jogadas no chão brotam — terra infértil, onde nem mais o abril traz o cheiro da mudança, como no poema de Eliot. O contexto das peças de Beckett é, portanto, de um mundo em que a natureza já não é mais natureza, é terra arrasada.[13]

---

13. A natureza é cada vez mais transtornada em seus ciclos para ser tornada cada vez mais mero suporte para produção de mercadorias agrícolas. É *wast land* literalmente. O desdobramento mercantil já produz para si uma pós-natureza (MENEGAT), artificial, a partir do

Para ressaltar o fato de existir uma abstração no seio da sociedade, mas não uma abstração que fica no campo das ideias, mas uma abstração que se realiza no concreto social, é fundamental. Porque a abstração primordial que possibilita a troca, no dizer de Adorno (2008), é o que abre caminho para a indiferenciação entre pessoas e coisas, portanto um mundo indiferenciado, já que, nessa troca, necessariamente se abstrai essa configuração específica dos objetos para que possam, apenas assim, ser trocados entre si. Quer dizer, a dinamização do tempo, essência do dinheiro multiplicado, de tão frenética, acaba por não se saciar apenas com o presente mas precisa adiantar o futuro, de modo que tudo fica concentrado num pretenso presente contínuo. Mas, como escreve Fábio Andrade (2010a, p. 25) sobre *Fim de Partida*: "O simulacro de atividade frenética encobre a convicção profunda de que o fim da ação é vazio, desprovido de finalidade, frustrante e conhecido de antemão [...]". A falta de ação nessas três peças de Beckett em verdade é uma alegoria de uma vida social em que as ações humanas contam cada vez menos quando não vão ao encontro da marcha do todo. É a encenação da impotência dos indivíduos num mundo em que suas ações passam cada vez menos por um filtro crítico. Se a ação é o princípio da tragédia clássica, como sustenta Aristóteles (2007, p. 25), e se os personagens adquirem seus caracteres por meio das ações, a tragédia de Beckett se funda exatamente no princípio da *não ação* humana. Não se trata de inação literal, de imobilidade literal, mas de ações submetidas a um emaranhado totalizante que

uso da engenharia genética na agricultura – que já se degenerou em agronegócio.

deixa pouca margem de manobra para a liberdade das ações. A inação é também uma subjetividade estancada.

Falar em inação parece um contrassenso, já que o sujeito moderno é pretensamente o mais ativo da história. Mas a questão fundamental é que sua ação se dá no invólucro da vida social atrelada à dinâmica capitalista, uma dinâmica que chega ao paroxismo na contemporaneidade, quando, de tão rápida, acaba por consumir a si própria e a rodar em falso, embora passe normalmente a impressão de mudança de ciclo que é, em verdade, o ciclo da repetição. Esse ciclo da repetição está bem resumido na frase "O fim está no começo e no entanto continua-se", dita por Hamm em *Fim de Partida* (2010a, p. 113). O expresso nessa frase pode significar simplesmente: *o fim de tudo está começando, mas seguimos em frente.* Mas pode também significar: o ciclo repetitivo que significa o fim, o objetivo, está sempre recomeçando do começo e nos consumindo. Essa frase tautológica é quase uma paródia de um palíndromo, mas um palíndromo social, que não é só textual ou estilístico. É como se a vida social estivesse literalmente presa num palíndromo e só pudesse ir do começo ao fim e do fim para o começo, como o título do filme de Guy Debord: *In girum imus nocte et consumimur igni* (Rodamos na noite e somos consumidos pelo fogo). Um aprisionamento que se resume na fala do personagem central de uma novela de Beckett intitulada *O Fim* (2006, p. 82): "[...] sem coragem de terminar nem força para continuar."

E a vida se torna uma tautologia inexorável, não apenas no trabalho, que é repetitivo, mas nas relações cotidianas mais diversas. Uma inexorabilidade que também se expressa na troca de falas entre Clov e Hamm, em *Fim de Partida* (2010a): "Vamos parar com esse jogo", diz Clov.

Hamm não diz nada além de um "Nunca!" (p. 121). Para Adorno, somente quando o processo que se inicia com a transformação do trabalho em mercadoria passa a permear todos os homens — o que transforma cada impulso em objeto, em algo comensurável e, deste modo, trocável — é que a vida passa a reproduzir-se de acordo com a produção. Sua organização integral exige uma união de mortos. A vontade de viver encontra-se na dependência da negação da vontade de viver (ADORNO, 1992, p. 201).

E essa "união de mortos", esse rodar em falso, esse vazio tautológico, está em cena com Beckett. Seus personagens são como *Os homens ocos* de Eliot (1981, p. 117):

> Nós somos homens ocos
> Os homens empalhados
> Uns nos outros amparados
> O elmo cheio de nada. Ai de nós!
> Nossas vozes dessecadas,
> Quando juntos sussurramos,
> São quietas e inexpressas
> Como o vento na relva seca
> Ou pés de ratos sobre cacos
> Em nossa adega evaporada
> Fôrma sem forma, sombra sem cor,
> Força paralisada, gesto sem vigor;

Nesse mesmo sentido, mesmo o ambiente das três peças sendo de pobreza, de terra arrasada, mesmo o próprio cenário se limitando ao mínimo, a um mesmo ambiente austero e destruído, mesmo a própria comida sendo mínima — em *Esperando Godot*, é a cenoura que se repete, em *Fim de partida* é um biscoito —, mesmo errantes e mendigos, sofrendo as violências físicas do mundo da rua, o que os personagens mendigam está muito além de algo material. Essa penúria material ou essa mutilação física – no caso de *Fim de Partida*, até os personagens são mutilados fisicamente – carrega-nos para uma penúria e uma mutilação muito mais aprofundadas que dizem respeito a uma penúria, uma mutilação, uma danificação (ADORNO, 1992) da própria existência subjetiva. Os personagens de Beckett erram numa mendicância do próprio *Eu*, eles mendigam a própria condição humana num meio social hostil e vago: "Estamos sempre achando alguma coisa, não é, Didi, para dar a impressão de que existimos" (BECKETT, 2005, p. 138), diz Estragon em *Esperando Godot* sem receber resposta. A marca corrente nas peças é não haver uma discussão sobre a própria condição em que os personagens se encontram. Os personagens parecem de fato átomos flutuantes na miséria material e subjetiva. Em *Fim de Partida*, diz Hamm: "Não estamos começando... a... significar alguma coisa?", ao que Clov responde sem qualquer ilusão: "Significar? Nós, significar! (*Riso breve*) Ah, essa é boa!" (BECKETT, 2010a, p. 73–74).

Quando em *Fim de Partida* Hamm fala: "Mas nós respiramos, mudamos! Perdemos os cabelos, os dentes! A juventude! Os ideais!" não é para encetar uma discussão sobre essas ideias. Não há diálogo sobre isso. Isso é apenas um restolho de reflexão que se acaba num fragmento. A reflexão, quanto existe, é apenas um fragmento. Cada sujeito parece querer ver no outro uma bengala para sua existência. Os pares de personagens Estragon e Vladimir, Pozzo e lucky em *Esperando Godot*; Hamm e Clov, Nagg e Nell, em *Fim de Partida*; e Winnie e Willie em *Dias Felizes* parecem ter uma relação de interdependência que não é por laços ditos sociais ou até de família. São frágeis bases de apoio subjetivo recíprocos – o que faz do resto de poder que tentam dar a ver mero jogo de cena dentro da cena. As falas acabam se tornando *falas*, como "deixas" de teatro literalmente, mas na vida real. É como se dentro da peça se encenasse o tempo todo para se conseguir seguir adiante. Em *Fim de Partida* (2010a), Clov chega a perguntar para que ele próprio serve. Hamm responde: "Para me dar deixas" (p. 101). E Winnie de *Dias Felizes* (2010b) diz claramente que o que lhe dá forças é ter o marido a quem falar, não com quem falar, embora nem sempre seja ouvida. A simples presença dele já é seu "paraíso na terra" (p. 44): "Enquanto se você morresse — (*Sorriso*) — ah, o grande estilo! — (*fim do sorriso*) — ou fosse embora, me abandonasse, o que eu faria então, o que poderia fazer o dia inteiro [...]?" (BECKETT, 2010b, p. 37). Segue ela: "[...] é tudo que preciso, apenas sentir sua presença ao alcance da voz e entre os que, presumivelmente, vivem [...]" (p. 41).

Diz Hamm em tom profético:

> Um dia você ficará cego, como eu. Estará sentado num lugar qualquer, pequeno ponto perdido no nada, para sempre, no escuro, como eu. (Pausa.) Um dia você dirá, estou cansado, vou me sentar, e sentará. Então você dirá, tenho fome, vou me levantar e conseguir o que comer. Mas você não levantará [...] Estará rodeado pelo vazio do infinito, nem todos os mortos de todos os tempos, ainda que ressuscitassem, o preencheriam, e então, você será como um pedregulho na estepe (BECKETT, 2010a, p. 77–78).

Mas a isso, como para fugir de qualquer reflexão, Clov responde com uma fala deslocada: "Não posso me sentar" (2010a, p. 78). Os personagens fogem o tempo todo de qualquer reflexão, eles passam de fato o tempo. Ou seja, não importa, de fato, para os personagens pensar no profundo oco que os consome, um vazio que se apresenta em tal grau que já até as estratégias de preenchimento sofrem usura. A própria reflexão mínima que demonstram parece mero *instrumento* para passar o tempo, meras deixas para rodar o tempo que sempre volta a seu começo, ou para preencher o tempo vazio dentro do qual levam suas vidas, ou são arrastados por ela. Clov pergunta: "O que você tem hoje?", responde Hamm: "Sigo meu curso" (2010a, p.84).

Em *Esperando Godot* (2005), uma estrada no campo, uma só árvore cinzenta. Um entardecer. Por que não uma aurora? Por que dar esse sentido de ocaso que se complementa com a primeira frase do personagem: "Nada a fazer" (p. 17)? Pelo contexto geral da peça, esse "Nada a fazer" não está relacionado simplesmente com a impotência face a sua bota, com a qual luta, mas a uma impotência perante a vida como um todo, vida que os aprisiona dentro de uma espera sem fim. E tanto a questão da busca de sentido, quanto o sentido da espera precisariam ser encarados como historicamente determinados. Como diz Andrade (2005, p. 9): "Houve quem buscasse um Deus oculto em Godot; outros, uma eterna busca da condição humana; outros ainda procuravam alusões mais diretas a um contexto histórico determinado." Quanto a mim, não busco alusões a um contexto determinado, mas ler o todo das peças como metáfora do desdobramento de uma época histórica. Do mesmo modo, não seria erro ver em Godot a condição humana ou deus. Mas não no sentido transhistórico, não no sentido de um deus tradicional, mas somente se o relacionarmos com a condição humana moderna, com o deus moderno, que dirige a vida na terra sem que os homens mais ateus consigam notar[14].

O interessante aqui não é uma reflexão sobre o sentido transhistórico da espera — como pretende Esslin (1967) em seu famoso livro sobre o teatro do absurdo — ou da busca por sentido, não se trata de um problema existencial em si, mas de um problema existencial determinado historicamente. Encaro, portanto, essa busca de sentido e o vazio que preenche a espera como tipicamente modernos, pois é somente na modernidade que uma tautologia toma conta do social, é somente na modernidade que a troca de equivalentes tende a se tornar universal. Portanto, "A eterna repetição, sem significação nem direção" (PRONKO, 1963, p. 44) deve ser relacionada a meu ver a uma forma-social específica. É somente na modernidade que os laços sociais são paulatinamente mediados pela forma vazia que possibilita a troca e elimina as especificidades de pessoas e coisas. Inclusive a especificidade do tempo é abolida. Nas três peças, os personagens estão aprisionados no tempo presente. No caso de *Esperando Godot*, estão condenados à espera, não podem se mover (BECKETT, 2005 p. 28–29):

> Estragon: E se não vier.
> Vladimir: Voltamos amanhã.
> Estragon: E depois de amanhã.
> Vladimir: Talvez.
> Estragon: E assim por diante.

O aprisionamento no tempo presente, num tempo sem qualidades específicas, característico somente da socieda-

14. Essa dificuldade em notar o deus moderno, já que a vida moderna é marcada pelo esvaziamento do céu, é sintomática no próprio Beckett, que também não sabia quem era Godot: "Se eu soubesse quem era Godot, teria dito isto na peça" (MARFUZ, 2014, p. 9).

de moderna que tornou o tempo abstrato, desnorteia os personagens (2005, p. 30–31):

> Estragon: Tem certeza que era hoje à tarde?
> Vladimir: O quê?
> Estragon: Que era para esperar.
> Vladimir: Ele disse sábado. (*Pausa.*) Acho.
> Estragon: Depois do batente.
> Vladimir: Devo ter anotado. (*Procura nos bolsos repletos de porcarias de todo tipo*).
> Estragon: Mas que sábado? E hoje é sábado? Não seria domingo? Ou Segunda? Ou sexta?

Os personagens não sabem nem mesmo se no dia anterior estiveram no local da espera. Esse apagamento da memória é algo marcante nas três peças. Não há passado nem futuro, apenas presente. Quase uma paródia do presenteísmo contemporâneo que pretende encerrar toda a vida num presente eterno, um presente que pretende ser realizador de todos os desejos do Eu-imperioso.

Nos raros momentos de reflexão sobre a vida que levam, quando há uma fala que pode parecer uma reflexão sobre a existência que estão levando, vê-se logo que é um fragmento desconexo, que, mais do que uma reflexão, é uma escora para ajudar a passar o tempo da espera. É como se cada um dos personagens estivesse ali apenas para lembrar ao outro que estão esperando Godot em quem apostam que resolva todos os problemas. Diz Vladimir:

> O certo é que o tempo custa a passar, nestas circunstâncias, e nos força a preenchê-lo com maquinações que, como dizer, que podem, à primeira vista, parecer razoáveis, mas à quais estamos habituados. Você dirá: talvez seja para impedir que nosso entendimento sucumba. Tem toda razão. Mas já não

estaria ele perdido na noite eterna e sombria dos abismos sem fim? É o que me pergunto às vezes. Está acompanhando meu raciocínio? (2005, p. 161).

O angustiante é que o raciocínio não é acompanhado, não é seguido, desenvolvido — tensionado. Não há qualquer resposta que possa dar prosseguimento a essa conversação que poderia se revelar aclaradora, porque não estamos diante das *individualidades problemáticas* do romance. É como se houvesse uma impossibilidade de se apreender o estado a que chegaram, ou foram levados a chegar. As maquinações não impedem que o entendimento sucumba. Em verdade, as maquinações para passar o tempo, para preencher o tempo esvaziado, são consequência de o entendimento já ter sucumbido, ou estar em vias de sê-lo. O restolho é também de condição reflexiva. Uma vida encerrada temporalmente, sem referências com as quais se possa estabelecer uma relação para uma construção subjetiva mais rica e minimamente sólida pode levar também a um apagamento das qualidades, das distinções. "E se a gente se enforcasse?" (2005, p. 34), diz Estragon, dando uma ideia para passar o tempo da espera, como se fosse apenas outra ideia qualquer. Uma ideia que logo se mostra mera estratégia para passar o tempo, aliás, bastante recorrente na peça:

Vladimir: Então, o que fazemos?
Estragon: Nada, é o mais prudente.
Vladimir: Esperar para ver o que ele nos diz.
Estragon: Quem?
Vladimir: Godot.
Estragon: Isso.
Vladimir: Vamos esperar até estarmos completamente seguros. (2005, p. 36–37).

Ao mesmo tempo, nem sabem o que querem de Godot, embora dele pareça depender a própria existência em ruínas na terra exaurida. Por isso Estragon pergunta se não estariam amarrados (2005, p. 40–44). Vladimir acha que não, embora se sinta o peso de uma amarra abstrata, a amarra do vazio da existência, a amarra de rodar em falso continuamente, a amarra da impossibilidade de construir um sentido impulsionador de uma transcendência a essa imanência sufocante. É esse vazio da existência que torna uma compreensão da relação entre Pozzo e Lucky como metáfora da relação entre servo e senhor um tanto superficial para o contexto da peça. Do mesmo modo, a leitura de Jameson (2005) que vê na cena uma alegoria de uma questão nacional — com Pozzo representando o Império Britânico "em sua relação com as colônias", e Lucky como alegoria da Irlanda — parece ligeira para uma leitura que traga forma e conteúdo da peça para o contemporâneo. O contexto geral transmite muito mais um profundo desterramento, um mal-estar de existir que não é devido a qualquer repressão das pulsões, mas devido à ausência de referências, de determinados limites, sejam temporais ou espaciais, com as quais os indivíduos possam friccionar sua própria existência. Isso faz com que a própria relação de poder pessoal expressa entre Pozzo e Lucky torne-se irrisória, uma paródia, mera cena dentro da cena frente ao poder impessoal que os conduziu àquelas paragens onde só há o nada. Um nada em relação ao qual se deve tentar construir alguma subjetividade. Nesse sentido, por mais que o autor não relacione sua leitura com uma época histórica determinada, não deixa de ser interessante a reflexão de Pronko de que as relações "aviltantes entre mestre e escravo os reduz a ambos à animalidade e à impotência" (1963, p. 55). Mais do que uma metáfora de servo e senhor, a cena parece representar a possibilidade de uma regressão em larga escala em tempos de crise dos automatismos da segunda natureza, uma regressão tal que o ser humano é rebaixado à condição de porco — é como é tratado Lucky —, com uma corda no pescoço, já em carne viva de tanto a corda ser puxada. Isso não é servidão no sentido tradicional, não é relação de dono para animal, vai além disso. Mesmo com o personagem Lucky o sentido de humanidade se vê embaçado, uma vez que não parece tensionar com sua situação até mesmo subanimal, embora seja bastante complexa sua personagem. Ele que pode dançar, recitar, cantar e pensar — mas de modo automático, dependendo da ordem de seu amo. O pensamento que Lucky é ordenado a expressar nada mais encerra do que um emaranhado desconexo. São palavras que estão no texto sem se relacionar, sem construírem sentido, quase que para corroborar a própria desconexão dos sujeitos, ou a ideia de que não há pensamento coerente na peça porque o contexto espaço-temporal das personagens não permite senão o automatismo e "a eterna repetição, sem significação nem direção" (PRONKO, 1963, p. 44).

Já a humilhação a que o personagem Hamm de *Fim de Partida* submete seus pais e Clov, mais do que uma tensão impulsionadora de uma resistência, apenas contribui para passar o tempo: "[...] a capacidade de reação aparece aqui neutralizada por um conformismo e uma desestruturação interior, uma incapacidade de protesto que se traduzem no aspecto fisicamente mutilado das personagens" (ANDRADE, 2010a, p. 24).

Esse embaçamento dos limites da distinção se delineia também com Estragon, que leva um chute de Lucky e cospe-lhe na cara — uma reação que mais se aproxima do asco sentido pela personagem que aparece como figura humana ainda mais degradada dentro da degradação; e com Vladimir, que questiona Lucky por ele querer deixar um patrão tão bom quanto Pozzo. Esse embaçamento, essa indistinção está também presente no menino que traz o recado de Godot. Ele não sabe nem mesmo se é feliz ou não, embora seja o felizardo que vive com Godot. A incapacidade distintiva culmina na avaliação da cena subanimal de Lucky. Vladimir diz simplesmente que "ajudou a passar o tempo"; já Estragon diz que "teria passado igual" (BECKETT, 2005, p. 93). E a respeito da Kakânia, explica o narrador de Musil:

> A marcha do tempo nos domina. Andamos com ela dia e noite, e fazemos dentro dela todo o resto; nos barbeamos, comemos, amamos, lemos livros, exercemos nossa profissão, como se quatro paredes estivessem imóveis; e o inquietante é saber que as paredes se movem, sem notarmos nada, lançam seus trilhos à frente como longos fios sinuosos, tateiam, sem que se saiba para onde (MUSIL, 2006, p. 50).

Não estaria na vida de Ulrich, de modo menos extremo, sem que ele ainda pudesse perceber, o mesmo tédio da tautologia que está presente nas peças de Beckett? Até mesmo Pozzo, ironicamente, reconhece a condição dos dois errantes à espera de Godot e, depois de reconhecer que Estragon e Vladimir foram decentes com ele, pergunta o que poderia "fazer por estes bravos homens, prestes a morrer de tédio?", o que poderia fazer "para que o tempo lhes pareça menos arrastado?" (BECKETT, 2005, p. 77). No entanto, o próprio Pozzo está inserido nessa temporalidade. Por isso sua fala se perde como mais uma *fala* em meio a tantas outras que ajudam a passar o tempo, e que em nada ajudam na construção de sentido.

Nesse contexto de impessoalidade, não se conhece bem Godot (2005, p. 49), mas é por ele que se leva adiante a existência, é ele que carrega o futuro, o passar dos dias, ou seja, é ele quem determina o tempo, pois os personagens estão encerrados temporalmente. Em *Fim de Partida* (BECKETT, 2010a, p. 41), Hamm não sabe nem mesmo nomear aquilo de que está cheio: "Desse... dessa... disso." Sentimento que é afirmado pela frase de Clov adiante: "Alguma coisa segue seu curso" (2010a, p. 73). E é "Esse... essa... isso" que eles acham que já durou bastante, e que faz de seus dias um eterno retorno do mesmo cinzento, diante do qual estão impotentes: "Enquanto durar. (*Pausa.*) A vida toda as mesmas tolices" (2010a, p. 88). A vida se apresenta tão cinzenta que os corpos vivos já cheiram a cadáver, de modo que o próprio sentido da morte se encontra achatado, perdeu a força de sua significação, de mudança de estado, o que reafirma a ideia do aplainamento das distinções: "Você já fede. A casa toda já fede a cadáver" (2010a, p. 89), diz Hamm.

Diante dessa divisa tênue entre morte e vida, vida putrefeita como diz Clov, até o otimismo só pode se mostrar, quando aparece, como resíduo amarelecido usado para passar o tempo que não passa: Hamm repete seu "Estamos progredindo" como mantra vazio, assim como Winnie repete seu " O velho estilo", suas "Grandes bênçãos" seu "Dia feliz".

Em *Dias Felizes* (2010b), o cenário não é menos arruinado. A personagem Winnie está enterrada numa montanha que parece um grande formigueiro, inclusive está sendo comida por formigas e castigada pelo sol. Como os demais personagens das peças aqui citadas, está perdida temporalmente, o tempo virou uma geleia incompreensível, indistinguível. Apesar disso, ela permanece incorrigivelmente otimista, diferentemente dos personagens das outras peças. Houve quem relacionasse seu otimismo com o espírito feminino, ou seja, somente uma mulher se manteria otimista nessa situação. Há também a leitura de que o aprisionamento de Winnie e seu otimismo são "uma alegoria unívoca da histeria de uma mulher presa ao casamento burguês" (ANDRADE, 2010b, p. 12). Mas o que "impede o voo de Winnie vai muito além da possessividade e da castração machistas" (2010b, p. 12). E se esse otimismo, mesmo na catástrofe, for signo de uma inconsciência social, que vai fazendo os sujeitos aceitarem a barbárie por ela ir se dando aos poucos? E se esse otimismo diante da destruição for decorrência da euforia perpétua, do gozo nas mercadorias que nos deixa com caráter *blasé* — embora ativos como nunca? Parece que a estrutura coloidal do ser humano, para falar com Musil, diz respeito não só às possibilidades positivas de um desabrochar da individualidade, como também ao caráter negativo da adaptabilidade do ser humano a situações que deveriam causar repulsa.

De qualquer modo, é um otimismo frágil que, no caso de Winnie, parece próximo dos fervores religiosos, de que aliás ela dá provas, embora de modo mais desencantado no segundo ato: "É, confesso que rezava" (BECKETT; 2010b, p. 56). Um otimismo esmaecido com tonalidade de humor negro que também está em *Fim de Partida*, numa fala de Clov, ao mesmo tempo uma negação de qualquer otimismo: "Vejo... uma multidão... delirando de alegria. (*Pausa.*) Isso é o que eu chamo de lentes de aumento", após apontar a luneta para o público (BECKETT, 2010a, p. 69).

Os personagens das peças, presos no presente perpétuo, parecem viver também nos escombros da história. Quando se falou tudo, quando não há o que falar, repete-se, é a crise da história, do pensamento, é a ruína do próprio tempo. Hamm diz: "Mas de que falam? De que ainda se pode falar?" (BECKETT, 2010a, p. 62). E Winnie: "Há tão pouco de que se possa falar. (*Pausa.*) Falamos de tudo." (BECKETT, 2010b, p. 56)[15].

Numa vida em que existir se torna difícil tarefa, pela fragilidade subjetiva dos personagens, o revólver está lá, primeiro na bolsa, depois fora, como para lembrar que pode ajudar a abreviar aquele desterro. Diz Winnie em *Dias Felizes* (2010b): "Não deixa de ser um consolo saber que está por aqui, mas estou farta de você" (p. 45). Willie já tinha sido tentado a "acabar com m(s)eu martírio" (p. 45). Esse mesmo sentimento de dar cabo à existência também ronda os personagens de *Esperando Godot*, numa espécie de enforcamento por hipótese para fugir da angústia do encerramento, mas também em *Fim de Partida:* "É, é isso mesmo, está na hora disso tudo acabar e mesmo assim eu ainda hesito em ter... (boceja)... fim", diz Hamm (2010a p. 39). A carga pesada de que se reveste o existir se mostra claramente numa espécie de desejo pelo inorgânico. Diz Hamm: "[...] você ainda não estava no mundo dos vivos"; Clov: "Bons tempos" (2010b, p. 87). E logo adiante, é Hamm quem demonstra o que significa sua vida ao ser perguntado se acredita em vida depois da morte: "A minha sempre foi" (2010b, p. 93). A vida mediada pelo movimento da mercadoria apenas tem como se tornar totalizante e totalitária se a relação social se der como uma espécie de " união de mortos (ADORNO, 1992, p. 201).

---

15. Não se trata tanto aqui de entender qual a fonte de inspiração de Beckett para *Dias Felizes*, se foi a imagem do Inferno da *Divina Comédia* pintado por Doré, se foi a inspiração no filme de Buñuel e Dali, *O cão andaluz*, em que duas mulheres estão enterradas até o meio do corpo na areia. (KNOWLSON, 2012, p. 23).

Ao mesmo tempo, não se poderia também relacionar o desejo de onipotência de Hamm, que submete seus pais e Clov ao seu desmande, com o que poderiam ser os restos do desejo de onipotência expressos na pretensa supremacia do Eu na contemporaneidade? Uma supremacia em sintonia com um mundo de consumo que roda também em falso, numa tautologia de uma temporalidade vazia? Mesmo assim, por mais que a contemporaneidade aponte para uma supremacia do Eu, poderíamos dizer que se trata de um eu frágil, tão frágil quanto os pedintes de subjetividade das peças de Beckett. São narcisos às avessas, que contemplam a própria imagem, mas como uma imagem desgastada, por ser imagem cada vez mais mediada pela indústria cultural e pelo espetáculo.

Não seria exagero ver uma relação entre os sujeitos da *Vida para consumo* (BAUMAN, 2008) e os sujeitos das peças de Beckett, ambos como personagens reduzidos ao mínimo: mínima linguagem, mínimas possibilidades, mínima reflexão, mínima ação, enfim, mínimo-Eu. Nas peças, há tentativas de construir sentido a partir de uma teia de retalhos. Mas os retalhos estão longe de ter aquele colorido bonito de uma colcha de retalhos secando em frente a uma casa de interior. Ao contrário, não têm cor e, como simples retalhos que ninguém soube juntar, permanecem incongruentes e cinzentos, sua tessitura é frágil. Ao mesmo tempo em que os personagens se falam mais para permanecer vivos do que para transmitir qualquer sentido. Como diz Fábio Andrade, as palavras se dissolvem com Beckett, seus textos "dissolvem os projetos em palavrório, burburinho, rumor, ordenado e simétrico, sim, mas que se reconhece e se mostra inútil, pondo em cena heróis armados de uma razão tortuosa e sem finalidade" (ANDRADE, 2001, p. 105). Ora, por mais pobres, as pessoas sempre têm uma história. Mas os personagens das peças de Beckett não parecem ter história de vida, porque essa história parece ter ruído[16].

Não só a linguagem e a ação, mas também o pensamento está em ruínas. Não há grandes monólogos — como no teatro de Sófocles ou Shakespeare — que pudessem concatenar uma reflexão pessoal, são quase monossílabos, pois até mesmo a linguagem fugiu dos personagens. "Pare de falar agora, Winnie, fique um pouco quieta, não desperdice todas as palavras do dia, pare de falar e faça alguma coisa só para variar" (BECKETT, 2010b, p. 49), diz Winnie a si mesma. A todo momento, ela tenta declamar poemas, mas as palavras lhe fogem: "Como eram aqueles versos extraordinários? (*Pausa.*) Vá, me esqueça pois não sei quê sobre não que mais deitará sua sombra...vá, me esqueça... por que a tristeza... sorrirás radiante [...]" (2010b, p. 60). Não poderíamos relacionar essa ruína da linguagem com a pobreza da linguagem na contemporaneidade, quando, sob a capa de uma pretensa informalidade, as línguas vão se depauperando, tornando-se mínimas, quase onomatopaicas, com um vocabulário de uso cada vez mais restrito, e com um vocabulário inutilizado e esquecido cada vez mais imenso?

---

16. Diz Benjamin em seu texto *O Narrador* (1936–2010): "Ora, é no momento da morte que o saber e a sabedoria do homem e sobretudo sua existência vivida — e é dessa substância que são feitas as histórias — assumem pela primeira vez uma forma transmissível. Assim como no interior do agonizante desfilam inúmeras imagens — visões de si mesmo, nas quais ele havia se encontrado sem se dar conta disso —, assim o inesquecível aflora de repente em seus gestos e olhares, conferindo a tudo que lhe diz respeito aquela autoridade que mesmo um pobre-diabo possui ao morrer" (p. 207).

As peças de Beckett expressam, como já disse Adorno, uma corrosão da própria narrativa, pelo fato de que a própria sociedade se encontra corroída. Essa falta de narrativas diz respeito à falta de momentos significativos, falta da própria experiência transmissível de que fala Benjamin. E a falta de momentos significativamente construídos torna as subjetividades mais abertas ao espetáculo (DEBORD, 1997), abertas a contemplar imagens que se tornam um mundo à parte, mas que se pretendem o real por excelência. Num paralelo com o cotidiano mercantil, as imagens do espetáculo, ou da indústria cultural, são comparáveis às mesmas historietas ou falas que os personagens de Beckett nas peças contam uns para os outros, como tentativa de ludibriar a falta de sentido, ou a tautologia de sua própria existência.

Mas Winnie, além das historietas, lança mão de outros artifícios para manter-se viva, e já falamos de seu otimismo incorrigível. Diz ela:

> As palavras faltam, há momentos em que até mesmo elas nos faltam. Não é verdade, Willie, que até mesmo as palavras faltam às vezes? O que fazer então até que elas voltem? Pentear e escovar o cabelo, se já não se fez isso antes, ou, caso paire alguma dúvida, lixar as unhas, se estiverem precisando de lixas, coisas assim nos levam no embalo. [...] É isso que acho maravilhoso, que não se passe um único dia – ah, o velho estilo! Quase nenhum sem um mal – (*Willie desaba na colina, sua cabeça desaparece* [...]) – que venha para o bem (BECKETT, 2010b, p. 39).

Winnie é descrita como uma mulher na casa dos cinquenta, bem conservada, um pouco acima do peso, decote amplo, seios fartos, colar de pérolas (2010b, p. 29). O que indicaria *aparentemente* uma pessoa com *dignidade* na sociedade da mercadoria. Exatamente por isso, ela se relaciona mais com suas coisas do que com seu marido Willie, que não partilha em nada o seu otimismo, embora não pareça ser por qualquer consciência reflexiva. A bolsa parece conter o resto de existência de Winnie, é a única coisa que parece ter sobrado da ruína. Sua bolsa conta mais que seu marido, que ganha da bolsa por ter um ouvido. Sobre a bolsa diz ela:

> Especialmente nas profundezas, quem adivinharia os tesouros. (*Pausa.*) Os consolos. (*Vira-se para olhar a bolsa.*) É, há a bolsa. (*Novamente de frente.*) Mas alguma coisa me diz: Não exagere com esta bolsa, Winnie, aproveite-a para continuar... tocando, quando estiver sem saída, lógico, mas pense no futuro, Winnie, no dia em que as palavras faltarem [...] (2010b, p. 44).

Parece exagerada essa troca subjetiva com a bolsa, que se transforma em ser animado, vivo, redentor da existência de Winnie. Como diz Dumont:

> Na maioria das sociedades, em primeiro lugar nas civilizações superiores ou, [...] nas sociedades tradicionais, as relações entre os homens são mais importantes, mais altamente valorizadas, do que as relações entre os homens e as coisas. Esta prioridade é invertida no tipo moderno de sociedade, onde as relações entre os homens são, ao contrário, subordinadas às relações entre os homens e as coisas (2000, p. 16).

Alguém poderá objetar que o autor pretende muito mais falar de uma burguesa falida, que pretende manter a aparência e nada mais. No entanto, a interpretação proposta aqui pode nos permitir também ver em Winnie uma paródia da relação dos sujeitos contemporâneos com a mercadoria e sua tautologia, que lhes fornecem referencial subjetivo. E a mercadoria só consegue alcançar esse nível de fetichismo na vida social porque as próprias relações sociais se mostram rachadas, em ruínas. O desdobramento da forma-sujeito moderna na contemporaneidade teria esse ingrediente novo de fetichismo, e os personagens de Beckett expressariam, é forçoso arriscar, o que resta da subjetividade numa vida social cada vez mais mediada pela mercadoria.

A própria falta de mobilidade de Winnie em sua colina poderia ser relacionada, para além da imobilidade física, com uma imobilidade intelectual. Afinal, o desdobrar-se da forma-sujeito moderna parece desembocar no contrário daquilo que foi a caixa de toque do Esclarecimento, a autonomia do sujeito moderno. Do mesmo modo, o fato de Winnie estar enterrada objetivamente é um belo contraste com seu *desterramento* subjetivo. Diz Winnie: "A razão. (*Pausa.*) Não perdi a razão. (*Pausa.*) Não ainda. (*Pausa.*) Não de todo. (*Pausa.*) Alguma coisa resta. (*Pausa.*) Sons. (*Pausa.*) Como pequenos... deslizamentos, pequenos... desabamentos" (BECKETT, 2010b, p. 58).

Com essa forma de escrita do desabamento, das sobras, Beckett se insere numa nova linguagem que subverte a escrita tradicional, não no sentido simplesmente de fugir à representação, ou ao teatro crítico. Seu teatro nada tem a ver com Sófocles, Molière, Shakespeare ou Brecht. Seu conteúdo já está expresso na própria *forma* de construção em que o *conteúdo* está em ruínas. A reflexão rompe a pura imanência da forma, como expressa Adorno em suas *Notas sobre literatura*: "A nova reflexão é uma tomada de partido contra a mentira da representação, e na verdade contra o próprio narrador, que busca, como um atento comentador dos acontecimentos, corrigir sua inevitável perspectiva. A violação da forma é inerente ao seu próprio sentido" (ADORNO, 2003, p. 60).

Essa violação da forma expressa fortemente por Beckett nas três referidas peças não é um elogio do *nonsense*. Se as peças são absurdas, não é pelo fato de nelas estar ausente todo e qualquer sentido – nesse sentido elas não teriam importância, não se trata de uma apologia da abstração ou da falta de sentido –, "mas porque põem o sentido em questão" (ADORNO, 1993, p. 176). Parece ser isso que está em jogo, o sentido unidimensional que está imbricado no progresso e na Razão instrumental, na unificação dos sentidos e das substâncias distintas numa só: o princípio da calculabilidade. E isso é uma característica moderna. Sendo assim, a análise aqui desenvolvida considera as ruínas do teatro beckettiano como consequência do funcionamento moderno, por isso precisa nuançar opiniões dignas de interesse, mas que tendem a uma transhistorização desse fenômeno — o que tentamos evitar para nosso intento. É o caso de Esslin com seu *Teatro do absurdo* (1967), mas também de Eugène Webb:

> O homem, em nossa época, é herdeiro de séculos de análises que deixaram a análise em fragmentos, e que fizeram do homem um estranho num universo ininteligível. A literatura do absurdo é uma expressão do estado mental produzido por essa situação. Somos impelidos por nossa própria natureza a buscar entendimento, mas a razão, único instrumento que temos com que buscá-la mostrou-se um instrumento desajeitado e frágil (WEBB, 2012, p. 28).

Para nós, esses fragmentos, esse estado de estranhamento do homem num universo ininteligível é algo tipicamente moderno, não podendo ser reportado igualmente a séculos anteriores à modernidade como a Antiguidade ou o medievo. Além disso, temos de nos resguardar com o termo *literatura do absurdo* para não considerar pura forma estética o que em verdade é o absurdo incrustado numa forma de vida social.

Adorno, em sua *Tentativa de entender o Fim de partida*, desenvolve argumentos em relação à questão do sentido, mas mais uma vez como uma questão histórica, portanto que atravessa a razão instrumental:

> A *ratio*, convertida totalmente em instrumental, despojada de reflexão sobre si e sobre o que é por ela desqualificado deve se perguntar pelo sentido que ela mesma suprimiu. Mas na situação que obriga a essa pergunta não fica outra resposta além do nada, que como forma pura ela já é (ADORNO, 2009, p. 308).

Nesse sentido, os personagens dessas três peças de Beckett expressam a própria humanidade separada, alienada de si mesma. São personagens que portam o despojo de Ulrich — representante da sociedade burguesa — "os restos do otimismo da razão iluminista transformada em bugiganga" (ANDRADE, 2010a, p. 12)

Ulrich conseguia justificar seu mundo, desejava ser importante, mesmo sem saber o que isso significa direito; ele lançava mão da ordem científica do mundo, não se propondo a pensar a especificidade das coisas, belo e feio, bom ou ruim, amar qualquer coisa (MUSIL, 2006, p. 1184).

Por outro lado, nem mais esse discurso resta aos personagens de Beckett que já não conseguem justificar o mundo em que vivem, um mundo onde "a plenitude do instante perverte-se em repetição sem fim, convergindo com o nada" como destaca Adorno (1993, p. 43). É o tempo que já se esvaziou, danificou-se, bem como o própria subjetividade apressadamente chamada de burguesa que ainda era sede de reflexão, mesmo que instrumental: "[...] a fala profética da abertura [de Esperando Godot] —'Nada a fazer' — retorna regularmente, lembrete paradoxal tanto da necessidade de preencher o vazio, quanto da inocuidade deste esforço" (ANDRADE, 2005, p. 11). Esse "nada a fazer", aliás, é repetido por Winnie em *Dias Felizes.*

Em função disso, o silêncio, marcante nas peças de Beckett, para nós, aponta mais para lacunas não possíveis de serem preenchidas, para a impossibilidade de preenchê-las o tempo todo pelos sujeitos — que já precisam de grande malabarismo para preencher a passagem do tempo com seus restos de linguagem — do que pausas para a reflexão, do público ou dos próprios personagens.

Prossegue Adorno sua análise de Beckett:

> Indiferente ao cliché dominante do progresso, Beckett toma como tarefa mover-se num espaço infinitamente pequeno, num ponto sem dimensões. Este princípio de construção seria, enquanto princípio do *il faut continuer*, para lá da estática, e enquanto finca-pé, para lá da dinâmica [...] O telos da dinâmica do sempre-semelhante é apenas infelicidade; a poesia de Beckett olha-a de frente. A consciência percebe o caráter limitado do progresso que se basta sem fim a si mesmo como ilusão do sujeito absoluto [...] (ADORNO, 1993, p. 252).

O que aborda Adorno como o princípio do *il faut continuer* em relação com a dinâmica do sempre-semelhante é um forte resumo do teor de Beckett: a angústia de rodar em falso, a angústia do real reificado. Nada de peripécia, nada de intriga, nada de enredo, nada de evolução, nada de tensão rumo a um desfecho, mas monotonia, tautologia, forma que mais expressaria o fato de que nada há a expressar, pois é a própria vida em sociedade que parece ter perdido substância ou se perdido em tartamudeios que já não conseguem inspirar uma narrativa minimamente coerente.

Em *Esperando Godot*, diz Vladimir: "Então diga o que fizemos ontem à tarde?". Depois de algumas palavras trocadas, responde Estragon: "Isso, me lembrei, ontem à tarde ficamos falando das botas. A mesma conversa, há cinquenta anos" (2005, p. 130). Em *Fim de Partida*, ao ser perguntado que horas são, Clov responde: "A mesma de sempre" (2010, p. 41). Nas três peças, as pequenas histórias inventadas para ajudar a passar o tempo, a preencher a passagem do tempo, seriam apenas: "Entusiasmo fingido, relações humanas ensaiadas, raivas de mentira [que] servem às tentativas, desesperadas, de dar sentido a um mundo desprovido de significado (ANDRADE, 2001, p. 80) Mas há também muitas pequenas falas representativas dos restos de linguagem. Eis a fala de Winnie em *Dias Felizes*: "Podemos falar em tempo ainda? Dizer que agora já faz muito tempo, Willie, que não vejo você. Que não ouço mais você. Podemos? Falamos. O velho estilo! Há tão pouco de que se possa falar. Falamos de tudo" (2010b, p. 58). "É, são dias felizes" (p. 60). É a mesma Winnie que, não estabelecendo nem mesmo diálogos com o marido, prefere passar o tempo com seu objetos: o espelhinho, a sombrinha, a bolsa.

O que Fábio Andrade escreve sobre *Fim de Partida* também poderia ser aplicado às duas outras peças, no que tange à temporalidade: "O girar em falso do relógio, a negação da novidade e da mudança, sugere um processo de entropia, uma decadência irreversível e irremediável" (ANDRADE, 2010a, p. 15). Claro que mudanças ocorrem, mas tanto nas peças quanto na vida social capitalista contemporânea, as mudanças são um eterno retorno do mesmo sempre mediado.

Embora possam, muitas vezes, pelo absurdo de sua construção, parecer risíveis, de fato, as peças de Beckett não pretendem transmitir qualquer moral ou ensinamento, elas nos possibilitam muito mais um contato com o mal-estar diante da repetição, da falta de objetivo, da repetição do nada, dos diálogos que apenas preenchem o tempo à espera vã do tempo supremo. Elas são uma espécie de *fábula negativa* como argumenta Günther Anders em seu livro de título bastante significativo, *L'obsolencence de l'homme*:

Para contar uma fábula acerca dessa forma de existência que não conhece mais nem forma nem princípio e na qual a vida não mais avança, ele [Beckett] destrói ao mesmo tempo a forma e o princípio da fábula: a fábula destruída, quer dizer, aquela que não mais avança, torna-se a fábula mais apropriada para dizer que a vida não mais avança. Para resumir a inversão operada por Beckett, pode-se dizer que sua parábola absurda do homem se torna uma parábola do homem absurdo (ANDERS, 2002, p. 244).

O homem absurdo de que fala Anders é aquele que está a meio caminho: "sem coragem de terminar nem força para continuar". Um homem que deixa o tempo se valer por si só, um homem que de tanto encarar as palavras, com a mesma indiferença com que encara o mundo, acaba até mesmo por ser abandonado por elas.

Seria risível se não dissesse respcito ao nosso tempo, e o mal-estar opõe-se à possibilidade de rir dos personagens de Beckett. Rir, nesse caso, parece mais um rir de si mesmo, um rir tonto (ADORNO, 2009), apesar de que Barthes já em 1954 analisa o fato de que "agora, Godot faz rir de cara aberta" (BARTHES, 2003, p. 88). O riso talvez pudesse indicar duas possibilidades de entendimento: uma que diz respeito a uma fuga de encarar o mal-estar que é dar-se conta de que vivemos no cotidiano o que os personagens alegorizam em seus diálogos; outra que pode dizer respeito ao fato de que a peça não estava amadurecida para sua época, o vazio tautológico ainda não se apresentava de modo tão patente, talvez. Será que peças como a de Beckett fariam algum sentido na época de Shakespeare, na época de Molière, na época de Sófocles, na época da queda do império romano? Talvez nem mesmo na época do próprio Beckett ela ainda pudesse ganhar todo o sentido que Adorno conseguiu expressar na sua interpretação. A especificidade histórica da sociedade moderna parece apontar para o fato de que essa tautologia expressa na forma e no conteúdo de suas peças somente poderia adquirir sentido num momento em que essa tautologia também se expressa no social. Não se trata evidentemente de mero reflexo da forma-social na forma estética. Ao contrário. O próprio fato de Beckett não ter necessariamente desejado pôr em cena nessas três peças a tautologia da vida moderna desenvolvida já demonstra que não há esse reflexo. Mas sua forma teatral da ruína não pode ser vista somente como sintoma de uma época de choque devido à guerra que colocava a condição humana em questão. A experiência cotidiana sentida e inagarrável dessa tautologia pode fazer amadurecer nos espíritos mais sensíveis a expressão dessa experiência que permanece, apesar de tudo, inominável para o artista que a expressou. Assim como continua inominável para os indivíduos que vivem a experiência do ruir de um tempo histórico com a mesma impotência dos que esperam Godot.

Reflexões finais

> Não estimo que o homem seja capaz de formar em seu espírito mais vão e mais quimérico projeto do que pretender, ao se lançar a escrever certa arte ou ciência que seja, escapar de toda sorte de crítica, e cativar a aprovação de todos os leitores.
>
> LA BRUYÈRE, *Os caracteres de Teofrasto*

O que me animou neste livro foi o desejo de refletir sobre uma crise da subjetividade aprisionada na forma-sujeito burguesa, com o objetivo de contribuir para que esse processo de esvaziamento não siga seu curso, mas possa ser questionado por uma subjetividade que ponha como importante a reflexão cotidiana sobre a forma social em que vive e sua própria subjetividade. Dito de outro modo, seria preciso que os indivíduos concretos se revoltassem contra a máscara de caráter abstrata da forma-sujeito burguesa que tensiona com sua subjetividade feito um encosto. Certamente assim, não naturalizando a marcha do tempo, não aderindo a ela de forma irrefletida, não querendo simplesmente aperfeiçoá-la e corrigir seus excessos, poderemos ter esperança de que o prosseguir da humanidade não será o aprofundamento da barbárie, cuja condição principal é o vazio do pensamento típico da forma-sujeito burguesa amadurecida. Mas para que a ave da esperança possa não ser derrubada em pleno voo, é preciso que ela aninhe sempre em seu seio a crítica negativa.

A tese defendida aqui foi a de que a dinâmica da modernidade — a modernização — é em si um devir-vazio tautológico. Vimos a ideia de que esse vazio tautológico se entranha na realidade cotidiana quanto mais a mercadoria é entronizada na vida social. Dito de outro modo, a vida social sobre o fundamento simbólico-mercantil tende a desenvolver relações mediadas por esse *simbólico* que é em verdade a liberação de qualquer laço simbólico em proveito do vazio. Se esse vazio não se manifestou desde o início do desenvolvimento da forma-social moderna, foi porque ainda havia largos terrenos de vida social fundada no simbólico-religioso a serem aplainados. Foi o que chamei de entrecruzamento objetivo e subjetivo.

Busquei fundamentar a tese relativa ao devir-vazio tautológico na argumentação de que a vida social moderna é em verdade uma dupla abstração que pretende se realizar. Uma abstração de sociedade, a forma-social burguesa, e uma abstração de subjetividade, a forma-sujeito burguesa. A primeira avança sobre todas as formas de socialização que não sejam ainda fundadas na mercadoria. A segunda avança sobre as individualidades concretas para lhes impor uma forma de subjetividade unitária, em consonância com a vida social moderna sempre dinâmica e aberta ao novo. A modernidade foi o processo lento de imposição dessas formas abstratas de vida social e subjetiva.

Como se trata de formas abstratas e dinâmicas, sua realização na história, feito o Espírito hegeliano, não se faz sem um esgarçamento da concretude social e subjetiva. Dito com outras palavras, tanto a vida social, incluindo o meio ambiente, quanto a subjetividade não têm como a longo prazo acompanhar o ritmo de uma abstração desembestada. O nível de suportabilidade do concreto tem limites que o movimento do abstrato não respeita. Do ponto de vista subjetivo, já é notável a gestação de um mal-estar inconfesso relacionado não apenas à evolução de relações sociais embrutecidas em todos os níveis, não somente à falta de um sentido que não seja o ditado pela dinâmica mercantil, mas também à exigência feita aos indivíduos concretos para fazerem sacrifícios — seja trabalhando, seja sempre consumindo — para que a forma-social burguesa possa seguir adiante. É nesse sentido que há um nível de insuportabilidade que não se expressa só no limite da natureza, mas no limite da subjetividade esgarçada pelas exigências da forma-sujeito burguesa. O que não significa que essa insuportabilidade sentida pelo indivíduo perante as exigências sacrificiais de uma sociedade desemboquem em busca de saída emancipatória. Se a marcha da vida social e subjetiva moderna é objetiva, a resistência e a tentativa de transcendendê-la não o são. Como o desdobramento da vida social moderna é uma tendência a uma regressão à pura imanência da segunda natureza, o ser humano pode seguir a tendência *natural* de se adaptar à barbárie em vez de se opor a ela. Porque a oposição ao vazio que possibilita a barbárie é uma vitória sobre esse encerramento do pensamento crítico na segunda natureza, é uma vitória sobre a tendência sócionatural. Em verdade, como a trama social escapa aos sujeitos, essa insuportabilidade pode se materializar nos mais diversos tipos de sofrimento psíquico e autoculpabilização por um lado, e em violência cotidiana do outro, uma violência que em muitos casos vai ter relação com os próprios sujeitos burgueses e seus desejos imperiosos que não suportam qualquer mediação. Os narcisos estão em todas as esferas da vida social, do executivo ao narcotraficante, do artista vendido ao artista engajado.

A crise da vida social mercantil e da forma-sujeito mercantil não fazem parte de um desfuncionamento, mas de sua realização. Uma realização que ainda não está completada, embora os indivíduos com a máscara de caráter do sujeito burguês pareçam dispostos a atos sacrificiais. Assim como a forma-social ainda não está plenamente realizada — porque se permitirmos sua realização ela coincide com o aniquilamento da realidade concreta — também a forma-sujeito ainda não está de todo realizada. Ou seja, não se trata ainda de um vazio absoluto, mas de uma tendência à dessubstancialização do sujeito quanto mais ele se aproxima de seu conceito de agente social dentro do invólucro da relação mercantil — como segunda natureza em realização.

Não pretendo, ao refletir sobre a ideia de uma dessubstancialização do sujeito, defender a ideia de uma essência humana autêntica, positiva, transhistórica, uma essência *a priori*, que simplesmente teria sido destruída pela modernidade, algo que, em verdade, não passaria de uma ficção. Até porque essa essência humana é humana porque é mediada pelo social. Mas defendo que o fato de o sujeito contemporâneo dar mostras de estar aberto a todas as possibilidades que os ideais mercantis oferecem apenas aponta para o fato de que ele se torna adaptável a todas elas, sem a possibilidade de julgar tais possibilidades que, só em serem várias e estarem à disposição, é como se já bastassem. Por outro lado, quando esse sujeito se pretende crítico, ataca muito mais o caráter desigual, injusto da vida social do que suas raízes irracionais.

Nesse sentido, o caráter *livre* das relações sociais num capitalismo desenvolvido e das construções de subjetividades sem ancoragem é um índice dessa *dessubstancialização*. Pois os "indivíduos não buscam um confronto com sua própria existência", situam suas vidas num presente eterno que se multiplica e, assim, "deixam de elaborar uma consciência marcante deste mesmo presente, como coisa vivida que se torna aos poucos parte de uma memória pessoal e social que pode gestar frutos (SOARES; EWALD, 2004, p. 04). Dessa forma, a liberdade passa a ser não mediada pelas próprias relações sociais, mas imposta às relações sociais na forma de uma liberdade imediata como *pseudonatureza.* É uma liberdade, em última análise, que é utilizada para melhor dominar (MARCUSE, 1973).

Quando afirmamos que o *homem sem qualidades está à espera de Godot* é porque o sujeito contemporâneo se vê na seguinte encruzilhada: tem à disposição todas as "qualidades", qualidades que lhe são exteriores e acidentais, cambiantes e não essenciais; qualidades que lhe são disponibilizadas de forma heterônoma, portanto não são construídas nas relações sociais diretas. Mas é exatamente por ter à disposição todas as qualidades, como Ulrich, que ele se torna *sem qualidades* constitutivas, definidas, torna-se massa modelável, homem flexível tão prezado pelo nosso tempo, apto a apagar rastros e traçar outros (ou aceitar outros passivamente).

Esse sujeito coincide com aqueles átomos flutuantes esvaziados pela circulação de modelos, como afirma o apologético Lipovetsky, o que demonstra a fluidez do próprio processo de subjetivação, não enquanto possibilidade de mudar na dialética com o mundo, mas enquanto uma constituição subjetiva que vai perdendo as condições de julgar qualitativamente aquele novo que se lhe apresenta. Ou seja, é o momento negativo da dialética, é a tensão criada quando os diferentes se encontram que se fragiliza.

Ora, a sociedade capitalista na sua fase contemporânea pretende disponibilizar várias "essências" consumíveis, cabendo ao consumidor com sua liberdade a escolha da que lhe convém. Mas a "essência" que pretendem dar as mercadorias são, em verdade, a "essência" de uma forma sem conteúdo, portanto, "inessência", negação de qualquer essência que possa nascer de uma construção de sentido na relação com o mundo e com o outro. A construção de sentido com o mundo não-identico a si é o que a modernização ao desdobrar-se impossibilita no seu afã de igualar tudo a grandezas abstratas.

Ao mesmo tempo, esse sujeito contemporâneo espera avidamente algo de decisivo, sua vida coincide com a *espera de Godot.* E nada preenche essa espera que deve ser apenas tornada menos penosa — como na peça de Beckett. De certa forma, as qualidades que as mercadorias dão a comprar, como ideais identitários ou máscaras psicossociais, são um falso Godot. Falso porque cada mercadoria específica, como diz Debord, "luta por si mesma, não pode reconhecer as outras, pretende impor-se em toda parte como se fosse a única" (DEBORD, 1997, p. 44), o que significa que todas precisam prometer contemporaneamente o momento supremo, o "encontro com Godot". E tal qual na peça de Beckett, na qual quem entra é confundido com Godot, aquele que pode salvar, acontece em nossa vida quotidiana. Nós marcamos um encontro imperdível com a mercadoria no consumo na vã tentativa de obturar o vazio do mundo da mercadoria e de nossa vida como mercadoria, sem entender que o vazio do mundo da mercadoria não pode ser preenchido por esse mesmo vazio. É assim que nosso encontro cotidiano com a mercadoria no consumo é constantemente marcada pela desilusão de que aquela ainda não era a última verdade — ou a substância — como prometia, ela ainda não era *Godot* que tanto esperávamos e pelo qual tanto deixamos de viver na espera.

Ao fim deste estudo, o ir além desse estado de coisas só parece vislumbrável se para já se começar um processo de tensionamento com a vida social mercantil. Se a revolução operada pelo capitalismo na vida social foi um processo lento, numa dialética contínua, sua superação, entendida como superação da segunda natureza, não pode ser obra de uma revolução no sentido tradicional. Seria preciso um tensionamento cotidiano no sentido de construir uma subjetividade e uma forma de organização social que realmente tensionassem cotidianamente e pudessem ir corroendo a forma-social mercantil. Mas para isso seria preciso em primeiro lugar não tentar arrombar as portas que o próprio capitalismo já abriu. É preciso saber que liberdade queremos, é preciso que conteúdos distintivos em meio a tanta equalização possam ter lugar à mesa.

Por fim, é importante dizer que o universo do discurso objetivo não conseguiu despir o autor dessas linhas de sua melancolia crítica em proveito da quietude teórica do observador do mundo. Tendo encontrado as pessoas que deveria, meus anos em contato com esse universo não fizeram senão alimentar tal sentido, mas num nível crítico mais acurado e inquieto. De modo que ao fim dessa jornada não consigo entrever em meio a essa bruma desalentadora e eufórica que encobre nossos dias na comunidade mercantil senão a divisa de Pessoa para seguir adiante: "Tudo vale a pena se a alma não é pequena." Mas somente até que um sujeito muito desejoso de levar adiante esse parêntese histórico queira lançar mão dessa divisa para vender suas quinquilharias que cada vez menos vão conseguir dar sentido à tautologia de uma vida tornada quinquilharia.

Posfácio
A essência da coisa

MARILDO MENEGAT

Pode parecer estranho se falar de *homens sem qualidades.* Por pior que eles sejam, no limite, seus defeitos poderiam fazer a vez do que lhes falta. Mas não é o caso. Trata-se da forma neutra que, como resultado de um todo absurdo, lhes confere com frequência qualidades negativas que não são suas, mas meros empréstimos de uma estrutura de dominação impessoal que faz de homens e mulheres seus suportes — estes também, frequentemente, absurdos. Este ponto de partida de Robson de Oliveira é desprovido de qualquer antropologia apoiada numa visão essencialista de que a história e o ser humano devam ter sentidos transcendentais. Interessante caso de uma crítica social da literatura que não tem pretensões além de demonstrar uma incômoda figura do espírito presa num emaranhado de fios, tal como uma marionete voluntária. A exposição da constituição do sujeito burguês assim empreendida, difere de outras chaves conceituais sobre este tema, que se assentam primariamente no estudo da formação ideológica, enquanto Robson tem como referência implícita o estudo das máscaras de caráter que os homens vestem no capitalismo. O burguês, situado deste modo, é uma existência desassossegada que se explica a partir de sua interioridade em permanente conflito com as transformações da estrutura social, sendo, por seu turno, ele próprio um resultado adequado desta. As relações entre as determinações da forma social e a adaptação das ideias a estes imperativos, figuram como uma perspectiva de leitura de um objeto que, ao fim, não cabe a este nenhuma simpatia. Por ser ele o desdobramento de uma dupla máscara — a do caráter do capital em determinado tempo da sua história, e a do personagem literário, que tem o dilema de viver sua existência situado neste tempo —, este resultado é frequentemente risível (ou ridículo!), ainda quando o drama é pesado.

A sequência de autores mobilizada para este fim não é aleatória. Todos os 4 (Molière, Musil, Mário de Andrade e Beckett) escreveram em momentos decisivos do desenvolvimento deste dramalhão insano que é a história da modernidade. São escritas de épocas de transição social. Para alguns deles, esta transição se combinou com tremendas crises do capital. Porém, nestas mudanças, algo de 'substancial' do conteúdo sempre permaneceu. O pressuposto desta concepção reside no modo como a realidade se estrutura. Em *História e consciência de classe* Lukács afirma que "*só no terreno do capitalismo, da sociedade burguesa, é possível reconhecer na sociedade a realidade*"[1]. E, aprofundando esta afirmação, Jamenson arremata: "*Quando passamos de tal contexto [de uma sociedade pré-industrial,* MM*] para a literatura da era industrial, tudo se altera. Os elementos da obra começam a abandonar seu núcleo humano: uma espécie de dissolução do humano se manifesta, uma espécie de dispersão centrífuga na qual, a cada ponto,*

1. Cf. LUKÁCS, G. *História e consciência de classe – estudos de dialética marxista.* Lisboa: Editora ESCORPIÃO, 1974, p. 35.

os caminhos levam ao contingente, à matéria e ao fato bruto, ao não-humano"[2]. O substancial da realidade no capitalismo não é o ser humano, por isso, as metamorfoses do sujeito burguês são, antes de tudo, metamorfoses das formas fundamentais das coisas que governam os homens[3]. A mercadoria não existe sem ser produto do trabalho. Como fruto dessa atividade humana abstrata, ela é um gasto de energia num tempo objetivado no valor de troca, que apenas pode preservar sua existência no momento em que se torna dinheiro para seu proprietário. Mas o dinheiro, que é a essência deste processo, precisa realizar-se na forma capital, voltando ao início das metamorfoses, quando se transforma novamente em produção de mercadorias, e assim por diante. Esta seria a matéria substancial da realidade. Ocorre que ela, como elemento dinâmico de uma sociedade sistêmica, se altera. Na busca incessante da ampliação quantitativa de riqueza, o capital precisa realizar mudanças qualitativas da produção de valor. Com as renovações tecnológicas ele atinge parcialmente este fim, eliminando quantidades crescentes de trabalho do processo de produção. Ora, mas é justamente ele, cujo tempo dá a medida abstrata da substância, que sustenta o tal "devir tautológico da modernidade". Assim, quanto

2. Cf. JAMENSON, F. *Marxismo e forma – teorias dialéticas da literatura no século XX*. São Paulo: Editora Ática, 1985, p. 132.

3. "[O]s trabalhos privados só atuam, de fato, como membros do trabalho social total por meio das relações que a troca estabelece entre os produtos do trabalho e, por meio dos mesmos, entre os produtores. Por isso, aos últimos aparecem as relações sociais entre seus trabalhos privados como o que são, isto é, não como relações diretamente sociais entre pessoas *em seus próprios trabalhos, senão como relações reificadas entre as pessoas e relações sociais entre coisas*". Cf. MARX, K. *O capital: crítica da economia política, Livro I, vol. 1*. São Paulo: Nova cultural, 1985, p. 71.

mais se desenvolve o capitalismo, mais rarefeita se torna a vida nele vivida. Não porque no passado tivesse sido verdadeira, mas sim, porque no passado ela tinha algo de uma promessa de verdade que a movia, e hoje dela apenas soa o som puído de sua falsificação.

É muito original sustentar este devir tautológico a partir de um estudo de obras — e autores — nas quais as relações humanas passaram a se apoiar cada vez mais na mediação monetária. Este é um tema essencial para a compreensão das formas narrativas da modernidade. Nelas se faz presente, como expressão artística, o processo histórico em que homens e mulheres em suas relações sociais passaram a deixar de lado suas qualidades de seres humanos que desenvolvem suas potências, para se tornarem as qualidades transmitidas pelo dinheiro[4]. Em Molière, por exemplo, esta é a matéria que organiza os conflitos da consolidação da passagem de relações de obrigação baseadas na honra, para relações de obrigação mediadas pelo 'vil metal'. Que seja deste contexto a primeira menção aos *homens sem qualidade*, na pele de arrivistas entesourados que buscavam legitimidade social com casamentos de interesse e relações com a aristocracia quebrada economicamente, não é um mero acaso. Esta menção expressa, ao mesmo tempo, um ressentimento destes aristocratas com

4. "O que é para mim pelo *dinheiro*, o que eu posso pagar, isto é, o que o dinheiro pode comprar, *isso sou eu*, o possuidor do próprio dinheiro. Tão grande quanto a força do dinheiro é a minha força. As qualidades do dinheiro são minhas [...] qualidade e forças essenciais. O que eu sou e consigo não é determinado de modo algum, portanto, pela minha individualidade. Sou *feio*, mas posso comprar para mim *a mais bela* mulher. Portanto, não sou *feio*, pois o efeito da *fealdade* [...] é anulado pelo dinheiro". MARX, K. *Manuscritos econômicos-filosóficos*. São Paulo, Boitempo, 2004, p. 159.

a perda do privilégio do reconhecimento social, que era monopólio da sua condição de homens superiores e inatingíveis e, de outra parte, o anuncio de um nivelamento das condições de se arrastar atrás de si a admiração social centrada nas qualidades das novas formas de riqueza. Tal problema, implicado na ascensão do capitalismo, em que os conflitos pessoais precisaram ceder a este *telos* tautológico, desde então esteve em andamento. As relações monetárias passaram a operar como uma verdadeira *tábula rasa* da distribuição do *status quo*. Pensado do ponto de vista de um narrador onisciente, tudo seria risível, não fosse a experiência dolorosa em curso que haveria de humilhar inclusive os possuidores de dinheiro, já que este é, por natureza, desapegado e infiel com as mãos que o carrega.

Neste contexto constitutivo da chamada cultura burguesa, se realizou a elaboração e internalização de normas comuns, em que, segundo Roswitha Scholz, as formas dominantes do moderno patriarcado produtor de mercadorias se consolidaram. A literatura foi um espaço em que o conflito com o que deve ficar dissociado das formas fundamentais de dominação se manifesta como dolorosa mutilação das potências, particularmente as das mulheres, que são desvalorizadas a priori pelas qualidades sociais de seus fazeres. Como o capitalismo é um modo de vida originado na Europa e movido pelo poder exercido por homens brancos no espaço externo à intimidade da casa, o qual inclui a autonomia da esfera econômica e seu domínio sobre as demais esferas da vida social, deste poder acabam dissociados também todos os grupos étnicos diferentes dos envolvidos na origem. O livro de Musil é assombroso por estas tensões, que o sobrecarregam e por meio dele transbordam o que no seu tempo ainda viria a acontecer. Partindo de uma Europa do início do século XX — que ainda há pouco se orgulhava de ser o berço da civilização e seu ponto mais elevado, mas que, não obstante, caminhava a passos céleres para o aniquilamento —, as mulheres, nesta condição histórica, ou eram exterminadas, como no cruel assassinato de uma prostituta por Moosbrugger, ou faziam parte de um jogo sedutor e conflituoso de potências mobilizadas para celebrar o velho patriarca, numa conjunção entre o último suspiro da aristocracia e a necessária adequação a moldes mais atualizados do patriarcado, agora exclusivamente alinhado ao poder do dinheiro. O *homem sem qualidades* dos tempos de Molière é, neste romance, a afirmação positivada do declínio do sujeito burguês — e não mais a forma ambígua e conflituosa do anúncio de uma promessa de felicidade. O quadro de uma guerra total (1914–18), que era preparada para realizar o espírito deste mundo, em que a crise de superacumulação de capital se conjugou violentamente com elementos de 'persistência da tradição' do antigo regime, encontrou nesta ausência de qualidades justamente as qualidades necessárias para a continuidade do devir tautológico. A sociedade do valor-dissociação, para permanecermos nos termos de Roswitha Scholz, ao perseguir inconscientemente o fim em si da valorização do valor, precisou transformar massas humanas em modos passivos e desvalorizados de existência para, em seguida, encaminhá-las ao autoextermínio. Neste ponto, o romance moderno abandonou sua origem de epopeia da vida burguesa. O sarcasmo de Musil torna este gênero absolutamente incômodo ao apaziguamento dos sentimentos com os conflitos sociais que nesta nova constelação se produzem. O distanciamento jornalístico com que Musil descreve o assassinato por Moosbrugger, de certo modo, antecipa o sentido e a frieza com que a Europa se preparava para a continuidade da era dos assassinatos em massa (1939–45).

As transformações dentro da era industrial, desde meados do século XIX, mas especialmente no último quarto daquele século e o início do XX, transtornaram a vida social de tal sorte que as patologias coletivas se tornaram muito frequentes. Hannah Arendt observou que o surgimento da ralé, como um fenômeno novo da cultura europeia, ocorreu nesta época. Uma de suas causas teria sido a passagem em ato, com uma força até então pouco vista, das formas fictícias do capital. Esta modalidade de uma 'acumulação em excesso', desesperada por manter seu vínculo ativo com a valorização num mercado de possibilidades de investimentos estreitadas, se deve ao fato de que 'a substância do valor' já neste momento foi se tornando cada vez mais difícil de ser produzida e, com isso, tornou supérflua a função da forma de existência de milhões de seres humanos. A ralé se forma quando o desespero dessas massas passa a ser organizado politicamente para um direcionamento destrutivo de tudo o que pode levar à reflexão e impedir a continuidade desta vida de marionetes voluntárias. O *homem sem qualidades* deste momento histórico é uma explosiva transmutação desta decadência do sujeito burguês, assomada a um incurável *niilismo passivo* que a *tábula rasa* das relações de obrigação por meio do dinheiro criou, além da nova e ampliada experiência do que Lukács chamou de reificação. Não há muito para onde se fugir. A destruição da guerra total passa a ser um canhestro desejo de morte, como escreveu Freud, acerca desta encruzilhada, no seu *Por que a guerra?* Não faltaram na literatura outras elaborações embaraçosas desta situação. Na Rússia, por exemplo, o debate sobre o verdadeiro significado histórico do *niilismo* e seus 'demônios', na versão de Dostoiévski, chegou ao ponto de profetizar algumas das consequências que a ausência de qualidades do homem moderno poderia vir a criar[5]. Quando mais tarde o stalinismo tornou um acontecimento pitoresco de província, numa realidade nacional[6], foi possível um entendimento ampliado daquilo que Lukács queria dizer com "*só no capitalismo é possível reconhecer na sociedade a realidade*". O leitor não deve esquecer que a Revolução de 1917 foi a solução a Leste desta situação histórica. Sua novidade já nasceu envelhecida, como pôde ser finalmente constatado em 1991. Mas ela está longe de ser distinta do que ocorre no Ocidente e que tem tragado o capitalismo para um dos buracos negros da história.

---

5. Este debate se iniciou com Ivan Turguêniev, no seu romance *Pais e filhos*. Mais tarde, um DOSTOIÉVSKI já mordido pelo tema, não perdeu a ocasião de um 'funesto acontecimento', em que uma célula da organização clandestina *Justiça Sumária do Povo* executa, em 1869, um estudante que se afastava do grupo por divergências, para escrever *Os demônios*. A certa altura deste romance, um de seus personagens *niilistas* proclama: "No mundo só falta uma coisa: obediência. A sede de educação já é uma sede aristocrática. [...]. Vamos eliminar o desejo: vamos espalhar a bebedeira, as bisbilhotices, a delação; vamos espalhar uma depravação inaudita; vamos exterminar todo e qualquer gênio na primeira infância" (2004: 407). Sobre as 'profecias' de Dostoiévski ver BEZERRA, P. "Um romance e profecia"; in: DOSTOIÉVSKI, F. *Os demônios*. São Paulo, Editora 34, 2004, p. 689–697.

6. No mesmo contexto da passagem anterior (nota supra), o referido personagem dostoiévskiano diz ainda: "No esquema dele [trata-se dos escritos de outro personagem] cada membro da sociedade vigia o outro e é obrigado a delatar. Cada um pertence a todos, e todos a cada um. Todos são escravos iguais na escravidão". Cf. DOSTOIÉVSKI (2004: 407). O surpreendente é que tudo isso continue atual, mesmo que as 'realidades nacionais' sejam outras!

O que estes autores estudados por Robson de Oliveira não deixam esquecer, é que o devir tautológico é um processo progressivo que resulta na crescente ampliação deste estado explosivo. Não é aleatório para um leitor de Adorno que um estudo desta natureza termine em Beckett. É possível se encontrar nas peças deste uma espécie de mensagem em garrafa lançada ao mar, que guarda a notícia do futuro próximo-passado da morte da terra. Em tal cenário, seus personagens perdidos puderam se furtar, não se sabe como, da hecatombe final, mas não poderão deixar nenhuma pista além de suas impressões deste fim, que, aliás, ignoram as causas e ignoram que seja um fim, apesar de desconfiarem não lhes caber a espera de nada, a não ser a de um infindável prolongamento do vazio. Svetlana Alieksándrovich no seu *Vozes de Tchernobil* descreve, entre outros testemunhos, a história de uma comunidade de 4 pessoas que se formou na região contaminada pela radioatividade, dentro do deserto da zona de exclusão do acidente nuclear. Não é ficção. Estas pessoas vivem sem maiores medos além dos humanos, como o medo da morte e da fragilidade da velhice. As portas de suas casas podem ficar escancaradas e eles mesmos definem sua existência como um 'verdadeiro comunismo'. São, em diversos aspectos fundamentais para se analisar a vida moderna, surpreendentemente livres: nenhum Estado ou mercado os importuna ou coage. Porém, esta comunidade não sobreviverá e nem poderá transmitir ao futuro o legada das misérias que são a causa de seu presente venturoso. Alguma consciência de mundo ainda os habita, mas ela é inócua, não pode ser legada, e se for, não podemos fazer nada com sua boa nova, pois ela dependeria de um tempo a ser vivido como o da morte da terra. Esta realidade é um intermundo que se formou dentro do devir tautológico da modernidade. Há nela vida, se bem que consciente de se tratar de um sussurro que se despede. No lado de cá da cortina, a cegueira do sujeito burguês ante este estado de coisas sequer procura sua cura. Ele desistiu das promessas do passado e se empenha em levar ao fim a obra que com ele se iniciou. O capitalismo desde os anos 1980 apenas sustenta sua dinâmica de reprodução por meios especulativos. As formas ficcionais do capital agora não são mais uma ocasional aparição, mas a própria estrutura e o motor que empurra a sociedade ao breu. A acumulação permanente somente pode ser simulada nestas condições e, mesmo assim, exige um grau incomensurável de destruição da natureza e dos laços sociais. Tem sido inviável, nestas condições, delimitar a borda do real neste modo intransponível de funcionamento do fim da acumulação.

Pode parecer estranho se falar de uma irrealidade do real. Por mais esquisito que seja, no limite, este irreal poderia ser um tipo de real. Mas não é o caso. Trata-se do resultado de um absurdo que contou com a cumplicidade de homens e mulheres sem qualidades. A substância que estruturava esta realidade se esvaneceu, porque a sua produção se tornou impossível no atual nível de desenvolvimento tecnológico — como consequência do seu devir bem sucedido.

Já não sei se para hoje Godot virá...

Bibliografia

ADORNO, Theodor. *Intento de entender Fim de partida. In*: Theodor Adorno, *Notas sobre literatura.* Tradução de Alfredo Muñoz. Obras completas vol. 11, 1º reimp. Madri: Akal, 2009.

______. *Introdução à sociologia.* Tradução de Wolfgang Leo Maar. São Paulo: Unesp, 2008.

______. *Notas de literatura I.* Tradução de Jorge de Almeida. São Paulo: Duas Cidades/Ed. 34, 2003.

______. *Educação e emancipação.* Tradução de Wolfgang Leo Maar. 2. ed. Rio de Janeiro: Paz e Terra, 1995.

______. *Teoria Estética.* Tradução de Arthur Mourão. Lisboa: Edições 70, 1993.

______. *Mínima Moralia.* Tradução de Luiz Eduardo Bicca. São paulo: Ática, 1992.

______. *Sobre música popular. In*: COHN, Gabriel. *Theodor Adorno: sociologia.* São Paulo: Ática, 1986. p. 68–71.

ADORNO, Theodor W. & HORKHEIMER. *Dialética do esclarecimento: fragmentos filosóficos.* Tradução de Guido Antônio de Almeida. 2. Ed. Rio de Janeiro: Jorge Zahar Editor, 1986.

ALGRANTI, Leila Mezan. *Famílias e vida doméstica. In*: *História da vida privada no Brasil.* Org. Laura de Mello e Souza. São Paulo: Companhia das Letras, 1997.

ANDERS, Günther. *L'obsolescende de l'homme.* Paris: Éditions Ivrea, Paris. 2002.

ANDRADE, Mário de. *Macunaíma: o herói sem nenhum caráter.* Edição crítica de Telê Porto Ancona Lopez. Rio de Janeiro: Livros Técnicos e Científicos, 1988.

ANDRADE, Oswald de. *Do pau-brasil à antropofagia e às utopias.* Rio de Janeiro: Civilização Brasileira, 1978.

______. *Poesias Reunidas*. Rio de Janeiro: Civilização brasileira, 1974.

ANDRADE, Fábio de Souza. *Matando o tempo: o impasse e a espera*. *In:* BECKETT, Samuel. *Fim de Partida*. Tradução de Fábio de Souza Andrade. São Paulo: Cosac Naify, 2010a.

______. *A felicidade desidratada*. *In*: BECKETT, Samuel. *Dias Felizes*. Tradução de Fábio de Souza Andrade. São Paulo: Cosac Naify, 2010b.

______. *Prefácio*. *In:* BECKETT, Samuel. *Esperando Godot*. Tradução de Fábio de Souza Andrade. São Paulo: Cosac Naify, 2005.

______. *Samuel Beckett: o silêncio do possível*. São Paulo: Ateliê, 2001.

AQUINO, Tomás de. *La Somme Théologique de Saint Thomas*. Paris: Librairie éclésiastique et classique, 1855.

ARENDT, Hannah. *Entre o passado e o futuro*. Tradução de Mauro Barbosa. 6. ed. São Paulo: Perspectiva, 2009.

______. *A condição humana*. Trad. Roberto Raposo. 6. Ed. Rio de Janeiro: Forense Universitária, 1993.

ASSARÉ, Patativa do. *Antologia Poética*. Org. Gilmar de Carvalho. Fortaleza: Edições Demócrito Rocha, 2008.

BARTHES, Roland. *Écrits sur le théâtre*. Paris: Éditions du Seuil, 2003.

BECKETT, Samuel. *Fim de Partida*. Tradução de Fábio de Souza Andrade. São Paulo: Cosac Naify, 2010a.

______. *Dias Felizes*. Tradução de Fábio de Souza Andrade. São Paulo: Cosac Naify, 2010b.

______. *O fim*. *In*: *Novelas*. Tradução de Eloísa Araújo. São Paulo: Martins Fontes, 2006.

______. *Esperando Godot*. Tradução de Fábio de Souza Andrade. São Paulo: Cosac Naify, 2005.

BAUDRILLARD, Jean. *O sistema dos objetos*. Tradução de Zumira Tavares. 5.ed. São paulo: Editora Perspectiva, 2004.

BENJAMIN, Walter. *Magia e técnica, arte e política*. *In*: *Obras Escolhidas*. Tradução de Sérgio Paulo Rouanet. 7. ed. 12. reimp. São Paulo: Brasiliense, 2010.

______. *Passagens*. Trad. de Irene Aron. Belo Horizonte: Editora da UFMG, 2006.

BAUMAN, Zygmunt. *Vida Para Consumo.* Tradução Carlos Albert Medeiros. 1. Ed. Rio de Janeiro: Jorge Zahar Editor, 2008.

BOSI, Alfredo. *Situação de Macunaíma. In:* ANDRADE, Mário de. *Macunaíma: o herói sem nenhum caráter.* Edição crítica de Telê Porto Ancona Lopez. Rio de Janeiro: Livros Técnicos e Científicos, 1988.

BOUVERESSE, Jacques. *La voix de l'âme et les chemins de l'esprit. Dix études sur Robert Musil.* Paris: Seuil, 2001.

BRAUDEL, Fernand. *Civilisation matérielle, économie et capitalisme – XV-XVIII siècle.* (Vol. I e III). Paris: Armand Colin, 1979.

BRUCKNER, Pascal. *A euforia perpétua. Ensaios sobre o dever de felicidade.* Tradução de Rejane Janowitzer. Rio de Janeiro: Difel, 2002.

BRUYELLE, Roland. *Les personages de la comédie de Molière.* Paris: Rene Debresse éditeur, 1946.

BUCCI, Eugênio, KEHL, Maria Rita. *Videologias.* 1. Ed. 1. Reimp. São Paulo: Boitempo Editorial, 2005.

CAMPOS, Haroldo de. *Uma poética da radicalidade. In:* ANDRADE, Oswald de. *Poesias Reunidas.* Rio de Janeiro: Civilização brasileira, 1974.

CANDIDO, Antonio. *Formação da Literatura brasileira.* Belo Horizonte: Itatiaia, 2000.

______. *Dialética da Malandragem. Caracterização das* Memórias de um sargento de milícias. *In*: Revista do Instituto de estudos brasileiros, nº 8, São Paulo, USP, 1970, p. 67–89.

CANDIDO, Antonio & CASTELO, Aderaldo. *Presença da literatura brasileira: modernismo.* São Paulo: Difel, 1975.

CANOVA, Marie-Claude. *Présentation et représentation dans Le Bourgeois gentilhomme, ou le jeu des images et des rôles. In*: *Molière: trois comédies "morales" – Le misanthrope, George Dandin, Le bourgeois gentilhomme.* Paris: Klincksieck, 1999.

CARMINA BURANA. Tradução, apresentação e notas de Étienne Wolff. Arles: Actes Sud, 1994.

COMETTI, Jean-Pierre. *Musil Philosophe. L'utopie de l'essayisme.* Paris: Éditions du Seuil, 2001.

CROSBY, Alfred. *A mensuração da realidade. A quantificação e a sociedade ocidental 1250–1600.* Trad. Vera Ribeiro. São Paulo: Unesp/Cambridge, 1999.

CUNHA, Euclides da. *Os sertões.* São Paulo: Ateliê editorial, 2001.

DAWLIANIDSE, David. *Transformation de la réalité poétique. In: Cahier de L'herne.* Paris: Éditions de L'herne, 1981.

DEBORD, Guy. *A sociedade do espetáculo.* Tradução Estela dos Santos Abreu. 1. Ed. Rio de Janeiro: Contraponto, 1997.

______. *Oeuvres cinématographiques complètes.* 1. Ed. Paris: Gallimard, 1994.

DEFAUX, Gérard. *Rêve et réalité dans le bourgeois gentilhomme. In: Molière: trois comédies "morales" – Le misanthrope, George Dandin, Le bourgeois gentilhomme.* Paris: Klincksieck, 1999.

DELEUZE, Gilles & GUATTARI Félix. *O anti-édipo. Capitalismo e esquizofrenia 1.* Tradução de Joana Moraes e Manuel Maria. Lisboa: Assírio & Alvin, 2004.

DESCARTES, René. *Discours de la méthode.* Paris: Flammarion, 1966

DUARTE, Rodrigo. *Mímesis e Racionalidade.* São Paulo: Loyola, 1993.

DUBY, Georges & MANDROU, Robert. *Histoire de la civilisation française – XVII-XX siècles.* Paris: Armand Colin, 1958.

DUFOUR, Dany-Robert. *O Divino mercado. A revolução cultural liberal.* Tradução Procópio Abreu. 1. Ed. Rio de Janeiro: Companhia de Freud, 2008.

______. *A arte de reduzir as cabeças: sobre a nova servidão na sociedade ultraliberal.* Tradução de Sandra Regina Felgueiras. Rio de Janeiro: Companhia de Freud editora, 2005.

DUMONT, Louis. *Homo aequalis.* Trad. José Leonardo Nascimento. Bauru: Edusc, 2000.

ECKERMANN, Johann Peter. *Conversation de Goethe.* Trad. Émile Délerot. Paris: Cherpentier, 1863. Tome premier.

ELIAS, Norbert. *A sociedade dos indivíduos.* Trad. Vera Ribeiro. Rio de Janeiro: Zahar, 1994.

______. *O processo civilizador.* Trad. Ruy Jungmann. Rio de Janeiro: Zahar, 1993.

ELIOT, Thomas S. *Poemas.* São Paulo: Nova fronteira, 1981.

ESSLIN, M. *O Teatro do Absurdo.* Tradução de Bárbara Heliodora. Rio de Janeiro: Jorge Zahar, 1968.

FILHO, Ciro Marcondes. *A linguagem da Sedução.* São Paulo: Perspectiva, 1988.

FREYRE, Gilberto. *Casa Grande e Senzala.* São Paulo: Global editora, 2003.

______. *Manifesto regionalista.* 7 ª ed. Recife: FUNDAJ, ed. Massangana, 1996. p. 47–75. Acesso em 10 de dezembro de 2015: <*https://bit.ly/2Xl9OGI*>.

FREUD, Sigmund. *O Mal-Estar na civilização.* Tradução de José Octávio de Aguiar Abreu. Rio de Janeiro: Companhia das Letras, 1930–2010a

______. *Introdução ao narcisismo. In: Obras completas.* Tradução Paulo César de Sousa. São Paulo: Companhia das Letras, 1914–2010.

______. *Formulações sobre os dois princípios do funcionamento mental (1911).* Tradução Paulo César Lima. São Paulo: Companhia das Letras, 2010. (*Edição Standart Brasileira das Obras Psicológicas Completas de Sigmund Freud,* vol. XII).

FURTADO. Celso. *Formação econômica do Brasil.* São Paulo: Companhia das letras, 2007.

GAGNEBIN, J. M. "Do conceito de *mímesis* no pensamento de Adorno e Benjamin". *In: Revista Perspectiva,* Vol. 16, p. 67–86, São Paulo, 1993.

GIMPEL, Jean. *La révolution industrielle du Moyen Âge.* Paris: Éditions du Seuil, 1975.

GOLDMANN, Lucien. *Pour une sociologie du roman.* Paris: Gallimard-Collection Tel, 1986.

GOTO, Roberto Akira. *Malandragem revisitada.* Campinas: Pontes editora, 1988.

GOUREVICHT, Aron. *Le marchand. In: L'Homme médieval.* Paris: Éditions du Seuil, 1989.

GRACIÁN, Baltasar. *L'homme universel.* Trad. Joseph de Courbeville. Paris: Éditions Ivrea, 1994.

GUICHARNAUD, Jacques. *Molière, une aventure théâtrale.* Paris: Gallimard, 1963.

GYORY, Jean. *Homo Austriacus. In: Cahier de L'herne.* Paris: Éditions de L'herne, 1981.

HABAKKUK, John. *La disparition du paysan anglais. In: Annales, Économie, Société, Civilisation.* Vol. 20. Número 4. p. 649–663. Ano 1965.

HANKE, Michel. A qualidade de *O homem sem qualidades* de Robert Musil. In: Revista ALCEU – v.4 – n.8 – p. 128 a 140 – jan./jun. 2004.

HARDMAN, Francisco Foot. *Antigos Modernistas. In: A vingança de Hileia.* São Paulo: Unesp. 2009.

______. *Algumas fantasias de Brasil: o modernismo paulista e a nova naturalidade de nação. In*: DECCA, Salvadoria & LEMAIRE, Ria (ORG.). *Pelas Margens, outros caminhos da história e da literatura.* Campinas: Editora da Unicamp. 2000.

HEGEL, G. W. F. *La raison dans l'histoire* [A razão na história] Trad. Kostas P. Paris: *Éditions* 10/18, 2007.

HOBSBAWM, Eric. *Da revolução industrial inglesa ao imperialismo.* Tradução Donaldson Magalhães. 6ª ed. Rio de Janeiro: Forense Universitária, 2014.

______. *Era dos Extremos. O breve séc. XX, 1914–1991.* Trad. Marcos Santarrita. São Paulo: Companhia das Letras, 1995.

HOLANDA, Sérgio Buarque de. *Raízes do Brasil.* São Paulo: Companhia das Letras, 2014.

HUIZINGA, Johan. *O outono da Idade Média.* Trad. Francis Petra Hansen. São Paulo: Cosac Naify, 2010.

JACOBY, Russell. *Imagem Imperfeita: pensamento utópico para uma época antiutópica.* Tradução de Carolina de Melo Bomfim Araújo. Rio de Janeiro: Civilização Brasileira, 2007.

JAMESON, Fredric. *Modernidade Singular.* Rio de Janeiro: Civilização Brasileira, 2005.

______. *O marxismo tardio. Adorno ou a persistência da dialética.* Trad. Luiz Paulo Rouanet. São Paulo: Unesp, Boitempo, 1997.

JANCSÓ, Istvan. *A sedução da liberdade: cotidiano e contestação política no final do século XVIII. In: História da vida privada no Brasil.* Org. Laura de Mello e Souza. São Paulo: Companhia das Letras, 1997.

JAPPE, Anselm. Será que o dinheiro nos pensa? *In*: Revista da Soc. Bras. Economia Política, São Paulo, nº 33, p. 177–194, outubro 2012.

______. *Crédit à mort. La décomposition du capitalisme et de ses critiques.* Fécamp: Nouvelles éditions Lignes, 2011. [*Crédito à morte. São Paulo*: Hedra, 2013]

______. *As aventuras da mercadoria.* Trad. José Miranda Justo. Lisboa: Antígona, 2006.

JÚNIOR, Caio Prado. *A revolução brasileira. A questão agrária no Brasil.* São Paulo: Companhia das Letras, 2014

______. *Formação do Brasil contemporâneo.* São Paulo: Companhia das Letras, 2011.

KANT, I. *Textos seletos.* Trad. Raimundo V. e Floriano F. Petrópolis: Vozes, 2005.

KEEGAN, John. *Uma história da guerra.* Tradução Pedro Maia Soares. São Paulo: Companhia das Letras, 2006.

KEHL, Maria Rita. *18 crônicas e mais algumas.* São Paulo: Boitempo, 2011.

______. *O tempo e o cão. A atualidade das depressões.* São Paulo: Boitempo, 2009.

KNOWLSON, James. *Note sur les images visuelles de* Oh les beaux jours. *In*: Littérature. Paris: Armand Collin. Nº 16, 2012/3.

KRAUS, Karl. *La littérature démolie.* Tradução Yves Kobry. Paris: Payot, 1993.

______. *Les derniers jours de l'humanité.* Trad. Jean-Louis Besson & Henri Christophe. Marseille: Agone, 2003.

KURZ, Robert. *Dinheiro sem valor. Linhas gerais para uma transformação da crítica da economia política.* Tradução Lumir Nahodil. Lisboa: Antígona, 2014.

______. Dominação sem sujeito. Trad. Fernando Barros. *In*: ______. *Razão Sangrenta.* São Paulo: Hedra, 2010a, p. 129–211.

______. Ontologia negativa. Trad. Fernando Barros. *In*: ______. *Razão Sangrenta.* São Paulo: Hedra, 2010b, p. 213–297.

______. *Cinzenta é a árvore dourada da vida e verde é a teoria.* Trad. Tito Lívio R. *In*: Revista EXIT! 04. Acesso em 13 de junho de 2013. Disponível em: <*https://bit.ly/3015ZIf*>.

______. *Lire Marx. Les textes les plus importants de Karl Marx pour le XXIème siècle.* Tradução Hélène e Lucien Steinberg. 1. Ed. Paris: La Balustrade, 2002.

______. *O estouro da modernidade. Com tostões e canhões.* Tradução de Lumir Nahodil. *In*: Revista *Jungle World*, 09.01.2002.

______. *Até a última gota.* Trad. José M. Macêdo. *Folha de São Paulo – Caderno Mais!*, São Paulo, 24 de agosto de 1997.

LAPLANCHE& PONTALIS. *Vocabulário de psicanálise.* Tradução Pedro Tamen. São Paulo: Martins Fontes, 2001.

LASCH, Christopher. *Le Seul et Vrai Paradis: Une histoire de l'idéologie du progrès et de ses critiques.* Tradução Frédéric Joly. Paris: Flamarion, 2006.

LEBRUN, Jean-Pierre. *Um mundo sem limite: ensaio para uma crítica psicanalítica do social.* Tradução de Sandra Felgueiras. Rio de Janeiro: Editora Companhia de Freud, 2004.

LE GOFF, Jacques. *Marchands et banquiers du Moyen Âge.* Paris: Presses Universitaires de France, 2011.

______. *La civilisation de l'occident médieval.* Paris: Éditions Flammarion, 2008.

______. *Pour un autre moyen âge. In: Un autre Moyen Âge.* Collection Quarto. Paris: Gallimard, 1999a.

______. *La bourse et la vie. In: Un autre Moyen Âge.* Collection Quarto. Paris: Gallimard, 1999b.

______. *Os intelectuais na Idade Média.* Trad. Margarida Correia. 2ª ed. Lisboa: Gradiva, 1984.

LE RIDER, Jacques. *A modernidade vienense e as crises de identidade.* São Paulo: Civilização Brasileira, 1993.

LESSA, Bia. *Sem qualidade. In:* MUSIL, Robert. *O homem sem qualidades.* Rio de Janeiro: Nova Fronteira, 2006.

LIPOVETSKY, Gilles. *L'ère du vide* [A era do vazio]. Paris: Gallimard, 2008.

LITTRÉ, Émille. *Dictionnaire de la langue française.* Paris: Édition Pauvert, 1957. Tomo IV.

LUKÁCS, György. *A teoria do romance.* Trad. José Marcos Mariani. São Paulo: Duas Cidades/Ed. 34, 2009.

MAAR, Leo W. *Educação Crítica, Formação Cultural e Emancipação Política na Escola de Frankfurt. In:* PUCCI, Bruno (Org.). *Teoria Crítica e Educação.* Santa Catarina: UFSCAR, 1994.

MAGRIS, Claudio. *L'Odyssée rectiligne de Robert Musil. In: Cahier de L'herne.* Paris: Éditions de L'herne, 1981.

MANDEVILLE, Bernard. *Uma investigação sobre a origem da virtude moral. In: Filosofia moral britânica. Textos do século XVIII.* Trad. Álvaro Cabral. Campinas: Editora Unicamp, 2013.

MARCUSE, Herbert. *Eros e Civilização.* Trad. De Álvaro Cabral. 8. Ed. [reimpr.]. Rio de Janeiro: LTC, 2009.

______. *Política e psicanálise, o fim da utopia.* Trad. De Bernardo Frederico. 2. Ed. Lisboa: Moraes Editores, 1980.

______. *Razão e revolução.* Trad. Marília B. Rio de Janeiro: Paz e Terra, 1978.

______. *A ideologia da sociedade industrial.* Tradução de Giasone Rebuá. 4. ed. Rio de Janeiro: Zahar Editores, 1973.

MARFUZ, Luiz. *Beckett e a implosão da cena.* São Paulo: Editora Perspectiva, 2014.

MARX, Karl. *Grundrisse.* Tradução de Mário Duayer e Nélio Schneider. São Paulo: Boitempo-UFRJ, 2011.

______. *O capital.* Tradução Régis Barbosa e Flávio R. Kothe. 2. Ed. São Paulo: Nova Cultural, 1985.

______. *Para a Crítica da Economia Política.* São Paulo: Abril Cultural, 1982.

______. *Contribution à la critique de l'économie politique.* Tradução de Maurice Husson e Gilbert Badia. Paris: Éditions Sociales, 1972.

MARX, Karl; ENGELS, F. *A ideologia alemã.* Trad. Rubens Enderle, Nélio Schneider e Luciano Cavini Martorano. São Paulo: Boitempo, 2007.

MELMAN, Charles. *La nouvelle économie psychique: la façon de penser et de jouir aujourd'hui* [*A nova economia psíquica: a forma de pensar e de gozar hoje*]. Toulouse: Éditions Ères, 2009.

MENEGAT, Marildo. *No labirinto espelhado: reflexões de Borges sobre a barbárie. In: Estados da plebe no capitalismo contemporâneo.* São Paulo: Outra expressões, 2013.

______. *Estudo sobre a dialética civilização x barbárie na tradição crítica brasileira.* Relatório de pós-doutorado. São Paulo, 2011. Disponível em: <*https://bit.ly/2NqmKLE*>.

______. *Depois do fim do mundo. A crise da modernidade e a barbárie.* Rio de Janeiro: Relume Dumará, 2003.

MICHÉA, Jean-Claude. *L'enseignement de l'ignorance et ses conditions modernes.* Paris: Climats, 2006.

MICHELET, Jules. *Histoire de France. Tome XVème.* Paris: Lacroix & C. Éditeurs, 1877.

MIRANDOLA, Pico della. *Discurso sobre a dignidade do homem*. Trad. Maria de Lurdes Sirgado. Lisboa: Edições 70, 2006.

MOLIÈRE, Jean Baptiste. *Oeuvres complètes*. Paris: Bibliothèque de la Pléiâde, 1962.

______. *Le bourgeois gentilhomme*. Paris: E. Dentu Éditeur, 1893a.

______. *Précieuses Ridicules*. Paris: E. Dentu Éditeur, 1893b.

______. *L'Avare*. Paris: E. Dentu Éditeur, 1893c.

MOTT, Luiz. *Cotidiano e vivência religiosa: entre a capela e o calundu*. *In*: *História da vida privada no Brasil*. Org. Laura de Mello e Souza. São Paulo: Companhia das Letras, 1997.

MUSIL, Robert. *O homem sem qualidades*. Tradução de Lya Luft e Carlos Abbenseth. 1. ed. especial. Rio de Janeiro: Nova Fronteira, 2006.

______. *O jovem Törless*. Trad. Lya Luft. Rio de Janeiro: Ed. Globo, 2003.

______. *Essais*. Trad. Phillippe Jacottet. Paris: Éditions du Seuil, 1984.

______. *Journaux*. Trad. Philippe Jaccottet. Paris: Éditions du Seuil, 1981a. [Tomo I]

______. *Journaux*. Trad. Philippe Jaccottet. Paris: Éditions du Seuil, 1981b. [Tomo II]

______. *Amour (Ébauche)*. *In*: *Cahier de L'herne*. Paris: Éditions de L'herne, 1981.

NEF, John. *La guerre et le progrès humain*. Tradução Armand Rebillon. Paris: Alsatia, 1954a.

______. *La naissance de la civilisation industrielle et le monde contemporain*. Paris: Armand Colin, 1954b.

PARKER, Geoffrey. *La révolution militaire. La guerre et l'essor de l'occident entre 1500 et 1800*. Paris: Gallimard-Folio, 2013.

POSTONE, Moishe. *Temps, travail et domination sociale*. Tradução Luc Mercier e Olivier Galtier. Paris: Fayard, 2009.

PRADO, Antonio Arnoni. *Intinerário de uma falsa vanguarda*. São Paulo: Editora 34, 2010.

PRONKO, Léonard. *Théâtre d'avant-garde. Beckett, Ionesco et le théâtre expérimental en France*. Paris: Dénoël, 1963.

QUESNAY, François. *Cereais*. Tradução Sara Albieri. São Paulo: Nova Cultural, 1983.

RACINE, Jean. *Phèdre. In*: *Oeuvres complètes.* Paris: Bibliothèque de la Pléiâde, 1969.

RAT, Maurice. *Molière, l'homme et l'œuvre. In*: MOLIÈRE, Jean-Baptiste. *Oeuvres complètes.* Paris: Bibliothèque de la Pléiâde, 1962.

______. *Notes et variantes. In*: MOLIÈRE, Jean-Baptiste. *Oeuvres complètes.* Paris: Bibliothèque de la Pléiâde, 1962.

RICCI, Maria Teresa. *Du cortegiano au Discreto: l'homme accompli chez Castiglione et Gracián.* Paris: Honoré Champion, 2009.

RIOUX, Jean-Pierre. *La révolution industrielle – 1780–1880.* Paris: Éditions du seuil, 1971.

ROBERT, Marthe. *Médiation. In*: *Cahier de L'herne.* Paris: Éditions de L'herne, 1981.

ROBERT, Paul. *Dictionnaire alphabétique et analogique de la langue française.* Paris: Société du nouveau Littré, 1962. Tomo V.

ROTH, Marie-Louise. *Dans le carnaval de l'histoire. In*: *Cahier de L'herne Musil.* Paris: Éditions de L'herne, 1981.

ROUANET, Sérgio Paulo. *Teoria crítica e psicanálise.* Rio de Janeiro: Tempo Brasileiro, 2001.

ROSSIAUD, Jacques. *Le citadin. In*: *L'Homme médieval.* Paris: Éditions du Seuil, 1989.

ROUX, Edmonde Charles. *Aspects de l'austrianité de Musil. In*: *Cahier de L'herne.* Paris: Éditions de L'herne, 1981.

SARTRE, Jean-Paul. *Apresentação de Les Temps Modernes.* Revista Praga. São Paulo: Editora Hucitec, 1999.

SCHOLZ, Roswitha. *O Valor é o homem.* Trad. De José Marcos Macêdo. In: *Novos estudos* – CEBRAP, nº. 45. Jul-1996, p. 15–36. Disponível em: <*https://bit.ly/2KR6uRG*>. Acesso em julho 2013.

SCHWARZ, Roberto. *Ao vencedor as batatas.* São Paulo: Duas cidades/Ed. 34, 2012

______. *Um mestre na periferia do capitalismo.* São Paulo: Duas cidades/Ed. 34, 2000.

______. *A carroça, o bonde e o poeta modernista. In*: *Que horas são?* São Paulo: Duas cidades/Ed. 34, 1987.

______. *Pressupostos, salvo engano, de "Dialética da malandragem". In*: *Que horas são?* São Paulo: Duas cidades/Ed. 34, 1987.

SEVERIANO, Maria de Fátima. *Narcisismo e publicidade. Uma análise psicossocial dos ideais de consumo na contemporaneidade.* 2. Ed. São Paulo: Annablume, 2007.

SIMMEL. Georg. *Philosophie de l'argent.* Trad. de Sabine Cornile e Philippe Ivernel. 2ª edição, 4ª reimp. Paris: Presses Universitaires de France, 2009.

SMITH, Adam. *A riqueza das nações. Vol 1.* Tradução Luiz João Baraúna. São Paulo: Nova Cultural, 1983.

SOARES, J. C. *Sobrevivendo como vaga-lumes. Reflexões sobre o tempo d'*O homem sem qualidades *de Robert Musil e o homem "2.0", versão acelerada, hipermoderna. In: Tempo e subjetividades: perspectivas plurais.* Org. EWALD, Ariane; SOARES, J.C.; SEVERIANO, M. Fátima; AQUINO, Cássio B. Rio de Janeiro: 7 Letras, 2013.

______. *Escola de Frankfurt: unindo materialismo e psicanálise na construção de uma psicologia social marginal. In*: JACÓ-VILELA, Ana Maria; FERREIRA, Arthur A. L.; e PORTUGAL, Francisco T. (Orgs.). *História da psicologia: rumos e percursos.* Rio de Janeiro: Nau Editora, 2008, p. 473–501.

SOARES, Jorge C. & EWALD, Ariane. *Reflexões à sombra de Adorno. In: Revista Nomadas,* 2004. p. 1–12.

SOKEL. Walter Herbert. *Musil et l'existencialisme. In: Cahier de L'herne.* Paris: Éditions de L'herne, 1981.

SOUZA, Gilda de Mello e. *O tupi e o alaúde: uma interpretação de Macunaíma.* São Paulo: Duas Cidades, 1979.

TIEDEMANN, Rolf. *Introdução. In: Passages.* BENJAMIN, W. Paris: Éditions du Cerf, 1997.

TODOROV, Tzvetan. *A literatura em perigo.* Trad. Caio Meira. Rio de Janeiro: Difel, 2009.

TRENKLE, Norbert. "Negatividade interrompida, notas sobre a crítica de Horkheimer e Adorno a Kant e ao Esclarecimento". Trad. José P. V. *In: Revista Krisis 25* (2002). Disponível em: <*https://bit.ly/2FLq6CN*>. Acesso em março de 2013.

VELLOSO, Mônica. "A brasilidade verde-amarela: nacionalismo e regionalismo paulista". *In: Revista Estudos históricos.* Vol. 6, ed.11. p. 15–36, 1993.

WEBB, Eugène. *As peças de Samuel Beckett.* Tradução de Pedro Sette-Câmara. São Paulo: Editora Biblioteca Teatral, 2012.

WEBER, Max. *A ética protestante e o espírito do capitalismo.* Tradução José Marcos Mariani. São Paulo: Companhia das Letras, 2013.

WOOD, Ellen. *As origens agrárias do capitalismo. In: Crítica marxista.* Nº 10. p. 12–29. 2000.

Índice onomástico

Aberlardo, 47
Adorno, Theodor, 12, 13, 44, 139–144, 146, 155, 159, 161, 175, 176, 178–180, 182, 183, 215, 216, 226, 362, 371, 373, 381–383, 413, 423, 438, 439, 441, 442, 453, 456, 458–461, 463, 464, 481
Alencar, José de, 315, 316, 326, 327, 339, 340
Algranti, Leila Mezan, 283, 284, 288
Anders, Günther, 463
Andrade, Fábio de Souza, 436, 439, 444, 449, 452, 454, 460–462
Andrade, Mário de, 24, 31, 315, 329, 337, 339, 341–343, 345, 347, 349, 474
Andrade, Oswald de, 329, 330, 333–337, 345
Aquino, Tomás de, 50, 168
Arendt, Hannah, 34, 36, 104, 170, 171, 382, 403, 407, 434, 479
Aristóteles, 50, 142, 167, 439
Assaré, Patativa do, 286
Averróis, 50
Avicena, 50

Bacon, Roger, 51
Balzac, Honoré de, 133, 159
Barthes, Roland, 463
Baudrillard, Jean, 403, 406
Bauman, Zygmunt, 454
Baxter, Richard, 166
Beckett, Samuel, 17, 18, 21, 24, 31, 32, 221, 237, 238, 367–369, 407, 417, 418, 423, 426–432, 435–443, 445, 450–456, 458–464, 470, 474, 481
Benjamin, Walter, 12, 16, 21, 22, 29, 36, 44, 98, 149, 155, 232, 385, 412, 429, 436, 455, 456
Bosi, Alfredo, 333, 337–340, 354

Bouveresse, Jacques, 184, 193, 195, 204, 207, 218, 220
Brabant, Siger de, 50
Braudel, Fernand, 77, 86, 137
Bruckner, Pascal, 230
Bruyelle, Roland, 102, 106, 114, 124
Burana, Carmina, 53, 55

Campos, Haroldo de, 332, 333, 335
Candido, Antonio, 16, 274, 304, 305, 309–316, 324, 329, 358–363, 366
Canova, Marie-Claude, 101, 107, 113, 115
Castelo, Aderaldo, 329
Charles v, 59
Chartres, Thierry de, 48–50
Cometti, Jean-Pierre, 185, 187, 193, 194, 197, 198, 201, 233
Crosby, Alfred, 38, 61–63, 77, 372
Cross, Gary, 385
Cunha, Euclides da, 29, 240

Dawlianidse, David, 185, 204, 205
Debord, Guy, 226, 371, 375, 382, 406, 412, 433, 440, 456, 470
Defaux, Gérard, 104
Deleuze, Gilles, 174
Descartes, René, 91
Dias, Gonçalves, 316, 334
Dondi, Giovanni di, 46, 59
Duarte, Rodrigo, 167
Duby, Georges, 98, 102, 114
Dufour, Dany-Robert, 161, 372, 379, 383
Dumont, Louis, 171, 172, 457

Eckermann, Johann Peter, 120
Elias, Norbert, 29, 93, 95, 180–182
Eliot, Thomas Stearns, 430, 438, 441
Engels, Friedrich, 11, 12
Esslin, Martin, 445, 459
Ewald, Ariane, 469

Filho, Ciro Marcondes, 388
Franklin, Benjamin, 69
Freud, Sigmund, 357, 387, 394, 397, 413, 417, 479
Freyre, Gilberto, 244, 284, 331
Furtado, Celso, 239, 249, 252, 254–257, 262, 266, 270, 276, 279, 280, 283, 285, 290, 292, 318–322

Gagnebin, Jeanne Marie, 167

Gimpel, Jean, 46–48, 50, 56–58, 64, 76
Girard, René, 421
Goldmann, Lucien, 12, 164, 421–423, 425, 428
Goto, Roberto, 363, 365
Gourevicht, Aron, 41, 113, 126
Gracián, Baltasar, 94, 95, 97, 101, 202
Grossetête, 51
Guattari, Félix, 174
Guicharnaud, Jacques, 101
Gyory, Jean, 212

Habakkuk, John, 133
Habermas, Jürgen, 203
Hales, Alexandre de, 50
Hanke, Michel, 188, 192
Hardman, Francisco Foot, 326
Harvey, William, 49
Hegel, Georg Wilhelm Friedrich, 96, 393, 394, 466
Henley, de Walter, 47
Hobsbawm, Eric, 83, 128, 129, 161
Holanda, Sérgio Buarque de, 246, 248, 249, 256, 289, 299, 303–306
Honnecourt, Villard, 47
Horkheimer, Max, 139, 141–144, 146, 159, 215, 216, 362, 371, 373, 381–383
Hornig, Dieter, 204
Huizinga, Johan, 88
Hume, David, 379, 380
Huyguens, Christiaan, 68

Jacoby, Russell, 384, 385
Jameson, Fredric, 12, 417, 418, 448
Jappe, Anselm, 28, 44, 45, 63, 64, 86, 88, 145–147, 372, 385
Júnior, Caio Prado, 239, 243, 245, 251, 254, 256–258, 262–265, 267–273, 275, 277, 279–282, 284, 285, 287, 289, 291, 292, 294, 296–298, 304, 322

Kant, Immanuel, 56, 140, 142, 148, 222, 433
Keegan, John, 78, 79, 84
Kehl, Maria Rita, 371, 387, 388, 415
Kraus, Karl, 194, 210, 217, 238, 431
Kurz, Robert, 10, 11, 25, 28, 76, 79, 85, 86, 148, 153, 171, 172, 372, 374, 390

Laplanche & Pontalis, 176
Lasch, Christopher, 379, 380
Le Goff, Jacques, 39, 43, 44, 52–54, 66, 70–72, 92, 139, 168
Le Rider, Jacques, 228, 229
Lebrun, Jean-Pierre, 378
Lessa, Bia, 202
Lipovetsky, Gilles, 34, 367, 414, 415, 469
Littré, Émille, 112
Lukács, György, 12, 13, 419–421, 423, 424, 474, 479, 480

Maar, Wolfgang Leo, 179
Magno, Albert, 50
Magris, Claudio, 204
Mandeville, Bernard, 379, 388
Mandrou, Robert, 98, 102
Marcuse, Herbert, 12, 138, 144, 145, 153, 385, 389, 416, 469
Marfuz, Luiz, 445
Marx, Karl, 10–13, 26–28, 31, 43, 60, 79, 144, 146, 147, 149, 154–157, 162, 167, 178, 232, 330, 369, 370, 372, 391, 401, 408–410, 421, 435, 475, 476
Melman, Charles, 378
Menegat, Marildo, 29, 30, 96, 140, 144, 164, 179, 180, 249, 371, 438, 473
Michéa, Jean-Claude, 402
Michelet, Jules, 98–100, 102, 105, 149
Mirandola, Pico della, 90, 91, 97
Molière, Jean Baptiste, 15, 24, 29, 32, 40, 93, 97–103, 105–107, 112–115, 119, 120, 124, 125, 133, 137, 229, 458, 464, 474, 476, 478
Mott, Luiz, 296, 299, 301
Musil, Robert, 15, 17, 24, 30, 32, 127, 135, 184–211, 213, 216–218, 223–226, 229–232, 237, 238, 367, 397, 450, 452, 460, 474, 477, 478

Navarro, Luís Tomás, 268
Nef, John, 77, 80, 81, 83, 85, 86, 130
Nietzsche, Friedrich, 203

Parker, Geoffrey, 78, 82, 84, 85
Postone, Moishe, 10, 59–69, 260, 409
Prado, Antonio Arnoni, 327

Pronko, Léonard, 445, 448, 449

Queiroz, Raquel de, 332
Quesnay, François, 86, 134

Racine, Jean, 124, 125
Ramos, Graciliano, 332
Rat, Maurice, 101, 119
Rego, José Lins do, 332
Ricci, Maria Teresa, 94, 95, 111
Ricci, Matteo, 63
Rioux, Jean-Pierre, 129, 131, 132, 134–136
Robert, Marthe, 231
Robert, Paul, 114
Rossiaud, Jacques, 38, 39
Roth, Marie-Louise, 189, 191, 201
Roux, Edmonde Charles, 209, 228

Sartre, Jean-Paul, 12, 34, 192, 432
Scholz, Roswitha, 162, 341, 477, 478
Schwarz, Roberto, 243, 250, 253, 255, 256, 271, 278, 311, 326–328, 334, 361
Severiano, Maria de Fátima, 368, 373, 375, 405, 411
Simmel, Georg, 14, 39, 41, 236, 433
Smith, Adam, 134, 379
Soares, Jorge Coelho, 225, 469
Sokel, Walter Herbert, 192
Sombart, Werner, 85, 86
Song, Su, 58
Souza, Gilda de Mello e, 340, 346, 349, 353, 354

Tiedemann, Rolf, 411, 412
Todorov, Tzvetan, 32, 432
Trenkle, Norbert, 160

Velloso, Mônica, 331, 332, 346

Webb, Eugène, 459
Weber, Max, 165, 166, 194, 376, 377, 414
Wolff, Étienne, 52, 54
Wood, Ellen, 133, 134

HEDRA EDIÇÕES

1. *Iracema*, Alencar
2. *Don Juan*, Molière
3. *Contos indianos*, Mallarmé
4. *Auto da barca do Inferno*, Gil Vicente
5. *Poemas completos de Alberto Caeiro*, Pessoa
6. *Triunfos*, Petrarca
7. *A cidade e as serras*, Eça
8. *O retrato de Dorian Gray*, Wilde
9. *A história trágica do Doutor Fausto*, Marlowe
10. *Os sofrimentos do jovem Werther*, Goethe
11. *Dos novos sistemas na arte*, Maliévitch
12. *Mensagem*, Pessoa
13. *Metamorfoses*, Ovídio
14. *Micromegas e outros contos*, Voltaire
15. *O sobrinho de Rameau*, Diderot
16. *Carta sobre a tolerância*, Locke
17. *Discursos ímpios*, Sade
18. *O príncipe*, Maquiavel
19. *Dao De Jing*, Lao Zi
20. *O fim do ciúme e outros contos*, Proust
21. *Pequenos poemas em prosa*, Baudelaire
22. *Fé e saber*, Hegel
23. *Joana d'Arc*, Michelet
24. *Livro dos mandamentos: 248 preceitos positivos*, Maimônides
25. *O indivíduo, a sociedade e o Estado, e outros ensaios*, Emma Goldman
26. *Eu acuso!*, Zola | *O processo do capitão Dreyfus*, Rui Barbosa
27. *Apologia de Galileu*, Campanella
28. *Sobre verdade e mentira*, Nietzsche
29. *O princípio anarquista e outros ensaios*, Kropotkin
30. *Os sovietes traídos pelos bolcheviques*, Rocker
31. *Poemas*, Byron
32. *Sonetos*, Shakespeare
33. *A vida é sonho*, Calderón
34. *Escritos revolucionários*, Malatesta
35. *Sagas*, Strindberg
36. *O mundo ou tratado da luz*, Descartes
37. *O Ateneu*, Raul Pompeia
38. *Fábula de Polifemo e Galateia e outros poemas*, Góngora
39. *A vênus das peles*, Sacher-Masoch
40. *Escritos sobre arte*, Baudelaire
41. *Cântico dos cânticos*, [Salomão]
42. *Americanismo e fordismo*, Gramsci
43. *O princípio do Estado e outros ensaios*, Bakunin
44. *História da província Santa Cruz*, Gandavo
45. *Balada dos enforcados e outros poemas*, Villon
46. *Sátiras, fábulas, aforismos e profecias*, Da Vinci
47. *O cego e outros contos*, D.H. Lawrence
48. *Rashômon e outros contos*, Akutagawa
49. *História da anarquia (vol. 1)*, Max Nettlau
50. *Imitação de Cristo*, Tomás de Kempis
51. *O casamento do Céu e do Inferno*, Blake
52. *Cartas a favor da escravidão*, Alencar
53. *Utopia Brasil*, Darcy Ribeiro
54. *Flossie, a Vênus de quinze anos*, [Swinburne]

55. *Teleny, ou o reverso da medalha,* [Wilde et al.]
56. *A filosofia na era trágica dos gregos,* Nietzsche
57. *No coração das trevas,* Conrad
58. *Viagem sentimental,* Sterne
59. *Arcana Cœlestia* e *Apocalipsis revelata,* Swedenborg
60. *Saga dos Volsungos,* Anônimo do séc. XIII
61. *Um anarquista e outros contos,* Conrad
62. *A monadologia e outros textos,* Leibniz
63. *Cultura estética e liberdade,* Schiller
64. *A pele do lobo e outras peças,* Artur Azevedo
65. *Poesia basca: das origens à Guerra Civil*
66. *Poesia catalã: das origens à Guerra Civil*
67. *Poesia espanhola: das origens à Guerra Civil*
68. *Poesia galega: das origens à Guerra Civil*
69. *O pequeno Zacarias, chamado Cinábrio,* E.T.A. Hoffmann
70. *Tratados da terra e gente do Brasil,* Fernão Cardim
71. *Entre camponeses,* Malatesta
72. *O Rabi de Bacherach,* Heine
73. *Bom Crioulo,* Adolfo Caminha
74. *Um gato indiscreto e outros contos,* Saki
75. *Viagem em volta do meu quarto,* Xavier de Maistre
76. *Hawthorne e seus musgos,* Melville
77. *A metamorfose,* Kafka
78. *Ode ao Vento Oeste e outros poemas,* Shelley
79. *Oração aos moços,* Rui Barbosa
80. *Feitiço de amor e outros contos,* Ludwig Tieck
81. *O corno de si próprio e outros contos,* Sade
82. *Investigação sobre o entendimento humano,* Hume
83. *Sobre os sonhos e outros diálogos,* Borges | Osvaldo Ferrari
84. *Sobre a filosofia e outros diálogos,* Borges | Osvaldo Ferrari
85. *Sobre a amizade e outros diálogos,* Borges | Osvaldo Ferrari
86. *A voz dos botequins e outros poemas,* Verlaine
87. *Gente de Hemsö,* Strindberg
88. *Senhorita Júlia e outras peças,* Strindberg
89. *Correspondência,* Goethe | Schiller
90. *Índice das coisas mais notáveis,* Vieira
91. *Tratado descritivo do Brasil em 1587,* Gabriel Soares de Sousa
92. *Poemas da cabana montanhesa,* Saigyō
93. *Autobiografia de uma pulga,* [Stanislas de Rhodes]
94. *A volta do parafuso,* Henry James
95. *Ode sobre a melancolia e outros poemas,* Keats
96. *Teatro de êxtase,* Pessoa
97. *Carmilla — A vampira de Karnstein,* Sheridan Le Fanu
98. *Pensamento político de Maquiavel,* Fichte
99. *Inferno,* Strindberg
100. *Contos clássicos de vampiro,* Byron, Stoker e outros
101. *O primeiro Hamlet,* Shakespeare
102. *Noites egípcias e outros contos,* Púchkin
103. *A carteira de meu tio,* Macedo
104. *O desertor,* Silva Alvarenga
105. *Jerusalém,* Blake
106. *As bacantes,* Eurípides
107. *Emília Galotti,* Lessing
108. *Viagem aos Estados Unidos,* Tocqueville
109. *Émile e Sophie ou os solitários,* Rousseau
110. *Manifesto comunista,* Marx e Engels
111. *A fábrica de robôs,* Karel Tchápek

112. *Sobre a filosofia e seu método — Parerga e paralipomena (v. II, t. I)*, Schopenhauer
113. *O novo Epicuro: as delícias do sexo*, Edward Sellon
114. *Revolução e liberdade: cartas de 1845 a 1875*, Bakunin
115. *Sobre a liberdade*, Mill
116. *A velha Izerguil e outros contos*, Górki
117. *Pequeno-burgueses*, Górki
118. *Primeiro livro dos Amores*, Ovídio
119. *Educação e sociologia*, Durkheim
120. *Elixir do pajé — poemas de humor, sátira e escatologia*, Bernardo Guimarães
121. *A nostálgica e outros contos*, Papadiamántis
122. *Lisístrata*, Aristófanes
123. *A cruzada das crianças/ Vidas imaginárias*, Marcel Schwob
124. *O livro de Monelle*, Marcel Schwob
125. *A última folha e outros contos*, O. Henry
126. *Romanceiro cigano*, Lorca
127. *Sobre o riso e a loucura*, [Hipócrates]
128. *Hino a Afrodite e outros poemas*, Safo de Lesbos
129. *Anarquia pela educação*, Élisée Reclus
130. *Ernestine ou o nascimento do amor*, Stendhal
131. *Odisseia*, Homero
132. *O estranho caso do Dr. Jekyll e Mr. Hyde*, Stevenson
133. *História da anarquia (vol. 2)*, Max Nettlau
134. *Eu*, Augusto dos Anjos
135. *Farsa de Inês Pereira*, Gil Vicente
136. *Sobre a ética — Parerga e paralipomena (v. II, t. II)*, Schopenhauer
137. *Contos de amor, de loucura e de morte*, Horacio Quiroga
138. *Memórias do subsolo*, Dostoiévski
139. *A arte da guerra*, Maquiavel
140. *O cortiço*, Aluísio Azevedo
141. *Elogio da loucura*, Erasmo de Rotterdam
142. *Oliver Twist*, Dickens
143. *O ladrão honesto e outros contos*, Dostoiévski
144. *O que eu vi, o que nós veremos*, Santos-Dumont
145. *Sobre a utilidade e a desvantagem da histório para a vida*, Nietzsche
146. *Édipo Rei*, Sófocles
147. *Fedro*, Platão
148. *A conjuração de Catilina*, Salústio

«SÉRIE LARGEPOST»

1. *Dao De Jing*, Lao Zi
2. *Escritos sobre literatura*, Sigmund Freud
3. *O destino do erudito*, Fichte
4. *Diários de Adão e Eva*, Mark Twain
5. *Diário de um escritor (1873)*, Dostoiévski

«SÉRIE SEXO»

1. *A vênus das peles*, Sacher-Masoch
2. *O outro lado da moeda*, Oscar Wilde

3. *Poesia Vaginal*, Glauco Mattoso
4. *Perversão: a forma erótica do ódio*, Stoller
5. *A vênus de quinze anos*, [Swinburne]
6. *Explosao: romance da etnologia*, Hubert Fichte

COLEÇÃO «QUE HORAS SÃO?»

1. *Lulismo, carisma pop e cultura anticrítica*, Tales Ab'Sáber
2. *Crédito à morte*, Anselm Jappe
3. *Universidade, cidade e cidadania*, Franklin Leopoldo e Silva
4. *O quarto poder: uma outra história*, Paulo Henrique Amorim
5. *Dilma Rousseff e o ódio político*, Tales Ab'Sáber
6. *Descobrindo o Islã no Brasil*, Karla Lima
7. *Michel Temer e o fascismo comum*, Tales Ab'Sáber
8. *Lugar de negro, lugar de branco?*, Douglas Rodrigues Barros

COLEÇÃO «ARTECRÍTICA»

1. *Dostoiévski e a dialética*, Flávio Ricardo Vassoler
2. *O renascimento do autor*, Caio Gagliardi

«NARRATIVAS DA ESCRAVIDÃO»

1. *Incidentes da vida de uma escrava*, Harriet Jacobs
2. *Nascidos na escravidão: depoimentos norte-americanos*, WPA
3. *Narrativa de William W. Brown, escravo fugitivo*, William Wells Brown

Adverte-se aos curiosos que se imprimiu este livro em nossas oficinas, em 13 de agosto de 2020, em tipologia Libertine, com diversos sofwares livres, entre eles, LuaLaTeX, git & ruby.
(v. d5eef36)